DIE
AUSERWÄHLTEN

WEITERE TITEL VON CAROL WYER

DI ROBYN CARTER SERIE

Das verschwundene Mädchen

Die Geheimnisse der Toten

Ich kann dich sehen

Die stummen Kinder

Die Auserwählten

IN ENGLISCHER SPRACHE

DI ROBYN CARTER SERIE

Little Girl Lost

Secrets of the Dead

The Missing Girls

The Silent Children

The Chosen Ones

DI NATALIE WARD SERIE

The Birthday

Last Lullaby

The Dare

The Sleepover

The Blossom Twins

The Secret Admirer

Somebody's Daughter

DIE
AUSERWÄHLTEN

CAROL WYER

Übersetzt von Anne Masur

bookouture

Herausgegeben von Bookouture, 2022

Ein Imprint von Storyfire Ltd.
Carmelite House
50 Victoria Embankment
London EC4Y 0DZ

www.bookouture.com

ISBN: 978-1-80314-430-6
eBook ISBN: 978-1-80314-429-0

Für Alison Daughtrey-Drew

PROLOG

Jordan Kilby hörte das Auto nicht. Er nahm lediglich den kalten *Luftzug wahr, als das Fahrzeug so nah vorbeifuhr, dass er spürte, wie Metall auf seinen Ellenbogen traf. Seine Reaktion darauf kam schnell und heftig. Er riss den Lenker nach links, traf auf den Schotter und den erhöhten Bordstein. Das Fahrrad fuhr darüber hinweg, doch dann kippte es und riss ihn mit sich.*

Ausgestreckt lag er auf dem feuchten Grünstreifen, seine Brust hob und senkte sich schnell, während sein Herz so heftig schlug, als würde es jeden Augenblick explodieren. Seine Beine hingen zwischen den Speichen des Vorderrads und in seinem Handgelenk explodierte ein stechender Schmerz, als er versuchte, es anzuheben. Er wagte es nicht, seine anderen Glieder zu überprüfen, aus Angst vor dem, was er dabei entdecken könnte. Er verfluchte den Autofahrer, der ihn beinahe umgebracht hätte. Dann verfluchte er sich selbst und die vielen Dosen Bier, die seine Sinne betäubt hatten, sodass er das sich nähernde Fahrzeug nicht gehört hatte.

Er starrte in den sternlosen Nachthimmel hinauf und verfluchte die Wolken, die den Mond verdeckten und ihn für die anderen Verkehrsteilnehmer unsichtbar gemacht hatten. Dann traf ihn eine Erkenntnis. *Das Auto war an ihm vorbeigeschlichen, nicht mit hoher Geschwindigkeit über die Straße gerast. Er hatte keinerlei Motorengeräusche gehört.*

Vor ihm war das Fahrzeug zum Stehen gekommen, und die Fahrertür öffnete sich. Jordan drehte seinen Kopf, spähte in die Dunkelheit und schluckte schwer. In seinem Hals bildete sich ein Kloß und setzte sich dort fest. Er erkannte das Auto. Er wusste, wer ihn von der Straße gedrängt hatte. Der Fahrer näherte sich ihm, langsam, entspannt, voller Vorfreude auf das, was kommen würde. In Jordans Kopf schrie eine verängstigte Stimme, dass er aufstehen und fliehen solle, doch er wusste, dass das sinnlos wäre. Seine Glieder weigerten sich, ihm zu gehorchen.

Als die Person sich näherte, teilten sich die Wolken am Himmel für einen Augenblick und ließen das Mondlicht auf sie beide und das glänzende Objekt in der behandschuhten Hand der Person zu fallen. Doch noch beängstigender war der Gesichtsausdruck seines Angreifers. Jordans Mund öffnete und schloss sich, doch er brachte kein Wort heraus. Sein Gehirn zog sich wie ein verängstigtes Tier zu einer Kugel zusammen und weigerte sich, zu funktionieren. Er konnte nicht mal um sein Leben betteln. Er wartete, während sein Gegenüber ihn anlächelte, zwei Finger auf seine eigenen Lippen presste und sie dann Jordan entgegenhielt: ein Luftkuss.

Niemals würde Jordan hier entkommen.

1

TAG EINS – MONTAG, 5. JUNI, MORGEN

Die Krähen waren schuld. Ihr heiseres Krächzen war in Jane Marshs Träume eingedrungen, und als ihre Schreie lauter geworden waren, hatten sie sie aus ihrem behaglichen, schläfrigen Zustand ins volle Bewusstsein gezogen. Sie öffnete ein Auge, las die digitale Anzeige ihrer Uhr und seufzte. Es war erst fünf Uhr morgens. Sie hatte noch zwei Stunden Zeit, bevor sie aufstehen und mit Brot, Kuchen und Marmeladen zum Bauernmarkt fahren musste. Diese zwei Stunden brauchte sie, um sich weiter auszuruhen. Sie wurde nicht jünger und genoss jede zusätzliche Minute, die sie im Bett bleiben konnte. Jetzt lagen noch zwei wertvolle Stunden vor ihr, die sie wegen der verdammten Krähen nicht genießen konnte.

Sie trat die Bettdecke von sich, schwang ihre Beine über die Kante des alten Bettes und trottete zum Fenster, um zu sehen, was da draußen los war. Ihr Mann Toby war bereits unten und trank seine erste Tasse Tee, während er Radio 4 hörte, bevor er an dem John-Deere-Traktor arbeiten wollte. Es hatte Probleme mit Fehlzündungen gegeben und er wollte selbst einmal einen Blick darauf werfen, bevor er einen Mechaniker rief. Landwirtschaft war nicht so lukrativ, wie manche der Einheimischen es sich vorstellten, und Toby war es gewohnt, gleichzeitig Landwirt, Mechaniker und Mann für alles zu sein. Er war nicht geizig, dennoch löste er jegliche mechanischen Probleme lieber selbst als die horrenden Anfahrtskosten zu bezahlen.

Der Aufruhr kam von der anderen Seite des Feldes. Aufgeregt umkreisten die Krähen eine Vogelscheuche, die ihr Mann aufgestellt hatte. Ein oder zwei landeten und pickten auf ihr Gesicht ein. Schön, dass sie so viel brachte. Die Krähen sollten davon eigentlich abgeschreckt werden, anstatt auf ihr zu landen und an ihr herumzupicken. Sie schlüpfte in ihren Morgenmantel und tapste zum oberen Treppenabsatz.

Es war ein heller, frischer Morgen, der einen wunderschönen Junitag ankündigte. Toby wollte die Silage einfahren, bevor der Regen sie erreichte. Hoffentlich würde er den Traktor rechtzeitig reparieren können. Das war ein weiteres Problem in der Landwirtschaft: Man war den Kapriolen des Wetters ausgesetzt – an dem einen Tag war es so warm wie im Süden Spaniens, am nächsten war es feucht und schwül. Die Wettervorhersage hatte ein paar heiße und stickige Tage angekündigt. An diesem Morgen war nicht eine Wolke am Himmel. *Ein guter Tag, um Konfitüren zu verkaufen,* dachte sie. Sie betrat die Küche des Bauernhauses, es roch nach den Kiefernmöbeln, die bereits dort gestanden hatten, als sie eingezogen waren. Das Haus hatte Tobys Eltern gehört. Jane gefielen die dunklen, bedrückenden Möbel nicht, die ihr Heim aussehen ließen, als wäre es in einer längst vergangenen Zeit hängen geblieben: Der altmodische Küchentisch war über die Jahre fleckig geworden, und der Geruch der raumhohen Anrichte, die ihre besten Porzellanteller enthielt, war tief in das Holz eingedrungen. Sie waren nie in der Lage gewesen, sich neue Möbel zu leisten oder die Küche vollständig zu renovieren, und obwohl es ihr nicht gefiel, hatte sie sich daran gewöhnt. Irgendwie gehörte es zum Haus dazu. Doch das war das Hauptproblem, in diesem Haus zu leben – es war altmodisch und erinnerte sie daran, wie schnell die Zeit vorüberging. Ihre zwölf Jahre alte Labradorhündin Brandy hob ihren Kopf aus ihrem Körbchen und starrte mit milchigen Augen in Janes Richtung. Ihre Rute wedelte, als sie die Ankunft ihres Frauchens vernahm. Jane streichelte das Tier und ließ ihre Hände über ihr glattes Fell streifen. Ja, sie wurden alle älter.

Toby blätterte mit einer Tasse Tee in der Hand durch ein Betriebshandbuch für Traktoren, ganz versunken in Fachausdrücken, die sie niemals verstehen würde. Erst als sie auf die Spüle zuging, hob er seinen Blick und schenkte ihr ein Lächeln.

»Du bist aber früh auf. Ich dachte, vor sieben Uhr musst du nicht aufstehen.«

»Muss ich auch nicht«, sagte sie. »Die Krähen haben mich geweckt. Die machen da draußen ein richtiges Spektakel, ich konnte nicht mehr einschlafen. Sie nehmen die neue Vogelscheue auseinander, die du aufgestellt hast.«

Toby legte das Handbuch zur Seite und neigte mit gerunzelter Stirn den Kopf.

»Vogelscheuche? Ich habe keine neue Vogelscheuche aufgestellt«, sagte er.

Über Janes Gesicht legte sich ein Schatten der Verwirrung. »Worüber fallen sie dann da drüben auf dem Feld her?«

2

TAG EINS – MONTAG, 5. JUNI, MORGEN

In den Büros von R&J Associates herrschte Stille, die nur durch das gelegentliche Schnüffeln von Duke unterbrochen wurde, dem Staffordshire Bullterrier, der vor fast einer halben Stunde in sein Körbchen verwiesen worden war und anfing, sich zu langweilen.

Ross Cunningham kratzte sich an der Nase und zuckte mit den Schultern. Er betrachtete seine Cousine Robyn, die lässig Jeans und einen locker sitzenden babyblauen Pullover trug, der ihren blassen Teint aufhellte. Sie hatte noch immer denselben konzentrierten Gesichtsausdruck, den sie schon zeigte, seit sie sich zusammengesetzt hatten, um seine Untersuchungsergebnisse zu diskutieren. In den vergangenen vier Monaten hatte er versucht, ihr dabei zu helfen, die Echtheit eines Fotos zu überprüfen, dass sie erhalten hatte. Es gab Hinweise darauf, dass ihr Verlobter Davies im März 2015 vor über zwei Jahren nicht in einen Hinterhalt gelockt und ermordet worden war.

Es stellte sich als eine schwierige Aufgabe heraus, und trotz Ross' Kontakten und Fähigkeiten als Privatermittler hatte er nur wenig gefunden, um zu bestätigen, dass es sich nicht um einen schlechten Scherz gehandelt hatte. Wie immer gab Robyn nicht auf, ehe sie nicht alle Fakten zusammengetragen hatte. Und bis zu diesem Zeitpunkt fehlten ihnen noch wesentliche Informationen in Form von Peter Cross, Davies' Vorgesetztem, dem Mann, der mit Sicherheit wüsste, wenn Davies an jenem Tag nicht gestorben wäre.

»Wir können mit an Sicherheit grenzender Wahrscheinlichkeit sagen, dass das Bild am Birmingham Airport aufgenommen wurde«, sagte Robyn zum dritten Mal.

Ross nickte. Robyn kaute Informationen immer und immer wieder durch, bis sie für sie Sinn ergaben. Ihr Verstand stand niemals still. Wenn sich irgendetwas nicht richtig anfühlte, ging sie es immer wieder durch, betrachtete es von allen Seiten, bis es mit ihren Gedanken und Schlussfolgerungen übereinstimmte.

»Und Davies' Name stand auf keiner der Passagierlisten der Flüge, die an diesem Tag in Birmingham gelandet sind?«

»Die Fluggesellschaft hat alle Flüge aus Marokko kontrolliert, die vor drei Uhr im Vereinigten Königreich gelandet sind, und Davies stand auf keiner von ihnen.«

»Was drei Dinge bedeuten kann: Entweder hat er einen anderen Namen benutzt, er hat durch den Geheimdienst eine Privatmaschine genommen, oder das Foto ist eine Fälschung. Also ziemlich genau die drei Gedanken, die uns schon beschäftigen, seit ich dieses elende Foto bekommen habe.« Sie fuhr mit einer Hand durch ihr langes dunkles Haar.

Sie hatten ein Whiteboard aufgestellt, genau wie die, die Robyn gerne bei der Arbeit verwendete. Die fragliche Fotografie hing in der Mitte. Robyn starrte sie finster an, bevor sie die letzte E-Mail überflog, die Ross ihr überreicht hatte.

»Ich weiß nicht, warum sie sich plötzlich zurückzieht.« Mit

›sie‹ war Peter Cross' ehemalige Sekretärin Daphne Hastings gemeint, die bereits im März versprochen hatte, sich mit Ross zu unterhalten, doch dann jede ihrer Treffen abgesagt hatte. »Du denkst doch nicht, dass Peter Cross sie unter Druck setzt, oder?«

Ross neigte seinen Kopf und zog eine Grimasse. Es war eher eine rhetorische Frage, über die sie beide schon bei mehreren Gelegenheiten nachgedacht hatten. Die E-Mail zeigte Ross' letzten Versuch, die Frau davon zu überzeugen, ihre Meinung zu ändern. Sie hatte geantwortet, dass sie per Gesetz an das Dienstgeheimnis gebunden sei und nicht über ihre Arbeit noch über diejenigen, die damit in Verbindung standen, reden durfte.

»Ich bin endgültig durch damit«, sagte Robyn und schob ihren Stuhl vom Schreibtisch zurück. »Wir haben Stunden unserer Freizeit damit verschwendet, uns selbst hinterherzujagen. Seit Januar, als ich dieses Foto bekommen habe, habe ich nichts mehr über oder von Davies gehört. Es gab keine weiteren Zwischenfälle oder Sichtungen von ihm, und die Überwachungskameras, die du installiert hast, nachdem dieser Einbrecher in meinem Garten war, haben auch nichts ergeben.«

»Nun, zumindest habe ich aufgehört, mir ständig Sorgen darum zu machen, dass du in Gefahr sein könntest.« Ross schenkte ihr ein schwaches Lächeln. »Eine Weile dachte ich, jemand wäre hinter dir her.«

Robyn gab zu, dass ihr dieser Gedanke auch gekommen war. »Es muss eine Fälschung sein. Was ich jedoch nicht verstehe, ist, wieso mir jemand so etwas schicken sollte. Das ist wirklich ein grausamer Streich. Was mich immer wieder zu dem Gedanken zurückbringt, dass doch etwas dran sein könnte.«

Ross stimmte ihr zu. »Wir sind so weit gekommen, wie wir konnten, Robyn. Es tut mir leid. Ich wünschte wirklich, ich hätte dir helfen können, und sei es nur, damit du endlich mit all dem abschließen kannst. Ich weiß, wie sehr es an dir nagt. Es fühlt sich an, als würde ich dich im Stich lassen.« Wieder verzog er sein Gesicht. Robyn schaute den Mann an, der ihr zur Seite gestanden hatte, als ihr Leben unerträglich war, den Mann, zu dem sie immer aufgesehen hatte. Ross war ihr einziger naher Verwandter und er hatte alles in seiner Macht Stehende getan, um sie zu unterstützen. Seine schroffen Gesichtszüge wirkten traurig, und als sie von ihm zu Duke herüberschaute, dessen Kopf mit geschlossenen Augen aus seinem Körbchen hing, musste sie sich ein Lachen verkneifen. »Ist dir bewusst, dass du dem Tier mit jedem Tag ähnlicher wirst?«, fragte sie, um die Stimmung zu lockern.

Ross grinste. »Du meinst, ich bin physisch in einem großartigen Zustand?« Er klopfte auf seinen flachen Bauch. Die Wochen voller langer Spaziergänge mit Duke und die Einhaltung des Diätplans seiner Frau Jeanette hatten sich bezahlt gemacht. *Er sieht tatsächlich gut aus*, dachte Robyn bei sich.

»Natürlich. Hör zu, du hast mich nicht im Stich gelassen. Ich habe schon viel zu viel Zeit damit verbracht, darüber nachzudenken, dass Davies noch am Leben sein könnte, oder mir noch schlimmere Szenarien ausgemalt. Tatsache ist, wenn er am Leben wäre, hätte er mich mittlerweile kontaktiert. Die versteckten Kameras in und um mein Haus herum haben niemanden aufgezeichnet, keinerlei verdächtige Aktivitäten in den letzten vier Monaten, seit du sie installiert hast. Ich werde akzeptieren müssen, dass das Foto nur Eines war – eine Fälschung – und weiterleben. Wenn ich allerdings herausfinde, wer sich das ausgedacht und meine Zeit verschwendet hat, und noch wichtiger, wer mich halb hat glauben lassen, dass Davies noch lebt, werde ich diese Person erwürgen.«

»Da musst du dich hinten anstellen. Den ersten Platz habe ich mir reserviert«, antwortete Ross. »Und ich glaube, Jeanette will auch ein paar Wörtchen mit ihnen reden. Sie hat das

Ganze sehr aufgeregt. Sie sagt, es ist einfach nur unfair, dich so ins Visier zu nehmen.«

Der Gedanke an die zierliche Jeanette mit ihrem makellos gestylten Haar und ihren Vierzigerjahre-Outfits und dass sie ihretwegen wütend wurde, ließ sie lächeln. Sie würde sich vielleicht dazu hinreißen lassen, wütend mit der Faust zu fuchteln, aber weiter würde ihre Wut nicht reichen. Jeanette war die netteste, liebenswerteste Person auf diesem Planeten.

»Also, das würde ich gerne sehen«, sagte Robyn.

»Du wärst überrascht. Okay, wir machen hiermit für heute Schluss und ich werde an meiner privaten Ermittlungsarbeit weiterarbeiten. Ich habe noch einen neuen Versicherungsfall, den ich mir ansehen muss. Der Spaß hört niemals auf, nicht wahr?«

»Willst du, dass ich für dich mit Duke spazieren gehe?«

Bei der Erwähnung seines Namens hob das Tier seinen Kopf.

»Er ist Teil meines Plans. Ich werde Duke auf einen langen Ausflug in das Gelände hinter dem Haus meines Zieles mitnehmen, und vielleicht erwischen wir den Mann bei etwas, das er nicht tun sollte. Niemand schenkt einem Spaziergänger mit Hund unnötige Aufmerksamkeit. Bist du bereit, Detective Duke?«

»Dann mache ich mich auch auf den Weg. Ich muss noch einkaufen. Heute Morgen hat Schrödinger meine letzte Dose Thunfisch gegessen. Ich sollte meine Vorräte lieber wieder auffüllen.«

Wieder bildeten sich Fältchen um Ross' Augen ab. »Meine Cousine, die Katzenlady.«

»Du meinst wohl Catwoman, die katzenhafte Femme fatale von Gotham City.«

»Nein, ich meine definitiv Katzenlady. Du bist eine dieser Frauen geworden, die Döschen mit Gourmet-Futter für ihre Katzen kaufen oder Biohähnchen für ihre Katzenfreunde kochen. Duke bekommt, was auch immer gerade da ist. Er wird nicht so verwöhnt.«

»Das liegt daran, dass er genau wie sein Herrchen ein Fresssack ist.«

Ross hielt seine Hände nach oben. »Miau! Du gewinnst. Wie auch immer, es ist schön, dich lächeln zu sehen.« Er studierte sie besorgt. »Ruf mich an, wenn du irgendetwas brauchst oder möchtest, dass ich wieder an dieser Sache arbeite.«

»Danke. Ich denke, ich werde es auf sich beruhen lassen.«

Robyn trottete zu ihrem Auto zurück und dachte wieder über das Foto von Davies nach. Fünf Monate waren vergangen, seit sie es bekommen hatte. Genug Zeit für denjenigen, der oder die dafür verantwortlich war, sich selbst zu erkennen zu geben. Sie musste es loslassen.

Als sie leichtfüßig von der letzten Stufe der Treppe hüpfte und den Gebäudeeingang erreichte, summte ihr Handy. Sie kannte die Nummer des Anrufers.

»Hi, Mitz. Ist alles in Ordnung?«

Sergeant Mitz Patels Stimme klang ruhig. »Tut mir leid, Boss. Ich weiß, dass heute Ihr freier Tag ist, aber es gibt einen verdächtigen Todesfall in Colton. Sieht nach Mord aus.«

»Bleib in der Leitung und bring mich auf den neuesten Stand. Ich mache mich auf den Weg.«

Als Robyn nach draußen zu ihrem in die Jahre gekommenen VW Golf eilte, ihr Telefon ans Ohr gepresst, bemerkte sie den Mann nicht, der sie aus einem schwarzen Audi heraus beobachtete. Er wartete, bis sie verschwunden war, dann fuhr er vom Bürgersteig los, seine Lippen bewegten sich, während er über die Freisprechanlage telefonierte.

3

TAG EINS – MONTAG, 5. JUNI, MORGEN

Das Dorf Colton lag eine dreißigminütige Fahrt von Stafford entfernt. Mit seiner mittelalterlichen Kirche und einer antiken Steinbrücke, die über einen malerischen Bach führte, strahlte es einen zeitlosen Charme aus. Die Brücke war heute von den Einsatzfahrzeugen, die die Straße säumten, verdeckt.

Robyn parkte auf dem erstbesten freien Parkplatz und näherte sich dem Tumult. Dorfbewohner hatten sich in der Nähe des Tatorts versammelt und sie musste wiederholt darum bitten, durchgelassen zu werden, bis sie das mit Absperrband gekennzeichnete Feld erreichte. Dann rief sie lauter: »Wenn irgendjemand hier glaubt, gestern verdächtige Bewegungen oder Aktivitäten gesehen zu haben, oder auch heute Morgen, dann wenden Sie sich bitte an die Polizisten, die werden ihre Aussagen aufnehmen. Falls nicht, würde ich Sie bitten zu gehen. Vielen Dank für Ihre Mitarbeit.«

Um das Opfer herum wurde ein provisorisches Zelt errichtet, und mehrere Polizisten suchten die Umgebung ab. Einige von ihnen erkannte sie wieder, ihre Augen waren fest auf den Boden gerichtet, wo sie nach Beweisen Ausschau hielten.

Sie zog ihre weiße Schutzkleidung über, zeigte dem Officer, der den Zelteingang bewachte, ihre Marke und trat ein. Mitz war bereits da, sein Gesicht gab nichts preis.

»Wer leitet die Spurensicherung?«

»Matt war der erste Beamte am Tatort.«

Matt Higham war ihr anderer Sergeant, ein kompetenter Polizist, dessen Lebenseinstellung das Team immer wieder aufmunterte. Er war ihr Spaßvogel, unbeschwert und in den meisten Situationen völlig ruhig. Heute drückte sein Gesicht Besorgnis aus, seine sonst so strahlenden Augen waren nach unten gerichtet. Er nahm die Szene mit seiner Bodycam auf und stellte sicher, dass er auch das kleinste Detail einfing.

Dann sah Robyn das Opfer: Es sah aus wie gekreuzigt. Der Mörder hatte die Arme des Mannes fest an eine Holzstange gebunden, die wiederum an einem großen Pfosten befestigt war. Ein dünner Riemen lag um seinen Hals, um ihn an den Pfosten zu binden. Mit einer Größe von etwa einem Meter siebzig reichte er nur bis zu Robyns Schulter. Er war von schlanker, fast zierlicher Statur, sodass sein Kapuzenpullover und seine Jeans lose von seinem dünnen Körper hingen. Er schien ein normal aussehender junger Mann gewesen zu sein, dessen attraktivste Eigenschaft sein dunkles, gewelltes Haar war, das ihm bis über die Ohren reichte und seine scharfen Gesichtszüge betonte.

Sofort wurde Robyn an ein Wochenende erinnert, das sie mit Davies in Paris verbracht hatte. Der Tatort erinnerte sie an ein Gemälde, das sie im Louvre gesehen hatte und die Kreuzigung von Jesus darstellte. War dieser Mann mit Absicht so ausgerichtet worden, um diesem wohlbekannten Bild zu entsprechen oder sollte er nur den Eindruck einer Vogelscheuche erwecken? Auf dem Gesicht des Mannes prangten mehrere Wunden, wo kleine Stücke seines Fleisches aus seinen Wangen gerissen worden waren. Auf dem Boden unter ihm lag ein zusammengeknülltes Laken. Leuchtend rote Blutstropfen zeichneten sich darauf ab.

»Irgendwelche Hinweise auf seine Identität?«, fragte sie.

Mitz hielt eine Plastiktüte in die Höhe, in der sich ein schwarzes Portemonnaie befand. »Das wurde etwa hundert Meter die Straße runter gefunden.« Er deutete auf eine Markierung, die in der Nähe der Feldzufahrt im Boden steckte. »Darin befanden sich zehn Pfund und eine Kreditkarte. Sein Name ist Jordan Kilby. Wir warten noch auf weitere Informationen.«

»Sonst nichts? Kein Handy? Auto- oder Haustürschlüssel?«

Mitz schüttelte seinen Kopf. Ein plötzlicher Schauder lief Robyn über den Rücken, als sie die grausame Szene vor sich betrachtete. Es dauerte einen Moment, bis sie sich in der Lage fühlte, das Gesicht des jungen Mannes genauer zu studieren, und sich fragte, warum jemand ihn auf diese Weise foltern und ermorden würde.

Harry McKenzie, der Pathologe, war kurz vor Robyn angekommen und überprüfte Jordan auf Hinweise zu Todeszeitpunkt und Todesursache. Er sprach leise. »Es gibt mehrere oberflächliche Fleischwunden auf der entblößten Haut, vor allem in der Gesichtsregion, die höchstwahrscheinlich nach seinem Tod entstanden sind.«

Matt ergriff das Wort. »Der Landwirt, Toby Marsh, der ihn gefunden hat, sagte, Krähen hätten sich an ihm zu schaffen gemacht. Er ist bei der Leiche geblieben und hat sie verscheucht, bis wir eingetroffen sind. Dort stand früher eine Vogelscheuche, aber über die Zeit hat sie sich aufgelöst und es ist nur der Pfosten übrig geblieben.«

Harry nickte. »Auf seinen Händen und im Gesicht befinden sich Spuren, die durch einen scharfen Gegenstand entstanden sind – es könnten Schnäbel gewesen sein. Haben Sie hier alles aufgenommen?«

Matt antwortete. »Alles erledigt. Wollen Sie die Leiche bewegen?«

»In einer Sekunde. Ich muss die Todesursache bestimmen, obwohl es höchstwahrscheinlich ...«

Vorsichtig hob er Jordans Kapuzenpullover an. Bei dem Anblick der hellroten Eingeweide, die aus einer Wunde im Bauch hervortraten, wandte Mitz sich ab.

»Alles okay?«, formte Robyn lautlos mit den Lippen.

Mitz nickte. »Damit habe ich nur nicht gerechnet. Es geht schon wieder.«

Der Anblick vor ihnen war einer der grausigsten, die Robyn je gesehen hatte. Nach dem Mord und den Krähen bot Jordan Kilby einen grauenhaften Anblick.

»Connor, wollen Sie das einpacken?«, rief Harry.

Sofort erschien Connor Richards neben ihm. »Was haben Sie gefunden?«

»Noch eine Feder, aber man kann nie wissen. Vielleicht verrät sie uns etwas.«

Connor nahm die schwarze Feder entgegen, die sich unter der Kapuze verfangen hatte, und steckte sie in einen durchsichtigen Beweisbeutel. Robyn nickte ihm zu. Connor, der seit sechs Monaten die Forensische Abteilung leitete, war aus Süd-Irland hergezogen, um die Stelle anzunehmen, und Robyn war froh, dass er das getan hatte. Er stellte sicher, dass die Abteilung effizient arbeitete und war ebenso ein Workaholic wie sie. Sie mochte seine sanfte Art und seine Fähigkeit, die Ruhe zu bewahren, ganz egal wie schwierig der Fall war. Er zwinkerte ihr zu.

»Das erinnert mich an Hitchcocks Film *Die Vögel*«, sagte er. »Der hat mir richtig Angst gemacht. Als ich ihn gesehen habe, war ich erst fünfzehn.«

Harry studierte weiter die Schnittwunde in Jordans Bauch. »Die wahrscheinlichste Todesursache ist Tod durch Verblutung. Es sieht aus, als wäre die Waffe in seine Eingeweide eingedrungen und dann nach oben bis zu seinem Herzen getrieben worden. Vermutlich war es ein sehr scharfer Gegenstand. Können wir ihn jetzt herunternehmen, damit ich ihn in mein Labor bringen kann?«

Connor nickte.

»Irgendeine Idee zum Todeszeitpunkt?«, fragte Robyn.

»Körpertemperatur und Leichenstarre deuten darauf hin, dass der Tod vor etwa zwölf Stunden eingetreten ist. Wahrscheinlich wurde er gestern am späten Abend ermordet, zwischen halb elf und Mitternacht. Wahrscheinliche Todesursache ist eine Stichwunde, durch die eines der größeren Blutgefäße im Unterleib punktiert wurde. Ich werde einen detaillierten Bericht erstellen, der das bestätigen wird. Wie Sie sehen, gibt es eine beträchtliche Menge Blut, was auf die Verletzung einer Arterie hindeutet – in Anbetracht der Lage der Wunde handelt es sich möglicherweise um die Aorta abdominalis. Vorausgesetzt, das Blut auf dem Laken gehört zum Opfer.«

»Das werden wir prüfen«, sagte Robyn.

»An seinem rechten Handgelenk gibt es eine Prellung, an dem linken jedoch nicht. Die könnte dabei entstanden sein, als er sich gegen seine Fesseln gewehrt hat. Jedoch kann ich keine Schürfwunden entdecken, die bei wiederholtem Reiben an den Fesseln zu erwarten wären. Außerdem ist diese Schnur sehr eng, was jegliche Bewegung fast unmöglich macht. An seinem Hals finden sich weder Quetschungen noch Schürfwunden. Mein erster Eindruck ist, dass er bereits tot war, bevor er hier aufgehängt wurde. Die Krähen, die über ihn hergefallen sind, könnten für die Spuren und Risse auf seiner Haut verantwortlich sein. Ich werde sie mir genauer ansehen müssen, um das zu bestätigen.«

Robyn starrte auf das blutige Laken, das wie rote Wellen seine Füße umspielte, und fragte sich, ob der Mörder damit eine Nachricht hinterlassen wollte, dessen Inhalt sie noch nicht begriff.

Matt gesellte sich zu ihnen. »Ich bin hier fertig. Anna ist bei Mr und Mrs Marsh, die Leute, die unser Opfer gefunden haben. Sie wohnen in dem Bauernhaus da drüben.«

Robyn blickte in die Ferne und erkannte das Dach eines Bauernhauses, halb versteckt hinter Eichen und einer Hecke. Dort würde sie nicht hingehen müssen. PC Anna Shamash würde mit ihrer gewohnt effektiven und doch mitfühlenden Art eine umfassende Aussage erhalten. »Gut. Dann fahren Sie zurück zum Revier und schreiben alles detailliert auf. Harry, sind Sie bald fertig?«

»Es dauert nur noch ein paar Minuten, dann können wir ihn herunterholen und wegbringen.«

Robyn warf einen letzten Blick auf die Leiche. Wer auch immer das getan hatte, es war geplant gewesen. Der oder die Täter müssen über den Pfosten auf dem Feld Bescheid gewusst und die Schnur mitgebracht haben, um Jordan festzubinden. Hatten sie gehofft, dass sein Körper lange genug unentdeckt bleiben würde, um von den Krähen verstümmelt zu werden? Sie ließ das Forensikteam zurück, um ihren Job zu erledigen, zog ihre Schutzkleidung aus, verließ das Zelt und ging über das Feld auf die Streifenwagen zu. Dies war die entscheidende goldene Stunde, in der sie so viele Beweise wie möglich sammeln mussten, bevor die Spuren kalt und die Erinnerungen der Zeugen getrübt werden würden. Eine Handvoll von Anwohnern war immer noch vor Ort und hoffte auf Neuigkeiten. Ohne Zweifel verbreiteten sich bereits die Gerüchte.

Mitz, der hinter ihr ging, stieß ein leises Stöhnen aus. »Amy Walters ist hier«, sagte er.

»Warum überrascht mich das nicht?« Robyn war der begierigen Journalistin schon öfter begegnet. Amy, die außerdem ein Buch über Serienmörder schrieb, hatte ein dreimonatiges Sabbatical gemacht, um dafür zu recherchieren. Robyn war zu Ohren gekommen, dass sie zurück in Staffordshire war und als freiberufliche Reporterin für die *Stafford Gazette* arbeitete. Und sie war fest entschlossen, weiteres Material für ihren geplanten Bestseller zu sammeln.

Amys kurzes, hochgestyltes blondes Haar stach aus der Menge hervor, die sich hinter der Absperrung zusammendrängte. Mit ihrer purpurroten Lederjacke, Skinny Jeans und einer Sonnenbrille, die sie sich auf den Kopf geschoben hatte, glich sie eher einer Touristin an einem Urlaubsort als einer Reporterin an einem Tatort. Robyn bemerkte, dass sie sich mit einem Paar unterhielt, das neben ihr stand. Zweifellos nahm sie alles auf, was die beiden sagten.

Dann entdeckte sie PC David Marker, der sich mit einem Mann unterhielt, der einen eifrigen Hund an der Leine hielt. »Weisen Sie David an, die Umgebung abzusuchen und die Leute zu fragen, ob sie irgendjemanden Verdächtiges oder ungewöhnliche Aktivitäten beobachtet haben. Einsatzbesprechung um drei Uhr. Rufen Sie mich an, falls Sie hier noch mehr Zeit benötigen.«

Sie schaute Matt hinterher, als er davonfuhr. Er würde sicherstellen, dass sämtliches Filmmaterial des Tatortes hochgeladen und für sie zur Verfügung stehen würde. »Falls Connor irgendetwas Wichtiges findet, lassen Sie es mich wissen. Wir sehen uns auf dem Revier.«

Sie schlenderte zu ihrem Auto zurück und wollte gerade einsteigen, als sie eine bekannte Stimme hinter sich vernahm. »DI Carter, gibt es etwas, dass Sie der *Stafford Gazette* mitteilen möchten?«

»Amy, Sie wissen genau, dass ich zu diesem Zeitpunkt noch keinen Kommentar abgeben kann.«

»Aber es wurde die Leiche eines jungen Mannes gefunden, nicht wahr? Können Sie mir das bestätigen?«

»Ich kann nichts bestätigen, bevor wir nicht das Opfer identifiziert und dessen nächste Angehörige informiert haben. Bitte stellen Sie mir keine weiteren Fragen, Amy. Ich muss eine Ermittlung leiten und habe keine Zeit zu verschwenden.«

Amy schenkte ihr ein wissendes Lächeln. »Ich werde mich melden.«

»Wenden Sie sich dafür an die zuständigen Stellen. Ich werde nicht mit Ihnen reden«, sagte Robyn, knallte ihre Tür zu und fuhr los, vorbei an dem Feld und die Straße hinunter.

4

TAG EINS – MONTAG, 5. JUNI, NACHMITTAG

Dunkle Wolken in der Farbe von Holzkohle hatten den strahlend blauen Himmel des Morgens ersetzt. Robyns Nacken war feucht; sobald sie aus ihrem Auto ausgestiegen war und die Dienststelle betreten hatte, hatte sich die Feuchtigkeit wie ein Schleier über sie gelegt. An Tagen wie diesem hasste sie die großen, nach Süden ausgerichteten Fenster, die ihr Büro aufheizten und die Arbeit darin unerträglich machten.

»Keine Klimaanlage?«, fragte sie Matt.

»Die ist kaputt«, kam seine Antwort, »oder Budgetkürzungen erlauben es nicht, dass sie schon angestellt wird. Offiziell ist noch kein Sommer, aber das Wetter spielt verrückt.«

»Das können Sie laut sagen. Hier drin ist es wie in einer Sauna.« Robyn nahm den Hörer ihres Bürotelefons ab und tippte eine Nummer ein, um einen Ventilator anzufordern.

»Es ist mir egal, ob er sich die letzten beiden geholt hat.

Unter diesen Verhältnissen können meine Leute keine Ermittlung durchführen. Vergessen Sie es. Ich werde selbst einen besorgen.« Schnaubend legte sie den Hörer wieder auf.

Matt beugte sich über seinen Schreibtisch, als er sprach. »Ihnen sind die Ventilatoren ausgegangen. Ich habe sofort nachgefragt, als ich hier angekommen bin.«

»Wir werden einen bekommen«, sagte Robyn. »Dafür werde ich sorgen.«

Sie stampfte aus dem Büro, zupfte an dem Pullover, der an ihrem Körper klebte, und wünschte sich, sie hätte etwas Leichteres angezogen. Als sie von ihrem morgendlichen Lauf zurückgekehrt war und sich vor ihrem Treffen mit Ross angezogen hatte, war es sehr frisch gewesen. Mit einem schweißtreibenden Tag bei der Arbeit hatte sie nicht gerechnet.

DI Tom Shearers Büro war eine Etage über ihrem. Die Tür war geschlossen, also klopfte sie laut an und wartete, bis er sie hereinrief. Als er das tat, setzte sie ein Lächeln auf und strahlte die reinste Freundlichkeit aus. Shearer sah eigentlich immer unglücklich aus, aber heute blickte er besonders finster drein. Er hatte die Brauen zusammengezogen und auf seiner Stirn war ein deutlicher Schweißfilm zu erkennen. Er hatte seine Ärmel hochgekrempelt und starrte genervt auf seinen Papierkram. Die anderen Anwesenden sahen ebenso rotgesichtig und unbehaglich aus wie er. PC Gareth Murray, der schon in besseren Zeiten ein rosiges Gesicht hatte, war rot wie ein Apfel. Trotz der beiden laut surrenden Tischventilatoren waren die Temperaturen in Shearers Büro nur wenig angenehmer als in ihrem eigenen.

»Ja, DI Carter«, sagte er ohne große Vorrede und schaute nur flüchtig von seinen Papieren auf.

»Ich habe mich gefragt, ob wir uns einen Ihrer Ventilatoren ausleihen könnten. Da unten fühlt es sich so an, als würde man in einem Ofen sitzen.«

»Und hier befinden wir uns in der Gefrierabteilung im Supermarkt? Sorry, aber ist nicht drin. Selbst mit diesen blöden Dingern ist es unmöglich, hier zu arbeiten. Die machen so viel Lärm. Verdammter Klimawandel!«

»Das wäre also ein ›Nein‹«, folgerte Robyn, behielt aber ihr aufgesetztes Lächeln bei. Vor einiger Zeit hatte sie herausgefunden, dass es am besten war, wenn man Shearer eine Weile jammern ließ. Sobald er etwas Dampf abgelassen hatte, würde er zur Einsicht kommen.

»Es sind keine anderen mehr verfügbar. Aus offensichtlichen Gründen gab es wohl einen Ansturm auf sie. Ich wäre unendlich dankbar, wenn Sie mir einen von Ihren ausleihen würden.«

Shearer starrte sie an. »Man sollte meinen, dass wir heutzutage in der Lage sein sollten, das Gebäude an den drei warmen Tagen, die es im Jahr gibt, kühl zu halten.«

Robyn nickte zustimmend. Gareth hielt seinen Blick gesenkt. Shearer hatte gerade erst mit seiner Tirade begonnen. Es dauerte noch weitere zehn Minuten, in denen sie seinem Vortrag zuhören musste, bevor sie mit einem der Ventilatoren flüchten konnte.

Zurück in ihrem Büro, fuhr Matt mit seiner Hand über seinen kahlen Kopf, um sich den Schweiß abzuwischen. Als Robyn den Ventilator einschaltete und ihn ein kalter Luftzug traf, seufzte er erleichtert.

»Liegt es an mir, oder ist es hier drin wirklich warm geworden?«, fragte er. »Ich mache gerade keine Art männliche Menopause durch, oder?«

Robyn grinste ihn an. Sie konnte immer darauf zählen, dass Matt jegliche angespannte Stimmung auflockerte.

David Marker war zurückgekehrt und durchsuchte die Datenbank der Polizei. Robyn ließ sich hinter ihrem Schreibtisch nieder und las durch, was er bereits herausgefunden hatte:

Der dreiundzwanzigjährige Jordan Kilby lebte in Newborough, einem Dorf zwischen Burton-on-Trent und Rugeley, zusammen mit seiner Freundin Rebecca Tomlinson, einer vierundzwanzigjährigen Verwaltungsassistentin bei Pharmacals Healthcare, einer medizinischen Einrichtung, die sich darauf spezialisiert hat, Wundverbände und Medikamente an den National Health Service zu liefern. Jordan Kilby hatte keine Vorstrafen, eine gute Beschäftigungsbilanz und war seit 2012 als Lieferfahrer für Speedy Logistics tätig gewesen. Oberflächlich betrachtet gab es an diesem Mann absolut nichts Auffälliges, aber Robyn wusste, welch überraschende Geheimnisse manche Menschen hüteten.

»Matt, wer informiert seine Freundin?«

»Michelle Watson. Sie ist die neue Vertrauensbeamtin. Vor etwa einer Minute war sie hier, während Sie den Ventilator ausfindig gemacht haben. Sie wollte zu Pharmacals Healthcare fahren, wo seine Freundin Rebecca arbeitet.«

Robyn überflog die restlichen Notizen. Rebecca Tomlinson hatte einen Sohn, den sechs Jahre alten Dylan. Ein schneller Blick auf seine Geburtsurkunde zeigte, dass dort kein Vater eingetragen war, und Robyn fragte sich, ob Jordan das sein könnte. Es war immer schmerzhaft, solche grausamen Nachrichten zu überbringen, vor allem wenn es auch Kinder betraf. Robyn warf einen Blick auf ihre Uhr. Es war erst kurz vor eins. Sie hätte genug Zeit, Michelle zu begleiten und zu ihrer Einsatzbesprechung wieder zurück zu sein. Je schneller sie weitere Informationen über Jordan Kilby bekam, desto eher konnte sie seinen Mörder aufspüren.

»Ich werde sie begleiten. Es könnte helfen, ein Gefühl für Jordan Kilby zu bekommen. Ein bisschen mehr über ihn zu erfahren. Während ich unterwegs bin, sammeln Sie alles über ihn, was Sie finden können.«

———

Pharmacals Healthcare bot einen futuristischen Anblick: sechs riesige kuppelförmige Lagerhallen, die in einem privaten Gewerbegebiet lagen und mehrere Hektar Land bedeckten. Man erreichte es durch ein elektrisches Tor, das von einem Wachmann in grüner Uniform bewacht wurde, auf der das Logo von Pharmacals Healthcare prangte: eine Schlange, die sich um die Buchstaben P und H schlängelte. Er verlangte ihre Ausweise und hielt Rücksprache mit der Rezeption, bevor er ihnen Einlass gewährte.

Sie fuhren zu dem Bürogebäude vor der ersten Lagerhalle – ein Gebäude mit Glasfronten, die nüchtern eingerichtete Büros und Mitarbeiter offenbarten, die sich über ihre Computerbildschirme beugten. Robyn schaute an dem Gebäude hinauf. Es wirkte wie ein riesiges, quadratisches Goldfischglas. Alle Schreibtische standen vor den Fenstern, sodass die Angestellten entweder den Eingang oder die Lagerhallen und Verladerampen im Blick hatten und das Kommen und Gehen beobachten konnten.

An der Rezeption zeigten sie noch einmal ihre Ausweise und baten darum, mit Rebecca sprechen zu können. Die Rezeptionistin führte sie in einen schlichten Raum mit magnolienfarbenen Wänden, einem ovalen Tisch, sechs gepolsterten Stühlen und einem Fernsehbildschirm. Dann eilte sie davon, um Rebecca zu suchen. Robyn starrte aus dem einzigen Fenster, das Aussicht auf die Rückseite einer der Lagerhallen bot. In bedrückender Stille warteten sie darauf, dass sich die Tür wieder öffnen würde, damit sie die schreckliche Nachricht überbringen konnten.

Michelle saß neben Rebecca Tomlinson, bereit, der jungen Frau ihre Unterstützung anzubieten, die soeben qualvoll aufgeschrien hatte, nachdem sie die schreckliche Nachricht über Jordan erfahren hatte. Sie weinte volle fünf Minuten, bevor sie wieder sprechen konnte. Rebeccas volle Lippen zitterten, als sie darum kämpfte, ihre Selbstbeherrschung zurückzuerlangen. Sie hielt ihren Kopf erhoben, ihre Augen fixierten Robyn. »Das kann nicht stimmen. Er ist es nicht. Vielleicht hat jemand sein Portemonnaie gestohlen.«

Sie sprach mit einwandfreiem Birmingham-Akzent, keine Spur von ihren bajanischen Wurzeln. Sie zupfte an den Ärmeln ihrer seidenen feuerroten Bluse, zog sie über die farbenfrohen roten und orangen Armreifen, die viel zu fröhlich für einen so düsteren Anlass wirkten.

Traurig schüttelte Robyn ihren Kopf. Wieder stiegen Tränen in Rebeccas Augen. »Nein«, flüsterte sie. »Bitte nicht. Nein. Er kann es nicht sein.«

Wieder zupfte sie an ihren Ärmeln und suchte mit großen Augen in Robyns Gesicht nach einer Bestätigung.

»Es tut mir sehr leid«, sagte Robyn.

»Wie?« Rebecca konnte die Frage kaum aussprechen. »Ein Autounfall?«

»Nein, er—«

Bevor Robyn weitersprechen konnte, schüttelte Rebecca ihren Kopf und ergriff wieder das Wort, ihre Stimme klang leise und gequält. »Oh, nein. Oh, nein. Ich verstehe. Sie sind ein Detective. Sie sind hier, weil mein Jordan umgebracht wurde. Detectives kommen nur, wenn jemand unter verdächtigen Umständen gestorben ist.« Sie starrte Robyn verängstigt an. »Hat ihn jemand umgebracht?«

»Ich befürchte, die Wahrscheinlichkeit besteht, dass er angegriffen und ermordet wurde.« Robyn würde keine Details enthüllen. Die todunglückliche Frau hatte bereits genug damit zu kämpfen, das zu verarbeiten, was sie gerade erfahren hatte. Es gab keinen Grund, es ihr unnötig schwer zu machen.

»Ich wusste es.« Ihre Atemzüge verwandelten sich in eine Reihe unkontrollierter Schluchzer, die immer schneller aufeinanderfolgten, während sie darum kämpfte, ihre Fassung wiederzuerlangen.

»Rebecca, ich muss so viel wie möglich über Jordan erfahren. Ich weiß, dass das für Sie unfassbar schwer ist. Ich kann auch ein anderes Mal wiederkommen, falls Ihnen das lieber wäre.«

Rebecca straffte ihre Schultern und nach und nach verebbten ihre gequälten Laute. »Nein, schon in Ordnung. Es geht mir gut.«

Robyn bewunderte die Stärke dieser Frau.

»Wie lange waren Sie und Jordan ein Paar?«

»Ich habe ihn Ende letzten Novembers kennengelernt.«

»Also etwa sechs Monate?«

Rebecca bestätigte das mit einem knappen Nicken. »Ich weiß, wir waren noch nicht lange zusammen, aber Jordan war der Eine – mein Seelenverwandter. Bevor ich ihn getroffen habe, war ich eine hart arbeitende, alleinerziehende Mutter mit einem kleinen Kind, dessen Vater sich aus dem Staub gemacht hatte, nachdem er erfahren hatte, dass ich schwanger war. Ich hatte keine Zeit für Beziehungen oder irgendjemand anderen als meinen Jungen. Dann habe ich Jordan getroffen – letzten November. Er hat ein Paket an Longer Life Health geliefert, wo ich in Birmingham gearbeitet habe, und mich gebeten, dafür zu unterschreiben. Er meinte, ich hätte die schönsten Augen, die er je gesehen hat, und dann hat er sich für diesen blöden Anmachspruch entschuldigt. Noch an Ort und Stelle hat er gefragt, ob ich mit ihm ausgehe. Ich habe abgelehnt. Habe ihm gesagt, dass ich einen kleinen Sohn und keine Zeit für eine Beziehung hätte. Als ich später an dem Tag das Büro verließ, wartete er mit einem Blumenstrauß für mich und einem Fußball für Dylan draußen. Unser erstes Date war im Eastside City Park in Birmingham, er und ich haben Fußball mit Dylan gespielt, und wir haben so viel gelacht. Es war ein perfekter Tag.« Sie blinzelte die Erinnerung fort, die sie zu einem leichten Lächeln bewegt hatte. »Zwei Wochen später sind wir mit ihm zusammengezogen und die letzten sechs Monate waren großartig. Er ist das Beste, was uns je passiert ist.«

»Hat er sich Ihnen anvertraut? Hatte er irgendwelche Bedenken oder Sorgen?«

»Ja. Wir haben keine Geheimnisse voreinander. Er hatte keine großen Sorgen. Hin und wieder haben wir Geldprobleme, aber welches Paar hat die nicht? Wir sind ein sehr glückliches Paar.« Rebecca sprach von Jordan immer noch im Präsens, doch Robyn korrigierte sie nicht.

»Und er hat sich nicht verdächtig verhalten?«

Rebecca schüttelte ihren Kopf.

»Er hat keine seltsamen Telefonanrufe erwähnt, komische E-Mails oder Briefe?«

»Nichts.«

Für einen Moment schien Rebecca in Gedanken versunken zu sein. Frische Tränen traten in ihre Augen. »Gestern Abend ist er ausgegangen. Mit einigen seiner Freunde vom Fußball. Das machen sie hin und wieder. Sie fahren in einen Pub, machen einen Männerabend, und manchmal schläft er bei einem von ihnen, anstatt noch nach Hause zu fahren, besonders wenn er zu viel getrunken hat. So vernünftig ist er. Mir ist es lieber, wenn er dort übernachtet, sonst mache ich mir nur Sorgen.« Sie schaute zu Michelle, die ihr ermutigend zulächelte.

»An einem Sonntagabend ausgehen? Ich bin mir nicht sicher, ob ich dann am nächsten Tag arbeiten könnte«, sagte Michelle.

Rebeccas Mundwinkel zogen sich leicht nach oben, doch das Lächeln erreichte ihre Augen nicht. »Sie sind fußballverrückt. Spielen alle für denselben lokalen Fußballverein.

Gestern Abend wurde ein Fußballspiel übertragen und der Besitzer des Pubs hat Sky.«

»Wann haben Sie Jordan zuletzt gesehen?«, fragte Robyn.

»Gestern Nachmittag. Wir haben alle zusammen einen Film gesehen – Kung Fu Panda –, bevor er aufgebrochen ist.« Ihr Blick wanderte plötzlich in die Ferne. »Um kurz nach fünf ist er losgefahren. Mit dem Fahrrad, weil so ein schöner Abend war. Ich habe mit Dylan zu Abend gegessen und bin gegen zehn Uhr ins Bett gegangen und habe noch etwas gelesen. Um halb zwölf hat Jordan mir eine Nachricht geschickt, dass er zu viel getrunken hätte und bei Owen übernachten würde.«

»Owen?«

»Owen Falcon. Er wohnt in Colton.«

Robyn schrieb sich den Namen des Mannes auf, ihr Puls beschleunigte sich. Colton, dort hatte man Jordans Leiche gefunden.

»Und das war das Letzte, was Sie von Jordan gehört haben?«

Rebecca nickte. »Ich habe ihm heute Morgen eine Nachricht geschickt, bevor ich Dylan zur Schule gebracht habe, aber er hat nicht geantwortet. Ich habe mir nichts dabei gedacht. Wenn er einen straffen Arbeitsplan hat, hat er nicht immer die Möglichkeit, auf sein Handy zu schauen. Ich dachte, ich würde ihn einfach später sehen ... Aber das werde ich nicht, nicht wahr? Er wird nicht nach Hause kommen. O Gott.«

Rebecca holte geräuschvoll und zitternd Luft. Heiße Tränen brachen durch ihre langen Wimpern und landeten auf dem Tisch, wo sich zwei winzige Pfützen bildeten. Michelle legte einen Arm um ihre Schulter.

»Es ist okay. Wir werden Sie jetzt nach Hause bringen. Haben Sie jemanden, den wir kontaktieren können, um bei Ihnen zu bleiben?«

Rebecca schniefte laut. »Dylan. Was werde ich Dylan nur

sagen? Er wird völlig fertig sein. Er liebt ihn so sehr. Wie soll ich das meinem kleinen Jungen erklären?«

»PC Michelle Watson wird eine Weile bei Ihnen zu Hause bleiben. Wir werden Ihnen helfen, das durchzustehen.« Robyns Herz schmerzte, als sie sah, wie die Frau vor ihr versuchte, die Kontrolle wiederzugewinnen. Wer auch immer dieses grausame Verbrechen begangen hatte, hatte mehr als ein Leben zerstört. Er hatte eine ganze Familie zerstört.

5

TAG EINS – MONTAG, 5. JUNI, NACHMITTAG

PC Anna Shamash fühlte sich ermattet, trotz der kühlen Luft, die der Ventilator surrend und klickend verteilte, während er sich von links nach rechts drehte. Ihr dichtes Haar wurde durch einen Dutt aus ihrem Gesicht gehalten, den sie hastig auf ihrem Kopf festgesteckt hatte. Mehrere feuchte Strähnen fielen lose über ihre Wangen, während sie sich mit einer Akte selbst etwas Luft zufächelte.

»Wir haben die Aussagen aller Schaulustigen aufgenommen, die sich am Top Field in Colton aufgehalten haben, auf dem wir Jordan gefunden haben. Auch die Befragung aller Nachbarn ist abgeschlossen. Es wird ewig dauern, all die Informationen durchzugehen. Am besten fange ich noch vor der Einsatzbesprechung damit an.«

»Was ist mit Mitz?«, fragte Robyn.

»Der sollte in ein paar Minuten hier sein. Er hat mich vorgeschickt.«

Anna setzte sich an ihren Platz und fing an zu tippen. Robyn rief Speedy Logistics an, das Unternehmen, bei dem Jordan angestellt war, und sprach mit seinem Vorgesetzten Graham Valence, den die Nachricht über seinen Tod sehr schockierte.

»Jordan hat mir gegen halb zwölf gestern Abend eine Nachricht geschickt, dass er Magenprobleme hätte und nicht zur Arbeit kommen könnte. Manche der Jungs feiern montags krank, wenn sie es am Wochenende übertrieben haben, aber Jordan nicht. Er hat das nie getan und es war auch nicht seine Art, uns in letzter Minute hängen zu lassen. Er war nie krank. In den fünf Jahren, die er für uns gearbeitet hat, ist er nicht einen Tag ausgefallen. Guter Junge. War immer zurückhaltend und hat keinen Blödsinn gemacht wie einige der anderen. Ich habe einen anderen Fahrer angerufen, um seine Schicht zu übernehmen. Armer Jordan. Mir war nicht bewusst, dass es so ernst war. Wie ist er denn gestorben?«

»Abgesehen davon, dass wir die Ursache seines Todes untersuchen, kann ich dazu leider nichts weiter sagen.«

»Das ist eine unglaubliche Schande. Ich weiß nicht, was ich sagen soll. Ich werde die anderen darüber informieren. Es wird auf jeden Fall jemand von uns an seiner Beerdigung teilnehmen.«

»Können Sie mir etwas über ihn erzählen? Wer seine Freunde waren, was er für ein Mann war?«

»Er war ein Arbeitstier. Er ist angekommen, hat seinen Job erledigt und ist wieder gegangen. Er ist mit uns gut ausgekommen, aber hier bilden sich keine tiefen Freundschaften – nicht mit diesen Fahrplänen. Das Leben eines Lieferanten ist einsam – man belädt seinen Transporter, holt sich seinen Fahrplan ab und fährt los. Wenn man besonders viel Pech hat, ist es ein stressiger Tag und wenn man zurückkommt, geht alles wieder von vorne los. Es gibt keine Aufenthaltsräume oder eine Kantine. Manche der Jungs, besonders die Raucher, hängen noch auf dem Hof rum, wenn sie fertig sind, Jordan jedoch nicht. Im Gegensatz zu manch anderen ist er nicht geblieben, nachdem seine Lieferungen zugestellt waren.«

»Also schien er in letzter Zeit nicht ungewöhnlich besorgt zu sein?«

»Letzten Freitag war er ziemlich aufgeregt, als er von seiner Runde zurückgekommen ist. Ich habe gesehen, wie er auf den Parkplatz gefahren ist, er hat die Tür seines Transporters zugeknallt und ist mit hängendem Kopf davongestampft. Er sah wütend aus.«

»Haben Sie mit ihm gesprochen?«

»Nein, er hat seine Lieferscheine abgegeben, hat sie einfach am Hauptschalter abgelegt, sich sein Fahrrad geschnappt und ist gefahren, ohne mit jemandem ein Wort zu wechseln.«

»War dieses Verhalten normal für ihn?«

»Es war ein wenig unüblich. Er war niemand, der schnell die Beherrschung verlor, obwohl er auch sonst nicht sehr gesprächig war. Er hatte schlechte Tage, wie wir alle. Der Job ist stressig und es war eine anstrengende Woche. Vermutlich wurde er auf der Straße von jemandem geschnitten oder war genervt vom Verkehr.«

Robyn beendete das Gespräch, sammelte ihre Gedanken und bereitete sich auf die Einsatzbesprechung vor. Die ersten schweren Tropfen des Regens liefen wie dicke Tränen über die Fenster. Das Geräusch wurde zunehmend lauter, bis das Prasseln es mit dem Surren des Ventilators aufnehmen konnte. Sie schloss ihre Augen, sah das Bild von Jordan Kilby vor sich und erschauderte. Was für ein Wahnsinniger würde sich die Mühe machen, eine so grausame Szene zu inszenieren?

———

Alle waren ins Revier zurückgekehrt und Robyn eröffnete das Meeting, wie sie es immer tat: mit ihrem Whiteboard an der

Vorderseite des Büros und einem Stift in der Hand. Auf dem Board hatte sie ein Foto des Opfers befestigt. Mit dem hängenden Kopf und dem übel zugerichteten Gesicht sah es sehr makaber aus. Daneben hing ein Bild von einem lächelnden Jordan, das sie von seinem Facebook-Profil übernommen hatten.

»Unser Opfer ist ein Lieferfahrer ohne Vorstrafen. Er lebte in Newborough, zusammen mit seiner Freundin Rebecca Tomlinson und ihrem Sohn Dylan. Sonntagabend ist er mit Freunden in einen Pub gegangen und hat Rebecca um halb zwölf eine Nachricht geschickt, dass er vorhätte, die Nacht bei Owen Falcon zu verbringen. Ein paar Minuten später hat er noch eine Nachricht an Graham Valence geschickt, seinem Logistikmanager, und behauptet, er hätte Magenprobleme und könnte am nächsten Tag nicht zur Arbeit kommen. Da er normalerweise sehr verlässlich ist, hat Graham ihm geglaubt und seine Schicht mit einem anderen Fahrer besetzt. Obwohl Jordan Kilbys Portemonnaie gefunden wurde, fehlt noch jede Spur von seinem Mobiltelefon. Das Forensikteam ist noch dabei, das gesamte Gelände abzusuchen, also könnte es noch auftauchen. In der Zwischenzeit soll Anna seinen Telefonanbieter ausfindig machen und versuchen, die Standorte auszumachen, von denen er die Nachrichten geschickt hat. Sein Freund Owen wohnt in Colton, und ich will so schnell wie möglich mit ihm sprechen.«

Mitz nickte ernst. »Ich werde ihn direkt nach der Besprechung ausfindig machen.«

Sie schauten sich die Videoaufnahmen des Tatortes an und machten sich Notizen. Sobald sie damit fertig waren, ergriff Robyn wieder das Wort. »Es scheint besonders sadistisch, ihn nicht nur vorsätzlich zu erstechen, sondern ihn danach noch aufzuhängen, sodass die Aasfresser sich an ihm satt fressen können. Das Laken an seinen Füßen wirkt, als sei es absichtlich dort platziert worden. Je mehr ich darüber nachdenke, desto sicherer bin ich mir, dass der Mörder uns – oder jemand anderem – eine Nachricht übermitteln möchte. Lasst uns das bei den Ermittlungen im Hinterkopf behalten. Matt, haben Sie noch etwas hinzuzufügen?«

»Nicht viel, Boss. Wie alle sehen können, wurde die Leiche an einen alten Besenstiel gebunden, der an einem Pfosten befestigt war. Ursprünglich hing daran eine alte Vogelscheuche, doch die hat sich langsam in ihre Einzelteile aufgelöst und wurde vor einem Monat entfernt. Toby Marsh, der Bauer, hat das Feld in diesem Jahr für Silofutter genutzt und sich deshalb nicht die Mühe gemacht, die Vogelscheuche zu ersetzen. Er hatte vor, den Pfosten diese Woche zu entfernen, bevor er mit der Ernte beginnt, vergaß es jedoch. Er hatte wohl Probleme mit einem seiner Mähdrescher, deshalb hing er mit den anderen Aufgaben hinterher.

Der Täter hat Kilbys Handgelenke mit einer starken Schnur an dem Besenstiel befestigt, die man in den meisten Baumärkten oder auch online kaufen kann. Harry McKenzie hat angedeutet, dass das Opfer dort nach seinem Tod festgebunden wurde. Kilbys Hals wurde am Pfosten fixiert, um ihn aufrecht zu halten, wir vermuten, dass es sich dabei um seinen eigenen Gürtel handeln könnte.« Matt legte seine Notizen weg und wartete auf Kommentare.

Robyn ergriff das Wort. »Als ich dort war, hat Harry McKenzie eine schwarze Vogelfeder gefunden – höchstwahrscheinlich die einer Krähe, die Mr Kilby angegriffen haben könnte. Ich setze nicht sehr große Hoffnungen darauf, aber falls der Mörder die Feder dort vorsätzlich platziert hat, könnten wir darauf DNA finden. Nach Harrys erster Einschätzung wurde Mr Kilby in situ erstochen. Das würde bedeuten, dass er das Feld bei Nacht entweder freiwillig überquert hat oder dazu gezwungen wurde und dann neben dem Pfosten erstochen wurde. Ich frage mich, ob er sich dort mit jemandem treffen wollte. Wenn das der Fall wäre, gibt es dafür möglicherweise einen Hinweis in seinem Telefon. Ich habe dafür leider keine Zeit, also Anna, stellen Sie bitte sicher, dass Sie alle relevanten Informationen von seinem Mobilfunkanbieter bekommen und seinen Anrufverlauf überprüfen. Mitz?«

Mitz atmete tief durch. »Wir sind von Tür zu Tür gegangen und haben Aussagen von jedem aufgenommen, der meinte, in den letzten Tagen etwas Ungewöhnliches gesehen zu haben. Ein paar dieser Spuren sollten wir weiter verfolgen, besonders ein schwarzes Auto, das gestern am späten Abend gesehen wurde. Es ist sehr langsam durch das Dorf gefahren und stand eine Weile am Friedhof.«

»Auf jeden Fall. David, könnten Sie das übernehmen?«

Als Antwort hob David seinen Daumen. Robyn verschränkte ihre Arme und ließ Mitz fortfahren.

»Mr und Mrs Marsh, das Paar, das Jordan Kilbys Leiche gefunden hat, haben eine vollständige Aussage gemacht. Keiner von ihnen kennt Jordan, aber ich habe etwas herausgefunden, dem wir vielleicht nachgehen sollten. Jordans Vater ist Nathaniel Jones-Kilby von NJK Properties.«

Robyns Augenbrauen schossen nach oben. »*Das* ist interessant.«

Nathaniel Jones-Kilby war der Inhaber von NJK Properties, einer Bau- und Wohnungsbaugesellschaft, die dafür verantwortlich war, ehemalige Grünflächen aufzukaufen und darauf große Wohnsiedlungen zu errichten. Er war außerdem ein enger Freund und Verbündeter des lokalen Abgeordneten Stewart Broughton. In den Zeitungen hatte gestanden, dass er kürzlich Hassbriefe erhalten hatte, weil er noch immer die geplante High Speed 2 Eisenbahnlinie unterstützte, die durch einen großen Teil von Staffordshires Landschaft führen sollte. Über die geplante Eisenbahnlinie durch das Land hatte es mehrere hitzige Debatten gegeben, und jedes Mal hatte der immer präsente Nathaniel Jones-Kilby sich lautstark auf die Seite seines Freundes Stewart Broughton gestellt.

»Wie wir in den Zeitungen lesen konnten, ist die HS2-Linie ein umstrittenes Thema und hat eine Menge Wut in den Gemeinden ausgelöst. Mr Jones-Kilby ist kein beliebter Mann. Colton ist eines der Dörfer, die von der vorgeschlagenen Route betroffen wären, nicht wahr?«, fragte Robyn.

Mitz nickte. »Ich habe mir die letzten Vorschläge auf der Regierungswebsite angesehen, und wie es scheint, sollte die Route nicht nur durch Colton verlaufen, sondern auch durch das Land der Marshs – durch Top Field.«

»Dort wurde Jordans Leiche gefunden. Haben Sie mit Toby und Jane Marsh darüber gesprochen?«

»Noch nicht.«

»Wenn Sie mich fragen, ich glaube, dass sie Jordan Kilby wirklich nicht kannten«, sagte Anna. »Sie beide waren von dem, was passiert ist, völlig entsetzt. Dennoch denke ich, dass wir dem nachgehen sollten. Sie haben ein Motiv und könnten daran beteiligt sein.«

Robyn wollte auf jeden Fall mehr über ihre Hintergründe erfahren, bevor sie die Möglichkeit ausschloss, dass Toby oder Jane Marsh in die Sache verwickelt waren. »Wenn jemand Jordan umgebracht hat, um an seinen Vater heranzukommen, gibt es sehr viele mögliche Verdächtige. Der Mann ist äußerst unbeliebt. Mitz, besorgen Sie mir so viele Informationen über Nathaniel Jones-Kilby, wie Sie finden können, bevor ich mit ihm spreche. Er könnte der Grund sein, weshalb Jordan umgebracht wurde. Ich werde mit Mr und Mrs Marsh über ihr Land sprechen. Haben wir sonst noch etwas?«

David ergriff das Wort. »Ich bin die Aussagen durchgegangen, die wir in Colton aufgenommen haben. Abgesehen von dem bereits erwähnten Auto hat ein Zeuge, der gegen halb elf am Abend mit seinem Hund spazieren war, einen Transporter vor dem Gemeindehaus parken sehen. Leider hat er sich das Kennzeichen nicht gemerkt. Er hatte eine ›dunkle Farbe‹.«

»Was für einen Transporter fährt Jordan?«, fragte Robyn.

»Einen dunkelblauen. Alle Transporter bei Speedy Logistics sind dunkelblau.«

Sie schrieb das Wort ›Transporter‹ auf das Whiteboard. »Könnte es Jordans Transporter gewesen sein?«

David kratzte sich am Kinn und verzog das Gesicht. »Das bezweifle ich. Die Fahrzeuge bleiben über Nacht auf dem Hof. Als ich daran vorbeigefahren bin, habe ich gesehen, dass sie hinter den abgeschlossenen Toren standen.«

»Anna, wenn Sie mit dem Mobilfunkunternehmen fertig sind, nehmen Sie sich die automatische Kennzeichen-Erkennung und die Radarkameras in der Umgebung für diese Zeit vor. Finden Sie heraus, ob sie irgendwelche Vans, egal ob dunkel oder hell, aufgezeichnet haben.«

David sprach weiter. »Ich habe Rebecca Tomlinson überprüft, Jordans Freundin. Über sie gibt es nichts Auffälliges zu berichten. Gute Leistungen in der Schule, gute Noten auf ihrem Abschlusszeugnis. Fünf Jahre lang hat sie als Rezeptionistin bei Longer Life Health in Birmingham gearbeitet, die ihren Kunden alternative Behandlungsmethoden anbieten – Reiki, Shiatsu, indische Kopfmassagen, alle Formen der Therapie und homöopathische Behandlungen. Der Eigentümer sagte, sie war eine vorbildliche Mitarbeiterin. In der dritten Dezemberwoche hat sie dort gekündigt, um am 8. Januar dieses Jahres ihre Position bei Pharmacals Healthcare anzutreten. Ihre Eltern sind beide verstorben. Sie ist alleinerziehende Mutter. Keine Vorstrafen.«

Das interne Telefon unterbrach sie, und Matt nahm den Hörer ab. Robyn beendete die Besprechung und legte ihren Stift neben dem Whiteboard ab. »Das ist es fürs Erste. Legen wir los. Vor uns liegt viel Arbeit, aber ich vertraue auf Sie alle. Vielen Dank.«

Matt legte den Hörer auf und suchte ihren Blick. »Boss, da ist jemand an der Rezeption, der dringend mit Ihnen reden möchte.«

»Wer ist es?«

»Das hat der Kollege nicht gesagt. Nur, dass sie ihn in den Befragungsraum Nummer drei gebracht haben.«

Robyn eilte nach unten. Es gab viel zu tun und sie durfte keine Zeit verschwenden, weshalb sie hoffte, dass es nicht zu lange dauern würde. Sie atmete tief ein, schob die Tür zum Befragungsraum auf und hielt mitten in der Bewegung inne. Sie kannte den Herren, der auf dem Stuhl saß, seine Augen finster vor Wut. Er durchbohrte sie mit seinem Blick.

»Ich bin Nathaniel Jones-Kilby«, sagte er, ohne sich von seinem Platz zu erheben, »und ich will Antworten.«

6

TAG EINS – MONTAG, 5. JUNI, NACHMITTAG

»Darf ich Ihnen mein außerordentliches Beileid–«

Nathaniel Jones-Kilby hob eine Hand und unterbrach Robyn. »Es tut uns allen schrecklich leid, niemandem mehr als mir. Was ich wissen will, ist, was sie deswegen unternehmen?«

»Alles, was in unserer Macht steht, Mr Jones-Kilby. Mein Team arbeitet bereits mit Hochdruck daran.«

»Und können Sie mir sagen, was mit meinem Sohn passiert ist? Bisher weiß ich nur, dass er ermordet wurde. Wenn Sie mir nicht die genauen Einzelheiten verraten, werde ich mit Ihrem Vorgesetzten DCI Flint sprechen müssen. Ich bin mir sicher, er wird mir sagen, was ich wissen möchte.«

»Sir, das ist wirklich nicht nötig.«

Nathaniel starrte sie eindringlich an. »Dann sagen Sie es mir. Jedes einzelne Detail.«

»Noch kennen wir die Todesursache nicht, Mr Jones-Kilby. Sobald wir das tun, werde ich Sie ganz sicher kontaktieren. Wir wissen nur, dass er sehr wahrscheinlich ermordet und seine Leiche auf dem Feld zurückgelassen wurde.«

Der Mann vor ihr kochte vor Wut, Wut, die daher rührte, dass er Angst hatte und keine Kontrolle über die Situation besaß, das spürte Robyn. Er war ein Mann, der daran gewöhnt war, seinen Willen zu bekommen. Er führte ein sehr erfolgreiches und profitables Unternehmen. Verkehrte mit großen Unternehmern und hoch motivierten Männern. Hier hatte er keine Kontrolle. Er konnte niemanden herumkommandieren oder fordern, dass man so handelte, wie er es wollte, und obendrein hatte er gerade erfahren, dass sein einziger Sohn tot war. Robyn würde ihm mit Respekt begegnen, auch wenn sie ihn ungewöhnlich aggressiv fand.

»Lassen Sie mich Ihnen versichern, Sir, dass wir alles in unserer Macht Stehende tun werden, um nicht nur herauszufinden, was vorgefallen ist, sondern auch, wer dafür verantwortlich ist, und diese Person dann zur Rechenschaft ziehen.« Sie meinte es ernst. Genauso empfand Robyn bei jeder Ungerechtigkeit und jedem abscheulichen Verbrechen. Es war ihre Mission, Fakten zu sammeln, die Wahrheit aufzudecken und den Hinterbliebenen zu helfen.

Nathaniel starrte sie durchdringend an. »Das sollten Sie auch tun, DI Carter, oder ich werde alles in *meiner* Macht Stehende tun, um Sie fertigzumachen.«

Mit diesen Worten stand er auf und marschierte durch die Tür, ohne sich noch einmal umzudrehen, und ließ Robyn erschüttert von seinem verbalen Angriff zurück. Es hatte keinen Grund gegeben, ihr gegenüber diese Härte zu zeigen. Beruhte seine Wut auf verborgenen Schuldgefühlen?

Mitz steckte seinen Kopf zur Tür herein und wedelte mit einem Blatt Papier. »Ich habe ein Treffen mit Owen in seinem Haus vereinbart. Wollen Sie mitkommen?«

»Auf jeden Fall.« Als sie Mitz zu einem Streifenwagen begleitete, rotierte ihr Verstand bereits um die Fragen, die sie

Owen stellen wollte, und Nathaniels Unhöflichkeit war vergessen.

Der schwere Niederschlag hatte die Luft gereinigt, dennoch stellte sie die Klimaanlage des Autos an. Sie wollte nicht wieder schwitzen und sich quälen. Der Nachmittagsverkehr begann sich zu stauen und ließ sie an jeder Ampel, die sie auf dem Weg aus dem Stadtzentrum von Stafford passieren mussten, anhalten. So war es fast jeden Tag um diese Uhrzeit. In diesem Tempo würden sie bestimmt eine Stunde bis nach Colton brauchen, und Robyn wollte keine weitere Minute verschwenden. Sie stieß ein genervtes Seufzen aus.

»Ich habe genug davon. Stellen Sie die Sirene an.«

Mitz gehorchte und sie zogen an dem Verkehr vorbei, ließen die anderen wartenden Fahrzeuge hinter sich. Robyn ignorierte die überraschten Blicke, an die war sie gewöhnt. Stattdessen konzentrierte sie sich auf den grauen Bürgersteig und die Bäume, die sich in den großen Pfützen spiegelten, die sich auf der Straße gesammelt hatten und nun in hörbaren Wellen davonspritzten, wenn sie durch eine davon fuhren. Sie fragte sich, wie lange Jordan Kilby wohl auf dem Feld hängen geblieben wäre, wenn Jane Marsh die Krähen nicht aufgefallen wären. Er hätte tagelang dort hängen können, für alle sichtbar und dennoch unentdeckt. Der Gedanke ließ sie frösteln.

Nach und nach wichen die mit Häusern vollgestopften Straßen einer offenen Landstraße und Bungalows, die über Gärten in Hanglage thronten, während sie nach Milford rasten, vorbei an Grünstreifen, breiten Gehwegen und altmodischen Telefonzellen. Am Straßenrand trugen riesige, belaubte Rosskastanienbäume zur Attraktivität des Dorfes bei. Sie schossen an dem großen Gemeindeplatz vorbei, der dank des Regens verlassen war, und an Shugborough Hall, einem historischen Anwesen, das Robyn in all den Jahren, die sie schon in Stafford lebte, nie besucht hatte, obwohl es nur sieben Meilen von ihrem Haus entfernt war. Im letzten Jahr wurde das Anwesen von der

Gesellschaft zum Schutz des historischen Erbes übernommen, und laut David Marker, der sich sehr für Geschichte begeisterte, bot es einige »erstaunliche Verrücktheiten«. Mithilfe der heulenden Sirene ließen sie es schnell hinter sich, genauso wie den Eingang zu Cannock Chase, der direkt dahinter lag und bald nur noch ein Punkt im Rückspiegel war. Robyn fuhr häufig mit dem Fahrrad durch Milford und Cannock Chase, besonders wenn sie sich für einen Ironman Triathlon vorbereiten musste. Einer davon stand ihr in weniger als zwei Wochen bevor. In den letzten vier Wochen hatte sie ihr Fitnessprogramm nochmals erhöht und hart trainiert, nicht nur in ihrem Fitnessstudio, sondern auch draußen auf den Straßen und Wegen von Stafford und Cannock.

Beim Klang ihrer sich nähernden Sirenen fuhren die Autos an den Straßenrand, verschwommene Gesichter beäugten sie, als sie vorbeirasten. Felder mit hellgelbem Raps jagten an ihrem Fenster vorbei und lenkten ihre Gedanken wieder zu Jordan Kilby. Sie wollte eine Liste mit allen, zu denen er gestern Abend Kontakt gehabt hatte. Freunde kennen nicht immer jedes Detail übereinander. Genauso wenig wie Liebhaber. Ein Bild von Davies blitzte in ihrem Kopf auf, doch sie blinzelte es weg. Hatte Kilby etwas vor Rebecca geheim gehalten? Sie vermutete es, obwohl Rebecca ihr versichert hatte, dass sie einander gegenüber vollkommen offen waren.

Sie folgten den Kurven und Abbiegungen der sich windenden Fahrbahn, bis sie schließlich eine Gerade erreichten, die an den Bahnschienen entlangführte. Neben ihnen erschien ein silberner Zug und fuhr eine Weile parallel zu ihnen. Ein großes Schild mit der Aufschrift »Nein zur HS2«, und noch eins mit »HS2 wird mich umbringen«, hingen an einer uralten Eiche. Hier sollte die neue HS2-Linie verlegt werden, durch diese Felder und dieses Land verlaufen, wodurch einige Häuser dem Erdboden gleichgemacht würden.

Nathaniel Jones-Kilby war ein Verfechter der neuen Bahnlinie. Hatte das seinem Sohn das Leben gekostet?

Drei enge Kurven später fuhren sie das zweite Mal an diesem Tag auf Colton zu, doch diesmal hielten sie vor einem der Häuser vor dem Feld an, auf dem nur wenige Stunden zuvor Jordan Kilby gefunden worden war. Mitz fuhr in die Hauseinfahrt und atmete aus. »Ich hoffe, die Fahrt war nicht zu wild für Sie?«, fragte er mit einem leichten Grinsen.

Robyn erwiderte es. »Ne! Ich war schon mit sehr viel erschreckenderen Fahrern unterwegs – David Marker zum Beispiel.«

Mitz gluckste. David war für seinen ultravorsichtigen Fahrstil bekannt, was ihm in der Vergangenheit den Spitznamen »Schnecke« eingebracht hatte.

Owens frei stehendes Haus war ein Bungalow mit braunem Klinker aus den Sechzigerjahren, die Veranda, die hölzernen Fensterläden vor allen Fenstern und eine große, schwarze Satellitenschüssel, die an der Vorderseite des Hauses befestigt war, vermittelten einen heruntergekommenen Eindruck. Sein Vorgarten war geteert worden und diente als Parkplatz für ein Motorrad der Marke Honda.

Robyn drückte die Türklingel, doch als sie kein Läuten hörte, klopfte sie laut an die Tür. Im Türrahmen erschien ein Mann und nickte ihnen zu, als er sich über den zotteligen Bart strich, der sein müdes, abgespanntes Gesicht einrahmte. Seine schweren Augenlider verliehen ihm den Ausdruck eines Raubvogels, der durch seine runden Schultern und dem nach vorne geneigten Kopf noch verstärkt wurde. Robyn hielt ihm ihren Dienstausweis entgegen.

»DI Carter«, sagte sie. Der Mann grunzte. »Und das ist Sergeant Patel. Ich glaube, Sie beide haben bereits miteinander telefoniert.«

Der Mann rieb sich noch einmal über seinen Bart. Seine

Stimme war heller und freundlicher als erwartet. »Kommen Sie rein.«

Sie traten über die Türschwelle in ein Wohnzimmer. Im Innern des Hauses war es überraschend modern und recht nüchtern eingerichtet, als würden dessen Anwohner nur hin und wieder vorbeischauen. Ein großes, braunes Samtsofa mit roten Kissen und einem dazu passenden Sessel schienen die einzigen Möbel im Zimmer zu sein. Eine der Wände wurde von einem riesigen Fernseher dominiert. Auf dem Bildschirm kämpften zwei Ritter miteinander, der Klang des aufeinanderprallenden Stahls wurde durch das Surround-Sound-System verbreitet und verlieh ihr das Gefühl, in einem Kino zu sein. Owen stellte den Film stumm, nahm eine Dose auf, die neben dem Sessel gestanden hatte, führte sie an seine Lippen und nahm einen Schluck, bevor er sprach.

»Ich kann es immer noch nicht fassen«, sagte er. »Er war gestern Abend noch hier. Was ist passiert?«

»Tut mir leid, aber da es sich um eine laufende Ermittlung handelt, dürfen wir noch keine Informationen herausgeben.«

»Es geht das Gerücht rum, dass er auf einem der Felder gefunden wurde.«

Robyn ging nicht auf seine Fragen ein. Owen kippte sein Bier herunter. »Wurde er angegriffen oder hat er sich selbst umgebracht?«

»Warum glauben Sie, dass es ein Suizid gewesen sein könnte?«

»Eigentlich glaube ich das nicht. Es gab keinen Grund dazu. Soweit ich weiß, war er weder depressiv noch hat er irgendwelche Medikamente genommen. Er war nicht zugedröhnt oder high. Er hat keine Drogen genommen. So war er nicht. Also keine Ahnung, warum ich das gesagt habe. Ich schätze, ich versuche nur, einen Sinn darin zu erkennen, dass Jordan in der Nähe meines Hauses tot auf einem Feld gefunden wurde. Was wollen Sie von mir?«, fragte er und seufzte schwer.

»Herausfinden, was letzte Nacht passiert ist.«

Owen wischte sich Schaum von seiner Oberlippe und zuckte mit den Schultern. »Nicht viel. Wir haben uns mit ein paar Leuten aus der Clique im Fox and Weasel die Straße runter getroffen, um das Freundschaftsspiel zwischen Irland und Uruguay zu schauen. Gegen Viertel nach acht war dort Schluss und Jordan ist mit zu mir gekommen. Wir haben ein paar Bier getrunken, FIFA 17 auf der Xbox gezockt, dann ist er auf dem Sofa eingeschlafen und ich bin ins Bett gegangen. Ich dachte, er würde die Nacht über hier bleiben. Habe nicht gehört, dass er gegangen ist. Ich war völlig weggetreten. Er musste morgens eine Übergabe machen, also bin ich davon ausgegangen, dass er nach Hause gefahren ist, um sich umzuziehen. Als ich um kurz vor acht aufgestanden bin, war er schon weg.«

»Wie wäre er zurück nach Hause gekommen?«

»Mit dem Fahrrad. Bei gutem Wetter fährt er immer mit dem Fahrrad – fuhr er immer mit dem Fahrrad«, sagte er und korrigierte sich selbst. »Er wollte nicht, dass es gestohlen wird, also hat er es in meiner Garage abgestellt. Wie gesagt, der Pub ist gleich die Straße runter. Wir sind zu Fuß dort hingegangen.«

»Und Sie haben nicht gehört, als er Ihr Haus verlassen hat?«

»Nee, ich habe geschlafen wie ein Stein.« Er hielt inne und nahm sich eine neue Dose, sie zitterte leicht in seiner Hand.

»Ist gestern Abend irgendetwas vorgefallen?«

»Wie zum Beispiel?«, fragte Owen.

»Jemand, der sich durch irgendetwas, das gesagt wurde, angegriffen gefühlt hat. Vielleicht hatte jemand was gegen Jordan? So etwas in der Richtung.« Robyn beobachtete das Gesicht des Mannes, während sie sprach. Owens Kopf zuckte leicht, eine unwillkürliche Bewegung. War das ein Anzeichen von Nervosität?

»Nicht, dass ich wüsste. Wir sind nicht losgezogen, um

Ärger zu machen, falls Sie das denken. Wir waren nur ein paar Kumpel, die ein Bier zusammen getrunken haben. Im Fox and Weasel war es sehr ruhig, es waren nur wenige andere Gäste dort.«

Robyn machte sich Notizen. »Und können Sie mir die Namen der anderen geben, die mit Ihnen unterwegs waren?«

»Callum Bishop, Jasper Fletcher und Dean Wells. Wir kennen uns vom Fußball. Seit vier Jahren spielen wir für die Blithfield Wanderers. Der Wirt ist unser Teammanager, also hängen wir oft im Fox and Weasel rum.«

»Der Wirt dort ist Ihr Manager?«

»Ja. Joe Harris. Er spielt heute nicht mehr, aber managt uns jetzt. Er sucht unsere Ausrüstung für die Spiele am Sonntag zusammen, wäscht die Klamotten, so was alles. Und sein Pub ist Sponsor des Teams.« Owen rieb sich mit einer Hand übers Gesicht. »Hören Sie, ich will nicht unhöflich sein, aber ich habe den ganzen Tag gearbeitet und bin fix und fertig. Können wir das etwas beschleunigen? Ich wüsste nicht, was ich Ihnen sonst noch sagen könnte.«

Robyn lächelte knapp. »Natürlich, Mr Falcon. Wir werden Sie nicht mehr lange aufhalten, aber ich hätte gerne die Adressen und Kontaktinformationen Ihrer Freunde. Wir geben unser Bestes, um herauszufinden, was Mr Kilby in den Stunden vor seinem Tod widerfahren ist.«

Owens Schultern sackten zusammen. »Klar. Ich wollte nicht unhöflich sein. Armer Jordan. Er war ein guter Kerl.«

»Haben Sie sich oft gesehen?«

»Hin und wieder. In der Fußballsaison etwas häufiger.«

»Also waren Sie nicht besonders eng miteinander befreundet?«

Owen lachte laut auf, zu laut. »Nein. Er war okay, wir haben ein bisschen abgehangen, das ist alles. Er stand auf ein paar komische Sachen, die ich nicht nachvollziehen konnte –

diese ganzen Marvel-Charaktere. Das ist so gar nicht mein Fall.«

»Aber er hat letzte Nacht hier übernachtet?«

»Nur, weil sein Weg zu weit war, um noch so betrunken nach Hause zu fahren. Er wollte nicht von seinem Fahrrad fallen. Er ist mit zu mir gekommen, um Xbox zu spielen und hat dann entschieden, dass er immer noch zu hacke war, um nach Hause zu fahren. Also fragte er, ob er auf dem Sofa schlafen könnte, und ich sagte okay.«

»Was ist mit den anderen, die Sie an diesem Abend getroffen haben? Sind die direkt nach Hause gefahren?«

»Jas wollte nicht trinken, also ist er gefahren. Sie wohnen alle in Rugeley. Jordan wohnt nicht in ihrer Nähe.«

»Also hat er Xbox gespielt und dann gefragt, ob er hier übernachten kann? Er fand nicht, dass er nach Hause zu seiner Freundin hätte fahren sollen?«

Owen stieß ein Schnauben aus. »Rebecca? Nee. Ich könnte mir vorstellen, dass er froh war, sich eine Nacht lang mal nicht ihr Gemecker anhören zu müssen.«

»Gemecker?«

»Sie hat ihn ständig herumkommandiert. Wahrscheinlich hat er sich über eine Auszeit davon gefreut.«

»Sie mögen Rebecca nicht?«

Owen zuckte zusammen, bevor er antwortete. »Es ist nicht so, dass ich sie nicht mag, aber für meinen Geschmack ist ihre Art etwas drüber. Es war immer nur ›Schätzchen‹ hier und ›Schätzchen‹ da, nur dieses rührselige Zeug, wenn sie mit Jordan zusammen war. Dabei habe ich mich nicht wohlgefühlt.«

»Haben Sie eine Partnerin, Mr Falcon?«, fragte Robyn.

Er schüttelte seinen Kopf. »Ich bevorzuge meine eigene Gesellschaft. Kann den ganzen Druck nicht ertragen, immer nur gefallen zu müssen. Ich hatte eine längere Beziehung, aber wir haben uns getrennt. Seitdem hatte ich ein paar Dates, aber nichts Ernstes.«

»Hat Jordan Ihnen irgendwas erzählt, was ihm Sorgen bereitete?«

»Er war ein ziemlich entspannter Kerl. Ich glaube nicht, dass Jordan sich viele Sorgen gemacht hat.«

»Und er war nur ein Freund?«

Owens Augen blitzen für den Bruchteil einer Sekunde auf. »Wenn Sie damit andeuten wollen, dass wir eine körperliche Beziehung hatten, Detective, dann ist die Antwort Nein, die hatten wir nicht.«

»Ich benötige noch die Angaben ihrer anderen Freunde, dann lassen wir Sie für heute in Ruhe. Vielen Dank für Ihre Hilfe«, sagte Robyn.

»Das war's?«

»Vorerst. Es könnte sein, dass wir später noch mehr Fragen an Sie haben.«

»Und werden Sie mir sagen, was mit ihm passiert ist, oder muss ich mir weiter die Scheiße anhören, die hier im Umlauf ist? Jordan hat sich erhängt, jemand hat ihn in den Kopf geschossen, er wurde an einen Holzpfosten genagelt ... Es gehen alle möglichen Gerüchte rum.«

»Aktuell dürfen wir noch keine Einzelheiten preisgeben. Bitte versuchen Sie, nicht auf diese Gerüchte zu hören. Sie werden es zu gegebener Zeit erfahren und für den Moment wäre ich Ihnen dankbar, wenn Sie diese Unterhaltung vertraulich behandeln. Bitte äußern Sie sich niemandem gegenüber dazu, besonders nicht gegenüber Journalisten.«

Owen studierte wieder einmal seine Bierdose. »Armer Bastard«, sagte er.

———

Als sie wieder mit Mitz im Auto saß, entdeckte sie Owen, der durch die Lamellen der Fensterläden linste. Er schien nicht sonderlich bestürzt über den Tod seines Freundes, und das unwillkürliche Zittern deutete darauf hin, dass er wegen irgendetwas nervös war.

»Ich weiß, was Sie sagen werden«, sagte Mitz, als er den Rückwärtsgang einlegte und aus der Einfahrt fuhr. »Überprüfen Sie ihn. Er hat etwas zu verbergen.«

»Ich liebe es, wenn die Kraft der Telepathie funktioniert«, gab sie zurück.

»Er hat definitiv etwas zurückgehalten«, sagte Mitz. »So, wie sein Kopf gezuckt hat und er weggeschaut hat, wenn Sie ihm eine Frage gestellt haben. Das lag nicht nur daran, dass er sich unbehaglich gefühlt hat.«

»Vielleicht steckt da nicht mehr dahinter und er weiß nur nicht, wie er seine Gefühle ausdrücken soll. Er hat zugegeben, dass er ›rührseliges‹ Zeug nicht besonders mag. Oder vielleicht mochte er Jordan gar nicht so sehr. Nur weil sie in derselben Fußballmannschaft gespielt haben, bedeutet das nicht, dass sie sich mögen müssen.«

»Stimmt, aber mit jemandem, den man nicht mag, geht man nichts trinken und lädt ihn danach zu sich nach Hause ein, um noch Xbox zu spielen«, sagte Mitz. »Er verbirgt etwas vor uns.«

»Das denke ich auch. Er sagte, dass Jordan mit dem Fahrrad nach Hause fahren wollte. Ich frage mich, wo es ist. Ich werde Connor anrufen und ihn bitten, danach Ausschau zu halten. Es könnte immer noch irgendwo am Tatort liegen.« Sie zog ihr Telefon hervor, bevor sie weitersprach. »Vielleicht erfahren wir von Jordans anderen Freunden mehr. Sollen wir direkt zum nächsten fahren?«

»Ich habe heute Abend nichts mehr vor.«

»Sind Sie sicher? Ich möchte Sie nicht überbeanspruchen.«

»Ich melde mich freiwillig«, sagte Mitz. »Wenn wir es nicht schaffen, uns ein Bild von dem zu machen, was passiert ist, finde ich heute Abend ohnehin keine Ruhe. Sie wissen ja, wie das ist.«

Robyn wusste es nur zu gut. Sobald sie in einem Mordfall ermittelte, hatte nichts anderes mehr Priorität – nicht mal der Gedanke an ihren toten Verlobten.

7

TAG EINS – MONTAG, 5. JUNI, ABEND

In der Küche herrschte ein Chaos aus dreckigen Pfannen und Tellern. Callum Bishop saß am Küchentisch und löffelte Nudeln mit Tomatensoße in den Mund eines widerwilligen Kleinkindes. Auf einem anderen Stuhl saß ein weiterer kleiner Junge, der unverwandt auf ein iPad starrte und Robyn und Mitz ignorierte.

»Meine bessere Hälfte ist nicht da, also passe ich auf die Jungs auf. Dieser hier will nicht essen, und wenn ich ihn nicht dazu bringe, bekomme ich Ärger, nicht wahr?«, sagte er in einer albernen Stimme zu dem Kind. »Na komm, George, hilf mir, sonst muss Daddy alles aufessen und Mummy erzählen, dass George die ganze Pasta aufgegessen hat.« Er tat so, als würde er essen, was das Kind glucksen und nach dem Löffel greifen ließ. Callum schob ihn in den Mund des Jungen, bevor er es sich anders überlegen konnte.

»Und das war's auch schon. Das mit Jordan ist schrecklich«, sagte er und lenkte seine Aufmerksamkeit von dem Kind auf sie, während er sich die Hände an einem Handtuch abputzte. »Owen hat angerufen, bevor Sie sich gemeldet haben. Er meinte, Jordan wäre in Colton überfallen worden.«

»Das ist korrekt. Auf der Straße Richtung Rugeley.«

Callum schüttelte seinen Kopf. »Unfassbar.«

»Könnten Sie den gestrigen Abend für uns durchgehen? Wir versuchen uns einen besseren Eindruck von ihm und seinen Aktivitäten zu verschaffen«, bat Robyn ihn.

»Wir haben uns im Fox and Weasel außerhalb von Colton getroffen, etwa um Viertel vor sechs, direkt vor dem Anpfiff. Es lief ein Freundschaftsspiel auf Sky, Irland gegen Uruguay. Danach sind wir noch für eine schnelle Runde geblieben. Joe, der Manager unser Fußballmannschaft, wollte uns die neuen Logos für unsere Fußballshirts zeigen. Jasper hat nichts getrunken, also hat er Dean und mich gegen halb neun nach Hause gefahren. Owen und Jordan sind kurz vor uns gegangen. Das ist alles.«

»Hat Jordan sich normal verhalten?«

Callum zuckte mit den Schultern. »So normal wie er eben ist.«

»Was meinen Sie damit?«

Callum strich durch das weiche Haar des Kindes und dachte über seine Worte nach, bevor er sprach. »Er war ein Sonderling. Er stand auf Comicbücher – Filme, Erinnerungsstücke und Actionfiguren – und aufs Fahrradfahren. Das Einzige, was wir gemeinsam hatten, war der Fußball. Mit Owen kam er besser zurecht als mit dem Rest von uns. Jas und Dean kenne ich schon seit Jahren. Wir sind zusammen zur Schule gegangen, haben unser ganzes Leben in Rugeley gewohnt. Aber Jordan war anders – er wuchs in privilegierteren Verhältnissen auf, hat eine Privatschule besucht und in einem riesigen, noblen

Haus gewohnt, bevor er ausgezogen ist. Er hat versucht, zu uns dazuzugehören, hat es aber nicht wirklich geschafft. Jordan hing nur wegen Owen nach den Spielen mit uns rum. Wir waren nicht auf einer Wellenlänge, wenn Sie verstehen, was ich meine. Solange es nicht um Sport ging, wusste er nicht, was er sagen sollte.

Gestern Abend standen Owen und er an der Bar, während der Rest von uns an einem Tisch in der Nähe des Fernsehers saß und auf das Spiel fixiert war. Ich habe nicht wirklich mit ihnen gesprochen, erst als Joe uns die neuen Shirts gezeigt hat. Jordan gefielen sie nicht besonders und er hat sich über sie lustig gemacht – wie ein verwöhntes Kind. Hin und wieder war er so. Das muss er von seinem alten Herrn haben. Doch als Joe meinte, wenn sie ihm nicht gefielen, könne er sich verpissen und für ein anderes Team spielen, hat er einen Rückzieher gemacht. Danach hat er den Mund gehalten. Ich dachte schon, er würde anfangen zu weinen. Er hat sich entschuldigt und ist kurz danach mit Owen gegangen.«

»Ich hatte den Eindruck, dass Jordan regelmäßig mit Ihnen allen Zeit verbracht hat.«

Callum schüttelte den Kopf. »Nur, wenn Owen ihn eingeladen hat. Jordan war ein Mitläufer. Er hat versucht, dazuzugehören, vor allem vor Owen und während unserer Fußballspiele, aber außerhalb des Spielfeldes war er uns nicht gewachsen.«

»Sie haben keinen von ihnen gesehen, nachdem sie den Pub verlassen hatten?«

»Leider nicht.«

»Und Sie sind direkt nach Hause gefahren?«

»Ich war der Erste, der abgesetzt wurde. Sie können meine Frau fragen, sie wird Ihnen bestätigen, dass ich noch vor neun Uhr zu Hause war.«

Die seltsame Beziehung von Jordan zu seinen Teamkameraden hatte Robyn neugierig gemacht. Keiner von ihnen schien ihn besonders zu mögen. Owen hatte abgestritten, dass sie gute Freunde waren, und jetzt deutete Callum an, dass er den Mann eigentlich nicht mochte. Sie fragte sich, ob es daran lag, dass er aus einer wohlhabenden Familie stammte.

»Wurde Jordan damit aufgezogen, mit Mr Jones-Kilby verwandt zu sein?«, fragte sie.

»Als wir herausgefunden haben, wer er war, haben wir ihn anfangs vielleicht etwas gehänselt, aber Jordan hasste seinen Alten. Als wir ihn eines Tages damit aufgezogen haben und er zu viel getrunken hatte, sprudelte es nur so aus ihm heraus: wie sehr er seinen Vater hasste und ihm die Schuld am Tod seiner Mutter gab.«

»Was ist mit seiner Mutter passiert?«

»Sie und Nathaniel haben sich getrennt, weil er eine Affäre hatte. Sie war ausgezogen und hatte ein Haus irgendwo in Lake District gekauft, um von ihm wegzukommen. Eines Tages hatte sie auf dem Weg dorthin einen tödlichen Autounfall. Jordan entschied, dass es die Schuld seines Vaters war. Er war der Meinung, wenn sein Dad es nicht versaut hätte, hätten sich seine Eltern nie scheiden lassen und seine Mum wäre niemals ausgezogen.

Es war ihm peinlich, mit Nathaniel in Verbindung gebracht zu werden. NJK Properties hat viele Dörfer in der Umgebung verschandelt, indem sie neue Häuser hochgezogen haben, und es gibt viel Unmut in der Gegend, weil Nathaniel die neue HS2 Bahnlinie unterstützt. Es gibt Leute, deren Häuser abgerissen werden müssen, um Platz dafür zu schaffen. Diejenigen müssen sich ein neues Heim suchen. Einige leben schon seit Generationen hier und werden Häuser verlieren, in denen schon ihre Großeltern aufgewachsen sind. Darüber war Jordan genauso verärgert wie der Rest von uns. In der Zeitung stand, dass sein Alter deswegen Hassbriefe bekam. Wir haben Jordan damit aufgezogen. Haben ihn gefragt, ob er die Briefe geschrieben hätte. Sie hätten sein Gesicht sehen sollen. Er wurde richtig wütend und ist rot angelaufen. Meinte, Nathaniel verdiene mehr als ein paar blöde böse Briefe. So wütend habe ich ihn noch nie gesehen. Es macht keinen Sinn, jemanden, der seinen eigenen Vater so sehr hasst, damit aufzuziehen.«

»Er hat also nicht über seine Familie geredet – vielleicht über seine Freundin und ihren Sohn?«

»Wie ich schon sagte, er war nicht der Typ für Männergespräche oder allgemein nicht sehr redselig. Es ging immer nur um Fußball oder Fahrradfahren. Er war ein ziemlicher Langweiler. Sobald er die Chance dazu bekam, schwadronierte er über die Tour de France oder La Vuelta. Ich kann mich dafür nicht begeistern, mir liegt eher der Mannschaftssport auf dem Spielfeld. Ich verstehe nicht, was daran so interessant sein soll, jemandem beim Fahrradfahren zuzusehen.«

Das Kleinkind wurde unruhig, also hob Callum ihn aus seinem Hochstuhl.

»Jordan hat tatsächlich nie von Rebecca oder Dylan gesprochen?« Robyn fand es seltsam, dass ein junger Mann mit seinen Freunden über nichts anderes als Fußball reden wollte.

Callum zog eine Grimasse, die sein Kind zum Lachen brachte. »Owen hat mir kurz vor Weihnachten erzählt, dass Jordan eine Freundin hat. Was mich überrascht hat, denn ich dachte, Jordan wäre schwul. Ich dachte sogar, dass er auf Owen stand, so wie er an seinen Lippen gehangen hat, wenn er etwas erzählte. Sie ist öfter mit ihrem Kleinen zu den Fußballspielen gekommen – hat gejubelt und geschrien, jedes Mal, wenn Jordan den Ball hatte. Das war ein bisschen peinlich, wenn ich ehrlich bin. Meine Frau macht so etwas nicht. Ein paar Mal hat sich Rebecca danach im Pub zu uns gesellt, sie schien freundlich zu sein, aber nach einem Bier hat sie Jordan immer mit sich geschleppt, Arm in Arm ... Wie Turteltauben. Hören Sie, ich muss meine Jungs wirklich ins Bett bringen. Sie müssen schon längst im Bett sein.«

»Natürlich, und vielen Dank, Mr Bishop.«

»Jederzeit«, sagte Callum und zuckte mit den Schultern. »Jordan war definitiv seltsam, aber das, was mit ihm passiert ist, tut mir trotzdem leid. Ich mag kaum daran denken.«

———

Zurück im Auto tippte Mitz eine neue Adresse in das Navigationsgerät und sagte: »Jasper Fletcher wohnt nur fünf Minuten von hier.«

»Statten wir ihm einen Besuch ab.«

Die kurze Fahrt führte sie aus Rugeley heraus auf eine Umgehungsstraße, die parallel zu der Eisenbahnlinie verlief. Ein wie ein Projektil geformter Zug von Virgin Express, dessen rot-silberne Lackierung in den letzten Strahlen der Sonne funkelte, warf für einen kurzen Augenblick seinen Schatten auf sie, bevor er vorüberraste und nur wenige Sekunden später in der Ferne verschwand. Robyns Gedanken wanderten zu der HS2-Linie. War es möglich, dass jemand Jordan umgebracht hatte, weil sein Vater etwas Bestimmtes getan hatte? Sie überdachte noch einmal, was sie bereits wussten, während Mitz zurück in den Ort fuhr und, den Befehlen des Navigationsgerätes folgend, durch mehrere Straßen kurvte, bis sie ein Wohngebiet erreichten. Die Straße war von Doppelhäusern aus den Dreißigern mit gespiegelten Hälften und Erkerfenstern gesäumt. Sie passierten vier Häuser, bevor sie hinter einem dunkelblauen Ford Fiesta zum Stehen kamen.

»Das ist sein Auto – es ist auf ihn zugelassen – und dort wohnt er. Haus Nummer 76«, sagte Mitz und deutete auf ein Haus zu ihrer Rechten.

Eine dünne Frau in ihren späten Vierzigern öffnete mit einem sorgenerfüllten Ausdruck die Tür. Als sie Robyn und Mitz sah, weiteten sich ihre Augen.

»Guten Abend. Die Störung tut mir leid, aber wir würden gerne mit Jasper Fletcher sprechen.«

»Jas? Er ist mein Sohn. Er ist doch nicht in Schwierigkeiten, oder?«

»Nein. Wir müssen mit ihm über einen seiner Freunde sprechen.«

Ihre Augen traten hervor, dann wurde ihr bewusst, dass sie eine Reaktion von ihr erwarteten; sie bat sie hinein und deutete auf das gegenüberliegende Zimmer.

»Kommen Sie rein, ich werde Jas holen.«

Sie eilte die Treppe hinauf und ließ Robyn und Mitz im Flur zurück. Als sie auf die Tür zugingen, auf die sie gezeigt hatte, hörte Robyn aus dem Zimmer zu ihrer Rechten animalische Geräusche und linste hinein. Eine ältere Dame mit dünnem, schütterem Haar, vollständig in Schwarz gekleidet, schaute eine Naturdokumentation, ohne die Besucher wahrzunehmen. Mitz folgte Robyn in das Esszimmer, welches Blick auf den Garten bot; ein kleines Stück Land, das vollständig mit Gras bedeckt und von einem hölzernen Zaun umgeben war. Es fehlte an Farbe und Pflege, obwohl vor Kurzem jemand einen Rasenmäher darüber geschoben haben musste. Der Raum roch alt. Eine vergilbte Spitzendecke schmückte den Esstisch. Die Stühle wirkten mit ihren steifen Rückenlehnen eher zweckmäßig als bequem, und Robyn konnte sich nicht vorstellen, dass irgendjemand an diesem Tisch tatsächlich seine Mahlzeiten einnahm. Eine dunkle Kommode, die beinahe eine ganze Wand einnahm, war mit bemaltem Geschirr und Porzellan gefüllt, wie man es heute nur noch auf dem Flohmarkt fand.

»Jemand hier hat eine Schwäche für Kreuzstiche«, sagte Mitz und zeigte auf die gerahmten Stücke, die eine der anderen Wände schmückten. »Wow, es muss Jahre gedauert haben, die fertigzustellen.«

Robyn studierte ein Bild von drei Blumen, wahrscheinlich Tulpen, und einer Biene, die über ihnen schwebte, und das daneben stehende Zitat: »Seid ruhig und erkennet, dass ich Gott bin.« Andere Muster, die alle Verse aus der Bibel enthielten, waren sehr komplex. Sie bewunderte eines, auf dem stand: »Selig sind die geistig Armen.« Während sie las, kündigte ein Rascheln an der Tür die Ankunft von Jasper und seiner Mutter an.

»Meine Mutter hat die gemacht«, sagte die Frau. »Hat Stunden daran gesessen. Sie hat die Geduld einer Heiligen. Ich kann so etwas nicht, habe zwei linke Hände.«

Jasper, der eine Jogginghose und ein Sweatshirt trug, nickte ihnen knapp zu.

»Soll ich bleiben oder gehen?«, fragte die Frau.

Jasper zuckte mit den Schultern. Sie blieb in der Tür stehen, ihr Gesicht voller Sorge, während Robyn mit dem jungen Mann sprach.

»Hallo. Ich bin Detective Inspector Carter. Das ist Sergeant Patel. Es tut mir leid, aber wir haben schlechte Nachrichten bezüglich einer Ihrer Freunde – Jordan Kilby.«

Jasper beobachtete sie mit blassen Augen. »Ja. Das weiß ich schon. Owen hat mich angerufen.«

»Was ist mit Jordan?«, fragte Jaspers Mutter.

»Er ist tot«, sagte Jasper. »Owen sagt, er wurde ermordet.«

Die Frau stieß ein leises Keuchen aus, bevor sie sich selbst bekreuzigte.

Jasper wandte sich zu ihr. »Warum gehst du nicht und schaust mit Grandma etwas Fernsehen? Das wird nicht lange dauern.«

»Das mache ich. Lass mich wissen, falls ihr etwas braucht.« Sie nickte eifrig, als wollte sie ihre Worte unterstreichen, bevor sie sich leise entfernte.

»Natürlich möchten wir Ihnen unser Beileid aussprechen«, sagte Robyn.

Jasper zuckte mit den Schultern. »Wir standen uns nicht sehr nahe.«

»Aber Sie haben sich regelmäßig gesehen und zusammen Fußball gespielt?«

Jasper ließ sich auf einen der Stühle nieder und wischte seine Handfläche über seine Jogginghose. »Ich kannte ihn. Ich bin mit ihm zurechtgekommen, aber er war kein richtiger Kumpel oder so. Außer im Pub habe ich ihn nie gesehen.«

Mitz ergriff das Wort. »Wir hatten gehofft, dass Sie uns etwas mehr über ihn erzählen könnten.«

»Da kann ich Ihnen nicht helfen«, antwortete Jasper mit einem Achselzucken. »Sie sollten Owen über ihn ausfragen. Er war eher ein Kumpel für ihn als wir anderen. Wenn Sie meine ehrliche Meinung wollen, war Jordan irgendwie ein ziemlicher Wichser. Ist immer überall mit seinem Fahrrad hingefahren, ist mit seinen Fahrradhosen und Sportschuhen in den Pub gestampft. Seine Freundin Rebecca hielt sich auch für was Besseres. Mit ihr habe ich mich nicht gut verstanden. Ihr Kleiner war allerdings ganz okay – Dylan. Fan von Birmingham City. Habe ein paar Mal mit ihm geplaudert.«

»Sie mochten Jordan nicht?«

»Weder mochte noch hasste ich ihn. Er hat in mir keine besonderen Gefühle hervorgerufen. Er war ein guter Fußballspieler und ist mir nicht auf die Nerven gegangen. Das war's.«

»Aber Sie waren gestern Abend mit ihm im Pub?«

Jasper nickte. »Ja, aber er war nicht sehr gesprächig.«

»Um wie viel Uhr ist er gegangen?«

»Kurz vor uns. Er ist mit Owen mitgegangen. Er wollte nicht, dass sein schickes Fahrrad gestohlen wird, deshalb hat er es bei Owen untergestellt. Ich habe die anderen mit dem Auto nach Hause gebracht. Da ich an dem Wochenende schon genug getrunken hatte, brauchte ich eine Pause vom Alkohol und habe nur Limonade getrunken.«

»Wer waren ›die anderen‹?«

»Dean Wells und Callum Bishop. Zuerst habe ich Callum an seinem Haus abgesetzt, dann Dean zu seiner Wohnung gefahren. Als ich nach Hause gekommen bin, waren Mum und Grandma gerade aus der Kirche zurück. Grandma wollte sich noch ein Drama im Fernsehen ansehen, also bin ich nach oben gegangen und habe einen Film auf Netflix geguckt – *The Wall*, ein Thriller über zwei Soldaten im Irak. War wirklich gut.«

»Kann das jemand bezeugen?«

»Bin ich ein Verdächtiger?«

»Das ist reine Routine.«

Jasper starrte vor sich auf die mit Kreuzstichbildern bedeckte Wand. »Meine Mum kam zu mir, um zu sagen, dass sie jetzt schlafen geht und mich zu bitten, morgens die Mülltonne an die Straße zu stellen. Der Film ging etwa eineinhalb Stunden. Bin kurz danach ins Bett gegangen. Grandma hat mich noch gesehen, als ich nach unten gegangen bin, um das Ladekabel für mein Handy zu holen, bevor ich mich hingelegt habe. Sie saß immer noch vor dem Fernseher.«

»Vielen Dank. Fällt Ihnen sonst noch etwas ein, was uns weiterhelfen könnte?«

Er verzog das Gesicht. »Nee, dafür bin ich der Falsche. Ich wusste kaum etwas über ihn.«

»Wenn Ihnen noch etwas einfällt, lassen Sie es uns bitte wissen.«

Jasper zuckte lässig mit einer Schulter und nahm die Karte entgegen, die sie ihm hinhielt. »Hatte Owen recht? Wurde er erhängt?«

»Im Moment können wir noch keine Informationen geben. Sie werden zu gegebener Zeit informiert werden. Wie Sie wissen, handelt es sich um eine laufende Ermittlung.«

»Klar. Wollen Sie mit meiner Mum und Grandma reden, um zu überprüfen, dass ich hier war?«

»Wenn es keine Umstände macht.«

Er schob seinen Stuhl zurück und ging ihnen voraus ins Wohnzimmer. Beide Frauen saßen dort und schauten Fernsehen, doch sobald sie in der Tür auftauchten, erhob sich seine Mutter.

»Die Polizei will wissen, ob ich gestern Abend hier war«, sagte Jasper.

»Natürlich warst du hier. Du warst oben, ich habe dich in deinem Zimmer gehört. Die Wände in diesem Haus sind recht dünn«, erklärte sie Robyn.

Dann löste die ältere Frau ihren Blick von dem Bildschirm und schaute zu ihnen herüber.

»Ich habe ihn auch gesehen«, sagte sie, ihre Stimme klang überraschend selbstsicher und fest. »Jasper war hier. Er kam nach unten, als ich die Nachrichten auf BBC One gesehen habe. Er ist ein guter Junge. Ich hoffe nicht, dass Sie denken, er wäre in irgendetwas Unrechtes verwickelt.«

»Das sind reine Routinefragen«, sagte Robyn mit einem leichten Lächeln.

Die Frau warf ihr einen harten Blick zu. »Dann ist ja alles in Ordnung.« Sie drehte ihren Kopf wieder dem Fernseher zu und entließ sie mit dieser einen Geste.

Robyn dankte ihnen und ging mit dem Gefühl hinaus, dass Jordan ein einsamer Kerl war, der trotz seines Netzwerkes aus Freunden niemanden hatte, auf den er wirklich zählen konnte. Jasper mochte ihn nicht besonders. Bis jetzt hatten alle angedeutet, dass er ein Außenseiter war. Dann grübelte sie noch einmal über Callums Aussage nach. Könnte Jordans Temperament die Oberhand über ihn gewonnen und einen Streit verursacht haben? Das mussten sie in Betracht ziehen.

Als sie den dritten im Bunde, Dean Wells, anriefen, ging nur die Mailbox ran, und auch als sie an die Tür seiner Wohnung klopften, öffnete niemand. Doch mittlerweile war es zu spät, um weitere Nachforschungen aufzustellen. Robyns Aufgabe war es, sich um ihre Beamten zu kümmern, also verkündete sie für heute den Feierabend und schickte Mitz nach Hause.

Als sie zurück zu ihrem eigenen Haus fuhr, erinnerte sie

sich daran, dass sie noch Fressen für Schrödinger kaufen musste. Sie würde etwas Hähnchen von dem Supermarkt besorgen, der auf ihrem Weg lag, und es für sie beide grillen. Sie kicherte, als ihr Ross' Worte in den Sinn kamen. Sie verwandelte sich *tatsächlich* in eine Katzenlady.

8

TAG ZWEI – DIENSTAG, 6. JUNI, MORGEN

Regen hatte den Sonnenschein vom Vortag vertrieben. Als Robyn über den Parkplatz auf das Gebäude zulief und sich den Mantel über den Kopf zog, um ihr Haar vor den schweren Regentropfen zu schützen, wäre sie am Eingang beinahe mit Tom Shearer zusammengestoßen. Er schenkte ihr ein seltenes Lächeln und hielt ihr die Tür auf.

»Ich schätze, heute brauchen wir die Ventilatoren nicht mehr«, sagte er.

Sie schüttelte ihren Mantel aus, wobei das Wasser auf den Boden spritzte, und erwiderte sein Lächeln. Seit sie erfahren hatte, dass er ihr heimlicher Verehrer war, der ihr am Valentinstag einen großen Strauß Anemonen geschickt hatte, versuchte sie Shearer nicht zu weiteren Annäherungsversuchen zu ermutigen. Glücklicherweise hatte er keine weiteren Versuche unternommen, sie einzuladen, oder irgendwelche anderen Andeutungen gemacht, dass er über ihre professionelle

Beziehung hinaus an ihr interessiert war. Dafür war sie sehr dankbar. Ihr ruheloser Geist hatte bereits genug damit zu kämpfen, dass Davies möglicherweise am Leben war. Noch mehr Emotionen oder eine Beziehung mit einem anderen Mann würde sie nicht ertragen. Als Shearer mit erhobenem Haupt und straffen Schultern in sein Büro schritt, blitzten in seinem dunklen Haar attraktive silberne Strähnen auf, und für den Bruchteil einer Sekunde fragte sie sich, ob sie ihn nicht doch ermutigen sollte. Seit Davies' Tod waren zwei Jahre vergangen. Sie war zu lange allein gewesen.

Anna stand im Flur und redete mit einem der Techniker. Robyn vermutete, dass Anna genauso gut in die Technikabteilung passen würde, wie in ihr Ermittlungsteam. Bevor sie zur Polizei kam, hatte sie im Bereich der Computertechnik gearbeitet, was sie nun zur besten Ansprechpartnerin machte, wenn es um Laptops, Handys oder das Internet ging. Annas Blick war so konzentriert wie immer, während sie tief in die Unterhaltung mit dem Techniker versunken nickte. Im letzten Moment entdeckte sie Robyn und zog sich zurück.

»Ich konnte den Standort von Jordan Kilbys Handy vom Sonntagabend ausmachen«, sagte sie. »Die Nachrichten in dieser Nacht wurden aus Colton gesendet. Ganz in der Nähe gibt es einen Funksender. Außerdem habe ich seine Telefonaufzeichnungen des letzten Monats bekommen. Bevor ich die durchgehe, wollte ich Ihnen aber etwas zeigen. Er hat keine aktiven Social Media Konten, aber ich bin über ein paar Artikel gestolpert, die interessant sein könnten.«

Sie begleitete Robyn in ihr Büro, wo Mitz gerade die Kaffeemaschine zum Leben erweckte. Er begrüßte sie mit seinen Neuigkeiten.

»Ich habe Owens Namen durch die Datenbank der Polizei laufen lassen. Von 2003 bis 2005 saß er in einer Jugendstrafanstalt, weil er zwei Fünfzehnjährige angegriffen und verletzt hatte – wohl ein Zwischenfall aufgrund einer Gangzugehörigkeit. Er war einer von drei Angeklagten. Außerdem wurde er 2010 wegen schwerer Körperverletzung angeklagt – eine Schlägerei in einem Pub –, aber die Anzeige wurde wieder fallengelassen.«

Als sie die Möglichkeit in Betracht zog, dass Owen Falcon seinen Freund angegriffen haben könnte, schossen Robyns Augenbrauen nach oben. Es müsste etwas sehr Ernstes gewesen sein, wenn Owen ihn auf so grausame Weise umgebracht und seine Leiche auf einem Feld in der Nähe seines Hauses aufgehängt hätte. Das Bild passte einfach nicht. Owen hätte ihn nicht umgebracht und sich ein so schwaches Alibi gesucht. Hätten die beiden sich gestritten, wäre der Angriff spontan und aggressiv gewesen. Sie zog ihre Post-its hervor und schrieb zwei Fragen auf:

Hat Owen den Mord an Jordan geplant?

Haben sie sich gestritten und miteinander gekämpft?

Sie schloss die Augen und dachte über das nach, was sie aufgeschrieben hatte. Beides war möglich. Owen kannte sich in der Gegend aus – auch auf den Feldern – und hätte wissen können, dass dort ein Pfosten aus dem Boden ragte. Er hätte es planen können. Es war nicht weit von seinem Zuhause entfernt, das sich auf einer ruhigen Straße befand. Er hätte Jordan umbringen und sein Fahrrad und Handy loswerden können. Noch wurde beides nicht gefunden. Trotz dieser Logik sagte ihr Instinkt, dass Owen nicht dafür verantwortlich war.

Als sie ihre Augen wieder öffnete, konzentrierte sie sich auf den Ausdruck, den Anna ihr gegeben hatte. Es war ein Zeitungsartikel aus dem Jahr 2010 mit dem Titel »Warum kommen reiche Jungs vom rechten Weg ab?« – etwas über die Nachkommen wohlhabender Familien, die rebelliert hatten. Robyn blätterte durch die Seiten und hielt inne, als sie den fünften Absatz erreichte.

Jordan Kilby, der sechzehnjährige Sohn des erfolgreichen Geschäftsmannes Nathaniel Jones-Kilby, erregte keinerlei Aufmerksamkeit, als er an unserem vereinbarten Treffpunkt in Lichfield eintraf. Gekleidet in eine Jeans und eine unauffällige Jacke, mit seinem jungenhaften Gesicht, das von dunklen Locken eingerahmt war, hätte er Teil einer Boyband sein können. Mit seiner leisen Stimme und der beinahe schmerzhaften Schüchternheit legte dieser Junge keinerlei schlechte Gewohnheiten an den Tag, obwohl er gerade von einer teuren Schule geflogen war. Tatsächlich war er nicht bereit, mit unserer Journalistin über die wahren Gründe seines Rauswurfs von der Schule zu sprechen, die eine jährliche Gebühr von dreißigtausend Pfund verlangt, dementierte jedoch die Gerüchte, es habe etwas mit Drogenhandel zu tun. »So etwas war es nicht. Manchmal hat man einfach genug: das Herumkommandieren, die akademischen Erwartungen, die anderen genauso verkorksten Kids«, sagte Jordan mit leiser, sanfter Stimme, die gar nicht zu der Frechheit anderer Teenager passte, die ich erwartet hatte. »Ich wollte nicht mehr kontrolliert werden. Ich war nur auf dieser Schule, weil mein Vater stinkreich ist, aber ich hätte lieber eine örtliche Schule besucht. Nicht jeder passt in eine Privatschule.« Die Schule hält sich weiterhin über die Gründe für seinen Ausschluss bedeckt und Mr und Mrs Jones-Kilby standen für keine Aussage zur Verfügung. Als Jordan ging, hatte unsere Journalistin eher das Gefühl, mit einem missverstandenen jungen Mann geredet zu haben als mit einem Rebellen. Vielleicht kann Geld einfach nicht alle Probleme lösen.

Anna wartete, bis Robyn von dem Artikel aufsah, bevor sie sprach. »Haben Sie den Namen der Journalistin bemerkt?«

Robyn las den Titel noch einmal, dahinter stand ein Name. »Amy Walters. Das muss einer ihrer ersten Artikel gewesen sein.«

»Es ist nicht sehr detailreich, aber Amy könnte sich an Jordan erinnern. Sie wissen, wie sie ist. Wahrscheinlich hat sie ihm einen ganzen Haufen Fragen gestellt und nur einen Bruchteil des Materials verwendet.«

»Stimmt. Sieht aus, als müsste ich doch noch einmal mit ihr sprechen«, sagte Robyn und stieß einen Seufzer aus. »Also die Nachrichten, die von Jordans Telefon gesendet wurden, stammen aus Colton. Um halb zwölf muss er noch am Leben gewesen sein.«

»Es sei denn, der Mörder hat sie geschickt«, sagte Anna.

Robyn seufzte erneut. »Allerdings. Und da wir sein Telefon noch nicht gefunden haben, ist das durchaus möglich.«

Mitz stellte mit einem Lächeln auf dem Gesicht eine Tasse Kaffee vor ihr ab. »Den werden Sie brauchen. Joe Harris, der Eigentümer des Fox and Weasel ist hier.«

»Danke. Dann sollten wir wohl mit ihm reden«, antwortete Robyn, bevor sie einen schnellen Schluck Kaffee nahm und sich innerlich auf einen langen Tag voller Befragungen und Vernehmungen vorbereitete.

———

Joe Harris trug einen dunkelgrauen, akkurat gestutzten Bart und einen rasierten Kopf zur Schau. Auf seiner Stirn prangten schwarze Augenbrauen, die an riesige Raupen erinnerten. Robyns erster Eindruck von ihm war der eines James-Bond-Bösewichts, der durch den finsteren Blick, den er ihr zuwarf, als sie sich vorstellte, noch verstärkt wurde.

»Ich möchte Ihnen gerne zunächst mein Beileid aussprechen«, sagte sie. »Wie ich hörte, gehörte Jordan zu Ihren Stammgästen und hat in Ihrer Fußballmannschaft gespielt.«

Joe nickte knapp.

»Was können Sie uns über Jordan erzählen? Sie müssen ihn gut gekannt haben.«

»Er war ein wenig exzentrisch, aber verrückt nach Fußball und Fahrradfahren. Hat sich immer höflich verhalten und ist mit allen klar gekommen. Ruhiger Junge.«

»Ich habe gehört, dass er und Owen sich gut miteinander verstanden haben.«

»Sie haben richtig gehört. Wo auch immer Owen hingegangen ist, Jordan war bei ihm. Owen hat ihn unter seine Fittiche genommen. Jordan fiel es schwer, dazuzugehören. Owen hat es ihm ein bisschen leichter gemacht.«

»Waren sie gute Freunde?«

»Definitiv.«

»Würden Sie sagen, dass Jordan eher schüchtern war?«

Joe nickte. »Schüchtern, scheu, manchmal fürchtete er sich sogar vor seinem eigenen Schatten.«

»Wie haben Sie sich kennengelernt. Das Fox and Weasel ist nicht seine Stammkneipe, eher außerhalb seines üblichen Reviers.«

»Vor etwa einem Jahr. Owen hat ihn zu einem unserer Trainingsspiele mitgebracht, und wir haben ihn bei uns mitkicken lassen. Ich habe ihn sofort gefragt, ob er unserem Team beitreten möchte. Er war ein herausragender Spieler, wie sich herausstellte, einer unserer Besten. Ich schätze, er hätte es sogar auf professioneller Ebene versuchen können, so gut war er. Manchmal hat er sich auf dem Spielfeld hinreißen lassen, aber nichts Wildes. So sind Fußballspiele nun mal. Die Hitze des Gefechts, ein fragwürdiges Foul, ein paar unpassende Worte. Nichts Weltbewegendes. Die Jungs lassen etwas Dampf ab, das ist alles.«

»Callum Bishop hat uns verraten, dass Sie einigen aus dem Team am Sonntagabend die neuen Fußballtrikots gezeigt haben.«

»Das ist korrekt. Ich habe ein neues Logo erstellen lassen. Dachte, ich zeige es zuerst den Jungs im Pub, bevor ich es dem

Rest der Mannschaft zeige. Nur um sicherzugehen, dass es ihnen gefällt.«

»Und hat es das?«

Er nickte. »So ziemlich. Jordan war nicht wirklich davon begeistert, aber er war an dem Abend ohnehin schlecht drauf.«

»Schlecht drauf?«

»Ein bisschen mürrisch. Manchmal war er so – trotzig. Besonders nach ein oder zwei Gläsern Bier. Dann wurde er melancholisch. Hat nur noch knapp geantwortet. Wenn er so drauf war, war es am besten, ihn in Ruhe zu lassen. Ich dachte, vielleicht macht Rebecca ihm das Leben schwer.« Er lachte. »Er stand unter ihrem Pantoffel. Manchmal haben wir ihn deswegen aufgezogen. Armer Kerl. Er war wirklich sehr sensibel.«

»Können Sie das weiter ausführen?«

»Wenn es um sie ging, war er ein Weichei. Wenn sie ihm vorgab, zu einer bestimmten Zeit zu Hause zu sein, ist er zu ihr gerannt, auch wenn wir bei einem Spiel erst Halbzeit hatten oder er Spaß hatte. Sie wohnten erst gefühlte fünf Minuten zusammen, und schon hatte sie die Hosen an. Owen fand, dass Jordan sich wie ein Schlappschwanz verhalten hat – entschuldigen Sie den Kraftausdruck.«

»Haben Sie sie kennengelernt?«

Joe lachte. »Ja. Sie hatte Jordan an den Eiern.«

»Haben die anderen ihre Frauen oder Freundinnen auch in den Pub mitgenommen?«

Joe schüttelte den Kopf. »Die Jungs aus der Fußballmannschaft kommen normalerweise ins Fox and Weasel um eine Pause von ihren Partnern zu haben. Für sie ist es ein Rückzugsort.«

»Aber bestimmt haben ihre Partnerinnen sie bei ihren Fußballspielen angefeuert.«

»Ja, hin und wieder tun sie das. Jordans Freundin war bei einigen Spielen dabei. War fast eine Art Cheerleader.«

»Ich bin sicher, die Unterstützung wurde willkommen geheißen«, sagte Robyn.

Joe öffnete seinen Mund, um etwas zu erwidern, doch überlegte es sich anders und schüttelte nur kaum merklich den Kopf.

»Sind Sie schon lange Sponsor der Mannschaft?«

»Etwa fünf Jahre. Als ich noch jünger war, habe ich bei den Blithfield Wanderers mitgespielt. Damals hat ein lokales Geschäft die Mannschaft gesponsert, aber 2012 haben die Eigentümer den Laden dichtgemacht. Ich fand es schade, dass das Team so hängengelassen wurde, also habe ich den Posten des Sponsors und Managers angenommen. Ich bin bei den Freundschaftsspielen und Turnieren am Sonntag dabei. Versuche, alles so zu handhaben, wie es vorher war.«

»Ich vermute, Sie kennen die Spieler gut.«

Er nickte. Viele von ihnen kenne ich, seit sie Kinder waren. Ich habe mit ihren Vätern zusammen gespielt. Owen, Callum, Jasper und Dean sind mit am längsten im Team. Die anderen sind in dieser Saison neu hinzugekommen oder haben sich uns Ende letzten Jahres angeschlossen. Wir haben einen hohen Spielerwechsel – einige der Jungs haben sonntags oder unter der Woche keine Zeit, weil sie von ihren Familien oder der Arbeit gefordert werden, diese Sachen eben. Aber diese vier Jungs sind der Mannschaft immer treu geblieben und verpassen kein einziges Spiel.«

»Fällt Ihnen jemand ein, der einen Groll gegen Jordan hegen könnte?«

Joe schüttelte seinen Kopf. »Nein, er gehörte nicht zu der Sorte, die anderen gerne auf die Füße trat. Er war ganz anders als sein Vater Nathaniel. Mir würden viele Leute einfallen, die *diesen* Mann gerne umbringen würden. Er ist eine echte Plage. Zum Glück war Jordan nicht aus demselben Holz geschnitzt wie sein alter Herr.«

Robyn ließ Mitz mit Joe Harris allein, damit sie bei Matt vorbeischauen konnte, der in einem anderen Zimmer gerade Dean Wells befragte. Dean sah aus wie ein Rugbyspieler – er hatte muskulöse Oberschenkel, ein rundes Gesicht, einen rasierten Kopf und einen Nacken wie ein Stier. Seine Antworten waren denen der anderen sehr ähnlich.

»Jordan hat sich nicht besonders in die Gruppe integriert, es sei denn, es lief ein Spiel im Fernsehen, dann hat er gejubelt und den Schiedsrichter angeschrien wie wir anderen auch.«

»Haben Sie ihn jemals außerhalb des Pubs getroffen?«

»Ja, manchmal habe ich ihn auf seinem Weg zur Arbeit oder wohin auch immer mit seinem Fahrrad gesehen. Einmal habe ich ihn und seine Freundin Rebecca getroffen, als sie mit Dylan in einem Park in Lichfield Fußball gespielt haben. Na ja, er hat gespielt, sie stand daneben und hat gejubelt, wenn das Kind ein Tor geschossen hat. Ich war mit meinem Neffen dort. Wir sind zu ihnen gegangen, um Hallo zu sagen, aber Rebecca war uns gegenüber sehr abweisend. Ich habe vorgeschlagen, dass die Kinder vielleicht gerne miteinander spielen würden, aber sie sagte, sie müssten jetzt gehen. Jordan hat mir einen entschuldigenden Blick zugeworfen, ist aber mit ihr mitgegangen. Als ich ihn das nächste Mal gesehen habe, habe ich ihn darauf angesprochen. Er meinte, sie hätten wirklich gerade aufbrechen wollen, aber ich habe ihm nicht geglaubt. Ich denke, sie wollte nicht, dass ihr kleiner Schatz Zeit mit meinem Neffen verbringt. Wahrscheinlich dachte sie, wir wären nicht gut genug für ihn oder so.«

»Fällt Ihnen jemand ein, der ihm schaden wollen würde?«

Dean verzog das Gesicht. »Sie meinen, ihn umbringen? Das ist ein großer Unterschied, nicht wahr? Mir würden ein paar Leute einfallen, die ihm gerne mal eine verpasst hätten, aber niemand, der ihn tatsächlich ermorden würde.«

»Wer hätte Jordan verletzen wollen?«

»Ach, das meinte ich nicht so. Hin und wieder hat er unsere Gegner verärgert – er war ein wirklich guter Spieler und unser bester Torschütze. Niemand verliert gerne, nicht wahr?«

———

Nach den Befragungen, die nur wenig neue Informationen gebracht hatten, rief Robyn bei Toby und Jane Marsh an, dem Ehepaar, das Jordans Leiche entdeckt hatte; hauptsächlich, um ihre Aussagen zu prüfen, aber auch, um zu sehen, wie es ihnen erging. Jane Marsh klang zurückhaltend, als sie den Anruf entgegennahm, bis Robyn erklärte, wer sie war.

»Fast wäre ich nicht ans Telefon gegangen«, sagte Jane. »Viele Leute waren hier, haben einfach an unsere Tür geklopft und Fragen gestellt. Außerdem ruft ständig jemand von der Presse an. Toby wollte, dass ich den Hörer neben das Telefon lege. Er ist draußen auf dem Feld. Wollten Sie mit ihm sprechen?«

»Ich habe mich gefragt, wie es Ihnen beiden geht. Das muss sicher ein Schock für Sie gewesen sein.«

»Das war es, aber ich bin jetzt seit vierzig Jahren die Frau eines Landwirts und habe schon oft den Tod gesehen – über die Jahre haben wir einige Tiere verloren. Allerdings muss ich zugeben, dass ich noch nie einen an einem Pfahl aufgehängten Mann gesehen habe.«

»Wir möchten die Einzelheiten noch nicht öffentlich machen und wissen Ihre Verschwiegenheit sehr zu schätzen.«

»Oh, kein Problem. Ich möchte ohnehin nicht darüber reden, viel lieber würde ich das Bild aus meinem Kopf vertreiben. Obwohl ich bezweifle, dass ich jemals sein Gesicht vergessen kann. Er war noch so jung.«

»Sie kennen seine Identität, nicht wahr?«

»Wir haben ihn nicht erkannt, aber ich habe das Gerücht gehört, dass es sich um den Sohn von Mr Jones-Kilby handelt.«

»Sie haben ihn nie kennengelernt?«

»Nein. Wir haben Mr Jones-Kilby getroffen, aber nie seinen Sohn. Wir wussten gar nicht, dass er verheiratet war oder Kinder hatte.«

»Sind Sie mit Mr Jones-Kilby befreundet?«

Plötzlich wurde Janes Stimme misstrauisch. »Wir sind keine Freunde. In dieser Gegend hat er nicht viele Freunde.«

»Liegt das an seiner Beteiligung an der geplanten HS2-Linie?«

»Das wäre einer der Gründe. Er hat schon einige hübsche Dörfer mit seinen Neubauten verschandelt, und die Leute hier sind sehr nachtragend. Aber wir hegen keinen persönlichen Groll gegen diesen Mann.«

»Soweit ich weiß, verläuft die geplante Route der HS2 über Ihr Land.«

»Darüber möchte ich lieber nicht mit Ihnen sprechen, schon gar nicht ohne meinen Mann. Das geht Sie wirklich nichts an.«

»Dann erlauben Sie mir bitte eine letzte Frage. Sind Sie verärgert, weil Sie Ihr Land an dieses Projekt verlieren?«

»Nein. Wir sind nicht verärgert. Ganz und gar nicht. Toby wird nicht jünger und er will nicht den Rest seiner Tage auf den Feldern verbringen. Kurz gesagt: Für uns ist es eigentlich ein Segen.«

Nachdem sie den Anruf beendet hatte, schrieb Robyn ein kleines Fragezeichen neben ihre Namen auf das Whiteboard. Sie hatten kein handfestes Alibi, und obwohl sie versucht war, ihre Namen aus den Ermittlungen zu streichen, konnte sie es noch nicht; nicht, ehe sie nicht vollkommen von ihrer Unschuld überzeugt war.

»Gibt es noch etwas Neues über Owen«, fragte sie Mitz.

»Seit dem Vorfall im Jahr 2010 mit der schweren Körperverletzung hat er sich aus allen Schwierigkeiten herausgehalten«, sagte Mitz und öffnete das Dokument auf seinem Computer, das er zu diesem Vorfall erhalten hatte.

»Was ist da genau vorgefallen?«

»Es ging um Joy Fairweather, die zu der Zeit Owens Freundin war. Das Ganze ist im Bowling Green Pub in Lichfield passiert. Der Ankläger, Jonathan Bagshaw, hat mit Joy geflirtet und anzügliche Bemerkungen gemacht. Als sie ihn zurückwies, wurde er beleidigend. Owen wollte sie verteidigen, aber beide Männer waren betrunken und es endete in einer Prügelei. Owen hat die schwere Körperverletzung zugegeben, jedoch haben die Zeugen ausgesagt, dass er heftig provoziert wurde und nur aus Notwehr heraus gehandelt hatte. Schließlich hat Jonathan Bagshaw die Anklage fallengelassen.«

Robyn stieß einen undefinierbaren Laut aus. »Ich weiß ja nicht. Owen scheint eine ganze Laufbahn aus Vorfällen zu haben, die aus seiner Wut heraus entstanden sind. Er könnte die Beherrschung verloren und Jordan angegriffen haben. Wir müssen noch einmal mit ihm sprechen, und sei es nur, um ihn aus unseren Ermittlungen ausschließen zu können. Er sagte, er habe geschlafen und nicht gehört, wie Jordan das Haus verlassen hat, also haben wir keine Beweise dafür, wo er sich aufgehalten hat, als Jordan überfallen wurde. Gibt es schon etwas Neues von Jordans Handy?«

David ergriff das Wort. »Noch nicht. Connor sagte, sie suchen immer noch danach, zusammen mit seinem Fahrrad.«

»Ich frage mich, ob der Mörder das Fahrrad mitgenommen hat oder ob es im Nachhinein gestohlen wurde. Wir müssen die Augen offen halten, es könnte überall auftauchen. Wo ist Matt?«

»Er und Anna sind zu Speedy Logistics gefahren, um sich mit Jordans Kollegen zu unterhalten.«

»Perfekt, danke.«

Wenn Robyn nützlichere Informationen über Jordan gefunden hätte, hätte sie Amy vermutlich nicht kontaktiert. Jordans Kollegen hatten nur bestätigt, was sie bereits wussten: Jordan war ein Einzelgänger, der nur aufgetaucht ist, wenn es um Fußball, Fahrradfahren oder die Arbeit ging. Jordan Kilby hatte nur wenig Eindruck hinterlassen.

Robyn fand es seltsam, dass jemand irgendwo für fünf Jahre arbeiten und gleichzeitig so wenig über sein Privatleben preisgeben konnte. Und was noch seltsamer war: Wie konnte er Teil einer Gemeinde sein, sich regelmäßig mit jemandem treffen, Fußball mit ihnen spielen, mit ihnen etwas trinken gehen, und dennoch behaupteten seine sogenannten Freunde, kaum etwas über ihn zu wissen? Es gab noch etwas anderes, das an ihr nagte – Rebecca hatte Jordan als freundlich beschrieben, und nur ein selbstsicherer Mann würde mit Blumen und einem Fußball vor einem Gebäude warten, um eine Frau, die er nicht kannte, um ein Date zu bitten. Das passte nicht zusammen. Es war, als existierten zwei verschiedene Personen – Jordan der Einzelgänger und Jordan der Romantiker.

9

TAG ZWEI – DIENSTAG, 6. JUNI, NACHMITTAG

Es war ihr Frust, der sie dazu brachte, das Telefon in die Hand zu nehmen und ein Treffen mit Amy Walters in einem Café an der Ecke der Hauptstraße in Stafford zu arrangieren. Es war eines der Kaffeehäuser einer bekannten Kette in der Stadt, aber es gab ein Hinterzimmer, in dem sie sich etwas privater unterhalten könnten.

Der Regen hatte nachgelassen, doch die Straßen waren immer noch nass. Die Fußgänger wichen den Pfützen aus, die sich auf den Gehwegen angesammelt hatten, als sie die Läden, Cafés und Restaurants verließen, in denen sie Schutz gesucht hatten. Sie schlossen sich der Menge an, die sich auf den Stadtplatz tummelte und umringten die Stände, wo man alles kaufen konnte, vom Straußenfleischburger bis hin zu selbst gezogenen Kerzen. Robyn umrundete den breiten Doppelkinderwagen vor ihr und ging dem Mann aus dem Weg, der den Passanten funkelnde Karamellbonbons als Probe auf einem Tablett anbot.

Sie mochte das Stadtzentrum von Stafford mit seiner Mischung aus alter und neuer Architektur, den schwarz-weißen Gebäuden im Tudor-Stil, den hohen Bögen der Oddfellows Hall und dem Ancient High House, eines von Staffords Hauptattraktionen und Englands höchstes Fachwerkgebäude. Obwohl der Eintritt frei war, war Robyn keine Historikerin und hatte noch keinen Fuß hineingesetzt. Sie zog die Parks vor, die Natur und offene Flächen: Orte, an denen sie tief einatmen und die Sonne auf ihrer Haut spüren konnte. Städte, selbst die hübscheren, waren einengend.

Sie blickte zu den Fenstern des Swan Hotels hinauf, das früher einmal ein Gasthaus gewesen war, heute bot es eine kleine Brasserie und eine Teestube. Mehrere Tische waren belegt. An dem Tisch, der den Fenstern am nächsten war, saß eine Frau, die mit den Händen gestikulierte, während sie sprach. Ihr gegenüber saß ein Mädchen, etwa in Amélies Alter, das die örtliche Schuluniform trug. Ihr Ausdruck war aufgeweckt, als sie der Frau lauschte. Vor ihnen standen ein Teller mit großen braunen Scones, Schälchen mit leuchtend roter Erdbeermarmelade und Sahne, neben einer mit Mohnblumen dekorierten Teekanne. Robyn dachte an Amélie, Davies' Tochter, die bei ihrer Mutter Brigitte wohnte, Robyn aber oft besuchen kam. Amélie würde auf etwas Trendigeres bestehen. Sie lächelte, als sie sich dieses Szenario vorstellte, und machte sich in Gedanken eine Notiz, sie mit dem Vorschlag, hierher zu kommen, zu necken.

Amy zeigte sich gelassen. Das einzige Anzeichen dafür, dass sie unbedingt mit Robyn sprechen wollte, war das Durchstrecken ihres Rückens, als Robyn das Café betrat. Der Mann hinter dem Tresen bereitete gerade einen Latte Macchiato in einem großen Glas zu und widmete ihm dieselbe Aufmerksamkeit, die man bei einem Künstler für sein Gemälde erwarten würde. Da Amy die einzige Person in der Nähe der Theke war, nahm Robyn an, dass er für Amy war.

»Machen Sie zwei, bitte«, sagte sie zu ihm.

Amys Augen funkelten verschmitzt. »Ich bin froh, dass Sie angerufen haben. Das erspart es mir, das Revier belästigen zu müssen, um an Informationen zu kommen.«

»Da spricht die echte Journalistin aus Ihnen. Es ist schön zu sehen, dass Sie sich nach wie vor Ihrer Berufung widmen und sich nicht vom Schreiben von Romanen ablenken lassen. Wie läuft es damit?«

Amy zog eine Grimasse, nahm das Tablett mit ihren Getränken auf und machte sich auf den Weg ins Hinterzimmer, während Robyn in ihren Taschen nach Geld suchte und bezahlte, bevor sie sich zu ihr gesellte.

Das Hinterzimmer bot Aussicht auf die Hauptstraße und war bis auf sie leer. Ein Stapel durchgeblätterter Zeitungen und Tische, auf denen sich Geschirr stapelte, deuteten darauf hin, dass zuvor mehr losgewesen war.

»Ich brauche mehr Stoff«, sagte Amy. »Ohne ein paar Fallstudien und pikantere Informationen kann man kein Buch über Serienmörder schreiben. Sie haben nicht zufällig etwas für mich?«

Robyn schüttelte ihren Kopf, lehnte sich vor und senkte die Stimme. »Ich könnte etwas Interessantes für Sie haben, aber zuerst brauche ich etwas von Ihnen.«

Amy lächelte, hob ihren Kaffee an ihre Lippen und blies sanft darauf, um ihn abzukühlen. Robyn wusste, dass sie auf Zeit spielte, um sich eine Strategie zurechtzulegen und zu überlegen, welchen Trumpf sie gegen sie in der Hand hielt. Amy war furchtlos und arbeitswütig, doch trotz all ihrer Fehler – unerbittliche Aufdringlichkeit war einer davon – empfand Robyn einen widerwilligen Respekt vor dieser Frau.

»Ich höre«, sagte Amy.

»Sie nehmen diese Unterhaltung nicht auf, oder?«

Amy grinste, griff in ihre Tasche und zog ihr Telefon hervor, das sie vor sich auf den Tisch legte.

»Ts. Vertrauen Sie mir etwa nicht, DI Carter?«

Die Wahrheit war, dass Robyn Amy kein Stück über den Weg traute. Für eine gute Story würde diese Frau ihre Seele verkaufen. Sie entschied sich, ihren Kommentar zu ignorieren.

»Im Jahr 2010 haben Sie ein paar reiche Kinder interviewt, die auf Abwege geraten sind. Erinnern Sie sich an den Artikel?«

Amy nippte an ihrem Kaffee. Pinker Lippenstift blieb am Rande des Glases kleben. Dann nickte sie langsam. »Das war einer meiner ersten Aufträge für die *Lichfield Gazette*. Seitdem habe ich mich weiterentwickelt. Ich schreibe kaum noch für diese Zeitung, aber natürlich erinnere ich mich. Wochenlang habe ich daran gearbeitet, habe launischen Teenies nachgejagt und versucht, sie zu einem Interview über sie und ihre super wohlhabenden Familien zu überreden. Ich habe sie sogar zu Hause besucht.« Sie hob ihre perfekt gepflegten Augenbrauen. »Eine der Familien hat mir ihren Hund auf den Hals gejagt. Ich musste die ganze meilenlange Einfahrt zu meinem Auto zurücklaufen. So schnell bin ich in meinem ganzen Leben noch nicht gerannt.«

Robyn widerstand dem Drang zu grinsen. »Ich würde gerne wissen, was Sie wirklich über einen von ihnen gedacht haben – Jordan Kilby. In dem Artikel schrieben Sie, er wäre vielmehr schüchtern und missverstanden als ein Rebell.«

Amy blinzelte, doch gewann schnell ihre Kontrolle zurück. Robyn spürte ihr plötzliches Unbehagen und fragte sich, warum dieser Name bei ihr einen Nerv getroffen hatte.

Schließlich antwortete Amy. »Ich erinnere mich gut an ihn. Er war nicht so wie die anderen verzogenen Bälger, mit denen ich gesprochen habe. Er war einfach nur ein ruhiger Junge. Ich konnte nicht viel aus ihm herausbekommen, weshalb er von der Schule geflogen ist, die Schule wollte es mir auch nicht sagen. Seine Eltern wollten nicht reden. Er wurde auf jeden Fall nicht strafrechtlich verfolgt. Es schien sinnlos, ihn zu befragen. Ich vermutete, dass sein Vater oder seine Mutter ihn dazu gedrängt hatten ... Um seinen Namen reinzuwaschen. Ich bin aus ihm nicht schlau geworden. Da er nicht sehr interessant war, wollte ich seinen Teil des Interviews aus dem Artikel herausnehmen, aber Nathaniel Jones-Kilby war in der Gegend sehr bekannt und mein Redakteur wollte, dass er drin bleibt.«

»Sie müssen mehr aus ihm herausbekommen haben als das, was in dem Artikel erwähnt wurde. Ich kenne Sie, Amy. Sie nehmen ganze Unterhaltungen auf und nutzen nur das, was für Ihre Leser am interessantesten erscheint. Sie haben mehr über ihn herausgefunden. Ich wette, Sie haben die Notizen des Interviews aufbewahrt. Sie würden niemals etwas löschen, dass Ihnen in der Zukunft noch von Nutzen sein könnte. Dafür sind Sie zu professionell.«

Amy schaute sie aus ihren klaren grünen Augen an und schmunzelte. »Vielleicht habe ich das. Was springt für mich dabei heraus?«

Robyn lächelte knapp. »Das kommt sofort, versprochen. Sein Vater Nathaniel Jones-Kilby. Haben Sie ihn schon einmal interviewt?«

Amy schnaubte. Sie dachte einen Moment lang nach, bevor sie antwortete. »Ein richtiges Arschloch. Er ist rechthaberisch und arrogant. Entweder hat er damit gedroht, die Zeitung zu verklagen, wenn sie weiter über seine landraubenden Taktiken schreiben würde, oder er ist dem Redakteur in den Hintern gekrochen, um sich seine Unterstützung zu sichern. Haben Sie von dem Debakel mit den Hassnachrichten gehört?«

Über diesen Vorfall hatte Robyn bereits nachgedacht und sich gefragt, warum er die Polizei nicht eingeschaltet hatte. Stattdessen war er direkt zu den Zeitungen gegangen, um sich über die erhaltenen Hassnachrichten zu beschweren. Robyns Meinung nach hätte es mehr Sinn ergeben, den Vorfall den zuständigen Behörden zu melden. Das erklärte sie auch Amy, die zustimmend nickte.

»Ganz genau. Er hätte es der Polizei melden sollen, nicht

wahr? Aber nein, er hat unseren Redakteur kontaktiert, der einen Senior-Reporter losgeschickt hat, um ihn zu interviewen. Er bekam eine ganze Doppelseite darüber, wie ungerecht es war, dass er diese Hassnachrichten erhielt. Der gesamte Artikel war die reinste Propaganda, um Unterstützung für die HS2-Linie zu bekommen, und er hat die Rolle des Opfers gut dargeboten. Er stellte sich als eine Art moderner Robin Hood dar, der neuen Wohnraum für Unterprivilegierte schaffen wollte. Die neue Eisenbahnlinie pries er damit an, dass sie neue Arbeitsplätze in der Region schaffen würde.« Ihr schmaler Fuß zuckte aufgebracht hin und her. »In dem Artikel wurden weder mutmaßlich fragwürdige Geschäfte noch potenziell korrupte Stadträte erwähnt, die ihm erlaubt haben, in Gebieten zu bauen, die eigentlich ein Grüngürtel hätten bleiben sollen. Ich hätte die Möglichkeit genutzt, den Mann durch den Dreck zu ziehen, aber nein, er ist gut aus der Sache herausgekommen. Witzigerweise hat er keine weiteren Briefe erhalten, nachdem der Artikel gedruckt wurde. Sie sind ausgeblieben. Das weiß ich, weil ich versucht habe, an der Geschichte dranzubleiben. Jones-Kilby meinte, der Artikel hätte denjenigen abgeschreckt, wer auch immer sie geschickt hatte, aber ich glaube nicht, dass das der Fall ist. Ich glaube, das war alles nur eine Marketingstrategie.«

»Sie denken, er hat die Briefe selbst geschrieben?«

Amy nickte. »Oder er hat einen seiner Angestellten dazu angestiftet, sie zu schreiben.«

»Warum haben Sie ihn nicht damit konfrontiert oder es gegenüber Ihrem Redakteur erwähnt?«

»Es gab wichtigere Storys, an denen ich arbeiten musste.« Ihr Ton ließ das Gegenteil vermuten.

Robyn vermutete, dass Amy noch nicht aufgegeben hatte und immer noch an der Sache dran war. Amy nahm einen Schluck von ihrem Kaffee, bevor sie weitersprach.

»Er genießt es, Macht zu haben.« Sie hielt inne. Robyn

spürte, dass sie versuchte zu entscheiden, ob sie weitersprechen sollte. Schließlich tat sie es. »Haben Sie jemals jemanden getroffen und hatten das Gefühl, dass dieser jemand tyrannisiert wird? Das hatte ich, als ich Jordan getroffen habe. Er schien so ... zerbrechlich. Ich habe immer damit gerechnet, dass er gleich in Tränen ausbricht. Ich denke, dass sein Vater oder vielleicht sogar seine Mutter ihn dazu gezwungen haben, zu dem Interview zu gehen, um die Gerüchte zu entkräften. Einer von ihnen hat an dem Tag draußen vor dem Café gewartet. Ich konnte beobachten, wie er in einen silbernen Mercedes gestiegen ist, und ich schwöre, der Junge hat geweint, als er das getan hat.«

»Und welche Gerüchte waren das?«

»Jordan hatte Drogen genommen und war von der Schule verwiesen worden. Ich denke, dass sein Daddy die Schule bezahlt hat, um die Anschuldigungen fallen zu lassen, und es wurde unter den Teppich gekehrt. Während meines Interviews hatte Jordan die Möglichkeit, sämtliches Fehlverhalten zu leugnen, deshalb wurde er gezwungen, sich mit mir zu treffen. Alles nur Vermutungen, ich weiß, aber bei solchen Sachen habe ich einen siebten Sinn.«

Robyn musste ihr zustimmen. Amy war sehr scharfsinnig und besaß gute Menschenkenntnis.

»Hatten Sie nach dem Interview noch Kontakt zu ihm?«

Amy zuckte mit den Schultern. »Nicht wirklich. Ich habe das mit seiner Mutter gehört. Jordan hat mir unglaublich leidgetan, das hat ihn schwer getroffen. Ich habe gehört, dass Jones-Kilby ihm nach ihrem Tod das Haus gekauft hat, aber es war kein Geheimnis, dass sie sich zerstritten haben. Jordan ist nach Newborough gezogen und hat sein Leben weitergelebt. Er fährt für ein lokales Lieferunternehmen und hält sich aus dem Rampenlicht heraus. Im Gegensatz zu seinem Vater.«

»Sie sind nicht gut auf Nathaniel Jones-Kilby zu sprechen, nicht wahr?«

»Er ist ein widerlicher Mensch. Er hat den Stadtrat in die Tasche gesteckt, ist mit dem lokalen Abgeordneten befreundet und nur deshalb an der HS2-Linie interessiert, weil er davon profitiert. Ich weiß noch nicht genau, wie, aber bin mir sicher, dass es so ist.« Amy schnaubte. »Und, da ich eine begnadete Journalistin bin, weiß ich, weshalb Sie mit mir über diese Familie sprechen wollten. Einer von ihnen ist tot. Einer von ihnen wurde am Sonntag auf diesem Feld gefunden. Wer war es?«

»Jordan«, sagte Robyn.

Amys Gesicht verdunkelte sich für einen Moment. »Denken Sie, es hat etwas mit seinem Vater zu tun?«

»Ganz ehrlich? Ich weiß es nicht. Momentan habe ich keine andere Spur, der ich folgen könnte, also muss ich die Möglichkeit in Betracht ziehen, dass es mit seinem Vater in Verbindung steht.«

Amys Blick wanderte zur Seite, sie kämpfte innerlich mit sich selbst, bevor sie ihren Gedanken aussprach. »Genau wie Sie mag ich es nicht, Informationen zu teilen, besonders nicht mit der Polizei. Wie Sie wissen, habe ich meine eigenen Methoden, und Sie haben Ihre. Ich werde jetzt ganz ehrlich zu Ihnen sein. Ich mag ihn nicht. Er ist ein Mann, der einen Plan verfolgt. Mal zwischen uns beiden, ich verfolge seine Angelegenheiten schon eine Weile, noch bevor es mit den Hassnachrichten oder mit der geplanten HS2 losging. Ich konnte einige Informationen über ihn und seine Kontakte sammeln. Ich will ihn auffliegen lassen; ihn, seine Firma und vielleicht sogar ein paar andere, mit denen er Geschäfte macht. Wenn Sie irgendetwas davon brauchen, dann gehört es Ihnen. Ich werde Ihnen alles zur Verfügung stellen, wenn es hilft, Jordans Mörder zu fassen.«

Dieses Angebot entsprach ganz und gar nicht der Amy Walters, die Robyn kannte. Es musste einen Haken geben. Amy lehnte sich in ihrem Stuhl zurück, ihre Hände lagen locker auf ihrem Schoß, strahlten ein Bild der Ruhe und Gelassenheit aus. Nur ihre Augen zeigten, wie aufgeregt und unruhig sie auf eine Antwort wartete.

»Warum sollten Sie so großzügig sein?«

»Wie ich sagte, ich bin kein Fan von ihm, und wenn seine Taten mit Jordans Tod zusammenhängen, dann sollte er dafür zur Rechenschaft gezogen werden.«

»Aber da gibt es noch etwas anderes, Amy. Was ist es?« Robyn wartete geduldig, während Amy mit ihrem Gewissen kämpfte. Schließlich sprach sie es aus.

»Okay. Sie werden es ohnehin herausfinden. Jordan hat mich Sonntagnachmittag angerufen. Er sagte, es gäbe etwas, das er mir sagen müsste.«

»Das ist alles?«

Amy nickte. »Er meinte, er könne nicht am Telefon darüber sprechen. Er wollte sich mit mir treffen. Dieses Wochenende wollte er sich wieder bei mir melden, zuerst brauchte er Beweise, die er zu dem Treffen mitbringen wollte. Eigentlich wollte er sich gestern wieder bei mir melden. Als ich nichts von ihm hörte, habe ich angenommen, dass er es sich anders überlegt oder noch nicht genug Beweise hat. Ich wollte ihn heute anrufen. Was ich auch getan hätte, wenn Sie nicht um dieses Treffen gebeten hätten.«

»Und Sie haben keine Ahnung, worüber er mit Ihnen reden wollte?«

»Ich hoffte, es ginge um seinen Vater. Was könnte es sonst gewesen sein?«

»Es wäre besser, wenn Sie sich da heraushalten, Amy. Es könnte gefährlich werden.«

»Ich dachte mir schon, dass Sie so etwas sagen würden. Zur Kenntnis genommen.«

»Ich meine es ernst. Halten Sie sich von Jones-Kilby und seinen Geschäftspartnern fern. Abgesehen davon, dass es Ihre

Sicherheit gefährden könnte, will ich nicht, dass unsere Ermittlungen dadurch beeinflusst werden.«

Ein breites Grinsen legte sich über Amys Gesicht. »DI Carter, ich wusste ja gar nicht, dass Sie sich so sehr um mich sorgen.«

Robyns Miene blieb ernst. »Amy, Sie werden sich da *nicht* einmischen.«

Amy salutierte neckisch. »Wie wäre es, wenn ich seine Freunde interviewe? Er war dicke mit Owen Falcon.«

»Nein. Tut mir leid, das geht noch nicht. Wir können noch nicht mit Sicherheit ausschließen, dass er in irgendeiner Weise damit zu tun hat. Ich möchte nicht, dass Sie irgendetwas lostreten. Aber ich werde sicherstellen, dass Sie Informationen aus erster Hand bekommen, mit denen Sie allen anderen zuvorkommen.«

Amy dachte über das Angebot nach. Robyn wusste, dass es nicht das war, was sie sich erhofft hatte. Sie war eine Enthüllungsjournalistin, die sich über Herausforderungen freute. Robyn war bewusst, dass es viel verlangt war, sich zurückzuhalten, besonders wenn sie mit Jordan telefoniert hatte, doch sie war auch vernünftig genug, um zu verstehen, dass sie sich nicht in eine laufende Mordermittlung einmischen und diese dadurch gefährden sollte. Amy musste denselben Schluss gezogen haben und seufzte schwer. »Sie haben gewonnen.«

»Und Sie überlassen mir, was Sie über Jones-Kilby haben?«

Amy nickte, hob ihr Glas an und leerte es. »Ich will informiert werden, sobald Sie etwas haben. Ich meine es ernst. Keine Zurückhaltung mehr.«

Robyn willigte ein. So ungerne sie Amy auch etwas schuldig war, sie brauchte ihre Informationen, wenn sie gegen Jones-Kilby ermitteln und danach immer noch ihren Job haben wollte.

10

TAG ZWEI – DIENSTAG, 6. JUNI, NACHMITTAG

Als Robyn nach Newborough fuhr, um noch einmal mit Rebecca Tomlinson zu sprechen, dachte sie über das nach, was sie bisher herausgefunden hatten. Connor und sein Team durchsuchten immer noch das Feld, auf dem Jordan gefunden wurde. Es war ein riesiges Gebiet, was ihre Hoffnungen schmälerte, eine Mordwaffe oder Jordans Fahrrad und Handy zu finden. Der Regen hatte das Gras und den Boden aufgeweicht und die Suche erschwert.

»Wir haben kein Glück«, hatte Connor in seinem für ihn typischen gut gelaunten Ton gesagt, als sie ihn angerufen hatte. »Wenn der Regen ausbleibt, könnten wir heute gut vorankommen. Gib uns noch nicht auf.« Noch nie war sie jemandem begegnet, der so optimistisch war wie Connor.

Die Anrufliste von Jordan ergaben, dass er im letzten Monat nur eine Handvoll Nummern angerufen hatte: seine

Freundin, ein indisches Restaurant, seine Arbeit, Amy und Owen. Es erschien nicht richtig, dass ein junger Mann so wenig Kontakt zu Freunden hatte. War er, wie Amy vermutete, in seiner Jugend tyrannisiert worden? Und hatte das Auswirkungen auf sein Leben als Erwachsener?

Sie mussten noch immer die Fahrzeuge ausfindig machen – den Transporter und das dunkle Auto –, die in der Nacht von Jordans Ermordung in Colton gesichtet worden waren, und warteten darauf, dass Harry die Obduktion von Jordans Leichnam abschloss. Robyn war sich ziemlich sicher, dass die Stichwunde ihn getötet hatte, doch sie wusste aus Erfahrung, dass es besser war, auf eine Bestätigung zu warten.

Newborough war für sein jährliches Brunnenfest bekannt, bei dem die Dorfbewohner Tontafeln mit Blütenblättern verzierten und so kleine Szenen oder Bilder kreierten, die dann die Brunnen des Dorfes schmückten. Kurz nachdem sie angefangen hatten, sich zu treffen, waren Robyn und Davies mit Amélie dort gewesen. Es war ein sehr nasser Maifeiertag gewesen, an den sich Robyn dennoch gern erinnerte, wenn auch mit einem Hauch von Traurigkeit, als sie an der Kirche vorbeifuhr, vor der sie und Davies Hand in Hand gestanden und die farbenfrohen Tafeln bewundert hatten.

Jordans Haus lag am Rande des Dorfes, etwas abgelegen, und war eines von fünf ausgebauten Gebäuden, die einmal zur Grange Hall gehört hatten. Das Herrenhaus war jetzt eine Privatresidenz und von den anderen Häusern abgetrennt. Man erreichte es nur über eine breite geschwungene Auffahrt, die mit alten Rosskastanienbäumen gesäumt war.

Das Forge Cottage war ein einstöckiges Gebäude aus blauroten Steinen und Rundbogenfenstern. Die Tür war ebenfalls gebogen und wurde von zwei großen bemalten Wagenrädern gesäumt. Vor dem Haus gab es eine große Schotterfläche, die als Parkplatz diente. Ein dunkelblauer Ford Fiesta stand neben einem roten Nissan Micra. Robyn parkte neben einem Toyota Yaris, von dem sie wusste, dass er Michelle Watson, der Vertrauensbeamtin, gehörte. Als sie auf das Haus zuging, knirschte der Kies unter ihren Füßen.

Michelle öffnete die Tür und schüttelte ihren Kopf. Offensichtlich war Rebecca noch in schlechter Verfassung. Robyn hielt inne, bevor sie die langgezogene offene Küche mit ihren schweren Balken und dem mit Schiefer gefliesten Boden betrat. Rebecca saß auf einem Hocker vor dem Bartresen, den Kopf in die Hände gestemmt, vor ihr stand eine unberührte Tasse Tee. Als sie Robyns Stiefel auf den Fliesen hörte, hob sie ihre feuchten Augen.

»Tut mir leid. Ich bekomme das Geheule einfach nicht in den Griff. Ich bin aufgewacht und dachte, es wäre ein ganz normaler Tag, und dann habe ich mich erinnert ...«

»Sie brauchen mehr Zeit, Rebecca«, sagte Robyn sanft. Um sie herum herrschte ein fröhliches Durcheinander aus Kinderspielzeugen, DVDs und Müslischachteln, die in jeder Packung eine Überraschung versprachen. Auf dem Fenstersims über dem Waschbecken stand eine Spielzeuggiraffe aus Kunststoff. Über der Rückenlehne eines Stuhls hing ein roter Kinderpullover und vor der Hintertür stand ein einsames Paar Schuhe, die zu einer Schuluniform gehörten. An den Türen des riesigen freistehenden Kühlschranks hingen Bilder, die offensichtlich von einem Kind gemalt worden waren. Das oberste von ihnen erregte Robyns Aufmerksamkeit. Es zeigte drei Menschen, die vor einem Haus standen: ein kleines, lachendes Kind zwischen einer runden Figur mit schwarzen Haaren und einem dreieckigen orangen Kleid und einem großen dünneren Mann, der einen Fußball hielt. In einer der Ecken prangte eine helle gelbe Sonne, die genauso groß war wie die beiden Wagenräder neben der Eingangstür des Hauses. Es strahlte Freude aus.

»Haben Sie Familie, mit der Sie sprechen können?«, fragte Robyn.

Rebecca schüttelte den Kopf. »Ich habe meine Eltern verloren, als ich sechzehn war. Unser Haus ist abgebrannt. Die Feuerwehr meinte, es hätte einen elektrischen Defekt in der Küche gegeben – irgendwelche Kabel vom Toaster haben Feuer gefangen. Dylan ist jetzt meine Familie. Er und Tante Rose, aber sie ist im Moment nicht da.«

Robyn fühlte eine tiefe Traurigkeit. Sie selbst hatte ihre Eltern verloren, als sie neunzehn Jahre alt war, und sie wusste, wie schwer es war, einen solchen Verlust zu akzeptieren und sich dem neuen Leben anzupassen.

Rebecca schenkte ihr ein tapferes Lächeln. »Es wird schon gehen. Ich habe es immer irgendwie geschafft und jetzt habe ich Dylan. Er ist meine Welt. Heute habe ich ihn nicht in die Schule gebracht, ich wollte ihn in meiner Nähe haben. Das klingt vielleicht komisch. Vielleicht hätte ich ihn zur Schule gehen lassen sollen, aber ich konnte es einfach nicht.«

Bei der Erwähnung ihres Sohnes fühlte Robyn einen weiteren Stich. »Wie geht es ihm? Haben Sie es ihm schon gesagt?«

Die Frau nickte. »Er versteht es nicht. Er denkt, Jordan kommt nachher nach Hause und spielt Fußball mit ihm. Das haben sie fast immer gemacht, wenn Jordan nach Hause gekommen ist.«

Michelle schob Robyn eine Tasse Tee zu, die ihr dafür dankte. Michelle war jung, doch mit ihren großen Augen und dem mütterlichen Auftreten strahlte sie Ruhe und Mitgefühl aus. Sie setzte sich neben Rebecca und redete auf sie ein, ihre Stimme war sanft und melodisch. »Im Moment geht es ihm gut. Er ist in seinem Zimmer und macht ein Wörterrätsel.«

»Er liebt Rätsel. Damit kann er sich stundenlang beschäftigen«, sagte Rebecca an Robyn gerichtet.

»Wohnt Ihre Tante in der Nähe?«, fragte Robyn.

»In Birmingham, aber im Moment ist sie auf Barbados.

Tante Rose wollte dort ein paar entfernte Verwandte besuchen.«

»Da soll es wunderschön sein«, sagte Michelle. »Dort würde ich auch gerne einmal hin – Sonne, Sand und Meer. Klingt wie ein Paradies.«

»Ich war noch nie auf der Insel. Ich hatte es vor, zusammen mit Jordan und Dylan«, sagte sie unglücklich. »Wir haben darüber gesprochen zu heiraten und dort die Zeremonie abzuhalten oder auch nur die Flitterwochen dort zu verbringen. Das wäre magisch gewesen.« Ihre Schultern sanken immer weiter, während sie sprach. »Jordan ist in mein Leben getreten und hat alles besser gemacht. Endlich hatte ich jemanden gefunden, der mich verstanden hat, der mich und meinen Jungen geliebt hat. Und jetzt ist er weg. Wieso kann das Leben so grausam sein?«

Darauf hatte Robyn keine Antwort. Sie empfand Mitleid mit der jungen Frau, die endlich ihr Glück gefunden hatte, nur um es sich wieder entreißen lassen zu müssen. Sie wusste, wie es war, sich allein durchzuschlagen, unerwartet Liebe zu finden und dann wieder vom Schicksal getroffen zu werden. Rebecca stand ein weiterer harter Kampf bevor und Robyn fühlte mit ihr.

Eine leise Stimme zog Rebeccas Aufmerksamkeit auf sich, und als sie den kleinen Jungen sah, der sich an ein Buch klammerte, wanderten die Enden ihres Mundes sofort nach oben. Beinahe konnte Robyn die Welle aus Liebe spüren, die sich im Gesicht der Frau spiegelte und ihren Ausdruck verwandelte.

»Hey, kleiner Mann«, sagte sie und streckte ihm ihre Arme entgegen. Das Kind, nicht älter als sechs Jahre, lief zu ihr, seine nackten Füße patschten über den Boden. Er war ein hinreißender Junge, dessen weißes Lächeln im Widerspruch zu den traurigen, haselnussbraunen Augen stand, die in seinem kleinen, runden Gesicht versunken waren. Er hielt ein Buch in die Höhe.

»Ich habe es geschafft«, sagte er.

Seine Mutter begutachtete die Seite, die er ausgefüllt hatte, und stieß ein übertrieben stolzes Schnaufen aus. »Hat Michelle dir geholfen?«

Der Junge schüttelte seinen schwarzen Schopf, der dem seiner Mutter sehr ähnlich war, und schaute nun mit ernstem Gesicht zu ihr auf. »Nein, ich habe es ganz allein gemacht.«

»Dann bist du der cleverste kleine Kerl, den ich kenne.«

Er lächelte, trat einen Schritt zurück und fragte: »Wie lange wird Jordan weg sein?«

Rebeccas Maske zerbrach für einen Moment, bevor sie ihre Kontrolle zurückerlangte, ihre Hände auf die Schultern des kleinen Jungen legte und ihm noch einmal erklärte, dass Jordan nicht zurückkommen würde. Dylan nickte, aber der leere Ausdruck auf seinem Gesicht zeigte, dass er es noch immer nicht ganz verstand.

»Warum spiele ich nicht mit dir?«, fragte Michelle. »Ich bin ein großartiger Torwart. Willst du versuchen, ob du es mit mir aufnehmen kannst?«

Die beiden verließen den Raum, kurz darauf beobachtete Robyn, wie Michelle wild mit ihren Armen fuchtelte, während Dylan den Ball in Richtung des kleinen Tores schoss, das in dem schmalen Garten errichtet worden war. Triumphierend warf er seine Fäuste in die Luft. Rebecca beobachtete sie ebenfalls. »Ich weiß nicht, was jetzt aus uns werden wird«, sagte sie kaum hörbar. »Es gibt niemanden, zu dem wir gehen könnten. Ich dachte, dieses Haus würde Jordan gehören und hatte gehofft, dass wir noch etwas bleiben könnten, zumindest so lange, bis wir wieder auf die Füße gekommen sind, aber heute Morgen hat sein Vater angerufen. Er ist der tatsächliche Eigentümer und will es umgehend auf den Markt bringen.«

»Nathaniel Jones-Kilby hat Sie heute angerufen?«

»Er hat direkt in der Früh auf dem Festnetzanschluss angerufen. Er sagte, es täte ihm leid, aber ich müsste mir einen anderen Platz zum Wohnen suchen. Keine Vorrede, kein ›Wie

geht's?‹, kein Wort über Jordan. Er ist direkt damit herausge-
rückt. Kein Wunder, dass Jordan nie Zeit für diesen Mann
übrig hatte.« Sie studierte ihre Fingernägel, die immer noch in
hellen Farben leuchteten. »Ich muss eine Mietwohnung
irgendwo in der Nähe finden. Wir haben uns hier eingelebt,
haben Freundschaften geschlossen. Dylan liebt seine Schule.
Ich habe noch gar keinen Kopf dafür. Jordan ist erst vor einem
Tag von uns gegangen. Ich kann es immer noch nicht glauben –
das alles passiert viel zu schnell.«

Robyn war empört. Die Gefühllosigkeit dieses Mannes war
beinahe unerträglich. »Haben Sie Mr Jones-Kilby jemals
kennengelernt?«

Rebecca schüttelte den Kopf. »Jordan und er hatten kein
gutes Verhältnis. Jordan hat kaum von ihm gesprochen. Bis
heute hatte ich nicht mit seinem Vater gesprochen ... Tut mir
leid, ich sollte Sie nicht mit meinen Problemen belästigen.
Möchten Sie das Haus durchsuchen oder haben irgendwelche
Fragen?«

Robyn nickte. »Ich würde mich gerne einmal umsehen.
Hatte Jordan einen Computer, den ich zur Überprüfung
mitnehmen könnte?«

Rebecca breitete ihre Arme aus. »Bitte, nur zu. Er hatte
einen Laptop. Normalerweise steht der im Wohnzimmer.«

Robyn ließ sie weiter Dylan beobachten, der hinter
Michelle herrannte, weil sie die Kontrolle über den Ball ergat-
tert hatte, und ging in das angrenzende Zimmer. Genau wie
Owen hatte Dylan einen großen Fernseher, der von zwei gut
beleuchteten Vitrinen flankiert wurde. In diesen befanden sich
alle möglichen Superheldenfiguren, von denen Robyn einige
wiedererkannte – Spiderman, Captain America, der Hulk –,
doch auch viele, die ihr unbekannt waren. Davor standen etwas
angewinkelt zwei schokoladenbraune Ledersessel und hinter
ihnen ein langes Sofa, auf dem der Deckel eines Puzzles lag, das
ein Bild eines Sturmtrupplers aus Star Wars zeigte. Das halbfer-

tige Puzzle lag auf dem Boden, die dreihundert Teile zeigten nach oben und warteten darauf, an die richtige Stelle gelegt zu werden. An einer der Wandleuchten hing ein weißes Porzellanherz, auf dem »Rebecca und Jordan« stand. Robyns Augen blieben an einem offenen Bücherregal hängen, das von oben bis unten mit DVDs über Superhelden vollgestopft war – *The Dark Knight, Deadpool, The Avengers* – und viele weitere zusammen mit zahlreichen Playstation-Spielen. Ihr Blick fiel auf eines, das auf der Seite lag, *FIFA 2017*; das gleiche Spiel, das Jordan am Abend seines Mordes mit Owen gespielt hatte.

Der Laptop, der an einem Netzteil hing, lag auf dem Teppich neben einem der Sessel. Sie zog das Kabel heraus und hob ihn auf, bevor sie sich den Rest des Hauses ansah. Sie fand noch weitere Zeugnisse von Jordans Leidenschaft: gerahmte Bilder der Charaktere aus den Marvel-Comics und noch mehr Actionfiguren, die auf Tischen ausgestellt waren. Und überall, wo sie hinblickte, sah man Erinnerungsstücke an die glückliche Familie, die Rebecca, Jordan und Dylan geworden waren. In ihrem Schlafzimmer hing eine Karte an der Wand, auf der »Ich liebe dich« stand, auf der Kommode stand ein gerahmtes Foto von Jordan und Dylan im Garten – Dylan hielt einen Fußball, sein Gesicht war ganz rot von der Anstrengung, er sah glücklich und energiegeladen aus.

Sie durchquerte den Raum und schaute nach draußen. Dylan hatte aufgegeben, Michelle zu jagen, und hockte nun auf der Veranda, sein Blick starrte ins Leere. Seine Haltung hatte sich verändert, zusammengekauert wie er da saß, wirkte er klein und verloren. Michelle hatte sich zu ihm gesetzt und redete mit ihm, eine Hand lag auf seiner Schulter. Robyn hoffte, dass er bald wieder auf die Beine kam. Es war herzzerreißend, den glücklichen Jungen auf den Fotos mit dem traurigen Kerlchen da draußen zu vergleichen.

Während sie weiter durch das Haus ging, versuchte sie ein Gefühl dafür zu bekommen, was für ein Mensch Jordan gewesen war. Ohne Rebecca und Dylan und die Dinge, die sie mitgebracht hatten, hätte dies auch als Museum für Marvel-Comics durchgehen können. Jordan Kilby war tatsächlich der Einzelgänger gewesen, für den ihn alle gehalten haben.

Als Robyn in die Küche zurückkehrte, beobachtete Rebecca immer noch ihren Sohn, doch in ihren Augen funkelten erneut Tränen.

»Werden Sie noch eine Weile hier wohnen bleiben?«, fragte Robyn.

Rebecca nickte. »Bis Jordans Vater darauf besteht, dass ich gehe, oder ich etwas anderes zur Miete gefunden habe. Was auch immer davon als Erstes passiert.«

»Ich werde Ihnen den hier so schnell wie möglich zurückbringen«, sagte Robyn und deutete auf den Laptop in ihrer Hand.

»Danke. Darauf sind einige Bilder, von denen ich gerne noch eine Kopie hätte. Vielleicht gehe ich gleich mit Dylan raus, anstatt hier Trübsal zu blasen. Das tut keinem von uns gut.«

Robyn fand, dass das eine gute Idee war. Da entdeckte sie einen Schlüsselbund, der an einem Haken über dem Abtropfgitter hing. »Sind das Ihre Schlüssel?«

Rebecca schaute sie an, als würde sie sie zum ersten Mal sehen. »Das ist Jordans Haustürschlüssel. Er hat Sonntag vergessen, sie mitzunehmen. Er hatte es so eilig, als er aufgebrochen ist. Ich habe die Hintertür für ihn offengelassen, aber er ist nicht nach Hause gekommen.« Ihre Stimme brach ab.

In dem Moment stampften Michelle und Dylan durch die Hintertür. Rebecca war in guten Händen, also machte sich Robyn auf den Weg. Sie würde Anna den Laptop bringen, um ihn zu überprüfen, und Connor sagen, dass sie es sich sparen könnten, am Tatort nach Schlüsseln zu suchen. Als sie ihr Telefon hervorzog, fing es an zu klingeln. Sie warf einen Blick auf den Bildschirm, verzog das Gesicht und nahm den Anruf entgegen.

»Amy, ich kann Ihnen noch nichts–«, setzte sie an, doch Amy unterbrach sie.

»Sie müssen sofort herkommen. Ich bin bei Owen Falcon zu Hause. Er ist tot.«

11

MONTAG, 5. JUNI, ABEND

Owen Falcon flucht laut und wirft den Sechskantschlüssel auf den Garagenboden. Er hatte die Mutter so fest angezogen, wie er konnte, und dennoch formt sich ein Öltropfen unter dem Verbindungsstück und bahnt sich seinen Weg zu der Pfütze, die sich darunter gebildet hat. Verdammtes Motorrad. Von dem Tag an, als er es kaufte, hat es ihm nichts als Schwierigkeiten bereitet. Der Typ, der es verkauft hat, hatte ihm geschworen, dass es zuverlässig ist. Meinte, es wäre ein fantastischer kleiner Flitzer. Joe behauptete, der Kerl sei ein gerissener Bastard. Owen wünschte, er hätte ihm das erzählt, bevor er das verfluchte Motorrad gekauft hat. Er braucht es, um zur Arbeit zu fahren. Er kann dort nicht anrufen und sagen, dass er keine Transportmöglichkeit hat. Das würde klingen, als denke er es sich aus. Wenn es um technische Sachen geht, ist er sehr geschickt, und normalerweise schafft er es, das blöde Ding am Laufen zu halten, aber heute steht er auf dem Schlauch. Wenn er es nicht reparieren kann, wird er sich ein Taxi rufen müssen. Der Gedanke daran lässt seine Laune noch schlechter werden, und er starrt finster auf das Verbindungsstück. Ist die Dichtung kaputt?

Owen hat das Radio eingeschaltet, um Gesellschaft zu haben, doch jetzt gehen ihm die schnellen Beats von Daft Punk auf die Nerven. Er starrt auf den Fleck auf dem Garagenboden. Normalerweise arbeitet er draußen in seiner Einfahrt an der Maschine, aber dann kommt jedes Mal der neugierige Kerl mit seinem Hund vorbei, der ein Stück die Straße hinunter wohnt, und hält an, um mit ihm über alles und jeden zu reden. Wenn er heute Abend hier vorbeikommt, wird der Mann über die Gerüchte über Jordan reden wollen, und das kann Owen jetzt nicht ertragen. Er will nicht über Jordan reden. Mit niemandem.

Er wünschte, er hätte den Detectives gegenüber ehrlich sein können, aber er konnte nicht die Wahrheit sagen, besonders nicht, wenn die Wahrheit noch andere betrifft. Erneut kämpft er mit seinem Gewissen, bevor er seine Aufmerksamkeit wieder auf seine Honda lenkt. Das Öl tropft noch immer. Die Musik scheint lauter zu werden, also steht er auf, um das Radio auszustellen. Als er gerade seine Hände an einem Lappen abwischt, fällt ein Schatten auf die Wand. Überrascht dreht er sich um.

»Was machst du denn hier?«, fragt er.

Er kommt nicht dazu, noch mehr zu sagen. Da ist eine schnelle Bewegung zu seiner Linken, etwas Hartes trifft ihn seitlich am Kopf und schleudert ihn gegen sein Motorrad. Scheppernd fällt es zu Boden, der Geruch von Öl und Benzin und noch etwas anderem, das er nicht erkennt, dringt in seine Nase. Er kriecht über den Boden, Sterne tanzen vor seinen Augen, und er kann nicht verstehen, was gerade passiert. Seine Augenlider flattern ein letztes Mal, dann wird Owen Falcon von einer endlosen Dunkelheit verschlungen.

12

TAG ZWEI – DIENSTAG, 6. JUNI, SPÄTER NACHMITTAG

Robyn war froh zu sehen, dass ihr Team den Tatort bereits gesichert hatte, das hellgelbe Absperrband flatterte im Wind. David und Matt, die an der vorderen Pforte Wache standen, hielten ein paar neugierige Nachbarn in Schach. Mitz und Anna, die beide in Schutzkleidung gehüllt waren, standen direkt vor Owens Haus. Amy saß in ihrem Auto und wartete auf Robyn. Sobald sie sie entdeckte, stieg sie aus und redete auf sie ein.

»Ich habe nichts angefasst. Ich habe Sie sofort angerufen, als ich ihn gefunden habe.«

Robyn stampfte über den Pfad und beachtete die Frau kaum.

»Ich weiß, Sie haben mir gesagt, dass ich mich aus der Sache heraushalten soll, aber ich habe nur getan, was jede gute Journalistin tun würde. Mr Falcon war einer von Jordans

Freunden. Es war nur natürlich, dass ich–« Ihre Worte versiegten. Robyn marschierte auf den Weg und die Beamten zu, die warteten, um sie zur Hintertür zu begleiten.

»Sie bleiben draußen. Ich will nicht, dass der Tatort kontaminiert wird.« Robyns Knurren war an Amy gerichtet, die versuchte, ihren Augenkontakt aufrechtzuerhalten, aber schließlich aufgab und sich abwandte.

Robyn zog ebenfalls Schutzkleidung über und führte ihre Officer durch die offene Hintertür in eine Waschküche.

»Die Hintertür war nicht verschlossen. Das Opfer ist in der Garage. Wir haben seine Vitalfunktionen überprüft, ihn aber nicht bewegt«, sagte Mitz. Er hatte sich VapoRub unter die Nase geschmiert, die dünne Schicht schimmerte wie ein durchsichtiger Schnurrbart, als er sich hin- und herbewegte und die Szene mit seiner Bodycam aufnahm.

Durch die offene Tür, die in die Garage führte, dröhnte Musik, ein Lied über das Glücklichsein.

Im Türrahmen blieb Robyn stehen. Der Raum war größer als der, in dem sie ihre Wäsche machte, und beherbergte eine Waschmaschine, auf der ein Korb mit schmutziger Wäsche stand. Es war eine kleinere Version der angrenzenden Küche mit bunten Schränken und einem Belfast-Spülbecken, neben dem eine billige Packung Waschmittel stand. Auf dem Boden neben der Hintertür standen wahllos mehrere Paar Schuhe herum. Einer der Turnschuhe lag verkehrt herum und ein schwarzer Schnürschuh stand in einer anderen Ecke des Zimmers.

»War das schon so, als Sie eingetroffen sind?«, fragte Robyn und deutete auf die Schuhe.

Anna nickte. Obwohl sie das jüngste Teammitglied war, hatte sie bereits mehrere Leichen gesehen und schlug sich in Anbetracht der neuesten Entdeckung tapfer.

Robyn atmete tief ein, bevor sie die Garage betrat. Sie war relativ ordentlich – eher eine Werkstatt als eine Garage, und die linke Wand war mit Regalen überzogen, auf denen sich Schachteln mit Schrauben, Ersatzteile für Motorräder, Ölkanister, Farbtuben und vieles mehr stapelten. Neben den Regalen stand eine schwere Werkbank mit Stützen aus blauem Stahl, auf dem ein tragbares Radio und eine offene Werkzeugkiste standen. Anna folgte dem stummen Befehl von Robyn und stellte die laute Musik aus. Für eine Szene wie diese war die Stille angebrachter. Robyn erkannte den makabren Duft sofort – der Geruch des Todes. Harry, der Pathologe, hatte ihr einmal erklärt, dass die verschiedenen fauligen Gerüche, die von einer Leiche ausgingen, auf ein Molekülgemisch zurückzuführen war, das durch den Abbau von Aminosäuren im Körper hervorgerufen wird. Die Analyse dieser Moleküle half einem Pathologen, den Todeszeitpunkt zu bestimmen, doch in diesem Fall hatte Robyn bereits eine Ahnung, wann es passiert sein musste. Noch am Vorabend hatte sie mit Owen Falcon gesprochen. Er konnte maximal seit einundzwanzig Stunden tot sein.

Ihre Augen wanderten von der offenen Werkzeugkiste auf der Werkbank zu dem Sechskantschlüssel auf dem Boden, dem öligen Lappen und schließlich zu der Honda, einem mechanischen Biest, das nun verdreht auf der Seite lag und Öl blutete. Owen lag ausgestreckt daneben. Sein Kopf wurde von einem schwarzen, flüssigen Kranz umgeben. Getrocknetes Blut klebte an seinem Gesicht, seine Augen erschrocken aufgerissen, seine Lippen schmerzverzerrt. Der Grund dafür war offensichtlich – der Griff eines großen Schraubenziehers ragte aus seinem Ohr.

Anna schluckte schwer und kaute auf ihrem Kaugummi herum, doch ihre Augen fokussierten das Opfer unverwandt. Robyn trat zur Seite, um Mitz eine freie Sicht auf den Mann zu ermöglichen, und schaute sich in der Garage um. Der Rest des Garagenbodens schien sauber zu sein. An der Wand in der Nähe der Regale lehnten Handfeger und Kehrblech. Am hinteren Ende der Garage standen ordentlich aufgereiht ein kleines Ladegerät und zwei Kunststoffkeile. Neben der Leiche lag ein Hammer mit einem hölzernen Griff, dessen Oberfläche mit rot-braunen Flecken übersät war. Robyn fragte sich, ob er benutzt worden war, um den Schraubenzieher in Owens Ohr zu rammen. Wieder fiel ihr Blick auf die Werkzeugkiste auf der Werkbank. Sie stand in der Nähe der offenen Tür. Die Musik war laut gewesen. Dann schaute sie zu dem Motorrad. Höchstwahrscheinlich war es umgefallen, als Owen darauf gestürzt war. Es könnte einen Kampf gegeben haben. Vielleicht konnte er sich zunächst wehren und seinen Angreifer kratzen, in diesem Fall könnten sie Glück haben und DNA-Spuren finden. Sie fokussierte die Leiche, starrte auf seine ölverschmierten Hände, die schmutzigen Fingernägel, die Pfütze aus Öl und Blut unter seinem Kopf, und speicherte das Bild in Gedanken ab, bevor sie das Wort ergriff.

»Wurden alle benachrichtigt?«

»Ja, Boss.«

»Anna, Sie notieren, wo sich alles in diesem Raum befunden hat. Ich will, dass sämtliche Werkzeuge von der Forensik überprüft werden, besonders Hammer und Schraubenzieher. Und das Radio soll auf Fingerabdrücke kontrolliert werden.«

Sie trat zurück, um ihren Beamten mehr Raum zu geben, und versuchte sich die Szene vorzustellen. Könnte jemand zu Besuch gekommen und Owen in die Garage gefolgt sein, bevor er angegriffen wurde? Das würde bedeuten, dass er seinen Angreifer kannte. Es sei denn, er hatte jemanden angerufen – zum Beispiel einen Mechaniker –, um ihm bei der Reparatur seines Motorrades zu helfen, überlegte sie. Nein, das ergab nur wenig Sinn und wäre eine zu willkürliche Gewalttat. Noch einmal sah sie sich in dem Hauswirtschaftsraum um. Abgesehen von Owens Schuhen, die vermutlich von dem Eindringling zur Seite gestoßen worden waren, deutete nichts darauf hin, dass es einen Kampf gegeben hatte. So wenig sie auch von Owen und seinem Haus gesehen hatte, er schien ein ordentlicher Mann zu sein. Er hätte seine Schuhe sauber aufgereiht neben der Tür abgestellt und sie nicht wahllos in den Raum getreten. Sonst deutete nichts auf eine Auseinandersetzung hin. Owen war nicht durch diesen Raum bis in die Garage geschleppt worden. Er wurde dort ermordet.

Als sie am Vorabend hier gewesen war, lief der Fernseher, während Owen Dosenbier getrunken hatte. Sie warf einen Blick ins Wohnzimmer, doch entdeckte nichts Ungewöhnliches. Fernseher und Xbox standen an ihren Plätzen. Es war kein Raubüberfall, der schiefgelaufen war. Jemand musste durch die unverschlossene Hintertür gekommen oder ins Haus gebeten worden sein. Diese Person hatte sich entweder in die Garage geschlichen und Owen hinterrücks angegriffen oder war zusammen mit ihm hineingegangen, bevor er umgebracht wurde. Diesen Gedanken lagen die Tatsachen zugrunde, dass Owen Jordan kannte und sie beide innerhalb weniger Stunden in Colton getötet worden waren. Unter keinen Umständen konnte das ein Zufall sein – sie mussten nur den Beweis finden, der das bestätigte. Jordan war erstochen, aufgehängt und im Freien zurückgelassen worden, wo die Krähen an ihm herumpicken konnten. Owen war ein Schraubenzieher durch sein Ohr in seinen Schädel gerammt worden. Der Mörder ging brutal und gnadenlos vor. Sie war erleichtert, als sie eine vertraute Stimme rufen hörte: »Jemand zu Hause?« Connor erschien in der Tür, gefolgt von Harry, der seine medizinische Ausrüstung bei sich trug. Er nickte ihr zur Begrüßung zu.

»Da geht's lang«, sagte sie und winkte sie durch die Waschküche. Mit einem weiteren Nicken verschwand Harry durch die nächste Tür.

»Wo soll ich anfangen?«, fragte Connor.

»In der Waschküche. Ich habe die Hoffnung, dass sein Angreifer hier durchgekommen und vielleicht etwas aufgehalten hat, bevor er in die Garage gegangen ist. Er könnte Spuren hinterlassen haben.«

»Wir machen uns sofort an die Arbeit. Ein paar Leute aus dem Team musste ich unten an der Straße lassen, sie suchen das Feld immer noch nach der Tatwaffe ab. Der Regen hat es zusätzlich erschwert. Aber bevor wir herkommen mussten, gab es einen Durchbruch: In einem Graben hinter dem Feld haben wir ein Fahrrad gefunden, das bestimmt Mr Kilby gehört. Mir würde kein anderer Grund einfallen, warum ein Fahrrad, das perfekt in Schuss ist, sonst dort liegen sollte.«

»Marke?«

Connor warf einen Blick auf seinen Notizblock. »Sirrus Comp Carbon Disc. Es ist ein leichtes, geländegängiges Modell. Der Ladenpreis liegt bei über eintausend Pfund.«

Wer auch immer Jordan angegriffen hatte, war nicht daran interessiert, das teure Fahrrad zu stehlen, es sei denn, sie hatten geplant, es später einzusammeln.

Connor sprach weiter. »Der Regen hat das Feld regelrecht in ein Moor verwandelt und uns jegliche Chancen genommen, Fußabdrücke zu finden. Ich bin auch nicht sehr zuversichtlich, dass wir dort irgendeine Waffe finden, nicht ohne einen riesigen Trupp Beamter, die danach Ausschau halten. Das Feld ist riesig. Das ist die sprichwörtliche Nadel im Heuhaufen.«

Trotz des müden Grinsens, das er ihr zuwarf, konnte Robyn seine Frustration spüren. »Hier könnten Sie mehr Glück haben. Da drin liegt ein Hammer mit etwas, das verdächtig nach Blutspritzern aussieht, und eine ganze Kiste voll mit potenziellen Mordwaffen.«

Sie machte mit Connor aus, dass er alle Funde am nächsten Tag im Revier präsentieren würde, und ging zurück nach draußen, um sich mit Amy zu befassen. Sie wusste, dass die Reporterin immer noch warten und auf Neuigkeiten hoffen würde. Genau das tat sie, sie stand neben ihrem weißen BMW und kam auf Robyn zu, sobald diese ihre Schutzkleidung abgelegt hatte. Die Straße hatte sich mit Autos und Streifenwagen gefüllt. Matt und David standen immer noch an ihrer Position vor dem Tor. Sie konnte sehen, wie Amy von einem Fuß auf den anderen trat und verzweifelt versuchte, Augenkontakt herzustellen, doch Robyn ließ sie so lange wie möglich zappeln, bevor sie sich der Frau schließlich näherte.

»Ich werde PC Marker bitten, Ihre vollständige Aussage aufzunehmen«, sagte Robyn.

Amys Wangen waren gerötet, jedoch nicht vor Verlegenheit, sondern vor Aufregung. »Denken Sie, dieselbe Person, die Jordan umgebracht hat, hat auch Owen Falcon getötet?«, fragte sie.

Doch Robyn ließ sich nicht drängen und begegnete Amy mit einem unbeugsamen Blick. »Es ist viel zu früh, um Vermutungen anzustellen.«

Amy gab noch nicht auf. »Ich weiß, dass Sie verärgert sind, aber Sie hätten an meiner Stelle dasselbe getan. Ich möchte ganz oben mitspielen, und die Zeitung wäre misstrauisch geworden, wenn ich nicht ein paar von Jordans Freunden interviewt hätte. Ich war die erste Reporterin in Colton, als herauskam, dass in Top Field eine Leiche gefunden wurde, da musste ich dranbleiben. Owen hat die Tür nicht aufgemacht, als ich geklingelt habe, also bin ich ums Haus herumgelaufen, um zu sehen, ob ich ihn herauslocken könnte. Als ich die Musik hörte, habe ich an die Hintertür geklopft, aber es kam noch immer keine Reaktion. Es war nicht abgeschlossen, also habe ich meinen Kopf zur Tür reingesteckt und nach ihm gerufen. Er hat nicht geantwortet, also habe ich einen Blick in die Garage geworfen und, na ja, Sie wissen, was ich gesehen habe. Sie habe ich als Erstes angerufen und danach die Polizei.« Amys Augen glühten förmlich, während sie sprach. »Ich will einbezogen werden. Ich will aus erster Hand erfahren, was Sie herausfinden. Ich habe Owen Falcon gesehen. Ich habe gesehen, was der Killer ihm angetan hat, und als Zeugin habe ich die Freiheit, darüber zu berichten, aber das werde ich nicht tun, solange Sie mich auf dem Laufenden halten.«

Robyn senkte ihre Stimme. »Gehen Sie zurück in Ihr Büro. Schreiben Sie einen Artikel über Jordan, in dem steht, dass wir wegen seines Todes ermitteln. Beschränken Sie sich auf das absolute Minimum. Sie dürfen weder Owen Falcons Namen noch jedwede Details veröffentlichen, bis ich Ihnen die Erlaubnis dazu gebe. Alles, was Sie schreiben oder sagen, würde meine Ermittlungen behindern, und das werde ich nicht dulden. Schicken Sie mir die Informationen über Nathaniel Jones-Kilby und halten sich bedeckt, bis ich Sie anrufe. Verstanden?«

»Wollen Sie wissen, was ich denke?«, sagte Amy, sie sprudelte beinahe vor Begeisterung. »Ich denke, dieselbe Person, die Jordan umgebracht hat, hat auch seinen Freund hier getötet. Und ich will von Anfang an dabei sein. Ich werde Ihnen sämtliche Unterlagen schicken, über die wir gesprochen haben, und Ihnen in jeder erdenklichen Weise helfen, aber ich will, dass Sie mich in der Sekunde anrufen, in der Sie die beiden Morde miteinander in Verbindung bringen können. Keine flüchtigen Ausreden, wie Sie es normalerweise tun. Dieses Mal nicht. Ich habe gesehen, was dieser Irre da drin angerichtet hat, und werde nicht ewig den Mund halten.«

Robyn nickte zustimmend und ließ Amy allein, um ihre Aussage zu machen. So ungern sie die Journalistin auch in die Ermittlungen involvieren wollte, es wäre besser, Amy mit an Bord zu haben, als bei jedem ihrer Schritte gegen sie ankämpfen zu müssen.

13

TAG ZWEI – DIENSTAG, 6. JUNI, ABEND

Auf ihrem Weg zurück zum Polizeirevier spielte Robyn jedes erdenkliche Szenario in ihrem Kopf durch und kam immer wieder zu demselben Rückschluss: Sie hatte es mit ein und demselben Mörder zu tun.

Amy war aufgebrochen, kurz nachdem sie ihre Aussage gemacht hatte, doch Robyn war am Tatort geblieben, bis ihre Officer alle Aufnahmen und Notizen zusammengetragen hatten, um mit der Ermittlung beginnen zu können. Wieder befragte David die Nachbarn, während sie und Anna ein paar hysterische Anwohner beschwichtigen mussten, die dachten, dass ein Irrer in ihrem Dorf sein Unwesen trieb. Sie würden eine Erklärung abgeben müssen, um die Öffentlichkeit zu beruhigen. DCI Flint würde entscheiden, wie sie damit umgehen sollten. Es wäre unmöglich, die Berichterstattung zu verbieten. Die Menschen von Colton mussten die Gewissheit haben, dass für sie keine Gefahr bestand.

Robyn kämpfte gegen ihren Instinkt an, der ihr sagte, dass die beiden Morde miteinander in Verbindung standen, und versuchte, sich auf die Fakten zu konzentrieren, die etwas anderes vermuten ließen. Wenn Jordans Mord etwas mit den Geschäften seines Vaters zu tun hatte, wie passte Owen dazu? Der einzige Grund, der Robyn einfiel, war der, dass Owen etwas über den Mord an Jordan wusste.

Sie umrundete Stafford, mied ihre übliche Route durch Cannock Chase und nahm stattdessen die Umgehungsstraße, die sie an der Stafford University vorbeiführte. Hier, in der erst kürzlich erbauten pathologischen Abteilung, führte Harry seine Autopsien durch. Die Universität hatte endlich die benötigten Mittel bewilligt, um einen hochmodernen Sektionssaal zu errichten, einschließlich eines Beobachtungsfensters, durch das die Studenten Harry und sein Team während der Arbeit beobachten konnten. Heute waren Forensik und Pathologie beliebte Fächer unter den Studierenden, wie Harry ihr voller Stolz verkündet hatte. Wenn Studenten viel lernen wollten, dann könnten sie keinen besseren Lehrer finden, dachte Robyn. Sie hielt auf dem Parkplatz vor der Pathologie an und drückte die Klingel neben dem Eingang, um hereingelassen zu werden. Die Sicherheitsvorkehrungen waren hier sehr streng – sie schaute zu der Überwachungskamera und hielt ihren Ausweis davor, bevor sie ein Klicken hörte und die Tür sich öffnete. Im Innern war es klinisch sauber, wie in einem Krankenhaus. Der junge Mann an der Rezeption drückte seinen Rücken durch. Er war neu in dieser Abteilung, seine weißen Zähne strahlten genauso wie seine Augen.

»Wie kann ich Ihnen helfen, Detective?«, fragte er.

»Ich bin hier, um mit Laura Whiston zu sprechen.«

Er machte einen internen Anruf und nickte Robyn schließlich zu, um ihr mitzuteilen, dass sie das Labor betreten konnte. Sie stieg eine breite Metalltreppe hinauf; auf der einen Seite boten riesige Fenster Ausblick auf den Campus. Ein weiteres

Tastenfeld und Summen später, und sie befand sich im Allerheiligsten: einem Labor, das mit Maschinen vollgestopft war, die surrten und klickten und Informationen auf die Computerbildschirme warfen, und drei Schreibtischen, die vor einem mit Glas verkleideten Raum standen, der auch Theater genannt wurde und in dem die Autopsien durchgeführt wurden. Auf den mobilen Tragen in der Mitte des Raumes lagen keine Leichen. Owen Falcon würde heute der Erste sein.

Laura Whiston war ein Energiebündel. Mit ihren nicht mal ein Meter sechzig Körpergröße, der babyweichen Haut und den smaragdgrünen Augen sah sie eher aus wie eine Studentin im ersten Semester und nicht wie eine aufstrebende Assistentin, die bereits mehrere Artikel veröffentlicht hatte und einen so hervorragenden Ruf genoss, dass sie als aufsteigender Stern der Pathologie gehandelt wurde. Harry hatte sie zufällig bei einem Gespräch mit einem alten Kollegen kennengelernt und sie davon überzeugen können, in seine Abteilung zu wechseln. Mit ihren erst vierundzwanzig Jahren und einem erstklassigen Abschluss der Edinburgh University würde Laura es weit bringen.

Sie saß auf einem Hocker vor dem Mikroskop, untersuchte ein winziges Stück Faden und drehte an dem Regler, um besser sehen zu können, doch als Robyn eintrat, stand sie auf. Mit ausgestreckter Hand kam sie auf Robyn zu, die bereits viel über diesen enthusiastischen Feuerball gehört, sie aber noch nie in Aktion gesehen hatte.

»DI Carter, was für ein Privileg, Sie endlich kennenzulernen«, sagte Laura.

»Ganz meinerseits. Harry hört gar nicht mehr auf, Lobeshymnen zu singen, seit Sie hier angekommen sind.«

Laura errötete. »Ich kann mich sehr glücklich schätzen, mit ihm zu arbeiten. An der Uni in Edinburgh genießt er einen ausgezeichneten Ruf. Ich freue mich sehr, ihn hier als Mentor zu haben.«

Robyn musste grinsen. Sie mochte den ruhigen Schotten, der ihr schon bei so vielen Ermittlungen geholfen hatte. »Er sagte, ich solle mich an Sie wenden. Sie haben die Autopsie an Jordan Kilby durchgeführt?«

Laura nickte ernst. »Alles erledigt. Der Bericht liegt auf meinem Schreibtisch. Möchten Sie von mir die Kurzversion?«

»Das würde helfen, die Dinge zu beschleunigen.«

Laura verschränkte ihre Arme und fing an zu erklären, was sie entdeckt hatte. »Die Prellungen an seinem Oberarm scheinen durch einen Schlag mit einem stumpfen Gegenstand oder einem Sturz verursacht worden zu sein. Sein rechtes Handgelenk war stark geschwollen, außerdem wurde das Weichgewebe beschädigt. Der Gegenstand, der die tödliche Stichwunde verursacht hat, wurde im dritten Interkostalraum auf der linken Seite eingeführt, etwa einen Zentimeter vom Brustbein entfernt. Aufgrund des Einstichwinkels kam es zu einem erheblichen Blutverlust, weil – unter anderem – die Hauptschlagader verletzt wurde. Todesursache war der erhöhte Blutverlust. An seinen Händen waren keine Abwehrverletzungen zu finden, was darauf hindeutet, dass er bewusstlos oder nicht in der Lage war, sich selbst zu verteidigen, als er erstochen wurde. Möglicherweise war er zu dem Zeitpunkt bereits gefesselt.

Die Fasern, die wir in der Wunde gefunden haben, stammen von seiner Kleidung. Auf seiner Kopfhaut waren mehrere winzige Einstichstellen zu finden, die von dem wiederholten Picken der Vögel herrühren. Die Ölrückstände an den Federn und den oberflächlichen Wunden auf seiner Kopfhaut, dem Gesicht und den Händen bestätigen das.

Kurz gesagt: Jordan ist sehr schnell verblutet, unserer Meinung nach hat es maximal drei Minuten gedauert. Bezüglich der Tatwaffe gehen wir nach unseren Messungen und der Form und Kante des Schnittes davon aus, dass Sie ein großes, etwa fünfundzwanzig Zentimeter langes Küchenmesser suchen.«

Sie breitete ihre Arme aus und fügte hinzu: »Ich hoffe, das hilft Ihnen weiter.«

Robyn pfiff leise. Der Mörder hatte das Messer in Vorbereitung auf die Tat bei sich getragen und seinem Opfer aufgelauert. Entweder wusste er, dass Jordan an diesem Abend bei Owen war, und hatte gewartet, bis er aufgebrochen war, oder es hatte die falsche Person erwischt. War von Anfang an Owen sein Ziel gewesen, und er war am nächsten Tag zurückgekehrt, um ihn sich zu holen? Dann traf Robyn ein neuer Gedanke. War Jordan mit einem Anruf oder einer Nachricht aus Owens Haus gelockt worden? Wenn sie doch nur Jordans Handy hätten, dann wüsste sie es. Dieses Puzzle zusammenzusetzen, war nicht einfach. In der Zwischenzeit hatte Laura den Bericht geholt und überreichte ihn ihr.

»Todeszeitpunkt?«, fragte Robyn.

»Zwischen dreiundzwanzig Uhr und Mitternacht. Viel genauer kann ich es leider nicht sagen.«

»Vielen Dank«, sagte Robyn und nahm die Akte entgegen. Damit verließ sie das Labor wieder, und als sie die Treppe hinunterhüpfte und ihre Stiefel auf den Stufen klapperten, sah sie Harry auf den Parkplatz fahren. Sie wartete, bis er das Gebäude betreten hatte. Er zeigte seinen Ausweis vor, und seine Augen funkelten, als er sie entdeckte. Er nahm sie zur Seite und senkte seine Stimme, damit der Junge hinter dem Tresen ihn nicht hören konnte.

»Eine höchst unangenehme Gewalttat. Der Schraubenzieher wurde mit Gewalt in Owen Falcons Ohr gerammt, wahrscheinlich mithilfe eines schweren Werkzeugs. Ich würde mein Geld auf den Hammer setzen. Zunächst hat ihn ein harter Schlag auf den Kopf bewegungsunfähig gemacht. Es gibt wenig Anzeichen, die darauf hindeuten, dass er sich gewehrt hat. Der Angreifer hätte ihn mit einem weiteren Schlag auf den Kopf töten können, also verstehe ich nicht, warum mit dem Schraubenzieher weitergemacht wurde.« Harry sah ungewöhnlich aufgebracht aus. Er schob seine Brille auf der Nase nach oben und begegnete Robyns Blick. »Mit dem haben Sie alle Hände voll zu tun, Robyn. Ich hoffe wirklich, dass Sie ihn schnell zu fassen kriegen.«

Er klopfte ihr in einer väterlichen Geste auf die Schulter und tapste auf die Treppe zu.

Robyn dachte über seine Worte nach. Falls sie es wirklich mit demselben Killer zu tun hatten, dann hatten sie es tatsächlich mit einer sehr gestörten Person zu tun. Sie drückte den Bericht etwas fester an ihre Brust und eilte zu ihrem Wagen. Sie durfte keine Zeit verschwenden.

14

TAG ZWEI – DIENSTAG, 6. JUNI, ABEND

Obwohl ihr Arbeitstag um acht Uhr angefangen hatte, war Robyn noch immer hellwach und begierig darauf, weiterzumachen. Allerdings gab es ein kleines Problem und das wartete bei ihr zu Hause in der Leafy Lane – ihr Kater Schrödinger.

Sie war dem Charme des Stubentigers früher in diesem Jahr während einer Ermittlung verfallen, als seine Besitzerin ermordet worden war. Zu dem Zeitpunkt war er noch ein Kätzchen gewesen, und aufgrund einer Mischung aus Sympathie für das Tier und einem Gefühl von Einsamkeit hatte Robyn ihn mit zu sich nach Hause genommen. Amélie liebte den Kater und kam häufig am Wochenende vorbei, um mit ihm zu spielen. Es war eine gute Entscheidung gewesen. Das Mädchen mochte nicht ihr eigen Fleisch und Blut sein, aber für die kinderlose Robyn bedeutete sie alles und war gleichzeitig eine Erinnerung an den Mann, den sie geliebt hatte.

Sie öffnete eine App auf ihrem Handy. Ross hatte eine

Kamera für sie installiert, damit sie an den arbeitsreichen Tagen, an denen sie es nicht schaffte, zu einer zivilisierten Uhrzeit nach Hause zu kommen, nach ihrem Tier sehen konnte.

Sie selbst hatte es nicht so mit Technik, aber Ross hatte sie davon überzeugt, dass die Benutzung einfach wäre, und er hatte recht. In letzter Zeit erwischte sie sich immer häufiger dabei, wie sie nach Schrödinger sah, jedoch nicht, weil sie Angst um ihn hatte – er schien vollkommen zufrieden damit zu sein, durch das Haus zu schlendern und die Stunden damit zu verbringen, aus dem Fenster auf die Straße hinauszuschauen –, sondern weil sie seine wilden, verrückten und glücklichen Momente mit ihm teilen wollte. Das letzte Mal, als sie ihn beobachtet hatte, wurde sie mit einem Schauspiel belohnt, bei dem er eine leere Garnrolle jagte und mit so einer Begeisterung auf ihr herumtollte und durchs Zimmer sprang, dass sie laut auflachen musste. Die Überwachungskamera, die von Ross und seinen Klienten favorisiert wurde, bot eine Weitwinkelaufnahme ihres Wohnzimmers, einschließlich des Stuhls, den Schrödinger für sich in Beschlag nahm, wenn sie bei der Arbeit war.

Als sie die App öffnete, erschien ihr Wohnzimmer auf dem kleinen Bildschirm – das Sofa mit den noch immer aufgeschüttelten Kissen war leer, und sein roter Ball, an dem eine kleine Glocke hing, lag dort, wo sie ihn das letzte Mal gesehen hatte. Das Spielzeug war ein Geschenk von Amélie und gefiel dem Kater. Doch Schrödinger war nicht in Sicht. Vielleicht war er oben geblieben. Als sie ihre Decke zurückgeworfen hatte und laufen gegangen war, hatte er noch nicht aufstehen wollen, doch bei ihrer Rückkehr hatte er bereits vor der Haustür gewartet. Es war unwahrscheinlich, dass er sich nach draußen gewagt hatte. Er schien die große weite Welt nicht zu mögen, obwohl er von der Rückenlehne des Sofas stundenlang das Treiben auf der Straße beobachten konnte. Als sie auf die Kamera in der

Küche wechselte, entdeckte sie den schwarzen Kater träge unter dem Tisch liegen, wo er sich akribisch seine Pfoten putzte. Fürs Erste ging es ihm gut. Sie wollte gerade die App schließen, als sie eine plötzliche Veränderung in seinem Verhalten bemerkte – sein Blick zuckte nach oben, dann stand er auf, streckte seinen Rücken, und sein Schwanz zuckte, wie er es immer tat, wenn er sie begrüßte. Das war ein seltsames Verhalten. Es war niemand im Zimmer. Sie zögerte kurz, bevor sie sie schließlich abstellte. Sie musste eine Ermittlung leiten, und die verrückten Angewohnheiten ihrer Katze zu beobachten, würde ihr nicht dabei helfen, den Fall zu lösen.

Das Büro war leer. Sie hatte ihre Mitarbeiter nach Hause geschickt, damit sie früh am nächsten Morgen weitermachen konnten. Matt hatte die Einsatzbesprechung bereits vorbereitet. Das Whiteboard im Büro war in zwei Bereiche aufgeteilt worden: Die erste Hälfte enthielt Fotografien von Jordan; auf der anderen Hälfte prangten Frontal- und Seitaufnahmen von Owen, außerdem ein Foto aus seiner Garage, das seinen Kopf in der dunklen Pfütze aus Blut und Öl zeigte, wobei der rote Griff des Schraubenziehers aus seinem Ohr ragte. Robyn ging darauf zu, nahm den Stift zur Hand und schrieb »Fahrrad mit Carbonrahmen« darauf, um ihrem Gedächtnis auf die Sprünge zu helfen, wenn sie die Sache mit ihrem Team besprechen würde.

Auf der Rückfahrt von der Universität hatte sie über Jordans Fahrrad nachgedacht. Es war ein Modell, das von ernsthaften Radsportlern verwendet wurde. Basierend auf den Informationen, die sie zusammengetragen hatte, war Jordan ein begeisterter Radfahrer gewesen und in den wärmeren Monaten lieber mit dem Fahrrad als dem Auto unterwegs gewesen. Was sie irritierte, war der fehlende Fahrradhelm. Sie hatte Connor angerufen und darum gebeten, dass sein Team in dem Graben neben dem Feld suchen sollte, außerdem bei Owen zu Hause, für den Fall, dass er ihn dort zurückgelassen hatte, doch er war nicht gefunden worden.

Sie las den Autopsiebericht von Jordan durch und betrachtete erneut die Fotografien seiner Leiche, wie sie schlaff an dem Pfahl auf dem Feld hing. Danach setzte sie sich an ihren Computer und prüfte ihr E-Mail-Postfach. Amy hatte zu ihrem Wort gestanden und ihr die Rechercheergebnisse über Nathaniel Jones-Kilby zugeschickt. Sie enthielten Fotos von den Stadträten, die für die Bauplanung verantwortlich waren, Uhrzeiten und Orte ihrer Treffen und eine Liste von Grundstücken, die Nathaniel in den letzten zehn Jahren gekauft hatte – jedes einzelne war mit einem Datum, einer Uhrzeit und einer Karte versehen, die den Standort markierte. Es gab Pläne und Angebote und eine ganze Reihe von Dokumenten, die sich mit Beschränkungen und Genehmigungen der Bauplanung befasste, die Robyn jedoch nicht verstand. Amy hatte ihre Ergebnisse in einer E-Mail zusammengefasst, was es Robyn leichter machte.

Von: Amy Walters Amy@StaffordGazette.co.uk
Datum: 6. Juni 2017, 20:18 Uhr
Betreff: NJK Properties

DI Carter,

ich vertraue Ihnen meine Notizen an und möchte Sie daran erinnern, dass sie nur für Ihre Augen und nicht für die Öffentlichkeit bestimmt sind. Höchstwahrscheinlich werden Sie zu demselben Schluss kommen wie ich, dass NJK Properties eines oder mehrere Mitglieder des Planungskomitees bestochen hat, um die Erlaubnis für den Bau großer Gebäudekomplexe in ländlichen Gebieten zu bekommen, vorzugsweise auf Grüngürteln oder landwirtschaftlichen Flächen. Die von mir übermittelten Dokumente enthalten E-Mails zwischen Jones-Kilby und dem leitenden Planungsbeamten Brian Turner, aus denen hervorgeht, dass geheime Treffen stattfanden, um zu erörtern, wie der Stadtrat am besten davon überzeugt werden kann, das von Jones-Kilby erworbene landwirtschaftlich genutzte Land in ein Gewerbegebiet umzuwandeln. Fragen Sie bitte nicht, woher ich diese E-Mails habe. Ich kann meine Quellen nicht preisgeben, nur so viel: Jemand, der die Entscheidungen des Rates infrage stellte, schickte sie mir mit guten Absichten zu.

Im Jahr 2001 kaufte NJK Properties landwirtschaftliche Nutzflächen von einer Größe von zweihundert Hektar. All diese Flächen lagen am Rande kleiner Dörfer mit einer niedrigen Einwohnerzahl und wenigen Freizeitmöglichkeiten. Diese Flächen wurden den Landwirten, die damals unter den Auswirkungen der Maul- und Klauenseuche litten, zu Schleuderpreisen abgekauft.

NJK Properties hat wiederholt Anträge auf Baugenehmigung gestellt, was immer wieder abgelehnt wurde, bis ein neuer Planungsbeauftragter eingestellt wurde – Brian Turner. 2007 wurde die Genehmigung für den Bau von achtzig neuen Wohnungen am Rande von Bournton erteilt. Über die kommenden Jahre wurden Genehmigungen für alle verbleibenden Grundstücke erteilt, trotz der Proteste der Dorfbewohner und dem allgemeinen Gefühl, dass kein weiterer Wohnraum benötigt wurde. Die Anwohner behaupteten, dass Schulen und örtliche Einrichtungen unter Druck geraten würden, und reichten Petitionen gegen den Bau der Siedlungen ein, doch es wurde nicht darauf reagiert. Ich habe Ihnen mehrere Artikel über die Proteste beigefügt, die in dieser Zeit veröffentlicht wurden – keinen davon habe ich geschrieben.

Ich habe versucht, mit Mr Turner und anderen Ratsmitgliedern zu sprechen, aber meine Anfrage auf ein Interview wurde abgelehnt. Kurz nach meinen Bemühungen, Kontakt aufzunehmen, forderte mein Herausgeber, dass ich meine Ermittlungen fallenlassen und keine weiteren Versuche unternehmen sollte, irgendein Mitglied des Planungskomitees oder Mr Jones-Kilby zu kontaktieren.

Lassen Sie mich wissen, wenn Sie bereit sind, Ihren Teil der Abmachung zu erfüllen.

Mit freundlichen Grüßen

Amy
Amy Walters, Reporterin

Robyn seufzte schwer, als sie ein Dokument nach dem anderen öffnete und wieder einmal in Betracht zog, dass Jordans Mord irgendwie mit den Geschäften seines Vaters zusammenhing. Eine Bewegung im Raum ließ sie aufblicken. Mitz war zurückgekommen.

»Ich dachte, Sie wollten nach Hause gehen«, sagte sie.

Er schüttelte den Kopf. »Ich wollte noch einmal die Aussagen der Anwohner von Colton durchgehen, für den Fall, dass ich etwas übersehen habe.«

»Ich bin mir sicher, dass Sie das nicht haben. Aber wenn Sie gerade hier sind, darf ich Sie etwas fragen?«

»Natürlich.«

»Ich habe über die Möglichkeit nachgedacht, dass Jordans Mord irgendwie mit dem Unternehmen seines Vaters zusammenhängt, das laut Amy Walters in zwielichtige Geschäfte verwickelt war. Morgen werde ich Brian Turner befragen, eines der Ratsmitglieder, der mit Nathaniel zu tun hat, und sehen, ob sich Amys Behauptungen bewahrheiten. Mal angenommen, es stimmt, und Jordan wurde aufgrund von Nathaniel ermordet, wie passt Owen Falcon da mit rein? Warum musste er sterben? Meine einzige Idee wäre, dass er über die Korruptionsgeschäfte von Nathaniel Jones-Kilby Bescheid wusste und versuchte, ihn zu erpressen.«

Mitz stimmte ihr zu, bevor er einen weiteren Vorschlag

machte. »Was, wenn Owen Zeuge von Jordans Mord geworden ist? Was, wenn es überhaupt nichts mit Nathaniel Jones-Kilby zu tun hat und Owen umgebracht wurde, weil er denjenigen, der Jordan umgebracht hat, dabei beobachtete und wiedererkannte?«

Robyn nickte langsam. »Oder Owen wurde damit beauftragt, Jordan umzubringen, und dann selbst von einer dritten Partei zum Schweigen gebracht.«

»Jedes dieser Szenarien wäre möglich.«

»Das stimmt, und jetzt bin ich noch verwirrter als vorher, aber immerhin haben Sie mir neues Futter zum Nachdenken gegeben. Vielen Dank. Und jetzt gehen Sie nach Hause. Das hier kann warten. Na los.«

Sie beobachtete, wie er seine Habseligkeiten einsammelte und den Raum mit einem Winken zum Abschied verließ. Es war bereits nach neun. Sie sehnte sich ebenfalls danach, nach Hause zu gehen. Schrödinger musste sich schon fragen, wo sie war. Der Gedanke an ihn stimmte sie fröhlicher. Es war schön zu wissen, dass zu Hause jemand auf sie wartete.

15

TAG DREI – MITTWOCH, 7. JUNI, MORGEN

Robyn kämpfte sich durch das lange Gras, das sich an ihre Knöchel klammerte und dafür sorgte, dass sich jeder Schritt wie eine Ewigkeit anfühlte. Über das ganze Feld waren Vogelscheuchen verteilt, alle mit ihr bekannten Gesichtern – ihr Cousin Ross, seine Frau Jeanette, Mitz, Anna, David und Matt und dann, am Ende der ersten Reihe, Jordans Freundin Rebecca. Ihr Mund war zugenäht, ihre Augen vor Angst weit aufgerissen. Robyn konnte nicht stehenbleiben. Ihre Beine bewegten sich immer weiter, machten einen Schritt nach dem anderen, während sie jede einzelne passierte, bis sie die kleinste Vogelscheuche erreichte, die schlaff an ihrem Pfahl hing – es war Dylan. Plötzlich fingen alle Vogelscheuchen an zu stöhnen, ihre Schreie nahmen an Intensität zu, wurden lauter und lauter, bis Robyn sich kerzengerade in ihrem Bett aufrichtete, ihre Stirn war vor Schweiß ganz nass.

Schrödinger, der sich neben ihr eingerollt hatte, bekam

nichts von der Not seines Frauchens mit und schlummerte weiter, seine Brust hob und senkte sich sanft, die Pfoten hatte er fest unter seinen Körper gezogen. Sie legte eine Hand auf sein weiches Fell und wartete dankbar für seine Gesellschaft darauf, dass sich ihr Herzschlag beruhigte, bevor sie ihre Finger zurückzog.

Die digitale Uhr verkündete, dass es fünf Uhr in der Früh war. Sie schob die Decke zurück, tapste in das angrenzende Badezimmer und stellte sich unter die Dusche, wo das heiße Wasser auf ihren Kopf prasselte und die Schrecken ihres Traums vertrieb. Sie blieb so lange dort stehen, bis das Wasser kalt wurde, dann trocknete sie sich ab und wickelte ein kleineres Handtuch um ihre Haare, das sie zu einem Turban formte.

Schrödinger rührte sich nicht, als sie ihren Morgenmantel überwarf und die Treppe herunterstieg. Sie schaltete kein Licht ein, ließ sich stattdessen von den Straßenlaternen vor ihrem Haus leiten, die einen ausreichenden Schein durch die Glasscheibe ihrer Haustür warfen. Draußen war es vollkommen still. Diese Zeit des Tages genoss Robyn besonders. Häufig machte sie sich mit ihrem Fahrrad oder ihren Laufschuhen auf den Weg, bevor die Welt um sie herum erwachte. Doch heute konnte sie sich nicht dazu bewegen, für den Ironman zu trainieren. Der Albtraum spukte noch immer in ihrem Kopf herum, und sie musste ihre fiebrigen Gedanken auf die Ermittlung lenken.

———

Es lag an dem Albtraum, dass Robyn bei Rebecca anrief, bevor sie ins Büro fuhr. Sie wollte sichergehen, dass sowohl Mutter als auch Sohn wohlauf waren. Als sie zum Polizeirevier fuhr, ging Robyn die Unterhaltung noch einmal in Gedanken durch:

»Ich wollte nur hören, wie es Ihnen beiden geht?«

»Wir kommen zurecht. Mehr oder weniger. Ich kann immer noch nicht glauben, was passiert ist. Es ist so unwirklich. Dylan will heute zur Schule gehen. Sagt, er vermisst seine Freunde. Er sieht so unglücklich aus und ich weiß nicht, was das Beste für ihn wäre. Das alles ging zu schnell. Vor drei Tagen waren wir noch glücklich. Dann hat uns jemand dieses Glück entrissen. Es ist so unfair. Ich kann es nicht glauben.«

»Es ist erst drei Tage her, Rebecca. Sie brauchen mehr Zeit.«

»Drei schrecklich lange Tage, und dank Jordans Vater, der uns herauswirft, muss ich mich mit einem Immobilienmakler treffen, um eine neue Wohnung zu finden. Ich würde gerne etwas in der Nähe finden, das wir mieten können. Ich möchte Dylan nicht fortzerren müssen. Es ist auch so schwer genug für ihn, ohne seine neuen Freunde zu verlieren. Ich habe sein Leben bereits genug durcheinandergebracht, indem ich ihn von Birmingham hierher gebracht habe.«

»Das ergibt Sinn. Was ist mit Ihnen? Wie geht es Ihnen?« Robyn hatte Bewunderung für das praktische Denken dieser Frau verspürt, obwohl sie nun die Qualen in Rebeccas Stimme vernahm, als sie sprach.

»Was denken Sie? In der einen Sekunde möchte ich mir das Herz aus der Seele schreien, wüten, alles kaputt schlagen, und im nächsten Augenblick will ich mich vor allem und jedem verstecken und hoffe, dass auf magische Weise wieder alles normal wird und das alles nur ein beschissener Albtraum war. Aber das ist es nicht, oder? Es ist echt und ich muss tapfer sein, für Dylan, aber im Innern bin ich ein Wrack. Ich will, dass derjenige, der dafür verantwortlich ist, denselben qualvollen Schmerz erleben muss wie wir. Bitte, finden Sie den Bastard.«

»Wir tun alles, was wir können, Rebecca.«

»Ich weiß.« Ihre Worte waren leise und schwer vor Kummer. »Das Personalbüro hat mir gesagt, dass ich die Woche freinehmen kann, aber wahrscheinlich bin ich bei der Arbeit besser aufgehoben als in einem Haus voller Erinnerungen. Es wird Jordan nicht zurückbringen, wenn ich Trübsal blase, und da ich mich nicht mal um seine Beerdigung kümmern kann, kann ich genauso gut ins Büro zurückkehren. Sein Vater kümmert sich um die Bestattung, also bin ich überflüssig. Nutzlos. Als würde ich in einem Vakuum leben. DI Carter, das ist das Härteste, was ich je ertragen musste. Wenn wir verheiratet gewesen wären oder wenigstens verlobt, dann würden die Leute in Scharen kommen, mich unterstützen, mir sagen, wie leid es ihnen tut. Ich könnte mich Schritt für Schritt von den Erinnerungen an ihn trennen – von seiner Kleidung, seinen persönlichen Habseligkeiten, diesen Dingen – alles in meinem eigenen Tempo, bis ich es schließlich ertragen würde, mich endgültig von ihm zu verabschieden und einen Abschluss zu finden. Aber so kann ich das nicht. Er wird mir entrissen und ich verliere alles, was mich an ihn erinnert, sobald ich unser Zuhause verlasse. Ich werde wieder auf mich allein gestellt sein. Ich scheine dazu verdammt zu sein, immer allein zu bleiben.«

Robyn verstand das. Sie und Rebecca waren einen ähnlichen Weg gegangen – verstorbene Eltern, verstorbener Partner, aber sie machten weiter.

»Robyn«, hatte sie gesagt. »Vergessen Sie den DI Carter, nennen Sie mich Robyn. Sie werden das schaffen, Rebecca. Sie haben noch Dylan.«

Sie hatte das Lächeln in Rebeccas Stimme gehört. »Ja, den habe ich.«

»Können Sie mir ein paar Fragen beantworten? Sagen Sie ruhig, wenn Sie sich dazu nicht in der Lage fühlen.«

»Nur zu.«

»Hat Jordan seinen Fahrradhelm mitgenommen, als er an diesem Abend aufgebrochen ist?«

Es folgte ein irritiertes Schweigen. »Den hat er immer getragen. Natürlich hat er ihn mitgenommen. Ich kann ihn noch glasklar vor mir sehen, wie er an der Hintertür steht und seinen Helm aufsetzt, bevor er Dylan zum Abschied umarmt hat.«

»Tut mir leid, dass ich Sie noch mal darauf ansprechen muss, aber hat Jordan jemals mit Ihnen über die Geschäfte seines Vaters gesprochen? Hat er vielleicht erwähnt, dass sein Vater in die Planung der HS2-Linie involviert war?«

»Ja, das Thema kam auf. Jordan hat etwas darüber in der Zeitung gelesen – irgendein Artikel über seinen Vater und unseren örtlichen Abgeordneten – und das hat ihn verärgert. Ich denke nicht, dass viele Leute damit glücklich sind, dass die Strecke durch die Landschaft hier verlaufen soll. Sie wird viel kaputtmachen.«

»Die Strecke sollte auch durch Colton verlaufen, wo Owen lebt. Haben Sie die beiden je darüber diskutieren hören? Ich kann mir vorstellen, dass Jordan darüber ebenfalls wütend war und sich Sorgen um seinen Freund gemacht hat.«

Robyn wusste nicht, warum sie Owens Namen erwähnt hatte. Vielleicht hatte sie auf einen Hinweis gehofft, der auf eine Gemeinsamkeit hindeutete, die die beiden in Schwierigkeiten gebracht hatte.

»Ich habe ihn nie darüber reden hören. Wenn ich ehrlich bin, gibt es eine gewisse Spannung zwischen Owen und mir. Er unterhält sich nett mit mir, ist nicht unhöflich oder so, aber manchmal habe ich das Gefühl, dass er mich nicht gerne dabei hat – oder dass er sich in meiner Nähe nicht wohlfühlt. Dafür gibt es kleine Signale ... Zum Beispiel hört er mitten im Satz auf zu reden, wenn ich den Raum betrete, während er und Jordan sich unterhalten, als wolle er nicht, dass ich etwas davon mitbekomme.

Ich klinge wie eine eifersüchtige Kuh, nicht wahr? Wahrscheinlich bin ich überempfindlich. Ich dachte, Owen würde anrufen oder vorbeikommen, um zu sehen, wie es uns geht. Mittlerweile muss er gehört haben, was mit Jordan passiert ist. Er war Jordans bester Freund – er war unser Freund. Mindestens einmal pro Woche kam er vorbei, um mit ihm Playstation zu spielen. Sie haben ein paar Bier getrunken und wir alle haben uns etwas zu Essen bestellt. Manchmal habe ich ihnen beim Spielen zugesehen, aber ich fand es unfassbar langweilig, also habe ich oft mit Dylan gespielt oder wir haben Fernsehen im Schlafzimmer geschaut. Ich bin überrascht, dass Owen sich nicht bei mir gemeldet hat. Ich schätze, er mochte mich wirklich nicht.«

Rebecca hatte Dylan für die Schule vorbereiten müssen und sich verabschiedet. Robyn war von der Enthüllung, dass Owen Jordan jede Woche besucht hatte, überrascht. Owen hatte behauptet, Jordan nur selten zu treffen, doch Rebecca hatte diese Aussage widerlegt. Außerdem war Robyn bewusst geworden, dass Rebecca nicht wusste, was Owen zugestoßen war. Sie hatte keine Ahnung, dass Owen tot war.

———

Robyn war nicht die Erste im Büro. David saß mit gesenktem Kopf hinter seinem Schreibtisch, als sie eintraf. Sie wollte ihn nicht unterbrechen, also zog sie Jordans Akte hervor und schaute sich an, was sie bisher gefunden hatten. Connor würde bald eintreffen, um hoffentlich neue Erkenntnisse zu präsentieren, die genug Informationen lieferten, um die Ermittlungen voranzutreiben. Robyn wollte bei der Stadtverwaltung anrufen, um mit Brian Turner zu sprechen, doch es war noch zu früh, also las sie sich stattdessen ihre Notizen durch, die sie über die Fundorte der Toten gemacht hatte: Jordans blutige Leiche hing an einem Pfahl und Owens lag in einer Pfütze aus Blut und Schmieröl.

»David, sehen Sie sich diese beiden Fotos der Tatorte an. Was sehen Sie?«

David studierte das Foto von Jordan. »Einen Mann, der wie

eine Vogelscheuche an einem Pfahl hängt, mit einem blutver-
schmierten Laken zu seinen Füßen.«

»Ganz genau. Dieses Laken scheint dort nicht hinzupassen,
nicht wahr? Wenn der Mörder wollte, dass Jordan für eine
Vogelscheuche gehalten wird, hätte er ihn dort einfach aufgehängt, ohne das Laken dort hinzulegen.«

»Das stimmt. Warum denken Sie, wurde es dort platziert?«

»Ganz ehrlich? Ich weiß es nicht. Ich habe nur das Gefühl,
dass es wichtig ist.«

Bald darauf trafen die anderen ein. Matt füllte die Kaffeemaschine mit einem neuen Beutel Bohnen auf, während er mit
ausgeruhtem Gesicht davon erzählte, dass seine kleine Tochter
die letzte Nacht durchgeschlafen hatte.

»Okay, Leute. Lasst uns versuchen, dem, was wir bereits
haben, einen Sinn zu entlocken.« Robyn fasste ihre bisherigen
Erkenntnisse zusammen und lenkte das Thema auf das Fahrrad
und den fehlenden Helm.

»Er könnte den Helm im Pub oder bei Owen vergessen
haben«, sagte Matt.

Robyn stimmte ihm zu. »Sicher, nur wurde er bei Owen
bisher nicht gefunden. Die Forensiker hätten etwas gesagt,
wenn sie ihn dort gefunden hätten. David, wenn wir hier fertig
sind, rufen Sie Joe Harris an, den Eigentümer des Fox and
Weasel, und fragen, ob er dort ist.«

Dann ergriff Mitz das Wort. »Er könnte ihn bei jemand
anderem zu Hause vergessen haben, oder der Mörder hat ihn
mitgenommen.«

»Und wieder, das wäre möglich«, sagte Robyn. »So oder so
ist er verschwunden.«

»Wie weit ist es von Newborough nach Colton?«, fragte
Anna.

»Etwa siebeneinhalb Meilen.«

»Erscheint seltsam, dass er nur für einen Drink so weit mit

dem Fahrrad gefahren ist. Mit dem Auto wäre es viel schneller gegangen.«

»Laut seinen Freunden und Rebecca war er begeisterter Radfahrer. Bei gutem Wetter ist er lieber mit dem Rad gefahren. Sieben Meilen sind nicht so weit, dafür dürfte er etwa vierzig Minuten gebraucht haben«, antwortete Robyn.

»Ich halte kaum vier Minuten durch«, sagte Matt. »Ich würde jederzeit ein Vierrad vorziehen.«

»Aber mal ernsthaft«, sagte Anna, ihre dunklen Augen waren auf Matt gerichtet. »Ich hätte angenommen, dass er mit seinem Auto gefahren wäre. Das Fahrrad ist keine vernünftige Wahl, besonders nicht, wenn er vorhatte, im Dunkeln nach ein oder zwei Bier nach Hause zu fahren.«

Robyn musste zugeben, dass Anna recht hatte.

Matt dachte über Annas Worte nach, bevor er antwortete: »Vielleicht hatte er von vornherein geplant, die Nacht bei Owen zu verbringen, und wollte am nächsten Morgen nach Hause fahren.«

Anna blieb hartnäckig. »Aber er hat seiner Freundin geschrieben, um sie wissen zu lassen, dass er dort bleiben würde. Wenn das von Anfang an der Plan gewesen wäre, hätte er sie sicher darüber informiert, bevor er losgefahren ist. Ich frage mich, ob er absichtlich das Fahrrad genommen hat, damit Owen nicht hört, wenn er verschwindet. Es hat ja keinen Motor. Er hätte verschwinden können, sobald sein Freund eingeschlafen war, und Owen hätte nichts mitbekommen. Wenn er geplant hatte, sich mit jemandem zu treffen, ohne dass Owen davon erfuhr, würde das Sinn ergeben.«

Der Gedankengang, der zu dieser Vermutung führte, beeindruckte Robyn, auch wenn sie noch nicht erkennen konnte, ob es relevant war. Sie schrieb es auf das Board und eröffnete die Runde für neue Ideen.

David konnte es kaum erwarten, das Wort zu ergreifen. »Meine Erkenntnisse könnten Licht auf das werfen, was Anna gerade gesagt hat. Ich habe die Fahrzeuge kontrolliert, die am Sonntagnachmittag und am Abend in Colton gesehen wurden. Es gab zwei, die mein Interesse geweckt haben – ein dunkler Transporter und ein schwarzes Auto. Den Eigentümer des Transporters muss ich noch ausfindig machen, aber ein Zeuge hat ausgesagt, dass sie etwa um halb zehn einen schwarzen oder dunkelgrauen Mercedes Benz an der Kirche haben vorbeifahren sehen. Sie konnten sich nicht an das ganze Nummernschild erinnern, aber es endete mit den Buchstaben EXX. Ich habe die staatliche Kfz-Zulassungsdatenbank durchstöbert und herausgefunden, dass ein schwarzer Mercedes Benz, eine S-Klasse mit dem Kennzeichen EXX, auf NJK Properties zugelassen ist.«

Robyn stockte der Atem. »Es war Nathaniel Jones-Kilby?«

David nickte. »Denken Sie, Jordan wollte in dieser Nacht seinen Vater treffen?«

Robyn konnte sich nicht vorstellen, warum das der Fall sein sollte, nichtsdestotrotz musste sie aufgrund dieser neuen Information handeln. Sie würde sich selbst um Jones-Kilby kümmern. Sie nickte knapp. »Können wir seinen Wagen auf einer der Kameras entdecken?«

»Ich habe heute etwas früher angefangen, um die automatische Erkennungssoftware über die Aufnahmen laufen zu lassen, und konnte sein Fahrzeug ausfindig machen: Um fünfzehn Minuten nach Mitternacht ist das Auto Richtung Abbots Bromley gefahren.« Er hielt eine Fotografie hoch, die das besagte Auto einschließlich des Nummernschildes zeigte. Ein Mann, der Nathaniel Jones-Kilby verdächtig ähnlich sah, saß hinter dem Steuer.

»Großartige Arbeit, David.«

Ermutigt von dieser Entwicklung, konnte der Rest des Teams es kaum erwarten, ihre Erkenntnisse mitzuteilen, und schon bald war das Whiteboard mit möglichen Spuren übersät. Als Connor im Büro eintraf, diskutierte das Team gerade enthusiastisch über die Möglichkeit, dass Owen von Jordans Mörder zum Schweigen gebracht worden war. Robyn winkte ihn zum Board herüber und überreichte ihm das Wort.

»Ich habe ein paar Dinge für euch«, sagte er und bereitete seine Folien vor. Im Gegensatz zu Robyn bevorzugte Connor technische Spielereien und den Overheadprojektor.

»Zunächst das Vogelscheuchen-Opfer.« Ein Bild wurde an die Leinwand geworfen. Er zeigte das blutige Laken, über das Robyn zuvor mit David gesprochen hatte.

»Das ist ein cremefarbenes Einzelbettlaken aus Baumwolle aus dem Basissortiment eines Supermarktes.« Er zeigte auf das Etikett und vergrößerte es, sodass alle es sehen konnten. »Es wurde weder gewaschen noch benutzt, und die Stellen, an denen es gefaltet wurde, um in die Verpackung zu passen, waren noch immer sichtbar. Das Blut auf dem Laken entspricht derselben Blutgruppe wie der von Jordan Kilby.«

Zügig ging Connor zum nächsten Bild über, das ein Fahrrad zeigte, das in einem Graben lag und dessen Vorderrad seltsam verdreht war.

»Die Fingerabdrücke am Fahrrad deuten darauf hin, dass dies tatsächlich das Fahrrad war, das er an diesem Abend gefahren ist. Es gibt keine anderen Abdrücke, was darauf hinweist, dass der Täter Handschuhe trug. Dort haben wir das Fahrrad gefunden.« Es erschien eine Karte des Feldes mit der Überschrift »Top Field« auf dem Bildschirm. Das Fahrrad war in einem daran angrenzenden graben gefunden worden.

»Es hat sich als unmöglich herausgestellt, Fußabdrücke zu finden. Obwohl das Gras an einigen Stellen plattgedrückt war, glauben wir, dass diese Abdrücke von den Leuten verursacht wurden, die nach Jordans Tod dort eingetroffen sind. Wir haben zwei Zigarettenstummel und einen Knopf gefunden, der höchstwahrscheinlich von einem Männerhemd stammt. Das könnte von Bedeutung sein oder auch nicht. Diese Dinge werden gerade im Labor untersucht. Bisher haben wir weder ein Messer noch eine andere Waffe gefunden, die hätte benutzt werden können, um Jordan Kilby zu töten. Aber gerade heute Morgen haben wir das gefunden.«

Er hob eine Plastiktüte mit einem Mobiltelefon in die Höhe.

»Es ist ein Sony Xperia X Compact. Es lag in demselben Graben wie das Fahrrad, nur etwas weiter hinten und gut versteckt. Es wurde abgewischt, weshalb wir keine Fingerabdrücke finden konnten. Ich bezweifle, dass Ihre Technik-Jungs daraus schlau werden, weil die SIM-Karte entfernt wurde, aber es gehört ganz euch.«

Robyn stieß ein leises Stöhnen aus. »Wäre es zu viel des Guten zu hoffen, dass Sie auch eine SIM-Karte gefunden haben?«

Connor zuckte entschuldigend mit den Achseln, bevor er die Folie mit einem resignierenden Lächeln von dem Projektor zog. »Nun zu Owen Falcon. Wir können mit Sicherheit sagen, dass Mr Falcon mit den Werkzeugen aus seiner eigenen Werkzeugkiste ermordet wurde. Das Blut, das an dem Hammer, dem Sechskantschlüssel und dem Schraubenzieher gefunden wurde, passt zu seiner Blutgruppe, A positiv. Wir konnten mehrere Fingerabdrücke am Tatort und der Werkzeugkiste sicherstellen. Manche gehören zu Jordan, andere könnten von Besuchern, Freunden oder dem Täter stammen. In der Waschküche gab es ebenfalls zahlreiche Fingerabdrücke, die zu Jordan gehören. Sie waren besonders auf der Hintertür und im Umfeld der Spüle zu finden. Wir konnten Fasern auf Owens Leiche sicherstellen, die nicht zu der Kleidung passten, die er trug. Es wird gerade untersucht, ob sie zu seinen anderen Klamotten passen. Er könnte sie so gut wie überall aufgeschnappt haben, von dem Korb mit dreckiger Wäsche zum Beispiel.

Sie werden sicher verstehen, dass wir dahingehend noch ganz am Anfang stehen, wir haben noch viel Arbeit vor uns. Es tut mir leid, aber das ist bisher alles, was ich habe.«

Auf Robyns Gesicht breitete sich ein dankbares Lächeln aus. Es war nicht leicht, eine Ermittlung zu führen. Es war nicht wie in einem Fernsehkrimi, in dem alle nur mit der neuesten Technik arbeiteten und wie durch Zauberhand sofortige Ergebnisse liefern konnten. Ihre Methoden ähnelten denen, die schon vor Jahren von den Kriminaltechnikern verwendet wurden, und was sie jetzt brauchten, war Zeit.

»Dieses Laken, Connor. Mir will sich nicht erschließen, warum der Mörder ein Laken mitbringen und es dort hinlegen sollte. Es ist ja nicht so, als müsste der Boden vor dem Blut geschützt werden.«

»Es könnte dazu benutzt worden sein, um die Vögel anzulocken«, sagte er. »Aasfresser reagieren sensibel auf Körperflüssigkeiten, die von verrottenden Leichen ausgehen, aber ich bin kein Experte auf diesem Gebiet.«

Die Bilder ihres Albtraums kehrten zurück, und der Gedanke an die Vögel, die sich auf Jordans Körper stürzten und daran herumpickten, schickten ihr einen Schauder über den Rücken. Dies war einer der groteskesten Fälle, an denen sie je gearbeitet hatte. Sie beendete das Meeting und verteilte die neuen Aufgaben. Sie hatte sich entschieden, sich persönlich um Brian Turner und Nathaniel Jones-Kilby zu kümmern, und sie würde nicht aufgeben, ehe sie Antworten bekam.

16

TAG DREI – MITTWOCH, 7. JUNI, SPÄTER VORMITTAG

Robyn rief bei der Stadtverwaltung an und bat darum, Brian Turner sprechen zu können. Die Frau am anderen Ende der Leitung war barsch und teilte ihr mit, dass Mr Turner beschäftigt war, doch Robyn bestand auf einem Gespräch mit ihm. Es entstand eine längere Pause und dann ertönte Musik, als sie in die Warteschleife gestellt wurde. Diese Zeit nutzte sie, um über ihre ersten Worte nachzudenken. Es dauerte elf Minuten, bevor Brian Turner sich meldete.

»Brian Turner«, sagte er knapp.

»Mr Turner, hier ist DI Carter von der Polizei aus Staffordshire. Ich wollte Sie um einen Termin bitten, damit wir uns unterhalten können. Wir ermitteln zum Tod von Jordan Kilby und befragen alle, die mit ihm oder seinem Vater in Verbindung standen.«

»Ich wüsste nicht, wie ich Ihnen weiterhelfen könnte.«

»Wie ich hörte, hatten sie in den vergangenen Jahren mit NJK Properties zu tun, deshalb würde ich gerne mit ihnen reden.«

Es entstand eine lange Pause, als Brian Turner seine Optionen abwog. Schließlich antwortete er ihr. »Sie werden sich an meine Sekretärin wenden müssen, um einen Termin zu vereinbaren. Ich bin momentan sehr beschäftigt. Wenn Sie mich jetzt bitte entschuldigen würden, ich muss zu einem Meeting.«

In der nächsten Sekunde war die Leitung tot, weshalb Robyn neu wählen und darum bitten musste, mit Mr Turners Sekretärin verbunden zu werden. Nach längerem Drängen gelang es ihr, einen Termin für den morgigen Nachmittag auszumachen.

Im Büro war es still. Anna und David arbeiteten an ihren Computern und trugen die Informationen zusammen, die Robyn angefordert hatte. Mitz war zu den Marshs geschickt worden, um sie mit Bedacht über die HS2-Linie zu befragen, und Matt befragte Owens Kollegen beim *Rugeley Electrical Centre*. Robyn drehte sich in ihrem Stuhl herum und schaute aus dem Fenster. Auf der anderen Straßenseite, gegenüber dem Polizeirevier, stand ein spät blühender Kirschbaum in voller Blüte, dessen rosa Blüten dieselbe Farbe hatten wie Schrödingers Zunge. Sie nahm ihr Handy und öffnete die App. Er lag eingerollt auf dem Sofa, bildete einen Ball aus weichem schwarzem Fell. Sie beobachtete ihn für eine Minute. Es war beruhigend, ihm beim Schlafen zuzusehen, und ermöglichte es ihr, sich von Neuem auf die Ermittlung zu konzentrieren. Sie musste sich Nathaniel Jones-Kilby stellen. Das durfte nicht länger aufgeschoben werden. Sie rief in seinem Büro an und erfuhr, dass er an diesem Tag zu Hause geblieben war. Da bei ihr keine Termine anstanden, machte sie sich auf den Weg zum Manor House in der Nähe des Dorfes Blithbury, das für sein Rentierzentrum bekannt war.

Die Sonne hatte sich doch noch entschieden, sich blicken zu lassen, und Robyn fuhr über verwaiste Straßen, die von Bäumen mit leuchtend grünen Laubkronen gesäumt wurden, die sie über Rugeley und dann nach Blithbury führten. Endlose Felder rasten an ihr vorbei, bis sie den Kreisverkehr am Wolseley-Gartencenter erreichte – ein beliebtes Wochenendziel, wo nicht nur Pflanzen verkauft wurden. Es bot auch einen Spielplatz für Kinder und eine Teestube. Am Wochenende kamen viele Leute her, und das nicht nur, um das Center zu besichtigen, sondern auch um das angrenzende Wildtierzentrum zu besuchen, das einen viertausend Quadratmeter großen, wildtierfreundlichen Garten und Wanderpfade bot, die am Trent entlangführten. Letzten Sommer hatten sie, Ross und Jeanette hier geparkt und waren über die Pfade entlang des Trent und des Mersey Canal gewandert, vorbei an farbenfrohen Hausbooten, die regelmäßig dort anlegten, und den zahlreichen Libellen, die über das Wasser schossen. Sie waren in einem malerischen Pub mit Strohdach gelandet, saßen draußen im Garten und tranken Pimm's – weil Ross fand, dass das typisch englisch war – und versuchten, sich die Wespen vom Leib zu halten. Die Erinnerung daran ließ sie vorübergehend ihre Aufgabe vergessen, bis sie die riesigen Kühltürme von Rugeley erspähte, die ihr zeigten, dass sie ihrem Ziel näherkam. Das Navi lotste sie von der Hauptstraße auf malerische Wege, mit denen sie nicht vertraut war.

Staffordshire war eine große Grafschaft mit einem Labyrinth aus Wegen und Landstraßen, die es beinahe unmöglich machten zu lokalisieren, wo ein Ort im Verhältnis zu einem anderen lag. Erst als sie auf die Karte des Navigationssystems schaute, erkannte sie, dass Nathaniels Haus viel näher an Colton war, als sie gedacht hatte. Es war nicht viel weiter als zwei Meilen entfernt. Er könnte durchaus einen berechtigten Grund gehabt haben, am Sonntagabend durch Colton zu fahren. Sie schob die beunruhigenden Gedanken beiseite. Ganz egal, wie sehr er sich darüber ärgern würde, sie würde ihm diese Frage stellen. Sie musste ihren Job machen, und es wäre unprofessionell, dieser Spur nicht zu folgen.

Nathaniel hatte eine beträchtliche Summe Geld mit Immobilien verdient, und diesen Reichtum konnte man seinem eigenen bewundernswerten Haus ansehen. Die Auffahrt führte an Steinsäulen und schmiedeeisernen Toren vorbei, durch von Holzzäunen umgebenen Pferdekoppeln, die einen weiten Blick über das Ackerland boten, bis sie schließlich einen Wendekreis erreichte, vor dem sich die hübsche Fassade des Herrenhauses aus dem siebzehnten Jahrhundert erhob.

Robyn spekulierte über dessen Wert – wahrscheinlich fünf oder sechs Millionen. Die gut gepflegte Anlage deutete auf eine ganze Schar von Gärtnern hin. Sie musste an ihr eigenes Stück Garten denken, nicht mehr als zehn Meter in der Breite und sechs Meter tief, komplett mit Rasen bepflanzt, nur neben der Hintertür wuchsen zwei Kameliensträucher, die im Frühling hübsche pinke Blüten bildeten, und ein weiterer Strauch, der etwas später im Jahr blühte und riesige gelbe Blüten bildete, die sie immer an kleine Ananas erinnerte. Sie sollte in Erfahrung bringen, wie diese Pflanze hieß.

Sie atmete tief ein und wappnete sich für die ihr bevorstehende Konfrontation, bevor sie auf die vordere Veranda zuging – die kleinen Steine knirschten unter ihren Füßen – und klingelte. Während sie wartete, versuchte sie, das riesige braune Backsteingebäude mit den hohen Schornsteinen und den glänzenden Fenstern nicht anzustarren und stattdessen darüber nachzudenken, warum Jordan sich für einen Job als Lieferfahrer und ein kleines Häuschen auf dem Land entschieden hatte, wo er doch in die Fußstapfen seines Vaters treten und in einem solchen Überfluss hätte leben können. Die Haustür öffnete sich und Nathaniel erschien, er trug eine Sonnenbrille und seine dunkelblonde Mähne hatte er aus seinem Gesicht nach hinten gestrichen. In der Brusttasche seines hellgrauen

Jacketts, das er mit einem blassblauen Hemd und einer weißen Hose kombiniert hatte, steckte ein rot gepunktetes seidenes Taschentuch, das ihre Aufmerksamkeit auf sich zog. Er erweckte den Eindruck, als wollte er zu einer Party fahren, die an Bord einer Jacht stattfand. Er hob und senkte seine Ray-Ban, um Robyns Gesicht besser sehen zu können; eine Augenbraue hob sich fragend.

»DI Carter. Gibt es etwas Neues?«

Robyn schüttelte ihren Kopf. »Noch nicht, Sir. Ich hatte gehofft, dass Sie mir ein paar Fragen beantworten könnten.«

Er nahm die Sonnenbrille ab, hielt sie lässig in seiner Hand und warf einen Blick auf seine Armbanduhr. »Ich wollte gerade los. Ich habe einen Termin.«

»Ich werde nicht viel von Ihrer Zeit benötigen.«

»Was wollen Sie wissen?«

»Ich komme gleich zur Sache. Es geht um Sonntagabend. Wir haben erfahren, dass Ihr Auto später in dieser Nacht in Colton gesichtet wurde, und ich hatte gehofft, Sie könnten mich darüber aufklären, warum es dort war.«

Er drehte den Bügel seiner Sonnenbrille in seinen langen Fingern, bevor er antwortete. »Stehe ich unter Verdacht, DI Carter? Muss ich Sie daran erinnern, dass mein einziger Sohn umgebracht wurde und Sie nach seinem Mörder suchen sollten, anstatt mir sinnlose Fragen zu stellen?«

»In jeder Ermittlung müssen wir alles überprüfen, das unsere Aufmerksamkeit erregt, und sei es nur, um Personen von der Liste streichen zu können. Ich bin mir sicher, das ist in Ihrem Interesse. Ich habe keinen Grund, Sie zu verdächtigen, Mr Jones-Kilby, und Ihr Verlust tut mir sehr leid. Jedoch würde ich meinen Job nicht richtig machen, wenn ich Ihnen diese Frage nicht stellen würde.«

Sie hoffte, dass sie nicht zu direkt gewesen war. Nathaniel schien über ihre Frage nachzudenken, aber er bat sie nicht hinein oder auch nur auf die Veranda.

»Na schön. Immerhin tun Sie irgendetwas, auch wenn es Zeitverschwendung ist.« Sein mürrischer Gesichtsausdruck blieb unverändert. »Ich war zu einem späten Abendessen bei einem Freund. Auf meinem Weg dorthin bin ich durch Colton gefahren.«

»Sind Sie auf dem Rückweg auch wieder durch Colton gefahren?«

Nathaniel schüttelte seinen Kopf. »Nein. Auf dem Rückweg habe ich eine andere Route genommen.«

»Wie spät war es da?«

Er seufzte schwer. »Ich weiß nicht. Etwa halb eins.«

Robyn wartete auf weitere Informationen, doch es kamen keine mehr. Sie würde weitere Fragen stellen müssen, wenn sie eindeutige Antworten bekommen wollte. »Könnten Sie mir Namen und Adresse der Person geben, die Sie besucht haben?«

Seine Augen verengten sich zu bedrohlichen Schlitzen. »Ich denke wohl kaum, dass das nötig wäre, nicht wahr? Ich habe meinen Sohn nicht umgebracht. Ich hatte keine Ahnung, dass Jordan an diesem Abend in Colton war. Und ich hatte auch keinen Grund dazu. Denken Sie doch mal nach. Welchen Grund gäbe es für mich, mein eigenes Kind zu ermorden? Es ist mir unergründlich, weshalb Sie beschlossen haben, Zeit und zweifellos auch Ressourcen zu verschwenden, um mich zu überprüfen und extra hierher zu kommen, um mich darüber zu befragen. Wenn Sie mich jetzt entschuldigen würden, ich habe einen Termin und ich möchte nicht zu spät kommen. Darf ich vorschlagen, dass Sie einen seiner ruchlosen Kollegen oder sogenannten Freunde befragen, bevor Sie an meine Tür klopfen?«

»Sie meinen Freunde wie Owen Falcon?«

Das Lid seines rechten Auges zuckte. »In der Tat. Auf wiedersehen, DI Carter.«

»Sir, ich benötige wirklich den Namen und die Adresse der Person, die Sie besucht haben. Dies ist eine Mordermittlung.«

»Ich werde diese Information an Ihren Vorgesetzten weitergeben, und das ist alles, was ich bereit bin zu tun.«

Er drehte ihr den Rücken zu und warf die Tür ins Schloss, ohne ihre Antwort abzuwarten. Jetzt wünschte sich Robyn, sie wäre die Unterhaltung anders angegangen. Er war überraschend schroff. Sie fragte sich, ob er gegenüber Rebecca ebenfalls derart kühl gewesen war, als er ihr gesagt hatte, dass sie packen und Jordans Haus verlassen soll. Der Gedanke ließ sie schaudern. Diesem Mann fehlte jegliches Mitgefühl, und nun war auch der letzte Hauch Sympathie verflogen, die sie für ihn empfunden hatte, weil sein Sohn gestorben war.

―――――

Aufgrund von Nathaniels unerträglicher Attitüde entschied Robyn, auf dem Weg zurück zum Revier bei Jordans Haus vorbeizufahren. Dylan war nicht da, doch Rebecca öffnete ihr die Tür.

»Ich habe noch keine Neuigkeiten für Sie«, sagte Robyn. »Ich komme nur vorbei, um zu sehen, wie es Ihnen und Dylan ergeht.«

»Das ist freundlich von Ihnen. Kommen Sie rein.«

Robyn folgte ihr in die Küche. Rebecca zog zwei Tassen aus einem Schrank und hielt sie in die Höhe. »Sie können nicht gehen, ohne wenigstens einen Tee getrunken zu haben.«

Robyn nickte ihr lächelnd zu. »Wissen Sie schon, ob Sie in der näheren Umgebung bleiben werden?«

Rebecca nickte. »Ich war vorhin bei einer Vermietungsagentur, und es gibt eine freie möblierte Wohnung in der Nähe von Rangemore, was nur ein paar Meilen von meinem Arbeitsplatz entfernt ist. Der Weg zu Dylans Schule ist dann etwas länger, aber das ist nicht so schlimm. Ich möchte auf jeden Fall, dass er an der Schule in Newborough bleibt, wo er sich schon eingelebt hat. Ich habe sofort zugesagt, die Wohnung zu nehmen.«

Robyn kannte die Gegend, von der Rebecca sprach. Der Fußballtrainingsplatz St. George's Park befand sich in der Nähe von Rangemore, und es wurde gemunkelt, dass mehrere berühmte Fußballspieler in einigen der größeren ländlichen Anwesen in der Gegend wohnten. Dylan würde sich freuen, wenn er erfuhr, dass er bald in der Nähe von Fußballern wohnen würde.

»Und vielleicht können Sie beim St. George's Park vorbeischauen, damit er den Fußballern beim Training zusehen kann.«

Rebecca fiel vor Überraschung die Kinnlade herunter. »Natürlich! Das Trainingsgelände hatte ich völlig vergessen. Da müssen wir auf jeden Fall hin und wieder vorbeischauen.«

Als der Tee fertig war, stellte sie eine Tasse vor Robyn ab und blieb neben der Spüle stehen und rührte ihren eigenen Tee um, immer und immer wieder, ohne sich dessen bewusst zu sein. »Kann ich Sie etwas fragen, Robyn?«, sagte sie schließlich.

»Nur zu.«

»Ich befürchte, dass Jordan möglicherweise eine andere Frau getroffen hat und er deswegen getötet wurde.«

Diese Offenbarung verblüffte Robyn. Der Ausdruck auf Rebeccas Gesicht ließ vermuten, dass sie viel über diese Theorie nachgedacht hatte und diese sie von innen heraus auffraß. »Wie kommen Sie darauf?«, fragte sie.

Rebecca studierte ihren milchigen Tee, zog langsam den Löffel heraus und legte ihn in die Spüle. Ihre Stimme wirkte verkrampft, als wäre sie zu ängstlich, ihre Gedanken laut auszusprechen. »Ich habe etwas Seltsames gefunden.«

»Inwiefern seltsam?«

»Ich habe unsere Sachen gepackt – meine und Dylans –, um uns auf den Umzug vorzubereiten, und habe die Karte eines Privatermittlers in Jordans Nachttisch gefunden. Ich wusste nicht, warum er so etwas haben sollte, also habe ich darüber nachgedacht ... Was, wenn er eine Affäre mit einer anderen Frau hatte – mit einer verheirateten Frau – und ihr Mann einen Privatermittler angeheuert hat, um die beiden auszuspionieren? Und was, wenn der Ehemann alles herausgefunden und Jordan umgebracht hat? Wäre das überhaupt möglich oder sind das nur verrückte Ideen?« Sie hob eine Karte auf, die auf der Arbeitsplatte gelegen hatte, und überreichte sie Robyn.

Als Robyn den Namen auf der Karte las, entdeckte sie, dass sie ihrem Cousin Ross gehörte. »Ich bezweifle, dass das etwas mit einer Freundin zu tun hat. Es wäre unwahrscheinlich, dass er die Nummer eines Privatermittlers hätte, wenn er eine Beziehung mit jemandem hätte. Jordan könnte diese Karte schon seit Jahren haben, oder sie hat auch gar keine Bedeutung.«

Rebecca schenkte ihr ein freudloses Lächeln. »Ich schätze, Sie haben recht. Ignorieren Sie einfach meine verrückten Ideen. Ich scheine meinen Bezug zur Realität zu verlieren. Ich wünschte, das wäre alles nur ein schlimmer Traum. Ich wünsche mir so sehr, dass Jordan zurückkommt und dass das alles nicht wirklich passiert. Es ist alles so schrecklich schief gelaufen, innerhalb so kurzer Zeit. In der einen Sekunde freuen wir uns darauf, unser Leben zusammen zu verbringen, und in der nächsten habe ich fast nichts mehr, das mich an ihn erinnert. Das ist einfach zu viel für mich. Ich weiß nicht, warum ich überhaupt die Möglichkeit in Betracht gezogen habe, dass er sich mit jemand anderem getroffen hat. Vielleicht versuche ich nur verzweifelt, einen rationalen Grund zu finden, weshalb er ermordet wurde.«

Robyn gab sich Mühe, Rebecca aus ihrer Verwirrung und ihrem Leid zu befreien. »Das hier bedeutet gar nichts. Ich bin mir sicher, dass er Sie von ganzem Herzen geliebt hat. Wenn ich mich hier umsehe und all die Fotos von Ihnen betrachte, auf denen Sie so glücklich aussehen, sehe ich den Beweis für Liebe in diesem Haus, und ich bin davon überzeugt, dass es niemand anderen in seinem Leben gab außer Ihnen und Dylan. Ich kenne diesen Ermittler. Wenn Sie wollen, rede ich mit ihm, damit Sie mit diesem Gedanken abschließen können.«

Rebecca senkte ihren Kopf und kämpfte mit den Tränen, die plötzlich in ihren Augen aufstiegen. »Vielen Dank. Ich bin im Moment völlig neben der Spur, weil ich packen und umziehen muss und wegen allem anderen. Dieses Haus, unser Zuhause, zu verlassen, fühlt sich so endgültig an. Sobald wir das letzte Mal durch diese Tür gehen, habe ich alles verloren.«

»Nein, Rebecca, nicht alles. Sie haben immer noch Dylan, und Sie werden sich zusammen eine neue Zukunft aufbauen. Im Moment erscheint es vielleicht noch unmöglich, aber das werden Sie.« Während Robyn sprach, schrie eine kleine Stimme in ihrem Kopf, wie heuchlerisch sie war. Davies war vor zwei Jahren von ihnen gegangen, und welche Zukunft hatte sie seitdem für sich aufgebaut? Sie legte einen Arm um Rebecca, die jetzt leise weinte, und dachte an den kaltherzigen Nathaniel Jones-Kilby – auch wenn er seinen Sohn verloren hatte, war er offensichtlich nicht zu solchen Emotionen fähig. Sie würde Jordans Mörder weniger für ihn als für Rebecca und ihren kleinen Jungen finden – sie waren diejenigen, die ihre Hilfe wirklich verdienten.

Dann wanderten ihre Gedanken wieder zu der Karte in ihrer Hand. Jordan hatte Amy Walters angerufen und wollte ihr wichtige Informationen überreichen. Vielleicht hatte er auch mit Ross darüber gesprochen. Sie würde sich schnellstmöglich mit ihrem Cousin in Verbindung setzen und sehen, ob sie durch ihn etwas erreichen konnte.

17

TAG DREI – MITTWOCH, 7. JUNI, NACHMITTAG

Robyn hatte Ross nicht erreichen können, und sobald sie das Büro betrat, wurde ihre Aufmerksamkeit auf etwas anderes gelenkt. Mitz war mit der Neuigkeit zu ihrem Schreibtisch gestürzt, dass einer von Jordans Freunden aus der Fußball-mannschaft, Jasper Fetcher, ihn angerufen hatte. Als Robyn ihn das erste Mal befragt hatte, hatte er nur wenig zu sagen gehabt, doch nun wollte er reden.

──────

Der junge Mann, der die traditionelle Latzhose eines Bauarbeiters trug, hatte zugestimmt, sich mit ihnen in Uttoxeter zu treffen, wo er auf einer Baustelle arbeitete. Es war Markttag und die Straßen waren voller Besucher, die frische, lokal erzeugte Produkte kaufen wollten. Das Kopfsteinpflaster des Marktplatzes war mit Ständen und Menschen übersät, die zwischendurch auf die Straße auswichen, als sie und Mitz in ihrem Streifenwagen an der Menge vorbeifuhren.

Jasper hatte ein Café vorgeschlagen, das etwas versteckt in einer Seitenstraße lag, fernab der Hauptverkehrswege, und hatte einen Platz in der hintersten Ecke des Raumes ausgewählt. Von ihrem Platz aus konnte Robyn den großen Tresen und die Kaffeemaschine beobachten, die in diesem Augenblick spritzte und zischte.

Robyn und Mitz saßen Jasper gegenüber. Das Café war gut besucht, doch es war der einzige Ort, an dem er sie hatte treffen wollen. Er drehte ein Päckchen Zigarettenpapier in seinen Fingern, bevor er sprach. Seine Augen mit ihren eisblauen Iriden, die von dunklen Limbusringen umrandet waren, wanderten durch den Raum, suchten ihn nach bekannten Gesichtern ab.

»Ich will nicht, dass jemand erfährt, dass Sie das von mir haben«, sagte er. »Wenn irgendjemand herausfindet, von wem diese Informationen stammen, bin ich als Nächster an der Reihe.«

Jasper rutschte unbehaglich auf seinem Stuhl herum.

»Ich könnte mich irren, aber da jetzt Jordan und Owen tot sind, dachte ich, ich sollte etwas sagen. Sie sollten mit Darren Sturgeon reden. Er spielt Fußball für die Sudbury Dynamos. Vor einer Woche gab es einen Zwischenfall bei einem Spiel. Wir sind zu einem Freundschaftsspiel gegen sie angetreten und es gab Probleme. Darren hat etwas zu Owen gesagt, was ihn aufgeregt hat. Sie sind beide launisch, aber diesmal wurde Owen richtig wütend. Er und Jordan haben Darren absichtlich gefoult und wurden des Platzes verwiesen.

Am Samstagabend, der Tag vor Jordans Tod, wurde Darren draußen vor seinem Lieblingspub verprügelt. Ich denke, dass Jordan und Owen hinter dem Überfall steckten. Ich habe gehört, wie sie darüber gesprochen haben, Darren zusammenzuschlagen, damit er kein Fußball mehr spielen konnte. Owen schien es kaum erwarten zu können.«

»Und was ist mit Jordan? Warum sollte er Darren angreifen?«

Jasper schnaubte. »Weil Owen ihn darum gebeten hat. Er war Owens Schoßhündchen. Owen hat es geliebt – die ganze Bewunderung – er hat Jordan hinter sich hergezogen, als würde er ihn an einer Leine führen oder so.«

»Was hielten Sie davon, wenn Jordan sich so verhielt? Das letzte Mal haben Sie mir gesagt, dass Sie ihn weder nicht leiden noch leiden konnten.«

»Hören Sie, Jordan war ein Langweiler, der mit uns abhing, weil er Fußball mochte und weil er Owen bewunderte. Er war einer dieser Typen, die man nicht abwimmeln kann. Er tauchte einfach auf und setzte sich zu uns, ohne viel zu sagen, hat nur hin und wieder genickt, es sei denn, es ging ums Fahrradfahren oder um Fußball. Wir haben Owen damit geneckt, dass er Jordan nur mochte, weil er reich war und Owen hoffte, dass er seinen Reichtum mit ihm teilen würde. Owen hat uns gesagt, dass wir die Klappe halten sollen, dass Jordan selbst nicht viel besaß und wir ihn in Ruhe lassen sollten – was wir dann auch meistens taten.«

»Denken Sie wirklich, dass das der Fall war? War Owen hinter Jordans Reichtum her?«

»Owen brauchte von niemandem Hilfe. Er hat das Haus von seinen Eltern geerbt. Auf ein paar Pfund kam es ihm nie an. Er war nicht super wohlhabend, aber er kam zurecht. Er hat immer noch weiter gearbeitet und hing mit seinen alten Kumpeln herum.

Jordan hingegen war einer dieser wohlhabenden Jungs, die versucht haben, sich anzupassen. Er wollte, dass die Leute dachten, er wäre ein gewöhnlicher, hart arbeitender Kerl, der einen Transporter fuhr, während sein alter Herr ihm in Wirklichkeit ein eigenes Transportunternehmen hätte kaufen können, und er fürs Leben ausgesorgt hätte. Er wäre niemals einer von uns geworden, nicht wahr?«

»Also denken Sie, dass es möglich wäre, dass Owen und Jordan Darren Sturgeon nach einer Auseinandersetzung auf dem Spielfeld angegriffen haben, und Darren sie aus Rache dafür ermordet hat?«

Jasper nickte, bevor seine Augen wieder durch den Raum wanderten. »Es wäre möglich. Darren ist ein hoffnungsloser Fall, besonders wenn er zu viel getrunken hat. Aber wie gesagt, ich will nicht, dass irgendjemand erfährt, dass ich das gesagt habe. Wenn sich herumspricht, dass ich mit Ihnen gesprochen habe, werde ich bald derjenige sein, der zusammengeschlagen wird. Oder Schlimmeres. Wenn man bedenkt, was bereits alles passiert ist.«

»Wann haben Sie das letzte Mal mit Owen gesprochen, Jasper?«

»Am Montag hat er mich angerufen, um mir zu sagen, dass Jordan tot ist. Und heute hat Joe Harris mich angerufen, um mir zu sagen, dass Owen ebenfalls tot ist. Ich kann es immer noch nicht glauben. Was zum Teufel geht hier vor sich? Zuerst Jordan und dann Owen. Ich vermute, Sie können mir nicht verraten, was mit Owen passiert ist?«

Robyn schüttelte ihren Kopf. »Das kann ich leider nicht.«

Jasper schüttelte verzweifelt den Kopf. »Es würde mich nicht wundern, wenn Darren, dieser verrückte Bastard, seine Kumpel zusammengetrommelt und sie auf Jordan und Owen angesetzt hat.« Er warf einen Blick auf sein Handy. »Ich muss jetzt zurück zur Arbeit. Meine Pause ist vorbei. Sie behalten meinen Namen für sich, wenn Sie mit ihm reden, oder? Ich möchte keine Schwierigkeiten mit ihm bekommen, falls ich mich geirrt haben sollte.«

Nachdem Robyn dem zugestimmt hatte, machte sich Jasper davon, um möglichst schnell aus dem Café und weg von Robyn und Mitz zu kommen.

Als Robyn und Mitz über die Hauptstraße zurück zu ihrem Wagen gingen, machte Mitz eine Bemerkung.

»Er schien mir ziemlich nervös zu sein. Denken Sie, er weiß mehr, als er bereit war, uns zu verraten?«

»Wäre möglich, oder er war besorgt, dass herauskommen würde, dass er mit uns gesprochen hat. Er könnte stärker in den Angriff auf Darren involviert gewesen sein, als er zugeben wollte. Wir werden uns mit Darren Sturgeon unterhalten und sehen, ob er Licht ins Dunkel bringen kann.«

»Darum kümmere ich mich.« Mitz hob den Autoschlüssel und drückte einen Knopf. Sofort leuchteten die Blinklichter auf, und ein lautes Klicken verkündete, dass das Fahrzeug entriegelt worden war.

»Ich denke, wir müssen alle Mannschaftsmitglieder durchleuchten, und auch einige ihrer Gegner. Fangen wir mit denen an, die regelmäßig im Fox and Weasel waren. Können Sie mich auf dem Rückweg bei Ross' Büro absetzen? Es gibt da etwas, über das ich mich mit ihm unterhalten muss.«

─────

R&J Associates war renoviert worden. Die Wände waren in einem frischen Meergrün gestrichen worden und vor den Fenstern hingen neue Rollos. Außerdem hatte Ross sich neue Möbel geleistet – die alten Ledersessel und der schwere Schreibtisch waren verschwunden und hatten Platz für moderne Drehstühle und einen niedrigen Couchtisch gemacht.

»Wirklich schick«, sagte Robyn, als sie die neue Einrichtung bewunderte. »Wer hat dich ins einundzwanzigste Jahrhundert gezerrt? Lass mich raten — Jeanette?«

Ross strich eine große Hand über seinen Kopf und schenkte ihr ein jungenhaftes Grinsen. »Sie hat alles ausgesucht. Du kennst mich; ich hätte die Wände immer wieder in Magnolie streichen lassen. Und mit meinen Stühlen war auch alles in

Ordnung. Sie waren von guter Qualität. Allerdings muss ich sagen, dass es jetzt freundlicher aussieht. Duke, runter! Du weißt, wo dein Bett ist.«

Der Hund warf ihm einen klagenden Blick zu und rutschte von dem Drehstuhl herunter, bevor er an seinem Herrchen vorbei und direkt auf Robyn zulief, die ihn streichelte.

»Ross, ich muss dich etwas über Jordan Kilby fragen. Ich habe mich gefragt, ob er dich kürzlich kontaktiert hat.«

Eine von Ross' Augenbrauen wanderte nach oben. »Kilby. Er wurde vor ein paar Tagen ermordet, ich habe es in den Abendnachrichten gesehen.«

»DCI Flint hat der Presse erlaubt, einen kurzen Beitrag darüber zu bringen, aber die Einzelheiten zu den Ermittlungen halten wir noch zurück. Es gibt neue Entwicklungen, und wie es aussieht, haben wir es mit einem Doppelmord zu tun. Wir stehen unter beträchtlichem Druck, Antworten zu liefern. Sein Vater Nathaniel Jones-Kilby hat einflussreiche Freunde.«

Ross rümpfte die Nase. »Das sind die schwierigsten Verwandten, mit denen man es zu tun haben kann – unheimlich fordernd. Sie denken, dass man einen Fall im Handumdrehen lösen kann, und haben keine Ahnung, dass es manchmal Monate oder sogar noch länger dauern kann. Dafür gebe ich unserer Kultur die Schuld – alle sind von sofortigen Belohnungen besessen, und sie gucken zu viele Krimiserien, in denen alles in einer einstündigen Folge gelöst wird. Ich habe achtzehn Monate gebraucht, um eine verschwundene Schwester ausfindig zu machen.« Er zuckte resigniert mit den Schultern. »Ich erinnere mich an Jordan. Es war ein seltsamer Fall – einer meiner ersten, nachdem ich mich als Privatermittler selbstständig gemacht habe. Sue Jones-Kilby, seine Mutter, war bei einem Autounfall gestorben, doch er glaubte nicht an einen Unfall. Zunächst wollte ich den Fall gar nicht annehmen. Diese Reaktionen habe ich bereits erlebt, als ich noch bei der Polizei gearbeitet habe, du wirst es auch schon erlebt haben. Die Leute wollen nicht akzeptieren, dass Unfälle geschehen, und suchen nach einem Schuldigen oder einem Grund, warum etwas Unerklärliches passiert ist.«

»Aber du hast deine Meinung geändert.«

»Die Art, wie er sprach und sich verhielt, hat mich neugierig gemacht. Ich wollte wissen, ob das, was er sagte, wahr sein könnte. Er war sehr ruhig und hatte alles genau durchdacht, bevor er mich kontaktierte. Er sagte mir, er hätte einen guten Grund anzunehmen, dass sein Vater seine Mutter umgebracht hat, und er wollte es beweisen.«

»Was hat dich glauben lassen, dass er die Wahrheit sagte oder gute Gründe für seine Vermutungen hatte?«

»Du weißt, wie das ist, Robyn. Du machst diesen Job schon sehr lange und warst auch mal Privatermittlerin. Man bekommt ein Gespür für Menschen und deren Fällen. Jordan hat mir einen Vorschuss von eintausend Pfund bezahlt, um im Fall des Todes seiner Mutter zu ermitteln. Er hatte die verrückte Idee, dass sein Vater zuerst seine Mutter mit Alkohol abgefüllt und dann einen Sprengsatz an ihrem Auto angebracht oder jemanden anderen damit beauftragt hatte, einen Sprengsatz anzubringen, damit sie bei einer Explosion die Kontrolle über das Auto verliert und quer über die Straße geschleudert wird. Sein Gesichtsausdruck hat mir Bauchschmerzen bereitet. Er sah so unglücklich aus.«

»Das ist eine ziemlich ernste Anschuldigung.«

»Das war auch mein Gedanke. Jordan war von dieser Idee nicht abzubringen. Als sein Vater ihm ein Haus kaufte, verstand er es als ein Schuldeingeständnis und kam zu mir, damit ich ihm helfe, es zu beweisen. Ich habe mit der Arbeit begonnen, doch nach ein paar Tagen hat Jordan mich angerufen und meinte, er hätte seine Meinung geändert und dass es ihm lieber wäre, wenn ich die Ermittlungen einstelle.«

»Was konntest du herausfinden, bevor du von dem Fall abgezogen wurdest?«

Ross stand auf und durchquerte das Zimmer. Vor den beiden Aktenschränken blieb er stehen, kniete sich hin und zog die rechte untere Schublade auf. Dort verweilte er für ein paar Minuten, bevor er sich mit einem Grunzen erhob und eine Akte herauszog. Dann wandte er sich seinem Schreibtisch zu, öffnete die Mappe und las die ersten Absätze.

»Ich bewahre die Notizen all meiner Fälle auf. Man weiß nie, wann man sie wieder brauchen könnte. Hier steht alles, was ich herausfinden konnte, bevor Jordan mich gebeten hat, die Ermittlung fallenzulassen. Er hat mich für meine Zeit bezahlt und mich gebeten, die ganze Sache zu vergessen. Meinte, dass er falsch gelegen und sich von seinen Gefühlen hätte leiten lassen, als er diese verrückten Theorien aufgestellt hat.«

Ross blätterte durch die ersten paar Seiten der Befragungen und Notizen. »Nathaniel hat seine Frau an dem Tag, als sie starb, zum Essen ausgeführt. Laut Zeugen aus dem Restaurant haben sie die finanziellen Aspekte der Scheidung diskutiert, und es kam zu einem Streit. Sie ist aufgestanden und mit ihrem Auto davongefahren. Der Oberkellner hat bestätigt, dass sie fast eine ganze Flasche Wein getrunken hat. Jones-Kilby selbst hat nur wenig getrunken. Er hat außerdem ausgesagt, dass Jones-Kilby einen Anruf tätigte, sobald sie aufgebrochen war, dann hat er die Rechnung geordert und ein großzügiges Trinkgeld gegeben. Das mögen scheinbar unwichtige Kleinigkeiten sein, aber jemand, der die Unterhaltung zufällig mitgehört hat, behauptete, Nathaniel klar und deutlich gesagt haben zu hören, dass die Person am anderen Ende ›sich ein für alle Mal um sie kümmern soll‹.«

»Warum wollte Jordan nicht, dass das alles der Polizei berichtet wird?«

»Als ich ihm vorschlug, seine Bedenken gegenüber der Polizei zu äußern, war seine Antwort, dass sein Vater viele Freunde hätte und nicht ermittelt werden würde.« Ross schloss die Akte und schob sie Robyn über den Tisch hinweg zu.

Robyn blätterte durch die Seiten. »Dachtest du, dass Nathaniel für den Tod seiner Frau verantwortlich war?«

Ross hob seine Hände, die Handflächen zeigten nach oben. Mit einem Schulterzucken sagte er: »Ich denke, es gab gute Gründe, die für seine Beteiligung dabei sprachen, aber es hätte ein ganzes Forensikteam und intensive Ermittlungen erfordert, um das zu beweisen. Ich war froh, als Jordan mich von dem Job abgezogen hat. Es hätte einen Haufen Ärger bedeutet, die Schuld seines Vaters zu beweisen.«

»Danke, Ross. Kann ich die mitnehmen?«

»Klar. Denkst du, Nathaniel ist in den Mord an Jordan involviert?«

»Ich weiß es nicht. Im Moment ist alles noch so ... undurchsichtig.«

»Du wirst es herausfinden«, sagte Ross mit einem Lächeln.

»Okay. Ich muss los. Jeanette hat mich gebeten, sie heute Nachmittag zu einem Arzttermin zu fahren. Ihr Auto musste in die Werkstatt – es braucht einen neuen Auspuff. Vor morgen Abend wird es wohl nicht fertig werden.«

»Ich sollte auch wieder aufbrechen. Grüß Jeanette von mir. Und sag ihr, ihr Geschmack ist vorzüglich.«

»Das weiß sie bereits. Immerhin hat sie sich mich ausgesucht«, rief er Robyn hinterher, als sie bereits durch die Tür schlüpfte.

Sie konnte noch sein tiefes Glucksen hören, als sie von der letzten Stufe sprang und das Gebäude verließ.

———

Robyn trat den Rückweg von R&J Associates zum Polizeirevier zu Fuß an. Es war ein angenehm warmer Nachmittag und der Weg führte sie durch den Victoria Park, einen ihrer liebsten

Orte in Stafford. Er erstrahlte in einem Farbenmeer. Nicht nur die Sträucher und Bäume standen in Blüte, die Gärtner hatten zusätzlich große Flächen mit bunten Blumen bepflanzt, deren Pink-, Rot- und Orangetöne ihre Laune hoben. Sie überquerte die Brücke, die über den Fluss führte, und hielt inne, um ein graues Eichhörnchen dabei zu beobachten, wie es über das graue Geländer der Brücke lief, bevor es auf den Rasen sprang und zum nächsten Baum huschte. Sie ging über den neuen Treidelpfad am Fluss Sow entlang, wobei sie ein Schwarm Enten begleitete, und dachte an Jordan und Owen.

Die zwei waren gute Freunde – sie standen sich näher, als Owen zugegeben hatte. Rebecca hatte das bestätigt und war sogar so weit gegangen zu behaupten, dass Owen ein wenig eifersüchtig reagierte, wenn sie zu ihnen stieß. Jasper und Callum, ihre anderen Freunde aus dem Fußballteam, hatten ebenfalls ausgesagt, dass das Duo gut miteinander auskam und sie sich sogar hin und wieder zu zweit von den anderen abgesetzt hatten. Das hatten sie auch im Fox and Weasel getan, an dem Abend, als Jordan ermordet wurde. Sie ließ das Flussufer hinter sich und joggte schnell über die Straße, als sich vor ihr eine Lücke im Verkehr auftat.

Es gab mehrere Spuren, denen sie auf den Grund gehen mussten: Darren Sturgeon, dem Fußballspieler, der in einen Kampf mit Jordan und Owen geraten war, und Joe Harris, dem Eigentümer des Fox and Weasel, der mitgehört haben könnte, worüber die beiden an diesem Abend gesprochen hatten. Und dann gab es noch Nathaniel selbst. Es war immer noch möglich, dass er mit den Morden in Verbindung stand, und ganz egal wie unfreundlich er ihr gegenüber wäre, Robyn würde nicht aufgeben, bevor sie sich nicht sicher war, dass er nichts mit der Sache zu tun hatte.

18

TAG DREI – MITTWOCH, 7. JUNI, ABEND

Das Fox and Weasel hätte ein hübscher Pub sein können, wenn sich jemand die Mühe gemacht hätte, die verwelkten Pflanzen in den hängenden Blumentöpfen zu ersetzen und die Zigarettenstummel aus dem mit Sand gefüllten Pflanztopf zu sammeln, der vor der Hintertür stand. So wie er jetzt aussah, wirkte der Ort verwahrlost, angefangen bei dem Moos, das durch die Risse im Asphalt wuchs, über die abblätternde Farbe an den vergilbten Fensterrahmen bis hin zu der maroden Kreidetafel mit den Tagesangeboten, die zerbrochen an der Wand lehnte.

Im Inneren sah es etwas besser aus, da das gedämpfte Licht half, die fleckigen Möbel und den abgewetzten Tresen zu verbergen. Robyn fragte sich, was die Leute dazu bewegte, hierher zu kommen, um etwas zu trinken, doch dann ertönte ein Chor aus Rufen aus dem öffentlichen Teil der Bar und sie entschied, dass es an dem großen Fernseher liegen musste, auf dem den ganzen Tag nur Sport lief.

Der Eigentümer Joe Harris nickte ihr zur Begrüßung zu.

»Ich habe gehofft, Sie könnten mir etwas mehr über den letzten Sonntag erzählen.«

Er nahm mehrere leere Gläser von einem der Tische und brachte sie hinter die Bar, wo er sie geräuschvoll in die Spülmaschine stellte, bevor er ihr antwortete.

»Es gibt nicht viel, das ich Ihnen erzählen kann«, sagte er.

Als Robyn sich umschaute, blieb ihr Blick an einer Gruppe junger Männer hängen, die das Spiel verfolgten. Sie schlenderte zu ihnen herüber.

»Wer spielt?«, fragte sie einen Kerl in Jeans und einem schwarzen T-Shirt mit Tattoos auf beiden Armen, die bis auf seine Handrücken reichten. Er sprach, ohne seinen Blick vom Bildschirm zu lösen, in einer Hand hielt er ein Bierglas, das auf halbem Weg zwischen dem Tisch und seinem Mund schwebte.

»Villa.« Dann stieß er ein Grunzen aus, als dem Stürmer der Ball entrissen und in Besitz des gegnerischen Teams kam. Der Fußballer rannte auf das Tor zu, umging die Verteidiger, zielte auf das Tor und schoss vorbei. Die Menge in der Bar stieß ein kollektives Stöhnen aus.

»Ich schätze, von Ihnen kennt niemand Jordan Kilby, oder?«, fragte sie.

Köpfe wurden geschüttelt und versprachen ihr keine positiven Antworten. Der Mann mit den tätowierten Armen murmelte: »Ich kenne ihn, aber kenne ihn auch nicht, wenn Sie verstehen, was ich meine. Ich wusste, wer er war, aber habe nie wirklich mit ihm gesprochen. Er hing immer mit den Blithfield Wanderers herum.«

»Haben Sie ihn letzten Sonntag hier gesehen?«

»An dem Wochenende war ich nicht hier.« Der Mund des Mannes öffnete sich wieder, als seine Aufmerksamkeit auf das Spiel zurückgelenkt wurde.

Robyn beließ es dabei.

Joe Harris starrte sie mit verschränkten Armen an. »Fertig damit, meine Kunden zu nerven?«, fragte er.

Robyn ignorierte seinen spitzen Kommentar. Sie näherte sich der Bar und beäugte einen Barhocker, bevor sie sich dazu entschied, stehenzubleiben. »Ich weiß, dass Sie mit mir bereits über Jordan gesprochen haben, doch ich könnte Ihre Hilfe gebrauchen. Jetzt wurden zwei junge Männer ermordet – beide haben für die Blithfield Wanderers gespielt und beide waren regelmäßig in diesem Pub. Helfen Sie mir. Ich bin es ihren Familien schuldig, für Gerechtigkeit zu sorgen.«

Joes Blick wanderte nach unten. »Es war ein furchtbarer Schock«, sagte er. »Ich kann es immer noch nicht glauben. Das Ganze hat mich ziemlich aufgewühlt. Tut mir leid. Ich wollte Ihnen gegenüber nicht unhöflich sein. Ich bin ... Oh, ich weiß auch nicht, was ... Vermutlich stehe ich unter Schock.«

Robyn lächelte ihm verständnisvoll zu und setzte sich wider besseres Wissen auf den klapprigen Hocker, der am wenigsten abschreckend wirkte. »Das war für alle ein Schock. Wie lange kannten Sie Owen?«

»Seit Jahren. Dies war sein Stammlokal. Seit er es vom Gesetz her durfte, kam er her.«

»Am Sonntagabend saßen Jordan und Owen nicht bei den anderen. Sie haben sich hier vor der bar unterhalten. Sie haben nicht zufällig gehört, worüber sie gesprochen haben?«

Joe runzelte die Stirn, seine Augenbrauen zogen sich zusammen, bis sie eine einzige haarige Linie auf seiner Stirn bildeten. »Ich habe nicht viel von dem gehört, was sie gesagt haben. Ich habe versucht, mit einem Auge das Spiel zu verfolgen, und ihnen nicht viel Aufmerksamkeit geschenkt. Vielleicht habe ich gehört, dass sie zurück zu Owen gehen wollten, aber ganz sicher bin ich mir nicht.«

»Sie haben nicht gehört, dass sie über die Sudbury Dynamos oder jemanden namens Darren Sturgeon geredet haben?«

Joe nahm ein Geschirrtuch auf und wischte ein Glas damit ab. »Nein.«

Robyn lächelte ihm ermutigend zu, während hinter ihr ein Jubeln ertönte, als Villa ein Tor schoss.

»Waren Sie bei dem Spiel in der Woche davor? Das Freundschaftsspiel zwischen den Blithfield Wanderers und den Sudbury Dynamos?«

»Da war ich. Was ist damit?«

»Was ist zwischen Owen Falcon und Darren Sturgeon vorgefallen?«

»Ich weiß nicht, wovon Sie sprechen«, sagte er und schob seine Unterlippe nach vorne.

»Es gab eine kleine Rangelei auf dem Spielfeld.«

»Oh, das! Nichts Ernstes. Sie haben die Nerven verloren, das ist alles. Hin und wieder kommt das vor – Testosteron, kurze Nächte, im Zorn ausgesprochene Worte, erhitzte Gemüter. So etwas sehe ich ständig. Sie wurden beide vom Platz geschickt.«

»Wie ich hörte, war Jordan auch in diesen Vorfall involviert. Er hat sich gegenüber Darren vorsätzlich aggressiv verhalten.«

Joe schüttelte den Kopf. »Daran erinnere ich mich nicht. Er wurde vom Platz geschickt, weil er mit dem Schiedsrichter diskutiert hat.«

»Wussten Sie, dass Darren eine Woche später, am Samstag, den 3. Juni, zusammengeschlagen wurde?«

Joe starrte sie einen Moment lang an. »Wurde er? Gott, das wusste ich nicht.«

Robyn änderte ihren Kurs. Mit dieser Art der Befragung würde sie nicht weit kommen.

»Was haben Sie von Owen gehalten?«

Joe zuckte leicht zusammen, bevor er antwortete. »Ich werde den Jungen vermissen. Er hatte seine Momente, aber er war ein talentierter Spieler. Sein Leben war nicht das einfachste. Er hat seine Mutter verloren, als er acht war. Als Teenager ist er in ein paar Schwierigkeiten geraten, und dann ist auch noch sein Vater gestorben, aber ich mochte ihn. Er hatte Eier. Hat immer seinen Mann gestanden.« Joe starrte ins Leere, verlor sich in seinen Gedanken. Dann räusperte er sich und sprach weiter. »Er war korrekt. Das waren sie beide. Ohne sie wird es nicht mehr das Gleiche sein. Ähm, ist es okay, wenn ich mich wieder an die Arbeit mache?« Er nickte in die Richtung eines freundlich aussehenden Mannes, der geduldig auf sein Getränk wartete.

Das Spiel näherte sich dem Ende. Sie ließ sich von ihrem Hocker gleiten, nickte dem Mann zu und dankte Joe für seine Zeit. Sie hatte nicht viel erfahren, was ihr weiterhalf. Jedoch hatte sie festgestellt, dass Joe Owen aufrichtig gemocht hatte, Jordan jedoch nicht so sehr. Möglicherweise wusste er doch etwas darüber, das Darren Sturgeon verprügelt wurde, aber wenn Owen darin verwickelt war, würde Joe ihn bestimmt nicht verraten.

———

Robyn wartete in ihrem Auto auf einem Rastplatz in der Nähe des Fox and Weasel. Ohne Straßenlaternen oder die schwache Beleuchtung von Wohnhäusern schien die Dunkelheit hier düsterer zu sein. Sie nutzte die Zeit, um darüber nachzudenken, was sie bisher in Erfahrung gebracht hatten. Als sie David anrief, war er immer noch im Büro.

»Darren Sturgeon ist ausgebildeter Teppichleger und arbeitet für Grand Carpets, das sich in dem Gebäude neben dem Rugeley Electrical Centre befindet, wo auch Owen gearbeitet hat. Er hat eine von Gewalt durchzogene Geschichte – war in mehrere Konflikte und Schlägereien verwickelt. Er gehört zu einer der Polizei bekannten Bande – die Young Threats. Die meisten von ihnen saßen irgendwann ein. Für einen Raubüberfall mit Körperverletzung verbrachte Darren vier Jahre in einer Jugendstrafanstalt und wurde erst letzten Oktober entlassen. Sein Onkel ist übrigens der Besitzer des Grand Carpets.«

Nachdem sie aufgelegt hatte, verdaute Robyn diese neuen Informationen und fragte sich, ob sie ihrem Täter näherkamen. Darren hatte ein gebrochenes Bein, was es ihm erschwert hätte, diese beiden Männer umzubringen, aber er könnte ihre Morde angezettelt haben. Er könnte Leute kennen, die sie in seinem Namen hätten ausüben können.

Sie atmete tief durch und dachte noch eine Weile darüber nach, bevor sie die App auf ihrem Handy öffnete, um ihren Kater dabei zu beobachten, wie er sich besonders sorgfältig putzte. Er bereitete sich auf ihre Heimkehr vor, dachte sie. Sie hoffte, dass es nicht mehr sehr lange dauern würde. Es war schon nach sieben. Sie überlegte, ob sie Amélie anrufen sollte, um kurz mit ihr reden zu können, doch sie änderte ihre Meinung, als sich Scheinwerfer näherten und ein Auto auf dem Parkplatz hinter ihr zum Stehen kam. Sie wartete, während der Fahrer ausstieg, sich ihrer Beifahrertür näherte und sich mit einem Lächeln und einem Seufzen auf den Sitz fallen ließ.

»Sie hatten recht, Boss«, sagte Matt, der Mann, der hinter ihr an der Bar gestanden und geduldig gewartet hatte. »Sie haben sich unterhalten, nachdem Sie weg waren. Sie denken definitiv, dass Owen und Jordan für den Angriff auf Sturgeon verantwortlich sind. Ich habe einen von ihnen sagen hören, dass die Jungs von Sudbury nicht zulassen würden, dass einem von ihnen etwas zustößt, und nur ein Idiot sich mit ihnen anlegen würde. Nachdem Sie gegangen waren, ist Joe Harris zu ihnen rüber, um sicherzugehen, dass sie Ihnen nichts verraten haben. Der Kerl mit den Tattoos hat es ihm versichert. Ich habe mich im Hintergrund aufgehalten und so getan, als wäre ich in die

Diskussion im Fernsehen vertieft, die nach dem Spiel lief. Sie haben keinen Verdacht geschöpft.«

Robyn nickte nachdenklich. »Gut gemacht, Matt. Dann sollten wir jetzt aufbrechen und Sturgeon einen Besuch abstatten.«

19

TAG DREI – MITTWOCH, 7. JUNI, SPÄTER ABEND

Ein paar Teenager saßen auf einer Mauer vor der Reihe von Wohnungen und starrten Robyn und Matt an, als sie in ihre Richtung gingen. Sie erinnerten Robyn an einen Schwarm von Aasgeiern, zusammengekauert unter ihren schwarzen Kapuzenpullovern und ihre dunklen Augen auf jede ihrer Bewegungen fixiert. Leere Flaschen und Zigarettenstummel lagen verstreut auf dem ungepflegten Rasen vor der Mauer.

Einer von ihnen murmelte etwas Unverständliches, als sie an ihnen vorbeigingen, und ein anderer kicherte. Matt hielt mitten im Schritt inne, um auf die Beleidigung zu reagieren, aber Robyn schüttelte nur mit dem Kopf. Sie wollte ihre Zeit nicht mit ihnen verschwenden.

Sie stiegen die drei Treppen zu Darrens Wohnung hinauf und warteten in einem Flur, der nach den Überresten halb aufgegessenen indischen Essens roch – die Plastikschalen standen geöffnet herum und offenbarten einen klebrigen Inhalt.

»Da kann einem wirklich der Appetit vergehen«, murmelte Matt, als sie darauf warteten, dass die Tür geöffnet wurde. »So eine Schande, eigentlich mag ich ein gutes Madras hin und wieder.«

Robyn zwinkerte ihm zu. »Ich werde Sie auf dem Weg zurück zum Revier auf Fish and Chips einladen.« Ihre Unterhaltung wurde unterbrochen, als sich die Tür öffnete. Ihnen starrte eine junge Frau mit einem Kleinkind auf den Armen entgegen. Sie konnte höchstens in ihren späten Teenagerjahren sein, ihre Augen waren stark geschminkt und ihr mattes Haar zurückgekämmt.

»Ja?«

Das Kind mit seinen Kulleraugen und einer laufenden Nase schenkte Robyn ein strahlendes Lächeln, das sie nur erwidern konnte. Sie zeigte ihren Ausweis und stellte Matt vor.

»Ist Darren Sturgeon zu Hause?«

Die Schultern der jungen Frau sackten ein. »Ihr werdet ihn niemals in Ruhe lassen. Nur weil er eingesessen hat. Ihr solltet ihm eine Chance geben. Daz!«, rief sie, trat von der Tür zurück, doch schob sie wieder zu, sodass Robyn nicht eintreten konnte.

Ein paar Minuten später erschien Darren in einem weiten Metallica-T-Shirt und einer ausgeblichenen Hose, wobei er sich auf Krücken abstützte und ein großer Gipsverband um seinem Bein lag. »Worum geht es?«

»Könnten wir vielleicht reinkommen?«

Er schüttelte seinen Kopf. »Nein. Meine Schwester versucht den Kleinen zum Schlafen zu bringen. Es geht ihm nicht gut.«

»Dann müssen wir unsere Fragen hier draußen stellen«, sagte Robyn freundlich.

Darren machte keine Anstalten, sie hineinzubitten, und

stützte sich etwas stärker auf seine Krücken. »Machen Sie es kurz. Das verdammte Bein bringt mich um.«

»Tatsächlich wollten wir mit Ihnen über Ihr Bein sprechen. Sie haben gegenüber den Beamten ausgesagt, dass Sie nicht wussten, wer Sie angegriffen hat.«

Darrens Gesicht verzog sich zu einem höhnischen Grinsen. »Sie sind wegen meines Beines hier?«

»Wir haben Grund zur Annahme, dass Sie Ihre Angreifer doch kannten, Mr Sturgeon.«

Sein Ausdruck veränderte sich und wirkte überrascht, sein Blick wanderte nach oben und sein Mund stand offen. »Was? Das glaube ich nicht. Wenn ich gewusst hätte, wer mich ange-griffen hat, dann hätte ich das gesagt, oder nicht?«

»Mr Sturgeon, wir haben Grund zur Annahme, dass Owen Falcon und Jordan Kilby Sie am Samstagabend angegriffen haben.«

Er schüttelte vehement mit dem Kopf. »Auf gar keinen Fall.«

»Während des Spiels am letzten Wochenende gab es einen Streit zwischen Owen und Ihnen.«

»Das war nichts Ernstes.« Darren bewegte sich ein wenig, um bequemer zu stehen. »Wir haben uns ein paar Beleidi-gungen an den Kopf geworfen, das war alles. Sobald wir vom Platz geschickt worden waren, haben wir das geklärt.«

»Können Sie mir sagen, worum es dabei ging?«

Es folgte ein Moment der Stille, während Darren über seine Antwort nachdachte, als die Schritte von zwei der Jugendlichen durch den Flur hallten, die zuvor auf der Mauer gesessen hatten.

»Alles klar, Daz?«, sagte der eine, seine Augen fixierten Robyn und Matt.

»Ja, alles in Ordnung, Kumpel«, antwortete er.

Sie schlenderten an dem Trio vorbei und verschwanden in

der Wohnung nebenan, bevor die Tür geräuschvoll hinter ihnen zuschlug.

»Hören Sie, mein Bein tut wirklich weh.«

»Vielleicht sollten Sie sich setzen und wir unterhalten uns drinnen weiter«, schlug Matt mit ruhiger Stimme vor.

Darren sah zu dem breitschultrigen Beamten auf, der vor ihm aufragte, und humpelte zurück.

Robyn und Matt betraten den kleinen Flur, der mit einem Kinderwagen, Mänteln und Schuhen vollgestopft war, und folgten Darren in eine Küche, wo er sich auf einen Plastikstuhl niederließ. Er bat die anderen nicht, sich zu setzen. Lachen aus der Konserve ertönte irgendwo in der Wohnung. In der Küche roch es sauer, als müsste sie mal wieder ordentlich geputzt oder zumindest der Müll rausgebracht werden. Robyn wollte so schnell wie möglich hier raus und nach Hause fahren, also stellte sie dem jungen Mann eine Reihe an Fragen.

»Was haben Sie letzte Woche Samstag auf dem Fußballplatz zu Owen Falcon gesagt, dass er so schnell seine Beherrschung verloren hat?«

»Nicht viel.«

»Es muss schlimm genug gewesen sein, um ihn dazu zu veranlassen, Sie zu foulen und Jordan mit in die Sache hineinzuziehen.«

Das höhnische Grinsen erschien wieder auf Darrens Gesicht.

»Worum ging es, Darren?«

Er spielte auf Zeit und blickte sich im Raum um, bevor er antwortete.

»Ich habe etwas über ihn und Jordan gesagt – dass er sein Lover ist.«

»Und deswegen hat er seine Beherrschung verloren?«

Darren schnaubte. »Muss wahr gewesen sein, weil er es sich zu Herzen genommen hat. Danach ist er auf dem Spielfeld immer wieder auf mich losgegangen. Irgendwann hat er etwas zu Jordan gesagt, und sie sind beide hinter mir her. Ich hatte die Schnauze voll von ihrem Mist und habe Jordan gesagt, dass er eindeutig Owens Bitch ist. Das war alles. Wir haben die Kontrolle verloren und wurden vom Platz geschickt. Danach habe ich mich entschuldigt. Wir haben uns die Hand gegeben und das war's.«

»Darren, wo waren Sie am Sonntagabend?«

»Hier. Ich bin morgens aus dem Krankenhaus entlassen worden und habe den Tag hier verbracht. Der Arzt hat mir Schmerzmittel verschrieben, ich habe ein paar davon eingeworfen und bin weggetreten. Fragen Sie meine Schwester. Ich habe auf dem Sofa geschlafen.«

»Und am Montag?«

»Morgens war ich kurz auf der Arbeit, war dort aber keine große Hilfe. So kann ich nichts verlegen. Ich habe geholfen, eine Lieferung zu organisieren, dann bin ich wieder nach Hause gegangen. Ich werde mich krankschreiben lassen, bis ich wieder mobiler bin.«

Robyn sah sich eine Liste auf ihrem Handy an. »Was ist mit Ihren Teamkollegen, Darren? Die Jungs, mit denen Sie bei den Sudbury Dynamos spielen: John Preston, Chris Davies, Mark Simpson, Craig O'Connell, Steven Hopper, Mickey Dickinson, Alan Russell, Rob Brindley, Max Quinn und Shane Chapman. Haben Sie mit einem von denen über den Vorfall gesprochen? Haben die Sie gefragt, wer Sie angegriffen hat?«

Er zog mit einem Finger am Kragen seines T-Shirts. »Natürlich haben sie das. Aber ich wusste nicht, wer es war. Hören Sie, ich habe dasselbe bereits den Bullen erzählt, die mich deswegen befragt haben. Ich weiß wirklich nicht, wer mich überfallen hat. An dem Abend bin ich ausgegangen. Ich hatte einiges getrunken, bin auf dem Weg nach Hause angehalten, um zu pinkeln, und wurde überfallen. Sie waren zu zweit oder zu dritt. Ich bin nicht ganz sicher. Einer hat mich von hinten überfallen, noch bevor ich meinen Hosenschlitz zumachen konnte. Ich bin hingefallen und sie haben mich mit etwas Schwerem geschlagen – mit einer Metallstange oder einer Holzlatte. Ich weiß nicht, was sie benutzt haben.«

»Haben sie gesprochen? Haben sie vielleicht erwähnt, warum sie Sie angreifen?«

Er schüttelte den Kopf. »Kein Wort. Ich habe ziemlich schnell das Bewusstsein verloren. Das ist alles, was ich Ihnen darüber sagen kann.«

Fünfzehn Minuten vergingen und Robyn war kein Stück weitergekommen. Darren hielt an seiner Geschichte fest. Doch ganz egal, wie sehr er darauf beharrte, ein zufällig gewähltes Opfer gewesen zu sein, Robyn wurde das Gefühl nicht los, dass er log. Sie hatte David gebeten, die Überwachungskameras der Gegend zu überprüfen, aber keine hatte den Überfall oder Bilder von Männern aufgenommen, die zum Tatort gingen oder sich davon entfernten. Es gab keinen offensichtlichen Grund für den Überfall – er war nicht beraubt worden und es gab keine Hinweise darauf, warum er Opfer eines solchen Verbrechens geworden war.

Sie verließen den Wohnblock mit dem beklemmenden Gefühl, dass es schwer werden würde, zu beweisen, dass Darren Sturgeon in den Tod von Owen und Jordan verwickelt war.

Sie hatte darauf bestanden, dass Matt Feierabend machte und nach Hause fuhr, als sie einen Anruf von Ross erhielt. Seine Stimme klang zittrig.

»Robyn, kannst du in mein Büro kommen?«

»Klar. Ich bin in zehn Minuten da. Ist alles okay?«

»Das erzähle ich dir, wenn du hier bist«, antwortete er.

Es war nicht Ross' Art, nervös zu sein. Irgendetwas stimmte nicht.

Sie flog die Stufen bei R&J Associates regelrecht nach oben, warf die Tür auf und fand Ross auf seinem Stuhl vor, nach vorne gebeugt, seine Arme lagen um Duke.

»Was ist los?«, fragte sie.

»Es geht um Jeanette. Sie hat einen Knoten in der Brust. Es wird eine Biopsie gemacht, um zu sehen, ob es Krebs ist. Sie wusste es schon seit Jahren, ist damit aber nicht zum Arzt gegangen. Sie hat mir nichts davon erzählt, Robyn.«

Er verzog das Gesicht, aber blinzelte seine Tränen weg. Robyn ging zu ihm, kniete sich hin und hielt seine Hände. Duke leckte ihr einmal über die Nase, doch da er Ross' traurige Stimmung spürte, blieb er auf dem Schoß seines Herrchens sitzen.

»Es wird alles gut werden, Ross. Das erleben Frauen häufiger, als du denkst. Es ist eine ganz normale Prozedur, jeden Knoten kontrollieren zu lassen, und häufig ist es nur genau das – ein kleiner Knoten aus Fettgewebe. Es gibt keinen Grund anzunehmen, dass er nicht gutartig ist.«

Sein Kopf hob sich langsam, als würde es all seine Kraft erfordern, ihn zu bewegen. »Jeanette hat ungefähr dasselbe gesagt. Robyn, ich fühle mich furchtbar. Jeanette ist stark und optimistisch, und alles, woran ich denken kann, ist das allerschlimmste Szenario. Ich will das nicht. Ich will für sie da sein, wie sie es für mich war, als ich die Probleme mit dem Herzen hatte. Ich will ein starker Partner sein, der sie beruhigt und ihr sagt, dass alles gut wird, aber ich kann nicht. Permanent spukt dieses Wort in meinem Kopf herum – Krebs. Ich werde es einfach nicht los.«

»Wo ist Jeanette jetzt?«

»Zu Hause. Sie wollte ein heißes Bad nehmen. Ich habe ihr gesagt, dass ich mit Duke spazieren gehe und bin hierhergekommen. Habe mir den Kopf darüber zerbrochen, dass ich es nicht ertragen würde, wenn der Knoten sich als Krebs herausstellen würde. Der Arzt hat uns alles erklärt – jeden ihrer Schritte –

aber alles, was ich hören konnte, war ›Krebs ... Krebs ... Krebs‹. Ich habe Angst, Robyn. Ich kann mir nicht vorstellen, Jeanette nicht an meiner Seite zu haben.«

Robyns Magen zog sich zusammen. Ross und Jeanette waren unzertrennlich. Sie waren füreinander geschaffen und schon seit etlichen Jahren ein Paar. Es war unvorstellbar, dass sich etwas zwischen sie stellen konnte. Erst vor ein paar Jahren hatte Ross eine gesundheitliche Krise überstanden, als sein Herz Probleme gemacht hatte. Er hatte die Polizei verlassen und war in den Sektor der Privatermittlungen übergegangen, um Stress zu reduzieren. Dank Jeanette, die ihn auf eine strenge Diät gesetzt und darauf geachtet hatte, dass er genug Bewegung und gleichzeitig mehr Ruhe bekam, hatte sich seine Gesundheit verbessert. Diese Krise war nun vorüber, doch jetzt sahen sie sich mit der nächsten konfrontiert.

»Ross, hör mir zu. Geh nach Hause. Jeanette ist noch dieselbe Jeanette wie heute Morgen, und sie würde nicht wollen, dass du sie anders behandelst. Sie weiß, dass du dir Sorgen machst. Sie wird genauso ängstlich sein, aber es wird niemandem von euch helfen, wenn ihr euch davon leiten lasst. Du musst nichts tun, außer sie vielleicht in den Arm zu nehmen, Ross, und sie genau so zu behandeln, wie du es gestern getan hast. Verhalte dich normal. Nichts hat sich verändert. Bis euch jemand etwas anderes sagt, hat es keinen Zweck, sich verrückt zu machen.«

Er hob seinen getrübten Blick. »Ich werde es versuchen.«

»Willst du, dass ich dich zurückbegleite?«

»Danke, aber nein. Mir wäre es lieber, wenn sie nicht erfährt, dass ich dir davon erzählt habe.«

»Jeanette ist eine Kämpferin, Ross. Mit dir an ihrer Seite wird sie es überstehen, ganz egal, was bei der Biopsie herauskommt. Du weißt, wie stark sie ist. Also hör auf, dich wie Mr Mutlos aufzuführen und setz dein normales, glückliches Gesicht auf.«

»Jetzt wirst du ein bisschen sarkastisch, nicht wahr?«

Robyn schenkte ihm ein Lächeln und ließ seine Hände los. »Woher weißt du das nur? Hör mal, wenn du mich brauchst – wenn einer von euch mich braucht – ruft einfach an. Wann ist die Biopsie?«

»Morgen, aber das Ergebnis werden wir erst ein paar Tage später bekommen. Wir werden einen neuen Termin bekommen, um sie mit dem Arzt zu besprechen. Danke, Robyn. Ich fühle mich schon etwas besser.«

»Ah, die Stimme der Vernunft. Es ist so leicht, sich bei diesem Thema verloren und allein zu fühlen. Manchmal hilft es, sich jemandem von außen anzuvertrauen. Du hast mir auch geholfen, erinnerst du dich?« Sie gab ihm einen Kuss auf sein stoppeliges Kinn. »Komm schon. Jeanette wird sich Sorgen machen, ob Dukes Beine schlappgemacht haben.«

Duke sprang von Ross' Schoß und schüttelte sich Schanz wedelnd.

Robyn begleitete Ross zu seinem Auto zurück und klopfte ihm auf die Schulter, als er einstieg. »Ruf mich an, wenn du irgendwas brauchst, egal was.«

»Danke, Robyn. Das werde ich.«

Sie winkte ihm mit schwerem Herzen hinterher. Sie könnte es nicht ertragen, wenn einem von ihnen etwas zustieß. Doch ihre innere Stimme sagte ihr, dass sie ihre Schultern aufrichten und sich wieder an den Fall machen sollte. Jeanette befand sich in besten Händen, wie sie Ross selbst gesagt hatte, gab es keinen Grund, sich über alle möglichen Szenarien Gedanken zu machen. Wenn sie das täte, würde sie das auch nicht weiterbringen. Ross würde ihr in dem Fall nicht mehr weiterhelfen können, als er es ohnehin schon getan hatte. Allerdings hatte sie immer noch Nathaniels Akte; und da es unwahrscheinlich erschien, dass Darren Sturgeon hinter den Morden steckte, könnten sich seine Notizen als hilfreich erweisen.

20

TAG VIER – DONNERSTAG, 8. JUNI, MORGEN

Bevor Robyn zu ihrem Lauf aufbrach, erhielt sie eine Nachricht. Sie war von Ross.

Habe mir deinen Rat zu Herzen genommen und zusammen mit Jeanette ein paar Tage in Cotswolds gebucht. Am Tag nach der OP geht es los. Werden normale Dinge tun – mit dem Hund spazieren gehen und Wein in malerischen Pubs trinken – ich habe ihr sogar ein Abendessen in einem schicken Restaurant versprochen – für diese Extravaganz gebe ich dir die Schuld. Jeanette lässt grüßen. Ich habe ihr gestanden, dass ich gestern Abend mit dir über alles gesprochen habe. X

Ein Lächeln legte sich über ihre Lippen. Er klang wieder mehr wie der Ross, den sie kannte und liebte. Sie schüttelte die Gedanken an Jeanettes anstehende Operation ab und lief die Straße hinunter, wobei sie den milden Morgen genoss, während sie die Straße überquerte, in eine Vorfahrtstraße abbog und ihr Tempo steigerte.

Bevor sie sehr weit gekommen war, vibrierte ihr Telefon, und sie nahm den Anruf über die Freisprechanlage entgegen.

»Wir sind mit Owen Falcon fertig«, sagte Harry McKenzie. »Gerissenes Trommelfell, schwere Schädigung des Mittelohrkanals, erhebliche Schädigung der Hirnnerven und der inneren Strukturen, einschließlich der Halsschlagader und der inneren Drosselvene. Zusammengefasst: Er erlitt eine schwere Hirnblutung und starb wenige Momente, nachdem ihm der Schraubenzieher in den Schädel gerammt worden war. Wer auch immer diese Tat begangen hat, ist schnell vorgegangen. Zunächst wurde er mit einem stumpfen Gegenstand bewusstlos geschlagen, dann folgte der Schraubenzieher. Wir haben Abdrücke und leichte Blutergüsse gefunden, die darauf hindeuten, dass der Täter seine Knie mit dem gesamten Körpergewicht auf Owens Brust gedrückt hat, um ihn festzuhalten. Ich denke, dass er aufgewacht ist, kurz bevor der Schraubenzieher in seinen Gehörgang gerammt wurde, und er sich gewehrt hat, doch seine Kraft reichte nicht mehr aus, es war bereits zu spät.«

»Also war es jemand, der größer und schwerer war als Owen?«

»Das wäre vorstellbar, obwohl er durch eine Gehirnerschütterung bereits zu benommen gewesen sein könnte, um sich großartig zur Wehr zu setzen.«

»Vielen Dank, Harry.«

»Ich würde ja sagen, es war mir ein Vergnügen, aber das ist es offenkundig nicht. Ich hoffe wirklich, dass Sie diese Person schnappen, Robyn. Wer auch immer das war, trägt etwas Dunkles in sich.«

Sie kürzte ihre Laufrunde ab und lief zurück nach Hause, wo sie sich fertigmachte, bevor sie ins Büro fuhr. Harrys Neuigkeiten hatten ihr die Wichtigkeit ihrer Ermittlungen nochmals deutlich gemacht, und sie wollte keine Zeit verschwenden. Auf dem Revier angekommen, ließ sie alle Namen der Mitglieder der Sudbury Dynamos durch die Datenbank der Polizei laufen, bevor ihre Officer eintrafen.

Anna und Mitz kamen als erste durch die Tür, und noch bevor sie ihre Jacken ausgezogen hatten, standen sie vor Robyns Schreibtisch, um sie auf den neuesten Stand zu bringen. Sie gaben die Unterhaltung wieder, die vor etwa einer Stunde zwischen ihnen und Toby und Jane Marsh stattgefunden hatte:

Mitz spricht. »Mr Marsh, wir würden Sie gerne zu Mr Jones-Kilby befragen.«

»Da gibt es nicht viel, das wir Ihnen erzählen können. Ich habe bei ein paar Gelegenheiten mit ihm gesprochen, das ist alles.«

»Wie ich hörte, haben Sie kürzlich Geschäfte mit ihm gemacht. Können Sie mir sagen, worum es dabei ging?«, *fragte Mitz.*

Toby Marsh wendet sich ab. »Das geht Sie nichts an.«

»Ich befürchte, das tut es doch. Wir ermitteln im Mordfall seines Sohnes.«

»Hören Sie, ich habe die Leiche gefunden und Sie angerufen. Ich habe den armen Jungen wohl kaum selbst umgebracht und dann die Polizei gerufen, oder? Ich habe sogar die verdammten Krähen von ihm ferngehalten. Die haben an ihm herumgepickt.« *Tobys Stimme erhebt sich vor Wut.*

Mitz spricht mit unverändert ruhigem Ton weiter. »Das habe ich auch nicht andeuten wollen, Sir. Ich habe Sie nach Mr Jones-Kilby gefragt. Wie gut kannten Sie ihn und wann haben Sie ihn das letzte Mal getroffen?«

»Ich wüsste nicht, was das mit dem Mord zu tun hat.«

Anna schenkt Jane Marsh ein ermutigendes Lächeln. »Es würde uns bei unseren Ermittlungen sehr weiterhelfen, wenn Sie diese Fragen beantworten könnten«, *sagt sie.*

Jane tauscht einen Blick mit Toby aus, bevor sie das Wort ergreift. »*Vor etwa einem Monat. Er hat uns besucht, um uns über die Abstandssumme zu informieren, mit der wir rechnen können.*«

»*Ich dachte, dahingehend wurden Sie von den lokalen Behörden informiert*«, *erwidert Mitz.*

»*Er gehörte zu der Delegation, die sich für die HS2-Linie ausgesprochen hat. Er hatte Einfluss auf das Ergebnis und riet uns, das uns angebotene Geld anzunehmen. Ich denke, er war besorgt, dass wir das Angebot ablehnen könnten.*«

In Annas Stimme schwingt leichte Besorgnis mit. »*Was fühlen Sie dabei, dass die HS2-Linie durch Ihr Land führen soll und Sie Ihr Zuhause verlassen müssen. Sie haben hier eine sehr lange Zeit verbracht. Es muss schwer für Sie sein, das aufzugeben.*«

Toby zuckt mit den Schultern. »*Ich werde nicht jünger und wir haben keine Kinder, denen wir den Hof vermachen könnten. Ich würde mich gerne zur Ruhe setzen. Sie haben uns einen guten Preis für das Land geboten – mehr als wir uns je erträumt hätten. Was würden Sie in dieser Situation tun?*«

Jane ergreift wieder das Wort. »*Wir möchten nach Cornwall ziehen. In Looe haben wir ein entzückendes Cottage entdeckt. Es wird schön sein, ein kleineres und moderneres Heim zu haben und nicht jeden Morgen zusammen mit der Sonne aufstehen zu müssen. Toby hat sein ganzes Leben lang hart gearbeitet. Er verdient ein wenig Freizeit. Das tun wir beide.*«

Mitz runzelt die Stirn. »*Ich dachte, die meisten Leute hier wären gegen die neue Eisenbahnlinie.*«

Jane nickt. »*Das sind sie. Wir waren es auch, doch jetzt missfällt uns der Gedanke nicht mehr so. Das Ganze gibt uns die Möglichkeit, dieses Leben hinter uns zu lassen und neu zu beginnen. Wir wollen nicht, dass unsere Freunde oder die Anwohner herausfinden, dass wir verkauft haben. Von Anfang an haben wir uns an der Kampagne gegen die HS2 beteiligt. Wir* haben zusammen mit den anderen in Colton protestiert, haben uns sogar im Parlament dafür eingesetzt. Natürlich werden die Dorfbewohner herausfinden, dass wir ihnen in den Rücken gefallen sind, aber hoffentlich nicht, bevor wir unser Geld haben und von hier wegziehen können.« Sie sieht Anna schuldbewusst an. »Verstehen Sie, weshalb wir nicht darüber reden wollen? Wir wollen nicht, dass jemand herausfindet, dass wir den Hof und das Land verkauft haben. Noch nicht.«

»Also kam Mr Jones-Kilby her, um sie davon zu überzeugen, das Angebot anzunehmen?«

»So war es, und Toby hat vorgeschlagen, es um weitere fünfzigtausend Pfund zu erhöhen«, sagt Jane. Toby wirft ihr einen finsteren Blick zu, doch sie erwidert: »Es spielt keine Rolle, ob sie es wissen. Sie werden es niemandem verraten.« Dann wendet sie sich wieder an Anna und fährt mit ihrer Erklärung fort.

»Mr Jones-Kilby war sehr darum bemüht, uns vom Verkaufen zu überzeugen. Er sagte uns, er würde sehen, was sich bezüglich eines höheren Angebots machen ließe. Am nächsten Tag rief er an, um uns mitzuteilen, dass es genehmigt worden war. Ein paar Tage später kam er mit dem Papierkram und einer weiteren Person des Komitees vorbei, und wir haben unterschrieben. In drei Monaten werden wir unsere Sachen packen.«

»Es gab keine weiteren Treffen mit Mr Jones-Kilby?«

Jane schüttelt ihren Kopf. »Nein, keine. Wir baten ihn, nicht herzukommen, für den Fall, dass er von einem der Dorfbewohner gesehen wird und sie eins und eins zusammenzählen. Das verstand er, seitdem haben wir nicht mehr miteinander gesprochen.«

»Und was haben Sie am Sonntagabend gemacht?«

Toby wirft Matt einen misstrauischen Blick zu. »Wir waren hier. Wir haben etwas gegessen und dann Fernsehen geschaut, bevor wir gegen neun Uhr ins Bett gegangen sind. Ich muss früh aufstehen. Außerdem bin ich neunundsechzig Jahre alt und brauche meinen Schlaf.«

»*Vielen Dank. Tut mir leid, aber wir müssen das fragen. Ist das Standardprozedere.*«

»*Verdammtes Prozedere*«, murrt Toby. »*Aber wenn es hilft, den miesen Drecksack zu fassen, der den armen Kerl ermordet hat, werden wir es wohl über uns ergehen lassen müssen. Wir waren beide hier. Mit mehr kann ich leider nicht dienen. Ich schwöre, dass wir nichts mit seinem Tod zu tun hatten, falls das weiterhilft.*«

Robyn hörte konzentriert Mitz' Bericht zu, bevor sie das Wort ergriff. »Es ist kein hieb- und stichfestes Alibi und wir können noch nicht mit Bestimmtheit sagen, dass sie nicht involviert sind, aber es fällt mir schwer zu glauben, dass sie unsere Mörder sind.«

Mitz gab ein kleines, amüsiertes Schnauben von sich. »Ich hatte auch meine Schwierigkeiten, mir vorzustellen, wie einer von ihnen Jordan ausschaltet, ihn über ein Feld zerrt und ihn dann für die Krähen dort aufhängt.«

»Fürs Erste werden wir sie von unserer Liste streichen und uns auf die anderen Möglichkeiten konzentrieren. Ich bin immer noch davon überzeugt, dass wir die Jones-Kilby-Sache verfolgen sollten. Jemand könnte seinen Sohn aufgrund seiner Geschäfte ermordet haben. Obwohl Jane und Toby Marsh keinen Groll gegen ihn hegen, könnten andere das sehr wohl tun. Natürlich macht es das schwieriger, eine Verbindung zum Mord von Owen zu finden. Mir will kein Szenario einfallen, in dem jemand Jordan wegen seines Vaters umbringen sollte und danach auch Owen töten würde. Die einzige Person, die auf die beiden sauer gewesen sein könnte, ist Darren Sturgeon, ein Fußballspieler der Sudbury Dynamos, der letzten Samstag zusammengeschlagen wurde. Wir haben Grund zur Annahme, dass Jordan und Owen hinter dem Angriff steckten. Er behauptet, er wüsste nicht, wer ihn an diesem Abend angegriffen hat, doch es besteht die Möglichkeit, dass er es doch wusste – dass er wusste, dass es Jordan und Owen waren – und dass er eine Art Rachefeldzug gegen sie geplant hat.«

Robyn wandte sich ihrem Whiteboard zu und spitzte die Lippen. So unwahrscheinlich es auch schien, dass Jordans Vater für seinen Tod verantwortlich war, sie hatte ernsthafte Zweifel bezüglich Nathaniel. Ross' Bericht, der seine Ermittlung über Jordans Behauptung enthielt, sein Vater hätte seine Mutter ermordet, verstärkten diese Vermutung. Sie berichtete ihrem Team, was sie herausgefunden hatte. David, der bis dahin schweigend an seinem Schreibtisch gearbeitet hatte, stieß ein lautes: »Ja, leck mich doch!«, aus.

»David?«

»Ich bin gerade über etwas Wichtiges gestolpert. Ich habe mir die Liste von Owen Falcons Freunden, Verwandten und anderen Kontakten in seinem Handy angesehen und herausgefunden, dass seine Ex-Freundin, Joy Fairweather, die persönliche Assistentin von Nathaniel Jones-Kilby ist.«

Robyn war wie erstarrt. Ihr Herzschlag pulsierte regelmäßig in ihren Ohren. Sie hatten eine weitere Verbindung zwischen den beiden toten Männern gefunden – eine, die mit Sicherheit bedeutend war.

»Kontaktieren Sie sie. Matt, könnten Sie in der Zwischenzeit diese Jungs durchleuchten? Sie bilden die Mannschaft der Sudbury Dynamos. Es fällt mir schwer, zu glauben, dass der Angriff auf Darren Sturgeon nur ein Zufall war. Es könnte mit der Auseinandersetzung auf dem Spielfeld zu tun haben, und wenn einige dieser Kerle so hart sind, wie es ihre Hintergründe vermuten lassen, dann könnten sie vielleicht, nur vielleicht, Owen und Jordan umgebracht haben, weil sie dafür verantwortlich waren, dass Darrens Bein gebrochen ist.«

Matt nahm die Zettel von ihr entgegen und verteilte sie auf seinem Schreibtisch. Es waren Fotos, Namen und Kontaktinformationen von jedem Mitglied der Sudbury Dynamos. Er las sich jeden einzelnen Bericht über sie durch und markierte zwei von ihnen – Mark Simpson und Alan Russell –, die bereits mehrfach aufgrund von Schlägereien verhaftet worden waren und Geldstrafen hatten zahlen müssen, während Shane Chapman wegen desselben Vergehens verwarnt worden war.

»John Preston war zwei Jahre bei der Army, bevor er wegen medizinischer Gründe ausgemustert wurde – eine Verletzung am Auge«, sagte er.

»Mehr konnte ich über ihn nicht herausfinden. Bisher habe ich nur die grundlegenden Informationen aus der Datenbank der Polizei herausgesucht. Ich bin mir sicher, dass es noch viel mehr gibt, das wir herausfinden können. Doch bevor wir zu viel Zeit mit diesen Personen verschwenden, würde ich gerne herausfinden, ob Owen und Jordan für Darrens gebrochenes Bein verantwortlich sind.«

Robyn wollte gerade noch etwas ergänzen, als DCI Flint seinen Kopf zur offenen Tür hereinsteckte.

»DI Carter, in mein Büro.«

———

DCI Flint stand neben seinem Fenster, die Hände hinter seinem Rücken verschränkt. Er hüstelte mehrmals, bevor er sich Robyn zuwandte. In seinen Augen lag ausnahmsweise etwas Entschuldigendes.

»Ich habe eine Beschwerde über Sie erhalten, Robyn. Ich muss Sie bitten, Nathaniel Jones-Kilby in Ruhe zu lassen.«

Robyn streckte ihren Rücken durch, um sich zu ihrer vollen Größe aufzurichten, und hob ihr Kinn. »Sir, bei allem Respekt, und ob es ihm gefällt oder nicht, er muss als Teil unserer Ermittlungen befragt werden. Er war in der Nacht, in der sein Sohn ermordet wurde, in Colton, und Owen Falcons Ex-Freundin ist seine persönliche Assistentin. Ich beschuldige ihn nicht des Mordes an diesen beiden Männern, aber es besteht eine Verbindung, und deshalb müssen wir die notwendigen Fragen stellen.«

Flint nickte während ihrer gesamten Ausführung. »Ich verstehe und ich will unter keinen Umständen, dass Ihre Ermittlungen beeinträchtigt werden, aber Nathaniel Jones-Kilby hat darum gebeten, dort herausgehalten zu werden. Er will weder mit Ihnen noch Ihrem Team sprechen.«

»Und warum will er uns in diesem Fall nicht helfen? Sein Sohn wurde ermordet. Bestimmt möchte er in vollem Umfang kooperieren.«

»Es ist nicht so, dass er nicht kooperieren möchte, aber er hat das Gefühl, dass Sie vorsätzlich Zeit verschwenden, indem Sie in die falsche Richtung ermitteln. Er hat mich darüber informiert, dass Sie unangemeldet bei seinem Haus aufgetaucht sind und maßgebende Fragen gestellt haben.«

Hitze schoss in Robyns Wangen. »Ganz so ist es nicht abgelaufen, Sir.«

»Haben Sie ihn bei sich zu Hause aufgesucht, ohne sich vorher anzumelden?«

»Das habe ich, aber Sie sollten wissen, dass wir den Spuren folgen müssen, sobald wir auf sie stoßen. Seine Sekretärin war abweisend, sodass ich ihn bei der Arbeit nicht erreichen konnte. Also habe ich selbst die Initiative ergriffen.«

»Doch etwas voreilig. Hören Sie, verstehen Sie mich nicht falsch, Robyn, ich respektiere Sie und die Art, wie Sie mit ihren Fällen umgehen, ungemein. Wenn man sich die Ergebnisse ansieht, müssen wir Ihrer Intuition wohl danken. Doch dieses Mal müssen Sie bei den Ermittlungen umsichtiger handeln. Mr Jones-Kilby hat Freunde in machtvollen Positionen. Er hat vor einigen Jahren seine Frau verloren und jetzt seinen Sohn. Er ist der Vater des Opfers und verdient es daher, mit Höflichkeit und Feingefühl behandelt zu werden.«

Robyn konnte ihr spöttisches Schnauben nur mit Mühe unterdrücken. »Natürlich, Sir. Das bestreite ich nicht, allerdings legt Nathaniel Jones-Kilby selbst nur wenig Trauer oder Feingefühl an den Tag. Er hat die Freundin seines Sohns und ihr Kind aus ihrem Zuhause geworfen und war nicht sehr zuvorkommend, was Informationen über die Geschäfte angeht, die möglicherweise hinter diesem tragischen Ereignis stecken könnten. Wir versuchen herauszufinden, ob jemand, der Groll gegen ihn hegt, seinen Sohn ermordet hat. Das können wir nicht, wenn er sich weigert, mit uns zu kooperieren.«

Flint löste seine Hände voneinander und legte sie auf seinen Schreibtisch. Er war ungewöhnlich penibel aufgeräumt, nur ein sauber geordneter Stapel Akten auf der einen und drei parallel zueinander ausgerichtete Stifte auf der anderen Seite. Er seufzte schwer. »Manchmal dürfen wir nicht zulassen, dass unser Urteilsvermögen von unseren Gefühlen vernebelt wird. Ich kenne Mr Jones-Kilby persönlich, und er ist kein Mann, bei dem es einem leichtfällt, ihn zu mögen. Dennoch ist er ein hoch angesehener Geschäftsmann in unserer Gemeinde, weshalb wir nach seiner Pfeife tanzen müssen. Er sagte mir, er hätte Ihnen ein Alibi für Sonntagabend gegeben. Ich denke, wir müssen es dabei belassen.«

»Er meinte, er hätte mit einem Freund zu Abend gegessen, weigerte sich aber, mir den Namen oder die Adresse dieser Person zu geben. So wie ich es sehe, ist das kein stichhaltiges Alibi, weshalb er ein Verdächtiger bleibt, bis wir ihn entlasten können.«

Wenn Flint Nathaniel kannte, dann konnte es nur durch die Gesellschaft der Freimaurer sein, bei der sie beide Mitglied waren. Es war offensichtlich, dass er den Mann genauso wenig mochte wie sie; trotzdem wusste sie, dass er recht hatte. Sie musste sich von Nathaniel fernhalten und ihre Ermittlungen ohne ihn durchführen. Wieder musste sie an Amy denken, die sie von ihrer eigenen Ermittlung zu seinen Geschäftsangelegenheiten geführt hatte. Der Mann hatte definitiv etwas zu verstecken.

»Sein Alibi ist schwach, Sir.«

Flint nickte und ein kurzes Lächeln huschte über sein rotes Gesicht. »Darüber habe ich mit ihm gesprochen. Ich werde für sein Alibi bürgen. Belassen wir es für den Moment dabei, okay Robyn?«

Flint wusste mehr als sie. Nathaniel hatte ihm etwas erzählt, dass ihn entlastet, um nicht weiter befragt zu werden – etwas, das er Robyn nicht mitteilen wollte. Oder war Flint in Nathaniels Geschäfte involviert und Teil seiner Korruption? Sie spürte, wie sich ihre Hände vor Frustration zu Fäusten ballten.

»Ich muss mit seiner persönlichen Assistentin sprechen, Sir. Sie und Owen Falcon waren eine ganze Weile ein Paar.«

»Dann seien Sie vorsichtig, Robyn. Ich will keine weiteren Beschwerden über Sie.«

»Ja, Sir. Danke.«

Mit seinem darauffolgenden Schweigen war sie entlassen. Als sie sein Büro verließ, brodelte sie vor Zorn darüber, dass Nathaniel Jones-Kilby nur ein paar Fäden ziehen musste und scheinbar jeden kontrollieren konnte, den er kannte. Ihrer Meinung nach war Nathaniel eine kalte, herzlose Person, und sie würde die Antworten, die sie brauchte, auch ohne seine Unterstützung bekommen. Wenn sie ihm dabei wieder auf die Füße trat, hatte er eben Pech.

21

TAG VIER, DONNERSTAG, 8. JUNI, NACHMITTAG

Joy Fairweather nippte an ihrem grünen Tee, ihre Rehaugen blickten sehnsüchtig durch das Fenster ihres Büros nach draußen. Sie hatte zugestimmt, sich während ihrer Mittagspause mit Robyn und Anna zu treffen. Die Plastikschale mit Salat, die sie zur Arbeit mitgenommen hatte, stand vergessen vor ihr auf dem Tisch.

Robyn hatte sichergestellt, dass Nathaniel nicht in seinem Büro war, ehe sie um ein paar Minuten von Joys Zeit gebeten hatte. Sie war erleichtert, als sie feststellte, dass er seit ihrem Anruf nicht doch noch unerwartet aufgetaucht war. Die Tür zu seinem Büro stand offen, und Robyn war von seiner modernen Einrichtung überrascht – die weichen Sitzmöbel leuchteten in Schwarz, Weiß und Rot und sahen wie übergroße Kieselsteine aus, die kunstvoll um einen niedrigen weißen Tisch arrangiert worden waren. Im Vergleich dazu wirkte Joys Büro sehr gewöhnlich: Ein hölzerner Aktenschrank ragte hinter einem ovalen Schreibtisch auf, auf dem ein flacher Computerbildschirm stand.

»Ihr Verlust tut mir sehr leid«, sagte Robyn.

Joy stellte ihre Tasse ab. »Seit der Trennung hatten wir keinen Kontakt mehr, aber damals habe ich ihn sehr geliebt. Es ist schwer zu glauben, was mit ihm geschehen ist.«

»Wann haben Sie ihn das letzte Mal gesehen oder mit ihm gesprochen?«

»Richtig gesprochen haben wir ... vor einigen Monaten. Owen und ich hielten es für das Beste, getrennte Wege zu gehen. Manche Paare können gute Freunde bleiben, aber wir wussten beide, dass es besser wäre, wenn wir einen Schlussstrich unter unsere Beziehung ziehen. Es hat nicht funktioniert, und als wir uns getrennt haben, waren wir bereits zwei völlig unterschiedliche Personen. Hin und wieder habe ich ihn gesehen. Es ist schwer, jemandem aus dem Weg zu gehen, wenn man im gleichen Ort wohnt. Das letzte Mal habe ich ihn gesehen, als er hergekommen ist. Er wollte Mr Jones-Kilby treffen. Letzte Woche. Am Dienstag.«

»Wissen Sie, weswegen?«

»Es gab ein Problem mit einem Rauchmelder in seinem Haus. Er ist immer wieder losgegangen. Ich habe für ihn beim *Rugeley Electrical Centre* angerufen, und sie haben Owen mit einem neuen Gerät losgeschickt. Er hat mit Mr Jones-Kilby besprochen, wann er eingebaut werden soll.«

»Haben Sie mit ihm gesprochen?«

»Er sagte mir, dass er am Mittwochmorgen zu Mr Jones-Kilbys Haus fahren würde, um den Rauchmelder auszutauschen. Ich war gerade sehr beschäftigt, also haben wir uns nicht länger unterhalten.«

»Hat er oft für Mr Jones-Kilby gearbeitet?«

»NJK Properties bezieht den Großteil seines Elektronikbedarfs vom *Rugeley Electrical Centre*. Sie geben uns einen großzügigen Rabatt. Owen lieferte oft Teile an verschiedene Baustellen oder hier ins Büro, damit die Elektriker sie abholen konnten. Dass er es selbst eingebaut hat, war eine Ausnahme.«

Ihr Telefon klingelte und Joy nahm den Anruf entgegen. Während sie sprach, schlenderte Robyn durch Nathaniels Büro. Sein Schreibtisch stand zum Fenster gewandt, vor dem sich weite Felder erstreckten. Sie konnte sich ihn gut an seinem Handy vorstellen, wie er den Bau neuer Wohnungen in den Randbezirken der Dörfer diskutierte, während er auf diese hübschen grünen Felder blickte, – die Ironie darin entging ihr nicht.

Auf einem schwarzen Regal neben ihr stand ein Satz roter Aktenordner. Sie neigte den Kopf, um die Namen auf den Rücken besser lesen zu können. Einer fiel ihr besonders ins Auge – Colton 2017-18. Sie kam gerade zurück in Joys Büro, als sie ihr Telefonat beendete.

»Darf ich Sie etwas über Owen fragen?«, sagte sie leise. »War er jemals gewalttätig?«

Joy kaute auf ihrer Unterlippe herum. »Er konnte hin und wieder etwas grob sein. Er hat mich nie verletzt – hat mich nicht geschlagen oder so –, aber er war herrschsüchtig. Er hatte Temperament.«

»Er hat Sie nie geschlagen?«

»Nein. Mich nicht. Allerdings war er sehr besitzergreifend. Es hat ihm nicht gefallen, wenn andere Männer mit mir geredet haben. Einmal kam es zu einem Vorfall in einem Pub. Die Polizei musste gerufen werden.«

»Darüber wissen wir Bescheid. Die Anklage gegen ihn wurde fallengelassen.«

Joy nickte. »Owen trug nicht die alleinige Schuld daran. Der andere Kerl war betrunken. Er hat angefangen. Zuerst hat er sich an mich rangemacht, und als ich ihm eine Abfuhr erteilte, hat er mich eine Nutte genannt. Owen hat ihm gesagt, er solle sich entschuldigen, aber das wollte er nicht. Es ist aus dem Ruder gelaufen. Der Kerl hat Owen zuerst angegriffen. Owen hat mich nur verteidigt. So war er. Bei Owen gab es nur alles oder nichts. Manchmal hat er mich nicht aus den Augen gelassen. Ich glaube, das lag daran, dass er noch so jung war, als er seine Mutter verloren hat. Ab und zu war es beinahe erdrückend. Er wollte immer wissen, wohin ich ging und mit wem ich meine Zeit verbrachte. Irgendwann hatte ich seine Anhänglichkeit satt, der grundsätzlich eine Phase folgte, in der er nicht mit mir gesprochen hat. Wir haben uns voneinander entfernt.«

»Haben sie Jordan, den Sohn von Mr Jones-Kilby, jemals kennengelernt?«

»Nur ein einziges Mal, und das ist noch nicht sehr lange her. Er kam hier hineingestürmt, ging direkt in das Büro seines Vaters, ohne ein Wort mit mir zu wechseln, und schloss die Tür hinter sich. Es wurde laut diskutiert, dann ist er wieder herausmarschiert. Das Ganze hat etwa fünf Minuten gedauert, wenn überhaupt. Danach kam Mr Jones Kilby zu mir und ließ all seine Termine vom nächsten Tag stornieren, dann ist er ebenfalls gegangen.«

»Und Sie wissen nicht, worum es bei dieser Unterhaltung ging?«

Joys Augenlider zuckten. »Ich mag meinen Job hier«, sagte sie. »Ich arbeite seit sechs Jahren für Mr Jones-Kilby und er ist ein guter Chef.«

»Wir ermitteln in einem Mordfall und würden Ihre Kooperation sehr zu schätzen wissen«, sagte Robyn. »Bitte sagen Sie uns genau, was Sie gehört haben.«

Joy dachte einen Moment nach, bevor sie weitersprach. Ihre Stimme war gesenkt. »Jordan hat sehr laut geschrien, es war schwer, das zu überhören. Er hat seinen Vater einen Lügner genannt – einen hinterhältigen, verdorbenen, betrügerischen, mordenden Lügner.« Die Erinnerung daran ließ sie erröten.

»Können Sie sich daran erinnern, wann dieser Vorfall stattgefunden hat?«

»Letzten Freitag. Am 2. Juni.«

»Wussten Sie, dass Owen und Jordan befreundet waren?«

Joy schüttelte ihren Kopf. »Ich bin über Owen hinweg. Ich bin nicht eine dieser Ex-Freundinnen, die permanent überprüfen, was ihre bessere Hälfte so treibt – die sie bei Facebook stalken oder so. Als Owen und ich uns getrennt haben, war es endgültig. Ich habe kein Interesse an seinem Leben, seinen Freunden, neuen Freundinnen oder was auch immer. Ich bin mir ziemlich sicher, dass es ihm genauso ging.«

»Hatte Owen viele Freunde, während Sie beide ein Paar waren?«

»Arbeitskollegen, Fußballkameraden, Radlerkumpane, Spielepartner – ja, er hatte viele Freunde. Er ist oft ausgegangen, um sich mit einem oder mehreren von ihnen zu treffen. Owen waren seine Männerfreundschaften wichtig. Er hat gerne mit ihnen herumgehangen. Ist lieber mit ihnen ausgegangen als mit mir. Das war einer der Gründe, weshalb ich ihn aufgegeben habe – er schien weniger an unserer Beziehung interessiert zu sein. Aber das ist Schnee von gestern. Ich habe jemanden kennengelernt, und es ist etwas Ernstes. Doch ich habe Owen geliebt. Und er hat mich geliebt. Leider liebte er mich nicht genug.«

Sie schob ihre Teetasse von sich.

»War das der einzige Grund für Ihre Trennung?«

Joy nickte. »Ich hatte sein Verhalten so satt, dass ich ihn verlassen habe. Ich hatte gehofft, dass es ein Schock für ihn wäre, wenn ich ihn verlasse, und dass er sich ändern würde, doch das hat er nicht. Er ist mir nicht nachgelaufen, um mich zu bitten, zu ihm zurückzukommen, hat nicht mal einen Versuch gestartet, sich zu versöhnen.«

Robyn nahm ihre eingesunkenen Wangen und traurigen Augen wahr und kam zu dem Entschluss, dass, obwohl Joy die Beziehung mit Owen beendet hatte, ein Teil von ihr ihn immer lieben würde.

22

DAMALS

Der Junge kämpft darum, das Zittern in seinen Knien zu kontrollieren. Er hätte niemals lügen dürfen. Er weiß, welche Konsequenzen solch ein Verrat mit sich bringt.

Auf dem Gesicht seiner Mutter liegt ein düsterer Ausdruck der Missbilligung, der dafür sorgt, dass der Junge sich auf den Boden werfen und zu seiner Schwester gesellen möchte, die schweigend auf dem Teppich vor dem Kamin kniet und ihre Hände zum Gebet erhoben hat. Ihre Augen sind geschlossen und er sieht, wie sich ihre Lippen bewegen, während sie betet: »Herr, vergib ihm, denn er weiß nicht, was er tut.«

Doch in diesem Fall wird Beten nicht genug sein. Er hat eine der sieben Todsünden begangen, was eine ernste Bestrafung seiner Eltern nach sich ziehen wird, die angemessen für sein Verbrechen ist.

»Du hättest der Versuchung widerstehen sollen«, sagt seine Mutter, ihre schrille Stimme vibriert durch den Körper des

Jungen. Seine Mutter ist nur ein Meter fünfundsechzig groß, doch sie hat Ausstrahlung und scheint viel größer zu sein, wenn sie hocherhobenen Hauptes vor ihm steht. Sie hat überraschend große Hände und große, ausdrucksstarke Augen, die sich in diesem Moment mit einer pechschwarzen Wut in ihn bohren.

»Mum, ich konnte nicht Nein sagen.«

Seine Mutter erhebt zwei Finger und drückt sie an ihre Lippen, bevor sie sie ihm entgegenhält. Manche würden das als Kuss oder eine Abschiedsgeste deuten. Doch der Junge weiß, dass er schweigen soll. Er hat schon genug gesagt. Er muss an den Vorfall denken, der ihn in diese Situation gebracht hat, deren Ausgang ihn bereits erzittern lässt:

―――――

»Komm schon«, sagte Larson, dessen Sommersprossen in der Sonne hervortraten. »Probier es. Offensichtlich wollen sie sie nicht, sonst hätten sie die Flaschen hineingetragen.«

»Nein. Das ist Diebstahl. Das ist unehrlich. Tu es nicht.«

»Du bist so ein artiger Junge«, sagte Larson abfällig. »Oder bist du ein Angsthase? Das ist es. Du hast Angst.« Er machte dumme Geräusche und lachte grausam, bevor er nach der Milchflasche griff, die neben der Tür stand, den Verschluss öffnete und einen tiefen Schluck nahm.

Er verzog das Gesicht. »Igitt! Das ist ja ekelhaft. Sie ist ranzig geworden. Stand wohl zu lange draußen.«

Er spuckte und vergoss die restliche Milch auf den Stufen vor der Tür, dann stellte er die Flasche wieder ab. »Wir haben dieser Person einen Gefallen getan«, sagte er lässig. »Komm schon, lass uns in den Park gehen.« Er schlenderte davon, der Junge folgte ihm mit hängendem Kopf. In der Nummer zweiunddreißig lebte ein älterer Mann, und er wäre traurig darüber, dass seine Milch verschwendet worden war.

———

Larson scheint kein Gewissen zu haben. Er macht, wonach ihm gerade der Sinn steht, und lacht und witzelt und rennt sorglos herum. Das mag der Junge an Larson – er ist frei.

Normalerweise wartet er darauf, dass seine Schwester ihn von der Schule abholt, und sie gehen gemeinsam nach Hause. Sie wurde jedoch bei einer Probe des Schultheaters aufgehalten, also hatte er sich dazu entschieden, Larson zu begleiten.

Vor dem Haus Nummer zweiunddreißig wurden sie beobachtet und verpfiffen. Er würde nicht geschlagen oder am Ohr gezogen werden, wie Larson es würde. Seine Bestrafung wäre viel schlimmer.

Er fleht seine Mutter an. Verspricht ihr, dass er die Milch nicht angerührt hat.

»Lüg mich nicht an«, sagt seine Mutter und scheint in den Augen des Jungen noch größer zu werden. »Mrs Hunter hat dich gesehen. Warum sollte sie mich anlügen? Sie ist eine ehrliche Frau, – eine nette, aufrichtige Frau. Nennst du sie eine Lügnerin?«

»Nein, Ma'am.«

»Genau. Das denke ich auch nicht. Nicht nur stehlen, sondern auch lügen.« Traurig schüttelt sie ihren Kopf. »Eine Woche.«

»Bitte, nein. Das ist zu lang.«

Die Härte seiner Bestrafung lässt seine Schwester nach Luft schnappen.

»Schweig still!« Seine Mutter erhebt ihre Stimme. »Du bleibst dort und betest für seine Sünden.«

Tränen ergießen sich über seine Wimpern und laufen über seine Wangen. Noch nie zuvor musste er eine ganze Woche aushalten.

Seine Mutter legt eine kalte Hand auf seine nackte Schulter, die nur von einer grauen Decke bedeckt ist, und schiebt ihn in Richtung der Hintertür.

Draußen wird es bereits dunkel und die Temperatur ist gefallen. Der helle, sonnige Tag verwandelt sich in eine lange, kalte Nacht. Er zittert unkontrolliert, jedoch nicht aufgrund der kühlen Brise, die um seine nackten Beine weht, sondern aus Angst. In der Ferne stehen die Bäume: riesige, stille schwarze Gestalten, in denen die Krähen leben. A murder of crows. *Sein Lehrer hatte der Klasse erzählt, dass ein Krähenschwarm auf Englisch so genannt wird, und es hatte den Jungen noch weiter verängstigt. Bei Anbruch des nächsten Tages werden sie ankommen. Sie werden seine Angst riechen und auf dem Halbdach landen, mit ihren lauten Krallen darüber laufen und mit ihren stählernen Schnäbeln durch den weichen Filz picken, um ihn zu erreichen.*

»Bitte nicht. Ich—« Er versucht, sich zu befreien, doch ihr Griff ist stark.

Protestieren ist zwecklos. Seine Mutter scheucht ihn hinein und schließt die kleine Hütte ab, in der sich außer einem Eimer, der als Toilette dient, und einer dünnen Matratze nichts befindet.

Es gibt keine Fenster. Es gibt kein Licht. Das wird sein Gefängnis sein, für eine ganze Woche. Er wird Nahrung bekommen – kleine Portionen und etwas Wasser –, aber keine Gesellschaft. Bis seine Mutter ihn wieder hinauslässt, ist er mit den Krähen allein.

»Rein da. Denke über deine Sünden nach«, sagt seine Mutter knapp. Sie überreicht dem Jungen ein Buch – seine einzige Gesellschaft für die nächste Woche – eine Bibel.

23

TAG VIER – DONNERSTAG, 8. JUNI, SPÄTER NACHMITTAG

»Das ist nicht gut«, sagte Robyn. »Wir haben jedem Mitglied der Sudbury Dynamos dieselben Fragen gestellt, und sie alle haben ähnliche Antworten gegeben. Keiner von ihnen weiß etwas darüber, was mit Darren Sturgeon geschehen ist.«

»Es fällt mir schwer, das zu glauben«, sagte Mitz, während er gedankenverloren seinen Kugelschreiber zwischen seinen Fingern drehte. Seine Augen wirkten eingesunken, und Robyn verstand, wie frustriert er und auch die anderen sich fühlen mussten.

»Dem stimme ich zu, aber sie haben alle wasserdichte Alibis für beide Mordnächte, und keiner von ihnen hat sich am Sonntag oder Montag in der Nähe von Colton aufgehalten. Wir haben ihre Frauen, Freundinnen und Eltern befragt. Diese Jungs haben die Wahrheit gesagt. Hier werden wir nicht weiterkommen, wir sollten die anderen Möglichkeiten in Betracht ziehen.«

»Die da wären?«, sagte Matt mürrisch. »Das war unsere heißeste Spur.«

»Wir haben noch andere. Owen war letzten Mittwoch bei Nathaniel zu Hause, um einen Rauchmelder auszutauschen. Ich könnte mich irren, doch es kommt mir seltsam vor, dass er ihn selbst anbringen sollte. Rugeley Electrical liefert nur die Waren, sie bauen sie nicht ein. Vielleicht gab es einen anderen Grund, aus dem er dorthin gegangen ist. Oder während er dort war hat er etwas über Nathaniel herausgefunden, das dann zu seinem Mord geführt hat.«

Mitz schüttelte seinen Kopf. »Das bedeutet, wir müssten gegen Nathaniel ermitteln, und das können wir nicht. DCI Flint hat sich diesbezüglich sehr klar ausgedrückt, oder nicht?«

Robyn nickte. Mit Sicherheit würde sie ihren Vorgesetzten verärgern, wenn sie eine vollständige Ermittlung gegen Nathaniel durchführte, doch nun wusste sie über Nathaniels Frau Bescheid und über die Tatsache, dass Jordan geglaubt hatte, Nathaniel hätte sie umgebracht. Dies waren schwerwiegende Gründe, sich mit ihm zu unterhalten. Sie würde darauf bestehen, mit Nathaniel zu sprechen, und sollte Flint sie davon abhalten, würde sich ihr Verdacht erhärten, dass er ebenfalls in irgendeiner Weise mit Nathaniel in Verbindung stand, wodurch sie auch gegen Flint ermitteln müsste. Nur weil er ihr Vorgesetzter war, bedeutete das nicht, dass er nicht auch korrupt sein konnte. »Ich werde darüber nachdenken, ihn zu befragen und mit den Konsequenzen zu leben.«

Matt zuckte mit den Schultern. »Das könnte eine schlechte Idee sein, Boss. Sie wissen, wie diese großspurigen Typen sind. Er könnte Sie in Schwierigkeiten bringen – uns alle.«

»Ich werde es nur machen, wenn ich denke, dass wir einen guten Grund gefunden haben. Lasst uns in den Pub gehen.

Heute war ein echt mieser Tag. Die Befragungen haben ewig gedauert und Sie alle haben sich einen Drink verdient.«

David schob seinen Stuhl zurück. »Passe. Ich muss nach Hause.«

»Alles okay?«, fragte Robyn. Es war nicht typisch für David, einen schnellen Drink abzulehnen.

Er verzog sein Gesicht. »Ich muss mich um ein paar persönliche Dinge kümmern. Heather fühlt sich im Moment nicht sehr geliebt. Sie sagt, ich verbringe zu viel Zeit bei der Arbeit oder mit Freunden. Ich habe ihr versprochen, heute sofort nach Hause zu kommen.«

»Tut mir leid, das zu hören. Ich hoffe, Sie können das klären.«

»Ich bin dabei«, sagte Matt. »Auf keinen Fall werde ich schon nach Hause zu dem Drachen gehen.« Matt nannte seine Schwiegermutter immer einen Drachen, aber Robyn vermutete, dass er sie eigentlich mochte und nur auf ein paar Lacher aus war. »Sie wird immer anstrengender. Ich kann es kaum erwarten, bis sie nach Swansea zurückkehrt.«

Robyn verließ als Letzte das Büro und löschte das Licht hinter sich. Sie hatte erst wenige Schritte zurückgelegt, als Tom Shearer ihr im Flur hinterherrief.

»Machen Sie heute früher Feierabend, Robyn? Es ist gerade erst kurz nach sechs.«

»Hat Ihnen schon mal jemand gesagt, dass Sie hier fehl am Platz sind und es mit Stand-up-Comedy versuchen sollten, Tom?«

Er schlenderte auf sie zu, die Hände tief in den Hosentaschen vergraben. Er roch nach frischem Deodorant, seine Augen funkelten, als er sprach. »Ich bin hier definitiv fehl am Platz«, sagte er mit einem Grinsen, das sein Aussehen veränderte.

Robyn sprach, bevor sie ihre Meinung ändern konnte. »Wir wollen noch in den Pub gehen. Sie dürfen uns gerne begleiten.«

Shearer studierte ihr Gesicht. »Also, wenn Sie mich so nett fragen, komme ich natürlich gerne. Wir sehen uns da.«

Sie nickte ihm knapp zu, bevor sie den anderen folgte, die bereits verschwunden waren, und fragte sich, warum sie ihn eingeladen hatte. Sie wagte es nicht, die Wahrheit anzuerkennen – nach zwei langen Jahren der Trauer um Davies war sie endlich bereit, wieder an Dates und männliche Gesellschaft zu denken.

24

TAG VIER – DONNERSTAG, 8. JUNI, ABEND

Dr Lucy Harding streckte sich und gähnte. Ihr Rücken fing wieder an, Probleme zu machen – einer der Nachteile ihres Jobs. Sie hatte fast den ganzen Tag gesessen, entweder hinter ihrem Schreibtisch oder im Auto, als sie von einem Haus zum anderen gefahren war, die sich über ganz Staffordshire verteilten, um Hausbesuche bei ihren Patienten zu machen, die nicht mehr mobil waren und somit keine Termine in der Praxis wahrnehmen konnten. Wie viele medizinische Einrichtungen waren auch sie unterbesetzt und überarbeitet. An diesem Nachmittag hatte sie das Ärztehaus allein führen müssen, weil ihr Kollege Andy Trevago zu einem Notfall im Altersheim von Hoar Cross gerufen worden war.

Lucy starrte auf den Computerbildschirm, las sich die Notizen durch, die sie zu einem der Patienten abgetippt hatte, den sie heute besucht hatte, und schüttelte den Kopf. An manchen Tagen fühlte sie sich hilflos gegenüber jenen, die nach ihrer Meinung fragten – erfüllt von Ängsten und Sorgen, dass sie ihnen nicht helfen konnte. Sie war nicht dazu qualifiziert, einigen von ihnen umfangreiche Informationen oder die Behandlungen zu geben, die sie benötigten. Sie war Allgemeinmedizinerin, keine Spezialistin für alle erdenklichen Fachbereiche, und obwohl sie gut informiert war, schienen manche Leute Wunder von ihr zu erwarten. Genau wie ihre Kollegen war auch Lucy durch die Bürokratie und die Grenzen eines unterfinanzierten Gesundheitssystems gebunden. Sie musste sich an das Protokoll halten – Tests, Untersuchungen und Eingriffe mussten alle bei Spezialisten in den örtlichen Krankenhäusern gemacht werden, und für viele Patienten gab es eine lange Warteliste, bevor sie einen Termin bekommen würden. Alles, was Lucy tun konnte, war ihnen gut zuzureden, vorerst ihre Schmerzen zu behandeln und zu hoffen, dass sich bald ein Termin ergeben würde.

Sie massierte ihren Nacken. In der letzten Nacht hatte sie schlecht geschlafen und spürte nun die Anfänge neuer Kopfschmerzen. Sie nahm ihr Handy zur Hand und nutzte die FaceTime-App, um ihren kleinen Sohn anzurufen.

»Mummy«, rief er freudig. »Ich gucke die Ninja Turtles. Grandma hat gesagt, wenn ich brav bin, darf ich vor dem Schlafengehen eine Folge schauen. Guck, ich bin schon fertig.« Er zupfte an seinem Pyjama-Oberteil, um ihr zu zeigen, dass er sich bereits umgezogen hatte.

»Das ist toll. Aber nicht zu viele ›Cowabunga‹-Sprünge im Wohnzimmer.«

Er schenkte ihr ein fröhliches Lächeln.

»Hattest du einen schönen Schultag?«

Der Junge nickte.

»Was hat Grandma dir zum Abendessen gekocht?«

»Kartoffelspiralen«, sagte er zufrieden. »Und Würstchen.«

Lucy lächelte ihn warm an. »Dein Lieblingsessen.«

Wieder nickte er. Sie unterhielten sich eine Weile über die Schule und was er dort heute alles gemacht hatte, bevor Lucy entschied, dass es Zeit war, sich zu verabschieden. Es war bereits nach sieben Uhr und sie hatte seit dem Frühstück nichts mehr gegessen.

»Okay, gib Grandma und Grandpa einen dicken Kuss von mir. Ich werde dich morgen von der Schule abholen. Gute Nacht und schlaf gut. Hab dich lieb, Jamie.«

»Ich habe dich auch lieb, Mummy«, antwortete er und warf ihr einen Kuss zu.

Lucy hatte unglaubliches Glück, dass ihre Mum und ihr Dad ihr halfen. Sie wohnten nur zehn Meilen von ihnen entfernt und waren immer bereit, Jamie von der Schule abzuholen, wenn ihre Sprechstunden länger dauerten. Von Anfang an hatten sie sie unterstützt – schon damals in der Schule, dann in der Universität und sogar darüber hinaus. Und jetzt waren sie wieder eingesprungen und halfen ihr mit Jamie. Seit der Scheidung war sie wieder regelmäßig auf sie angewiesen. Sie schuldete ihnen so viel. Bald war der Geburtstag ihrer Mum. Sie würde sie zu einem Wochenendausflug einladen, in irgendeinem schicken Resort. Das war das Mindeste, was sie sich verdient hatten.

Abgesehen von Lucy war die Praxis leer. Die beiden diensthabenden Schwestern waren vor einer halben Stunde gegangen. Lucy las sich noch einmal den Brief durch, den sie für einen Fall geschrieben hatte, der ihr besonders nahe ging. Sie machte sich keine großen Hoffnungen. Die Krankheit des Patienten war zu weit fortgeschritten, und es gab ganz einfach nicht genügend Mittel beim National Health Service, um ihn mit den Medikamenten versorgen zu können, die ihm helfen würden. Sie schickte ihn per E-Mail ab und leitete alle anderen Briefe an ihre Sekretärin weiter, damit diese sich am nächsten Morgen um sie kümmerte, bevor sie ihren Computer herunterfuhr und sich von ihrem Schreibtisch erhob.

In ihrem Kühlschrank zu Hause wartete eine gekühlte Flasche Pinot Grigio, und nach diesem Tag sehnte sie sich nach *ein oder zwei Gläsern. Sie schulterte ihre große lederne Handtasche, schaltete die Bürobeleuchtung aus und schlüpfte durch die Tür auf den Parkplatz.*

Die Praxis lag am Ende einer ruhigen Straße und grenzte an einen großen Friedhof. »Die besten Nachbarn aller Zeiten«, hatte der Praxisleiter ihr gesagt, als sie sich auf diese Stelle beworben hatte. »Die machen keinen Lärm.« Das stimmte. Kaum jemand fuhr über die Straße, die zu den offenen Feldern am Rande des Dorfes führte. Hier hörte man kaum Geräusche, nur die Vögel in den Bäumen und die in der Ferne grasenden Kühe. An sonnigen Tagen setzte Lucy sich gerne auf die Bank hinter ihrem Büro und genoss ein paar Minuten der Stille. Es war ein meilenweiter unterschied zu dem Ärztehaus, in dem sie zuvor gearbeitet hatte, mitten im Herzen von Derby. Hier konnte sie noch durchatmen.

Sie hob ihren Schlüssel in Richtung ihres Mini-Cabriolets – ein Geschenk, das sie sich selbst nach der Scheidung gemacht hatte, um sich aufzumuntern. Die Türen entriegelten sich mit einem leisen Piepen. Sie öffnete die Tür der Fahrerseite und warf ihre Tasche hinein. Dann hörte sie ein leises Husten hinter sich und wirbelte herum.

»Wer ist da?« Lucy schielte in die Dunkelheit und konnte eine Gestalt bei dem großen Baum, dessen Äste bis über die Sitzbank hingen, ausmachen. »Oh, hallo noch mal. Das mit vorhin tut mir wirklich leid.«

Die Gestalt näherte sich ihr mit bedeutsamen Schritten. »Manchmal ist eine Entschuldigung nicht genug. Sie haben mich im Stich gelassen. Und jetzt müssen Sie dafür bezahlen.«

Lucy sah sich um. Es war niemand anderes da, an den sie sich wenden konnte. Sie war vollkommen allein. Die Außenbeleuchtung hatte einen Timer, der ausgelöst wurde, als sie das Gebäude verlassen hatte, also würde das Licht bald ausgehen. Dann wären sie beide in völlige Dunkelheit gehüllt. »Verschwinden Sie oder ich rufe die Polizei. Ich werde mich weder von Ihnen noch von irgendjemandem sonst bedrohen lassen.«

»*Ich bedrohe Sie nicht, Doktor.*«

Lucy runzelte die Stirn. »*Was wollen Sie dann?*«

»*Gerechtigkeit.*«

Lucy nahm den Gegenstand kaum wahr, als er durch die Luft schwang und sie an der Stirn traf. Wie betäubt sackte sie zu Boden und drückte ihre Hand gegen ihren blutenden Kopf. Neben ihr bückte sich die Gestalt und griff nach den Autoschlüsseln, die sie fallengelassen hatte. Lucy stöhnte. Sie hatte panische Angst – war wie gelähmt. Und als sie in die Augen des Mörders sah, wusste sie, dass sie diesen Abend nicht überleben würde. Ihr Angreifer wich zurück, und Lucy suchte hektisch nach ihrem Handy. Sie musste irgendjemanden alarmieren und Hilfe holen. Als sie hörte, wie der Motor ihres Autos startete, hielt sie inne und kämpfte sich auf ihre Knie. Ein stechender Schmerz ließ sie zusammenzucken, als sie versuchte aufzustehen. Als das Auto zurücksetzte und die Scheinwerfer genau auf sie fielen, kniff sie die Augen zusammen. Ihr Auto wurde gestohlen. Aber warum? Der Mini blieb stehen, dann heulte der Motor wütend auf und Lucys Auto raste auf sie zu, erwischte sie frontal. Sie wurde von dem Fahrzeug eingequetscht, Arme und Beine wurden unter den Reifen eingeklemmt. Ihre Gedanken kreisten in alle Richtungen, doch Lucy Harding konnte sich nicht bewegen, und als sie ihre letzten Atemzüge machte, wiederholte der Fahrer das Manöver. Schließlich stieg er aus dem Fahrzeug aus und ging auf Lucy zu, um ihren zerstörten Körper zu studieren, bevor er die ruhige Straße hinaufschlenderte.

25

TAG FÜNF – FREITAG, 9. JUNI, MORGEN

Am nächsten Morgen galt Robyns erster Gedanke ihrem Cousin und seiner Frau. Wahrscheinlich war er jetzt gerade mit ihr im Krankenhaus. Als sie ihn anrief, erreichte sie die Mailbox, also hinterließ sie eine Nachricht, in der sie den beiden Kraft wünschte, und Jeanette alles Gute für die Operation. Nach dem Anruf kreuzte sie in Gedanken ihre Finger. Sie könnte es nicht ertragen, wenn die beiden ein negatives Ergebnis bekommen würden. Sie bedeuteten ihr viel zu viel.

Wieder machte sich Frustration in ihr breit. Sie machten keine erwähnenswerten Fortschritte. Also machte Robyn, was sie immer in einer solchen Situation tat, schnürte ihre Laufschuhe und lief los, bevor sie ins Büro ging. Ihre Laufrunde führte sie hauptsächlich über Fußwege entlang der Dyson Road, vorbei an Bürogebäuden, modernen Gebäuden aus roten Ziegelsteinen und riesigen Glasfronten. Sie war etwa fünf Meilen lang und recht flach, weshalb sie keine größere Konzentration erforderte. Sie fiel in einen lockeren Trab und folgte der Route, wobei sie den Baustellenlärm ignorierte.

Ihre Gedanken sprangen zwischen Jordan und Owen hin und her. Könnten sie Darren angegriffen haben? Und wenn sie hinter dem Überfall steckten, war das der Grund dafür, dass sie beide tot waren? Das fühlte sich nicht richtig an. Die Tode dieser beiden jungen Männer waren geplant worden. Es muss ein schwerwiegenderes Motiv dahinter stecken als die Rache eines Fußballrivalen. Wenn jemand der Sudbury Dynamos hinter Jordan und Owen her gewesen wäre, hätten sie die Männer bestimmt zusammengeschlagen oder bei einer aggressiven Auseinandersetzung mit einem Messer verletzt. Sie fragte sich, ob Drogen dabei eine Rolle gespielt hatten. Könnte sie jemand unter Drogeneinfluss ermordet haben?

Auch wenn es noch sehr früh war, wärmte die Sonne bereits ihren Rücken. Die Wettervorhersage sagte sogar noch wärmere Tage voraus, der Höhepunkt sollte in zwei Wochen erreicht werden, was genau in die Zeit fiel, in der sie an dem Ironman-Triathlon teilnahm. Sie hatte dem Wettbewerb nicht viel Beachtung geschenkt oder einen besonderen Trainingsplan absolviert. Tatsache war, dass sie fit war und die zermürbende Strecke hinter sich bringen würde, egal, wie viel Zeit sie an diesem Punkt in ihr Training investierte. Es war ihr egal, wie lange sie brauchen würde, um die Ziellinie zu erreichen. Ihr war nur wichtig, dass sie das Ziel erreichte. Seit dem Verlust hatte sie sich auf das Training und die jährliche Herausforderung konzentrieren können. Der Sport hatte ihr geholfen, zu überleben.

Ehe sie sich versah, war sie wieder bei ihrem Haus angekommen, und noch immer war sie der Wahrheit über den Täter, der Jordan und Owen umgebracht hatte, kein Stück näher gekommen.

———

In ihrem Büro war es verdächtig still, auch wenn ihr Team bereits anwesend war.

»Was ist los? Hier ist ja eine Stimmung wie in einer Leichenhalle«, sagte sie.

»Eher Katerstimmung«, sagte Matt.

»Du bist zeitgleich mit uns nach Hause gegangen. So viel hast du nicht getrunken.«

»Ich habe mich über meine Privatvorräte hergemacht, als ich zu Hause war. Der Schwiegerdrache hat uns in Ruhe gelassen, also haben wir gefeiert. Und wenn ich sage wir, meine ich mich.«

Mitz hob seinen Blick. »Ich bin alle Aussagen der Sudbury Dynamos durchgegangen. Warum hätte Jasper uns von dem Überfall erzählen sollen, wenn er es nicht für relevant hält? Denken Sie, Darren hat gelogen?«

»Wäre möglich. Versuchen Sie es mit Darrens Schwester Fay. Das Mädchen mit dem Baby auf dem Arm, die mit in seiner Wohnung lebt. Sie könnte etwas wissen und bereit sein, uns die Wahrheit darüber zu erzählen, wer ihn angegriffen hat. Vorausgesetzt, er war tatsächlich kein zufälliges Opfer. Irgendetwas verbindet Jordan und Owen miteinander, und dieses Etwas hat sie beide umgebracht. Noch weiß ich nicht, was es sein könnte, und Nathaniel nachzujagen, könnte Zeitverschwendung sein, aber ich kann mir einfach nicht vorstellen, dass er nichts mit diesen Morden zu tun hat.«

David, der aussah, als hätte er die ganze Nacht nicht geschlafen, tippte auf seiner Tastatur herum. Robyn schlich sich an seinen Schreibtisch und fragte leise: »Alles okay?«

Er schüttelte den Kopf und tippte weiter. Sie wartete für den Fall, dass er es weiter ausführen wollte, doch er ignorierte sie, richtete seine Aufmerksamkeit voll und ganz auf seine Aufgabe. Robyn wandte sich wieder von ihm ab. Obwohl sie untereinander eine gute Arbeitsbeziehung genossen, gab es Grenzen, bei denen es ihr Team nicht gutheißen würde, wenn sie diese überschritt. David würde das mit seiner Frau wieder hinbiegen, und wenn er reden wollte, würde er sich zweifellos an Matt oder Mitz wenden.

Noch immer hatte sie nicht entschieden, wie sie ihre Forderung gegenüber Flint angehen sollte, mit Nathaniel sprechen zu dürfen. Wieder einmal setzte sie sich mit Ross' Akte über seine Ermittlungen zum Tod von Sue Jones-Kilby an ihren Schreibtisch. Nach fünfzehn Minuten schob sie sie wieder zur Seite. Er hatte recht: Es wäre schwierig geworden, genau zu beweisen, wie sie gestorben war. Das Auto und ihre Überreste waren nahezu unkenntlich gewesen, nur mithilfe ihrer zahnärztlichen Unterlagen konnte die unglückliche Sue identifiziert werden. Die Akte enthielt lediglich Indizien. Eine Zeugenaussage über ein mitgehörtes Telefonat wäre nicht Beweis genug, um Flint von der Notwendigkeit einer Befragung Nathaniels zu überzeugen, dennoch fühlte es sich wichtig an. Sie musste den Mann befragen. Möglicherweise steckte er nur hinter dem Mord an seiner Frau. Jordan war davon überzeugt gewesen. Robyn wusste nicht, ob Nathaniel zu so einer Tat fähig war, aber er war auf jeden Fall ein Mann mit mächtigen Verbündeten und Freunden, die ihn vor einer Ermittlung beschützen würden. Sie zog all ihre Optionen in Betracht, doch kam immer wieder zu demselben Schluss. Es führte kein Weg daran vorbei. Sie würde gegen den Befehl ihres Vorgesetzten handeln und mit Nathaniel sprechen müssen.

26

TAG FÜNF – FREITAG, 9. JUNI, NACHMITTAG

Connor Richards war am Telefon. Seine Stimme klang dringlich und angespannt. »Robyn, ich bin am Randbezirk von Abbots Bromley. DI Shearer ist hier, aber Sie müssen zu uns stoßen.«

»Wo genau sind Sie?«

»Bei dem Ärztehaus am Ende von Bromley Rise – das ist eine neue Klinik am Rande des Dorfes.«

Sie ließ die Akte, die sie gerade gelesen hatte, zurück auf ihren Schreibtisch fallen.

»Matt, haben Sie Zeit? Es gibt einen Mord beim Ärztehaus in Abbots Bromley.«

Das Ärztehaus war nicht schwer zu finden. Vor dem Gebäude wimmelte es nur so von Fahrzeugen und Polizisten. Robyn und

Matt gingen rasch auf das weiße Zelt zu, das auf dem Parkplatz errichtet worden war. Davor stießen sie auf Shearer, der vollständig in einen weißen Schutzanzug gehüllt war. Er nahm seine Maske ab, bevor er sprach.

»Das Opfer ist eine Ärztin – Lucy Harding, sechsunddreißig Jahre alt, geschieden. Vor vier Monaten hat sie angefangen, hier zu arbeiten. Gestern Abend wurde sie überfahren. Allerdings nicht nur einmal – der Täter hat sie mehrfach mit ihrem eigenen Auto überfahren.«

Er hielt einen Moment inne, seine Augen zuckten, als er seine Gedanken zu ordnen schien. »Harry hat bestätigt, dass sie an inneren Verletzungen gestorben ist. Sie ist noch hier. Wir haben auf Sie gewartet.«

Bevor sie das Zelt betraten, zogen Robyn und Matt ihre Schutzkleidung über. Shearer hielt ihnen die Zeltplane auf. Es kostete Robyn beträchtliche Mühe, den entstellten Körper vor sich zu betrachten. Die Arme und Beine, die in unmöglichen Winkeln abstanden, zeigten deutlich, dass Lucy Hardings Körper zerquetscht und zerstört worden war.

»Wir haben uns gefragt, ob der Mörder von Dr Harding derselbe ist, nach dem Sie suchen.«

Robyn richtete ihren Blick auf den verstümmelten Körper der Frau. »Wäre möglich. Es sei denn, hier laufen zwei Mörder in unserem Revier herum.«

»Soll ich DCI Flint Bericht erstatten, damit er entscheidet, wie am besten vorgegangen werden soll?«, fragte Shearer.

Robyn nickte. »Was wissen wir noch über sie?«

»Sie wohnte in Colton, zusammen mit ihrem fünfjährigen Sohn James. Wir haben mit jedem gesprochen, mit denen sie hier gearbeitet hat. Die Leiche wurde von einem anderen Arzt gefunden –Andy Trevago. Ihre Eltern passen auf den Jungen auf. Er war regelmäßig bei ihnen, wenn Lucy die Spätschicht hatte. Sie wohnen in der Nähe von Uttoxeter. Sie selbst ist von Derby hergezogen, um diese Stelle anzunehmen. Ihr Ex-Mann ist Rechtsanwalt und gerade mit seiner neuen Freundin auf den Seychellen.«

Wieder zwang Robyn ihren Blick auf die Leiche. Was hatte diesen Killer so verärgert? Der Anblick, der sich ihr bot, traf sie stärker als erwartet – vor allem in Kombination mit dem Wissen, dass sie einen jungen Sohn hatte. Sie wandte sich ab und verließ hastig das Zelt, bevor die Emotionen von ihr Besitz ergreifen konnten. Draußen arbeitete Connors Team an dem Mini-Cabriolet, der dem Opfer gehörte. Connor folgte ihr nach draußen.

»Bestialisch, nicht wahr?«, sagte er.

»Das Wort trifft es ganz gut. Gott, Connor, was ist mit diesen Spinnern nur los? Was bringt einen dazu, einen anderen Menschen derart zu verstümmeln und zu foltern? An manchen Tagen ekelt mich das alles nur noch an.«

»Hey, Sie wären kein Mensch, wenn es nicht so wäre«, sagte er sanft. »Tief durchatmen. Sie schaffen das schon.«

Sie selbst war sich da nicht so sicher. Bei dem Gedanken an die Szene, die sich hinter dem Zelt verbarg, verkrampfte sich ihr Magen; die vollständige Missachtung menschlichen Lebens ließ sie erschaudern. Shearer trat aus dem Zelt. Seine übliche großspurige Ausstrahlung war einer angemessenen Nüchternheit gewichen, seine Haltung glich der von jemandem, der einer Sache überdrüssig geworden war.

»Wir werden die Leiche jetzt abtransportieren. Andy Trevago ist drinnen – soll ich mitkommen, wenn Sie mit ihm reden?«

»Wenn das für Sie in Ordnung wäre«, sagte Robyn.

Shearer zuckte mit den Schultern. »Natürlich. Ich werde Sie begleiten.«

Zusammen betraten sie das Ärztehaus durch den Haupteingang, passierten die halbrunde Rezeption und eine Tür zu ihrer Linken, auf der ein Schild mit »Apotheke« prangte. Zu ihrer Rechten folgten sowohl Herren- als auch Damen-WCs, bevor sich eine automatisierte Doppeltür zu einem großzügigen Wartezimmer öffnete. Anstelle des süßlichen Geruchs, den Robyn für gewöhnlich mit solchen Orten verband, wurden sie von einem leichten Kiefernduft empfangen. Kleine Geräte vor den Steckdosen pusteten unsichtbare Wolken eines Lufterfrischers in den Raum, jedes Mal begleitet von einem leisen Zischen. An der Frontseite hing ein großer Fernsehbildschirm – neben einer Tür mit der Aufschrift »Ärztezimmer« – und fünfzehn dunkelblauen Stühlen mit dicken, gepolsterten Kissen, die auf ihn ausgerichtet waren. Robyn wandte sich an Shearer.

»Hier ist niemand eingebrochen?«

Er schüttelte den Kopf. »Die Tür wurde gestern Abend von der Rezeptionistin abgeschlossen und die Alarmanlage wurde aktiviert. Dort hat sich niemand Zutritt verschafft. Und diese Türen verschließen sich automatisch, wenn die Alarmanlage eingeschaltet ist.« Er nickte in Richtung der Türen, die zu einem anderen Flur führten, der im rechten Winkel zum Wartezimmer verlief.

»Was ist da hinten?«

»Auf der linken Seite befinden sich Behandlungsräume, die von den Krankenschwestern genutzt werden, und rechts liegen die Räume der Ärzte. Dr Trevago wartet in seinem Büro.«

Robyn bemerkte die weißen Overalls der forensischen Mitarbeiter neben der Tür. »Ist es sauber oder müssen wir uns umziehen?«

»Es ist sauber. Als wir angekommen sind, wurde hier sofort alles überprüft. Nirgendwo wurde eingebrochen. Dr Harding selbst hat hinten abgeschlossen und den Alarm aktiviert, als sie gegangen ist.«

————

Andy Trevago sah aus wie ein Mann, der einen ausgedehnten Urlaub vertragen könnte. Seine Augen waren matt und seine rasiermesserscharfen Wangenknochen hoben sich von seiner grauen Haut ab. Shearer stellte sie vor, dann zog er sich einen Stuhl heran und nahm dem Mann gegenüber Platz.

»Fürchterlich«, sagte Andy Trevago und schüttelte den Kopf. »Ich kann nicht glauben, dass das passiert ist. Wer würde so etwas nur tun?«

»Das versuchen wir herauszufinden. Vielen Dank, dass Sie auf uns gewartet haben.«

»Das ist doch das Mindeste.«

»Wie gut kannten Sie Lucy?«

»Nur auf beruflicher Ebene. Wir haben uns kurz ausgetauscht, wenn wir die Möglichkeit dazu hatten. Allerdings haben wir hier nicht viel freie Zeit – der Terminplan ist sehr eng und wir müssen unsere Terminzeiten und Quoten erfüllen. Wir haben manchmal nach einer Sprechstunde geplaudert, wenn wir nicht direkt zum nächsten Termin eilen mussten. Die Patienten mochten sie wirklich sehr. Sie hat ihnen nicht nur die fünf Minuten Aufmerksamkeit geschenkt, die für sie vorgesehen waren. Es spielte keine Rolle, ob sie deswegen länger arbeiten musste; wenn ein Patient mehr Zeit brauchte, brachte sie sie auf. Sehr engagiert.«

»Hat sie Ihnen gegenüber jemals die Namen Owen Falcon oder Jordan Kilby erwähnt?«, fragte Robyn.

Seine Augenbrauen zogen sich konzentriert zusammen. »Nein. Ich denke nicht. Allerdings kommt mir Jordans Name bekannt vor. Mir fällt gerade nicht ein, woher ich ihn kenne.«

Robyn wartete einen Moment, während er überlegte, dann fragte sie: »Er ist keiner Ihrer Patienten?«

»Nicht, dass ich wüsste. Tut mir leid, ich habe zu dem Namen kein Gesicht vor Augen. Jeder von uns hat mehrere Hundert Patienten und wir haben nicht die Zeit, jeden von ihnen kennenzulernen.«

Dann meldete sich Shearer mit seinen eigenen Fragen zu Wort. »Schien Lucy bezüglich einer ihrer Patienten ungewöhnlich besorgt zu sein? Vielleicht war einer ihr gegenüber launisch gewesen oder hat sie sogar bedroht?«

»Das bezweifle ich. Diese Praxis und unsere Ärzte sind für die Patienten noch recht neu. Sie wurde gebaut, um das Gesundheitszentrum in Yoxall zu entlasten, daher gibt es uns erst seit ein paar Monaten. Viele der Patienten waren zurückhaltend, als es um den Wechsel zu uns ging, und vermissen ihr altes Ärztehaus. Ich habe auch einige Beschwerden von Patienten gehört, dass sie gezwungen waren, ihren Hausarzt zu wechseln, aber ich bezweifle, dass jemand derartigen Hass auf uns entwickelt hat. Hier in der Praxis gibt es nur mich, Dr Winchester – der kurz vor seinem Ruhestand steht – und Lucy. Wir sind ein kleines Team, das ein sehr großes Einzugsgebiet betreut.«

Robyn schenkte Andy ein freundliches Lächeln. »Erzählen Sie mir vom gestrigen Tag. Lucy war die Letzte, die das Gebäude verlassen hat. War das üblich?«

»Ein paar Mal ist das schon vorgekommen. Das liegt daran, dass wir unterbesetzt sind. Wir alle drei haben morgens Sprechstunde, die startet um halb neun und geht bis halb eins, aber nachmittags sind immer nur zwei von uns da. Diese Schichten gehen von vier Uhr nachmittags bis sechs Uhr am Abend und wir wechseln uns mit ihnen ab. Gestern Nachmittag hatten Lucy und ich Dienst, aber etwa eine halbe Stunde nach Schichtbeginn wurde ich in das Hoar Cross Altersheim gerufen – ein Notfall – und ich habe Lucy gebeten, zusätzlich zu ihren Patienten auch meine zu übernehmen. Ich habe mich wirklich schlecht gefühlt, als ich sie darum bitten musste, weil sie bereits morgens bei einem Notfall für Dr Winchester eingesprungen war. Trotzdem hat sie die Herausforderung angenommen. Sagte, es wäre kein Problem, weil ihr Kleiner die Nacht bei ihren Eltern verbrachte und sie keine anderen Pläne hätte. Unsere Rezeptionistin hat mit den Terminen jongliert und viele von ihnen angerufen, um zu fragen, ob der Termin verschoben werden könnte. Doch denen, die es nicht konnten oder wollten, wurde ein Termin bei Lucy angeboten.«

»Ich nehme an, in diesem Fall hat sie das Gebäude später als sonst verlassen.«

»Ja, normalerweise sind die letzten Patiententermine um sechs Uhr und dann kann man noch ungefähr eine halbe Stunde für den Papierkram einrechnen, also kommen wir hier etwa um halb sieben raus. Ich habe Lucy um zehn nach sechs angerufen, um zu hören, wie sie zurechtkommt. Zu dem Zeitpunkt hatte sie noch zwei Patienten. Ich selbst war bis acht im Altersheim, also bin ich von da aus direkt nach Hause gefahren. Wenn Sie das überprüfen möchten, nur zu. Ich verstehe, dass Sie alle Möglichkeiten in Betracht ziehen müssen.« Für einen kurzen Augenblick zuckten die Winkel seines Mundes nach oben, bevor er seinen ernsten Monolog beendete.

»Haben noch andere Angestellte in diesem Flur gearbeitet?«

»Nein. Die Krankenschwestern arbeiten nur vormittags, also waren alle Behandlungsräume abgeschlossen, genauso wie die Büros von Dr Winchester und mir. Abgesehen von der Rezeptionistin und der Apothekerin war Lucy allein.«

»Und Sie waren heute Morgen die erste Person vor Ort und haben sie gefunden.«

Andy neigte leicht den Kopf zur Seite. »Solange ich lebe, werde ich diesen Anblick nicht mehr loswerden. Ich habe den Tod schon in vielen Formen und Farben gesehen, aber so etwas Schreckliches wie das, was mit Lucy auf dem Parkplatz geschehen ist, ist mir noch nicht zu Gesicht gekommen.«

Robyn wartete, während er ins Leere starrte, in Gedanken bei seiner Kollegin. Sie lächelte ihm ermutigend zu. »Wir werden eine Liste aller Patienten brauchen, die gestern Nachmittag hier waren.«

Er blinzelte, als wäre er gerade aus einem Traum erwacht. »So etwas habe ich mir schon gedacht. Ich musste irgendetwas tun, um mich abzulenken, also habe ich eine Liste für Sie ausgedruckt.« Er schob mehrere DIN-A4-große Blätter über den Schreibtisch. »Das sind meine Patienten, die Lucy gestern übernommen hat, und das sind ihre eigenen.« Er deutete auf die beiden ausgedruckten Listen. Robyn überflog die Namen, doch es war keiner dabei, der ihr bekannt vorkam.

»Ich weiß nicht, ob Ihnen das weiterhilft, aber ich habe zusätzlich unsere Termine von gestern Vormittag von uns dreien herausgesucht.« Er überreichte ihnen weitere Blätter, auf jedem stand der Name eines Arztes. Robyn nahm sie entgegen.

»Können Sie mir etwas über den letzten Patienten erzählen? Mr Franks«, sagte sie und beäugte die Liste, die sie vor sich hatte.

»Dieser Gentlemen ist einer meiner regelmäßigen Patienten. Er ist Ende siebzig und wird mit seiner Frau hier gewesen sein, sie fährt ihn überall hin. Er ist nicht mehr so mobil. Eines seiner Rezepte musste erneuert werden. Ich habe Lucy gebeten, einen kurzen Check-up bei ihm zu machen und ihm ein neues Rezept auszustellen.«

»Wann haben die Mitarbeiter an der Rezeption Feierabend gemacht?«, fragte Shearer.

»Jackie arbeitete in der Apotheke und ist um sechs gegangen. Unsere Nachmittagsrezeptionistin Susanna ist geblieben, bis Mr Franks die Sprechstunde verlassen hat. Das war um halb sieben. Bevor sie den Eingangsbereich und die Apotheke abgeschlossen und die Alarmanlage aktiviert hat, hat sie noch nach Lucy gesehen. Das ist zu unserer eigenen Sicherheit. Wenn wir hier sind und arbeiten, darf niemand im Gebäude umherwandern. Wir würden ja gar nicht merken, wenn jemand hereinkommt. Oft wird der vordere Teil bereits abgeschlossen und wir gehen durch die Hintertür. Die kann von außen nicht geöffnet werden. Ich glaube, einer Ihrer Officer hat die Aussagen der

Damen und von Dr Winchester bereits aufgenommen, aber wenn Sie mit ihnen sprechen müssen—«

Shearer unterbrach ihn mit einer Handbewegung. »Das wird nicht nötig sein. Sie vermuten also, dass Lucy die Alarmanlage der Büros aktivierte und die Klinik durch den Hintereingang verließ?«

»Das ist das normale Prozedere; die Tür war abgeschlossen und innerhalb des Gebäudes wurde kein Alarm ausgelöst, also nehme ich es an. Es scheint niemand eingebrochen zu sein.«

»Aber könnte jemand den Code für die Alarmanlage von Lucy bekommen und durch die Tür an der Büroseite des Gebäudes in die Apotheke oder Rezeption eingebrochen sein?«

»Unmöglich. Man bräuchte sowohl die Schlüssel als auch den Code. Einen Schlüsselbund hat Susanna, den anderen habe ich. Lucy hatte keinen eigenen Schlüssel.«

»Ich denke, das ist vorerst alles. Nochmals vielen Dank, dass Sie gewartet haben. Das muss ein sehr traumatisches Erlebnis für Sie gewesen sein.« Shearer blickte zu Robyn, um zu sehen, ob sie noch etwas hinzufügen wollte, doch sie schüttelte den Kopf.

Andy sank in seinem Stuhl zusammen. »Ich kann immer noch nicht glauben, dass das wirklich passiert ist. Haben Sie irgendeine Ahnung, wer dahinter stecken könnte?«

Shearer erhob sich. »Es ist zu früh, um das zu sagen, aber Sie waren eine große Hilfe, Sir. Seien Sie versichert, dass wir alles in unserer Macht Stehende tun werden, um die Person zu finden, die dafür verantwortlich ist.«

Andy drückte sich schwerfällig aus seinem Stuhl auf die Beine. »Viel Erfolg«, sagte er. »Ich hoffe, Sie finden denjenigen schnell. Furchtbar. Einfach furchtbar.«

———

Sie gingen auf dem gleichen Weg, den sie hereingekommen waren: durch die Tür und das leere Wartezimmer, durch eine zweite Tür und vorbei an den Toiletten und der Apotheke. Robyn sah sich um. Es war unwahrscheinlich, dass sich jemand in dem Gebäude versteckt hatte, ohne bemerkt zu werden. Entlang des Flurs gab es keine Möglichkeiten, sich zu verstecken, und die Zwischentür war bereits abgeschlossen gewesen. Wer auch immer Lucy umgebracht hatte, hatte draußen gewartet, bis sie die Klinik verlassen hatte.

Auf Höhe der Toiletten schloss Robyn zu Shearer auf. »Ich will mich draußen umsehen. Irgendwo muss der Mörder sich versteckt haben«, sagte sie.

»Das habe ich schon überprüft«, sagte Shearer. »Die Klinik liegt am Ende der Straße, also gibt es keine weitere Zufahrtsmöglichkeit. Dieses Land war Teil einer großen Farm, aber der Eigentümer ist verstorben, und es wurde verkauft. Das Haus, das hier gestanden hat, wurde abgerissen, um dafür dieses Ärztehaus zu errichten. Kommen Sie, folgen Sie mir.«

Sie gingen nach draußen und um das Gebäude herum, auf der Rückseite angekommen zeigte Shearer auf eine hohe Backsteinmauer, die das Gelände umgab.

»Die trennt uns von der Kirche und dem Friedhof von Abbots Bromley. Es gibt keinen Zugang, es sei denn, man hat Kletterausrüstung und Enterhaken dabei, und selbst dann würde man entdeckt werden, denn die Gräber werden kameraüberwacht – als Abschreckung von Vandalen. Wir haben die Aufnahmen überprüft und abgesehen von einem Igel nichts entdeckt.«

»Wie gelangt man zu der Kirche?«

»Über eine Straße, die parallel zu dieser verläuft.«

»Also kann die Klinik nur über diese Straße erreicht werden? Und sie endet hier, es geht nicht noch weiter?«, fragte Robyn und blickte über die Felder zu ihrer Rechten.

»Ganz genau. Dahinter liegen Getreidefelder und Weiden.

Der Mörder hätte meilenweit laufen und dabei Felder, Höfe und Viehweiden umgehen müssen, um sich von dieser Seite zu nähern.«

»Was bedeutet, dass der Täter über die Bromley Rise gekommen sein muss.«

Shearer nickte. »Das ist der einzige Weg.«

»Dann muss er von jemandem gesehen worden sein.«

Shearers linke Augenbraue hob sich fragend. »Haben Sie auf dem Weg hierher irgendwelche Häuser gesehen?«

»Nein. Auf dem ganzen Weg hierher steht kein einziges, nicht wahr?«, sagte Robyn.

Shearer schüttelte den Kopf. »Nein, keins. Niemand wird durch die Gardinen in ihre Einfahrt gelinst haben. Der Mörder konnte sich vollkommen unentdeckt über die Straße bewegen.«

»Okay, und was ist mit dem Dorf an sich? In der Nähe der T-Kreuzung stehen Häuser. Ein paar konnte ich entdecken.«

»Die Gebäude an der Ecke Main Street und Bromley Rise gehören zu einer alten Schule und werden gerade umgebaut, um Wohnungen zu schaffen. Sie sind unbewohnt. Die auf der gegenüberliegenden Seite wurden erst kürzlich geschlossen, auch hier gibt es keine Anwohner.«

»Oh, verflucht.«

»Ich weiß, wie Sie sich fühlen.« Er hielt seinen Kopf gesenkt, als er sprach. »Ich werde gehen und mit Flint sprechen. Wollen Sie mitkommen?«

Robyn nickte knapp, bevor sie leise fragte: »Sie sagten, Lucy wohnte in Colton?«

»Ja.«

»Das wäre ein zu großer Zufall. Beide meiner Opfer wurden in Colton ermordet und einer lebte dort ebenfalls. Sie wissen, womit wir es hier zu tun haben, oder?«

»Mit einem wirklich kranken Scheißkerl.«

Robyn nickte. »Mit einem wirklich kranken und gefährlichen Serienmörder-Scheißkerl.«

27

TAG FÜNF – FREITAG, 9. JUNI, ABEND

DCI Flint wischte sich mit der Hand über die Stirn und stieß ein verzweifeltes Seufzen aus. »Kannte einer der Männer Dr Harding?«

»Das haben wir noch nicht herausgefunden, Sir. Wir gehen dem gerade nach«, sagte Robyn. »Wir könnten es durchaus mit zwei Tätern zu tun haben, aber ich vermute, dass diese Morde miteinander in Verbindung stehen.«

DCI Flint kratzte sich am Kinn, bevor er seinen Blick auf Robyn richtete. »Ich möchte, dass Sie sich darum kümmern, Robyn. Ich muss Ihnen zustimmen, dass diese Morde zusammenhängen könnten. Möchten Sie, dass Tom Sie unterstützt?«

Robyn sah zu Shearer hinüber. Er zuckte kaum merklich mit den Schultern. Sie hatten sehr verschiedene Arbeitsweisen, was die Ermittlungen eher behindern könnte, anstatt sie voranzubringen.

»Für mich wäre es okay, ohne seine Hilfe weiterzumachen, Sir, wenn das für Tom in Ordnung ist.«

Die Antwort kam zögerlich. »Klar. Damit hätte ich kein Problem.«

DCI Flint nickte knapp. »Ich muss Ihnen wohl nicht sagen, dass ich ernsthaft besorgt bin. Wir haben es mit einem vollkommen Verrückten zu tun, der groteske Morde begeht. Jegliche relevanten Details dürfen unter keinen Umständen an die Öffentlichkeit geraten. Wir wollen keine unnötige Panik auslösen, und erst recht wollen wir keinen Trittbrettfahrer anlocken. Ich werde dem PR-Team Bescheid geben, damit sie eine Stellungnahme zum Tod der Ärztin vorbereiten.«

»Sir, ich hätte gerne die Erlaubnis, Nathaniel Jones-Kilby zu befragen.«

Flint dachte über ihr Anliegen nach, doch dann schüttelte er den Kopf. »Nein. Er hat damit nichts zu tun.«

»Wie können Sie sich da so sicher sein?« Robyn war ratlos. Warum wollte Flint sie nicht mit diesem Mann reden lassen?

»Sie wissen, wie ich zu dieser Sache stehe. Sie werden ihn in Ruhe lassen.«

Robyn wollte sich nicht so einfach geschlagen geben, doch der Ausdruck auf Flints Gesicht verriet ihr, dass es klüger wäre, dieses Thema nicht weiter auszuführen. Sie fragte sich, weshalb Nathaniel derartigen Einfluss auf ihren Chef hatte. Wieder einmal kam ihr der Gedanke, ob Flint ebenfalls in irgendwelche fragwürdigen Geschäfte verwickelt war. Amy hatte angedeutet, dass Nathaniel tatsächlich skrupellos war. War es möglich, dass Flint mit ihm unter einer Decke steckte?

Flint schickte sie fort. Robyn verließ sein Büro fest entschlossen, sich sofort in die Ermittlungen zu stürzen. Shearer begleitete sie schweigend. Erst als sie die Tür ihres Büros erreichten, ergriff er das Wort. »Sie hätten Ihre Entscheidung, meine Hilfe abzulehnen, nicht so übereilt treffen sollen. Ich weiß, dass Sie denken, Sie könnten alles allein schaffen, aber Sie haben es hier mit einem Psychopathen zu tun, der eine Spur der Verwüstung hinter sich herzieht. Was ist, wenn diese Opfer in keinem Zusammenhang zueinander stehen? Was, wenn der Mörder seine Opfer völlig wahllos aussucht und das Ganze nur zu seinem eigenen Vergnügen macht? Wenn das der Fall sein sollte, wird es verdammt schwer, ihn aufzuspüren. Ich für meinen Teil denke, dass Sie Hilfe brauchen.«

Robyn wollte ihm gerade die Stirn bieten und sagen, dass sie sehr wohl in der Lage war, diese Ermittlungen zu leiten, als sie den Blick in seinen Augen sah. Tom Shearer war aufrichtig besorgt. »Wenn wir nicht schnell genug vorankommen, werde ich Sie um Hilfe bitten.«

Er schnaubte leise. »Nein, das werden Sie nicht, Robyn. Das ist Ihr Problem, Sie tun es nie. Sie denken, dass Sie alles ganz allein schaffen, oder mit der Unterstützung Ihres Teams. Sie wissen gar nicht, wie man jemanden um Hilfe bittet. Viel Glück. Sie werden es brauchen.«

———

Die Spannung im Büro war spürbar, besorgte Ausdrücke lagen auf den Gesichtern ihrer Officer. Sie marschierte zum Whiteboard und starrte auf das Foto von Lucy Harding; ihre Augen waren geöffnet, ihr linker Wangenknochen zertrümmert. Drei Opfer. Drei grausame Morde. Konnte ein und derselbe Täter für alle drei verantwortlich sein? Sie verschränkte ihre Arme und ging in Gedanken ihre Anhaltspunkte durch: Alle Morde waren verschieden, alle unterschiedlich, aber gleichermaßen brutal. Es wurden keine Versuche unternommen, die Leichen zu verstecken, und sowohl Jordan als auch Lucy waren sogar im Freien zurückgelassen worden, sodass sie schnell entdeckt werden konnten. Und dann war da noch Owen. Er war zu Hause in seiner Garage ermordet worden. War dieses Verbrechen von einer anderen Person begangen worden, oder war

Owen ein Kollateralschaden, weil er Jordans Mörder enttarnt hatte?

Sie ließ ihren Blick durch das Büro schweifen und fragte sich, ob sie einige Ideen in den Raum werfen sollte. Dann blieben ihre Augen auf David haften, der einen Kugelschreiber zwischen seinen Fingern drehte und auf seinem Stuhl von einer Seite zur anderen schwang. Robyn nahm diese unruhigen Bewegungen in sich auf. Für gewöhnlich war David sehr entspannt. Sie wollte ihn gerade fragen, ob alles in Ordnung war, als Anna sich zu Wort meldete.

»Die Forensik hat die Fasern auf Owens Kleidung identifiziert. Sie passen nicht zu den anderen Klamotten, die in seinem Haus gefunden wurden. Es handelt sich um anthrazitfarbene Baumwoll- und Bambusfasern.«

»Bambus?« Die Falten auf Robyns Stirn wurden noch tiefer.

»Und Baumwolle. Das ist super saugfähig, fühlt sich auf der Haut sehr weich an und der Bambus stammt aus ethisch korrekten Quellen. Das hat sich zu einer beliebten Alternative zur Kunstfaser entwickelt«, sagte Anna und schaute auf. »Ich habe mir so einen Trainingsanzug fürs Fitnessstudio gekauft. Der ist sehr bequem.«

»Wo haben Sie die Sachen gekauft?«

»Bei Amazon, aber die bekommt man auch bei anderen Händlern und sogar in Naturkostläden.«

»Also ist unser Killer umweltbewusst«, murmelte David.

Robyn verarbeitete die neuen Informationen und ging dann zum nächsten Thema über. »Was haben wir über Lucy Harding? Kannte sie Jordan und Owen?«

»Daran arbeite ich noch. Bisher konnte ich nichts finden, was dafürspricht, Boss«, sagte Mitz. »Jordans Freundin Rebecca geht nicht ans Telefon, deshalb konnte ich sie nicht dazu befragen.«

»Versuchen Sie es später noch mal bei ihr. Vermutlich

steckt sie gerade mitten in ihrem Umzug. Sie meinte zu mir, sie hätte eine Unterkunft in Rangemore gefunden.« Robyn wühlte sich durch die Post-its, die auf ihrem Schreibtisch klebten. »Das ist die neue Adresse. Anna, haben Sie etwas für mich?«

Anna blätterte durch ihre Notizen. »Bisher erkenne ich keinen roten Faden. Ihre Eltern sagen, dass Lucy ein Workaholic und eine alleinerziehende Mutter war. Nach ihrer Scheidung letztes Jahr sind sie und ihr Ehemann im Guten auseinandergegangen, bald darauf ist sie umgezogen und hat ein Haus in Colton gemietet. Einen neuen Freund gab es nicht. Sie meinten, dafür hätte sie neben der Arbeit und ihrem Sohn keine Zeit gehabt. Ich habe auch mit ein paar Nachbarn gesprochen, die bestätigt haben, dass sie eine sehr ruhige Frau war, die den Großteil ihrer freien Zeit mit ihrem Kind verbrachte. Sie wohnte am anderen Ende des Dorfes als Owen Falcon. Bisher deutet nichts darauf hin, dass sie befreundet waren oder sich auch nur kannten. Ich habe die Telefonnummer einer ihrer Freundinnen – Sarah Jones. Ich wollte sie gerade anrufen.«

»Hätten Sie etwas dagegen, wenn ich sie anrufe? Ich würde gerne einen besseren Eindruck darüber gewinnen, wer Lucy war.«

Robyn tippte die Nummer in ihr Telefon ein und blickte auf den Parkplatz hinaus, während es klingelte. Draußen war es wieder grau und regnerisch. Der Juni verwandelte sich in einen Monat voll von warmen Regenschauern. Beim fünften Klingeln nahm Sarah ab. Im Hintergrund konnte Robyn ein Baby weinen hören. Sie stellte sich vor und brachte ihr die Neuigkeiten über Lucys Tod bei.

»Oh, mein Gott, nein«, sagte Sarah.

»Es tut mir sehr leid«, erwiderte Robyn.

»Wissen ihre Eltern Bescheid?«

»Sie wurden informiert, genauso wie ihr Ex-Mann.«

»Was ist mit Jamie? Wo ist er?« Sarahs Stimme brach ab.

Robyn erklärte ihr, dass der Junge bei seinen Großeltern

war. Während sie sprach, hörte sie, wie das Weinen des Babys abebbte.

»Sarah, haben Sie eine Minute Zeit für mich? Ich muss Ihnen ein paar Fragen über Lucy stellen. Wann haben Sie das letzte Mal mit ihr gesprochen?«

»Gestern. Ich habe sie in der Mittagspause angerufen, um zu quatschen, aber sie hatte nicht besonders viel Zeit.«

»Hat sie sich mit jemandem getroffen – hatte sie vielleicht einen neuen Freund?«

Sie hörte, wie Sarah schwer schluckte. »Sie hat nichts über einen neuen Freund erzählt. Sie war glücklich, wenn sie ihre Zeit mit Jamie verbringen konnte. Sonst gab es niemanden in ihrem Leben. Vor etwa einem Monat ist sie mit jemandem ausgegangen, aber es hat nicht gepasst. Der Kerl war ganz und gar nicht ihr Typ.«

»Hat sie einen Namen erwähnt?«

»Nein. Sie hat ihn scherzhaft Mr Boring genannt. Sie haben sich auf einer Dating-Website kennengelernt. Sie hat sich mit ihm in einem Café im Einkaufszentrum getroffen; sie wollte kein Risiko eingehen, also hat sie ihn an einem belebten Ort getroffen, wo alle sie sehen konnten. Allerdings mochte sie ihn nicht. Sie meinte, er wäre überhaupt nicht ihr Typ gewesen. Danach hielt sie nicht mehr viel vom Online-Dating.«

»Wissen Sie, welche Dating-Website sie benutzt hat?«

»Nein, das hat sie nie erwähnt. Könnte Tinder oder etwas Ähnliches gewesen sein.«

»Hat sie Ihnen gegenüber irgendwelche Sorgen geäußert? Hat sie etwas beunruhigt?«

»Nichts. Außer, dass sie nicht genug Zeit für Jamie hatte.« Sarah schniefte geräuschvoll, und als sie sich nicht länger zurückhalten konnte, fing sie an zu weinen. Die leisen Schluchzer wurden immer lauter, bis sie nur noch kurze Antworten geben konnte, bevor sie wieder nach Luft schnappte. »Arme Lucy ... und armer kleiner Jamie.«

Robyn gab ihr bestes, die aufgelöste Frau zu beruhigen. Ihre Freundin war ermordet worden, und es wurde immer schwieriger, Fragen zu stellen, die ihren Ermittlungen helfen könnten. Lucy hatte ihrer Freundin gegenüber die Namen Owen oder Jordan nicht erwähnt. Sie sprachen noch ein paar Minuten miteinander – Robyn wollte sicherstellen, dass Sarah gefasst genug war, selbst ihre eigene Mutter oder eine Freundin anzurufen, bevor sie auflegte.

»Können wir Lucys Handy überprüfen?«

»Das wurde zerquetscht, Boss«, sagte Mitz. »Es ist bei den Jungs von der Technik. Sie könnten es schaffen, die darin enthaltene Informationen zu gewinnen.«

»Wer war bei ihr zu Hause?«

»Das war ich«, sagte Matt. »Ein Forensik-Team ist gerade vor Ort und sucht nach Hinweisen.«

»Hatte sie einen Computer?«

»Ein iPad. Es ist schon im Labor.«

»Finden Sie heraus, ob sie damit eine Dating-App oder Website benutzt hat. Vor einem Monat hat sie sich mit jemandem getroffen. Es könnte hilfreich sein, herauszufinden, wer das war.«

Robyn dachte an die Praxis in Abbots Bromley zurück. Auf ihrem Rückweg zum Revier war sie der Bromley Rise bis zur Hauptstraße gefolgt und hatte vor dem alten Schulgebäude angehalten, das gerade in Wohnraum umgewandelt wurde. Sie hatte sehen wollen, ob dort noch jemand arbeitete, dem am Nachmittag oder Abend zuvor möglicherweise etwas Ungewöhnliches aufgefallen war. Doch sie traf niemanden an. Shearer hatte recht gehabt. Das Grundstück war eine riesige Baustelle, die mit hohen Zäunen und Zutritt-verboten-Schildern abgesperrt war. Sie fand keinen Eingang, auch das hintere Tor war verschlossen, damit keine Fahrzeuge auf das Gelände fahren konnten. Allerdings hatte sie es geschafft, ihr Auto auf einen unbefestigten Platz vor dem Schulgebäude zu lenken.

Das hatte sie auf eine Idee gebracht. Sie öffnete eine Karte von Abbots Bromley auf ihrem Computer und rief Anna zu sich herüber.

»Das ist die alte Schule, die derzeit in Wohnräume umgewandelt wird. Es ist unwahrscheinlich, dass dort am Donnerstag nach achtzehn Uhr noch Bauarbeiten stattgefunden haben, oder irgendwelche anderen Aktivitäten in der Nachbarschaft, nachdem die Arbeiter Feierabend gemacht haben. Mir ist eine Überwachungskamera aufgefallen, die einen kleinen Bereich für Zulieferer vor dem Gebäude abzudecken scheint. Können Sie sich mit dem Bauleiter in Verbindung setzen und einen Blick auf das Überwachungsvideo werfen? Als ich dort war, hatten sie bereits Feierabend. Ich suche nach einem Fahrzeug, dass dort gegen sechs Uhr aufgetaucht ist, parkte und eine Stunde später wieder weggefahren ist.«

Jetzt, da ihr ganzes Team beschäftigt war, trommelte Robyn mit den Fingern auf ihrem Schreibtisch. Ihr stand eine gewaltige Aufgabe bevor, wenn sie versuchen wollte, drei Ermittlungen zu leiten. Sollte ihr die Kontrolle entgleiten, wäre sie gezwungen, Shearer um Hilfe zu bitten, und das wollte sie wirklich nicht.

28

DAMALS

Die dumpfen Knalle wecken ihn auf. Es ist das Geräusch schwerer Körper, die über ihm landen. Die Morgendämmerung muss angebrochen sein. Das ist die Zeit, in der die Krähen kommen. Eine nach der anderen landen sie und stoßen aufgeregte Laute aus. Er hört, wie sie über das Dach stolzieren und die anderen rufen, damit sie sich zu ihnen gesellen. Wenn zu viele kommen, wird das Dach einstürzen und sie würden zu ihm in die Hütte gelangen, wo sie ihn in eine Ecke treiben und ihm seine Augen und sein Herz herauspicken würden.

Er weiß viel über diese Aasfresser. Er hat sich über sie informiert. Sie essen Fleisch genauso wie Obst, Nüsse und Körner. Einmal hat er versucht, sich mit einer von ihnen anzufreunden, in der Hoffnung, sie würde sich daran erinnern und freundlich zu ihm sein, wodurch ihm die Qualen erspart bleiben würden, jedes Mal, wenn er in der Hütte eingesperrt wird. Er hatte etwas Brot vom Frühstück zurückbehalten und war in den hinteren

Teil des Gartens gegangen, zu der Hütte, und hatte mit den Krähen gesprochen.

»Das ist für euch. Nehmt es und erinnert euch an mich«, hatte er gerufen.

Die Krähen waren in ihren Bäumen sitzen geblieben, in schwindelerregender Höhe, und hatten ihn aufmerksam beobachtet, doch sie hatten keine Anstalten gemacht, sich seinem Geschenk zu nähern.

Schließlich hatte er sich zurückgezogen und im Haus gewartet, doch sie kamen noch immer nicht. Das nächste Mal versuchte er es mit Obst, doch die Krähen blieben in ihren Baumkronen, lachten ihn aus.

Seine Schwester sagte ihm, er brauche sich keine Sorgen zu machen. Die Krähen würden ihn nicht angreifen. Sie mochten nur kleinere Stücke Nahrung. Sie mochten Nüsse, die noch in ihren Schalen steckten, und kleine Fettstücke von Speck oder Fleisch, wenn etwas übrig blieb. Niemals würden sie einen kleinen Jungen essen. Der Junge glaubte ihr nicht. Sie hatte nicht gesehen, wie sie ihn ansahen, wenn er draußen war und wartete – wenn er auf den Tag wartete, an dem sie durch das Dach brechen und ihn verschlingen würden.

Plötzlich hört das Kratzen auf dem Dach auf. Einhundert Flügelschläge ertönen, als die Krallen sich erheben und in der Ferne verschwinden. Er hört einen Schlüssel im Schloss und spürt feuchte Tränen über sein Gesicht laufen. Er hat überlebt. Es ist vorbei. Als die Tür sich öffnet, fließt helles Licht in den Raum und lässt den Jungen mehrfach blinzeln. Er ist fast zu schwach, um aufzustehen, aber so unendlich dankbar. Seine Misere hat ein Ende gefunden. Er steht aufrecht, den Kopf hoch erhoben, so wie es von ihm erwartet wird. »Hast du Buße getan?«, fragt seine Mutter.

»Ja«, sagt der Junge. Er weiß, was sie hören will, also spricht er die Worte aus, die er mittlerweile auswendig kennt. »Ich war ein Sünder, aber ich habe Buße getan und Frieden mit meinem

Herrn geschlossen. Danke, dass du mir die Möglichkeit gegeben hast, den Fehler in meinen Taten zu erkennen.« Er hat sie schon viele Male ausgesprochen, dennoch stellen sie seine Mutter zufrieden, die nickt und ihn nach draußen winkt. Er nimmt seine Decke auf und wickelt sie um seinen Körper, auf unsicheren Beinen drückt er sich von der Wand ab und versucht, vorwärtszulaufen.

Als er stolpert, legt seine Mutter einen Arm um seine Schultern und flüstert liebevoll: »Komm nach Hause, mein Sohn.«

29

TAG FÜNF – FREITAG, 9. JUNI, ABEND

Matt rieb sich mit einer Hand über sein Kinn, das von dunklen Stoppeln übersät war, und stieß einen schmerzerfüllten Seufzer aus. Er leerte seine Kaffeetasse und starrte eine Minute lang auf den Boden des Bechers, bevor er etwas sagte. Robyn stand neben seinem Schreibtisch, auf ihrem Gesicht zeichneten sich ähnliche Anzeichen der Erschöpfung ab.

»Boss, ich bin die Aussagen der Apothekerin und der Rezeptionistin der Praxis durchgegangen. Susanna, die Rezeptionistin, war die Letzte, die vor Lucy Feierabend gemacht hat, und ihr ist nichts Außergewöhnliches aufgefallen. Sie war sich sicher, dass abgesehen von Lucys Wagen kein anderes Auto mehr auf dem Parkplatz stand, und im Gebäude war auch niemand mehr. Der Mörder muss Abstand gehalten haben, bis alle anderen gegangen waren.«

Anna erhob sich mit ihrem Notizblock. Robyn winkte sie zu

sich herüber. »Hatten Sie Glück bei dem Vorarbeiter der Baustelle in Abbots Bromley?«

»Noch nicht.«

Robyn überlegte kurz, dann teilte sie den beiden ihre Gedanken mit. »An einem normalen Abend hätte Lucy die Klinik eher verlassen. Folglich hätte der Mörder nur wissen können, dass sie an diesem Abend noch nach sieben Uhr dort sein würde, wenn er ihre Bewegungen genau beobachtet hat. Diese Person muss gewusst haben, dass sie zusätzliche Patienten behandeln musste und danach noch bleiben würde, um ihren Papierkram zu machen. Wann ist der letzte Patient noch mal gegangen?«

»Das war Mr Franks. Er hat die Klinik um halb sieben verlassen.«

Robyn schüttelte den Kopf. »Irgendjemand wusste, dass Lucy noch bis sieben Uhr dort sein würde. Vielleicht hat der Täter auf Susanna gewartet. Möglicherweise nicht vor der Schule, sondern auf der Bromley Rise, oder er hat am Dorfrand geparkt. Er muss gewusst haben, dass Lucy allein war, nachdem Susanna Feierabend gemacht hatte.«

Matt dachte über ihre Worte nach. »Das ergibt Sinn. Wie wollen Sie das angehen? Ich habe alle Kontaktinformationen der Patienten, die Lucy an diesem Nachmittag in der Klinik empfangen hat.«

»Wir müssen mit jedem von ihnen sprechen und fragen, ob ihnen etwas Ungewöhnliches aufgefallen ist – ob irgendwo jemand herumlungerte, egal ob drinnen oder draußen –, alles, was ihnen einfallen könnte, solange die Erinnerungen noch frisch sind. Fragen Sie, ob ihnen ein Auto aufgefallen ist, dass in der Zufahrtsstraße oder vor der Schule geparkt hat. Ich werde mithelfen«, sagte Robyn und nahm Matt eines der Blätter mit den Kontaktinformationen ab. »So kommen wir etwas schneller voran.«

Zehn Minuten später hob Robyn den Telefonhörer und

wählte die Nummer der letzten Person ihrer Liste – Lance Goldman, einer der Patienten, der am Vortag einen Termin bei Lucy hatte.

Der Herr, der ihr antwortete, klang, als hätte er Probleme bei der Atmung. Robyn stellte sich vor und erklärte, warum sie anrief.

»Was für eine schreckliche Sache«, sagte Lance. »Sie war eine reizende Frau. Ich mochte sie wirklich sehr.«

»Ich würde gerne wissen, ob Sie sich an etwas Bestimmtes von gestern Nachmittag erinnern. Wer war zum Beispiel noch in der Klinik, als Sie da waren?«

Der Mann holte tief Luft, bevor er anfing, ihr in aller Ruhe jedes Detail zu erzählen, an das er sich erinnern konnte. »Mein Termin war um vier Uhr, aber Dr Harding hing etwas hinterher. Joyce Lincoln, die damals drei Häuser weiter in Abbots Bromley gewohnt hat, war vor mir dran – ihr Termin war um zehn vor vier. Sie war nicht sehr erfreut darüber, warten zu müssen. Sie hat sich mit einem der Kerle aus der Metzgerei unterhalten – ich glaube, er heißt Ed.«

Robyn hatte bereits mit Ed Caldwell gesprochen und ihm war nichts aufgefallen.

»Sie sind beide vor mir drangekommen und es war eine Weile ruhiger im Wartezimmer, aber dann ist es rasch wieder voller geworden. Von den Leuten, die dann kamen, kannte ich niemanden, aber einer der Männer hinkte.«

»Wann haben Sie die Praxis verlassen?«

»Etwa Viertel vor fünf.«

»Ist Ihnen draußen jemand aufgefallen, der wartete oder herumlief oder vielleicht auch in einem Auto saß?«

Der Mann am anderen Ende der Leitung atmete schwer, bevor er antwortete. »Nein. Ich erinnere mich nicht, jemanden gesehen zu haben.«

»Und Ihnen ist auch kein Fahrzeug aufgefallen, dass entlang der Bromley Rise parkte, als Sie gefahren sind?«

»Das kann ich leider nicht sagen.«

»Sind Sie an der alten Schule vorbeigefahren?«

»Nein, ich bin links abgebogen, in Richtung des Ortszentrums.«

Als der Mann nichts mehr zu erzählen hatte, beendete Robyn das Gespräch und strich seinen Namen auf der Liste durch. Keinem der Patienten, mit denen sie gesprochen hatte, war etwas Ungewöhnliches aufgefallen.

Matt sah zu ihr herüber und schüttelte seinen Kopf. Offensichtlich hatte er auch kein Glück gehabt. »Ich habe mit dem Patienten gesprochen, der gestern Abend den letzten Termin hatte, Mr Franks. Seine Frau hat ihn begleitet und draußen im Auto gewartet. Während er drinnen war, hat sie Radio gehört. Beide sagen, dass der Parkplatz abgesehen von zwei Autos leer war – eines gehörte Susanna Mitchell, der Rezeptionistin, und das andere war der Mini von Lucy Harding.«

»Unser Killer ist nicht unsichtbar. Wir sind davon ausgegangen, dass er die Straße zur Praxis hochgefahren ist, aber er könnte auch zu Fuß gegangen oder eine andere Form des Transportes gewählt haben – mit dem Fahrrad oder einem Moped. Der Weg bis zum Dorf ist etwa eine Meile lang. Wir sollten die Anwohner fragen, ob sie jemanden gesehen haben. Schon irgendwelche Fortschritte bezüglich des Vorarbeiters, Anna?«

»Nein, Boss. Er geht weder an sein Handy noch ans Haustelefon.«

»Okay, bleiben Sie dran. Vermutlich ist er nur gerade unterwegs. Ich hoffe, er ist nicht das ganze Wochenende unerreichbar.«

———

Entmutigt durch die fehlenden Spuren und völlig erschöpft beendete Robyn den Arbeitstag, bevor ihr Team völlig gefrustet sein würde.

Zu Hause konnte sie keine Ruhe finden. Selbst mit Schrödinger neben sich und dem laufenden Fernseher rasten die Gedanken nur so durch ihren Kopf. Sie stand auf und schlenderte durch die Küche, bis sie sich schließlich an die Arbeitsplatte lehnte, voll auf ihre Ermittlung fixiert. Es war etwa halb acht, als Rebecca sie auf ihrem Handy anrief.

»Hallo, hier ist Robyn.«

»Hi. Haben Sie heute versucht, mich anzurufen? Ich hatte mehrere verpasste Anrufe auf meinem Handy.«

»Ja, das wird einer meiner Officer gewesen sein, Sergeant Patel. Wir haben versucht, Sie zu erreichen.«

»Wir sind heute umgezogen. Es war ein emotionaler und körperlich sehr anstrengender Tag, und ich will ein solches Trauma nie wieder erleben. Dylan ist völlig aufgelöst. Er will nicht schlafen. Er will wieder zurück in Jordans Haus.«

»Das ist verständlich«, sagte Robyn. »Er ist aufgebracht und das ist alles sehr schnell passiert. Er hatte nicht die Möglichkeit zu verstehen, was überhaupt vor sich geht. Irgendwann wird Dylan sich daran gewöhnen, vor allem wenn er von den Trainingsplätzen in der Nähe erfährt. Aber das braucht Zeit. Es wird das Beste sein, wenn Sie versuchen, alle anderen Konstanten in seinem Leben aufrecht zu erhalten.«

»Ja, das hoffe ich.« Rebecca klang wenig optimistisch.

»Es tut mir leid, Sie stören zu müssen, wenn Sie gerade so viel durchmachen, aber ich muss Ihnen eine Frage stellen.«

»Natürlich. Es ist gut, jemanden zum Reden zu haben. Ich fühle mich ziemlich allein«, sagte Rebecca.

»Würde es Ihnen helfen, wenn ich für eine halbe Stunde vorbeikäme?«

»Würden Sie das tun?«

»Wenn es nicht zu spät für Sie ist.«

»Ganz und gar nicht. Das wird Dylan auch etwas ablenken. Was wollten Sie mich denn fragen?«

»Das kann warten, bis ich da bin.«

Robyn beendete das Gespräch und streichelte Schrödingers Kopf. »Ich muss noch mal kurz los. Benimm dich, während ich weg bin. In deiner Schüssel liegt noch etwas Thunfisch für dich.«

Der Kater studierte ihr Gesicht, als würde er zuhören und jedes ihrer Worte verstehen. Robyn lächelte in sich hinein, als sie die Tür hinter sich zuzog und in ihr Auto stieg. Sie wurde wirklich eine verrückte Katzenlady.

Mit ihren Gedanken bei ihrem bevorstehenden Gespräch mit Rebecca setzte sie auf ihrer Einfahrt zurück und fuhr in Richtung der Hauptstraße.

―――――

Der Audi-Fahrer stieß ein leises Stöhnen aus, als Robyn davonfuhr. Seine Pläne waren durchkreuzt worden. Er hatte diesen Abend genauestens durchgeplant und jetzt hatte er seine Gelegenheit verpasst, ihr gegenüberzutreten. Er wusste nicht, wann er wieder die Chance hätte, mit ihr zu reden. Seine Gedanken schweiften zwei Jahre zurück, zu der Mission in Marrakesch, bei der er Befehle befolgt hatte, wohlwissend, dass er keine andere Wahl hatte ...

―――――

Der Besprechungsraum liegt versteckt in einem Bunker, den sie über einen Fahrstuhl betreten. Es ist ein Hochsicherheitsbereich, nur denjenigen zugänglich, die für den Geheimdienst arbeiten. Peter Cross ist allein. Er sitzt an einem großen Tisch. Als sie aus dem Fahrstuhl in den Raum treten, nickt er ihnen als Begrüßung zu und deutet ihnen an, sich zu setzen. Dann kommt er gleich zum Geschäftlichen.

»*Es ist so, wie wir vermutet haben. Unser Kontakt hat bestätigt, dass Davies das nächste Ziel ist, und da wir in den letzten paar Monaten bereits drei unserer wertvollsten Aktivposten verloren haben, können wir nicht zulassen, dass das passiert. Deshalb werde ich die Operation Wüste anwenden.*«

Der Codename *Operation Wüste* bedeutet, dass *Davies sicher von Marrakesch zurück in das Vereinte Königreich gebracht wird, wo er an einem geheimen Ort untertauchen wird. Hassan, der für solche Ausweichmanöver ausgebildet wurde und ein äußerst geschickter Fahrer ist, wird Davies von Marrakesch zu einem Landeplatz nördlich von Agadir über das Atlasgebirge bringen. Dort wird er sich mit einem Spezialteam treffen, das gefährdete Personen an einem geheimen sicheren Ort unterbringt. Währenddessen fährt ein anderer Jeep als Köder nach Ouarzazate, wo ein Team dem Feind auflauern und sie gefangen nehmen wird.*

»*Sobald Davies die Flucht gelungen ist und er das Safehouse erreicht hat, werden wir Robyn kontaktieren und sie in ein Flugzeug zurück nach England setzen*«, sagt Peter und nickt in Davies' Richtung. »*Wie wir bereits bei unserem letzten Treffen besprochen haben, werden wir sie für eine Weile im Dunkeln lassen müssen, und sie wird glauben, dass Sie tot sind. Natürlich ist das alles andere als ideal, aber sie muss den Umständen entsprechen reagieren, wenn ihr die Nachricht überbracht wird. Das ist für den Erfolg dieser Operation von zentraler Bedeutung. Ihre Reaktion wird helfen, die Lüge zu verschleiern. Der Feind wird sie im Auge behalten, und die Nachricht von Ihrem Tod muss glaubwürdig erscheinen und sich schnell verbreiten, damit wir in die nächste Phase übergehen und aufdecken können, wer hinter den Anschlägen auf unsere Agenten steckt. Irgendwelche Fragen?*«

Es folgt eine erdrückende Stille. Sie waren den Plan bereits durchgegangen. *Es gibt nichts hinzuzufügen. Davies stellt seine Füße nebeneinander und lehnt sich nach vorne, die Hände ruhen auf seinen Oberschenkeln.* »Das gefällt mir nicht, Peter. Das habe ich beim letzten Mal schon gesagt. Es wäre mir lieber, wenn Sie ihr die Wahrheit sagen. Sie sollte dieses Trauma nicht durchleiden müssen. Ich will, dass Sie ihr genau sagen, was vor sich geht. Sie ist Detective bei der Polizei, um Himmels willen. Sagen Sie es ihr, oder die ganze Sache ist abgeblasen. Ich werde nicht zulassen, dass sie mit mir nach Marrakesch kommt.«

»Überstürzen Sie nichts«, *sagt Peter.* »Das würde den ganzen Plan ruinieren. Ihr Leben ist in ernsthafter Gefahr und wir tun, was wir können, um Sie am Leben zu halten. Ich muss Sie wohl nicht daran erinnern, mit wem wir es hier zu tun haben. Hierbei geht es nicht nur um Sie, es betrifft auch unsere anderen Agenten. Ihnen mag es egal sein, ob Sie getötet werden, aber Ihnen werden andere folgen, wenn wir nicht feststellen können, wer dahintersteckt. Deren Leben liegen in Ihren Händen.«

Davies hielt dem Blick seines Vorgesetzten stand. »Fürs Protokoll, mir gefällt das nicht. Wir haben noch nie zuvor Zivilisten in eine solche Angelegenheit mit hineingezogen.«

»Sie ist nicht in Gefahr. Es wird rund um die Uhr ein Agent da sein und sie im Auge behalten. Sobald Sie in Sicherheit sind, werden wir ihr erzählen, dass Sie in einen Unfall verwickelt wurden, und bringen sie nach Hause.«

»Nein. Sie sagen ihr die Wahrheit oder ich werde es ihr sagen, bevor ich morgen nach Marokko aufbreche. Sie vergessen, dass meine Tochter dabei auch berücksichtigt werden muss. Ich will sie da nicht mit hineinziehen. Robyn wird auf sie aufpassen und sicherstellen, dass sie keinen Verdacht schöpft, aber dafür muss sie eingeweiht werden.«

Peter hebt seine Hände zu einer beschwichtigenden Geste. »Okay. Sie haben gewonnen. Ich werde ihr die Wahrheit sagen. Versprochen.«

»Das würde ich Ihnen auch raten«, *sagt Davies, auf seinem*

Gesicht liegt ein entschlossener Ausdruck. »*Oder Sie werden sich vor mir verantworten müssen.*«

Peter lächelt ihn an. »*Das wird nicht nötig sein, Davies. Ich werde mich persönlich um Robyn kümmern und sicherstellen, dass sie nicht im Dunkeln gelassen wird.*«

Dann werden die Männer wieder entlassen. Peter begleitet sie zum Fahrstuhl und hält Davies seine Hand entgegen, der sie ergreift. Sie schütteln sich die Hände. Peter begegnet seinem Blick. »*Viel Glück. Passen Sie auf sich auf.*«

Davies nickt. Die Fahrstuhltür öffnet sich und er tritt ein. Peter wartet, bis die Tür sich schließt und der Fahrstuhl sich summend auf den Weg nach oben macht.

———

Der Mann im Audi ballte seine Fäuste, seine Nägel gruben sich in seine Handflächen, als er an all die Lügen denkt, die erzählt wurden. Peter Cross hatte seinen Teil der Abmachung nicht eingehalten. Er hatte sie alle getäuscht.

Der Mann atmete tief ein und studierte sein Gesicht im Rückspiegel. Der Bart, den er trug, verdeckte den Großteil seines entstellten Gesichts, die Brille und das kürzlich gefärbte Haar halfen ihm zusätzlich, aber dennoch würden sie ihn finden. Und wenn er noch länger in dieser Stadt blieb, in der es vor Überwachungskameras nur so wimmelte, die jede seiner Bewegungen aufzeichneten, würde es nicht mehr lange dauern. Er musste weiterziehen und ihm blieb nicht mehr viel Zeit, Robyn zu kontaktieren und ihr die Wahrheit über das zu erzählen, was an jenem Tag passiert war. Er musste das Risiko eingehen und zu einem späteren Zeitpunkt zurückkehren. Er musste unbedingt mit ihr sprechen.

Vielleicht würde Robyn keinem von ihnen jemals verzeihen, aber wenigstens würde sie es endlich verstehen.

Robyn fand einen freien Platz in der Nähe der Reihenhäuser in Rangemore, von denen Rebecca nun eins mietete, und quetschte ihren VW Golf in die kleine Parklücke hinter Rebeccas Wagen. Sobald sie ihre Autotür zuwarf, fing ein Hund an zu bellen – ein wütendes, hohes Kläffen, das Robyn an einen kleinen Schoßhund erinnerte. Sie ignorierte es, ging auf die Nummer Fünfzehn zu und klopfte an die Tür. Umgehend erschien Rebecca und bat sie hinein.

Es war eine kleine, nüchterne Wohnung, der es an jeglicher Gemütlichkeit fehlte. Rebecca hatte einige ihrer Besitztümer bereits ausgepackt, aber es war nicht annähernd so freundlich und einladend, wie es in Jordans Haus gewesen war.

»Hallo. Wie geht es Ihnen?«, fragte Robyn.

Rebecca hatte geweint. Ihre Augen waren geschwollen, aber sie brachte ein tapferes Lächeln zustande. »Oh, Sie wissen ja. Es war ein harter Tag.«

»Das kann ich mir vorstellen.«

Rebecca schenkte ihr ein liebevolles Lächeln. »Ich habe gerade eine Flasche Wein aufgemacht. Möchten Sie auch ein Glas?«

»Nur ein kleines. Ich kann es mir nicht leisten, betrunken in eine Sicherheitskontrolle zu geraten.« Sie blickte auf, als Dylan hereinkam.

»Hey.«

Der Junge sah orientierungslos aus. »Hallo. Mum, ich kann Yoda nicht finden.«

»Er ist noch in einem der Kartons, Liebling. Wir haben ihn gemeinsam eingepackt.«

»Ich kann ihn nicht finden«, jammerte er. »Ich will ihn haben.« Dann fing er an zu schniefen.

Rebecca seufzte. »So ist er schon den ganzen Tag.«

»Ich kümmere mich darum«, sagte Robyn.

»Würden Sie das tun? Ich werde Ihnen ein Glas holen.«

»Na komm, Dylan. Ich werde dir helfen, ihn zu finden«, sagte Robyn.

Dylan sah zu ihr auf. Sein Gesicht war blass und unter seinen Augen lagen dunkle Schatten. Er nickte, und sie folgte ihm ins Wohnzimmer, welches genauso spärlich eingerichtet war wie die Küche – nur ein Sofa, ein Sessel und ein Fernseher standen darin. Ein Karton mit Spielzeug war geöffnet worden, Actionfiguren und andere Spielsachen lagen auf dem Fußboden verstreut. Sofort legten sich Robyns Augen auf die Yoda-Figur, die auf dem Boden direkt vor dem Karton lag.

»Schau, da ist er.« Sie hielt ihn Dylan entgegen, der mehrere Male blinzelte, bevor er die Figur mit zitternden Händen entgegennahm.

»Fühlst du dich nicht gut?«, fragte sie.

Er schüttelte seinen Kopf. »Etwas komisch«, antwortete er.

Rebecca kam mit zwei halbvollen Weingläsern herein. »Ihr habt ihn gefunden«, sagte sie und deutete auf das kleine Spielzeug.

»Dylan sagt, er fühlt sich komisch«, sagte Robyn.

Rebeccas Gesicht wurde wieder ernster. »Das liegt daran, dass du müde bist, Dylan. Es war ein langer Tag. Du solltest ins Bett gehen. Wie wär's, wenn du dich bettfertig machst, jetzt wo Robyn hier ist? Dann kommst du wieder runter und sagst Gute Nacht.«

»Ich bin nicht müde«, sagte er und ließ sich auf den Boden sinken. »Ich will nicht ins Bett.«

Rebecca zuckte mit den Schultern. »Ich werde dich nicht dazu zwingen, aber wenn du morgen zu müde bist, können wir nicht zum Fußballspielen in den Park gehen, so wie wir es geplant haben.«

Der Junge starrte sie eine volle Minute lang an, dann erhob er sich und verließ den Raum.

Rebecca blickte ihm hinterher. »Er hat heute den ganzen Tag so ein Theater gemacht.«

»Das ist der Schock dieser ganzen Situation. Das war zu erwarten. Sie beide haben Schreckliches durchgemacht.« Robyn nippte an ihrem Wein, bevor sie weitersprach. »Ich weiß, dass Sie gerade viel um die Ohren haben, aber ich habe mich gefragt, ob Jordan eine gewisse Lucy Harding kannte. Sie ist Ärztin in der Praxis in Abbots Bromley.«

Rebecca sah sie an, sie wirkte wie erstarrt.

»Rebecca?«

»Tut mir leid, ich war nur etwas überrascht. Ich kenne sie. Na ja, ich habe sie in den Sprechstunden gesehen – schlank, groß, dunkles Haar. Wir alle sind Patienten in dieser Praxis, aber sie ist nicht unsere Ärztin. Wir sind bei Dr Trevago.«

»Hat Jordan sie jemals erwähnt?«

»Nein. Er war nie in der neuen Praxis. Seit ich ihn kannte, war er niemals krank.«

»Aber Sie waren dort?«

»Ein paar Mal mit Dylan.«

»Dr Harding hat in Colton gewohnt und könnte Owen Falcon gekannt haben. Hat er sie jemals erwähnt?«

Rebecca runzelte die Stirn, dann schüttelte sie den Kopf. »Warum fragen Sie mich das?«

»Es tut mir leid, sie wurde gestern Abend bei einem Unfall mit Fahrerflucht getötet.«

Sie atmete scharf ein. »Sie denken, dass ihr Tod mit denen von Jordan und Owen zusammenhängen könnte, nicht wahr?«

Robyn wusste es besser, als ihre Ermittlungen mit Zivilisten zu diskutieren. »Dazu kann ich noch nichts sagen«, sagte sie und seufzte.

»Oh, meine Güte. Und sie wohnte in Colton. Ein weiterer Toter in Colton.« Rebecca hob ihr Weinglas und nahm einen tiefen Schluck.

»Nein. Sie starb in Abbots Bromley, direkt vor der Praxis.«

Rebeccas Augen wurden groß, dann flüsterte sie: »Nein. Wie schrecklich.«

»Jordan hat sie wirklich nie erwähnt?«

Rebecca verneinte mit einem Schulterzucken. Sie nippte an ihrem Wein und wischte eine Träne weg, die über ihr Gesicht gelaufen war.

»Tut mir leid«, sagte sie. »Die letzten Tage waren hart. Das ist alles viel zu emotional. Die Nächte sind am schlimmsten. Ich stelle mir immer wieder vor, was Jordan in dieser Nacht in Colton durchgemacht haben muss – wie viel Angst er hatte, was er erleiden musste. Oh, Robyn, ich kann einfach nicht aufhören, daran zu denken.«

Sie blickte hinunter auf ihr Weinglas. »Das ist schrecklich. All diese Todesfälle. Ich kannte Dr Harding überhaupt nicht, aber trotzdem tun sie und ihre Familie mir wahnsinnig leid. Ich weiß, wie sehr es sie verletzen muss.«

»Irgendwann wird es wieder leichter werden, Rebecca. Das wird es ganz sicher.«

»Wird es das?«, fragte Rebecca, ihre Finger strichen über das Glas. »Ich kann mir nicht vorstellen, dass es sich irgendwann wieder normal anfühlen wird.«

Robyn dachte an den Schmerz, den sie ebenfalls verspürt hatte – die schlaflosen Nächte, die Tränen und das Gefühl völliger Isolation, das sie nach Davies' Tod verspürt hatte. Kurz dachte sie darüber nach, wie weit sie auf ihrer persönlichen Reise in den letzten zwei Jahren gekommen war, und sah Rebecca in die Augen. »Vertrauen Sie mir, das wird es. Sie hatten einen langen, schweren Tag, aber der Anfang ist geschafft, und schon bald werden Sie nach vorne Blicken und mit kleinen Schritten weitermachen können.«

Robyn leerte ihr Glas und wollte aufbrechen. Als sie einen gefalteten Stapel Kleidung auf dem Fußboden sah, rasten ihre Gedanken zu den Bambusfasern auf Owens Leiche. Konnten sie von Rebeccas Klamotten stammen? In

Robyns Beruf durfte man nichts als selbstverständlich hinnehmen. Sie unternahm einen Versuch, die Unterhaltung subtil in diese Richtung zu lenken. »Sie könnten es mit Homöopathie versuchen«, sagte sie. »Sie kennen sich in dem Bereich bestimmt besser aus als ich, immerhin arbeiten Sie in dieser Branche. Ich bin sicher, dass es etwas gibt, das Ihnen gegen den Stress hilft.«

Rebecca schüttelte ihren Kopf. »Bei Longer Life Health bieten wir Medikamente und dergleichen an. Ich halte nicht viel von alternativer Medizin oder diesen ganzen umweltfreundlichen, glutenfreien, biologisch abbaubaren Produkten. Die sind ziemlich teuer und ich bin nicht von ihren Vorzügen überzeugt. Ich halte das alles nur für einen Hype.«

»Aber Sie verkaufen sie trotzdem?«

»Das war mein Job.« Rebecca zuckte mit den Schultern.

Robyn lächelte. »Ich will Sie nicht länger aufhalten. Sie müssen Dylan ins Bett bringen. Er sieht erschöpft aus. Sie beide tun das.«

Rebeccas Gesicht wurde weicher. »Sie stören wirklich nicht. Es ist sogar ganz nett, Gesellschaft zu haben und mit jemandem zu reden, der versteht, was ich durchmache.«

»Haben Sie nicht mehr mit der Vertrauensbeamtin gesprochen? Michelle Watson?«

»Das wollte ich nicht. Ich muss lernen, wieder auf eigenen Füßen zu stehen und weiterzuleben. Jetzt sind ich und der kleine Kerl wieder auf uns gestellt.« Sie kippte die blassgelbe Flüssigkeit mit einem Schluck herunter. »Noch mal nachfüllen?«, fragte sie.

Robyn lehnte ab. »Ich sollte jetzt besser gehen. Ich hoffe, Dylan beruhigt sich bald.«

»Ich auch. Ich weiß nicht, was ich noch zu ihm sagen soll, damit er sich besser fühlt.«

»Tun Sie einfach, was alle Mütter tun – lieben Sie ihn und seien Sie für ihn da.«

Rebecca schenkte ihr ein warmes Lächeln. »Das werde ich – immer.«

Robyn verließ Rebeccas Haus mit einem Hauch von Unbehagen. Es war, als lägen die Teile eines Puzzles vor ihr, aber sie hatten die falschen Formen, um sie zu einem Ganzen zusammensetzen zu können. Als sie losfuhr, sprangen ihre Gedanken zwischen den drei Fällen hin und her, während sie versuchte herauszufinden, wie die drei Opfer miteinander in Verbindung stehen könnten.

30

TAG SECHS – SAMSTAG, 10. JUNI, MORGEN

Der Tag fing schon übel an. Robyn machte sich gerade für die Arbeit fertig, als ihr Handy klingelte. Amy Walters konnte ihre Aufregung kaum zügeln.

»Ein Anwohner hat mich angerufen und erzählt, dass auf dem Parkplatz des Ärztehauses von Abbots Bromley eine Ärztin tot aufgefunden wurde. Er sagte, die Polizei habe den gesamten Bereich abgesperrt. Sagen Sie es mir. Ist es derselbe Täter?«

Robyn wählte ihre Worte mit Bedacht. »Wir waren uns einig, dass ich mit Ihnen spreche, sobald ich es kann. Wir müssen bei diesen Ermittlungen sehr sorgfältig vorgehen, und ich kann es mir nicht leisten, sie auf irgendeine Art zu gefährden.«

»Das ist Ihre Art, mich wissen zu lassen, dass es ein Serienmörder ist, nicht wahr? DI Carter, ich will diese Story. Ich brauche sie für mein Buch. Das ist perfekt, vor allem, weil ich gesehen habe, was diese Person mit Owen Falcon gemacht hat. Sie müssen mir helfen. Ich habe Ihnen meine gesamten Informationen über Jones-Kilby gegeben. Sagen Sie mir irgendwas.«

»Ich weiß Ihre Kooperation sehr zu schätzen, Amy. Wir konnten die Informationen, die Sie uns gegeben haben, noch nicht verwenden, aber ich bleibe dran.«

»Jordan hat mich letzte Woche angerufen. Er wollte mir etwas Wichtiges erzählen, und ich denke, es ging um seinen Vater. Ich glaube, dass er deshalb umgebracht wurde – um ihn zum Schweigen zu bringen. Sein Freund Owen Falcon wurde wahrscheinlich aus demselben Grund getötet, und jetzt gibt es einen weiteren Mord – an einer Ärztin, die erst vor Kurzem nach Colton gezogen ist. Kommen Sie schon, DI Carter. Diese Story ist gigantisch. Wenn Sie mir nicht helfen, werde ich selbst ein paar Nachforschungen anstellen müssen.«

»Amy, ich kann dazu noch keinen Kommentar abgeben.«

»Ich habe die Verbindung zwischen ihnen bereits selbst gefunden.«

Bei dieser Aussage runzelte Robyn die Stirn. »Ich will nicht, dass Sie sich einmischen. Das habe ich klar und deutlich zum Ausdruck gebracht. Wenn Sie meine Ermittlungen durch Ihr Herumgeschnüffel durcheinanderbringen, werde ich–«

»Sparen Sie sich Ihre Drohungen. Ich weiß, was mir dann blüht. Ich habe mich nicht in ihre Arbeit eingemischt, sondern journalistische Verknüpfungen hergestellt. Diese neue Praxis, in der Lucy gearbeitet hat, hat ein weites Einzugsgebiet. Vor der Eröffnung war das Gesundheitszentrum in Yoxall das einzige Ärztehaus für die ganzen umliegenden Dörfer, der Bereich war mehr oder weniger dreieckig und erstreckte sich von Lichfield über Uttoxeter bis hin nach Rugeley. Aufgrund des Neubaus von Wohnungen und der wachsenden Einwohnerzahlen waren sie dort überlastet, weshalb das Ärztehaus gebaut wurde, um die Hälfte der Patienten zu übernehmen, einschließlich derer, die in Newborough und Colton wohnen.

Sehen Sie sich die Patientenliste an. Ich wette, darauf werden Sie Nathaniel Jones-Kilby finden. Ich bin fest davon überzeugt, dass er hierbei eine zentrale Rolle spielt. Wenn ich damit recht habe, versprechen Sie mir, es mir zu sagen, mehr verlange ich gar nicht.«

»Ich werde darüber nachdenken. Aber ich kann nicht gegen ihn ermitteln, nur weil Sie eine Theorie darüber haben, dass er krumme Dinger dreht. Ich brauche konkrete Beweise, um ihn verhaften zu können.«

»Dann finden Sie die, es sei denn, Sie möchten, dass ich das für Sie übernehme.«

————

Mitz, der gesehen hatte, wie Robyn auf den Parkplatz gefahren war, ging nach draußen, um sie abzufangen.

»Ich hatte einen Durchbruch bei dem Fußballer mit dem gebrochenen Bein, Darren Sturgeon. Er hatte ausgesagt, nicht von Jordan und Owen zusammengeschlagen worden zu sein. Seine Schwester Fay stand heute Morgen plötzlich vor dem Revier und wollte mit uns sprechen. Matt ist mit ihr im Befragungsraum.«

»Super. In welchem?«

»Nummer zwei.«

Robyn klopfte an die Tür und trat ein. Sie erkannte die junge Frau wieder, die ihr mit dem Baby auf dem Arm die Tür geöffnet hatte. Heute sah sie sogar noch jünger aus, kaum alt genug, um ihren Schulabschluss zu machen. Als Robyn eintrat, blickte sie auf.

»Ich habe ihm alles erzählt«, sagte Fay. »Darren wurde von den beiden Kerlen angegriffen, nach denen Sie gefragt haben – Owen Falcon und Jordan Kilby. Er hat mir gesagt, dass ich meinen Mund halten soll, aber mir erschließt sich nicht, wie es jemandem schaden würde, wenn ich es Ihnen erzähle. Er hätte sie sofort anzeigen sollen, als es passiert ist, anstatt es für sich zu behalten. Er verdient eine Entschädigung, und dieser Jordan war superreich, oder nicht? Sein Vater ist es zumindest. Er sollte Darren bezahlen, solange er nicht in der Lage ist zu arbeiten.«

»Was genau hat Ihr Bruder Ihnen erzählt?« Robyn blieb stehen, während das Mädchen sprach.

»Es war im Krankenhaus. Er war von den Schmerzmitteln ganz high. Ich habe ihn gefragt, was passiert ist, und er sagte, er wäre von zwei ›Schwuchteln‹ angefallen worden, die es schon während des Fußballspiels auf ihn abgesehen hatten. Das waren seine Worte. Ich habe ihn gefragt, wen er meint, und er sagte, den reichen Kerl und seinen Kumpel – der eingebildete – Owen Falcon.«

»Sie sagten, er war auf Schmerzmitteln. Vielleicht hat er etwas durcheinandergebracht.«

Das Mädchen schüttelte ihren Kopf. »Nachdem Sie mit ihm gesprochen haben, habe ich ihm gesagt, dass er Ihnen die Wahrheit hätte sagen sollen. Er meinte, ich solle mich da heraushalten. Er wollte nicht, dass sich herumsprach, dass er von diesen beiden Typen zusammengeschlagen wurde. Es war ihm extrem peinlich.«

»Warum?«

Das Mädchen errötete. »Auf manche Männer hatte er es abgesehen. Er dachte, sie wären schwul.«

»Also ist er homophob?«

»Ich weiß nicht, was das bedeutet.«

»Ihr Bruder hat Vorurteile gegenüber Homosexuellen.«

»Oh, ja. Bei denen wird er ganz komisch.«

»Meines Wissens nach war keiner der Männer homosexuell.«

»Daz dachte, sie wären es. Hat über sie gelacht. Er meinte, Jordan würde Owen folgen wie ein Schoßhündchen. Das war vor dem Überfall. Kann ich jetzt gehen? Ich habe dem Sergeant alles erzählt. Denken Sie, dass Darren Schmerzensgeld bekommen wird?«

»Das kann ich wirklich nicht sagen«, erwiderte Robyn. »Darüber werden Sie mit einem Anwalt sprechen müssen.«

Fays Blick wurde mürrisch. »Oh, okay. Können Sie mir den Namen eines Anwalts geben?«

Robyn verschränkte ihre Arme. »Ich glaube, zunächst sollten wir mit Ihrem Bruder sprechen und sehen, wie er weiter vorgehen möchte.«

Das Mädchen zuckte mit den Schultern. »Wie auch immer. Ich weiß nicht, wo er jetzt gerade ist, aber gegen Mittag wollte er ins Fox and Weasel. Kann ich jetzt gehen?«

»Natürlich, und vielen Dank für Ihre Hilfe.«

Das Mädchen antwortete nicht. Sie bahnte sich ihren Weg zur Tür, wobei ihr Blick zu Robyn hinüberhuschte und sie knapp nickte.

―――――

Sie fanden Darren in einer Ecke des Fox and Weasel, wo er mit einigen der Männer sprach, die sie am Vortag befragt hatten. Als er sah, wie Robyn und Matt sich näherten, rollte er mit den Augen.

»Wir würden gerne noch einmal mit Ihnen sprechen«, sagte Robyn.

»Nun, ich will aber nicht mit Ihnen sprechen.« Er hob sein fast leeres Glas Cider an und kippte den Inhalt in einem Zug herunter.

»Wir können das vor Ihren Freunden besprechen oder wir können uns irgendwo privater unterhalten. Sie haben die Wahl. Tatsache ist, dass wir wissen, wer Sie letzten Samstag überfallen hat.«

Die Blicke seiner Freunde wanderten zu Darren, der etwas Unverständliches murmelte und sich auf die Beine kämpfte.

»Okay, wie wäre es da drin«, sagte er und nickte in Richtung einer Tür, die in einen abgetrennten Raum führte. Er humpelte auf seinen Krücken los, die ganze Zeit unter den aufmerksamen Augen von Joe Harris, der gelauscht hatte.

»Mr Harris, wenn Sie uns allein lassen könnten«, sagte Matt.

Joe warf Matt einen finsteren Blick zu. »Das ist mein Pub.«

»Dessen bin ich mir bewusst. Wir brauchen nur etwas Privatsphäre, um uns kurz mit einem Ihrer Gäste zu unterhalten. Es wird nicht lange dauern.«

Joe stellte eine große Flasche Gin ab, die er gerade mit einem Maßausgießer hatte versehen wollen, und verschwand durch die Hintertür. Die anderen Kunden blieben an der Bar sitzen und setzten ihre Unterhaltung fort, als das Trio im Nebenzimmer verschwand.

»Was wollen Sie?«, fragte Darren.

»Die Wahrheit. Sie haben uns erzählt, Owen und Jordan würden nicht hinter dem Angriff auf Sie stecken, dennoch hat sich nun herausgestellt, dass sie es doch waren.«

»Woher wissen Sie das?«

»Das ist unwichtig. Wichtig für uns ist jetzt, warum Sie etwas Gegenteiliges behauptet haben.«

Darren lehnte sich zurück und grinste Robyn höhnisch an. »Ist das nicht ziemlich offensichtlich? Wenn Sie herausgefunden hätten, dass die beiden mich angegriffen haben, hätte mich das zum Verdächtigen gemacht. Ich hatte ein Motiv, sie zu verletzen, nicht wahr?«

»Tatsachen zu verschleiern, ist eine Straftat. Sie haben unsere Ermittlungen behindert. Sie hätten sofort mit der Wahrheit herausrücken sollen.«

Darren senkte seine Stimme. »Ich wollte nicht, dass jemand herausfindet, wer mir das angetan hat. Keiner meiner Kumpel weiß es. Ich habe einen Ruf aufrecht zu halten. Ich wollte nicht, dass einer von ihnen herausfindet, dass die beiden mich angegriffen haben, also habe ich sie im Dunkeln gelassen, und als Sie mich befragt haben, wollte ich nichts sagen, weil Sie dann gedacht hätten, ich hätte sie umgebracht.«

»Sie hätten uns nur die Wahrheit sagen müssen, den Rest hätten wir geklärt. In Ihrem körperlichen Zustand wäre es schwierig gewesen, diese beiden Männer anzugreifen, es sei denn, jemand hat Ihnen geholfen. War das der Fall?«

Wieder grinste Darren. »Natürlich nicht. Ich hatte mit ihren Morden nichts zu tun.«

»Sie mochten sie nicht besonders, ist das richtig? Sie haben sie auf dem Spielfeld gegen sich aufgebracht, haben sie beleidigt und wilde Spekulationen über ihre Sexualität aufgestellt.«

»Wilde Spekulationen?«

»Sie haben behauptet, die beiden befänden sich in einer sexuellen Beziehung.«

»Mein Fehler. Ich habe mich nur etwas über sie lustig gemacht. Aber vielleicht waren sie es wirklich. Sie haben viel Zeit miteinander verbracht. Ich habe gesehen, wie sie in einer Ecke der Umkleiden standen und sich gegenseitig was zugeflüstert haben. Es wäre möglich, dass sie ein Paar waren. Ich habe sie einfach nur verarscht. Das machen wir doch alle. Ich musste mir schon wesentlich schlimmere Beleidigungen als ›Schwuchtel‹ anhören. Das nimmt man sich nicht so zu Herzen.«

»Was ist in der Nacht genau passiert, als Sie angegriffen wurden?«

Darren zog eine Grimasse. »Sie haben sich auf mich gestürzt, als ich auf dem Heimweg war. Kamen wie aus dem nichts. Owen war vollkommen durchgeknallt. Er war high, was das Ganze noch schlimmer gemacht hat.«

»High?«

»Auf Drogen. Das war er oft. Wussten Sie das nicht? Hauptsächlich Koks. Manchmal hat er das sogar vor einem Spiel genommen. Schon in guten Zeiten konnte er ein schlechtgelaunter Penner sein, aber wenn er eine Line geschnupft hat, war es noch schlimmer.«

»An diesem Abend schien er unter dem Einfluss von Drogen zu stehen?«

Darren nickte. »Auf jeden Fall. Seine Pupillen waren geweitet und sind herumgezuckt, und er war völlig außer Kontrolle. Er und Jordan hatten Werkzeug dabei – er hatte einen Hammer und Jordan einen großen Sechskantschlüssel. Zuerst habe ich gelacht. Hab sie gefragt, was sie vorhaben – einen Motor reparieren? Ich wünschte, ich hätte meine Klappe gehalten. Owen hat mich gegen die Wand gedrückt und gesagt, er hätte noch eine Rechnung zu begleichen.«

»Welche Rolle hatte Jordan bei diesem Angriff?«

»Er hat hauptsächlich zugesehen. Um ehrlich zu sein, er hat sogar versucht, Owen aufzuhalten, aber der Verrückte war viel zu drauf, um sich noch kontrollieren zu lassen, egal von wem. Owen sagte, ich hätte eine Grenze überschritten. Ich meinte, es täte mir leid, dass ich niemanden verletzen und ihn nur aufziehen wollte, aber Owen hatte diesen Ausdruck in seinen Augen, als würde er mich nicht hören, als wäre er in einer anderen Welt. Er hat mich getreten und ich bin zu Boden gegangen, dann ist er vollkommen ausgerastet. Er hat den Hammer gehoben und gesagt, er würde mir eine Lektion erteilen, und wenn ich sie verpfiff, würde er zurückkommen und mir mit dem Hammer den Kopf einschlagen. Jordan ist zu ihm geeilt und wollte seine Arme festhalten, aber er hat ihn weggeschubst. Dann hat er mich mit dem verdammten Hammer am Schienbein erwischt. Zuerst habe ich gar nichts gespürt. Ich habe den Knochen brechen hören. Dann ist der Schmerz in meinem Bein explodiert ... Ich glaube, ich habe noch geschrien, bevor ich das Bewusstsein verloren habe. Das nächste, woran ich mich erinnere, ist der Notarzt, der sich über mich beugt und fragt, wie ich mich fühle.«

»Und Jordan hat Sie nicht geschlagen?«

»Nee.«

»Sie sagten, Owen habe Drogen genommen.«

Darren nickte.

»Jordan ebenfalls?«

»Ich glaube nicht. Schwer zu sagen, wissen Sie? Er könnte mal eine Line oder zwei mit Owen gezogen haben. Er hat ihm definitiv viel nachgemacht. Komischer Kerl. Ein richtiger Einzelgänger, mal abgesehen von Owen und ein paar Typen der Blithfield Wanderers.«

»Das hätten Sie melden sollen.«

»Wenn ich das getan hätte, wären sie zurückgekommen und hätten mir noch Schlimmeres angetan, oder nicht?«

»Aber es hätte ihre Leben retten können. Wenn sie für den Angriff auf Sie in Gewahrsam genommen worden wären, wären sie womöglich nicht ermordet worden.«

»Ja, aber ich wäre womöglich von ihnen ermordet worden.« Darren zuckte verächtlich mit den Achseln.

»Würden Sie die Einzelheiten dieser Nacht noch einmal mit Sergeant Higham durchgehen, damit wir Sie von unseren Ermittlungen ausschließen können?«

»Wenn's sein muss.«

———

Robyn ließ Matt zurück, um die Aussage aufzunehmen, und schlenderte nach draußen, um etwas frische Luft zu schnappen. Darrens gleichgültiges Verhalten gegenüber den Opfern ärgerte sie. Obwohl sie bezweifelte, dass Owen und Jordan eine sexuelle Beziehung gehabt hatten, fragte sie sich, was die beiden sich zugeflüstert haben könnten. Es gab mehrere ähnliche Aussagen darüber, dass Owen und Jordan viel Zeit allein verbracht hatten. Die Neuigkeiten über Owens Drogenkonsum waren interessant, vor allem weil die Blutuntersuchung, die nach seinem Tod durchgeführt wurde, keine ungewöhnlichen

Substanzen offenbart hatte. Konnte sein Mord in Verbindung mit den Drogen stehen? Hatte er ein schwerwiegendes Suchtproblem? Connor und sein Forensikteam hatten keine Drogen in seinem Haus gefunden, was ein weiterer Aspekt war, den sie berücksichtigen musste.

Während sie darauf wartete, dass Matt die Befragung von Darren abwickelte, rief sie Ross an, um herauszufinden, wie es Jeanette ging.

»Hey, wie geht es der Patientin?«

»Ganz in Ordnung. Wir wollen gerade nach Cotswolds aufbrechen. Sie hat genug Klamotten für einen Monat gepackt, obwohl wir nur drei Tage bleiben. Im Moment macht sie sich noch die Haare. Willst du mit ihr sprechen?«

»Nee. Ich will euch nicht aufhalten. Aber richte ihr meine Grüße aus. Wann bekommt ihr das Ergebnis der Biopsie?«

»Dienstag. Mittags haben wir einen Termin bei unserem Hausarzt. An dem Morgen werden wir uns auf den Heimweg machen und sofort dorthin fahren.«

»Denk daran, mich anzurufen, sobald ihr mehr wisst.«

»Ist doch selbstverständlich. Ah, da ist sie. Jeanette, Robyn ist am Telefon.«

Robyn hörte, wie Jeanette ihr im Hintergrund ein Hallo zurief.

»Wir sollten aufbrechen. Duke ist schon ganz aufgeregt. Er liebt es, Auto zu fahren.«

»Bis dann, Ross. Habe euch lieb.«

Sie konnte das Lächeln in seiner Stimme hören, als er antwortete. »Weichei.«

Sie verabschiedete sich und hoffte, dass sie gute Nachrichten bekommen würden. Etwas anderes wagte sie sich nicht auszumalen.

Als sie ihr Telefon wieder in ihrer Tasche verschwinden lassen wollte, rief Anna an. »Ich war den ganzen Morgen bei der Baustelle auf dem Grundstück der alten Schule. Zuerst kamen wir nicht rein, aber dann haben wir endlich einen Schlüssel bekommen. Wie auch immer, ich bin die Videoaufnahmen durchgegangen und dort hat tatsächlich ein Auto geparkt.«

»Gut. Konnten Sie herausfinden, auf wen es zugelassen ist?«

»Nein. Tut mir leid, das sind die weniger guten Neuigkeiten. Die Kamera hat nur einen kleinen Teil der Vorderseite des Autos eingefangen. Ich werde das Video ins Labor bringen und hoffe, dass die Techniker für uns herausfinden können, um welches Modell es sich handelt.«

»Wann hat das Auto dort geparkt?«

»Die Uhrzeiten passen. Es ist um Viertel nach sechs angekommen und blieb bis zwanzig vor acht. Es könnte unserem Killer gehören.«

31

TAG SECHS – SAMSTAG, 10. JUNI, NACHMITTAG

Robyn war in ihrem Büro und wandte sich an ihr Team. David hielt sich im hinteren Bereich des Raumes auf und war an seinem Telefon, als sie anfing. Er hob zwei Finger, um ihr zu signalisieren, dass er in Kürze ebenfalls bereit wäre. Sie nickte ihm zu, bevor sie anfing zu sprechen.

»Fangen wir mit Jordan an. Connor hat berichtet, dass sie trotz einer ausgedehnten Suche keine Tatwaffe gefunden haben; weshalb ich denke, dass wir davon ausgehen können, dass der Mörder sie zusammen mit Jordans Fahrradhelm vom Tatort entfernt hat. Bislang haben sich keine weiteren Verdächtigen gefunden. Die Alibis seiner Fußballkameraden sind alle wasserdicht, genauso wie die der gegnerischen Mannschaft – die Sudbury Dynamos – und das von Darren Sturgeon. Es war keine Rache für sein gebrochenes Bein.

Ich werde den Gedanken nicht los, dass es irgendwie mit seinem Vater Nathaniel in Verbindung stehen könnte. Wir werden daran gehindert, den Mann selbst zu befragen. Allerdings habe ich DCI Flint unsere neuesten Erkenntnisse präsentiert und gefordert, dass dieses Verbot aufgehoben wird. Mir erschließt sich nicht, warum wir ihn nicht befragen sollten, um ihn von unserer Liste streichen zu können.

Meine neusten Informationen kommen von Amy Walters.« Mitz stieß ein leises Stöhnen aus. Sie lächelte ihn an. »Ich weiß, ich weiß, aber bei dieser Sache hat sie uns sehr geholfen. Sie vermutete, dass Nathaniel in dem Ärztehaus in Abbots Bromley registriert ist, in genau dem Ärztehaus, vor dem Lucy ermordet wurde. Ich bin die Patientenlisten durchgegangen, und sie hatte recht. Nathaniel, Owen, Jordan, Jordans Freundin Rebecca und ihr Sohn Dylan waren alle in der Praxis gemeldet. Allerdings waren Nathaniel und Owen die Patienten von Lucy Harding, während Rebecca und ihr Sohn sowie Jordan die Patienten ihres Kollegen Andy Trevago waren.«

Sie rieb sich über die Stirn, bevor sie weitersprach. Sie hatte lange über diese Verbindung nachgedacht, und da ihr nichts Besseres einfiel, war es alles, was sie ihnen anbieten konnte. »Ich weiß nicht, was ich aus diesen Informationen schließen soll. Es erscheint wichtig zu sein, aber mir fällt einfach kein Motiv ein, das hinter den drei Morden stehen könnte. Sie scheinen geplant worden zu sein. Der Täter hinterlässt keine Fingerabdrücke. Er hinterlässt keinerlei Spuren. Er wusste, dass Jordan in der Nacht, in der er ermordet wurde, in Colton sein würde, dass Owen in der Garage war, um sein Motorrad zu reparieren, und dass Lucy Harding länger arbeiten musste und allein in der Praxis war. Woher? Woher konnte der Mörder das wissen, wenn er nicht jeden von ihnen beschattet hat?«

»Ich sage es nur ungern, aber obwohl es so aussieht, als wäre der Täter gut vorbereitet gewesen, könnte er tatsächlich völlig willkürlich gehandelt haben und ohne einen bestimmten Grund irgendein Opfer auswählen und jagen, um eine kranke Fantasie auszuleben«, sagte Mitz.

»Sorry, aber dieses Szenario würde bei Owen Falcon nicht funktionieren, Kumpel«, sagte Matt, der seine Hände hob und mit den Schultern zuckte.

»Ganz genau. Owens Mord unterscheidet sich von den anderen beiden. Er wurde in seinem Haus angegriffen, nicht im Freien. Die Waffe, die bei ihm benutzt wurde, war sein eigenes Werkzeug. Außerdem haben wir erfahren, dass Owen aggressiv war, sogar noch mehr, wenn er Drogen genommen hat. Ich weiß nicht, wie schlimm sein Verhalten wirklich war, aber es könnte in diesem Fall eine entscheidende Rolle spielen. Jetzt frage ich mich, ob wir es mit zwei Mördern zu tun haben.« Robyn starrte auf das Whiteboard und wünschte, es würde ihren verworrenen Gedanken helfen.

»Zum Mord an Lucy Harding gibt es einen neuen Hinweis. Wir wissen jetzt, dass ein Fahrzeug auf dem kleinen Parkplatz vor der Baustelle in Abbots Bromley stand, und zwar zwischen Viertel nach sechs und zwanzig vor acht. Das wäre genug Zeit für den Fahrer, zum Ärztehaus zu gehen oder zu joggen, Lucy umzubringen und zum Auto zurückzukehren. Allerdings sind die Aufnahmen der Überwachungskameras ungenügend und zeigen nur einen kleinen Abschnitt des Fahrzeugs. Mit Sicherheit können wir nur sagen, dass es dunkelblau ist. Die Techniker arbeiten gerade daran und werden uns informieren, sobald sie mehr herausfinden. Ich hätte gerne, dass wir das gesamte Personal des Gesundheitszentrums befragen. Das beinhaltet die Krankenschwestern, die anderen Apotheker und die Empfangsmitarbeiterinnen, die dort arbeiten. Susanna Mitchell hatte die Nachmittagsschicht, aber während der Sprechstunde am Vormittag hat Alison Drew an der Rezeption gearbeitet. Sprecht mit allen und findet heraus, ob einer von ihnen eine Idee hat, wer dieses Verbrechen begangen haben könnte.«

David gesellte sich zum Team dazu, einen Notizblock in seiner Hand. »Boss, es gibt noch eine Verbindung. Das am

Telefon war Graham Valence, Jordans Manager bei Speedy Logistics. Er hat ausgesagt, dass Jordan häufiger Lieferungen von Pharmacals Healthcare zum Ärztehaus in Abbots Bromley gebracht hat – mindestens zwei Mal pro Monat. Die letzte Auslieferung fand am Freitag, bevor er umgebracht wurde, statt. Dr Lucy Harding hat dafür unterschrieben.«

Robyn atmete tief ein. Wenigstens gab es ein kleines Puzzleteil mehr. Das stimmte nicht mit dem überein, was Rebecca ihr erzählt hatte. Jordan war regelmäßig beim Ärztehaus in Abbots Bromley. Er hatte Lucy Harding gekannt und mit ihr gesprochen. An eben diesem Tag hatte er auch seinen Vater besucht und ihn einen betrügerischen, mordenden Lügner genannt.

»Was war das für eine Lieferung?«

»Größtenteils waren es Produkte zur Behandlung von Wunden.«

»Okay. Jordan kannte Lucy. Owen war einer ihrer Patienten. Finden Sie heraus, wann Owen das letzte Mal in der Praxis war. Falls er keinen Termin hatte, könnte er dennoch Elektrogeräte geliefert haben. Außerdem müssen wir herausfinden, wann Nathaniel das letzte Mal dort war.« Sie tippte sich mit ihrem Stift gegen die Zähne, während sich Falten auf ihrer Stirn bildeten. »Das könnte auch gar nichts mit der Klinik zu tun haben, aber wenn wir schon dabei sind, findet heraus, wann Rebecca ihren letzten Termin bei ihrem Arzt hatte. Vielleicht lehne ich mich hiermit zu weit aus dem Fenster, aber unser Mörder könnte in dem Ärztehaus arbeiten.«

Ein neuer Gedanke kam Robyn in den Sinn. »Mitz, können Sie mehr über Pharmacals Healthcare in Erfahrung bringen? Jordan hat seine Lieferungen von dort zu Lucy in die Praxis gebracht, aber mir ist gerade klar geworden, dass Jordans Freundin Rebecca dort arbeitet.«

»Klar.«

32

DAMALS

Die Schlafzimmer Tür steht einen Spalt breit offen. Durch die Lücke kann er seine Schwester sehen. Sie liegt mit dem Gesicht nach unten auf ihrem Bett, weint in ihr Kissen und versucht, ihre Schluchzer zu ersticken. In letzter Zeit weint sie oft, und er versteht nicht, warum. Sie ist einige Jahre älter als er und viel erwachsener. Normalerweise geht er zu ihr, wenn er aufgebracht oder ängstlich ist, aber heute Nacht, als er sieht, wie unglücklich sie ist, entscheidet er, dass er ihr helfen muss.

Er schleicht auf leisen Sohlen in ihr Zimmer und bis zu ihrem Bett, wo er sich neben sie setzt. Sie fühlt sein Gewicht auf der Matratze und drückt sich hoch, ihre Augen ängstlich geweitet, bis sie erkennt, dass er es ist.

»Alles okay?«, fragt er.

»Es ist nichts«, antwortet sie und wischt sich mit dem Ärmel ihres Nachthemds über die Augen. »Ich bin nur etwas traurig, das ist alles.«

»Ich habe gehört, dass dir heute Morgen wieder schlecht war. Tut dein Bauch weh?«

Sie lächelt ihn liebevoll an. »Ja. Ein bisschen. Du sagst aber Mum und Dad nichts, oder? Darüber, dass ich mich nicht gut fühle?«

Er schüttelt seinen Kopf, obwohl er es albern findet. Immer, wenn er sich krank fühlt, geht er sofort zu seinen Eltern und erzählt es ihnen. Seine Schwester muss seine Gedanken gelesen haben, denn sie sagt: »Ich will nicht, dass sie sich Sorgen machen, und ich darf die Schule nicht verpassen. Diese Woche sind meine Prüfungen.«

»Vielleicht hast du Bauchschmerzen, weil du Angst vor den Prüfungen hast. Ich fühle mich immer schlecht, wenn ich einen Test schreiben oder etwas laut vor der ganzen Klasse vorlesen muss«, sagt er.

»Das wird es sein«, antwortet sie. »Es ist nichts Ernstes. Na los, geh wieder schlafen. Ich komme zurecht.«

»Bist du sicher?«

Sie nickt und gibt ihm einen Kuss auf die Stirn. Er liebt seine Schwester. Sie ist höflich und gut und immer nett zu ihm. Sie hatte darauf geachtet, dass er nie wieder wegen Larson oder seiner Freunde in Schwierigkeiten gerät. Sie will nicht, dass er sich wieder einer derartigen Bestrafung stellen muss. Als Larson anfing, hinter ihm zu Gackern wie ein Huhn, war sie zu ihm gegangen und hatte mit ihm gesprochen. Der Junge weiß nicht, was sie ihm gesagt hat, aber Larson war ruhig geworden und davon geschlendert, und seitdem hat er ihn nicht mehr geärgert.

Im Türrahmen hält er inne. »Bist du sicher, dass es dir gut geht?«

»Das bin ich. Mach dir keine Sorgen.«

Er verschwindet in den Flur und geht zurück in sein eigenes Zimmer. Seine Eltern halten unten ein Gebetstreffen mit ihren Freunden ab, und es ist besser, ihnen aus dem Weg zu gehen. Er geht zu dem Jesusbild über seinem Bett herüber und zeichnet die

Spuren des dunklen Blutes nach, das aus seinen ausgestreckten Handflächen tropft. Seine Eltern bitten immer Jesus um Hilfe und darum, stark zu bleiben.

Der Junge lässt sich auf den Teppich neben seinem Bett nieder und bittet den Herrn, seiner Schwester bei ihren Prüfungen zu helfen und zu machen, dass sie sich nicht mehr krank fühlt. Als er fertig ist, lächelt er. Alles wird gut werden. Jesus wird ihr helfen.

33

TAG SECHS – SAMSTAG, 10. JUNI, ABEND

»Darren Sturgeons Aussage«, sagte Matt und ließ eine Akte auf Robyns Schreibtisch fallen.

Robyn las sie laut vor. Darrens Aussage stimmte mit dem Geständnis überein, dass er vor ihnen abgelegt hatte. Sie blickte von dem Blatt auf und wandte sich an Matt. »Denken Sie, dass Owen und Jordan das Werkzeug aus Owens Werkzeugkasten hatten?«

»Wahrscheinlich. Wieso?«

»Das sind genau die Werkzeuge, die auch gegen Owen angewendet wurden. Wir könnten es tatsächlich mit zwei verschiedenen Mördern zu tun haben. Ich frage mich, ob jemand den Angriff auf Darren beobachtet hat.«

Matt legte die Stirn in Falten. »Es könnte eine dritte Partei gegeben haben, die am Tatort präsent war – vielleicht jemand, den wir noch nicht befragt haben –, der Zeuge des Überfalls wurde und sich entschlossen hat, Rache zu üben.«

Robyn zuckte mit den Schultern. »Es müsste einen wirklich guten Grund geben, Owen deswegen zu töten. Warum wurden die beiden nicht einfach der Polizei gemeldet? Es sei denn, es war jemand, der ohnehin schon Groll gegen Owen hegte und ihn in der Hoffnung umgebracht hat, wir würden annehmen, er sei wegen des Überfalls ermordet worden. Ergibt das Sinn?«

Matt lächelte knapp. »Nicht wirklich, aber das könnte daran liegen, dass wir zu viel in diese Sache hineininterpretieren wollen.«

Robyn schüttelte betreten den Kopf.

Anna beendete ein Telefonat, bevor sie zielstrebig durch den Raum schritt. »Die Jungs aus der Technik sind mit Jordans Laptop durch. Sie waren mit der Arbeit etwas im Rückstand und konnten sich deshalb nicht sofort darum kümmern. Sie haben nichts gefunden. Er war von Comics und Sport besessen. Hat Hunderte Seiten, Foren und Videos angeklickt, die mit den Charakteren aus den Marvel-Comics, Comic Conventions und dem Marvel-Universum zu tun hatten, außerdem gab es endlos viel Zeug über Radsport und Fußball.«

»Okay, danke, Anna.« Robyns Handy vibrierte und unterbrach ihre Diskussion. Es war Amy.

»Bevor Sie etwas sagen, ich mische mich nicht ein. Ich helfe Ihnen nur mit Ihren Nachforschungen.«

Robyn brummte. »Und wie genau helfen Sie mir?«

»Seien Sie nicht so undankbar. Ich hatte recht damit, dass Nathaniel Jones-Kilby Patient in dem Ärztehaus war, nicht wahr? Ich habe noch etwas für Sie: Er war Donnerstagnacht in Abbots Bromley, in derselben Nacht, in der Dr Lucy Harding ermordet wurde. Sie sind für diesen Fall zuständig. Tun Sie etwas. Verhören Sie ihn.«

»Woher wissen Sie, dass er in dieser Nacht in Abbots Bromley war?«

»Er wurde dort gesehen.«

»Amy, sind Sie ihm gefolgt?«

Sie quittierte Amys Schweigen als Eingeständnis.

»Ist das Ihr Ernst? Sie klammern sich nicht nur an Strohhalme, Sie wollen diese Ermittlung gezielt in eine Richtung lenken, weil Sie hoffen, wir würden irgendwelche Dinge über Jordans Vater enthüllen, die Sie in Ihrem Buch verwenden können. Sie sind keine Polizistin, also hören Sie sofort auf, sich einzumischen. Ich leite diese Ermittlungen, nicht Sie, und ich entscheide, wie vorgegangen wird. Wenn Sie sich nicht zurückhalten, wird das Konsequenzen für Sie haben. Ich meine es ernst, Amy!«

Amy wirkte ein wenig reumütig. »Ich bin ihm nicht gefolgt. Ich bin einer Spur gefolgt und habe zufällig gesehen, wie sein Auto gegen sechs Uhr in das Dorf gefahren ist.«

»Das ist kein Grund, ihn aufs Revier zu schleppen.«

»Aber das ist wichtig. Sie müssen mit ihm reden. Ich bin mir sicher, dass er mit all dem zu tun hat. Sie dürfen nicht vergessen, dass Jordan mir etwas Wichtiges erzählen wollte. Wahrscheinlich hatte es mit seinem Vater zu tun.«

»Lassen Sie es gut sein, Amy.« Robyn beendete das Telefonat und warf ihr Handy auf ihren Schreibtisch. Amys Beharrlichkeit darüber, dass der Fall mit Nathaniel verbunden war, trieb sie noch in den Wahnsinn, außerdem beeinflusste es ihr Urteilsvermögen. Aber wenn Nathaniel wirklich in Abbots Bromley gewesen war, war es notwendig, mit ihm zu sprechen. Sie musste DCI Flint erneut darum bitten, ihn befragen zu dürfen. Flint könnte es unmöglich ablehnen, es sei denn, er steckte mit dem Mann unter einer Decke oder war korrupt, oder – was noch schlimmer wäre – er war in die Morde verwickelt. Sie rief in Flints Büro an, doch er ging nicht ran, also knallte sie den Hörer wieder auf den Apparat und wandte sich anderen Aufgaben zu. Das heikle Thema Nathaniel würde sie gleich morgen früh wieder in Angriff nehmen. Sie würde der Sache auf den Grund gehen, und wenn das bedeutete, Flint umgehen zu müssen, dann war es eben so.

»Haben Sie schon herausgefunden, ob Owen letzte Woche in dem Ärztehaus war?«

Anna meldete sich zu Wort. »Er hat das neue Ärztehaus nie besucht. Sein letzter Termin bei seinem Hausarzt war 2014 in Yoxall, bevor seine Daten mit nach Abbots Bromley gezogen sind. Der Manager bei Rugeley Electrical sagt, obwohl sie Elektrogeräte bereitgestellt haben, als die Praxis gebaut wurde, gab es in letzter Zeit keine Auslieferungen. Damals war Owen nicht derjenige, der die Geräte geliefert hat. Ich habe auch mit den anderen Apothekern gesprochen, die in der Praxis arbeiten, aber niemand von ihnen konnte uns etwas Neues über Lucy Harding sagen. Sie war eine engagierte Ärztin und sehr auf ihre Arbeit fokussiert.«

Robyn warf einen Blick auf die Uhr. Es war spät geworden. Wenn sie so weitermachten, wären sie bald alle zu ausgelaugt, um arbeiten zu können. Es war Zeit, für heute Feierabend zu machen, also sagte sie ihrem Team, sie sollten nach Hause fahren. Sie selbst räumte noch ihren Schreibtisch auf, bevor sie das Licht löschte und den Flur hinunter trottete. Sie war noch zu aufgewühlt, um Ruhe zu finden. Dann fiel ihr ein, dass ihr Kühlschrank schon wieder leer war, doch ihr war nicht danach, in den Supermarkt zu gehen. Sie würde sich etwas bestellen und auf dem Weg nach Hause abholen, bevor sie sich zu Schrödinger auf das Sofa gesellen und einen Film auf Netflix schauen würde. Irgendetwas Sehenswertes musste es dort doch geben.

Tom Shearer stand vor der Eingangstür und schlüpfte in seine Jacke, bevor er Robyn die Tür aufhielt.

»Lust auf einen Drink?«, fragte er mit seinem saloppen Grinsen auf den Lippen. Robyn wollte gerade ablehnen, als sie entschied, dass es unhöflich wäre. Außerdem wäre eine Stunde mit Tom eine willkommene Abwechslung zu ihren Ermittlungen. Sie nahm seine Einladung an und begleitete ihn zu dem Pub, der etwa eine halbe Meile vom Polizeirevier entfernt lag. Einige Kollegen vom Sittendezernat waren ebenfalls dort und bei bester Stimmung, nachdem sie ein paar Dealer festgenommen hatten, also gesellten sich Tom und Robyn zu ihnen. Sie bestellten sich Getränke und scherzten mit ihnen, bevor sie in die Stadt fuhren, um etwas zu essen.

Die Schlange vor dem Fish and Chips Laden war lang, doch es war das Warten wert. Sie setzten sich mit ihrer Beute auf eine Mauer und unterhielten sich über das Leben im Revier.

»Im Vergleich zu den Betrugsmaschen, mit denen wir es in Derby zu tun hatten, ist es hier eher ruhig«, sagte Tom, spießte eine Pommes mit seiner Gabel auf und verschlang sie genüsslich. »In einigen Nächten haben wir uns richtig die Kante gegeben. Besonders nach größeren Erfolgen. Das hat allerdings auch seinen Beitrag zu meiner Scheidung geleistet – zu viele Nächte, in denen ich mit meinem Team unterwegs war. Ich habe sie öfter gesehen als meine Frau. Sie waren einfach viel witziger.«

»Vermissen Sie das alte Revier? Ihr altes Team?«

Shearer spitzte die Lippen und grinste sie an. »Nicht mehr. Dieser Posten ist in Ordnung. Das Team ist super. Sehr engagiert. Sogar dieser bekloppte Gareth Murray macht sich langsam. Obwohl ich mir nicht sicher bin, ob er bei einem meiner Trinkgelage mithalten könnte. Derby ist nicht besonders weit von hier, doch es gab einige Änderungen – mehrere des alten Teams haben gekündigt. Es ist nicht mehr so wie damals, als ich noch dort war. Manchmal ist es gut, weiterzuziehen.«

»Sie würden also nicht zurückgehen?«

Shearer zuckte mit den Schultern. »Das würde wohl auf die Umstände ankommen. Wenn ich als DCI zurückkehren würde, wäre das in Ordnung. Was ist mit Ihnen? Lust auf eine Veränderung? Als Louise Mulholland nach Yorkshire gewechselt ist, dachte ich ehrlich gesagt, dass Sie ihr bald folgen würden.«

Robyn schüttelte ihren Kopf. »Ich habe hier ein großartiges Team. Hier bin ich glücklich. Zumindest im Moment«, sagte sie und fing seinen Blick ein.

Als er eine Nachricht erhielt, linste Shearer auf sein Telefon und verzog das Gesicht. »Mein Sohn Brandon. Ich wollte dieses Wochenende mit ihm zu einem Fußballspiel fahren. Er hat gerade abgesagt. Wahrscheinlich hat er ein heißes Date und keine Lust, mit seinem klapprigen alten Vater abzuhängen.«

Robyn sah die Enttäuschung in seinen Augen. »Sie sind nicht klapprig, Tom. Er studiert doch, richtig?«

»Ja. In Keele. Das ist nicht weit weg, aber er könnte genauso gut in Kuala Lumpur sein, so selten, wie wir uns sehen.«

»Kinder sind, na ja, Kinder eben. Sie tun das, wonach ihnen der Sinn steht. Er genießt seine Freiheit.«

Shearer schenkte ihr ein Lächeln, das kleine Fältchen um seine Augen warf. »Sie haben recht. Er benimmt sich nur seinem Alter entsprechend. Ich war in seinem Alter genauso. Ich war auch mal jung.« Er zwinkerte ihr zu.

Als Robyn auf dem Weg nach Hause war, entschied sie, dass Tom Shearer nicht das komplette Arschloch war, das er manchmal vorgab zu sein.

Wenn sie sich etwas zu Essen geholt und mit nach Hause genommen hätte, wie sie es ursprünglich vorgehabt hatte, hätte sie den Mann getroffen, der drei Stunden vor ihrem Haus gewartet hatte, um mit ihr zu reden. Doch so dachte er, sie würde nicht mehr nach Hause kommen, gab schließlich auf und fuhr davon, fünfzehn Minuten, bevor sie zurückkehrte.

TAG SIEBEN – SONNTAG, 11. JUNI, MORGEN

Robyn fühlte sich müde, als sie die Küche betrat. Sie schob ihre unruhige Nacht auf den Alkohol, der ihr Gehirn mit verrückten Ideen erfüllt hatte. Sie dachte über die drei verschiedenen Tatorte nach. Es gab etwas an ihnen, dass sie noch nicht ganz zuordnen konnte.

Das Schnurren des Katers übertönte beinahe den Klang ihres Handys, das auf der Arbeitsplatte vibrierte. Sie trug ihn durch die Küche, nahm ihr Telefon auf und versuchte, gleichzeitig zu antworten und den Kater zu halten.

»Haben Sie heute Morgen die *Stafford Gazette* gelesen?«, fragte Flint.

Der eisige Ton in seiner Stimme verriet Robyn, dass es eindeutig keine guten Nachrichten waren.

»Nein, Sir.«

»Wir treffen uns in einer halben Stunde in meinem Büro.«

———

Der Artikel war sogar noch schlimmer, als Robyn befürchtet hatte:

> Der gewaltsame Tod von Dr Lucy Harding (36) vor dem Ärztehaus in Abbots Bromley hat die Bewohner des verschlafenen Dorfes erschüttert. Die Anwohner sind schockiert und bestürzt über diesen Vorfall.
>
> Dr Hardings Leiche wurde am Freitagmorgen auf dem Parkplatz des Ärztehauses vorgefunden. Ihr Mord fand in derselben Woche statt, in der bereits der lokal ansässige Elektrotechniker Owen Falcon (29) und Jordan Kilby (23), Sohn des erfolgreichen Bauunternehmers Nathaniel Jones-Kilby (55), gestorben sind.
>
> Beide Männer sind unter verdächtigen Umständen in Colton zu Tode gekommen, nur vier Meilen von Abbots Bromley entfernt, und sie beide waren Patienten in dem Ärztehaus, vor dem Dr Harding ermordet wurde.
>
> DI Robyn Carter von der Polizei in Staffordshire weigerte sich, einen Kommentar zu diesen Fällen abzugeben. Allerdings deutete sie an, dass die Polizei nach nur einem mutmaßlichen Täter sucht, der mit den Morden in Verbindung steht.
>
> Unter den Anwohnern, die sich um ihre Sicherheit sorgen, wurden zahlreiche Ängste und Fragen geäußert; manche befürchten außerdem, dass DI Robyn Carter, die in der Vergangenheit unter psychischen Problemen litt, dieser Aufgabe nicht gewachsen sei.
>
> Es verbreitet sich die Sorge, dass DI Robyn Carter mit diesem Fall überfordert sei. Zuvor hatte sie sich geweigert, Hinweisen über eine dritte Person nachzugehen, die mit den drei Morden in Verbindung stehen könnte.
>
> Ein Einwohner sagte aus: »Die Polizei in Staffordshire muss das Vertrauen der Öffentlichkeit gewinnen und uns

*sagen, was sie bezüglich dieser Sache unternehmen. Wir
haben das Recht, es zu erfahren. Sie dürfen die Möglichkeit
nicht ignorieren, dass ein Serienkiller auf freiem Fuß ist und
sein Unwesen treibt.«*

Robyns Hände ballten sich zu Fäusten. Diesmal war Amy
zu weit gegangen. »Das ist Amy Walters Rache dafür, dass ich
keine Informationen mit ihr teilen und Nathaniel als möglichen
Verdächtigen nicht weiter verfolgen wollte. Sie glaubt, dass er
in die Morde verwickelt ist. Gestern hat sie mich angerufen und
ich habe sie abgewiesen. Das ist ihre Art, sich an mir zu rächen
und mich dazu zu bringen, gegen Nathaniel zu ermitteln. Sie
müssen mich mit ihm sprechen lassen, Sir.«

DCI Flint blieb hinter seinem Schreibtisch sitzen, die
Augen auf den Artikel gerichtet.

»Ich kann nicht behaupten, dass ich darüber glücklicher bin
als Sie, aber das wird eindeutig für Wirbel sorgen.«

»Das verstehe ich, Sir. Jetzt wird die Öffentlichkeit besorgt
sein, dass da draußen ein Mörder herumläuft, der nur auf sein
nächstes Opfer wartet, und dass ich mental nicht dazu in der
Lage bin, die Ermittlungen zu leiten.«

Flint antwortete nicht.

»Sie wissen, dass die Anschuldigungen, die sie in diesem
Teil des Artikels über psychische Probleme erhoben hat,
äußerst unfair sind. Mein Verlobter und mein Baby sind gestorben. Ich habe mir eine Auszeit genommen, wie es jeder normale
Mensch nach einem solchen Verlust tun würde, und als ich zu
meiner Arbeit zurückgekehrt bin, habe ich bewiesen, dass ich
eine fähige Polizistin bin. Ich werde mich nicht wegen dieser
Frau von der Ermittlung abziehen lassen.«

»Ich stehe auf Ihrer Seite, Robyn. Allerdings stehe ich hier
zwischen den Fronten. Ich will Sie unterstützen und möchte,
dass Sie mit den Ermittlungen weitermachen, aber mit diesem
Artikel wird sie die Öffentlichkeit verunsichert haben. Ich kann

nicht zulassen, dass das Revier sein Gesicht verliert. Gegebenenfalls muss ich in Erwägung ziehen, eine neue Einheit zusammenzustellen, die die Ermittlung übernimmt, und sie von Tom Shearer anleiten lassen. Bis sich der Staub gelegt hat. Das bedeutet nicht, dass ich kein Vertrauen in Sie habe, Robyn. Aber ich muss das tun, was von der Öffentlichkeit als das Richtige angesehen wird.«

»Sie würden mich wegen dieser Sache von den Ermittlungen abziehen?«, fragte Robyn ungläubig. »Sie wissen, wie zielgerichtet ich arbeite. Gerade Sie sollten wissen, wie engagiert ich bin und dass ich immer Ergebnisse liefere. Wenn Sie mich von dieser Sache abziehen, bin ich weg. Ich werde eine sofortige Versetzung beantragen.«

»Es gibt keinen Grund, die Dinge zu überstürzen.« Flint hielt seine Hände abwehrend in die Höhe. Robyn begegnete seinen Augen mit einem kühlen Blick, ihr Herz raste in ihrer Brust. »Ich kann Ihnen versichern, dass es den gibt. Mein Ruf steht hier auf dem Spiel. Diese Frau zieht meine Fähigkeiten, meinen Job zu erledigen, in den Dreck. Einen Job, den ich liebe und in dem ich verdammt gut bin. Amy Walters ist eine übereifrige Journalistin, die denkt, sie könnte meine Ermittlungen beeinflussen und wenn sie schon dabei ist, auch noch meinen Namen besudeln. Mich schüchtert sie damit nicht ein. Ich bitte Sie in dieser Sache um Ihre Unterstützung, Sir. Geben Sie mir Rückendeckung.«

»Sie verstehen doch mein Dilemma, Robyn.«

»Nein, Sir. Das tue ich nicht. Das ist mein Fall, und ich möchte ihn bis zum Ende bringen. Muss ich Sie daran erinnern, wer mir vorgeschrieben hat, Nathaniel außen vor zu lassen? Nur weil ich ihn nicht zu einer ordentlichen Befragung herbringen konnte, hat Amy diesen Artikel geschrieben. Darüber hinaus verstehe ich nicht, warum Sie mir nicht erlauben, ihn zu befragen. Sie haben mir nie erklärt, warum er unter dem Radar bleiben durfte. Noch weiß ich, warum er sich Ihnen anvertraut zu haben scheint. Ein derartiges Verhalten habe ich bisher noch nicht erlebt. Sie haben nicht mal mir die Wahrheit anvertraut, obwohl ich diesen Fall leite. Nathaniel ist in der Nacht, in der sein Sohn ermordet wurde, durch Colton gefahren, und an dem Abend, an dem Lucy Harding getötet wurde, wurde er in Abbots Bromley gesehen. Das ist ein ziemlich großer Zufall. Ohne triftigen Grund können Sie mir die Hände nicht weiter binden.« Trotz der Wut, die sie spürte, achtete sie darauf, ihre Stimme nicht zu sehr zu heben. Flint trug die Verantwortung dafür, dass sie in dieser Situation waren.

Flints Kopf wippte langsam auf und ab. »Okay, okay. Ich werde mit der Pressestelle reden, damit sie sich dieser Sache so feinfühlig wie möglich annehmen.«

»Und Sie werden mich und meine Arbeit unterstützen?«

»Sie werden schnell arbeiten müssen. Ich werde meine Entscheidung, sie weiter an diesem Fall arbeiten zu lassen, nicht lange verteidigen können, wenn Sie keine schnellen Ergebnisse liefern. Der Superintendent wird mir im Nacken sitzen. Machen Sie sich an Ihre Ermittlungen, Robyn.«

»Ich muss darauf bestehen, Nathaniel für eine ordentliche Befragung herholen zu dürfen.«

»Ich habe Ihnen doch gesagt, dass er für die Nacht, in der sein Sohn ermordet wurde, ein Alibi hat. Er war zu einem späten Abendessen bei einem Freund.«

»Das ist nicht stichhaltig genug. Warum wollen Sie mir nicht verraten, bei wem er war?«

»Die Situation ist delikat. Es ist etwas Persönliches.«

»Und das hier ist eine Mordermittlung.« Robyn war außer sich. »Nichts sollte wichtiger sein, als herauszufinden, wer seinen Sohn und die beiden anderen Opfer getötet hat. Der Mörder ist immer noch da draußen.«

Flint begegnete ihrem Blick. »Mr Jones-Kilby war in der Nacht, in der sein Sohn umgebracht wurde, mit einer verheirateten Frau zusammen. Er will nicht, dass das bekannt wird.«

Robyn rollte mit den Augen. »Warum hat er das nicht gleich gesagt?«

»Weil Sie diese Frau befragen wollen würden, und dann würde ihr Ehemann davon Wind bekommen, und er ist eine sehr einflussreiche Persönlichkeit.«

»Oh, um Himmels willen. Das ist kein guter Grund. Ich will mit ihm sprechen und ihn fragen, warum sein Sohn ihm nur zwei Tage bevor er sterben musste, vorgeworfen hat, ein Mörder zu sein, und warum er in der Nacht, in der Dr Harding getötet wurde, durch Abbots Bromley gefahren ist.«

Zwischen Flints Augenbrauen bildete sich eine tiefe Falte. »Ich bin nicht sicher, ob es eine gute Idee wäre, ihn zu befragen. Er hat einflussreiche Freunde.«

Robyn wartete darauf, dass er noch etwas sagte, doch als er das nicht tat, stieß sie ein frustriertes Seufzen aus. Wollen Sie damit sagen, dass er sich über Sie hinwegsetzen und uns beide feuern lassen könnte? Mir ist egal, ob er das tut. Ich muss in der Lage sein dürfen, meine Arbeit zu machen. Das schulde ich der Öffentlichkeit.«

Flint machte einen tiefen Atemzug, bevor er knapp nickte. »Seien Sie vorsichtig.« Er wies sie mit einer Geste an zu gehen. Mit geballten Fäusten stampfte sie durch den Flur. Sie war hin- und hergerissen, so schnell wie möglich mit den Ermittlungen weiterzumachen oder Amy anzurufen, um ihr die Meinung zu geigen. Als sie ihr Büro erreichte, hatte sie sich entschieden. Amy konnte zur Hölle fahren. Robyn hatte Wichtigeres zu tun, als sich auf Amys Spielchen einzulassen. Sie betrat das Büro und hüstelte laut, sodass alle ihre Aufmerksamkeit auf sie richteten.

»Wahrscheinlich wissen Sie schon, dass Amy Walters uns Schwierigkeiten macht. Ich will, dass wir sie ignorieren und mit dieser Ermittlung weitermachen. Jetzt stehen wir unter zusätzlichem Druck, Resultate zu liefern. Jeder, der es nicht schaffen wird, Überstunden zu leisten, soll sich melden. Mir ist bewusst, dass Sie auch andere Verpflichtungen haben. Bei jedem, der sich nicht meldet, gehe ich davon aus, dass er oder sie zu einhundert Prozent hinter dieser Sache stehen.« Sie blickte sich im Raum um. Jeder begegnete ihrem Blick.

»Gut. Vielen Dank. Als Erstes will ich, dass Nathaniel hergebracht wird, damit wir ihn befragen können.«

Matt hob seine Hand. »Das mache ich.«

Robyn lächelte ihn an. »Alles klar, Leute. Legen wir los.«

35

DAMALS

Seine Schwester hatte nicht wie üblich auf ihn gewartet, als er die Schule verlassen hatte, obwohl ihre Prüfungen vorbei waren. Sie hätte auf der Mauer sitzen sollen, doch als er nach draußen kam, war sie verwaist, und er musste nach Hause rennen, um zu vermeiden, von den Jungs aufgemischt zu werden, die Larson anführte und die in dieselbe Richtung unterwegs gewesen waren wie er.

Er betritt das Haus und weiß sofort, dass etwas Schlimmes passiert war. Er schleicht sich in Richtung des Wohnzimmers, wo seine Schwester mit nassen Augen, aber hocherhobenem Haupt steht, ihrer Mutter zugewandt. Vater steht mit gesenktem Kopf in der Ecke des Zimmers. Er mischt sich nie in diese Angelegenheiten ein.

»Bete um Vergebung, du verfluchte Kreatur«, schreit Mutter.

»Nein. Das werde ich nicht.«

»Isebel!«, brüllt Mutter. »Hure!«

»Nein!«, schreit seine Schwester. »Das bin ich nicht. Ich liebe ihn. Wir werden heiraten.«

Mutters Gesicht ist eine Maske aus purem Zorn. Der Junge schiebt sich näher an den Türrahmen. Niemals würde er es wagen, den Raum zu betreten, doch er fürchtet sich zu sehr, um vor der Szene davonzulaufen, die sich vor ihm abspielt. Seine Schwester steht für sich ein und spricht kühn weiter.

»Ich werde keine Buße tun.«

Wut blitzt in Mutters Augen auf, sie fuchtelt wild mit den Armen. »Du hast gesündigt. Das Böse strömt aus dir heraus, du beschmutzte Kreatur. Du bist nicht meine Tochter. Du bist ein verfluchtes, unmoralisches Wesen, das Besitz vom Körper meines Kindes genommen hat. Du hast sie geschändet und musst bestraft werden.«

Ihre Hände schießen nach vorne und greifen nach dem Haar seiner Schwester, zerren so stark daran, dass sie schmerzerfüllt aufschreit und auf den Boden fällt. Mutter lässt nicht von ihr ab. Sie zerrt härter an ihr und zieht sie über den Teppich, ihr Heulen wird lauter.

Dann entdeckt Mutter den Jungen. »Steh auf«, sagt sie zu seiner Schwester, die sich auf ihre Beine kämpft und ihren Kopf hält. Der Junge kann das Blut sehen, das von den Stellen über ihr Gesicht läuft, wo ihr Haar aus der Kopfhaut gerissen worden ist.

»Du musst dich deiner Strafe stellen.«

»Das ist Wahnsinn«, sagt seine Schwester zwischen ihren Schluchzern. »Das kannst du nicht mit mir machen.«

»Sei still«, schreit Mutter. »Junge, geh auf dein Zimmer.«

Der Junge starrt seine Schwester an, die kaum merklich nickt. Er dreht sich um und eilt nach oben, wo er aus seinem Fenster blickt. Er beobachtet, wie seine Mutter mit seiner Schwester auf die Hütte zumarschiert und sie durch die offene Tür schubst.

Er sieht die Krähen, die in der Ferne die Baumkronen umrunden, dann weint er. Er wartet und sieht nach draußen, um sicherzugehen, dass die Krähen nicht auf dem Dach der Hütte landen, bis es zu dunkel ist, um etwas sehen zu können.

36

TAG SIEBEN – SONNTAG, 11. JUNI, NACHMITTAG

Robyns erste Aufgabe war es, die Bilder zu begutachten, die sie sich bereits zu Hause angesehen hatte. Irgendetwas daran, wie die Leichen positioniert worden waren, nagte an ihr: Jordan hing an dem Pfosten, sein Bauch war aufgeschnitten worden; Owen war durch das Ohr erstochen worden, mit einem Schraubenzieher, der gut sichtbar an seinem Platz gelassen worden war; und Lucy war mehrfach von ihrem eigenen Auto überfahren worden. Es wirkte, als wollte der Mörder ein Zeichen setzen.

Matt klopfte leise gegen die Bürotür. »Er ist hier und er ist nicht sehr glücklich darüber.«

»Das ist mir so was von egal. Ich bin auch nicht glücklich«, sagte Robyn, schob ihren Stuhl zurück und bereitete sich auf den Kampf mit Nathaniel vor.

Nathaniel lehnte mit seinem apricotfarbenen Pullover und

einer Jeans an einer Wand in dem Befragungsraum, seine Arme waren verschränkt. Seine Lippen waren fest aufeinandergepresst, und sein Blick fixierte Robyn, als sie zusammen mit Matt eintrat. Sein Anwalt, ein Mann mittleren Alters in einem schicken zweiteiligen Anzug, einem gestärkten weißen Hemd und einer dunkelblauen Krawatte, erhob sich, um ihnen die Hände zu schütteln.

»Vielen Dank, dass Sie gekommen sind«, sagte sie. »Mr Jones-Kilby, möchten Sie sich nicht zu Ihrem Anwalt setzen?«

Nathaniel warf ihr einen finsteren Blick zu. »Nein. Das möchte ich nicht.«

»Dies könnte eine Weile dauern, Sir, und es wäre bestimmt bequemer für Sie, sich zu setzen.«

»Ich möchte, dass Ihnen bewusst ist, dass ich mich dagegen zur Wehr setzen werde, wie ein Krimineller verhaftet und hierher gebracht zu werden. Ich werde eine offizielle Beschwerde bei Ihren Vorgesetzten einreichen.«

»Das verstehe ich. Leider muss ich Ihnen ein paar Fragen stellen, die für unsere Untersuchungen relevant sind. Wir haben Kenntnis über neue Beweise, in deren Anbetracht ich keine Wahl habe, als Sie um Ihre Kooperation zu bitten.«

Nathaniel atmete theatralisch aus.

»Bitte setzen Sie sich, ich werde mich so kurz wie nur möglich fassen.«

Er löste seine Arme voneinander und trat langsam auf den Stuhl zu, doch er zögerte, bevor er sich setzte. »Ich meine es ernst, DI Carter. Ich werde mit Ihren Vorgesetzten hierüber reden.«

»Mr Jones-Kilby, Sie wurden gesehen, als Sie am 8. Juni durch Abbots Bromley gefahren sind, und ich wüsste gerne, warum Sie an diesem Abend dort waren.«

Er stieß eine wütende Antwort hervor. »Das geht Sie verdammt noch mal nichts an.«

»Ich befürchte, es geht uns doch etwas an. Bitte beantworten Sie die Frage. An diesem Abend wurde in diesem Dorf eine Frau ermordet.«

»Ich habe sie nicht umgebracht.«

»Könnten Sie uns bitte erklären, warum Sie an diesem Abend durch das Dorf gefahren sind?«

»Ich habe jemanden besucht.«

»Wen?«

»Noch einmal, das geht Sie nichts an.«

»War es dieselbe Person, die Sie ungefähr zu der Zeit besuchten, als Ihr Sohn ermordet wurde?« Robyns Stimme erhob sich etwas, während sie sprach. Nathaniel zuckte zusammen. »Sir?«

»Ja«, antwortete er.

»Um Sie von unseren Ermittlungen ausschließen zu können, müssen wir uns das von dieser Person bestätigen lassen. Wen haben Sie besucht?«

»Ich bin nicht bereit, Ihnen diese Informationen zu geben. Ich will mit DCI Flint sprechen.«

»Das ist nicht möglich. Ich möchte Sie daran erinnern, dass Sie verpflichtet sind, uns diese Informationen zu geben. Wenn Sie Beweise zurückhalten oder unsere Ermittlungen behindern, ist das eine Straftat.«

Nathaniel schnaubte. »Ich will mit DCI Flint sprechen.«

»Mr Jones-Kilby, Sie bringen uns in eine schwierige Situation. Wir könnten das sehr schnell hinter uns bringen, wenn Sie kooperieren würden.«

Als Antwort traf sie sein Schweigen. Auf diese Frage würde sie später zurückkommen. Er konnte ihr keine Informationen vorenthalten. »Wie Sie möchten, aber Sie machen es sich selbst nur unnötig schwer. Ich würde gerne über Freitag, den 2. Juni, sprechen. Jordan hat Sie in Ihrem Büro bei NJK Properties besucht. Laut Ihrer Sekretärin, die unbeabsichtigt Zeugin des Gesprächs wurde, hat er Sie beschuldigt, ein Betrüger, Lügner und Mörder zu sein. Zwei Tage später hat er eine Nachrichten-

Journalistin angerufen und um ein Treffen gebeten, um ihr etwas Wichtiges zu erzählen. Was können Sie mir über den Vorfall am Freitag erzählen?«

»Ich weiß nicht, was er der Journalistin sagen wollte. Allerdings wird es nichts mit diesem Besuch zu tun gehabt haben. Er war nicht wütender als sonst auch, diese Ausbrüche waren typisch für ihn. So etwas hat er früher schon oft gesagt. Jordan neigte dazu, schlechte Laune zu haben, und er redete oft, ohne nachzudenken. Nach dem Tod seiner Mutter ist er mir gegenüber besonders feindselig geworden. So hat er sich schon häufiger verhalten – sehr oft sogar.«

»Nichtsdestotrotz war sich Jordan sicher, dass Sie in einen Mord verwickelt waren – in den Mord an seiner Mutter. Er war sich so sicher, dass er einen Privatermittler angeheuert hat, um das zu überprüfen.«

Er stieß ein genervtes Seufzen aus. »Er hat sich geirrt, okay?«

»Ich habe mit dem Privatermittler Ross Cunningham gesprochen, und er hat mir verraten, dass es Hinweise darauf gab, Sie des Mordes an Ihrer Frau zu verdächtigen: Jemand hat ein Telefonat mit angehört, in dem Sie der Person am anderen Ende gesagt haben sollen, dass sie sich ›ein für alle Mal um sie kümmern soll‹. Weniger als eine Stunde später war ihre Frau tot. Jordan glaubte, Sie hätten eine Mitschuld getragen. Hat er Beweise für seinen Verdacht gefunden und Sie am letzten Freitag damit konfrontiert?«

Nathaniel tauschte einen Blick mit seinem Anwalt aus. »Kein Kommentar.«

»Es ist wirklich nicht in Ihrem Interesse zu schweigen. Wir müssen herausfinden, wer Ihren Sohn ermordet hat. Wenn es irgendwie mit dem zusammenhängt, was Ihrer Frau passiert ist, dann müssen wir das wissen. DCI Flint wird Ihnen nicht mehr helfen können, sobald wir alle Beweise vorlegen, die wir in der vergangenen Woche gesammelt haben. Und sollte irgendetwas davon in die Hände der Presse geraten, könnte das desaströse Folgen für Ihr Geschäft und sämtliche zukünftige geplante Geschäftsabschlüsse haben.«

Der Anwalt flüsterte ihm etwas zu. Robyn konnte nicht hören, was er sagte, doch Nathaniel zuckte mit den Schultern und wandte sich an sie. »Ich habe meine Frau nicht ermordet. Das habe ich Jordan schon vor Jahren gesagt, als er mir das erste Mal diese wahnwitzigen Anschuldigungen an den Kopf warf. Ich habe ihm gesagt, dass ich nichts mit Sues Tod zu tun hatte. Natürlich konnte ich ihm nicht die ganze Wahrheit sagen. Er war ein sehr sensibler Kerl – zu sensibel, in vielerlei Hinsicht.«

»Könnten Sie das bitte näher ausführen?«

Nathaniel hielt inne, um seine Gedanken zu sortieren, dann sprach er mit einem ernsten Ausdruck weiter. »Jordan war ein Muttersöhnchen. Er hat seine Mutter verehrt. In seinen Augen war Sue perfekt. Doch in Wahrheit war sie nicht perfekt. In vielen Punkten war sie eine lausige Mutter. Sie hat angefangen zu trinken, als er noch ein Baby war. Ich habe die ersten Warnzeichen nicht gesehen – die Depression, die Lethargie. Ich war zu sehr mit meinem Unternehmen beschäftigt, um zu sehen, was mit ihr geschah. Erst als es aus dem Ruder lief, wurde mir bewusst, was vor sich ging. Als er noch ein Kleinkind war, kam ich immer öfter aus dem Büro nach Hause und sah, dass sie ihm kein Abendessen gemacht oder ihn nicht gebadet hatte, oder er war um zehn Uhr noch immer wach, während sie komatös auf einem Sessel lag. Sie müssen nicht alles wissen. Tatsache ist, dass sie ein Alkoholproblem hatte.

Ich konnte sie davon überzeugen, zu einem Therapeuten zu gehen und das Trinken aufzugeben, und ein paar Jahre ist es tatsächlich besser geworden. Dann kam Jordan in die Grundschule und ihr Trinkverhalten wurde noch schlimmer als vorher. Er hatte natürlich keine Ahnung, was vor sich ging. In seinen Augen war seine Mum perfekt. Sie ließ ihn essen, was auch immer er wollte, und ließ ihn länger aufbleiben und Filme sehen, deren Altersfreigabe bei zwölf oder sogar sechzehn Jahren lag, während sie trank. Sie war der Grund, weshalb er auf diesen ganzen Comic- und Superheldenkram stand. Sie hat sich betrunken und so getan, als wären sie beide Superhelden, und dann hingen sie über der Rückenlehne des Sofas wie zwei Vollidioten. Sind über die Sessel und Kissen gesprungen und taten so, als würden sie das Universum retten. Nach ein paar Drinks konnte sie ziemlich verrückt werden. Manchmal, wenn ich nach Hause kam, waren Möbel, Fenster oder Teile der Dekoration kaputt, nachdem sie eins ihrer dämlichen Spiele gespielt hatten. Sie hat ihm nie etwas verboten. Hat sich immer auf seine Seite geschlagen. In unserem Haus war sie der gute Cop und ich der böse Cop. Zum Ende hin fing sie an, zusätzlich noch andere Drogen zu nehmen, und ich musste die Dinge selbst in die Hand nehmen; ich schickte ihn auf eine Privatschule, damit er nicht länger ihrem schlechten Einfluss ausgesetzt war, und sagte Sue, sie soll ihren Mist auf die Reihe bekommen.

Sie hat es versucht, war aber kaum noch zu Hause. Das Geschäft lief gut und ich musste dem mehr Zeit widmen. Ihr wurde langweilig. Sie hing mit ihren Freundinnen herum, alles Frauen wie sie – gelangweilte, verwöhnte Hausfrauen, die nichts zu tun hatten, als Geld beim Shoppen aus dem Fenster zu werfen, nett essen zu gehen und Drogen zu nehmen, die ihrer Entspannung dienen sollten. Ihr Trinkverhalten lief wieder aus dem Ruder. Diesmal habe ich ihr gesagt, dass es so nicht weitergehen kann. Sie hat mich angefleht, ihr zu helfen, also habe ich dafür bezahlt, dass sie ein paar Wochen in einer Klinik verbringen konnte, um trocken zu werden. Als sie zurückkam, wollte sie, dass die Dinge genauso weiterliefen wie zuvor, aber ich hatte mein Leben weitergelebt. Ich habe jemand Neues gefunden – Evelyn Morris, die zu der Zeit, als es passierte, meine Sekretärin war. Offiziell waren wir noch verheiratet, aber wir waren beide nicht glücklich damit. Es war eine Farce. Schließlich hat Sue von der Affäre erfahren und es Jordan erzählt. Zu dem Zeitpunkt hatte er bereits mit seinen eigenen Problemen zu kämpfen. Er war der Schule verwiesen worden und war dabei, sein Leben in den Sand zu setzen. Die Nachricht hatte ihn völlig aus der Bahn geworfen, und als wäre das nicht genug, brachte Sue ihn auch noch gegen mich auf. Sie wollte ihn mit sich nehmen, wenn sie fortging, aber ich habe mich geweigert. Ich sagte ihr, ich würde sie vor Gericht zerren und beweisen, dass sie nicht in der Lage war, sich um ihn zu kümmern.« Er starrte ins Leere, die Erinnerungen überzogen sein Gesicht mit einer tiefen Traurigkeit.

»Ich habe das mit Evelyn beendet und sie ist weggezogen, das hat allerdings nicht geholfen. Jordan wollte nicht akzeptieren, dass Sue bei einem unglücklichen Unfall gestorben sein sollte. Er dachte, es stecke mehr dahinter. Er leugnete es über einen langen Zeitraum, und dann wurde er wütend. Ich habe mir wirklich Mühe gegeben, mich mit ihm wieder besserzustellen. Ich habe getan, was ich konnte, habe ihm sogar ein Haus gekauft, in dem er leben konnte, habe ihn eingeladen, ein Teil der Firma zu werden, habe ihn angefleht, noch einmal darüber nachzudenken, aber er wandte sich von mir ab. Er wollte nichts mit mir zu tun haben. Aber er war mein Sohn, und ich habe ihn geliebt. Ich hätte alles dafür getan, sein Vertrauen und seine Liebe zurückzubekommen.«

»Darf ich bei seinem Schulverweis nachhaken? Was genau ist dort vorgefallen?«

Er seufzte schwer, seine Stirn bildete Falten, als er sprach. »Ich habe die Schule bezahlt, damit sie den Mund halten. Ich schätze, jetzt, da er von uns gegangen ist, spielt es keine Rolle mehr, ob die Wahrheit ans Licht kommt. Drogen. Jordan wurde beim Umgang mit Drogen erwischt. Es war ein unglücklicher Vorfall. Für Jordan war es nicht leicht, Freunde zu finden. Er war immer so ein Muttersöhnchen gewesen und irgendwie fehlte ihm das Selbstvertrauen. Er hatte Probleme mit seinen

Mitschülern, aber es gab einen Jungen, mit dem er gut zurecht-kam – sein Name war Sean Corbett. Seans Eltern waren ziemlich wohlhabend. Sein Vater arbeitet im Bereich der Erdölförderung in den Vereinten Arabischen Emiraten. Sean war vollkommen verzogen. Er hat mit Drogen angefangen und hatte ein Ding mit dem örtlichen Dealer laufen, der regelmäßig ins Dorf in der Nähe der Schule fuhr. Sean schickte Jordan in das Dorf, um die Drogen abzuholen, weil er dachte, niemand würde jemals Jordan verdächtigen. An jenem Tag wurde Jordan gesehen, wie er auf das Schulgelände zurückschlich, und er wurde vom Schulleiter zur Rede gestellt. Weder ihm noch mir sagte Jordan die Wahrheit. Er hat seinem Freund zuliebe dichtgehalten. Erst viel später – nach etwa sechs Monaten, als Sean ihn fallengelassen hatte und sich nicht länger für ihn interessierte – hat Jordan Sue erzählt, was wirklich passiert ist. Zu dem Zeitpunkt war es zu spät, zurückzukehren und Sean die Schuld zu geben. Er hatte die Schule verlassen und war zu seinem Vater ins Ausland gezogen.«

»Haben Sie arrangiert, dass Jordan zu diesem Vorfall interviewt wurde? Ich habe einen Artikel über reiche Kinder gelesen, die auf die schiefe Bahn geraten waren, und es gab auch ein Interview mit ihm.«

Nathaniel nickte. »Ich habe versucht, ihm etwas Verstand einzureden und ihn davon zu überzeugen, diese Möglichkeit zu nutzen, um reinen Tisch zu machen und zu erzählen, was wirklich vorgefallen war, doch er hat sich geweigert. Er meinte, er würde seine Freunde nicht verraten. Dummer Junge«, sagte er schwer betrübt. »Ich hatte mit seinem Tod nichts zu tun. Ich habe Jordan nicht umgebracht, weil er an diesem Freitag wütend auf mich war. Er war schon viele Male zuvor wütend auf mich. Und ich habe ihn auch nicht umgebracht, weil er mich beschuldigte, seine Mutter auf dem Gewissen zu haben.« Nathaniels Hände ruhten in seinem Schoß. »Sind Sie jetzt zufrieden?«

»Eine Frage hätte ich noch bezüglich des Abends, an dem Sie Ihre Frau das letzte Mal gesehen haben. Wen haben Sie in dem Restaurant angerufen, so kurz nachdem Ihre Frau aufgebrochen ist? Das Gespräch wurde mit angehört und ich fürchte, das Gesagte könnte Sie belasten.«

Er stieß den Seufzer eines Mannes aus, der das Leben leid hatte. »Der Anruf ging an ihren Arzt. Ich habe ihn gebeten, sie wieder in die Klinik einzuliefern. Sie brauchte immer noch Hilfe. Sie hat während des Essens viel getrunken und wollte nicht auf mich hören, als ich ihr sagte, sie hätte genug. Der Großteil unserer Streitereien, die wohl mitgehört wurden, gingen darum, dass ich wollte, dass sie aufhört zu trinken. Ich habe den Arzt angerufen, damit er sich um Sue kümmert, ein für alle Mal. Ich kann Ihnen seinen Namen geben. Er könnte sich noch daran erinnern, auch wenn es schon so lange her ist.«

»Vielen Dank, Sir. Es tut mir leid, dass Sie so viel durchmachen mussten.«

Er zuckte mit den Schultern. »Und fürs Protokoll, ich hatte keine Ahnung, dass Sue zu ihrem Haus im Norden zurückfahren wollte. Sie sagte zu mir, dass sie in einem Hotel übernachten würde. Wenn ich davon gewusst hätte, hätte ich ihre Autoschlüssel einkassiert. Das hätte uns viel Elend erspart.«

»Ich würde Ihnen gerne noch eine Frage zu Owen Falcon stellen, wenn ich darf? Er ist letzten Mittwoch zu Ihnen nach Hause gefahren, um einen defekten Rauchmelder auszutauschen. Ich würde gerne wissen, worüber Sie gesprochen haben, als er bei Ihnen war.«

»Über gar nichts. Ich war bei der Arbeit. Meine Haushälterin hat ihn reingelassen. Sheila Marchington, die werden Sie fragen müssen. Sie arbeitet seit Jahren für mich.«

»Könnten Sie Sergeant Higham bitte ihre Kontaktdaten dalassen, wenn wir fertig sind? Worüber haben Sie und Owen an dem Dienstag gesprochen, als er den Rauchmelder in Ihr Büro gebracht hat?«

»Wir haben uns nicht groß unterhalten. Ich habe ihn gebeten, für mich zu meinem Haus zu fahren und den Rauchmelder zu installieren, wir haben abgemacht, dass er es am nächsten Tag erledigt.«

»Und zu guter Letzt muss ich Sie noch einmal fragen, Mr Jones-Kilby, warum sind Sie Donnerstagabend durch Abbots Bromley gefahren?«

Nathaniels Augen blitzten auf. »Ich habe Ihnen bereits mehr erzählt, als ich müsste. Sie sollten den Mörder meines Sohnes finden, anstatt mein Leben noch miserabler zu machen, als es ohnehin schon ist. Ich habe meinen Sohn verloren. Wir mögen unsere Differenzen gehabt haben, aber er war dennoch mein Sohn. Ich will wissen, wer ihm das angetan hat, und zwar bald. Nächste Woche werde ich ihn beerdigen. Denken Sie daran, wenn Sie willkürlich irgendwelche Leute hierher schleppen.«

Robyn starrte den Mann an, der ihr gegenüberstand und abwehrend sein Kinn in die Höhe reckte. »Ich befürchte, Sie müssen uns diese Frage beantworten, sonst können wir Sie nicht von unseren Ermittlungen ausschließen.«

Der Anwalt rutschte auf seinem Stuhl herum, bevor er das Wort ergriff. »Mein Klient hat Ihrem Vorgesetzten bereits gesagt, wo er in der Nacht, in der sein Sohn ermordet wurde, war. Er wird DCI Flint über seinen Verbleib vom Donnerstag informieren. Ich bin mir sicher, dass das für seine Verteidigung ausreicht.«

»Ich leite diese Ermittlung, nicht DCI Flint, und ich bitte Mr Jones-Kilby, mir zu erklären, wo er sich Donnerstagabend aufgehalten hat.«

Nathaniel stieß ein leises Fauchen aus, bevor er antwortete. »Ich habe eine Freundin in Abbots Bromley besucht – eine verheiratete Freundin –, dieselbe Freundin, mit der ich zu Abend gegessen habe, als mein Sohn ermordet wurde. Sie wird für mich bürgen, und DCI Flint weiß, wer sie ist. Mehr bin ich nicht bereit, Ihnen zu sagen, es sei denn, Sie würden mich gerne verklagen. Allerdings glaube ich nicht, dass Sie stichhaltige Gründe dafür hätten, und bestimmt wollen Sie nicht riskieren, dass sich Rupert McIntosh in diese Sache einmischt, der übrigens ein sehr guter Freund von mir ist.«

Rupert McIntosh war der Chief Constable von Staffordshire. Zweifellos hatte er Flint gegenüber dieselbe Drohung ausgesprochen, und Flint, der erst seit wenigen Monaten in diesem Revier war, wollte niemandem auf die Füße treten. Robyn unterdrückte ein Seufzen. Sie wurde genauso wie Flint aufgrund einer außerehelichen Affäre zum Schweigen verdonnert. Was auch immer Nathaniels Grund dafür war, dass es ein Geheimnis bleiben sollte, sie musste trotzdem ihre Ermittlung leiten.

»Ich werde DCI Flint bitten, mit Ihnen zu sprechen.«

Er nickte ihr knapp zu, dann richtete er seinen Blick nach vorne und ignorierte sie, als er den Raum durchquerte und verschwand. Draußen atmete sie tief durch. Nathaniel hatte kein Motiv, seinen Sohn umzubringen. Amy hatte sich geirrt. Robyn kämpfte gegen das Verlangen an, Amy anzurufen und sie für den gegen sie gerichteten Artikel auseinanderzunehmen. Sie hatte dringendere Angelegenheiten zu erledigen. Entschlossen und erhobenen Hauptes machte sie sich auf den Weg zum Büro von DCI Flint. Sie würde ihn bitten, mit Nathaniel zu sprechen, und dann müsste sie dem Urteil ihres Vorgesetzten vertrauen und hoffen, dass es richtig war, diesen Mann als möglichen Verdächtigen zu streichen. Und das würde sie vor ein großes Problem stellen: Sie musste den Mörder finden, bevor ihre Vorgesetzten entschieden, sie von dem Fall abzuziehen.

37

TAG SIEBEN – SONNTAG, 11. JUNI, ABEND

Wie es schien, machten Harry und seine Assistentin Laura ebenfalls Überstunden. Um kurz nach acht hatte Harry bei Robyn angerufen, um ihr von seinen Erkenntnissen zu berichten.

»Lucy Harding wurde von einem harten Gegenstand seitlich am Kopf getroffen, bevor sie überfahren wurde. Die Schürfwunde und der rötliche Staub lassen vermuten, dass sie von einem Ziegelstein getroffen wurde.«

»Hat sie das umgebracht?«

»Nein. Das hat sie vermutlich nur lange genug bewegungsunfähig gemacht, damit ihr Mörder ihr die Schlüssel abnehmen, in ihr Auto steigen und sie überfahren konnte ... Mehrfach. Sie starb an ihren inneren Verletzungen – ihre gebrochenen Rippen haben zum Beispiel ihre Lunge verletzt. Ich habe den vollständigen Bericht hier, Laura wird ihn gleich für Sie abgeben, falls Sie ihn heute Abend noch brauchen.«

»Wenn es ihr keine Umstände macht.«

»Das tut es nicht. Sie fährt auf dem Weg nach Hause beim Revier vorbei.«

»Harry, denken Sie, dieselbe Person, die Jordan und Owen umgebracht hat, steckt auch hinter diesem Mord? Benutzt der Täter unterschiedliche Methoden, um sie umzubringen?«

Harry zögerte keine Sekunde, bevor er antwortete. »Ich würde sagen, es ist durchaus möglich, dass dieselbe Person hinter all diesen Morden steckt. Die Planungsweise und die Komplexität jedes einzelnen Verbrechens – die müssen von einem verdrehten Geist begangen worden sein. Laura hat in ihrem Studium mehrere Kurse zum Profiling belegt. Fragen Sie sie, wenn sie rüberkommt. Sie ist in zehn Minuten bei Ihnen.«

―――――

Harry hielt zu seinem Wort. Genau zehn Minuten später tauchte Laura in ihrem Büro auf. Mit einem müden Lächeln hielt sie Robyn einen Umschlag entgegen.

»Keine schöne Art, seinen Sonntag zu verbringen«, sagte sie.

»Ich hatte ohnehin nichts anderes geplant«, erwiderte Robyn mit einem schwachen Grinsen. »Möchten Sie eine Tasse unseres berühmt berüchtigten schlechten Kaffees?« Sie deutete auf die Kaffeemaschine in der Ecke des Büros.

Laura schüttelte ihren Kopf. »Ich habe heute schon zu viel Kaffee getrunken, danke.«

»Harry sagte, Lucy wurde von einem Ziegelstein getroffen, allerdings haben unsere Forensiker am Tatort keine davon gefunden.«

»Die Form der Verletzung auf ihrem linken Wangenknochen in Kombination mit dem Abdruck auf ihrer Haut und den roten Staubresten untermauern diese Theorie. Ihr Körper wurde zerquetscht, aber erstaunlicherweise war ihr Gesicht abgesehen von der Wunde, die von dem Stein stammt, unberührt. Sie starb kurz nachdem ihre Rippen ihre Lunge durchbohrt haben. Wir sind zu dem Schluss gekommen, dass das wahrscheinlich passierte, als sie das erste Mal überfahren wurde. Allerdings ist der Mörder noch ein paar weitere Male über sie gefahren. Wir haben die Reifenspuren auf ihrem Körper untersucht, und aufgrund des Reifenmusters und den Blutspuren am Tatort lässt sich schließen, dass der Täter jeden Teil ihres Körpers erwischen wollte – abgesehen von ihrem Kopf. Ihre Organe haben schwere Schäden davongetragen und sie hatte starke innere Blutungen. So einen Angriff konnte sie nicht überleben.«

»Harry erzählte vorhin, Sie hätten Profiling studiert?«

»Nur für ein Semester. Es wurde als Wahlpflichtfach angeboten und war wirklich faszinierend; allerdings bevorzuge ich es, mit den tatsächlichen Beweisen zu arbeiten, als mich mit Theorien zu beschäftigen.«

»Mit welcher Art von Person glauben Sie, haben wir es hier zu tun?«

»Ich bin keine Expertin in diesem Bereich und ich bin mir sicher, dass ich Ihnen nichts sagen kann, was Sie nicht schon selbst in Betracht gezogen haben.«

»Trotzdem würde ich gerne hören, was Sie darüber denken«, sagte Robyn.

»Ich würde sagen, wir suchen nach jemandem, der sehr intelligent ist – intelligent genug, um diese komplizierten Verbrechen zu begehen, ohne dabei von jemandem gesehen zu werden oder irgendwelche Spuren zu hinterlassen.« Lauras Blick wanderte für einen Moment an die Zimmerdecke. »Außerdem denke ich, dass derjenige, der das getan hat, sehr wütend ist. Diese Person hegt tiefgehenden Hass gegen ihre Opfer. Es wird nicht aus einer Laune heraus gehandelt, sondern methodisch vorgegangen. Auf Jordan zum Beispiel wurde nicht wie wild eingestochen. Jemand besaß die Macht über ihn, ihn seine letzten Schritte eigenständig gehen zu lassen, bis in die Mitte des Top Fields, wo er umgebracht wurde, und auch dann wurde gezielt und nur ein einziges Mal zugestochen. Man hat sich die Zeit genommen, seine Leiche an den Pfosten der Vogelscheuche zu binden. Es bestand keine Eile, man war sich sicher, nicht erwischt zu werden.« Sie schloss ihre Augen und dachte noch etwas weiter. Aufmerksam lauschte Robyn ihrer sanften Stimme.

»Dieselbe Person hat auch Owen angegriffen, ihn bewusstlos geschlagen und sich dann wiederum die Zeit genommen, den Schraubenzieher mit einem Hammer in Owens Ohr zu rammen. Möglicherweise wurde sogar sichergestellt, dass er lange genug am Leben blieb, um die Schmerzen spüren zu können, die dadurch entstanden. Dasselbe Vorgehen finden wir bei Lucy. Man hätte ihr mit dem Ziegelstein den Schädel einschlagen können, aber das ist nicht passiert. Sie wurde drei Mal überfahren, wobei darauf geachtet wurde, immer eine andere Stelle zu erwischen. Es sieht so aus, als hätte das Auto sie platt fahren wollen. Dann denke ich, hat derjenige den Stein mitgenommen und ihn entweder als eine Trophäe behalten oder ihn irgendwo entsorgt.«

Robyn stützte sich mit ihren Ellbogen auf dem Schreibtisch ab und tippte gedankenverloren ihre Fingerspitzen aneinander. »Sie haben meinen Verdacht perfekt zusammengefasst. Ich glaube, dass der Mörder eine Nachricht übermitteln möchte.«

»Irgendeine Ahnung, welche?«

»Noch nicht, aber ich will mich nicht um noch einen Todesfall kümmern müssen, bevor ich nicht weiß, was es sein könnte.«

»Der Täter ist selbstsicher und gefährlich – und risikofreudig. Es handelt sich um einen kühl berechnenden Mörder«, sagte Laura.

»Und er ist kaltherzig.«

Dem stimmte Laura zu. »Zweifellos. Allerdings könnte ihr

Killer auch psychopathische Tendenzen aufweisen und Sie würden niemals bemerken, wozu er oder sie fähig ist, wenn Sie sich gegenüberstehen.«

»Das bereitet mir die meiste Angst. Dass ich unseren Mörder bereits befragt und ihn nicht durchschaut habe.«

Laura lächelte ihr aufmunternd zu. »Ich bin mir sicher, dass sie den Täter enttarnen werden. Nach allem, was ich bisher gehört habe, werden Sie ihn ganz bestimmt schnappen.«

»Ich wünschte, alle hätten so viel Vertrauen in mich«, sagte Robyn und seufzte. »Mich selbst mit eingeschlossen.«

»*Nil desperandum*«, sagte Laura. »Sie werden das Rätsel lösen.« Sie lachte leise. »Hör sich das einer an. Ich klinge wie ihr größter Fan.« Sie errötete.

Robyns Lippen kräuselten sich. *Nil desperandum* war einer von Harrys Lieblingssprüchen. Sein Schützling schien all seine Lehren wie ein Schwamm aufzusaugen. »Den kleinen Ego-Booster nehme ich heute gerne entgegen. Vielen Dank für den Bericht.«

»Kein Problem. Ich wäre ohnehin hier vorbeigekommen. Es wäre albern gewesen, ihn nicht vorbeizubringen. Keine gute Bettlektüre, aber es könnte ihnen helfen, ein besseres Bild davon zu bekommen, womit Sie es zu tun haben. Ich sollte Sie jetzt weiterarbeiten lassen.«

———

Nachdem Laura gegangen war und Robyns einzige Gesellschaft die summende Röhrenlampe war, las sie sich den pathologischen Bericht durch, bevor sie die Berichte von Jordan und Owen ebenfalls noch einmal durchlas.

Robyn musste noch immer darüber nachdenken, wie jedes Opfer präsentiert worden war. Es gab einen Grund dafür – was könnte es sein? Als sie das Bild von Jordan ansah, der den Eindruck erweckte, gekreuzigt worden zu sein, googelte sie

Bilder von Jesus Christus am Kreuz. Als sie sich die zahlreichen Abbildungen ansah, fragte sie sich, ob es sinnvoll wäre, eine professionelle Meinung zu diesem Thema einzuholen. Es könnte einen religiösen Zusammenhang geben. Sie musste an Benjamin Burroughs denken, einen Professor der philosophischen Theologie und Religion an der Stafford University. Sie und Ross hatten 2016 im Zuge einer privaten Ermittlung mit ihm zusammengearbeitet. Er hatte darum gebeten, dass eine Überwachungskamera in seinem Büro installiert würde, weil er davon überzeugt war, dass einer seiner Studenten dort einbrach und die Prüfungsunterlagen stahl. Möglicherweise konnte er ihr helfen.

Über die Kontaktseite der Stafford University konnte sie Benjamins Telefonnummer ausfindig machen und sie freute sich, als er gleich ihren ersten Anruf entgegennahm. Sie erinnerte ihn daran, wer sie war und wie sie sich kennengelernt hatten. Er klang erfreut von ihr zu hören.

»Was kann ich für Sie tun, Robyn?«

»Ich brauche Unterstützung in einem Fall, an dem ich arbeite.« Sie erklärte Benjamin ihre Theorie.

»Wäre es möglich, dass ich zu Ihnen ins Revier komme und mir diese Fotografien ansehe?«, fragte er.

»Das wäre es. Wann würde es Ihnen passen?«

»Sind Sie jetzt gerade dort?«

»Das bin ich.«

»Dann kann ich in ein paar Minuten da sein. Ich bin noch auf dem Campus, also ist es nicht sehr weit.«

———

Benjamin war genau so, wie sie ihn in Erinnerung hatte. Neben seinem sonnengebräunten Gesicht blitzte ein kleiner Ohrstecker in seinem rechten Ohr auf, sein graues Haar war in einen lockeren Pferdeschwanz zurückgebunden, was ihm das

Aussehen eines in die Jahre gekommenen Rockstars verlieh. Er saß Robyn in ihrem Büro gegenüber, vor ihm stand eine dampfende Tasse Tee, und sie unterhielten sich, als wären sie alte Freunde.

Robyn nippte an ihrem Getränk, zuckte zusammen und blies auf die kochend heiße Flüssigkeit. »Sie sollten aufpassen«, sagte sie. »Der ist ein bisschen zu heiß geworden. Ich glaube, unser Automat spielt schon wieder verrückt.«

Benjamin stieß ein tiefes Lachen aus. Sein kanadischer Akzent hatte sich über die Jahre nicht verändert. Seine großen Hände legten sich um die Tasse, bevor er einen Schluck nahm. »Ah, es geht doch nichts über eine schöne Tasse Tee, ganz egal, wie spät es ist«, sagte er und seufzte zufrieden.

»Ich weiß es wirklich sehr zu schätzen, dass Sie bereit waren, an einem Sonntagabend herzukommen, um mir zu helfen.«

»Es ist mir ein Vergnügen. Zu dieser Zeit des Jahres muss ich mich nicht um viele Studenten kümmern, und mein Gehirn könnte etwas Training gut gebrauchen. Worum geht es? Sie haben mein Interesse geweckt.«

Robyn zeigte ihm das Foto von Jordan, der an dem Pfosten der Vogelscheuche hing und erklärte, was sie bereits online zu dem Thema gefunden hatte. Benjamin richtete seine dünne Brille und hob das Foto hoch, um besser sehen zu können, während er Robyn nickend zu verstehen gab, dass er ihr zuhörte.

»Ich denke, damit könnten Sie recht haben«, sagte er schließlich.

Anschließend beschrieb Robyn, was mit Lucy geschehen war. »Gibt es irgendeine Geschichte in der Bibel, in der jemand zertrampelt oder zu Tode gequetscht wurde?«

Benjamin nickte bestimmt. »Die Bibel enthält viele grausige Morde, von denen keiner auch nur im Entferntesten mit dem hier zu tun haben könnte. Allerdings weist die Geschichte von Jehu und Isebel gewisse Ähnlichkeiten auf.«

Robyn lehnte sich über den Tisch und saugte jedes seiner Worte auf.

»Es besteht die geringe Möglichkeit, dass Ihr Mörder diese Geschichte kennt und das Bedürfnis hat, sie neu zu inszenieren – man kann sehen, dass er oder sie ihr nicht Wort für Wort folgt.«

Robyn war aufgeregt. Sie war da an etwas Wichtigem dran. Zu guter Letzt erzählte sie ihm von Owen. Es war beinahe zehn Uhr, aber Benjamin hatte es nicht eilig. Er hatte seinen Laptop mitgebracht, den er jetzt auf ihren Schreibtisch stellte und öffnete.

»Also, das kommt mir doch bekannt vor«, sagte er.

Während die Leuchtröhre über ihnen weiter summte, flogen Benjamins Finger über die Tastatur und brachten die Informationen zum Vorschein, die Robyn brauchte: die passenden Bibelstellen und auch einige Bilder.

»So, was haben wir hier?«, fragte er, als er sich durch die Bilder klickte, die Robyn aufmerksam verfolgte.

»Das sind Gemälde von Jesus am Kreuz. Eines davon habe ich im Louvre gesehen, das ist schon Jahre her – dieses hier«, sagte sie und zeigte auf eines der Bilder. »Ich konnte kein Bild finden, auf dem Jesus in einer ähnlichen Position hängt wie das Opfer. Auf keinem davon ist sein Bauch aufgeschnitten und ich kann kein Blut auf dem Boden entdecken. Kennen Sie so eins?«

»Nicht, dass ich wüsste.« Noch einmal studierte er das Bild von Jordan und nahm die Haltung der Leiche in sich auf. »Sie denken, das Laken ist wichtig?«

»Da bin ich mir ziemlich sicher. Es wurde nicht einfach dort hingeworfen, um das Blut aufzufangen. Es sah fast so aus, als wäre es vorsichtig aufgebauscht worden.« Seine gerunzelte Stirn verriet ihr, dass er sie nicht verstanden hatte. »Es wurde absichtlich dort positioniert. Zumindest hatte ich diesen

Eindruck. Es sah aus, als würden unter seinen Füßen rote Wellen schlagen.«

»Wellen ... Wellen wie in einem Meer aus Blut«, murmelte Benjamin. »Ich verstehe, was Sie meinen.«

Robyn wartete ab, während er sich das Foto ganz genau ansah. »Der Kopf Ihres Opfers scheint von etwas oben gehalten zu werden.«

»Ein Gürtel hat seinen Hals in Position gehalten.«

»Okay. Er wurde auf einem offenen Feld gefunden, richtig?«

»Festgebunden an einen Pfahl, an dem normalerweise eine Vogelscheuche hängt.«

»Und sein Bauch wurde aufgeschnitten?«

»Das ist korrekt.«

Benjamin dachte einen Moment lang nach. »Das erinnert mich an ein anderes Bild: ein Fresko von Judas aus dem fünfzehnten Jahrhundert – Sie wissen schon, der Verräter.«

Er tippte in dem Suchfeld Judas Iskariot ein und klickte auf eines der Ergebnisse. Robyn beobachtete, wie er mehrere Seiten und Bilder öffnete, bis er sich mit einem zufriedenen Lächeln zurücklehnte. »Habe ich mir doch gedacht.«

Auf dem Bildschirm sah Robyn das Gemälde eines Mannes, der mit einem Seil um seinem Hals an einem Baum hing, außerdem waren seine Eingeweide sichtbar.

»Das ist es.«

»Es hat eine gewisse Ähnlichkeit«, sagte Robyn. »Aber es ist nicht dieselbe Position wie bei Jordan. Er hängt an einem Baum, und was ist mit dem Laken, das wir gefunden haben?«

»Dafür habe ich eine Erklärung. Sie haben mir die entscheidenden Begriffe geliefert, die mich nachdenklich gemacht haben: Feld, Blut und Wellen.«

Er öffnete eine Website, auf der Theorien zur Todesursache von Judas geteilt wurden. Robyn nickte langsam. Sie waren da an etwas dran. Benjamin hielt einen Finger in die Höhe und sagte: »Wenn wir schon dabei sind, wieso erzählen Sie mir nicht, wie Ihre anderen Opfer gestorben sind?«

Als sie fertig waren, hatte Robyn keinen Zweifel mehr daran, dass die Morde miteinander in Verbindung standen und ganz bestimmt von ein und demselben Mörder begangen worden waren. Sie dankte Benjamin und begleitete ihn nach draußen, wo sie beobachtete, wie er auf sein Motorrad stieg und davonfuhr, das Knurren seines Motors wurde immer leiser. Dann kehrte sie ins Büro zurück, druckte alles aus, was sie brauchte, und machte sich auf den Weg nach Hause, um ein paar Stunden Schlaf zu ergattern.

Laura hatte ihr nicht nur den pathologischen Bericht gebracht; sie hatte Robyn genug Denkanstöße gegeben, sodass sie riesige Fortschritte hatte machen können. Es würde nicht nötig sein, dass Flint ihr einen anderen Fall zuschrieb. Sie war da an etwas dran und würde den Mörder aufspüren. Keine Drohungen oder Artikel in der Zeitung könnten sie jetzt noch aufhalten. Sie war schon nah dran und kam immer näher.

38

TAG ACHT – MONTAG, 12. JUNI, MORGEN

Robyn hatte sich gut auf die Dienstbesprechung um sieben Uhr vorbereitet und konnte es kaum erwarten, ihre neuen Erkenntnisse mit ihrem Team zu teilen. Benjamin Burroughs hatte sich ebenfalls zu ihnen gesellt. Sie stellte sie einander vor, verteilte die Kopien der Websites, die Benjamin ihr gezeigt hatte, und legte sofort los.

»Jordan wurde hängend an einem Pfahl aufgefunden, mitten auf einem Feld. Zunächst wurde angenommen, dass er absichtlich dort platziert wurde, um für eine Vogelscheuche gehalten zu werden, und damit die Vögel möglichst viel seines Körpers zerstören konnten. Für einen kurzen Augenblick dachten wir sogar, es wäre passiert, um die Identifikation seiner Leiche zu verhindern. Das Laken unter seiner Leiche hat mir von Anfang an keine Ruhe gelassen, wir haben angenommen, es sollte die Krähen anlocken. Wie Sie auf dem Foto auf Seite eins sehen können, wurde es zu seinen Füßen platziert und war mit Jordans Blut getränkt. Doch jetzt glaube ich, dass Jordans Leiche und das Laken dort aus einem anderen Grund platziert wurden. Die Art, wie Jordan dort hing, erinnerte mich an ein Gemälde, also habe ich den Professor nach seiner Meinung gefragt. Professor Burroughs?«

Benjamin räusperte sich, bevor er seine Ausführung begann. »Das Gemälde, an das Robyn denken musste, ist *Christus am Kreuz* von El Greco, aber mir ist ein anderes Merkmal aufgefallen: die Art, wie Jordans Kopf von dem Gürtel in Position gehalten wurde. Auf den meisten Bildern von Jesus am Kreuz hängt sein Kopf zur Seite. Die Wunde an seinem Bauch und letztendlich auch das Laken am Fuße des Pfahls haben mich an einen weiteren Tod in der Bibel und ein anderes religiöses Gemälde erinnert. Ich glaube, dass der Mörder ein Bild nachempfinden wollte – entweder eines, das er gesehen oder sich selbst in seinem Kopf ausgemalt hat – und zwar den Tod von Judas Iskariot, den Verräter Jesu, anstelle von Christus selbst.

Es gibt zwei Versionen bezüglich der Umstände von Judas' Tod: Eine besagt, dass er für seinen Betrug an Jesus gehängt wurde und seine Eingeweide gefressen wurden; die zweite erzählt, dass er gefallen ist und seine Eingeweide sich über den sogenannten Blutacker ergossen haben. Ich denke, dass der Mörder eine Szene inszeniert hat, die beide Geschichten miteinander verbindet, indem das Laken den Blutacker repräsentiert.«

Wie aufs Stichwort nahm Robyn eine vergrößerte Kopie eines Bildes auf, die einen Mann zeigte, der von einem Baum hing und dessen Bauch aufgeschnitten war, sodass seine Eingeweide zu sehen waren – ein kleiner haariger Dämon zerrte einen kleinen Judas aus ihm heraus –, und klebte es an das Whiteboard.

Dann übernahm sie für Benjamin. »Das mag ein bisschen zu abgedroschen oder weit hergeholt klingen, aber haben Sie ein wenig Geduld. Das ist ein berühmtes Gemälde von Giovanni Canavesio, auf dem ein Dämon Judas' Seele stiehlt. Nachdem Professor Burrough und ich gestern Abend darüber gesprochen haben, habe ich weiter darüber nachgedacht. Viele Menschen assoziieren Krähen mit dem Bösen oder dem Tod. Es ist möglich, dass das bei unserem Mörder auch der Fall ist und er diesen Ort vorsätzlich ausgewählt hat, um die Vögel dazu zu animieren, Jordans Leiche anzugreifen. Wenn ich mir dieses Bild ansehe, erkenne ich Parallelen zu Jordans Tod: der Blutacker, die Positionierung des Körpers und der Dämon, der an Judas' Eingeweiden zerrt.«

Mitz meldete sich zu Wort. »Also sollen die Krähen den Dämon aus diesem Bild darstellen?«

Robyn zuckte mit den Schultern. »Das werfe ich mal so in den Raum. Möglich wäre es. Wo wir uns sicherer sein können, ist die Tatsache, dass der Mörder eine Szene inszeniert hat, in der Jordan mit aufgeschnittenem Bauch von einem Pfahl hängt und sich seine Eingeweide auf den Blutacker ergießen. Je länger ich darüber nachdenke, desto sicherer bin ich mir, dass unser Killer versucht hat, die Szene aus diesem Gemälde zu kopieren.«

Matt kratzte sich nachdenklich am Kinn. »Boss, denken Sie, der Mörder hatte das Gefühl, dass Jordan ihn betrogen hat, so wie Judas es bei Jesus getan hat?«

»Professor, können Sie uns dahingehend erleuchten?« Robyn sah zu dem Mann hinüber, der offensichtlich tief in Gedanken versunken gewesen war.

»Das ist ein berechtigter Einwand, der in Betracht gezogen werden sollte. Ich hätte noch eine Anmerkung zu dem Blutacker. Laut einer Geschichte in der Bibel wurde er nicht nur so genannt, weil dort Blut vergossen wurde, sondern auch, weil er mit dem Geld gekauft wurde, das Judas für den Verrat an Jesus erhalten hat.«

Matt stieß ein leises Pfeifen aus. »Das Feld, auf dem Jordan gefunden wurde, ist auch gekauft worden, um den Bau der HS2-Linie voranzutreiben.«

Vom Team kam zustimmendes Gemurmel, einige nickten.

»Das wird wirklich immer verrückter«, sagte David.

»Was mich zu Owen Falcon bringt, der in seiner Garage gefunden, mit einem Schraubenzieher, der aus seinem Ohr ragte. Bitte werfen Sie einen Blick auf die zweite Seite. Es ist die Kopie eines Gemäldes, das Professor Burroughs für mich gefunden hat.«

Es raschelte Papier, dann blickten alle auf Artemisia Gentileschis Gemälde mit dem Titel *Jaël und Sisera*. Es zeigte eine Frau, die einen Metallstab hielt, kurz davor, ihn einem schlafenden Mann ins Ohr zu rammen. Anna schnappte erstaunt nach Luft.

Wieder ergriff Benjamin das Wort, er sprach laut und deutlich, als würde er einen Vortrag vor seinen Studenten halten. »Dies ist ein Gemälde eines Charakters aus der Bibel: Jaël. Der Textabschnitt, der sich auf diesen Mord bezieht, stammt aus dem Buch der Richter, Kapitel 4 und 5.« Er las das Zitat vor, das unter dem Bild stand:

»Da nahm Jaël, das Weib Hebers, einen Nagel von der Hütte und einen Hammer in ihre Hand und ging leise zu ihm hinein und schlug ihm den Nagel durch seine Schläfe, dass er in die Erde drang. Er aber war entschlummert, ward ohnmächtig und starb.«

»Verdaaaaaaammt«, sagte Mitz und zog das Wort in die Länge.

Robyn nickte. »Ganz genau. Unser Mörder hat die Bibel gelesen. Vielleicht ist er sehr religiös, vielleicht ist er aber auch nur von den grausigen Todesarten in der Bibel besessen. Er stellt die Morde und Tode aus der Bibel mit modernen Instrumenten nach.«

David meldete sich zu Wort. »Wäre es möglich, dass wir

nach einem weiblichen Mörder suchen, anstatt nach einem Mann?«

»Wir könnten nach einem Mann oder einer Frau suchen, möglicherweise auch beides. Sehen Sie sich die dritte Seite an. Dort finden Sie noch eine Stelle aus der Bibel.«

Es folgte eine Stille, die von einem weiteren leisen Pfiff von Matt unterbrochen wurde. »Verdammt noch mal. Das ist ein wirklich gruseliger Mörder.«

Benjamin wandte sich an Robyn, die ihm ermutigend zunickte. »Laut der Geschichte in der Bibel war Isebel einmal eine mächtige Königin von Israel, bis der Anführer einer Armee namens Jehu einen Staatsstreich auf ihr königliches Heim durchführte und sie umbrachte. Die Art, wie sie zu Tode gekommen ist, ist bedeutsam: Sie wurde aus einem Fenster ihres Palastes geworfen und dann von den Pferden mit ihren Streitwagen zu Tode getrampelt. Sie wurde dort zum Verrotten zurückgelassen und von den Straßenhunden verschlungen.«

Robyn sprach weiter. »Die Ähnlichkeiten zu Lucys Tod sind alarmierend: Sie wurde von einem Stein getroffen und ging zu Boden, dann ist ein Auto mehrfach über ihren Körper gefahren, bis sie Tod war – als wäre sie zu Tode getrampelt worden.«

»Das ist mir unheimlich«, sagte Anna. »Was für ein Mensch sucht sich solche Methoden aus?«

Robyn verzog das Gesicht. »Ich weiß es nicht. Ich kann nur annehmen, dass der Täter glaubte, dass all seine Opfer es verdient hatten, auf diese Weisen zu sterben. Ich kann noch keine reale Verbindung zwischen denjenigen herstellen, die in der Bibel ermordet wurden, und den Opfern unseres Täters. Benjamin?«

Er schüttelte seinen Kopf. »Isebel starb, als sie ihr Land verteidigte. Judas starb, nachdem er Jesus verraten hatte. Sisera wurde umgebracht, weil er versuchte, fremde Länder zu erobern, und Jaël wurde die Ehre zuteil, ihn durch eine List umzubringen. Mehr kann ich Ihnen dazu nicht sagen.«

Matt machte einen Vorschlag. »Vielleicht hat unser Täter ein zu großes Ego und hält sich für sehr clever – er denkt, er könnte uns austricksen und überlisten.«

»Viele Mörder glauben, dass sie unerreichbar sind, aber am Ende machen sie immer Fehler«, sagte Mitz.

Robyn schaltete sich in ihre Diskussion ein. »Dem stimme ich zu, aber ich will nicht warten, bis uns das bei diesem passiert. Uns läuft die Zeit davon. Wir müssen herausfinden, warum Jordan, Owen und Lucy umgebracht wurden.«

»Sie haben mehrfach Land erwähnt. Diese Leute in der Bibel sind gestorben, weil sie ihr Land verteidigt haben, und Judas hat Land gekauft. Könnte das tatsächlich mit der HS2 oder sogar Nathaniel zu tun haben? Er hat sehr viel Land gekauft, um darauf neuen Wohnraum zu schaffen, oder nicht?«

Robyn stützte sich mit ihren Handflächen auf dem nächsten Schreibtisch ab und schaute Anna an, die die Frage in den Raum geworfen hatte. »Das wäre möglich, aber wir dürfen auch unsere anderen Spuren nicht außer Acht lassen. Tatsache ist, dass wir nicht viel Zeit haben. Ich habe das ungute Gefühl, dass unser Täter bald wieder zur Tat schreiten wird. Er ist selbstbewusst, intelligent und lässt sich nicht aus der Ruhe bringen. Was auch immer der Grund hinter seinen Taten ist, er wird erneut zuschlagen, und bevor das geschieht, müssen wir ihn aufhalten.«

39

DAMALS

Der Junge ist aufgeregt. Er wird die Nacht bei Oswald verbringen, einem neuen Freund. Mutter und Vater mögen Oswald und seine Eltern, die neu hergezogen sind und zu ihren Gebetstreffen kommen. Es ist Oswalds sechster Geburtstag, und sie haben den Jungen zu einer Übernachtungsfeier eingeladen. Noch nie zuvor hatte er eine Nacht weg von zu Hause verbracht.

Seine Schwester freut sich für ihn und lächelt. Es ist das erste Mal, dass sie seit ihrer Bestrafung lächelt. Seit sie aus der Hütte entlassen wurde, ist sie so anders. Über drei Wochen musste sie dort verbringen. Am Ende der zweiten Woche hat sogar sein Vater seine Mutter angefleht, sie freizulassen, und sagte, sie habe ihre Buße getan, aber seine Mutter war unerbittlich. Sie musste länger bleiben. Sie war eine Sünderin.

Jeden Morgen hatte er beobachtet, wie seine Mutter den Pfad hinunter ging und seiner Schwester Essen brachte. Sie hatte die Tür aufgeschlossen, das Tablett hineingestellt und sie wieder *geschlossen, ohne etwas zu sagen. Nur am letzten Morgen war es anders – da hatte sie die Tür geöffnet und war erstarrt, bevor sie das Tablett fallenließ. Sie war in die Hütte gelaufen und für einen Augenblick hatte der Junge befürchtet, in der Nacht wären die Krähen gekommen und hätten seine Schwester umgebracht. Seine Mutter war zurück ins Haus gerannt und hatte nach Vater gerufen, der dann mit ihr zusammen zur Hütte gegangen war. Ein paar Minuten später erschienen sie wieder. Seine Schwester war zwischen ihnen, ihre Arme hielten sie, während sie den Pfad entlang gingen. Ihr weißes Kleid war rot vor Blut und sie weinte.*

Danach blieb sie mehrere Tage lang im Bett. Der Junge hatte sie besucht, aber sie hatte nicht reden wollen.

»Sind die Krähen in die Hütte gekommen?«, hatte er gefragt.

Sie hatte traurig mit dem Kopf geschüttelt. »Nein.«

»Aber das Blut ...?«, hatte er gesagt.

»Das waren nicht die Krähen. Die Krähen haben mich nicht angegriffen. Das tun sie nie. Jetzt lass mich schlafen.«

Als sie endlich wieder aufgestanden und ihr Zimmer verlassen hatte, wirkte es, als wäre sie von innen hohl. Mutter hatte das Böse in ihr umgebracht, aber nicht, bevor es nicht einen Teil des Geistes seiner Schwester aufgefressen hatte.

»Wann geht es los?«, fragt sie jetzt, während sie ihm hilft, sich zwischen dem blauen und grünen Pullover zu entscheiden.

»Sie kommen um vier Uhr, um mich abzuholen, nach der Schule. Wir werden ins Kino fahren und dann zum Bowling. Sechs von uns werden bei ihnen übernachten. Wir werden alle im selben Zimmer schlafen.«

Sie wuschelt ihm liebevoll durchs Haar. »Das wird sicher lustig.«

»Was wirst du machen, während ich weg bin?«, sagt er, plötzlich besorgt, dass sie ohne ihn im Haus einsam werden könnte.

»Ich werde ebenfalls ausgehen.«

»Wohin?«

»Neugierig?«, sagt sie und lacht. »Es ist nichts Interessantes. Nur für eine Nacht. Also, welchen Pyjama möchtest du mitnehmen?«, fragt sie und hält einen mit Raketen darauf in die Höhe.

Er nickt. Es wird aufregend sein, in einem anderen Haus zu übernachten.

40

TAG ACHT – MONTAG, 12. JUNI, MORGEN

David legte sein Telefon weg und erklärte: »Nathaniels Haushälterin Sheila Marchington sagte, sie habe Owen ins Haus gelassen, um den Rauchmelder auszutauschen. Den Großteil der Zeit, die er dort war, hat sie oben staubgesaugt, aber bevor er gegangen ist, hat sie ihm noch eine Tasse Tee gemacht. Sie haben über ihren Neffen gesprochen – er spielt ebenfalls für die Blithfield Wanderers. Ihr ist an Owens Verhalten nichts Ungewöhnliches aufgefallen, aber er hat nach einem Foto von Nathaniel und dem Abgeordneten Stewart Broughton gefragt, das letztes Jahr bei einer Feier aufgenommen wurde und an der Wand neben der Eingangstür hängt. Er schien sich sehr dafür zu interessieren.«

»Ich frage mich, warum.«

»Laut Sheila war es das Original eines Bildes, das zusammen mit einem Artikel in der *Stafford Gazette* abgedruckt wurde. Soll ich eine Kopie davon besorgen?«

»Ja. Sehen wir mal, ob wir herausfinden können, warum es seine Aufmerksamkeit erregt hat.«

Mitz steckte seinen Kopf zur Tür hinein. »Bereit, zu Pharmacals Healthcare zu fahren, Boss?«

Sie warf einen Blick auf ihren mit Post-its übersäten Schreibtisch und nickte. Ein Ausflug könnte helfen, ihre Gedanken zu ordnen.

———

Das Wachpersonal bei Pharmacals Healthcare war noch genauso streng, wie Robyn es in Erinnerung hatte, und es dauerte mehrere Minuten, bevor ihnen Zutritt gewährt wurde. Sie parkten auf einem großen Parkplatz vor dem Hauptgebäude, der für Besucher reserviert war.

»Big Brother ist real und gleich da drüben«, murmelte Mitz, als er einen jungen Mann entdeckte, der jede ihrer Bewegungen beobachtete.

Ein schlanker Mann in seinen Dreißigern, der einen engen Anzug, ein weißes Hemd und eine grüne Krawatte trug, begrüßte sie am Eingang. »DI Carter«, sagte er und hielt ihr seine Hand entgegen. »Ich bin Neil Hardcastle, Leiter des operativen Geschäfts.« Er führte sie in einen Sitzbereich, der aus drei Tischen und dazu passenden Stühlen bestand und Robyn an die Einrichtung eines Cafés erinnerte. Sie nahmen am ersten Tisch Platz.

Mitz sprach als Erstes. »Wir ermitteln den Tod eines jungen Mannes, der Lieferungen für Sie übernommen hat – Jordan Kilby. Er arbeitete bei Speedy Logistics. Wir hörten, dass er regelmäßig Pakete von hier abholte und auslieferte.«

»Ah, ja. Wir arbeiten mit Speedy Logistics für alle Auslieferungen an staatliche Gesundheitseinrichtungen und Privatkliniken zusammen. Sie sind sehr effizient. Wir pflegen eine gute

Arbeitsbeziehung zu dieser Firma. Jordan war einer von zwei Fahrern, die zu uns gekommen sind.«

»Gibt es einen Grund, warum Sie immer mit den gleichen Fahrern arbeiten?«, fragte Mitz.

Neils dunkle Augenbrauen zogen sich zusammen. »Wir bevorzugen es, mit Fahrern zu arbeiten, die verstehen, wie wir arbeiten, und die unsere strengen Überprüfungsmaßnahmen bestehen. Wie Sie sehen können, ist diese Anlage hier riesig – acht Lagerhäuser, jedes davon hat eine Fläche von fast fünfzigtausend Quadratmetern und ist bis unter die Decke mit unseren Waren gefüllt –, und alles muss wie ein Uhrwerk funktionieren. Unsere Lieferfahrer müssen zu den vorgegebenen Zeiten ankommen, die Waren einladen und in der vorgegebenen Zeit das Gelände auch wieder verlassen. Vielleicht sind Ihnen die Lastwagen aufgefallen, die auf dem Rastplatz die Straße hinunter parken. Sie warten auf den ihnen zugewiesenen Zeitpunkt. Es ist alles bis auf die Minute abgestimmt, verstehen Sie? Darüber hinaus kann man sich schnell verfahren und sich im falschen Auslieferungsgebiet wiederfinden – wir haben dreißig verschiedene Gebiete, abhängig davon, wo die Lieferung eingesammelt oder ausgeliefert werden soll. Verzögerungen können wir nicht gebrauchen, unser Zeitplan ist straff. Außerdem ist es für unser Sicherheitspersonal angenehmer, mit Fahrern zu arbeiten, deren Gesundheitszeugnisse wir kontrolliert haben. Wir überprüfen all unsere Angestellten und Lieferfahrer sehr genau. Können Sie sich vorstellen, wie es wäre, diese Checks jeden Tag bei einem anderen Fahrer durchführen zu müssen? Das wäre ein Albtraum.«

»Ich vermute, dass die Waren, die hier lagern, einen hohen Wert haben.«

Neil nickte. »In unseren Lagern liegen mehrere Millionen Pfund. Deshalb sind wir äußerst penibel bei der Auswahl unserer Angestellten. Einige der Waren sind überaus wertvoll.«

»Hat Jordan diese Medikamente an die örtlichen Kliniken geliefert?«

»Nicht sehr oft. Die teuersten Medikamente gehen nur an private Einrichtungen, meistens in London oder anderen größeren Städten – das sind Medikamente zur Behandlung von Krebs, Methadon für ehemalige Heroinabhängige und dergleichen. Die sind viel zu kostspielig für den National Health Service. Die teuersten, seltensten und potenziell gefährlichen Medikamente werden in einem Teil des Lagerhauses G aufbewahrt, den wir ›das Gewölbe‹ nennen. Das Gewölbe wird rund um die Uhr von Sicherheitskameras überwacht, sowohl drinnen als auch draußen. Ohne eine Unterschrift verlässt nichts dieses Lager, und auch alle Rezepte, die die Kliniken schicken, müssen bei der Auslieferung unterschrieben werden. Wir führen hier einen strengen Betrieb.«

»Sie sagen also, dass es unmöglich ist, Medikamente zu stehlen?«

Neil bedachte Mitz mit einem ernsten Blick. »Ich sage nicht, dass nicht hin und wieder etwas verschwindet. Es ist unmöglich, alles und jeden zu überwachen, aber wir tun, was wir können, und haben alle Lagerhäuser mit Kameras ausgestattet. Jedes Lager verfügt über gut ausgebildetes Sicherheitspersonal, das selbst eine strenge Hintergrundkontrolle überstehen muss. Es gibt immer wieder zufällige Überprüfungen des Personals. Es ist unmöglich, in den Tresorraum zu gelangen, in dem wir unsere wertvollsten Medikamente und Arzneimittel aufbewahren. Nur die Vorarbeiter haben die beiden Schlüssel und Codes für diesen Bereich, und die Codes ändern sich jeden Monat.«

»Also denken Sie, dass es schwer sein würde, diese speziellen Medikamente zu stehlen?«

»Extrem schwer. Die Vorarbeiter des Lagerhauses G müssen sich der strengsten Überprüfung unterziehen, sie arbeiten schon jahrelang für uns. Außerdem werden sie täglich auf Diebesgut kontrolliert und das Gewölbe wird rund um die Uhr videoüberwacht. Jegliche verdächtigen Aktivitäten würden sofort entdeckt werden. Dort könnte man nicht mal eine Aspirin hinausschmuggeln, ohne dass es jemand bemerkt.«

»Wir würden gerne mit allen sprechen, die direkt mit Mr Kilby zu tun hatten, wenn es möglich ist.«

»Ich werde oben nachsehen, bei wem er sich für gewöhnlich angemeldet hat. Einen Moment bitte.« Er ließ sie am Tisch zurück und nahm zwei Stufen auf einmal.

Robyn beobachtete, wie er in einem Büro am oberen Ende der offenen Treppe verschwand, und im selben Augenblick entdeckte sie Rebecca, die in die entgegengesetzte Richtung lief. Sie rief nach ihr. »Rebecca.«

Rebecca blieb stehen und drehte ihren Kopf, um zu sehen, wer sie gerufen hatte. Sie linste durch die Treppenstufen, entdeckte Robyn und kam zu ihr hinunter, um sie zu begrüßen. Robyn war schockiert, was für einen müden Eindruck sie machte. Ihre Augen waren blutunterlaufen, was sie an ihre erste Begegnung mit dieser Frau erinnerte. Damals hatte sie bunte Kleidung getragen, über ihren Augen hatte Lidschatten geleuchtet und ihr Haar hatte geglänzt. Die Frau, die jetzt vor ihr stand, trug einen dunklen, formlosen Strickpullover und einen schlichten Rock, ihr ungeschminktes Gesicht wirkte niedergeschlagen. In der einen Woche seit Jordans Tod hatte sie sich merklich verändert. Robyn fragte sich, ob die Leute das ebenfalls gesehen hatten, als sie sie vor zwei Jahren angesehen hatten, nach dem Verlust von Davies – eine Frau, deren Geist erschüttert worden war und die sich in einer Welt aus Schmerz verlor. Mitz Blick war auf den Eingang gerichtet, wo sich ein LKW-Fahrer aus seiner Kabine lehnte und mit der Wache sprach. Robyn unterhielt sich leise mit Rebecca.

»Alles okay? Sind Sie sicher, dass es nicht zu früh ist, wieder zu arbeiten?«

Rebecca nickte. »Ich musste zurückkommen. Die Miete

will bezahlt werden. Ich muss weitermachen. Aber es ist schwerer, als ich es mir vorgestellt habe.«

»Ich vermute, hier werden Sie auch an Jordan erinnert.«

Rebecca biss sich auf ihre Unterlippe, bis sie weiß wurde, bevor sie antwortete. »Manchmal habe ich ihn gesehen, wenn er durch das Tor gefahren ist. Hin und wieder hat er mich in meinem Büro entdeckt und mir zugewunken.«

Alles, was Robyn machen konnte, war, ihr ein trauriges, mitfühlendes Lächeln zu schenken. »Wann haben Sie Feierabend?«

»Heute gehe ich um eins. Ich habe einen Anruf bekommen, Dylan fühlt sich nicht so gut und möchte nach Hause. Ich werde ihn abholen. Ich war gerade hier, um das zu klären.«

»Wahrscheinlich ist er verwirrt, weil er Jordan verloren hat und dann auch noch so schnell umziehen musste. Es wird ihm besser gehen, wenn er sich ein oder zwei Tage eingewöhnt hat«, sagte Robyn.

»Das hoffe ich wirklich. Ich muss jetzt los. Ich muss diese Rechnungen noch in die Buchhaltung bringen.«

»Natürlich. Passen Sie auf sich auf.«

Robyn sah Rebecca nach, als sie die Stufen hinaufmarschierte und aus ihrem Blickfeld verschwand. Innerhalb weniger Sekunden nach ihrem Verschwinden hüpfte Neil die Stufen wieder herunter. »Hier, bitte sehr. Das sind die Namen und Kontaktdaten der beiden Vorarbeiter, die in Lagerhaus G arbeiten und Kontakt zu Jordan hatten. Pro Schicht ist nur ein Vorarbeiter hier. Jetzt gerade hat Ben Taylor Dienst, und ich würde ihn nur ungern stören, wenn es Ihnen nichts ausmacht. Wir hängen diesen Monat etwas hinterher und müssen unsere Leistung erhöhen. Er wird um sechs Uhr Feierabend machen. Aber Clifford Harris sollten Sie schon erreichen können. Er hat diese Woche die Nachtschicht und ist meistens nach unserer Mittagspause wieder erreichbar.«

»Das ist sehr hilfreich. Vielen Dank«, sagte Robyn. »Wie ich sehe, ist Jordans Freundin wieder bei der Arbeit.«

»Freundin?«

»Rebecca Tomlinson. Sie arbeitet hier als Verwaltungsassistentin. Sie und Jordan lebten zusammen.«

»Meine Güte, ich hatte keine Ahnung. Ich kenne sie nicht wirklich.« Er errötete leicht. »Wir haben hier Tausende Mitarbeiter – manche in Teilzeit, manche in Vollzeit und auch einige Zeitarbeiter. Ich kenne recht viele von ihnen, aber es ist unmöglich, sich alle Namen zu merken. Ich habe hauptsächlich mit unseren Klienten und Kunden aus Übersee zu tun. Sie wissen, wie das ist.« Er senkte seinen Blick kurz und studierte seine Fingernägel, bevor er seine Fassung zurückerlangte. »Also, gibt es noch etwas, womit ich Ihnen helfen kann?«

»Das wäre für den Moment alles.«

———

Mitz überreichte Robyn die Zettel mit den Namen der beiden Vorarbeiter, die sie kontaktieren würden, sobald sie zurück in ihrem Auto waren. Sie las sie laut vor: »Ben Taylor und Clifford Harris, beide aus Burton-on-Trent. Jag ihre Namen durch unsere Datenbank, mal sehen, ob sie irgendwas ausgespuckt hat, wenn wir wieder im Büro sind. Aber wenn das, was Neil Hardcastle uns erzählt hat, stimmt, dann hat Pharmacals Healthcare ihre Hintergründe bereits gut durchleuchtet und sie als vertrauenswürdig eingestuft. Wir sollten es trotzdem tun. Ich will, dass wir unter jeden noch so kleinen Stein schauen.«

Robyn verschränkte ihre Arme und starrte auf die Hecken und Felder, die an ihrem Fenster vorbeiflogen. In Gedanken war sie nicht bei Jordan oder Pharmacals Healthcare, sondern bei Rebecca. Wie lange würde es dauern, bis sie sich von all dem erholt hatte? Nach ihrer persönlichen Erfahrung könnte es sehr lange dauern.

41

TAG ACHT – MONTAG, 12. JUNI, NACHMITTAG

Robyns Handy vibrierte. Als sie auf den Bildschirm blickte und sah, wer anrief, überlegte sie zweimal, ob sie wirklich abnehmen sollte. Es war Amy Walters. Sie starrte das Telefon mit zusammengekniffenen Augen an, dann drückte sie auf die Annahmetaste.

»Ich habe etwas Neues«, sagte Amy.

»Sie müssen starke Nerven haben, um mich anzurufen.«

»Ja, was das angeht ... Ich war sauer, weil Sie mich nicht ernst genommen haben. Das war eine Kurzschlussreaktion.«

Hitze schoss in Robyns Wangen. »Sie haben diese Scheiße geschrieben, weil Sie sauer auf mich waren? Sie dachten, es wäre okay, mich in der Öffentlichkeit zu kritisieren und meine Gesundheit mit ins Spiel zu bringen?«

»Ich habe nichts geschrieben, was nicht wahr ist.«

»Sie können mich mal, Amy.«

»Ich habe etwas herausgefunden, was Ihnen helfen könnte. Das ist meine Art, mich zu entschuldigen.«

»Sie können sich nicht einfach entschuldigen. Haben Sie nicht über die Konsequenzen nachgedacht, die so ein Artikel nach sich zieht? War Ihnen nicht bewusst, dass man mich von der Ermittlung hätte abziehen können? Laut Ihnen denkt die Öffentlichkeit, dass ich nicht in der Lage wäre, diese Ermittlung zu leiten. Meine Vorgesetzten wollten mich von dem Fall abziehen, um die Öffentlichkeit zu beschwichtigen.«

»Oh verdammt, aber das haben sie nicht, oder? Ich wollte nicht, dass das passiert. Ich dachte, die würden alle mehr von Ihnen halten. Es war nur ein kurzer Artikel in einer lokalen Zeitung, es ist ja nicht so, als hätte ich für die *Times* über Sie geschrieben.«

Robyn schüttelte ungläubig ihren Kopf. Diese Frau war so selbstbezogen. »Wie ich bereits vor einer Minute sagte: Sie können mich mal, Amy.«

»Na schön, aber sagen Sie nachher nicht, ich hätte nicht versucht zu helfen. Ich habe gehört, dass Nathaniel Jones-Kilby ein Verhältnis mit einer verheirateten Frau hat. Es ist alles sehr vage und ich kann nicht herausfinden, wer sie ist. Ich dachte, möglicherweise ist ihr Ehemann auf Rache aus. Das wäre denkbar, oder nicht? Ich denke, Sie sollten mit Nathaniel darüber sprechen.«

»Oh, um Himmels willen. Ich habe den Mann verhört. Er hat mit den Morden nichts zu tun. Er ist kein Verdächtiger. Zum dritten und letzten Mal!«

Robyn beendete das Telefonat, bevor sie wieder ausfallend werden könnte, und atmete tief durch, um ihren verspannten Nacken und die Schultern zu entspannen. Sie hätte nicht zulassen dürfen, dass ihre Emotionen die Führung übernahmen, aber mit ihrem Artikel hatte Amy einen Nerv getroffen. Nach Davies' Tod *war* Robyn psychisch angeschlagen gewesen. Nicht viele wissen, wie krank sie wirklich geworden war. Die meisten dachten, sie hätte sich freigenommen, um sich zu sammeln und neu zu fokussieren. Kaum jemand kannte die Wahrheit dahinter oder den tatsächlichen Preis ihrer Gesundheit.

Sie schob ihren Stuhl zurück und ging in die Umkleide, um ihre Gedanken zu ordnen. Dort angekommen, öffnete sie die App mit der Überwachungskamera und lächelte, als sie sah, wie ihr Kater eine Pfote über den Rand des Sofas streckte und sie träge beobachtete, bevor er sie zufrieden putzte. Verdammte Amy Walters. Sie durfte sich nicht von dieser Frau unterkriegen lassen. Ein paar Minuten lang beobachtete sie Schrödinger. War Amy da an etwas dran? Für Robyn schien es zu weit hergeholt. Falls ein Ehemann Rache an dem Liebhaber seiner Frau üben wollte, schien es einen Schritt zu weit, den Sohn des Mannes umzubringen. Sie seufzte verzweifelt und steckte ihr Handy wieder ein.

Was hatten sie an diesem Tag bisher Neues herausgefunden? Die Antwort war leicht – nichts. Sie hatten keinerlei Fortschritte gemacht und es war schon später Nachmittag. Bald würde Flint auftauchen und Antworten fordern. Er würde wissen wollen, wie viel näher sie dem Killer gekommen waren. Alles, was sie hatten, war eine Verbindung zu biblischen Morden. Wieder dachte sie an Amys Aussage. Ein verärgerter Ehemann könnte den Sohn des Liebhabers seiner Frau umbringen, wenn er die Fassung verlor, aber warum sollte er den Freund des Sohnes und eine Ärztin umbringen? Robyn strich eine Hand durch ihr langes Haar und versuchte, all dem einen Sinn abzuringen. Ein vollkommen durchgeknallter Mörder, der seine Opfer so zurückließ, dass sie einer biblischen Szene glichen. Irgendjemand, der Jordan, Owen und Lucy so sehr hasste, dass er sie auf so eine grauenvolle Weise umgebracht hatte. Welche Gemeinsamkeiten gab es?

Die Antwort wollte Robyn nicht einfallen, während sie auf der Bank vor ihrem Spind saß. Sie erhob sich erst, als sie

Schritte hörte und zwei Polizisten den Raum betraten. Als sie über den Flur zurücktrottete, fragte sie sich, wie lange sie noch durchhalten würde, bevor sie um Hilfe bitten musste. Wenn sie nicht bald etwas vorzuweisen hatten, müsste sie sich geschlagen geben und Shearers Hilfsangebot annehmen. Seitdem sie zusammen noch etwas getrunken und gegessen hatten, hatten sie keine Möglichkeit gehabt, richtig miteinander zu sprechen. Sie war sich nicht sicher, wie sie diesen Abend interpretieren sollte. Waren sie nur Freunde und Kollegen? Der Anblick von Shearer, der vor ihr durch den Flur eilte, scheuchte sie regelrecht in ihr Büro. Sie hatte keine Zeit, diesen Gedanken nachzugehen, und dieser Fall würde sie nicht fertigmachen. Allzu bald würde sie Shearer nicht um Hilfe bitten.

42

TAG ACHT – MONTAG, 12. JUNI, SPÄTER NACHMITTAG

»Es ist hoffnungslos!«, sagte Matt und rutschte auf seinem Stuhl von einer Seite zur anderen.

»Unsere Nerven liegen alle blank, Matt, aber wenn wir uns aufregen, macht es das auch nicht besser.« Anna appellierte an seine Vernunft, aber er warf ihr nur einen bösen Blick zu und machte sich auf den Weg zur Kaffeemaschine.

»Ich weiß, aber zum Teufel noch mal, das ist der schlimmste Fall, den wir je hatten. Wir drehen uns im Kreis wie kopflose Hühner.«

Robyn schüttelte ihren Kopf. »Nein, tun wir nicht. Wir grenzen die Möglichkeiten ein. Wir konnten feststellen, dass die Angriffe keine Folge eines Streites auf dem Fußballfeld zwischen den Sudbury Dynamos und den Blithfield Wanderers waren. Wir konnten ermitteln, dass der Täter mit seinen Opfern biblische Morde inszeniert. Wir wissen, dass Owen aggressives Verhalten gezeigt und Drogen genommen hat. Wir warten noch auf die Ergebnisse von Lucys iPad, aber wir wissen, dass sie ein Date mit einem Mann hatte, und es hat nicht gut funktioniert. Wir warten noch auf weitere Informationen dazu. Anna, was das angeht, halten Sie uns auf dem neusten Stand. Ich will so viel wie möglich über ihn wissen. Außerdem wissen wir, dass Jordan und Owen gute Freunde waren und sie beide kannten Lucy. Wir müssen die Teile nur noch zusammensetzen.«

»Ich habe eine Kopie des Fotos, das Owen sich in Nathaniels Haus angeschaut hat«, sagte David und zog ein Bild aus einem Umschlag. Er studierte es und zuckte mit den Schultern. »Ich kann darauf nichts Ungewöhnliches entdecken. Es ist so, wie die Haushälterin es beschrieben hat. Neben Nathaniel sind da noch die Folgenden: Brian Turner und seine Frau Maude; Chief Constable McIntosh und seine Frau Deirdre; und der Abgeordnete Stewart Broughton mit seiner Frau Vanessa, bei irgendeiner Feier.«

Er zeigte es Robyn, die die lächelnden Gesichter studierte und den Hintergrund nach Hinweisen absuchte. Dann reichte sie es an David zurück. »Ich kann nichts entdecken. Nimm es unter die Lupe. Finden Sie heraus, bei welcher Veranstaltung das aufgenommen wurde. Vielleicht wusste Owen etwas darüber oder hat auf dem Bild etwas gesehen, was uns entgeht.«

Anna stieß ein Seufzen aus und sagte: »Die Techniker sagen, dass sie das Auto nicht identifizieren können, das vor der alten Schule in Abbots Bromley geparkt hat. Es gibt einfach nicht genug Anhaltspunkte. Alles, was wir haben, ist die Farbe – Dunkelblau. Sie entschuldigen sich wegen Lucys iPad. Sie hängen immer noch mit der Arbeit hinterher und konnten sich den Inhalt darauf noch nicht ansehen. Ich habe sie erinnert, dass es oberste Priorität hat, und habe mich sogar angeboten, es selbst zu machen, wenn sie zu viel Stress haben. Ich denke, die Nachricht ist angekommen.«

Robyn zog eine Grimasse. »Verdammter Mist. Noch eine Spur ins Nichts. Wir könnten uns im Dorf umhören, ob jemand das Fahrzeug dort stehen gesehen hat.« Dann stieß sie ein Stöhnen aus. »Dafür haben wir wirklich keine Zeit.«

Das ließ David aufblicken. »Übrigens, während ihr unterwegs wart, hat ein Gentleman namens Lance Goldman angerufen. Er sagte, er hätte schon mit Ihnen gesprochen. Mit mir wollte er nicht reden. Er meinte, er rufe später wieder an.«

»Er ist einer der Patienten des Ärztehauses. Haben Sie die Liste mit den Kontaktdaten der Patienten? Ich werde ihn sofort zurückrufen.«

————

Mr Goldman klang noch atemloser als beim letzten Mal, als sie mit ihm gesprochen hatte.

»Ich hörte, Sie haben versucht, mich anzurufen«, sagte Robyn.

Er antwortete keuchend. »Ich habe über etwas nachgedacht und mich gefragt, ob ich Ihnen das hätte erzählen sollen, als wir uns unterhalten haben. Ich war so darauf konzentriert, mich an alles zu erinnern, dass ich ein Detail ganz vergessen habe. Als ich im Wartezimmer saß, habe ich mit Joyce Lincoln gesprochen. Erinnern Sie sich, dass ich erwähnte, sie wäre verärgert gewesen, weil ihr Termin sich verzögerte?«

»Ich erinnere mich.«

»Nun, sie beschwerte sich darüber, dass sie nun später nach Hause kommen würde, um ihre Serie im Fernsehen zu schauen, die sie immer verfolgt, und dass es ihr gar nicht gefiel, diese zu verpassen.« Robyn musste sich zurückhalten, den ausgedehnten Monolog des Mannes nicht zu unterbrechen. »Ich habe nicht besonders gut aufgepasst. Wie gesagt, ich wollte nur die Zeit herumkriegen, aber sie erwähnte etwas, das ich zunächst vergessen hatte. Sie murmelte, dass ihr Enkel ebenfalls verstimmt sein würde, weil er sich extra freigenommen hatte, um sie zum Arzt zu fahren, und draußen wartete. Ich habe ihn nicht gesehen, als ich angekommen bin, er muss in seinem Wagen auf dem Parkplatz gewartet haben. Sie hatten mich gefragt, ob ich irgendjemanden auf dem Parkplatz gesehen hätte. Er muss dort gewesen sein.«

Robyn drückte das Telefon fester an ihr Ohr, um den Klang ihres Herzens auszublenden, das plötzlich schneller schlug. »Kennen Sie ihren Enkel?«

»Natürlich kenne ich ihn. Joyce hat ganz in meiner Nähe gewohnt, bis es mit ihrer Gesundheit bergab ging und sie zu ihrer Tochter Hannah gezogen ist. Ich kenne Hannah, seit sie ein Baby war.«

»Mr Goldman, wer ist der Enkel?«

»Oh, Verzeihung, natürlich. Das liegt am Alter. Manchmal vergesse ich, worüber ich gerade geredet habe. Mal sehen, Hannah ist mit Rowan verheiratet, wie war noch sein Nachname? Er fing mit einem F an. Flint? Nein. Fletcher, das ist es. Der Enkel heißt Jasper – Jasper Fletcher.«

———

Robyn sprang auf, sobald sie das Telefonat beendet hatte. »Holt mir Jasper Fletcher her. Er war an dem Nachmittag des Tages, an dem Lucy ermordet wurde, bei der Klinik. Er ist außerdem Mitglied der Blithfield Wanderers und ein Freund von Owen und Jordan. Für die Nacht, in der Jordan starb, hat er angegeben, zwei andere Freunde, die mit ihnen im Pub waren, nach Hause gebracht zu haben – Dean Wells und Callum Bishop. Dann fuhr er nach Hause und schaute einen Film in seinem Zimmer. Ich will alles über Jasper finden. Wenn ich mich recht erinnere, fährt er einen dunkelblauen Ford Fiesta. Sein Auto stand vor seinem Haus in Rugeley.«

Mitz war wie erstarrt. »Die Kreuzstiche«, sagte er. »An der

Wand im Esszimmer. Die waren alle voll mit Versen aus der Bibel.«

»Und seine Mutter und Großmutter waren in der Kirche, als er aus dem Fox and Weasel nach Hause kam. Klingt vielversprechend, oder nicht?«

Robyn schrieb Jaspers Namen auf das Whiteboard. »Ich will, dass hier alle weitersuchen, Leute. Wir sind noch nicht am Ziel.«

Sie setzte sich an ihren Schreibtisch, ihr Herz pochte. Sie konnte es sich nicht leisten, jetzt einen Fehler zu machen. Sie schuldete es nicht nur den Opfern, ihre ganze Karriere stand auf dem Spiel. Wenn sie von dem Fall abgezogen wurde, würde sie ihre Drohung wahr machen und gehen. Sie ließ ihren Blick über die Gesichter ihres Teams wandern und betete, dass es nicht so weit kommen würde.

43

TAG ACHT –MONTAG, 12. JUNI, ABEND

Jasper Fletcher saß leicht nach vorne gebeugt da, die Hände lagen gefaltet vor ihm auf dem Tisch. Sein Mund war leicht geöffnet und zeigte seine Verwirrung. »Bin ich verhaftet?«, fragte er.

Robyn starrte ihm hart entgegen. »Sie helfen uns mit unseren Ermittlungen, es steht Ihnen frei, jederzeit zu gehen.«

»Das verstehe ich nicht. In der Nacht, als Jordan gestorben ist, war ich zu Hause. Sie haben mit meiner Mutter und mit Grandma gesprochen.«

Robyn nickte lediglich. Obwohl sie beide ausgesagt hatten, ihn an diesem Abend zu Hause gesehen zu haben, wäre es ein Leichtes für ihn gewesen, das Haus noch einmal zu verlassen, nachdem die beiden Frauen ins Bett gegangen waren. Er hätte zurück nach Colton fahren und Jordan umbringen können.

»Und Sie sagten, am Montagabend waren Sie im Riverside

Gym trainieren, aber dort hat Sie nur eine Person gesehen, und das war, als Sie gerade wegfuhren?«

»Es ist nur ein kleines Fitnessstudio. Da ist nicht immer viel los. An diesem Abend war es komplett leer. Ich war um halb sieben dort und habe eineinhalb Stunden trainiert. Einer der Stammkunden kam, als ich gerade fertig war. Er hat mich dort gesehen.«

»Gibt es dort keine Trainer? Kein Personal?«

»Nein. Es ist eines dieser Studios, in das man nur mit einem Zugangscode kommt. Die Türen sind immer verschlossen, nur Mitglieder kommen da rein.«

Selbst wenn Jasper vor dem Fitnessstudio gesehen worden war, war es nur für einen kurzen Moment. Er könnte dort vorbeigefahren sein, um einen Zeugen zu haben. Robyn war von diesem Alibi nicht überzeugt.

»Am Donnerstag haben Sie Ihre Großmutter zu ihrem Termin im Ärztehaus von Abbots Bromley gefahren. Haben Sie das regelmäßig gemacht?«

»Nein, normalerweise fährt Mum sie herum, aber sie konnte sich nicht freinehmen, also habe ich es getan. Ich wollte sowieso eher Feierabend machen, um zu einem Heavy Metal Konzert zu fahren – zum Download Festival im Donnington Park. Warum behandeln Sie mich wie einen Kriminellen?«

»Wir bitten Sie nur, mit uns zu kooperieren, Jasper. Wir müssen diese Fragen stellen. Sie waren also letzten Donnerstagnachmittag bei dem Ärztehaus. Später an dem Tag wurde Doktor Harding ermordet. Wir haben uns gefragt, ob Sie vielleicht etwas Ungewöhnliches beobachtet haben, während Sie im Auto warteten – möglicherweise ist dort jemand herumgeschlichen?«

»Ich habe mir YouTube-Videos auf meinem Handy angesehen. Die Praxis hat WLAN, der Empfang reicht bis auf den Parkplatz. Mir ist nichts aufgefallen.«

»Wann sind Sie von dort wieder weggefahren?«, fragte Robyn.

»Etwa um halb fünf. Grandma war schlecht gelaunt, weil sie eine ihrer geliebten Serien verpasste. Es war wohl die letzte Folge der Serie.«

»Und was haben Sie getan, nachdem Sie Ihre Großmutter nach Hause gebracht haben?«

»Ich habe geduscht, etwas gegessen und bin dann gegen Viertel nach sechs losgefahren.«

»In den Donnington Park? Alleine?«

»Ja. Ich habe mich dort mit ein paar Freunden getroffen. Wir wollten uns gute Plätze sichern.«

»Sie sind mit dem Auto gefahren?«

Er nickte.

»Sie haben einen dunkelblauen Ford Fiesta?«

»Das ist richtig.«

»Wann sind Sie dort angekommen?«

»Es war wirklich viel Verkehr, vor allem in Donnington. Es hat länger gedauert, als ich dachte. Um halb neun war ich da. Meine Kumpel hatten bereits alles aufgebaut. Ich habe mein Zelt aufgestellt, ein paar Bier getrunken und bin das ganze Wochenende dortgeblieben. Ich habe alle Haupt-Acts gesehen. Sogar Aerosmith, die waren großartig. Zurückgekommen bin ich pünktlich, weil ich wieder arbeiten musste.«

Robyn zog die Möglichkeit in Erwägung, dass Jasper in Abbots Bromley angehalten haben könnte – was nur zehn Minuten von seinem Haus entfernt war – und Lucy Harding umgebracht hatte, bevor er weiter nach Donnington Park gefahren war. Diese Fahrt dauerte nur etwa vierzig Minuten. Möglich wäre es. Sein Alibi war nicht wasserdicht. Sie würden seinen Wagen über die Verkehrskameras verfolgen müssen, um zu sehen, ob die Bilder seiner Aussage standhielten.

»Kannten Sie Dr Harding?«

»Nein.«

»Aber Sie wussten, dass Sie Ihre Großmutter behandelte?«

»Oma hat den Namen ihres Arztes nie erwähnt. Oder auf jeden Fall habe ich nicht aufgepasst, falls sie es getan hat.«

Robyn schob ein Foto von Lucy über den Tisch. »Sind Sie sicher, dass Sie diese Frau nicht kannten?«

Jasper schüttelte seinen Kopf. »Ich habe sie noch nie gesehen. Kann ich jetzt gehen?«

Die Befragung hatte sich in die Länge gezogen. Sie hatten Jasper immer wieder dieselben Fragen gestellt, aber er hatte seine Geschichte nicht verändert. Er behauptete unnachgiebig, Lucy nicht gekannt zu haben.

Robyn seufzte und entschied sich, aufs Ganze zu gehen. »Sind Sie ein religiöser Mann, Jasper?«

»Was, ich?« Er gluckste. »Das würde ich nicht behaupten. Ich glaube nicht an Gott und Engel und den ganzen Kram, wenn Sie das meinen.«

»Aber Ihre Mutter und Großmutter sind es, nicht wahr?«

»Ich schätze schon.«

»Sie gehen regelmäßig in die Kirche?«

»Oma geht gerne in die Kirche. Mum begleitete sie manchmal, um ihr Gesellschaft zu leisten. Warum?«

»Sind Sie zur Kirche gegangen, als Sie noch jünger waren?«

»Nein, nie. Das war nichts für mich. Sonntags bin ich Fußballspielen gegangen, nicht in die Kirche.« Er lachte höhnisch. »Wenn es das war, würde ich gerne gehen. Mum erwartet mich zu Hause.«

»Vielen Dank, Jasper. Das wäre vorerst alles.«

44

TAG ACHT – MONTAG, 12. JUNI, ABEND

DCI Flint stand vor seinem Bürofenster. Draußen war es dunkel, nur gelegentlich wurde die leere Straße von Scheinwerfern erhellt.

»Mir will sich kein Motiv erschließen«, sagte Robyn. »Jasper Fletcher hat Zeugen und Alibis für alle drei Morde – wenn auch schwache –, aber das eigentliche Problem ist, dass ich keinen Grund erkenne, warum er sie hätte umbringen sollen.«

»Zufallsopfer?«

»Darüber habe ich auch schon nachgedacht. Wir haben die Überwachungskameras zurückverfolgt und konnten seinen Wagen auf der A50 Richtung Donnington Park ausmachen, um acht Uhr, genau wie er behauptet hat, und es herrschte reger Verkehr. Er könnte die Wahrheit sagen und mit all dem nichts zu tun haben.«

»Was bedeutet das für Sie, Robyn?«

»Um ehrlich zu sein, Sir, bedeutet es, dass wir noch nicht viel haben, aber ich werde noch nicht das Handtuch werfen. Wir versuchen herauszufinden, ob Jasper Fletchers dunkelblauer Ford Fiesta das Auto gewesen sein könnte, das vor der Baustelle in Abbots Bromley geparkt hat. Außerdem gehen wir noch einmal alle Beweise durch, für den Fall, dass irgendetwas übersehen wurde. Was ich nicht weiß, Sir, ist der Name der Frau, zu der Nathaniel unterwegs war, als er an dem Abend, an dem Lucy ermordet wurde, durch Abbots Bromley gefahren ist. Ich muss mit ihr sprechen, um mehr herausfinden zu können. Er ist die einzige Person, die an zwei von drei Tatorten gesichtet wurde, und er war einer von Lucys Patienten. Es scheint immer wieder auf ihn hinauszulaufen. Selbst, wenn er nicht für die Tode verantwortlich ist, muss ich wissen, womit wir es zu tun haben. Ist er der Grund, weshalb diese Leute ermordet wurden?«

DCI Flint trommelte seine Fingerspitzen gegeneinander, wie er es oft tat, wenn er über eine Situation oder Frage nachdachte. »Das bringt mich – uns – in eine sehr unangenehme Situation«, sagte er.

»Ich denke, ich bin diejenige in der unangenehmen Situation. Es ist unmöglich, in einem Mordfall zu ermitteln, wenn einer der Verdächtigen nicht befragt werden darf.«

»Wenn ich Ihnen sagen würde, dass er in keiner Weise verantwortlich für den Tod von Lucy Harding ist, würde Ihnen das reichen?«

»Habe ich denn eine andere Wahl?«

Er presste seine Lippen zusammen. »Nicht wirklich.«

»Nathaniel erzählte mir, er sei mit dem Chief Constable befreundet, und wenn die Dinge nicht so liefen, wie er es wollte, würde er eine Welle machen.«

Flint zuckte leicht zusammen, was ihren Verdacht erhärtete. Flint hatte Angst, seinen Job zu verlieren. Nathaniel Jones-Kilby und das, was er zu Chief Constable McIntosh bezüglich der Ermittlungen sagen könnte, bereiteten ihm Sorgen. Am liebsten hätte sie Flint zur Rede gestellt – sie fragte sich, wie weit sie ihm vertrauen konnte –, doch es gab Dringenderes zu besprechen.

»Dann werde ich das akzeptieren müssen«, sagte sie. »Vorerst.«

»Es genügt wohl, wenn ich sage, dass ich Ihnen die Ermittlung nicht entzogen habe, weil Sie sicher waren, Ergebnisse liefern zu können. Seit dem Mord an Jordan ist eine Woche vergangen. Ich muss Sie nicht auf das Offensichtliche hinweisen, oder?«

»Nein, Sir.«

»Gut, denn ich würde es gerne vermeiden, meine Drohung wahr machen zu müssen, und sollte der Polizeipräsident nicht zufrieden sein, wie die Dinge laufen, werde ich das tun müssen. Er erwartet morgen früh ein Update.«

»Ja, Sir.« Robyn machte auf dem Absatz kehrt. Daran musste sie wirklich nicht erinnert werden. Ihr lief die Zeit davon – und das viel zu schnell für ihren Geschmack. Jasper könnte ihr Mann sein, aber ihr Bauchgefühl sagte ihr, dass er nicht genug Wut in sich trug, um diese Verbrechen zu begehen. Er war während der Befragung zu entspannt gewesen. Als sie Shearer am Empfang stehen sah, wurde sie daran erinnert, dass die meisten Menschen eine Maske trugen. Shearer tat das auf jeden Fall. Er konnte mürrisch und aufmüpfig und laut sein, aber innerlich war er nicht so selbstbewusst, wie es den Anschein machte. Sie hatte seine verletzliche Seite kennengelernt. Jasper könnte auch so eine Person sein – nach außen hin unschuldig – und unter der Maske wartete jemand völlig anderes. Es wäre töricht, ihn schon von ihren Ermittlungen auszuschließen.

Das ganze Team machte Überstunden, sie gingen Berichte, Aussagen und Beweise noch einmal durch. Falls sie etwas übersehen hatten, würde es an diesem Abend ans Licht kommen.

Momentan war Robyn ratlos. Die Opfer waren über die Praxis miteinander verbunden. Lucy hatte dort gearbeitet, Jordan hatte Pakete dorthin geliefert und Owen war einer der Patienten gewesen. Abgesehen davon, dass zwei der Opfer in Colton wohnten und zwei von ihnen dort gestorben waren, konnte sie keine andere Verbindung erkennen.

Als sie das hektische Büro betrat, wurde sie von dem köstlichen Duft frisch gebackener Pizza, Oliven und Basilikum begrüßt. Alle Schreibtische waren mit Akten, Fotografien der Tatorte und Pappkartons übersät. Matt deutete auf einen, der auf ihrem Tisch stand.

Sie hielt beide Daumen nach oben und hob den Deckel der Schachtel an, wodurch der würzige Geruch durch das Büro schwebte. Sie hob ein Stück an und führte es zu ihrem Mund. Robyn hatte mehrere Fragen auf verschiedene Post-its geschrieben, von denen sie spürte, dass sie sie zu ihren Antworten führen würden. »Ich habe ein paar Ideen, die ich gerne in den Raum werfen würde.«

»Ich steh frei«, sagte Matt, drehte sich zu ihr und hielt seine Hand nach vorne, als wollte er einen Ball fangen.

»Warum hat Jordan in dieser Nacht Owens Haus verlassen? Er hatte seiner Freundin gesagt, dass er über Nacht bleiben würde. Warum hat er nicht bis zum Morgen gewartet? Owen hat ebenfalls ausgesagt, dass Jordans Plan gewesen war, über Nacht zu bleiben.«

»Vielleicht hat er seine Meinung geändert und sich dazu entschieden, doch noch nach Hause zu fahren«, sagte Matt.

Mitz stieg mit ein. »Ein Streit mit Owen. Vielleicht hat Owen uns angelogen. Sie hätten einen Streit haben können und Jordan ist davongestürmt.«

David hob seinen Blick. »Vielleicht war er mit jemandem verabredet.«

Robyn tippte sich mit dem Stift gegen ihr Kinn. »Daran habe ich auch schon gedacht, David. Wenn er so viel Alkohol getrunken hatte, dass er bei Owen ausnüchtern wollte, ergibt es keinen Sinn, dass er doch noch im Dunkeln nach Hause fahren wollte. Das Anrufprotokoll seines Handys hat am späten Abend keine Anrufe gezeigt, also war es kein spontanes Treffen.«

»Owen könnte es für ihn arrangiert haben«, warf Mitz ein.

»Sie hätten es persönlich planen können, als sie im Pub waren.«

Robyn stieß ein langes, frustriertes Knurren aus. »Das sind zu viele Möglichkeiten, nicht wahr? Danke trotzdem. Ich werde mir überlegen, wie wir die Sache angehen werden.«

Auf Jordans Laptop hatten sie nichts Nennenswertes gefunden, aber sie erinnerte sich, dass Rebecca darum gebeten hatte, das Gerät zurückzubekommen, damit sie einige Fotos, die darauf gespeichert waren, herunterladen konnte. Robyn hob ihn hoch, um ihn ins Labor zu bringen, wo Anna gerade an Lucys iPad arbeitete. Die Technikabteilung war immer noch unterbesetzt und überarbeitet, also hatte Robyn Anna zu ihnen geschickt, um einzuspringen. Es sollte sich als richtig herausstellen, dass Robyn Vertrauen in Anna gesetzt hatte, denn sobald sie das Labor betrat, wurde sie von einem triumphierenden Ausruf begrüßt.

»Heureka!«, sagte Anna und strich sich die Haare aus ihrem roten Gesicht. »Lucy hat alle Spuren gelöscht, aber ich habe es gefunden. Sie hat eine Dating-Website benutzt, die Lonely-Souls heißt. Hier sind die Profile der Männer, die Lucy als potenzielles Match angezeigt wurden.«

Sie drehte den Computerbildschirm zu Robyn, damit sie es ebenfalls sehen konnte, und scrollte sich durch die Liste, bis sie bei einem Namen hängenblieb. »Ernsthaft?«, stieß sie hervor.

Robyn seufzte. »Sieht so aus.«

Sie sahen sich das Profil des Mannes an, der angab, ein Witwer auf der Suche nach Liebe, Partnerschaft und Freundschaft zu sein, und der sich selbst Nath nannte – Nathaniel Jones-Kilby.

»Ich werde ihn noch einmal befragen müssen«, sagte Robyn und rieb sich den Nacken, in dem sich ein dumpfer Schmerz ausbreitete.

»Was haben Sie da?«, fragte Anna und deutete auf Jordans Laptop.

»Rebecca wollte einige Fotos davon haben. Ich dachte, Sie könnten noch einen letzten Blick darauf werfen, bevor ich ihn ihr zurückgebe. Nur für den Fall, dass beim ersten Mal etwas übersehen wurde.

»Klar. Geben Sie her.« Sie strich über den Rücken des Gerätes. »Ich liebe diese Dinger. Auf ihnen ist so viel zu finden, was die Leute verstecken wollen – ihre Leben, ihre Gedanken, ihre geheimsten Sehnsüchte.«

»Sind Sie sicher, dass Sie in der richtigen Abteilung arbeiten?«, fragte Robyn und lächelte.

Anna grinste zurück. »Wenn ich das den ganzen Tag machen würde, würde ich verrückt werden. Ich muss mit Menschen zusammenarbeiten.«

»Gut. Dann gesellen Sie sich wieder zu uns Menschen, wenn Sie hier fertig sind. Es wartet noch viel Arbeit auf Sie.«

Als es Robyn wiederholt nicht gelang, DCI Flint zu erreichen, entschied sie, dass sie keine andere Wahl hatte, als Nathaniel anzurufen. Sie probierte es unter seiner Nummer, doch es ging sofort die Mailbox dran. Es war nach elf Uhr. Ein Ausflug zu seinem Haus zu dieser späten Stunde würde ihn noch zusätzlich verärgern, besonders, wenn er schon im Bett war. Ihre Optionen waren begrenzt. Sie musste dieses Gespräch auf den nächsten Morgen verschieben – das heißt, wenn sie dann noch diesen Fall hatte.

Mitz, der vor seinem Computerbildschirm hockte, arbeitete sich durch seine Pizza, die mit Salami und Pilzen belegt war. Er schluckte das Essen hinunter und wischte sich die Hände an einem Stück Küchenrolle ab, die neben seiner Tastatur stand. »Boss, ich bin die Aussagen durchgegangen, die ich von Ben Taylor und Clifford Harris bekommen habe, den beiden Vorarbeitern bei Pharmacals Healthcare. Sie hatte nichts zu Jordan hinzuzufügen, aber ich sehe mir die beiden gerade noch mal genauer an. Clifford ist mit Joe Harris verwandt, dem Besitzer des Fox and Weasel. Er ist sein älterer Bruder ...« Er hielt mitten im Satz inne.

Robyn wirbelte herum. »Ich spüre, dass da noch mehr kommt.«

»Das tut es. Er besitzt einen dunkelgrauen Ford Transit. Haben wir irgendetwas über den Transporter herausgefunden, der in der Nacht von Jordans Tod in Colton gesehen wurde?«

David schaltete sich in die Unterhaltung mit ein. »Nichts. Ich konnte ihn auf keiner Überwachungskamera entdecken, und auch sonst hat ihn niemand gesehen.«

»Wo wurde er gesichtet?«

»Vor dem Gemeindehaus«, sagte Mitz, als er eine Karte des Dorfes öffnete. Robyn linste auf den Bildschirm, ihre Augen brannten bereits vor Müdigkeit. Mitz zeigte auf einen grauen Schatten. »Genau dort, im Dorfzentrum.«

»Wie weit ist es von da aus zu Owens Haus?«

Mitz überlegte kurz. »Nur etwas über eine Meile.«

»Wir haben bereits in Erwägung gezogen, dass sich Jordan mit jemandem treffen wollte. Wenn Jordan von Owens Haus Richtung Gemeindehaus unterwegs war, wäre er nicht an dem Feld vorbeigekommen, wo er gefunden wurde«, sagte Robyn und kratzte sich an der Stirn.

»Und wenn das Treffen bereits vorbei war und er nach Hause fahren wollte, nach Newborough?«, schlug Mitz vor. Er zog die Computermaus über eine Linie, die den Weg repräsentierte, den Jordan genommen haben könnte.

»Jepp. Das wäre eine Möglichkeit. Wo wohnt Clifford Harris?«

»In Rugeley. Auf dem großen Grundstück auf der linken Seite, wenn Sie stadtauswärts Richtung Kings Bromley fahren.«

»Ist er verheiratet?«

»Er war es. Seine Frau hat sich vor einem Jahr von ihm scheiden lassen. Soweit ich das beurteilen kann, lebt er allein. Unter dieser Adresse ist niemand sonst registriert.«

»David, überprüfen Sie alle Überwachungskameras zwischen Rugeley und Colton vom Sonntag, den 4. Juni ab neun Uhr abends. Der Transporter wurde ungefähr um halb elf in Colton gesichtet. Finden Sie heraus, ob der Transporter von Clifford Harris auf einer der Aufnahmen auftaucht, und können Sie einen Hintergrundcheck bei seinem Bruder Joe machen? Wir könnten versuchen, die Teile dieses Puzzles mit Gewalt zusammenzufügen, aber wenn Clifford in dieser Nacht in Colton war, haben wir einen Verdächtigen. Mitz, Sie unterhalten sich mit Joe. Finden Sie heraus, ob sein Bruder Sonntagabend in dem Pub war. Matt, Lust auf einen Ausflug nach Rugeley?«

45

TAG ACHT – MONTAG, 12. JUNI, SPÄTER ABEND

Clifford Harris sah exakt so aus wie eine jüngere Version seines Bruders, inklusive der Glatze und den dicken Augenbrauen, die sich auf seiner Stirn hoben, als er Robyns Ausweis begutachtete.

»Es tut mir leid, dass wir Sie zu so später Stunde stören müssen«, sagte sie, als er sie hineinwinkte. Robyn trat über ein paar schmutzige Sportschuhe, die auf der Veranda standen, und folgte Matt in ein Wohnzimmer, das sich hinter der ersten Tür auf der linken Seite befand. Clifford schaltete den Film aus, den er gerade geschaut hatte, und wandte sich ihnen mit einem unheilvollen Ausdruck zu. Robyn ließ Matt die Führung übernehmen und sah sich in dem unordentlichen Raum um. Es konnte einmal ein Familienheim gewesen sein, aber jetzt war es ein vernachlässigtes Durcheinander aus Büchern, die wahllos auf den Regalen lagen, neben Bildern und anderer Dekoration. Der Couchtisch neben dem Sofa war mit dicken Ringen übersät, die seine Kaffeetasse dort hinterlassen haben musste, und der Fernseher sowie der Tisch, auf dem er stand, waren von einer dicken Staubschicht bedeckt. Ein Stapel gefalteter Wäsche, die noch gebügelt werden musste, lag auf einem der Stühle, und auf dem Esstisch, der in eine Ecke des Zimmers geschoben worden war, stand eine elektrische Eisenbahn – einschließlich passender Kulissen, Bahnsteigen und einer Berglandschaft.

»Besitzen Sie einen grauen Ford Transit?«, fragte Matt.

Clifford rollte mit den Augen. »Sie wissen, dass ich so einen Wagen besitze. Ich schätze, dass Sie die Daten bei der Verkehrsbehörde überprüft haben und wissen, dass auf meinen Namen einer angemeldet ist. Was ist hier los?«

»Wir führen Ermittlungen zu einem schweren Verbrechen durch, Sir, und würden Ihre Kooperation sehr zu schätzen wissen. Ich würde Ihnen gern ein paar Fragen stellen, die sich auf Sonntag, den 4. Juni beziehen. Wo waren sie zwischen zehn Uhr abends und ein Uhr nachts?«

»Hier – ich habe geschlafen. Ich hatte Frühschicht, also bin ich gegen acht ins Bett gegangen.« Er starrte Matt finster an. Matt begegnete ihm mit seinem kühlen Blick und Robyn spürte, wie sich ihr Puls beschleunigte. David hatte sie auf dem Weg hierher angerufen und sie wussten, dass Clifford gerade seinen ersten Fehler gemacht hatte.

»Es tut mir leid, Sir. Ich werde die Frage wiederholen. Bitte beachten Sie, dass ein Ford Transit mit Ihrem Kennzeichen in dieser Nacht nach zehn Uhr gesichtet wurde, als er Rugeley verließ.«

Clifford leckte sich über seine Lippen. »Oh, Sonntag – Sie meinen meinen letzten Sonntag. Ich dachte, Sie haben von gestern gesprochen. Ich habe einen Ausflug gemacht.«

»Das ist ein seltsamer Zeitpunkt, um plötzlich einen Ausflug zu machen. Wo sind Sie hingefahren?«

»Ich bin zum Pub meines Bruders gefahren – dem Fox and

Weasel in Colton. Ich dachte, ich unterhalte mich ein bisschen mit ihm und trinke noch ein Bier.«

»Besuchen Sie oft das Fox and Weasel?«

»Nein, aber wir hatten uns schon eine Weile nicht gesehen, und ich dachte, ich überrasche ihn.«

»Und wann sind Sie dort angekommen?«

»Keine Ahnung. So genau habe ich nicht auf die Uhr geschaut.«

»Wie viele Leute waren in der Bar, als Sie dort ankamen?«

»Nicht viele. Es war Sonntagabend, also recht ruhig. Ich habe mich nicht umgesehen. Ich bin an die Bar gegangen und habe mich mit Joe unterhalten.«

»Was haben Sie getrunken?«

»Ein kleines Pedigree.«

Matt schrieb alles auf seinen Notizblock, bevor er seinen Stift in einer lässigen Bewegung durch die Luft zog. »Wie spät war es, als Sie den Pub verlassen haben?«

»Noch einmal, das kann ich Ihnen nicht sagen. Ich bin nach Hause gefahren, als Joe den Laden dichtgemacht hat und ins Bett gegangen ist. Vielleicht haben Sie meinen Transporter ja wieder auf den Videoaufzeichnungen gesehen und können es mir verraten.«

Matt ignorierte den Kommentar und kritzelte etwas auf das Papier.

»Worüber haben Sie und Ihr Bruder sich unterhalten?«

»Über vieles – das Leben, meine Ex-Frau, meine Kinder, Fußball und die Arbeit.«

»Hat er Ihnen die neuen Fußball-Trikots der Blithfield Wanderers gezeigt?«

»Nein. Wieso sollte das relevant sein?«

Robyn ignorierte seine Frage. Joe Harris hatte es kaum erwarten können, den Spielern der Blithfield Wanderers die neuen Trikots zu zeigen. Bestimmt hätte er sie auch seinem Bruder zeigen und seine Meinung hören wollen.

»Ich dachte, vielleicht hätte er sie Ihnen gezeigt, weil sie gerade neue Logos bekommen haben.«

»Nun, das hat er nicht getan.«

»Mr Harris, haben Sie um halb elf vor dem Gemeindehaus in Colton angehalten, bevor Sie in den Pub Ihres Bruders gegangen sind?«

Cliffords Augenlider zuckten. »Ich glaube, das habe ich. Ich habe eine Nachricht von meiner Tochter bekommen. Ich habe angehalten, um sie zu lesen, allerdings erinnere ich mich nicht mehr, wo genau das war. Es könnte irgendwo auf dieser Straße gewesen sein.«

»Haben Sie an diesem Abend Jordan Kilby gesehen?«

Clifford atmete theatralisch aus. »Nein. Das habe ich nicht. Darum geht es also? Sie denken, ich hätte etwas mit Jordans Tod zu tun? Ich schwöre Ihnen, das habe ich nicht.«

In dem Moment vibrierte Robyns Handy in ihrer Tasche. Sie entschuldigte sich und trat nach draußen, um den Anruf entgegenzunehmen.

»Joe sagt, sein Bruder war an diesem Abend im Pub – er ist gegen halb elf angekommen, als er gerade dichtmachen wollte«, sagte Mitz.

»Oh Mist. Was hat er noch gesagt? Haben Sie ihn gefragt, worüber sie sich unterhalten haben oder was er getrunken hat?«

»Er hatte ein kleines Glas Pedigree und sie haben über die Arbeit und anderes langweiliges Zeug geredet.«

»Oh, Doppelmist. Das ist nicht das, was ich hören wollte. Ihre Geschichten stimmen überein. War das alles?«

»Ich befürchte, schon. Joe hat erzählt, dass nicht viel los war, also haben sie sich auf den neusten Stand gebracht und er hat Clifford die neuen Fußball-Trikots gezeigt, bevor er gegangen ist. Er glaubt, dass das etwa fünfzehn Minuten vor Mitternacht war.«

Ein kleines Lächeln zerrte an ihren Lippen. »Er sagte, er habe Clifford die Fußball-Trikots gezeigt?«

»Das hat er gesagt, ja.«

»Ausgezeichnet. Bringen Sie ihn aufs Revier, Mitz. Wir treffen uns dort. Und beantragen Sie ein paar Durchsuchungsbefehle: einen für seinen Pub und noch einen für das Haus von Clifford Harris.«

46

TAG ACHT – MONTAG, 12. JUNI, SPÄTER ABEND

Matt marschierte mit Clifford Harris im Schlepptau durch die Türen des Polizeireviers, vorbei an der Rezeption und in Richtung der Befragungsräume. Er hatte einen Anwalt gefordert, weshalb Robyn mit der offiziellen Befragung warten musste, bis er eintraf.

Bis dahin nahm sie Clifford sein Handy ab und brachte es in ihr Büro, wo sie es direkt vor Anna ablegte. »Können Sie den Verlauf seiner Telefonate und Nachrichten überprüfen? Ich will wissen, ob er am Sonntag gegen zehn Uhr eine Nachricht bekommen hat. Falls ja, will ich wissen, von wem und was darin steht. Und können Sie nach verdächtigen Aktivitäten suchen, wie seltsame Nachrichten und Nummern, die besonders häufig angerufen wurden? Alles, von dem Sie denken, dass es wichtig sein könnte. Ich muss es so schnell wie möglich wissen. Wir werden ihn gleich befragen, sobald sein Anwalt da ist.«

Anna schaltete das Gerät ein und fing sofort an, ihre Finger in beeindruckendem Tempo über die Tasten tanzen zu lassen.

»Ich habe wirklich keine Ahnung, wie Sie das machen«, sagte Robyn grinsend. »Bei mir dauert es schon Jahre, eine normale Textnachricht abzuschicken.«

»Das ist reine Übungssache«, antwortete Anna ernst. »Und die Tatsache, dass ich viel zu viele Stunden mit *Candy Crush* vergeude, könnte auch seinen Teil dazu beitragen.«

»Wo ist David?«

»Er hat einen Anruf von seiner Frau bekommen und ist nach draußen gegangen.«

Robyn ging durch den Flur zum Hintereingang und linste durch das Glas. David lehnte mit einer Zigarette in der Hand am Geländer und starrte in die Dunkelheit. Vorsichtig öffnete Robyn die Tür und gesellte sich zu ihm. »Wollen Sie Feierabend machen, David? Fürs Erste sind wir fertig. Wir warten im Augenblick nur noch darauf, die Harris-Brüder verhören zu können, und es kann noch eine Weile dauern, bis ihre Anwälte hier sind.«

David zog an seiner Zigarette und atmete den Rauch tief ein.

»Ich wusste gar nicht, dass Sie rauchen«, sagte Robyn.

»Habe vor sechs Monaten angefangen. Als ich noch jung war, habe ich es schon getan, aber habe es aufgegeben. Jetzt Freunde ich mich wieder damit an«, sagte er und starrte auf die Zigarette. »Es geht mir gut, Boss. Ich bin lieber hier, wo die Action abgeht.«

»Das müssen Sie nicht.«

Er begegnete ihrem Blick. »Doch. Das tue ich. Zu Hause werde ich nicht erwartet und ich will sehen, wie sich die Sache entwickelt.«

»Cool. Dann sehen wir uns drinnen. Ich warte darauf, dass Mitz mit Joe Harris eintrifft. Lust, bei dem Verhör dabei zu sein?«

Er zog ein letztes Mal an der Zigarette, bevor er sie auf den Boden schnippte und sie austrat. »Auf jeden Fall.«

Robyn ging zurück in ihr Büro und schnappte sich eine Tasse Kaffee. Es würde eine lange Nacht werden und sie brauchte das Koffein, um das zu überstehen. Anna schaute auf. »Auch einen?«, fragte Robyn.

»Ich hatte definitiv schon genug Koffein, danke. Clifford hat um halb elf keine Nachricht bekommen. Überhaupt keine. Ich habe sein Handy mit meinem Computer verbunden und ein Programm drüber laufen lassen, das auch gelöschte Nachrichten zeigt, aber da ist nichts. Am nächsten Tag hat er ein paar Anrufe getätigt. Eine Nummer sticht besonders hervor – die von Owen.«

Robyn ließ ihren Kaffee auf der Arbeitsplatte stehen und eilte zu ihr herüber. Anna hatte recht. Clifford hatte Owen am Montag sogar mehrfach angerufen. »Haben Sie noch etwas gefunden?«

»Bisher nicht. Ich werde noch etwas Zeit brauchen, um seine Kontakte durchzuarbeiten und herauszufinden, wen er alles kannte.«

»Hat er jemals mit Jordan telefoniert?«

Anna schüttelte ihren Kopf. »Seine Nummer kann ich nicht entdecken. Ich suche weiter.«

»Großartig. Okay, damit können wir arbeiten. Clifford wird uns ein paar Dinge erklären müssen.«

Mitz marschierte herein. »Ich habe Joe bei einem Officer gelassen. Er sagt nichts mehr. Hat eine richtige Schnute gezogen.«

»Er wird nicht der erste und auch nicht der letzte Verdächtige mit schlechter Laune sein, den wir verhören«, sagte Robyn. »Was haben Sie aus ihm herausbekommen?«

»Er sagt gar nichts. Ich habe alle Taktiken ausprobiert, aber er weigert sich, einen Kommentar abzugeben.«

»Wieder mal typisch. Wir haben etwas gegen sie in der

Hand und schon halten sie den Mund. Wir werden improvisieren müssen.« Robyn nahm vor ihren Post-its Platz und versuchte, ihre Gedanken zu ordnen. Wo war die Verbindung zwischen Jordan, Owen, Clifford und Lucy?

Mitz, der jetzt an seinem eigenen Schreibtisch saß, las etwas von seinem Computerbildschirm ab und fing an, laut nachzudenken. »Was zum Henker verbindet diese Leute? Hat es etwas mit Nathaniel zu tun, oder geht es hier um etwas ganz anderes? Joe, Jordan und Owen kennen sich vom Fußball. Owen und Lucy teilen sich den Wohnort. Clifford ist mit Jordan und Owen durch seinen Bruder Joe verbunden. Lucy und Jordan nur durch Pharmacals Healthcare.«

»Und sie alle kannten Nathaniel Jones-Kilby«, sagte Anna, was ihr ein Stöhnen von Mitz einbrachte.

Als das Telefon klingelte, nahm David, der gerade den Raum betreten hatte, den Hörer ab. »Cliffords Anwalt ist da.«

Robyn richtete sich zu ihrer vollen Größe auf. »Wurde auch Zeit. Ich werde diesen Befragungsraum nicht verlassen, ehe ich weiß, was hier vor sich geht.«

———

Clifford strahlte nicht mehr dieselbe Zuversicht aus, die er zu Hause zur Schau gestellt hatte. Robyn beäugte seinen Anwalt: Ein junger, nervöser Mann, der kaum seine Windeln abgelegt hatte, und jetzt mitten in der Nacht aus dem Bett gezerrt worden war, um einen Mann zu vertreten, den er offensichtlich nicht kannte. Robyn stellte die Fragen und wandte sich dabei direkt an Clifford, der viel Willenskraft aufbringen musste, um ihrem Blick standzuhalten. Sie beschloss, ihm den Anfang des Verhörs so leicht wie möglich zu machen, und hielt ihre Stimme ruhig und kontrolliert. »Mr Harris, als wir das letzte Mal miteinander gesprochen haben, sagten Sie uns, Sie wären in der Nacht des 4. Junis in Colton gewesen. Sie haben Ihren Bruder besucht, der das Fox and Weasel leitet, das am Dorfrand liegt. Ist das korrekt?«

»Korrekt.«

»Sie wurden gefragt, worüber Sie und Ihr Bruder sich unterhalten haben, worauf Sie geantwortet haben: ›Über vieles – das Leben, meine Ex-Frau, meine Kinder, Fußball und die Arbeit.‹ Ist das korrekt?«

»Ja.«

»Sie wurden außerdem gefragt, ob Ihr Bruder Ihnen die neuen Fußball-Trikots gezeigt hat, die er für seine Mannschaft hat anfertigen lassen, woraufhin Sie verneint haben. Ist das korrekt?«

Clifford zuckte leicht zusammen. »Ich kann mich nicht erinnern.«

»Sie können sich nicht erinnern, ob er Ihnen die Fußball-Trikots gezeigt hat?«

»Vielleicht hat er das, aber ich habe es nicht wahrgenommen. Ich habe über meine Ex-Frau geredet. Ich neige dazu, alles andere auszublenden, wenn ich über sie spreche. Ich habe nicht so sehr auf Joe geachtet.«

»Also behaupten Sie jetzt, dass Sie sich nicht erinnern können, sich Fußball-Trikots angesehen zu haben?«

»Das ist richtig.« Clifford hielt ihren Blick. »Ich kann es nicht.«

»Wie seltsam, dass Sie jetzt sagen, sich nicht erinnern zu können, obwohl Sie sich zuvor sehr sicher waren, sie nicht gesehen zu haben«, sagte Robyn.

»Mein Klient sagt, er kann sich nicht erinnern«, sagte der Anwalt.

Robyn warf ihm einen harten Blick zu, aber er blieb standhaft. »Sie wurden gefragt, ob Sie gegen halb elf am Abend vor dem Gemeindehaus on Colton angehalten haben. Sie antworteten: ›Ich glaube, das habe ich.‹«

Clifford nickte. »Ja, ich habe eine Nachricht gelesen. Ich weiß nicht genau, wo ich angehalten habe.«

»Die Nachricht von Ihrer Tochter?«

»Ja.«

Robyns Augen funkelten, als sie weitersprach. »Ich befürchte, das stimmt nicht. An diesem Abend haben Sie keine Textnachricht empfangen.«

»Das habe ich doch. Ich habe sie gelöscht, das ist alles.«

»Nein, Sie haben sie nicht gelöscht, Mr Harris. Wir konnten das überprüfen und können mit Sicherheit sagen, dass Sie an diesem Abend weder eine Nachricht bekommen noch eine versendet haben. Allerdings haben Sie am darauffolgenden Tag mehrfach mit Owen Falcon telefoniert, der kurz darauf tot in seinem Haus aufgefunden wurde.«

»Hey, eine Sekunde mal. Ich habe damit nichts zu tun.«

»Woher kannten Sie Owen?«

»Ich habe ihn im Fox and Weasel kennengelernt. Er war in Joes Fußballmannschaft. Dort habe ich ihn getroffen und wir haben uns gut verstanden.«

»Ist das so?«

»Ja, natürlich«, sagte Clifford.

»Ich befürchte, dass ich Ihnen das nicht glauben kann. Sie und Owen hatten, soweit wir wissen, nichts gemeinsam. Sie haben weder mit ihm gearbeitet noch gemeinsame Interessen geteilt. Deshalb erscheint es etwas seltsam, dass Sie ihn so oft angerufen haben, nachdem Jordan Kilby tot aufgefunden wurde.«

»Genau deshalb habe ich ihn angerufen. Um zu hören, ob er etwas über Jordans Tod wusste.«

»Den ersten Anruf an Owen tätigten Sie morgens um zwanzig nach sechs. Zu dem Zeitpunkt war Jordans Leiche noch gar nicht entdeckt worden. Mr Harris, ich denke, dass Sie uns anlügen. Darf ich Sie daran erinnern, dass wir in einem dreifachen Mord ermitteln? Würden Sie uns gerne die Wahrheit sagen oder sollen wir Sie wegen Mordes oder Beihilfe zum Mord anklagen?«

»Scheiße, nein! Ich habe sie nicht umgebracht. Wirklich!«

»Ich warte, Mr Harris.«

»Kann ich unter vier Augen mit meinem Anwalt sprechen?«

»Machen Sie es kurz, oder ich werde Sie auch noch dafür belangen, unsere Zeit verschwendet zu haben.« Robyn schob ihren Stuhl zurück und ließ die Männer allein zurück. Matt folgte ihr, während ein anderer Officer die Tür des Befragungszimmers von außen bewachte.

»Was denken Sie?«, fragte er.

»Ich denke, ich brauche noch eine Tasse Kaffee. Sie auch?«

»Ja, warum nicht?«

Zwischen Cliffords Handy und Annas Computer steckte ein schwarzes Kabel. Sie überprüfte die Zahlen, die über ihren Bildschirm wanderten.

»Seit Februar 2016 hatte er regelmäßigen Kontakt mit Owen. Textnachrichten und Anrufe. Manche dauerten nur ein paar Sekunden. Da geht definitiv etwas vor sich.«

Plötzlich steckte ein Officer seinen Kopf zur Tür rein. »Mr Harris möchte ein Geständnis ablegen.«

»Will er das? Tatsächlich?«, fragte Robyn, bevor sie den Flur hinuntereilte und in den Befragungsraum platzte.

Der junge Anwalt schreckte nach oben. Clifford hielt seinen Blick gesenkt, während der Mann sprach. »DI Carter, mein Klient möchte ein Geständnis ablegen. Er gesteht den Diebstahl und Vertrieb von Arzneimitteln von Pharmacals Healthcare. Er gibt zu, Unterlagen gefälscht zu haben und die Medikamente anschließend zur Auslieferung an Jordan Kilby übergeben zu haben.«

47

TAG NEUN – DIENSTAG, 13. JUNI, MORGEN

Robyn fuhr vor dem Revier vor. Die zwei Stunden, die sie in einem schweren, traumlosen Schlaf verbracht hatte, waren nur wenig erholsam gewesen. Sie stolperte aus ihrem Auto und brütete solche Kopfschmerzen aus, als hätte sie einen üblen Kater.

Es war erst kurz nach sechs, was bedeutete, dass sie noch etwas Zeit hatte, bevor DCI Flint auftauchen und sie über heiße Kohlen jagen würde, weil sie keine ausreichenden Beweise vorlegen konnte, um jemanden für drei Morde verantwortlich zu machen. Joe und Clifford Harris waren noch immer im Revier und würden bald angeklagt werden.

Sie schaltete das Licht in ihrem Büro an und zuckte zusammen, als der Geruch von kalter Pizza sie traf. Die zerdrückten Kartons, die im Mülleimer lagen, verdrehten ihr den Magen. Sie schnappte sich den Mülleimer und marschierte damit über den Flur zurück zum Eingang. Tom Shearer stand vor der Tür und grinste, als sie herauskam und den Mülleimer neben ihm abstellte.

»Haben Sie die Detektivarbeit aufgegeben und sind zur Müllabfuhr gegangen? Vortreffliche Wahl«, sagte er und lachte.

»Jetzt nicht. Ich habe schlechte Laune und mein Kopf fühlt sich an, als würde er explodieren.«

»Ich dachte, Sie haben zwei Verdächtige? Sie sollten bei guter Laune sein. Der wachhabende Polizist meinte, sie würden schon darauf warten, angeklagt zu werden.«

»Das tun sie, aber nicht für Mord. Sie haben Medikamente von einer Firma gestohlen und sie weitergegeben, damit sie auf der Straße verkauft wurden. Was machen Sie so früh hier?«

»Ich konnte nicht schlafen. Dachte, ich könnte ein bisschen Papierkram machen. Also haben Sie nicht die Person geschnappt, die für die drei Morde verantwortlich ist?«

»Noch nicht, Tom. Aber noch gebe ich mich nicht geschlagen, also denken Sie nicht daran, sich da einzumischen und zu übernehmen.«

Er hielt seine Hände nach oben. »Hey, einen Moment mal. Was lässt Sie glauben, dass ich das tun würde?«

»Das würden Sie, wenn Sie gefragt würden, oder? Ich weiß, dass Sie auf eine Beförderung aus sind, Tom, also hören Sie auf, Spielchen zu spielen.«

»Das mit der Beförderung ist wahr, aber es hat mich niemand darum gebeten, Ihren Fall zu übernehmen. Also gibt es keinen Grund, so wütend zu sein.«

»Nun, sollten sie es tun, lehnen Sie ab. Ich will diesen Fall unbedingt lösen und werde ihn nicht abgeben.« Sie verschränkte ihre Arme, wartete auf eine Erwiderung. Es gab keine. »Gut. Wir verstehen uns.« Damit marschierte sie zurück ins Gebäude und ließ die Tür hinter sich zuknallen.

Sie schluckte zwei Paracetamol und eine ganze Flasche Wasser und bereitete sich auf die Befragung von Clifford vor. Ihr Herz war schwer. Es konnte doch nicht sein, dass sie bei diesen Ermittlungen so weit gekommen war und noch immer nichts aufgedeckt hatte. Sie warf ihr Haar zurück. Sie würde das hier hinter sich bringen und dann ihre Optionen abwägen.

Vor dem Befragungsraum stieß David zu ihr. Er hatte darauf bestanden, schon in der Früh zurückzukommen und schenkte ihr ein aufmunterndes Lächeln, bevor sie die Tür öffnete.

Clifford, der unrasiert war und noch immer dieselbe Kleidung trug, in denen sie ihn am Vorabend hergebracht hatten, sah ausgelaugt aus. Seit seinem Geständnis war er über zwanzig Jahre gealtert.

»Ich will das nur noch hinter mich bringen«, sagte er, sobald sie Platz genommen hatte.

Sein Anwalt, der ein makelloses weißes Hemd trug, saß schweigend neben ihm.

»Mr Harris, wir werden dieses Gespräch aufzeichnen und am Ende Anklage gegen Sie erheben. Ist Ihnen das bewusst?«

Er atmete erschöpft aus. »Ja, ja. Lassen Sie uns das Ganze hinter uns bringen.«

»Am Samstag, den 4. Juni, sind Sie nach Colton gefahren und haben vor dem Gemeindehaus in ihrem Ford Transit gewartet. Können Sie uns bitte genau erklären, warum Sie das getan haben?«

»Ich war mit Jordan vor dem Gemeindehaus verabredet, wir wollten uns zwischen halb elf und elf treffen.«

»Was war der Zweck dieses Treffens?«

»Er wollte aussteigen, und ich habe versucht, ihn davon abzuhalten.«

»Würden Sie bitte erklären, was genau Sie damit meinen, Mr Harris?«

Clifford nickte ihr zu, dann begann er seine Geschichte …

Owen lehnt sich über die Bar und zischt Joe etwas zu. »*Ich hab jemanden gefunden. Big Tony hat mir den Namen eines Lieferfahrers gegeben, den wir gebrauchen können.*«

Joe blickt sich um, um sicherzugehen, dass niemand ihrer Unterhaltung lauscht. Glücklicherweise ist es ein ruhiger Abend und die drei Kerle am anderen Ende der Bar sind in ihre eigene Diskussion vertieft.

»*Sein Name ist Jordan Kilby. Er ist Nathaniel Jones-Kilbys Junge.*«

»*Was, Jones-Kilby von NJK Properties? Willst du mich verarschen? Der wird uns nur Probleme bereiten. Wenn sein Vater Wind von der Sache bekommt, macht er uns die Hölle heiß.*«

Owen verzieht sein Gesicht. »*Nee, er hasst seinen Alten. Hör zu, Jordan ist ein absoluter Spinner. Big Tony sagt, er ist in seinem Leben von nur drei Dingen besessen: Spiele, Fahrradfahren und Fußball. Er meinte, der Kerl sieht aus, als hätte er vor allem und jedem Angst. Er kommt zur Arbeit, spricht dort kaum mit jemandem und verschwindet wieder nach Hause, sobald seine Lieferungen durch sind. Big Tony hat ein Treffen arrangiert, in einem Pub in der Nähe seines Wohnortes – in Newborough. Ich habe es so aussehen lassen, als wäre ich zufällig vorbeigekommen, und habe mich mit ihm unterhalten. Big T hatte recht. Jordan ist völlig fußballverrückt. Ich sagte, er sollte doch am Mittwoch zu unserem Training kommen und versuchen, ins Team zu kommen. Er hat mir fast meine verdammte Hand abgerissen. Es wird so leicht sein, ihn zu manipulieren. Sobald ich mich ein bisschen mit ihm angefreundet habe, wird er uns aus der Hand fressen.*«

»*Warum sollte er sich darauf einlassen? Ist er vom anderen Ufer?*«

»*Nein, aber er würde so gern irgendwo dazugehören. Davon bin ich fest überzeugt. Als ich ihm sagte, dass ich auch total auf Videospiele stehe, hat er mich zu sich eingeladen, um PlaySta-*

tion zu spielen. Ich habe mal vorgefühlt und die Unterhaltung in Richtung Drogen gelenkt. Habe ihm erzählt, dass ich hin und wieder Ecstasy nehme und Gras rauche. Er hat nicht mal mit der Wimper gezuckt. Er hat sogar erwähnt, dass er an seiner Schule gekifft hat, zusammen mit seinem besten Freund, aber dann wurde er erwischt, als er was kaufen wollte und wurde rausgeschmissen. Aber er hat seinen Freund nicht verpfiffen. Hat die ganze Schuld auf sich genommen. Ich denke, dass wir ihn leicht auf unsere Seite ziehen können. Wir holen ihn ins Team und dann fragen wir, ob er Teil der Elitetruppe sein will. Er muss auch seine Rechnungen bezahlen. Ein bisschen Geld extra wird er nicht ablehnen. Alles, was er tun muss, ist die falschen Dokumente zu unterschreiben, die Clifford ihm gibt, und dann ein Paket bei mir abliefern. Das wäre eine großartige Belohnung für diesen geringen Aufwand. Konntest du die Jungs noch versorgen?«

Joe nickte. »Sie wissen, dass es ein Problem mit der Lieferung gibt, aber auch, dass wir an einer Lösung arbeiten. Noch sind sie nicht zu ungeduldig. Allerdings sollten wir nicht zu lange warten, sonst werden sie sich eine andere Quelle suchen.«

Clifford, der der Unterhaltung gelauscht hatte, stellt sein Glas ab und flüstert: »Wie lange arbeitet dieser Jordan schon für Speedy Logistics?«

»Seit er achtzehn ist. Er wäre ideal. Hat sich noch nie einen Fehler erlaubt. Du musst ihn nur gegenüber der Verwaltung bei Pharmacals Healthcare erwähnen, und sie werden den Hintergrundcheck durchführen. Und schon wird er Medikamente ausliefern und wir werden ihn davon überzeugen, in Big Tonys Fußstapfen zu treten.«

»Wirklich schade, dass Big Tony weggezogen ist. Es lief so gut«, sagt Clifford.

»Sobald Jordan in der Sache drin ist, wirst du ihn nicht mehr vermissen. Ernsthaft, warte, bis du ihn kennenlernst. Du wirst mir noch die Füße küssen.«

»*Wenn das funktioniert, hast du einen guten Ersatz gefunden.*«

»*Das wird es. Du kümmerst dich weiter um die medizinischen Unterlagen und die Waren. Wir sind noch nicht aus dem Geschäft.*«

———

Robyn hörte schweigend zu, während Clifford enthüllte, wie sie Jordan dazu verleitet hatten, ihnen dabei zu helfen, Medikamente von Pharmacals Healthcare zu Joe zu transportieren, von wo aus sie an die Dealer gingen. Owen war der Planer, der die Termine, Übergaben und das Geld verwaltete. Nachdem Jordan Big Tony ersetzt hatte, war alles glatt gelaufen: Clifford hatte weiter in kleinen Mengen Medikamente gestohlen und die Akten und Lieferzettel manipuliert; Jordan hatte dafür gesorgt, dass die Praxen die geänderten Lieferscheine unterschrieben, und die gestohlenen Medikamente bei Owen abgeliefert, der irgendwo auf seiner geplanten Route gewartet hatte, um keine Aufmerksamkeit zu erregen.

»Okay, was ist am Sonntag, den 4. Juni, passiert? Warum wollten Sie Jordan in Colton treffen? Warum nicht im Fox and Weasel?«

»Jordan wollte aus der Sache aussteigen. Er wollte seinen Teil des Geldes und aufhören, die Medikamente auszuliefern. Joe und Owen konnten ihn nicht umstimmen. Ich dachte, ich würde es vielleicht schaffen.«

»Sie hätten sich auch im Pub oder bei Owen zu Hause treffen können. Wieso stattdessen so spät abends vor dem Gemeindehaus?«

»Ich wollte nicht, dass uns jemand zusammen sieht. Außerdem wollte ich nicht, dass Joe und Owen erfuhren, dass ich mich mit ihm treffe. Die Sache ist die, dass ich selbst meine Zweifel hegte. Ich war derjenige mit dem größten Risiko. Ich arbeite bei Pharmacals Healthcare. Ich habe Zugang zu beiden Schlüsseln und den Codes, um das Gewölbe in Lager G zu betreten, wo die Medikamente gelagert werden. Ich sorge dafür, dass die Medikamente verschwinden. Die anderen beiden nicht. Sie reichen sie nur weiter. Jordan und ich haben das größere Risiko auf uns genommen – und die beiden haben davon profitiert. Ich habe das seit einem Jahr getan – seit meine Frau mich verlassen hat. Sie hat mir fast alles genommen, was ich hatte. Hat mich völlig mittellos zurückgelassen. Aber in letzter Zeit hat es mir Sorgen bereitet, mit wem Joe und Owen Geschäfte gemacht haben. Sie wollten, dass ich Methadon besorge, damit wir endlich richtig Geld machen konnten. Sie haben auf der Straße mit einigen sehr einflussreichen Dealern gesprochen, und ich war um meine eigene Sicherheit besorgt. Es ist eine Sache, hin und wieder ein paar Pillen und Cannabis herauszuschmuggeln, um ein paar Tausender zu verdienen, die zwischen uns aufgeteilt wurden, aber das Zeug, von dem sie geredet haben, ist richtig wertvoll. Das allein hätte Tausende von Pfund eingebracht.

Als ich hörte, dass Jordan aussteigen will, habe ich entschieden, ihn zu fragen, warum. Ich dachte, vielleicht wüsste er etwas, dass ich nicht wusste. Ich habe ihm gesagt, er soll unser Treffen geheim halten, und dass wir uns an einem Ort treffen sollten, der für uns beide neutral ist. Ich wollte nicht, dass uns jemand zusammen sieht und eins und eins zusammenzählt. Colton schien ideal zu sein. Er hatte geplant, nach dem Pub noch mit zu Owen zu gehen, weil sie über irgendwas reden mussten – es gab wohl einen Zwischenfall mit einem Kerl namens Darren Sturgeon, über den sie sprechen wollten, außerdem wollte Owen die Lieferpunkte für die nächste Drogenlieferung ausmachen. Jordan sagte, er wäre losgefahren, nachdem Owen ins Bett gegangen war. Nach unserem Treffen wollte er nach Hause fahren, und keiner hätte etwas mitbekommen.«

»Sie haben sich mit ihm getroffen?«

»Ja. Um kurz nach elf ist er aufgetaucht und hat meinen Verdacht bestätigt. Er meinte, Joe und Owen würden zu gierig werden, besonders um Owen machte er sich Sorgen. Anscheinend hat er die Drogen selbst genommen und angefangen, sich irrational zu verhalten. Er hat einen Fußballer verprügelt – Darren –, dieser Vorfall hat Jordan wachgerüttelt. Er war der Meinung, dass Owen durchdrehte und in ernsthafte Schwierigkeiten kommen könnte, nicht nur mit der Polizei, sondern auch mit den Drogendealern. Das, was er mir erzählte, hat mir wirklich Sorgen bereitet. Joe hat immer ein Auge zugedrückt, wenn es um Owen ging. Er mochte ihn sehr, deshalb hatte es keinen Zweck, ihm zu erzählen, dass Owen eine Gefahr darstellen könnte. Ich habe Jordan gesagt, dass ich mit Joe reden und behaupten werde, dass sich die Sicherheitsbestimmungen bei Pharmacals Healthcare erhöhen werden, dass sie das System umstellen und wir unseren Betrug nicht weiter fortführen könnten. Das schien ihn zufriedenzustellen, und kurz darauf ist er gefahren.«

»Und Sie?«

»Ich bin zum Fox and Weasel gefahren, um Joe zu sagen, dass es nicht mehr möglich wäre, Medikamente zu stehlen, aber die Lichter waren bereits aus und die Tür abgeschlossen. Ich dachte, es könnte bis zum nächsten Morgen warten, also bin ich nach Hause gefahren.«

»Sie sind nicht noch einmal Jordan oder jemand anderem begegnet?«

»Auf der Straße war niemand, keine Menschenseele. Aber Jordan ist in eine andere Richtung gefahren, also hätte ich ihn ohnehin nicht gesehen.«

Robyn wartete, ob Clifford noch etwas sagen würde, doch er saß nur mit zusammengesunkenen Schultern da, hatte sich geschlagen gegeben. Sie beendete das Verhör und ging ins Büro zurück, wo Matt aufgegeben hatte, Joe zu befragen und in seinem Stuhl zusammengesunken war. Er hob seinen Blick und warf hilflos die Hände in die Luft.

»Nichts. Der Bastard weigert sich zu reden.«

»Geben Sie ihm Zeit. Wir lassen ihn noch ein bisschen schwitzen und versuchen es noch mal. Sein Bruder hat uns alles über den Medikamentendiebstahl erzählt. Es ist nur eine Frage der Zeit, bis er auch anfängt zu singen. In der Zwischenzeit werden ihre Häuser durchsucht. Irgendetwas werden wir finden.«

»Allerdings hilft uns das nicht bei der Mordermittlung weiter, oder?«

»Nein, es sei denn, Joe steckt hinter den Morden.«

»Halten Sie das für möglich?«

Robyn lehnte sich gegen ihren Schreibtisch und dachte über die Frage nach. »Ich weiß es wirklich nicht. Mein Bauchgefühl sagt Nein, aber wir müssen uns auf die Beweise verlassen, und Joe hatte ein Motiv, Jordan umzubringen. Falls Jordan vorhatte, sie alle zu verpfeifen, könnte Joe sich dazu entschieden haben, ihn aus dem Weg zu räumen, nur warum er sich zusätzlich gegen Owen und Lucy gewandt haben sollte, bleibt ein Mysterium.«

Anna erschien in der Tür, ihre Wangen glühten rosa. Sie stellte Jordans Laptop auf Robyns Schreibtisch ab und lächelte, als sie auf die LonelySouls-Website auf dem Bildschirm zeigte. »Ich habe einen versteckten Cookie entdeckt und herausgefunden, dass diese Seite nur ein paar Tage vor Jordans Tod – am Freitag, um genau zu sein – benutzt wurde. Ich habe den Account gehackt.«

»Und?«

»Es war nicht Jordans Account. Er gehörte Rebecca. Sie hatte sich vor zwei Jahren dort angemeldet und die Seite kürzlich wieder aktiviert. Sie hat sich Hunderte von Profilen angesehen.«

»Okay, sie wollte also nicht, dass wir wissen, dass sie beim

Online-Dating aktiv war. Vielleicht war es ihr peinlich.« Robyn wusste, dass ihre Worte hohl klangen, als sie sich selbst davon zu überzeugen versuchte, dass Rebecca die Frau war, für die sie sie hielt.

Doch Anna war beharrlich. »Auch nach Jordans Tod war sie auf dieser Website. Sie hat ihr Profil aktualisiert. Ich fand, dass es ein wenig zu früh war, um wieder an Dating zu denken. Und ... sie erwähnt nicht, dass sie einen Sohn hat. Hier steht, dass sie single ist und nicht die einfachsten Zeiten durchgemacht hat, aber auf der Suche nach einer liebevollen Person ist, mit der sie ihr Leben teilen kann.«

Robyn atmete scharf ein, als sie die Neuigkeit verarbeitete, dass Rebecca sie angelogen hatte.

»Darüber hinaus habe ich diesen Thread in einem Forum über Comic Conventions gefunden. Jordan hat eine Frage zu den Lieblingsveranstaltungen der Leute gestellt und ein paar Antworten bekommen, aber viel Aufmerksamkeit erregte der Post nicht und lag bis November brach, als jemand einen neuen Kommentar hinzugefügt hat, der zu einer privaten Unterhaltung geführt hat. Der Kommentar kam von Rebecca.«

»Worüber haben sie und Jordan sich unterhalten?«

»Es ging um Superhelden, Marvel-Charaktere und ihre Filme, und dann wurde es etwas persönlicher. Sehen Sie es sich an«, sagte Anna und öffnete mehrere Dialogfelder. »Das ist alles, was ich finden konnte, aber es reicht, um eine Vorstellung von ihnen zu bekommen.«

Robyn las sich alle Dialoge durch. Die Unterhaltungen hatten im späten November des letzten Jahres stattgefunden:

Rebecca: Das ist verrückt. Ich kann nicht glauben, dass wir so viel gemeinsam haben – DS Comics, Filme, Fußball, Spiele, und irgendwie denken wir auch dasselbe.

Jordan: Wir sollten uns mal treffen.

Rebecca: Meinst du wirklich?

Jordan: Warum nicht? Ich wette, wir würden uns gut verstehen.

Rebecca: Okay. Warum treffen wir uns nicht in der Galerie in der Mailbox in Birmingham, nächsten Samstag um elf? Dort gibt es eine Ausstellung von limitierten Drucken von Superhelden.

Jordan: Klingt perfekt. Wir sehen uns da.

Robyn überflog ein paar weitere Unterhaltungen, in denen sie über Filme sprachen, die sie gesehen hatten, und die Special Edition einer Superheldenfigur, die Jordan für seine Sammlung kaufen wollte, bis sie eine erreichte, die auf die zweite Dezemberwoche datiert war. Eine Woche, bevor Rebecca ihren Job bei Longer Life Health in Birmingham gekündigt hatte:

Jordan: Wirst du dir die Firma ansehen, von der ich dir erzählt habe?

Rebecca: Pharmacals Healthcare?

Jordan: Ja. Du solltest dich dort bewerben. Offensichtlich bist du in deinem jetzigen Job sehr unglücklich, und dein Vermieter klingt wie ein Arsch.

Rebecca: Er ist schrecklich und ich hasse meinen Job, aber ein Umzug wäre doch verrückt. Ich müsste mir erst mal eine neue Wohnung suchen.

Jordan: Du kannst bei mir wohnen, bis du alles geklärt hast.

»Das ist komisch. Rebecca hat nie erwähnt, Jordan so kennengelernt zu haben.«

Anna nickte. »Und sie scheint alles zu lieben, was auch Jordan mag. Den Eindruck hatte ich bei ihr bezüglich der Marvel-Comics nicht.«

Es bestand kein Zweifel; Robyn musste noch einmal mit Rebecca sprechen. »Sie haben absolut recht, Anna. Ich werde sofort mit ihr reden. Halten Sie mich auf dem Laufenden, falls sich etwas Neues ergibt.«

Der Flur und die Rezeption fingen an, sich mit Beamten zu füllen, denen sie zur Begrüßung zunickte, bevor sie auf den Parkplatz eilte und ihr Auto entriegelte.

DCI Flint fuhr gerade auf den für ihn reservierten Park-platz, als sie zurücksetzte, ohne seinem Blick zu begegnen. Sie wollte sich nicht eingestehen, dass sie zu wenig Fortschritte erzielten. Die Zeit lief ihr davon und damit war auch ihre Karriere in diesem Polizeirevier in Gefahr. Sie fuhr auf die Hauptstraße und reihte sich in den Verkehr ein. Auch wenn die Zeichen gegen sie standen, war sie fest entschlossen. Sie hatte bisher noch nie versagt, und mit diesem Fall würde er nicht anders sein.

48

TAG NEUN – DIENSTAG, 13. JUNI, SPÄTER VORMITTAG

Rebecca öffnete die Tür und lächelte Robyn matt an.

»Hey«, sagte sie. »Kommen Sie rein.«

Robyn folgte ihr ins Wohnzimmer, wo Dylan zusammengerollt in einem braunen Schlafanzug auf dem Sofa lag, seine Augen waren geschlossen. Als sie eintraten, flatterten seine Augenlider kurz und er murmelte etwas Unverständliches.

»Geht es Dylan gut?«, fragte Robyn.

»Ich glaube, er bekommt die Grippe«, sagte Rebecca und ließ sich neben ihm auf den Polstern nieder. Sie hob ihn an ihre Brust und legte einen Arm um seine Schultern. »Alles okay?«

Robyn nickte. »Im Angesicht ein paar neuer Spuren, muss ich Ihnen ein paar Fragen stellen.«

»Haben Sie herausgefunden, wer ...« Sie brachte den Satz nicht zu Ende. Dylan verspannte, als Rebecca verstummte.

Robyn schüttelte ihren Kopf. »Wir haben Jordans Laptop

untersucht und sind über einen Thread in einem Forum über Superhelden gestolpert.« Robyn beobachtete, wie Rebecca ihren Blick abwendete und über den Kopf ihres Sohnes strich.

»Wir haben eine Unterhaltung zwischen Ihnen und Jordan gefunden, die im späten November des letzten Jahres anfing.« Robyn wartete auf eine Reaktion, aber alles, was sie sah, waren ihre sinkenden Schultern. »Sie haben uns angelogen, Rebecca. Sie haben Jordan nicht bei Longer Life Health kennengelernt.«

Rebeccas feuchte Augen begegneten Robyns Blick. »Ich weiß. Das erscheint jetzt so dumm. Ich weiß nicht, warum ich Sie angelogen habe. Sie wirkten so souverän und wichtig und ich fühlte mich – na ja, Sie wissen schon – verwirrt, und ich wollte nicht, dass Sie mich verurteilen. Dieselbe Geschichte habe ich auch schon anderen erzählt, die gefragt haben, wie Jordan und ich uns kennengelernt haben. Ich schätze, es war mir einfach zu peinlich, zuzugeben, dass wir uns in einem Forum über Comicbücher kennengelernt haben. In der Schule galt ich immer als der Nerd und wurde ausgelacht, es war wirklich schwer, jemanden zu finden, der mich so akzeptiert, wie ich bin. Ich hatte nie Glück mit Männern. Dylans Vater hat mich verlassen, sobald er wusste, dass ich schwanger war. Er hat das bisschen Selbstwertgefühl erschüttert, das bei mir noch übrig war. Seit Dylans Geburt war ich bei keinem Date mehr. Bei Jordan hat es sofort gefunkt. Er hat auf meinen Kommentar geantwortet, wir haben gechattet und uns schließlich getroffen.«

»Rebecca, bitte lügen Sie mich nicht wieder an. Ich werde Ihnen einige Fragen stellen und brauche ehrliche Antworten.«

Rebeccas Augenlider zuckten. »Okay.«

»Hat Jordan Ihnen vorgeschlagen, sich bei Pharmacals Healthcare zu bewerben?«

»Ja.«

»In dem Chat schlug Jordan vor, dass Sie bei ihm wohnen

könnten, bis Sie etwas anderes gefunden hätten. War es nur ein vorübergehendes Arrangement?«

Rebeccas Stimme triefte vor Traurigkeit, ihre Augen waren feucht. »Es sollte nur vorübergehend sein, bis ich hier Fuß fassen würde. Es war eine große Sache, an einen ganz neuen Ort zu ziehen, an dem ich mich nicht auskannte. Nach ein paar Wochen hat er mich gebeten zu bleiben, weil er sich in mich verliebt hatte.«

Robyn studierte Rebeccas Gesicht, versuchte zu beurteilen, ob sie die Wahrheit sagte. Rebecca musste ihr Misstrauen gespürt haben. »Wirklich. So ist es passiert. Ich lüge Sie nicht an.«

»Haben Sie bei Pharmacals Healthcare mit Clifford Harris zu tun?«

»Wer ist Clifford Harris?«

»Er ist einer der Vorarbeiter von Lagerhalle G, wo die Spitzenmedikamente gelagert werden.«

»Dann nicht, nein. Ich arbeite nur mit meinem Team im Büro zusammen. Mit der Arbeit im Lagerhaus haben wir nichts zu tun. Ich bin für den Verwaltungskram zuständig und arbeite hauptsächlich ich mit Tabellen und Verteilungsbögen. Ich habe mit niemandem zu tun, der nicht zu meinem Team gehört, oder natürlich mit meinem direkten Vorgesetzten Nicky Boyce. Dort arbeiten hunderte Angestellte. Es ist so gut wie unmöglich, alle zu kennen.«

»Hat Jordan jemals Clifford Harris erwähnt?«

Rebecca schüttelte ihren Kopf. »Nein, nie.«

»Rebecca, wir glauben, dass Jordan darin verwickelt war, Medikamente vom Pharmacals Healthcare Gelände zu schmuggeln und sie an andere Dealer zu verkaufen. Wir haben zwei Verdächtige in Gewahrsam, und sie haben zugegeben, dass sowohl Jordan als auch Owen darin verwickelt waren. Ich werde nicht um den heißen Brei herumreden. Wenn Sie etwas darüber wissen, müssen Sie es mir jetzt sagen.« Sie starrte

Rebecca hart an, die ihren Kopf mehrere Male von links nach rechts schaukelte.

»Davon weiß ich nichts. Sind Sie sicher, dass Jordan darin verwickelt war? Das kann nicht sein. So etwas hätte er mir niemals verheimlicht.«

»Rebecca, wenn sein Tod mit seiner Beteiligung an diesen Machenschaften zusammenhängt, müssen wir alles darüber wissen.«

»Ich wusste nichts davon«, sagte Rebecca. »Bitte glauben Sie mir. Ich wusste es nicht.«

Dylan fing an, leise zu stöhnen.

»Er hat Fieber. Ich werde ihn ins Bett bringen«, sagte Rebecca. »Vermutlich wäre es das Beste, wenn Sie jetzt gehen. Ich kann Ihnen wirklich nicht weiterhelfen. Ich kann nicht glauben, dass Jordan so unehrlich gewesen sein soll. Was mich angeht: Es tut mir leid, dass ich gelogen habe. Das war der Stress des Augenblicks. Ich kann es nicht ertragen, wenn die Leute denken, dass ich eine Versagerin bin, weil ich eine alleinerziehende Mutter bin.«

Robyn stand auf. »Alleinerziehend zu sein, macht Sie nicht zu einer Versagerin, Rebecca.«

Rebeccas Blick fiel auf ihren Sohn. »Nein, das tut es nicht, oder? Ich sollte mir nicht so viele Gedanken darüber machen, was die Leute von mir denken.« Tränen liefen über ihre Wangen.

»Nein. Das sollten Sie nicht.«

»Ich weiß nicht, ob ich jemals darüber hinweg kommen kann, Robyn. Im Moment schaffe ich es kaum durch den Tag. Es ist einfach alles zu viel.«

»Sie müssen stark sein, Rebecca. Denn Sie sind stark. Sie müssen nur an sich glauben.«

Robyn verabschiedete sich. Obwohl sie noch immer Sympathie für Rebecca und ihren kranken Sohn empfand, war sie emotional betrachtet nun distanzierter. Sie hatte einen fundamentalen Fehler bei dieser Ermittlung gemacht. Sie hatte zugelassen, auf persönlicher Ebene in diese Sache hineingezogen zu werden. Sie hatte Parallelen zwischen sich selbst und Rebecca gesehen, wo offensichtlich keine waren.

Als sie wieder im Revier ankam, war sie sogar noch entschlossener, diese Ermittlung zu Ende zu führen. Sie musste mit Nathaniel bezüglich seiner möglichen Beziehung zu Lucy Harding sprechen, und niemand würde sie davon abhalten.

Als sie das Revier betrat, kam ihr die Vertrauensbeamtin, Michelle Watson, entgegen. Robyn blieb stehen, um mit ihr zu sprechen.

»Ich habe gerade Rebecca Tomlinson besucht. Sie ist immer noch etwas aufgelöst. Ihr Sohn ist krank. Hätten Sie Zeit, ihr einen Besuch abzustatten?«

Michelle schnaubte. »Ich denke nicht, dass sie mich dort haben will. Sie hat mich schon zwei Mal aus ihrem Haus geworfen. Das erste Mal sofort, nachdem sie von Jordans Tod erfahren hat. Ich habe sie nach Hause begleitet, aber sie meinte, ich solle sie allein lassen. Ich habe es auf den Schock und den Stress geschoben. Mir sind schon alle möglichen Reaktionen untergekommen, wenn jemand einen geliebten Menschen verloren hat. Das zweite Mal war allerdings am nächsten Tag – am Dienstag –, als Sie vorbeigekommen sind und ich mit Dylan Fußball gespielt habe. Etwa zehn Minuten, nachdem Sie gegangen waren, hat mich Rebecca gebeten, zu gehen. Sie meinte, sie bräuchte meine Hilfe nicht, und dass ich nicht mehr vorbeikommen soll. Ich habe gehört, dass sie nach Rangemore gezogen ist, also bin ich am Freitag zu ihr gefahren, aber sie war nicht zuhause. Sind Sie sicher, dass sie von einem Besuch von mir profitieren würde?«

Robyn kratzte sich am Kopf und dachte über Michelles

Worte nach. »Ich muss die Situation falsch eingeschätzt haben. Dachte, sie könnte Hilfe gebrauchen. Offensichtlich habe ich mich geirrt. Lassen Sie es fürs Erste gut sein.«

Als sie ihr Büro betrat, wurde ihr eine wichtige Tatsache bewusst. Wenn Michelle am Montag nicht bei Rebecca war, dann hatte Rebecca kein Alibi für die Zeit, als Owen ermordet wurde. Konnte Rebecca tatsächlich etwas damit zu tun haben?

Ihr Grübeln wurde von einem Anruf unterbrochen, es war Ross. Sie wappnete sich gegen die Neuigkeiten, vor denen sie sich so sehr fürchtete: dass Jeanettes Biopsieergebnisse etwas Ernstes offenbaren würden. Sie hatte sich selbst versprochen, den beiden zu helfen, ganz egal was passierte. Sie konnten auf sie zählen.

»Ross, schieß los«, sagte sie.

Die Erleichterung in seiner Stimme war geradezu greifbar. »Sie ist gesund.«

»Oh, Gott sei Dank«, sagte Robyn und stieß den Atem aus, den sie angehalten hatte.

»Du hast ja keine Ahnung, wie erleichtert ich bin – wie erleichtert *wir* sind«, sagte Ross. »Ich habe mir solche Sorgen gemacht, dass ich kaum schlafen konnte. Das waren die schlimmsten paar Tage meines Lebens, und du weißt, dass ich schon einige wirklich schreckliche Tage hatte.«

»Das stimmt. Aber hey, es ist vorbei. Jeanette geht es gut«, sagte sie, als sie am anderen Ende der Leitung ein Schluchzen hörte.

Ross' Stimme klang, als könnte er nur schwerlich sein Weinen unterdrücken. »Oh, es war grauenvoll. In Gedanken bin ich jede einzelne schreckliche Szene durchgegangen. Ich habe mich selbst bis an den Punkt getrieben, an dem ich davon überzeugt war, dass sie wirklich krank war, und ich hätte alles getan, was nötig gewesen wäre, um ihr zu helfen. Ich hätte alles verkauft, was wir besitzen, um ihr die bestmögliche Behandlung zu ermöglichen – wirklich alles.«

»Komm schon, hey, jetzt musst du da doch nicht mehr drüber nachdenken.« Ihre Stimme war sanft, sie redete auf ihn ein, als wäre er ein Kind. Sie verstand, welche Erleichterung er gerade verspüren musste.

»Ich werde es überstehen. So ein Mist, das ist schon das zweite Mal diese Woche, dass ich mir bei dir die Augen ausheule.«

»Dreimal in vierzig Jahren ist gar kein schlechter Schnitt, Ross.«

»Wann war das dritte Mal?«, fragte er. »Ich weine nie.«

»Bei dem Schultanz, als Tina Linton, die Liebe deines Lebens, dich für Davy Townsend versetzt hat. Du hast geheult wie ein Baby.«

Ross schnaubte. »Nur weil sie meine preisgekrönte Kastanie behalten hat, die ich ihr als meinen Liebesbeweis geschenkt hatte. Die habe ich wirklich vermisst. Sie war ein mehrfacher Champion.«

Als Robyn das Telefonat beendete, wandte sie sich der Tür zu, durch die Mitz gestolpert kam. Auf seinem Gesicht lag ein gestresster Ausdruck. »DCI Flint ist da und will wissen, ob wir schon jemanden verhaftet haben.«

»Verdammt. Ich habe noch nichts für ihn. Komm, lassen Sie uns mit Nathaniel sprechen. Ich werde Matt aus dem Auto aus anrufen.«

Als sie über den Flur eilten, versuchte Robyn auszuarbeiten, wie sie die Sache mit Rebecca am besten angehen sollten. Je mehr sie darüber nachdachte, desto überzeugte wurde sie, dass sie sie nach ihren Alibis befragen und sich ihren Hintergrund genauer ansehen sollten. Aus den Chat-Unterhaltungen mit Jordan war hervorgegangen, dass sie Probleme mit ihrem Vermieter gehabt hatte. Sie würde Anna bitten, sich der Sache anzunehmen. Das war das Problem mit den Menschen: Sie waren oft nicht so, wie es schien.

49

DAMALS

»Es könnte an der Zuckerwatte liegen«, sagt Oswalds Mum zu seinem Dad. »Vielleicht war sie zu süß für ihn, armes Kerlchen.«

Sie fühlt die Stirn des Jungen und zuckt zusammen. »Er hat Fieber. Vielleicht ist es doch nicht nur die Zuckerwatte. Nicht, dass er die anderen ansteckt. Wir sollten ihn nach Hause bringen.«

Dem Jungen ist zu schlecht, um etwas einzuwenden. Er hatte sich schon den ganzen Morgen vor der Party nicht gut gefühlt, hatte aber nichts sagen wollen, für den Fall, dass er dann nicht gehen durfte. Er dachte, es wären nur die Schmetterlinge in seinem Bauch, weil er so aufgeregt war. In der Schule hatte er sich schwitzig und krank gefühlt, und als Oswalds Eltern ihn abholten, war er schon nicht mehr so begeistert, wie er anfangs dachte, dass er es sein würde. Jetzt wünscht er sich, eher etwas gesagt zu haben. Er hat nur zehn Minuten von dem Film durchgehalten, bevor er zur Toilette gerannt war und sich übergeben hatte. *Er würgt und muss sich wieder übergeben. Oswalds Mutter verzieht das Gesicht.*

»Okay, das war's. Ich werde seine Eltern anrufen, während du ihn nach Hause fährst. Ich bleibe hier bei den Kindern. Oswald hat so viel Spaß, das will ich ihm nicht verderben.« Sie wendet sich wieder dem Jungen zu und redet sanft auf ihn ein. »Oswalds Daddy wird dich nach Hause bringen. Sobald es dir besser geht, kannst du gerne jederzeit vorbeikommen und bei uns übernachten.«

Der Junge will weinen, doch er weiß, dass es sinnlos ist. Er hat seinen blauen Pullover beschmutzt und will nach Hause in sein eigenes Bett. Er nickt benommen.

Oswalds Dad bringt ihn zu dem großen Volvo, und er sitzt stumm da, während sie fahren. Er mag Oswalds Dad. Er hat ein großes, freundliches Gesicht und macht viele Scherze. Der Junge ist traurig, dass er nicht bei der Feier bleiben kann. Aber Oswalds Dad ist nett und sagt ihm, dass es wichtig ist, sich durchchecken zu lassen, für den Fall, dass er sich einen fiesen Virus eingefangen hat.

»Vielleicht kannst du nächstes Wochenende vorbeikommen und wir fahren Kanu auf dem Stausee«, sagt er. Das heitert den Jungen etwas auf und er bedankt sich.

Seine Mutter ist besorgt, als sie ihn sieht, und bringt ihn schnell nach oben ins Bett, wo er eine warme Milch und eine liebevolle Umarmung bekommt. Er fragt nach seiner Schwester, aber sie sagt ihm, dass sie heute Nacht unterwegs ist und er sich keine Sorgen machen muss. Am Morgen wäre sie wieder zurück. Sie kümmern sich gut um ihn, und sein Vater sitzt auf seiner Bettkante und sagt ihm, dass er sich bald besser fühlen wird. Dann liest er ihm eine Geschichte vor – er hat ihm schon sehr lange nichts mehr vorgelesen, und der Junge genießt es, der weichen Stimme seines Vaters zu lauschen. Schließlich kommt die Geschichte zu ihrem Ende und er gibt ihm einen Kuss auf die Stirn.

»Gute Nacht, mein Sohn«, sagt er.

Der Junge murmelt ihnen beiden ebenfalls Gute Nacht zu, als sie sich leise zurückziehen.

Der Junge kuschelt sich unter seine mit Zügen bedruckte Bettdecke. Sein Magen rumort nicht mehr und ihm ist auch nicht mehr so schlecht wie zuvor. Er fühlt sich nur müde – sehr, sehr müde. Er schließt seine Augen und driftet in den Schlaf. Morgen wird er seiner Schwester von der Zuckerwatte erzählen, und dass ihm schlecht geworden ist, und auch davon, dass er mit Oswald und seiner Familie Kanu fahren wird.

Der Junge hört nicht, wie sich seine Eltern fürs Bett fertig machen – er hört nicht, wie der Wasserhahn läuft, als sie sich die Zähne putzen, oder wie das Bett knarrt, als sie unter die Laken gleiten. Er hört nicht das leise Schnarchen seiner Mutter. Er hört nicht die entfernten Rufe der Krähen, die von den Flammen aufgeschreckt wurden, die knistern und knacken und anfangen, sich auszubreiten. Sie tanzen in der Küche und breiten sich dann schnell im ganzen Haus aus. Der Junge hört nichts.

50

TAG NEUN – DIENSTAG, 13. JUNI, NACHMITTAG

Zusammen mit Mitz, der schweigend neben ihr stand, wartete Robyn darauf, dass Joy Fairweather sie in Nathaniels Büro rief. Die junge Frau tippte konzentriert weiter, bis ihr Telefon aufleuchtete und sie verkündete, dass Nathaniel nun für sie Zeit hatte.

»Sie können jetzt durchgehen, Detectives«, sagte sie.

Nathaniel war weniger höflich. »Was wollen Sie denn jetzt schon wieder?«, fauchte er, sobald Robyn den Raum betrat.

»Es tut mir leid–«

»Sparen Sie sich die Plattitüden«, unterbrach er sie. »Kommen Sie auf den Punkt. Ich stehe bereits so kurz davor, Sie von den Ermittlungen zum Tod meines Sohnes abziehen zu lassen. Geben Sie Gas.«

»Lucy Harding«, sagte sie und wartete auf eine Antwort. Sie bekam eine. Nathaniel schloss für einen Moment seine Augen und atmete durch seinen offenen Mund aus.

»Okay. Ich verstehe, warum Sie denken, dass ich etwas damit zu tun haben könnte, aber ich kann Ihnen versichern, dass dem nicht so ist.«

Robyn hielt ihren Blick fest auf den Mann gerichtet.

»Lucy hat mich online gefunden. Wir haben gechattet und es lief gut. So gut, dass ich sie auf ein Date eingeladen habe. Sie hat zugesagt. Wir hatten eine schöne Zeit zusammen, aber es fiel uns schwer, Gesprächsstoff zu finden, besonders zum Ende hin. Wir sind im Guten auseinandergegangen, haben aber keinen Kontakt gehalten. Was gut war, denn kurz darauf erhielt ich einen Brief, in dem stand, dass ich einer ihrer Patienten in der neuen Klinik in Abbots Bromley sein würde.«

»Ich brauche mehr Informationen als das, Sir.«

»Welche Art von Informationen wollen Sie? Ich werde nicht von jedem Wort berichten, das gefallen ist. Ich habe keine Verbrechen begangen. Ich bin ein alleinstehender Mann, der weibliche Gesellschaft genießt, das ist alles. Ende vom Lied.«

»Wo waren Sie am Donnerstagabend, Mr Jones-Kilby?«

»Oh, um Himmels willen. Das hatten wir doch bereits. Ich habe sie nicht umgebracht. Und jetzt verschwinden Sie aus meinem Büro.«

Robyn bewegte sich nicht. »Ich muss mehr über ihre Aktivitäten wissen, Sir. Sie haben zugegeben, Lucy Harding gekannt zu haben, und diese Tatsache darf ich nicht ignorieren.«

»Ich habe eine Zeugin, die für mich bürgen kann. DCI Flint wurde dahingehend informiert. Mit Ihnen werde ich nicht darüber reden, auf Wiedersehen.«

Es war sinnlos, mit ihm zu diskutieren. Robyn verließ sein Büro und ging zurück zum Auto. Mitz folgte ihr, blieb in ihrer Nähe. Robyn zog ihr Handy heraus und rief Amy an.

»Ah, DI Carter«, kam ihre lässige Antwort. »Haben Sie mich vermisst?«

»Lassen Sie den Mist. Sie haben mich angerufen, weil Sie etwas über Jones-Kilby hatten.«

»Und Sie haben mich abgewürgt.«

»Hat Sie das überrascht, nachdem Sie diesen Artikel über mich geschrieben haben?«

»Dafür habe ich mich entschuldigt.«

»Haben Sie herausgefunden, mit wem sich Jones-Kilby getroffen hat?«

»Das letzte Mal, als wir miteinander gesprochen haben, waren Sie nicht besonders freundlich und sagten, ich könne Sie mal. Also sage ich Ihnen jetzt das Gleiche, nur weniger unhöflich. Diesen Ansatz verfolge ich nicht mehr. Ich habe jemanden gefunden, der tatsächlich mit mir reden möchte.«

»Amy, Sie können sich nicht in eine Ermittlung einmischen.«

»Wie läuft die eigentlich, DI Carter? Schon jemanden wegen Mordes verhaftet? Ich schlage vor, dass Sie mit Ihrer Arbeit weitermachen, und ich mit meiner.«

»Er hat also nichts mit den Morden zu tun, nicht wahr?«

»Tut mir leid, DI Carter, die Verbindung ist sehr schlecht, und ich muss zu einem Meeting.«

Dann war die Leitung tot. Robyn knurrte in ihr Handy. Mitz warf ihr einen kurzen Blick zu.

»Wenn sie das vermasselt, werde ich sie dafür bezahlen lassen.«

»Sie ist arrogant und absolut nervig, aber ich glaube nicht, dass sie so dumm wäre«, sagte Mitz.

»Ich weiß nicht. Sie versucht verzweifelt, allen anderen einen Schritt voraus zu sein.« Robyn trommelte wütend auf ihren Beinen. »Dieser verdammte Nathaniel macht mich so wütend. Wenn er einfach nur reinen Tisch machen könnte, müssten wir nicht so um ihn herumarbeiten.«

»Er ist nicht sehr charismatisch, oder?«

»Er ist ein abgebrühter Geschäftsmann. Ich schätze, in seinem Business muss man das sein. Allerdings ist es nicht gerade hilfreich. Amy sagte, sie hätte etwas über ihn, aber sie hat mich abserviert. Ich will keine Zeit mehr damit verschwenden, hinter ihm herzurennen. Ich muss Rebecca überprüfen. Bei ihr passt irgendetwas nicht zusammen.« Sie wählte Annas Nummer.

»Haben Sie schon etwas über Rebecca für mich?«

»Ich bin noch dabei. Ich habe Longer Life Health angerufen, ihren ehemaligen Arbeitgeber, und sie sagten mir, dass ihre Tante Rose von ihrer Reise nach Barbados zurückgekehrt ist. Sie arbeitet ebenfalls dort und hat gestern wieder angefangen.«

»Haben Sie die Adresse von Rose?«

»Ich werde sie Ihnen schicken.«

Innerhalb weniger Sekunden las Robyn sie laut vor: »Rose Griffith, 22 Ashdown Crescent, direkt an der Vicarage Street, Water Orten.« Sie tippte die Adresse in das Navi ein und sie machten sich auf den Weg nach Birmingham.

———

Ashdown Crescent bestand aus einer Reihe freistehender viktorianischer Häuser, von denen die meisten im Laufe der Jahre ausgebaut und so stark erweitert worden waren, dass sie über die Grundstücke hinauszuwachsen drohten, auf denen sie standen. Nummer zweiundzwanzig war abgelegen und schien im Gegensatz zu den anderen noch in seinem ursprünglichen Zustand zu sein. Der Vorgarten von Blumenrabatten umgeben; die originale gemusterte Backsteinfassade, das Schieferdach und die dreiseitigen Erkerfenster waren erhalten geblieben. Auf der mit Steinmauern umgebenen Veranda stand ein dekorativer Lorbeerbaum in einem Topf, um den ein rotes Band mit einer Schleife gebunden war.

Rose Griffith war eine Frau mit einem sympathischen Gesicht, deren große Ohrringe zu ihren kirschroten Lippen und Fingernägeln passten. Vom Alter her könnte sie überall zwischen dreißig und vierzig liegen, jedoch hatte David herausgefunden, dass sie bereits Mitte fünfzig war. Mit ihrem glänzenden schwarzen Haar und den wachen haselnussbraunen Augen, die Robyn und Mitz misstrauisch beobachteten, erinnerte sie Robyn an Rebecca.

»Sie sagen, Rebeccas Freund wurde ermordet?«, sagte sie mit einer sanften Stimme, während sie Wasser in die drei Tassen goss, die vor ihnen standen. Ihre Hände zitterten.

»Ich befürchte, so ist es. Standen Sie mit Rebecca in Kontakt?«

Rose schniefte leicht. »Die junge Dame hat ziemlich deutlich gemacht, was sie von meinen ›Einmischungen‹ hielt, als sie letzten Dezember ausgezogen ist.«

»Sie hat bei Ihnen gewohnt?«

»Sie hat bei mir gewohnt, seit sie sechzehn Jahre alt war. Ist direkt zu mir gezogen, nachdem ihre Familie gestorben war. Gott segne ihre armen Seelen.«

Robyn musste an Rebeccas Chatunterhaltungen zurückdenken, in der sie Jordan von einem schrecklichen Vermieter berichtete. Noch eine Lüge.

»Jetzt mietet sie eine Wohnung in Staffordshire.«

Rose überreichte den Polizisten zwei der Tassen und hob ihre eigene an ihre Lippen, bevor sie etwas erwiderte. »Sie wird ganz sicher zurückkommen, wenn sie so weit ist. DI Carter, warum sind Sie hier?«

»Wir müssen uns die Hintergründe aller Personen ansehen, mit denen Jordan zu tun hatte.«

Rose nickte wissend, ihre Augen funkelten. »Sie vermuten, dass sie etwas mit seinem Tod zu tun haben könnte, nicht wahr?«

»Das ist reine Routine«, sagte Robyn.

Rose legte ihre Hände aufeinander, als würde sie beten, und ließ ihr Kinn auf ihren Fingerspitzen ruhen. »Rebecca hatte ein schweres Leben. Sie wurde fallengelassen und musste mit schreckliche Verlusten umgehen. Sie ist eine verwirrte, verletzte und auch manchmal wütende junge Frau, aber sie ist keine Mörderin. Sie wird vom Pech verfolgt. Das Leben ist für sie immer wieder ein Kampf.«

»Ich verstehe. Ich habe ein paar Mal mit ihr gesprochen und Dylan kennengelernt. Rebecca sagte, Dylans Vater wäre sofort abgehauen, als sie erfahren hat, dass sie schwanger ist.«

»So ist es. Gabriel Smith wollte nie Kinder. Das hat er von Anfang an deutlich gemacht, aber Rebecca war anderer Meinung. Sie wollte einen Sohn von Gabriel und dachte, sobald er herausfindet, dass sie schwanger ist, würde er seine Meinung ändern. Das hat er nicht. Er war außer sich vor Wut. Hat ihr gesagt, dass sie das Baby loswerden soll, und als sie sich weigerte, hat er sie verlassen. Das war ein bitterer Schlag für sie. Sie hielt so viel von Gabriel. Monatelang hat sie von nichts anderem gesprochen. Er war ihre erste große Liebe.«

»Wohnt Gabriel hier in der Nähe?«

»Es ist nicht sehr weit. Ich kann ihnen seine Adresse geben. Er ist mittlerweile verheiratet, und seine Mutter kommt regelmäßig zu Longer Life Health.«

»Dort hat Rebecca auch gearbeitet, oder?«

»Das hat sie. Ich habe ihr den Job dort besorgt. Sie arbeitete in einem der Läden und verkaufte verschiedene pflanzliche Heilmittel und andere Gesundheitsprodukte. Ich bin eine der Therapeutinnen dort und führe verschiedene Behandlungen durch: Akupunktur, Heilbehandlungen, Reiki und noch andere Dinge.«

»Aber sie hat ihren Job gekündigt, um mit Jordan zusammen sein zu können?«

»Das kam sehr plötzlich. Eines Tages kam sie nach Hause und sagte, sie hätte einen anderen Job gefunden, sie hätte ein Vorstellungsgespräch gehabt und würde gehen. Ich war nicht sehr glücklich darüber. Sie hätte wenigstens vorher mit mir darüber reden können, bevor sie sich Hals über Kopf in etwas stürzt. Das war sehr unangenehm für mich. Ich musste allen erklären, dass ich genauso im Dunkeln gelassen worden bin wie sie. Die Wochen zuvor hatte sie sich seltsam verhalten. Sie wollte nicht sagen, was los war. Sie konnte manchmal sehr geheimnisvoll sein, und ich habe schon vor einer langen Zeit gelernt, dass es nie gut war, herumzuschnüffeln.«

»Das heißt, es hat Sie überrascht, als sie plötzlich auszog, um mit Jordan zusammen zu wohnen?«

»Nicht direkt. Sie hat schon vorher solche Dinge getan. Vor einem Jahr ist sie mit einem Mann zusammengezogen, der alt genug war, um ihr Vater sein zu können – Hugo Morton. Er war Eigentümer eines großen Ingenieurbüros und Witwer. Sie haben sich online kennengelernt und angefangen, sich zu treffen. Er hat sie eingeladen, ihn auf ein paar große Firmenevents zu begleiten, hat sie sogar nach Paris und Amsterdam mitgenommen. Dann hat er vorgeschlagen, sie könne bei ihm einziehen. Anscheinend wohnte er in einem riesigen Anwesen mit sechs Schlafzimmern und einem Indoor-Swimmingpool. Sie war so aufgeregt. Wir verabschiedeten uns und ich winkte ihr und Dylan zum Abschied in ihr neues Leben hinterher. Nicht mal eine Woche später war sie wieder zu Hause. Es hatte nicht funktioniert, aber sie hat sich einfach geweigert, darüber zu reden. Glücklicherweise war ihre Position bei Longer Life Health noch nicht besetzt worden, und sie konnte dort weiterarbeiten.«

»Würden Sie sagen, dass Sie sich nahestanden?«

»Es ist schwierig, unsere Beziehung zu beschreiben. Rebecca ist meine Nichte. Ich liebe sie von ganzem Herzen. Sie ist die Tochter meiner Schwester und jedes Mal, wenn ich sie ansehe, muss ich an Bethany denken. Aber Rebecca hat keine besonders einfache Persönlichkeit. Sie hat mit ihren Dämonen zu kämpfen und ist in vielerlei Hinsicht noch ein Teenager. Sie will sich mir gegenüber nicht öffnen. Ich habe es weiß Gott oft genug versucht, aber wenn man ihre Entscheidungen infrage stellt oder versucht, sie in eine bestimmte Richtung zu lenken, zieht sie sich vollständig zurück. Sie besteht darauf, alles auf ihre Weise zu machen. Es war, als hätte ich immer noch mit einer Sechzehnjährigen zusammengelebt. Teilweise ist das wohl meine Schuld. Ich habe zugelassen, dass sie so geworden ist. Ich wollte sie für das entschädigen, was in der Vergangenheit passiert ist.«

»Können Sie das weiter ausführen?«

»Wo soll ich anfangen? Rebecca ist sehr clever. Sie hätte alles werden können, was sie wollte: Jura studieren, Lehrerin werden, ich würde sagen, sie hätte sogar ihr eigenes Unternehmen gründen können. Sie hatte so viel Potenzial – war immer die Beste in ihrer Klasse. Wir waren alle so stolz auf sie. Dann hat sie ihre Familie verloren, und sie hat sich sehr verändert. Sie wollte niemanden mehr an sich heranlassen – nicht mich, nicht ihre Freunde, niemanden. Sie hat sogar die Schule hingeschmissen. Natürlich verstand ich, dass sie verletzt war, und ich versuchte, ihr das Leben einfacher zu machen. Aber ich hatte keine elterlichen Fähigkeiten und auch meinen eigenen Kummer zu bewältigen. So hat sie sich immer weiter von mir entfernt. Ich habe darauf bestanden, dass sie den Job bei Longer Life Health annimmt. Ich konnte uns nicht länger beide alleine versorgen, also hat sie es getan, und nach ein paar Wochen hat sie Gabriel Smith kennengelernt. Es wurde besser. Sie ging mit ihm aus und fing wieder an zu leben. Aber das alles änderte sich sehr schnell. In der einen Minute waren sie noch ein junges Paar, das ein bisschen Spaß hatte, und in der nächsten war sie schwanger.

»Sie musste die Schwangerschaft allein durchmachen. Sie war fest entschlossen, Dylan zu bekommen, aber es hat seine Spuren hinterlassen. Rebecca ist eine Frau, die geliebt werden will. Sie sehnt sich nach Aufmerksamkeit und Liebe und versucht verzweifelt, ihren Seelenverwandten zu finden. Leider scheint sie nie den richtigen Mann zu finden. Sie hatte ein paar Freunde. Hugo Morton hat sie fallengelassen und dann hat sie

Jordan gefunden. Ich hatte die Hoffnung, dass sie diesmal mehr Glück hat, aber wie es scheint, wird sie vom Pech verfolgt und ist dazu bestimmt, alleine zu bleiben.«

»Sind Sie im Guten oder Schlechten auseinandergegangen, als sie das letzte Mal ausgezogen ist?«

»Ich befürchte, es sind einige harte Worte gefallen. Ich habe ihr gesagt, was mir schon eine ganze Weile auf dem Herzen gelegen hatte. Sieben Jahre lang habe ich mich um Rebecca gekümmert. Ich habe ihre Streitereien, ihre Wutanfälle, ihren Egoismus und ihre eigensinnige Haltung ertragen, weil ich es für meine Pflicht hielt. Ich habe es dem Gedenken an meine Schwester geschuldet. Aber Rebecca ist zu einer Frau herangewachsen, die Entscheidungen fällte, die ich nicht guthieß, und die zu viel von mir erwartete – ihrer Haushälterin, ihrem Vormund und sogar ihrer Babysitterin –, ohne jemals etwas zurückzugeben. Ich habe mich dagegen entschieden, zu heiraten und Kinder zu bekommen. Ich wollte die Freiheit genießen, genau die zu sein, die ich sein wollte. Ich wollte viel reisen und nicht mein Leben hier eingepfercht verbringen, um Kinder aufzuziehen. Als dieses Haus zum Verkauf stand, schlug mir meine Schwester, die ebenfalls in Water Orten lebte, vor, es zu kaufen. Damals erschien es wie eine gute Idee. Es war in der Nähe meiner Familie und meiner Arbeit, und sie konnten ein Auge auf das Haus haben, wenn ich unterwegs war. Seit der Nacht, in der sie alle gestorben sind, fühle ich mich hier gefangen. Ich bleibe um Rebeccas Willen, nicht, weil ich es so will. Aber sie braucht mich nicht mehr, und ich werde älter. Ich würde gerne nach Barbados zurückkehren, und Rebecca wird für sich selbst sorgen müssen.«

Roses Hand zitterte immer noch, als sie die Tasse an ihre Lippen hob.

»Sie sagten, ›sie sind alle gestorben‹. Mir wurde mitgeteilt, dass Ihre Schwester und Ihr Schwager in dieser Nacht gestorben sind.«

Rose schüttelte traurig ihren Kopf. »Und mein Neffe. Isaac war sechs, als er in diesem Feuer gestorben ist. Er kam zusammen mit seiner Mutter und seinem Vater ums Leben. Das war der Grund, weshalb Rebecca sich so sehr zurückgezogen hat. Sie und Isaac standen sich sehr nahe. Ich meine wirklich nah. Er war einige Jahre jünger als sie und sie hat auf ihn aufgepasst, als wäre sie seine Mutter. Sie hat alles für ihn getan – hat ihn zur Schule gebracht und wieder abgeholt, ist mit ihm in den Park gegangen, damit er dort spielen konnte. Ich glaube, deshalb war es für sie so wichtig, einen eigenen Sohn zu bekommen. Sie hat Issac durch ein anderes Kind ersetzt, dem sie ihre Liebe schenken konnte. Sie vergöttert Dylan. Ich habe in meinem Leben schon viele Mütter mit ihren Kindern gesehen, aber nie ist mir jemand untergekommen, der sein Kind so hingebungsvoll liebt, wie Rebecca es tut.«

Robyn war verblüfft. Rebecca hatte nie von Isaac gesprochen. »Dieses Feuer … Was genau ist da vorgefallen?«

»Es war eine Tragödie. Bethanys Ehemann Joseph hat mich gefragt, ob Rebecca ein paar Tage bei mir bleiben könnte. Er sagte, Rebecca würde Schwierigkeiten machen – Pubertätshormone – und dass es ihm und Bethany eine große Hilfe wäre, wenn Rebecca ein oder zwei Nächte bei mir verbringen könnte. Es tat ihm so leid, mich darum bitten zu müssen. Als hätte er Angst, ich könnte Nein sagen oder ihn anschreien. Ich habe nie verstanden, was Bethany in ihm gesehen hat. Sie war so lebhaft, und er war so ein schüchterner, kleiner Mann, der Angst vor seinem eigenen Schatten hatte. Bethany war stark, entschlossen, hat auf sie alle aufgepasst. Wie auch immer, ich habe zugestimmt und Rebecca kam her. Irgendwann in der ersten Nacht, in der sie hier war, muss das Haus Feuer gefangen haben. Die Feuerwehr konnte es löschen, aber es war zu spät, um sie zu retten. Bethany, Joseph und Isaac sind alle an einer Rauchvergiftung gestorben.«

Sie blinzelte ihre Tränen fort. »Es schmerzt noch immer,

darüber zu reden. Es hat Rebecca das Herz gebrochen. Sie hat sich selbst die Schuld dafür gegeben, weil sie nicht da war, um sie zu retten oder mit ihnen zusammen zu sterben.«

»Es war ein elektrischer Brand, richtig?«

»Ja, der Chief Officer hat uns gesagt, der Grund war ein defekter Toaster.«

»Es tut mir so leid.«

»Es ist lange her, aber ja, es tut noch immer weh. Mit dem Gefühl, nur ein paar Straßen entfernt zu sein und nichts mitbekommen zu haben, bis es zu spät war, lässt es sich nicht gut leben.«

Robyn warf einen Blick durch das Küchenfenster in den Garten auf die orangefarbene Hütte, vor der Blumenkästen mit gelben Blumen standen, und dachte an den jungen Isaac, der in den Flammen umgekommen war. Die Geschichte war äußerst traurig. Rebecca hatte eindeutig schon viel Kummer ertragen müssen.

»Wo haben sie gewohnt?«

»In der Vicarage Street. Nach dem Brand war das Haus in einem so schlechten Zustand, dass es abgerissen werden musste. Es ist nichts mehr übrig, nur noch das Land. Aber Sie können sehen, wo es gestanden hat. Es ist von einer hohen Hecke und einem Holzzaun umgeben. Es gehört Rebecca, nicht, dass sie jemals wieder dort hingegangen wäre. Dort liegen zu viele schmerzhafte Erinnerungen. Ich habe ihr gesagt, dass sie es verkaufen sollte, aber das wollte sie nicht. Sie meinte, das Land gehöre ihren Eltern und Isaac, und sie würde es nicht verkaufen, damit irgendein Bauunternehmer darauf ein neues Haus für eine andere Familie baut. Ich konnte sie nicht umstimmen, obwohl die Summe, die ihr angeboten wurde, sich sehen lassen konnte.«

Robyn machte sich in Gedanken die Notiz, sich dort einmal umzusehen, also dankte sie Rose für ihre Zeit.

»Rebecca wird es nicht alleine schaffen. Sie wird zurückkommen. Das weiß ich. Sie wird schuldbewusst hier auftauchen und ich werde ihr verzeihen. Das ist schon häufiger passiert. Ich kenne sie. Sie wird mit Dylan zurückkommen und wir werden es noch einmal versuchen, bis sie einen anderen Mann findet, dem sie nachjagen kann.« Für einen kurzen Augenblick kräuselten sich ihre Lippen.

Robyn erwiderte das Lächeln und dankte ihr erneut. Sie baten um Gabriels Adresse und Telefonnummer und ließen Rose in der Küche zurück, die sie durchs Küchenfenster beobachtete und wahrscheinlich hoffte, dass Rebecca bald wieder vor ihrer Tür stehen würde.

Die Vicarage Street lag am Rande von Water Orton und grenzte an Felder, die von hohen Eichen gesäumt waren. Sie fuhren an zwei Häusern vorbei, die ein ganzes Stück von der Straße entfernt standen, bevor sie das Grundstück erreichten, das zweifellos das der Tomlinsons sein musste. Sie fuhren in die Einfahrt und kamen vor einem großen Holztor zum Stehen. An dem Tor prangten ein Vorhängeschloss und ein Schild, auf dem »Zutritt verboten« stand. Das dichte Laub der Hecke ließ nicht zu, dass man sehen konnte, was dahinter lag. Mitz stieg aus dem Wagen aus und versuchte, durch die Hecke zu spähen aber musste sich geschlagen geben.

»Ich kann nicht das Geringste erkennen.«

»Ich sehe es mir mal an«, sagte Robyn. Es gelang ihr, einen Fuß gegen das Tor zu stemmen und sich so weit hochzuziehen, dass sie darüber schauen konnte. Es gab nicht viel zu sehen. Es war ein vernachlässigtes, teilweise schwarzes Stück Land ohne jedes Anzeichen dafür, dass hier jemals eine Familie gelebt hatte. Die Natur schien es sich Stück für Stück zurückzuerobern. Riesige Goldfliedersträucher, Rhododendren und andere buschige Pflanzen hatten sich auf der Fläche ausgebreitet, die früher einmal der Garten gewesen sein musste.

Sie ließ sich wieder sinken und wischte sich die Hände ab. »Sieht aus wie eine Szene aus *Die Triffids*.«

Sie stiegen zurück ins Auto, von wo aus Robyn Gabriel Smith anrief, doch er ging nicht ran. Sie hinterließ ihm eine Nachricht mit der Bitte um Rückruf und warf einen Blick auf die Uhr. Es war schon nach fünf, und es bestand die Möglichkeit, dass DCI Flint bereits Feierabend gemacht hatte, wenn sie zurück ins Revier kamen. Sie gab Mitz das Okay, sich auf den Rückweg zu machen, und dachte über die Informationen nach, die sie heute gesammelt hatten. Sie war dem Mörder noch immer nicht näher gekommen, und ein weiterer Tag war beinahe vorbei. Sie unterdrückte ein Seufzen. Sie musste dran bleiben. Eine andere Option gab es nicht.

51

DAMALS

Das Mädchen schleicht am Schlafzimmer vorbei. Sie hört ein Schnarchen, was darauf hindeutet, dass die Hausbewohnerin fest schläft. Es ist ein Uhr nachts und seit sie sich ins Bett gelegt hat, ist sie hellwach. Sie hatte auf diesen Moment gewartet, hatte alles perfekt durchgeplant.

Die Idee dazu war ihr vor drei Tagen gekommen. Ihre Mutter hatte das Frühstück zubereitet und plötzlich entsetzt aufgeschrien. Das Mädchen war herumgewirbelt und hatte die Funken gesehen, die der Toaster ausstieß. Ihr Vater hatte schnell reagiert und war aufgesprungen, um den Stecker zu ziehen und die winzige Flamme mit einem Geschirrtuch zu ersticken.

»Ich habe doch gesagt, dass er nicht mehr richtig funktioniert«, sagte ihre Mutter, als sie sich von ihrem Schock erholt hatte.

»Ich kann ihn zur Reparatur bringen«, sagte ihr Vater.

»Das wirst du nicht tun. Das Ding ist gefährlich. Es wird

noch unser ganzes Haus abfackeln. Du hast gesehen, was passiert ist. Bring ihn zum Recyclinghof.«

Ihr Vater steckte den Stecker zurück in die Steckdose und beobachtete das Gerät ganz genau. Innerhalb weniger Sekunden spuckte es wieder Funken aus. Er zog den Stecker erneut heraus und knurrte. »Du hast recht. Der muss in den Müll. Ich lege ihn zu den anderen Sachen, die wir nächste Woche zum Recyclinghof bringen wollen.«

Das Mädchen sah es als ein Zeichen – einen Weg, ihre böse Mutter loszuwerden, die daran schuld war, dass sie eine Fehlgeburt gehabt hatte, und ihren schwächlichen Vater, der es zugelassen hatte, anstatt sich gegen ihre Mutter zur Wehr zu setzen. Diese religiöse Verrückte regierte dieses Haus. Das war derselbe Morgen, an dem ihr Bruder ihr von der Übernachtungsfeier erzählte. Wenn sie doch nur einen Weg finden würde, in derselben Nacht außerhalb zu schlafen, so wie ihr Bruder, dann könnte sie ein Feuer entfachen, das ihre Eltern verschlingen würde. Sie und ihr Bruder müssten nie wieder zur Strafe in die Hütte gehen.

Sie entschied, mit ihrem Vater zu reden und ihn davon zu überzeugen, dass es gut wäre, wenn sie ein paar Nächte woanders verbrachte. Sie würde ihm erzählen, dass sie seit dem Vorfall in der Hütte sehr unglücklich war und es ihr guttun würde, ein paar Nächte bei Tante Rose zu verbringen. Sie wohnt gleich die Straße runter. Sie musste nur ihren Vater davon überzeugen.

Es gab einen Weg aus dieser Hölle. Gott hatte ihr diesen Weg gezeigt. Er wollte, dass ihre bösen Eltern bestraft werden, und sie würde auf seine Stimme hören.

———

Das Mädchen schleicht sich durch die Hintertür und erzittert in der kühlen Nachtluft. Es ist völlig still, nur ein leichtes Blätterrauschen in den Baumkronen hinter dem Feld ist zu hören. Die

Krähen schlafen. Sie eilt die Straße hinunter nach Hause, wo ihre Eltern schlafen, und schlüpft durch das hintere Gartentor. Hinter dem Haus steht ein großer Pappkarton, in dem ihr Vater Plastikflaschen sammelt, Verpackungsmaterial und andere recycelbare Dinge, um sie zum Recyclinghof zu bringen. Der Toaster ist auch darin. Das Mädchen hebt ihn hoch, steckt ihren Schlüssel ins Schloss und dreht ihn um. Das Einzige, das sie hört, ist das Hämmern des Herzens in ihrer Brust. Bald ist es vorbei. Sie öffnet die Tür und schleicht in die Küche. Das Mondlicht fällt durch das Küchenfenster, das den Blick auf den Garten und die verhasste Hütte freigibt. Die Erinnerung, darin eingesperrt zu sein, lässt sie erzittern. Doch jetzt gibt es dringendere Angelegenheiten. Der Mond führt sie, sein Licht scheint hell auf die Arbeitsplatte. Sie tastet nach der Dreifachsteckdose, in die sie den Stecker des Toasters hineinstecken wird, und atmet tief ein. Ihr Bruder ist bei einem Freund und aus dem Schlafzimmer ihrer Eltern kann sie keine Geräusche vernehmen. Sie haben sie nicht bemerkt. Es ist Zeit. Sie drückt den Stecker mit der flachen Hand fest in die Steckdose und rennt zur Tür, ohne sich noch einmal umzudrehen. Sie schließt sie leise hinter sich, verriegelt sie und verschwindet zurück in der Nacht.

Morgen wird sie frei sein. Sie und Isaac werden sich nie wieder um die Krähen sorgen müssen. Sie wird auf ihren kleinen Bruder aufpassen und ihm eine bessere Mutter sein, als ihre es jemals für sie war. Sie eilt über die dunkle Straße, ihr Schatten fliegt über den Bürgersteig zurück in die Wärme von Tante Roses Haus, wo sie vorsichtig die Treppe hinaufsteigt und sich unter die kühle Decke gleiten lässt. Das erste Mal seit sehr langer Zeit fühlt sie sich glücklich.

52

TAG NEUN – DIENSTAG, 13. JUNI, ABEND

Robyn klickte auf der Website von Morton Engineering auf das Profil von Hugo Morton und fragte sich, was Rebecca abgesehen von seinem Geld zu diesem Mann hingezogen hatte. Er war in seinen frühen Sechzigern, hatte ein aufgedunsenes Gesicht, eine breite Nase und schütteres Haar – der komplette Gegensatz zu Jordans attraktiven Zügen.

Sie wählte die Nummer seines Arbeitstelefons und sprach mit einer Rezeptionistin, die sie an Hugo durchstellte. Nachdem sie sich vorgestellt und erklärt hatte, dass sie Informationen zu den Personen in Jordans Umfeld sammelte, fragte sie nach Rebecca.

Seine Stimme war ruhig und ganz und gar nicht überheblich, er beantwortete ihre Frage höflich. »Seit Juni letzten Jahres habe ich Becky nicht mehr gesehen.«

»Ich hörte, dass sie eine Zeit lang bei Ihnen gewohnt hat.«

Hugo hüstelte leise. »Ja, das war sehr bedauerlich. Ich habe mich übereilt in die Beziehung gestürzt. Im Nachhinein hätte ich mich wohl nicht von meinem Ego leiten lassen sollen, aber sie war eine sehr attraktive junge Frau, die mir ihre ganze Aufmerksamkeit geschenkt hat, und sie war sehr einfühlsam. Ein Jahr zuvor hatte ich meine Frau verloren, Kathy, sie hatte Krebs. Becky hat genau die richtigen Worte gefunden – hat verstanden, was so ein Verlust mit einem macht. Ich befürchte, ich bin auf ihren Charme hereingefallen.«

»Wie haben Sie sich kennengelernt?«

»Ausgerechnet in einem Gartencenter in Sutton Coldfield. Ich bin ein begeisterter Imker und wurde eingeladen, dort einen Vortrag über Bienenzucht zu halten. Rebecca hat ihn sich angehört und ist länger geblieben, um mir danach ein paar Fragen zu stellen. Sie hat sich sehr für Bienen und ihren Platz in unserer Umwelt interessiert. Bald darauf hat sie mir eine E-Mail geschickt, um mir zu sagen, wie sehr sie es genossen hat, sich mit mir zu unterhalten, und hat noch ein paar Fragen gestellt, damit fing eine lockere Beziehung an.«

»Das lief alles online ab?«

»Oh, nein. Sie kam mich ein paar Mal besuchen. Ich habe ihr meine eigene Bienenkolonie gezeigt und wir haben uns gut unterhalten. Wir sind ein paar Mal ausgegangen und dann, na ja, nach einer Feier hat sie bei mir übernachtet. Es war die jährliche Betriebsfeier von Morton Engineering, sie war meine Begleitung. Sie war wirklich toll. Anstatt sie zu bitten, sich ein Hotel zu nehmen, habe ich sie eingeladen, in meinem Haus zu übernachten, und ich würde sagen, das war der Zeitpunkt, von dem an es sehr schnell ging. Ich war völlig überwältigt – eine reizende junge Lady wie sie war an einem Fossil wie mir interessiert. Und ich wusste, dass sie nicht hinter meinem Geld her war. Nicht, nachdem ihr das Geld der Versicherung ausgezahlt worden war. Sie hatte ihr eigenes Geld. Ich habe mich ihr sehr verbunden gefühlt.«

»Das Geld der Versicherung?«

»Ja, von dem Feuer, das ihre Eltern umgebracht hat. Das hat sie mir erzählt, und zu dem Zeitpunkt habe ich ihr geglaubt.« Er klang niedergeschlagen.

»Darf ich fragen, warum Sie sich getrennt haben?«

»Das war recht einfach. Sie hat mich angelogen. Lügen kann ich nicht tolerieren. Es ist mir egal, dass sie Angst hatte, dass es mich abschrecken könnte. So etwas Wichtiges sollte man nicht verschweigen.«

»Ich befürchte, ich kann nicht ganz folgen, Sir.«

»Ihr Sohn, Dylan. Ich wusste nicht, dass sie ein Kind hat. Sie hat ihn nie erwähnt, bis sie mit gepackten Koffern vor meiner Tür stand, zusammen mit ihm. Wie verrückt ist das bitte? Ich war darüber nicht sehr erfreut. Natürlich konnte ich sie nicht sofort wieder wegschicken, also habe ich sie im Gästezimmer wohnen lassen. Allerdings habe ich ihr sofort gesagt, dass das mit uns vorbei war. Sie hat darauf beharrt, dass ich ihn lieben würde. Ich habe nichts gegen Kinder und er war tatsächlich ein netter Junge, aber die Tatsache, dass sie vorher kein Wort über ihn verloren hat ... Ich habe mich gefragt, was sie mir sonst noch vorenthält, und auf diesem Fundament konnte ich keine Beziehung aufbauen. Kathy und ich waren einander gegenüber völlig ehrlich gewesen. Kathy wollte, dass ich wieder Liebe finden würde. Sie hätte sich im Grab umgedreht, wenn sie gewusst hätte, dass ich mich so hintergehen ließ.

Zuerst war Rebecca sehr traurig und sagte, dass ich mich an den Jungen gewöhnen würde, dass ich sie genug lieben würde, um ihn auch zu lieben. Sie hatte mich nicht verschrecken wollen, indem sie mir von ihm erzählte. Es war blanker Wahnsinn. Dann flehte sie mich um Hilfe an. Sie sagte, sie brauche Geld und fragte, ob ich ihr ein paar Tausend Pfund leihen könnte, weil ihr Geld an einen Treuhandfonds gebunden war. Natürlich war mir sofort klar, dass das Schwachsinn war. Sie hatte mich über das Geld ihrer Versicherung angelogen und ich fragte mich, welche anderen

Unwahrheiten sie mir noch erzählt hatte. Ich weigerte mich, ihr Geld zu geben, und das war der Zeitpunkt, an dem sie völlig ausgerastet ist. Sie wurde regelrecht aggressiv. Sie hat mir Beleidigungen an den Kopf geworfen, die ich lieber nicht wiederholen möchte, und ist schließlich zusammen mit ihrem Jungen aus dem Haus gestürmt. Ich glaube, ich bin noch einmal glimpflich davongekommen. Ich kam mir wie der letzte Vollidiot vor und bin seitdem zu keinem Date mehr gegangen.«

––––––

Nach dem Telefonat machte Robyn sich Notizen. Rebecca war eine manipulative Lügnerin. War sie fähig, einen Mord zu begehen? Robyn rief sie an, um ein Treffen mit ihr zu vereinbaren, aber sie erreichte nur ihre Mailbox und hinterließ keine Nachricht. Sie würde es später noch einmal versuchen.

David Marker lehnte sich in seinem Stuhl zurück und fuhr sich mit der Hand über sein müdes Gesicht. Dann wandte er sich an Robyn. »Ich verstehe nicht, warum Owen an diesem Foto interessiert war. Das ist nur eine Gruppe von Leuten, Chief Constable McIntosh, Stadtrat Turner, Abgeordneter Broughton und ihre Frauen, zusammen mit Nathaniel Jones-Kilby bei einer Wohltätigkeitsveranstaltung in der Stadthalle von Stafford. Sie sitzen an einem Tisch. Mehr gibt es da nicht zu sehen.«

Das Foto könnte vollkommen unwichtig sein, aber im Moment war das alles, was Owen und Nathaniel miteinander verband, und Robyn war immer noch neugierig, was er ihnen verheimlichte. Nathaniel traf sich mit einer verheirateten Frau. Möglicherweise war es eine der Frauen von diesem Foto.

»Sehen Sie sich die Ehefrauen auf dem Bild mal genauer an. Vielleicht können Sie über die irgendetwas Interessantes in Erfahrung bringen«, sagte sie.

Es dauerte nicht lange, bis er eine nützliche Information für sie fand.

»Boss, Vanessa Broughton lebt zusammen mit ihrem Mann in der Nähe von Tamworth, aber letzten Monat hat sie unter ihrem Namen eine Wohnung im dritten Stock in Abbots Bromley gekauft. Die Wohnung ist in dem umgebauten Schulgebäude, das NJK Properties renoviert, und liegt auf der gegenüberliegenden Seite der Baustelle, wo das dunkelblaue Auto an dem Abend parkte, als Lucy Harding ermordet wurde.«

»Dann denke ich, sollten wir mit ihr reden und herausfinden, ob sie am Donnerstag dort war.«

»Das wäre gut möglich, denn an diesem Abend hat sie ein Ticket für überhöhte Geschwindigkeit bekommen. Ihr Auto wurde von dem Blitzer auf der A515 Richtung Abbots Bromley erwischt, mit sechzig in einer Fünfzigerzone.«

»Wie spät war das?«

»Abends um zehn vor sechs und Abbots Bromley ist von dort nur zehn Minuten entfernt.«

»Es wird Zeit, dass wir Vanessa Broughton einen Besuch abstatten. Lassen Sie uns über Abbots Bromley fahren und uns ansehen, wo genau ihre Wohnung ist.«

David schien sich über den Fortschritt zu freuen. Auf ihrer Fahrt dorthin erzählte er ihr viel Wissenswertes über Abbots Bromley. Jeder Ausflug mit David kam mit einer Geschichtsstunde einher.

»Es ist berühmt für den jährlichen Horntanz«, sagte er.

»Was genau soll das sein?«, fragte Robyn.

»Ein Volkstanz, der bis ins Mittelalter zurückgeht. Der findet jedes Jahr im September statt. Dafür benutzen sie die Hörner von Rentieren. Ist wirklich sehenswert.«

»Ich werde es mir vormerken.«

»Das ist ein bisschen so, wie wenn man Ihnen und DI Shearer beim Streiten zusieht«, sagte er.

Sie warf ihm einen finsteren Blick zu, der sich in ein freundliches Schmunzeln verwandelte, als sie das Lächeln auf seinem Gesicht sah. Es war schön, ihn wieder mit einer positiveren Einstellung zu sehen. Wahrscheinlich hatte er mit ihr und Shearer sogar recht.

An der T-Kreuzung der Hauptstraße und Bromley Rise blieben sie stehen. Die Scheinwerfer des Streifenwagens glitten über ein großes »Betreten verboten«-Schild, das an der Wand eines der stillgelegten Schulgebäude angebracht war, als sie in einen Platz einbogen – einen kleinen, engen Wendekreis –, den Robyn am Freitag bereits entdeckt hatte. Sie sprang aus dem Wagen und schaute zurück zur Straße, um herauszufinden, wie wahrscheinlich es war, dass jemand aus den oberen Etagen ein Auto sehen konnte. Sie entschied, dass ein Bewohner den Bereich vermutlich teilweise überblicken konnte, auch wenn das Fahrzeug hier gut versteckt war. Einem aufmerksamen Passanten wäre es vielleicht auch aufgefallen, allerdings wäre der Blick in dem Fall teilweise verdeckt gewesen. Wenn Vanessa Broughton am Donnerstagabend in dieser Wohnung war, dann könnte sie den Wagen gesehen haben; allerdings setzte Robyn nicht viel Hoffnung darauf. Die kahlen Fenster des Wohnblocks ließen vermuten, dass er noch nicht bewohnt war. Sie seufzte über ihre vergebliche Suche nach Antworten und ging zu David zurück. Zusammen überquerten sie die leere Straße, blieben vor dem Wohnhaus stehen und drückten auf die Klingel, vor der »Penthouse« stand. Sie warteten vergeblich.

»Sie ist nicht hier. Wahrscheinlich finden wir sie unter ihrer anderen Adresse. Wir werden es dort versuchen.«

———

Das Haus der Broughtons stand in einer der wohlhabenderen Gegenden nördlich von Tamworth und war ein individuell gestaltetes, freistehendes Gebäude, das hinter großen Lorbeerhecken versteckt lag. Es konnte nur über eine lange Einfahrt erreicht werden. Robyn war zufrieden, als sie das orangefarbene Leuchten hinter einem der unteren Fenster sah, das vermuten ließ, dass jemand zu Hause war.

Nach dem dritten Klopfen ging das Licht hinter der Eingangstür an, und ein paar Minuten später erschien eine Frau mit zerzaustem, rötlich-braunem Haar, die sich fest in einen Morgenmantel gewickelt hatte.

Robyn hielt ihr ihren Ausweis entgegen. »Mrs Broughton. Ich bin DI Carter und das ist PC Marker. Es tut mir leid, Sie zu so später Stunde noch stören zu müssen, aber wir ermitteln im Zusammenhang mit einem ernsten Verbrechen und denken, dass Sie uns vielleicht weiterhelfen könnten.«

Die Frau blinzelte sie an. »Kann das nicht warten? Es ist schon sehr spät.«

»Ich befürchte, das kann es nicht. Wir würden Sie nicht belästigen, wenn es nicht wichtig wäre.«

Die Frau verschränkte ihre Arme.

»Wo waren Sie letzten Donnerstag, am 8. Juni?«

»Zu einer bestimmten Uhrzeit?«

»Am Abend – nach sechs.«

Die Frau sah kurz auf ihre eleganten Pantoffeln hinunter, bevor sie antwortete. »Hier.«

»Ich befürchte, Ihr Auto wurde zu diesem Zeitpunkt an anderer Stelle gesichtet.«

»Und wo wurde es gesehen?«, fragte sie und legte ihre Arme noch fester um sich.

»In Abbots Bromley. Wir hörten, dass Sie dort kürzlich eine Wohnung gekauft haben.«

Vanessa warf einen Blick nach hinten. »Kommen Sie rein.

Mein Mann ist oben. Bitte reden Sie leise, ich will ihn nicht aufwecken.«

Sie folgten ihr in ein kleines Wohnzimmer, in dem sich zwei Sofas vor einer offenen Feuerstelle gegenüberstanden. Die Wände des Zimmers strahlten in einem hellen Blau, die Sofas wurden von türkisfarbenen Kissen geziert, und derselbe schwere Stoff fand sich auch in den Gardinen vor den Fenstern wieder.

Robyn löste ihren Blick von dem großen blau-grünen Buddha, der vor dem Kamin saß, und wandte sich an die Frau. »Mrs Broughton, gehen wir recht in der Annahme, dass Sie am Donnerstagabend in Abbots Bromley waren?«

»Ja. Das war ich. Ich war in meiner neuen Wohnung. Ich hatte einen neuen Tisch gekauft.«

»Handelt es sich um die Penthouse-Wohnung in dem alten Schulgebäude?«

»Ja. Warum?«

»Können Sie von einem der Fenster Ihrer Wohnung die Baustellenzufahrt auf der gegenüberliegenden Straßenseite sehen?«

»Vom Schlafzimmerfenster kann man die Straße und die Baustelle überblicken. Warum fragen Sie?«

»Ist Ihnen an diesem Abend ein dunkelblaues Auto aufgefallen, das auf dem kleinen Wendekreis vor der Baustelle parkte?«

Vanessa strich sich eine Strähne aus dem Gesicht und hielt sie für eine Sekunde fest, während sie über ihre Antwort nachdachte. »Ich erinnere mich nicht, ein Auto gesehen zu haben.«

»Haben Sie vielleicht einen Fußgänger in der Nähe gesehen?«

Vanessa nickte. »Ich habe jemanden vorbeilaufen sehen, aber ein Auto habe ich nicht gesehen. Um den Bereich unmittelbar vor der Baustelle einsehen zu können, hätte ich direkt aus dem Fenster blicken müssen, und das habe ich nicht.«

»Können Sie diese Person beschreiben?«

»Nein. Ich habe sie nur für den Bruchteil einer Sekunde wahrgenommen.«

»Wie spät war das ungefähr?«

Vanessa errötete. »Etwa um halb acht.«

Robyn hakte weiter nach. »Wenn wir Ihnen ein Foto zeigen würden, könnten Sie einen Blick darauf werfen und uns sagen, ob das die Person ist, die Sie gesehen haben?«

Vanessas Schultern hoben sich zustimmend. Robyn suchte ein Bild von Jasper Fletcher heraus und zeigte es Vanessa. Eine ihrer gepflegten Augenbrauen hob sich überrascht.

»Nein. Das war nicht er. Es war kein Mann. Es war eine Frau.«

»Eine Frau?«

»Ja, ich denke schon. Sie hatte dunkles Haar und lief sehr zügig. Sie ist auf diesen Platz abgebogen. Allerdings könnte sie auch sofort wieder verschwunden sein, ich weiß es nicht. Ich habe dem keine Aufmerksamkeit geschenkt.«

Robyn wusste nicht, was sie von diesen Informationen halten sollte. Es konnte alles sein oder gar nichts. Diese Frau hatte vielleicht gar nichts mit ihrem Fall zu tun. Jedoch könnte sie dort das dunkelblaue Auto gesehen haben. Wenn Robyn sie identifizierte, könnte ihr das bei ihren Ermittlungen helfen. Es gab keinen anderen Weg: Sie mussten von Tür zu Tür gehen und nach Zeugen suchen, die diese Frau gesehen hatten, doch dafür fehlte ihnen die Zeit. Flint wollte Ergebnisse sehen, und zwar bald.

»Waren Sie allein in der Wohnung?«

»Worauf wollen Sie hinaus?«

»Hat Ihr Ehemann Sie begleitet? Falls ja, hat er diese Person vielleicht auch gesehen?«

»Oh, richtig.« Vanessa strich noch eine Haarsträhne zurück und wich Robyns Blick aus. »Nein. Er war nicht dort. Die Wohnung dient als Investition. Sie ist eins meiner eigenen kleinen Projekte. Es gab noch viele Kleinigkeiten, die erledigt werden mussten, deshalb war ich immer wieder dort, um sicherzustellen, dass die Wohnung ihren letzten Schliff bekommt. Sie soll bald auf den Markt gehen.«

Robyn wollte sich gerade verabschieden, als ihr einfiel, dass sie die Chance nutzen musste, sie nach Owen zu fragen. Sie zog ein weiteres Foto hervor.

»Kennen Sie diesen Mann?«

Vanessa warf einen Blick darauf und nickte. »Er heißt Owen und arbeitet bei Rugeley Electrical.«

»Was wissen Sie über ihn?«

»Nicht wirklich viel. Ich wollte, dass im Wohnzimmer stimmungsvolle Beleuchtung installiert wird – diese LED-Lampen, die die Farbe wechseln können. Owen hat mich bedient. Ich brauchte einen Elektriker und fragte, ob er sie einbauen könnte. Er sagte mir, er sei qualifiziert, würde jedoch normalerweise keine privaten Jobs annehmen. Kurz gesagt, wir konnten uns einigen und er ist nach Feierabend vorbeigekommen. Ich habe ihn in bar bezahlt. Das ist wohl kaum illegal, oder?«

»Wann war das?«

»Ähm. Nicht letzte Woche ... die Woche davor ... Am Mittwoch. Mittwochabend.« Etwas an ihrer Art, an ihrer Heimlichtuerei erweckte etwas in Robyns Kopf. Das war derselbe Tag, an dem Owen bei Nathaniel war, um den Rauchmelder zu installieren, und wo er das Foto von ihnen bei der Wohltätigkeitsveranstaltung gesehen hatte. Hatte er Vanessa darauf erkannt? War sie die Frau, mit der Nathaniel eine Affäre hatte?«

»War Ihr Ehemann an diesem Abend auch dort?«

Vanessas Hals färbte sich tiefrot. »Nein. Wie Sie vielleicht wissen, ist er ein Abgeordneter. Er war in London – er musste über irgendetwas abstimmen.«

Vanessas offensichtliches Unbehagen motivierte Robyn,

ihre Befragung fortzuführen. »Ich vermute, er ist häufig in London.«

Vanessa nickte, ihr rotbraunes Haar wippte auf und ab. »Ja, das ist er. Nun, kann ich Ihnen sonst noch weiterhelfen?«

»War an diesem Abend irgendein anderer Besuch mit in der Wohnung?«

»Ich verstehe nicht, warum das relevant sein sollte.«

»Der Mann, der ihnen die Beleuchtung installiert hat, wurde letzte Woche ermordet. Es ist wichtig, dass wir mit allen Personen sprechen, die ihn an diesen letzten Tagen gesehen haben.«

Vanessa zögerte, dann antwortete sie widerwillig. »Es war ein Besucher da. Nathaniel Jones-Kilby. Er kennt meinen Mann sehr gut. Er wollte etwas mit ihm besprechen und hatte vergessen, dass Stewart in London war. Er ist trotzdem eine Weile geblieben. Nathaniel hat aber nicht mit Owen gesprochen. Er war in der Küche, als ich mich um Owen gekümmert habe.« Die Farbe ihres Halses wurde noch dunkler, und Robyn wusste sofort, was los war.

»Und Mr Jones-Kilby ist zu Ihrer Wohnung in Abbots Bromley gefahren, um etwas mit Ihrem Mann zu besprechen? Er ist dafür nicht hierher gefahren?«

»Ich glaube, Sie sollten jetzt gehen«, sagte Vanessa. »Ich habe zu dieser Angelegenheit nichts mehr zu sagen.«

———

»Werden Sie noch einmal mit Nathaniel sprechen, Boss?«, fragte David, sobald sie wieder im Streifenwagen saßen.

»Nein. Ich denke, ich verstehe jetzt, warum DCI Flint nicht wollte, dass ich Jones-Kilbys Alibi verfolge. Er hat eine Affäre mit Vanessa Broughton. Wenn sich das herumspricht oder ihr Mann davon erfährt, könnte es hässlich werden. Und Owen hat sie zusammen in der Wohnung gesehen – vielleicht waren sie nicht so diskret, wie sie dachten. Als er das Foto bei Nathaniel sah, hat er eins und eins zusammengezählt. Ich wette, er hat Jordan davon erzählt und deshalb war Jordan Freitagnachmittag bei seinem Vater. Wahrscheinlich war er verärgert. Wir werden es vielleicht nie erfahren. So oder so denke ich nicht, dass das unseren Ermittlungen hilft. Ich werde mit DCI Flint darüber sprechen, um ganz sicherzugehen.« Sie seufzte schwer. »Wir müssen die Frau mit den dunklen Haaren finden, die Vanessa vor der Baustelle gesehen hat.«

Sie fuhren schweigend zurück, erst als sie den Stadtrand von Stafford erreichten, brach David die Stille. »Wir gehen nächste Woche zur Eheberatung. Ich habe keine Ahnung, was ich denen erzählen soll. Das ist mir wirklich unangenehm.«

Robyn warf ihm einen Blick zu. »Das ist nicht gut, was?«

»Nein. Das stand schon eine ganze Weile im Raum. Heather sagt, ich bin nicht dynamisch genug. Was für eine dumme Aussage soll das sein? Ich war schon immer so, wie ich bin.«

»Klingt, als wäre Heather die mit dem Problem. Vielleicht hat sie das Gefühl, ihr Leben wäre unerfüllt. Manche von uns lassen es an denen raus, die wir lieben, wenn die Probleme eigentlich bei uns selbst liegen.«

David hielt den Blick auf der Straße. »Vielleicht.«

»Die Eheberatung wird helfen, den wahren Grund hinter ihren Problemen zu finden. Seien Sie ganz offen. Das ist alles, was Sie tun können, wenn Sie Ihre Ehe retten wollen.«

Es folgte ein langes Schweigen. »Ich bin nicht sicher, ob ich das will, Boss«, kam dann seine Antwort. Robyn beließ es dabei. David würde die Dinge auf seine eigene Weise lösen, so wie er es immer tat.

Noch während der Fahrt erhielt Robyn einen Anruf. Es war Gabriel Smith, Dylans Vater. Seine Stimme klang dunkel und träge.

»Sie wollen über Rebecca Tomlinson sprechen?«, fragte er.

»Ich habe gehofft, Sie könnten mir etwas über sie erzählen. Ihre Tante sagte, dass Sie sich zeitweise sehr nahestanden.«

»Ist sie in Schwierigkeiten?«

»Nein, wir untersuchen den Tod ihres Freundes, Jordan Kilby.«

»Er ist tot? Habe nie von ihm gehört. Es ist auch schon eine Weile her, seit ich Rebecca das letzte Mal gesehen habe. Schon eine ganze Weile.«

»Sie hatten keinen Kontakt zu Dylan?«

»Warum sollte ich Kontakt zu dem Jungen haben?«

»Sie sind sein Vater, oder nicht?«

Er lachte ausgedehnt und herzhaft. »Sie hat also wieder ihre Geschichten erzählt. Das kann sie gut. Ich bin nicht der Vater des Jungen. Rebecca weiß das. Das ist der Grund, warum wir schlussgemacht haben.«

»Sie hat uns erzählt, Sie hätten Rebecca verlassen, als Sie erfuhren, dass sie schwanger ist.«

»Das hat sie vielen Leuten erzählt, aber es stimmt nicht. Rebecca sagte, sie wolle ein Baby, aber wir waren erst siebzehn, und ich wollte kein Kind. Sie hat mich immer wieder gedrängt und mich angefleht, aber ich sagte ihr, dass, wenn sie ein Kind will, ich nicht der richtige Mann für sie war. Sie schien das zu akzeptieren. Mir war nicht bewusst, dass Rebecca zwei verschiedene Personen war – sie sagt die eine Sache und macht dann das Gegenteil hinter meinem Rücken. Sie ist ernsthaft wahnsinnig. Nach wenigen Wochen sagte sie, sie wäre schwanger, und ich verstand nicht, wie das hätte passieren können. Ich wusste, dass das Kind nicht von mir war. Das habe ich ihr gesagt und wir hatten einen riesigen Streit. Ich bin gegangen und ein paar Tage später fand ich heraus, dass sie während der ganzen Zeit, die wir ein Paar waren, mit anderen Typen geschlafen hat. Es gab One-Night-Stands mit Freunden, mit Fremden bei Partys – sie hat jeden gevögelt, der sie wollte. Ich glaube nicht, dass sie überhaupt weiß, wer der Vater des Jungen ist, aber ich bin es bestimmt nicht. Kurz nach Dylans Geburt habe ich einen Vaterschaftstest machen lassen, um die Wahrheit herauszufinden. Sie weiß, dass der Test negativ war.«

Nachdem Gabriel aufgelegt hatte, wollte Robyn gerade Rebecca anrufen, als sie selbst einen Anruf von Mitz bekam.

»Joe Harris will ein Geständnis ablegen«, sagte er.

»Wir sind auf dem Rückweg. Wartet auf uns, wir sind in zehn Minuten da.«

David trat das Gaspedal durch. Robyn war bewusst, wie schnell ihr die Zeit davonlief, bevor Flint darauf bestehen würde, Shearer mit ins Spiel zu bringen. Sie würde Rebecca noch einmal befragen müssen. Wenn sie in der Lage war, sich so hinterlistig zu verhalten, dann konnte sie auch Robyn etwas vorspielen, und Robyn Carter hasste nichts mehr, als angelogen zu werden.

53

TAG NEUN – DIENSTAG, 13. JUNI, NACHT

Joe Harris legte seine Hände auf den Tisch, er ließ den Kopf hängen. Er hatte keinen Anwalt haben wollen und zugestimmt, dass das Verhör aufgezeichnet wurde. Jetzt saß er Mitz und Robyn gegenüber und wollte seine Beichte ablegen.

Robyn fing an. »Was wollten Sie uns sagen, Mr Harris?«

»Ich möchte meinen Teil am Medikamentendiebstahl gestehen. Ich habe die gestohlenen Waren erhalten und weitergereicht. Es hat keinen Zweck mehr, es noch länger zu leugnen. Clifford hat mittlerweile wahrscheinlich schon alles erzählt. Außerdem will ich Ihnen mit den Ermittlungen helfen. Vielleicht können wir uns auf einen Deal einigen.«

»Welche Informationen haben Sie für uns?«

»Es geht um Jordan und Owen.«

»Ich höre.«

Joe hielt seinen Blick fest auf den Tisch gerichtet, als er ihnen erzählte, was zwischen ihnen dreien vorgefallen war ...

———

Es ist Anfang Juni. Nur sie drei sind im Fox and Weasel. Jordan kaut auf seinem Daumen herum, knabbert an der Haut um seinen Fingernagel, sein Gesicht wirkt verzerrt. Er hält für eine Minute inne, bevor er weiterspricht, seine Stimme klingt flehend. »Das ist doch wirklich nicht viel verlangt. Wir stehlen Medikamente und verkaufen sie weiter. Alles, was ich will, ist ein bisschen was für mich selbst.«

Joe schüttelt seinen Kopf. »Nein, das ist viel zu riskant. Wir haben schon geregelt, wie wir vorgehen. Clifford weiß, was reinkommt und fälscht die Zahlen; du holst sie ab und lieferst sie an Owen. Genau so gehen wir vor. Wenn wir alle unsere Einkaufslisten abgeben mit den Dingen, die wir haben wollen, kommt alles durcheinander und wir werden erwischt. Wir haben gerade erst herausgefunden, wie wir an eine rentable Menge Methadon kommen können. Wenn wir das erst mal auf der Straße haben, werden wir in Geld schwimmen. Dann kannst du dir von dem Geld deine eigenen Medikamente kaufen.«

Owen verschränkt seine Arme und wirft Jordan einen finsteren Blick zu. »Siehst du? Joe ist auch meiner Meinung. Das wird nicht passieren.«

Jordan bleibt beharrlich. »Owen, um Himmels willen, das ist wirklich wichtig. Ich kann mir dieses Zeug nicht selbst kaufen, selbst wenn ich das Geld dafür hätte. Das ist gerade erst auf den Markt gekommen. Du weißt, warum ich es brauche. Ich muss es haben. Komm schon, Mann. Es geht doch nicht nur um das verdammte Geld, oder? Hilf mir.«

»Vergiss es, Jordan«, sagt Joe und lehnt sich über die Bar. »Owen sagt Nein, und Nein heißt Nein. Du wusstest, worauf du dich einlässt, als du bei uns eingestiegen bist. Wir haben hier das Sagen, nicht du.«

»Dann bin ich raus. Ihr könnt euch einen anderen Fahrer suchen.«

Joes Stimme wird bedrohlich. »Das werden wir nicht zulassen. Du hast dich ganz bewusst für diese Sache entschieden. Du tust, was wir sagen, und du wirst es so lange tun, bis wir dir sagen, dass du aufhören kannst. Verstanden? Der Plan ist, so lange weiterzumachen, bis Clifford in den Ruhestand geht, und keinen Tag eher, also lass es gut sein, sonst müssen wir dafür sorgen, dass du den Mund hältst, und zwar für immer.«

Jordans Knöchel färben sich weiß, als er die Hände zu Fäusten ballt.

Owen kommt näher zu ihm und legt eine schwere Hand auf seine Schulter. »Lass es gut sein, Jordan. Du bleibst dabei, und wir werden nicht vom Plan abweichen. Du wirst morgen zu Pharmacals fahren und das Methadon von Clifford holen. Dann triffst du mich wie immer bei der Haltebucht auf der Straße zum Ärztehaus von Abbots Bromley und überreichst es mir. Klar soweit?«

»Ich dachte, du würdest es verstehen, Owen«, *sagt Jordan.* »Ich dachte, du wärst mein Freund.«

»Ich verstehe dich, aber wir können das einfach nicht tun. Das ist viel zu riskant. Du verlangst hier wirklich teuren Stoff, es wird auffallen, wenn davon was fehlt. Selbst Clifford wird das nicht einfach im System verschwinden lassen können, ohne das Misstrauen auf sich zu ziehen. Das verstehst du doch, oder? Du bist mein Kumpel, Mann. Es gefällt mir nicht, dich hängenzulassen. Wenn wir das hinbekommen könnten, würden wir es tun, aber es ist zu gefährlich, also vergiss es wieder, okay?«

Jordan nickt niedergeschlagen.

»Geh nach Hause, Jordan«, *sagt Owen.* »Wir sehen uns morgen.«

Jordan schnappt sich seinen Fahrradhelm und verschwindet.

Joe wartet, bis sich die Tür hinter ihm schließt, bevor er spricht. »Das ist wirklich eine Schnapsidee. Dämlicher Idiot. Er muss verrückt sein, wenn er denkt, dass wir versuchen, das Zeug zu stehlen.«

»*Keine Ahnung, was ihn zu dieser Idee getrieben hat.*«

Joe studiert Owens Gesicht und seine schweren Augen, die so viele Geheimnisse bergen. Laut Jordan weiß Owen, wozu er die Medikamente braucht, doch Owens Lippen bleiben versiegelt. »*Bekommen wir ein Problem mit Jordan?*«, *fragt er, anstatt dem Geheimnis auf den Grund zu gehen.*

»*Ich bin nicht sicher. In letzter Zeit benimmt er sich wirklich komisch. Dafür gebe ich dieser Schlampe Rebecca die Schuld. Sie zieht bei ihm ständig die Fäden und stellt Forderungen an ihn. Ständig beschwert er sich bei mir über sie. Ich hab sie schon vor Monaten abgeschrieben, zusammen mit ihrem weinerlichen Kind. Jordan mag das Balg nicht mal, also keine Ahnung, warum er sich die beiden antut. Wenn wir ein Problem haben, kümmere ich mich darum. Am besten behalten wir ihn im Auge, für den Fall, dass er einen Rückzieher macht oder uns bei der Polizei verpfeift.*«

———

Robyn hörte sich Joes Beschreibung des Abends ein paar Tage vor Jordans Tod an.

»Welches Medikament wollte Jordan haben?«

»Hatte vorher noch nie davon gehört«, sagte Joe. »Brinera oder so etwas.«

»Warum war das so wichtig für ihn?«

»Ich weiß es ehrlich nicht. Ich habe nicht gefragt. Owen wusste es. Er war die einzige Person, der sich Jordan anvertraut hat. Mir oder Clifford hat er nie etwas erzählt, aber was auch immer es war, ich glaube, dass die beiden deswegen umgebracht wurden.«

»Ich werde mit einem Kollegen sprechen und Sie hier bei Sergeant Patel lassen. Wenn Sie einen Anwalt haben wollen, lassen Sie es ihn bitte wissen. Sobald einer hier ist, werden wir

Sie noch einmal offiziell verhören und anklagen müssen. Haben Sie das verstanden?«

Joe knurrte zustimmend.

Leere Pappbecher standen auf den Schreibtischen, und das kollektive Klappern der Tastaturen war zu hören, während ihr Team weiterarbeitete, obwohl es schon fast Mitternacht war. Robyn ging direkt zu ihrem Computer und tippte »Brinera« in die Suchmaschine ein. Als diese keine Ergebnisse ausspuckte, stöhnte sie.

»Anna, morgen früh müssen Sie als Erstes herausfinden, ob es ein Medikament namens Brinera gibt, oder etwas, das so ähnlich klingt. Ich muss wissen, wofür es verwendet wird. Okay, und jetzt gehen Sie alle nach Hause. Ich brauche Sie morgen früh frisch und wach.«

»Bleiben Sie noch länger, Boss?«

»Ich werde noch einmal mit Joe Harris sprechen. Er denkt, dass Owen und Jordan wegen eines Medikaments umgebracht wurden, dass Jordan in die Hände bekommen wollte.«

»Was für ein Medikament?«, fragte Matt.

»Genau das muss ich noch herausfinden. Joe kennt den genauen Namen nicht und der Name, den er genannt hat, liefert keine Ergebnisse. Alles, was er mir sagen konnte, war, dass es ganz neu auf dem Markt ist.«

»Denken Sie, dass Lucy Harding etwas damit zu tun hatte?«

»Was das angeht, bin ich ehrlich gesagt etwas ratlos. Weder Joe noch Clifford haben sie erwähnt, aber ich werde sie ohnehin noch fragen, an wen sie die Medikamente verkauft haben. Dann werden wir sehen, ob sie damit in Verbindung gebracht werden kann.«

»Also hat das Ganze gar nichts mit Nathaniel zu tun?«, fragte David.

»Sieht nicht so aus.«

»Ich frage mich, warum Amy sich so sicher war, dass er da mit drinhängt.«

»Sie mag den Mann nicht und hat versucht, böse Dinge über ihn ans Licht zu bringen. Sie kennen Amy, sie würde alles für eine gute Story tun.«

»Ja. Sie würde ihre Seele an den Teufel verkaufen.« David schniefte. »Gute Nacht, Boss.«

»Gute Nacht. Wir sehen uns in ein paar Stunden.«

54

TAG ZEHN – MITTWOCH, 14. JUNI, MORGEN

Robyn konnte ihre Augen kaum offenhalten. Sie hatte es aufgegeben, Schlaf finden zu wollen, und war früher ins Büro gefahren, wo sie Matt bereits an seinem Schreibtisch sitzend vorfand.

»Fragen Sie nicht. Poppy hat mich um vier Uhr aufgeweckt. Sie zahnt wieder. Danach konnte ich nicht mehr einschlafen«, sagte er. Er biss ein großes Stück von seinem Schinkenbrötchen ab und scrollte weiter durch eine Liste.

»Woran arbeiten Sie?«

»Ich gehe die Liste aller Patienten durch, die an dem Donnerstag, als Lucy gestorben ist, das Ärztehaus besucht haben. Bisher haben wir nur mit den Patienten gesprochen, die am Nachmittag dort waren.«

Robyn gähnte und trottete zu der Kaffeemaschine. »Ich habe diesen verdammten Kaffee satt«, sagte sie.

»Ich gehe gleich noch einmal ins Café am Ende der Straße

und könnte Ihnen eine heiße Schokolade mitbringen, wenn Sie wollen. Und ich könnte noch so ein Brötchen gebrauchen.« Er hielt inne. »Wow, eine Sekunde.«

Robyn trat einen Schritt zurück. »Was ist los?«

»Jeden Tag finden zwei Sprechstunden statt, aber es gibt noch einen halbstündigen Puffer für Notfälle vor der morgendlichen Sprechstunde. Sehen Sie sich an, wer da war.« Er zeigte auf den ersten Namen in der Liste. »Dylan Tomlinson. Ist das nicht Rebeccas Sohn?«

»Das ist er. Wer war zu dem Zeitpunkt an der Rezeption?«

»Alison Drew.«

»Haben wir sie nicht bereits über den Tag befragt?«

»Nur, um sie nach Lucy Harding zu fragen. Sie war eine von denen, die sagte, Lucy wäre in ihrem Job sehr engagiert.«

»Rufen Sie sie sofort an. Wir müssen mit ihr reden.«

———

Alison Drew war sehr entgegenkommend, und da sie nur ein paar Meilen entfernt wohnte, bestand sie darauf, sofort aufs Revier zu kommen. Innerhalb von fünf Minuten war sie da und saß Robyn und Matt gegenüber. Sie nahm ihre Brille ab und polierte sie sorgfältig mit einem gemusterten Tuch aus ihrer Handtasche, bevor sie sie wieder aufsetzte und Robyn ernst ansah.

Ihre Stimme war ruhig. »Ich bin um Viertel nach sieben in der Praxis angekommen. Auf dem Parkplatz warteten bereits drei Patienten. Sobald ich mich eingerichtet hatte, habe ich sie ins System eingebucht.«

»Müssen die Patienten die Termine nicht im Vorfeld machen?«

»Bei den Notfällen ist das etwas anderes. Dafür bieten wir eine Handvoll freie Termine an, bei denen der, der zuerst kommt, zuerst bedient wird. Allerdings müssen wir mit den

Patienten über ihre Notfälle sprechen, um sicherzugehen, dass es sich tatsächlich um einen solchen handelt.

»Doktor Harding ist kurz nach mir eingetroffen und hat den ersten Patienten um acht Uhr empfangen. Das war Miss Tomlinson. Sie war eine derjenigen, die bereits draußen wartete, bevor die Praxis öffnete. Sie sagte, Dylan müsste dringend zu einem Arzt. Er hatte wieder einen Anfall und sie machte sich Sorgen um seine Medikamente – sie fürchtete, dass sie möglicherweise falsch dosiert worden waren. In den letzten vier Wochen war sie häufiger mit Dylan da. Normalerweise buchte sie ihre Termine bei Doktor Trevago, aber letzten Donnerstag war sie sehr aufgewühlt, und Dylan wirkte orientierungslos, also hat sie einen der Notfallplätze bekommen.

Ich habe sie gesehen, als sie wieder gegangen sind. Ich schaute von meinem Schreibtisch auf und dachte, dass sie nicht sie selbst zu sein schien. Sie marschierte auf den Ausgang zu und zerrte Dylan hinter sich her. Er weinte, doch sie achtete gar nicht darauf, was sehr ungewöhnlich für sie war. Normalerweise ging sie sehr fürsorglich mit ihm um. Ich habe schon ein paar Mal mit ihr gesprochen, und so hat sie sich nie verhalten. Ich habe sie gefragt, ob alles in Ordnung ist, aber sie hat mich ignoriert und ist davon gestürmt. Dann hat das Telefon geklingelt und die Ärzte bereiteten sich auf ihre Sprechstunden vor und es wurde sehr hektisch ... Ich hatte zu dem Zeitpunkt nicht die Möglichkeit, mit jemandem darüber zu sprechen. Nach der morgendlichen Sprechstunde kam Doktor Harding vorbei, um sicherzugehen, dass einige Briefe, die sie diktiert hatte, abgeschickt worden waren. Ich habe sie auf Miss Tomlinson angesprochen und sie schien beunruhigt zu sein. Die Ärzte reden mit uns nie über die einzelnen Patienten, aber ich erinnere mich noch genau an ihre Worte, weil sie dabei so traurig wirkte – als würde sie das tatsächlich berühren. Sie sagte: ›Die Leute denken, dass wir Wunder vollbringen können, aber das können wir nicht. Manche Dinge liegen außerhalb unserer

Kontrolle.‹ Kurz danach bin ich gegangen, ich hatte Feierabend. Nachmittags arbeite ich nicht. Das war das letzte Mal, dass ich Doktor Harding gesehen habe.« Alison schaute nach unten auf ihre Hände, die ordentlich gefaltet in ihrem Schoß lagen.

»Alison, Sie haben uns sehr weitergeholfen. Vielen Dank.«

———

Robyn eilte durch den Flur und presste ihr Handy gegen ihr Ohr. »Rebecca nimmt nicht ab«, sagte sie zu Matt. »Ich will, dass sie hergebracht wird, und Dylan auch, wenn es sein muss. Wir werden uns um ihn kümmern, während wir seine Mutter befragen.«

Sie warf die Bürotür auf und marschierte zu ihrem Schreibtisch. »Schnell, Leute, was haben wir Neues?«

Anna öffnete in rasendem Tempo eine Seite nach der anderen auf ihrem Computer. »Es gibt kein Medikament namens Brinera. Allerdings gibt es eine brandneue Enzymersatztherapie aus den Vereinigten Staaten, die Brineura heißt. Sie wurde erst kürzlich freigegeben.«

»Wofür wird sie genutzt?«

Anna atmete scharf ein, als sie die letzte Seite las, die sie herausgesucht hatte. »Sie wird genutzt, um neuronale Ceroid-Lipofuszinose zu behandeln, eine seltene und unheilbare Krankheit, die vererbt wird und das Nervensystem angreift.«

»Denken Sie, dass Jordan oder jemand anderes diese Krankheit hatte?«, fragte Robyn.

Anna scrollte sich durch das Dokument. »Jordan nicht. Sie tritt bei Kindern auf. Auf dieser Seite steht, dass sich die ersten Symptome, je nach Typ der Krankheit, zwischen dem Säuglings- und dem Schulalter entwickeln, dann bekommt ein zuvor gesundes Kind plötzlich Sehstörungen oder Krampfanfälle, und sein Verhalten kann sich ändern. Die Symptome schreiten schnell voran, bis das Kind vollkommen blind, bettlägerig und dement wird. Diese Krankheit ist tödlich und die Lebenserwartung liegt in den späten Teenagerjahren bis in die frühen Zwanziger.«

Robyn fiel die Kinnlade herunter. Sie erinnerte sich daran, wie Dylan versuchte, sich auf seine Star-Wars-Figur zu konzentrieren, wie er sie nicht finden konnte, obwohl sie direkt vor ihm lag, und wie er sich darüber beschwerte, dass ihm komisch sei. Die Klarheit der Situation versetzte ihr einen heftigen Stich. Dylan würde sterben. Jordan hatte versucht, ein Medikament zu stehlen, das Dylans Leben verlängert hätte.

»Doktor Trevago ist Dylans Arzt. Fragen Sie ihn, ob Dylan diese Krankheit hat.«

Anna verzog verwirrt das Gesicht. »Selbst wenn Rebecca an dieses Medikament gekommen wäre, hätte sie jemanden gebraucht, der qualifiziert ist und der Dylan hätte behandeln können. Es muss über einen Katheter, der chirurgisch in den Kopf des Kindes implantiert wird, in den Liquorraum injiziert werden. Das ergibt keinen Sinn, es sei denn, sie wusste nicht, wie die Behandlung tatsächlich aussieht.«

»Gibt es online viele Informationen über das Medikament?«

Anna schüttelte den Kopf. »Nein, das war alles. Ich frage mich, ob sie nur über einen kleinen Artikel über eine revolutionäre neue Form der Behandlung für seltene Krankheiten gestolpert ist und es sich dann nicht genauer angeschaut hat.«

»Vielleicht kennt sie einen Spezialisten, der sich bereit erklärt hat, ihren Sohn mit Brineura zu behandeln.«

Das Telefon klingelte und Matt unterbrach ihre Unterhaltung.

»Rebecca ist nicht hier«, sagte er.

Robyn stieß ein Stöhnen aus. »Sind Sie sicher?«

»Ich habe geklopft und geklingelt, aber es macht niemand auf. Ihr Auto ist auch weg.«

»Wir müssen versuchen, ihren Aufenthaltsort zu bestimmen.« Robyn wandte sich an Anna. »Können wir Rebeccas Handy oder Auto orten?«

»Klar. Bin schon dabei.« Anna machte sich sofort eilig an die Arbeit.

»Matt, wir melden uns. Sie bleiben vorerst da.« Robyn rieb sich über den Nacken, um die Spannung zu lösen, die sich dort plötzlich aufgebaut hatte. Rebecca – war Rebecca für all die Toten verantwortlich? Sie hatte so viele Leute angelogen und Geheimnisse gehabt, aber konnte sie einen Mord begehen? Auch wenn sie für die betreffenden Tage kein Alibi hatte, Dylan war immer bei ihr gewesen. Lange konnte sie ihn nicht alleine lassen. In der Nacht, in der Jordan ermordet worden war, gab es keine Sichtungen ihres Autos in Colton. Auch nicht in Abbots Bromley, wo Lucy getötet wurde. Jedoch hatte Vanessa Broughton eine Frau mit schwarzen Haaren gesehen, die auf das dunkelblaue Auto zugelaufen ist, das vor der Baustelle stand. Robyn schüttelte ihren Kopf, um klarer denken zu können. Rebeccas Auto war nicht dunkelblau, sondern rot.

Robyns Gedanken überschlugen sich: Rebecca war eine Frau, die ihren Sohn liebte ... Einen Sohn, der sehr krank war und der sterben würde, aber was hätte sie davon, Jordan, Owen und Lucy umzubringen?

Sie kam zu dem Schluss, dass Rebecca sich in der Hoffnung an Hugo herangemacht hatte, Geld zu bekommen, um für Dylans Behandlung zu zahlen. Sie hatte Hugo von Anfang an mit ihren Schmeicheleien manipuliert, während sie ihren Sohn vor ihm geheim gehalten hatte – bis er ihr vorgeschlagen hatte, bei ihm einzuziehen. Robyn fragte sich, woher Rebecca so viel über Hugo gewusst hatte. Die Antwort war offensichtlich: Das Internet hatte ihr geholfen.

»David, können Sie eine allgemeine Suche nach Hugo Morton starten und mir sagen, was dabei herauskommt?«

Während David tippte, gab Robyn Jordans Namen bei Google ein und las sich die Ergebnisse durch. Es gab eine Reihe

Treffer von eBay, wo Jordan mehrere Marvel-Figuren verkauft hatte, einschließlich Spider-Woman, Guardians of the Galaxy Vol. 2: Star Lord, Black Panther und Captain America. Sein Name tauchte in mehreren Foren auf, die sich mit den Charakteren aus den Marvel-Comics beschäftigten. Und es gab einen Artikel über reiche Kinder, geschrieben von Amy Walters. Eine einfache Suche zeigte Jordans Adresse und auf der Website von Speedy Logistics wurde er als einer der Angestellten aufgeführt. Für jeden, der etwas über Jordan Kilby erfahren wollte, gab es reichlich Material.

»Es gibt eine ganze Menge über Hugo Morton. Er und seine Frau haben viele Wohltätigkeitsorganisationen mit Bezug zu Krebserkrankungen unterstützt, und es gibt einiges über seine Kampagne zur Bienenrettung, über sein Unternehmen, und er hat sogar einen Eintrag bei Wikipedia. Er steht auf der Liste der eintausend reichsten Männer des Vereinigten Königreichs.«

»Und steht Nathaniel Jones-Kilby auch auf dieser Liste?«

»Er ist sogar in den Top Fünfhundert – Platz Vierhundertneun.«

Robyn verzog konzentriert das Gesicht. Rebecca hatte alles davon zu ihrem Vorteil nutzen können. Es gab so viel, mit dem sie sich ihre Aufmerksamkeit erarbeiten konnte – von Bienenzucht hin bis zu Comicbüchern. Ihre Tante Rose meinte, Rebecca wäre clever – in der Schule war sie die Beste in ihrer Klasse. Es lag nicht außerhalb ihrer Fähigkeiten, etwas über die Interessen dieser Männer herauszufinden, sich selbst darüber schlau zu machen und dann mit diesen Männern angeregte Unterhaltungen darüber zu führen – um genau so enthusiastisch zu wirken, wie sie es waren. Es war ein genauestens kalkulierter und ausgeführter Plan, nur war er mit Mängeln behaftet. Hugo war nicht dazu bereit, Dylan in sein Leben zu lassen, und Jordan war nicht so reich, wie Rebecca wahrscheinlich gehofft hatte.

Das Bild, das sich vor ihr formte, war das einer Frau, die hinter reichen Männern herjagte und sie bezüglich ihres Sohnes anlog, bis sie sich ihren Weg in deren Leben gearbeitet hatte. Aus welchem Grund? Ross Worte hallten in ihrem Kopf wider. Er hatte leidenschaftlich über Jeanette gesprochen und ihr gesagt, hätte die Biopsie offenbart, dass es Krebs war, dann hätte er alles in seiner Macht Stehende getan, um ihr die beste Behandlung zu ermöglichen. Es gab nur einen Grund, warum sich Rebecca diesen Männern genähert hatte: Sie wollte ihren Sohn retten. Das ergab Sinn, aber warum sollte sie dann Jordan umbringen, der versucht hatte, ihr zu helfen? Warum Owen und Lucy umbringen? Robyns Gesicht verzog sich zu einer konzentrierten Miene, als sie versuchte, die Sache zu ergründen.

Da meldete sich Anna zu Wort. »Ich habe ihr Handy gefunden. Vor dreißig Minuten war sie in Newborough.«

Robyn sprang auf. »Sie muss bei Jordans Haus sein. Kontaktieren Sie Matt und sagen ihm, dass ich ihn dort treffe.« Sie rannte über den Flur auf den Parkplatz. Noch hatte sie nicht alle Puzzleteile zusammengefügt, aber sie wusste, dass sie sich Rebecca schnappen mussten. Als sie gerade den Motor startete, vibrierte ihr Handy. Es war eine sehr kurze Textnachricht von Amy.

Hilfe

Umgehend wählte sie Amys Nummer, doch es sprang sofort die Mailbox an. Sie versuchte es erneut – mit dem gleichen Ergebnis. Sie war nur zehn Minuten von Newborough entfernt. Amy gehörte nicht zu der Sorte, die diese Art von Scherzen machte. Sie würde Robyn nur schreiben, wenn sie in ernsthaften Schwierigkeiten wäre. Sie rief im Revier an und sprach mit David. »Amy Walters hat mir geschrieben. Klingt, als wäre sie in Schwierigkeiten. Versuchen Sie, sie zu erreichen.

Wenn sie nicht antwortet, orten Sie ihr Handy und schicken eine Streife los.«

Robyn konzentrierte sich darauf, den Wagen durch die Straßen des Dorfes zu lenken und den breiten Traktoren auszuweichen, die ihr entgegenkamen. Ihre Nerven waren bis zum Zerreißen gespannt. Wo konnte Amy hineingeraten sein, dass sie Robyn um Hilfe bitten musste? Zum ersten Mal machte Robyn sich wirklich Sorgen um die Frau und wünschte sich, sie könnte an zwei Orten gleichzeitig sein. Doch zunächst musste sie sich darauf konzentrieren, Rebecca zu finden. Als sie das friedliche Dorf erreichte und auf Jordans Haus zuraste, überkam sie das unheilvolle Gefühl, dass es bereits zu spät sein könnte.

55

MITTWOCH, 14. JUNI, MORGEN

Amy Walters betrachtet ihr Spiegelbild in ihrem kleinen Taschenspiegel und ordnet eine Strähne ihres blondgefärbten Haares. Wenn sie gut aussieht, wird sie bemerkt und mit Respekt behandelt werden, die Leute werden ihr zuhören. In ihrem Geschäft ist der Ruf einfach alles.

Die Mischung aus jugendlichem Charme und Selbstbewusstsein zusammen mit ihrem perfekten Stil hatten ihr schon einige Türen geöffnet, doch sie wollte mehr. Ihr stehen grandiose Zeiten bevor. Sie hatte genug davon, für kleine Zeitungen zu schreiben. Seit gut einem Jahr arbeitete sie nun schon an ihrem Buch über Serienmörder, das schon bald für seine Veröffentlichung bereit sein wird. Es wird ihr helfen, sie ins Scheinwerferlicht zu befördern, und genau dort will sie hin. Sie sehnt sich danach, für größere Blätter zu schreiben und vielleicht sogar im Fernsehbereich zu arbeiten. Amy Walters, unsere neue Nachrichtensprecherin. Der Gedanke entlockt ihr ein Lächeln.

Ihr Informant hatte sich sehr bedeckt gehalten. Der Ort des Treffens war erst in letzter Minute bekanntgegeben worden. Alles sehr geheimnisvoll, dachte Amy. Trotzdem würde sie alles tun, um Nathaniel etwas nachweisen zu können, und wie es schien, hatte sie endlich etwas gefunden – den Beweis, dass er seine Frau getötet hatte.

Ihr Handy klingelt. »Sind Sie da?«

»Das bin ich. Wo sind Sie?«, fragt Amy.

»Nicht weit weg. Warten Sie auf mich. Ich bin gleich da.«

Amy begutachtet ihre Nägel, während sie wartet. An einem fängt der Nagellack bereits an, sich zu lösen – das muss sie bald wieder richten lassen. Sie kann sich keine ungepflegten Nägel erlauben. Körperpflege ist wichtig. Sie lehnt sich in ihrem Sitz zurück. Sie hatte Nathaniel noch nie leiden können. Seit er gegen sie angegangen war und ihre Story über ihn verhindert hatte. Sie hatte nur ihren Job gemacht – ermittelt und die Wahrheit aufgeschrieben. Er hat wunderschöne Dörfer und Landschaften zerstört, und das alles nur aus Habgier. Amy mag die ländliche Ruhe dieser Gegend und lehnt die riesigen, geschmacklosen Wohnsiedlungen ab, die er errichtete, besonders die, die ihr eigenes Dorf verschandelt hat. Anstatt über grüne Felder und Bäume zu blicken, starrt sie nun auf Häuserwände.

Der Informant hat ihr keinen Namen genannt, aber hatte beharrlich behauptet, Informationen für sie zu haben. Anscheinend hatte Jordan einen Privatermittler angeheuert, um die Wahrheit über seinen Vater aufzudecken. Darum muss es bei diesem Treffen gehen. Sie fragt sich, weshalb er umgebracht wurde.

Hinter ihr fährt ein Auto vor. Amy lächelt. Das könnte die Story werden. Das könnte ihr Sprungbrett zum Erfolg sein, nach dem sie schon so lange sucht. Sie öffnet ihre Autotür und steigt aus. Der Fahrer des anderen Wagens tut es ihr gleich.

Amy runzelt die Stirn. »Ich kenne Sie«, sagt sie.

»Gut möglich. Und ich kenne Sie, Miss Walters. Ich habe

viele Ihrer Artikel gelesen. Ich möchte, dass Sie einen für mich schreiben.«

»So funktioniert das nicht«, sagt Amy. »Ich habe zugestimmt, Sie zu treffen, weil Sie sagten, Sie hätten etwas über Jones-Kilby für mich.«

»Das habe ich gesagt, um Sie hierher zu locken. Es war ein Köder. Ich wollte, dass Sie mich treffen und wir von Angesicht zu Angesicht miteinander sprechen.«

Amys Blick wird finster. Das gefällt ihr nicht. Sie arrangiert Treffen und Interviews und entscheidet, was geschrieben wird. Niemand sonst. Sie stemmt ihre Hände in die Hüften. »So arbeite ich nicht. Und es gefällt mir auch nicht, so behandelt zu werden.«

»Sie wissen noch gar nicht, was ich Ihnen zu erzählen habe.«

»Geht es um Nathaniel Jones-Kilby?«

»Nein. Es ist viel wichtiger als dieser Mann.«

Das ist ganz und gar nicht das, was Amy erwartet hat. Sie schnaubt laut. »Wenn Sie eine so super tolle Geschichte zu erzählen haben, hätten Sie mir das auch schon am Telefon sagen können, anstatt vorzugeben, es ginge um Jones-Kilby. Ich verstehe schon. Sie sind eine dieser aufmerksamkeitssuchenden Zeitverschwenderinnen. Ich bin nicht hergekommen, um nach Ihrer Pfeife zu tanzen. Ich bin hergekommen, um etwas über Jones-Kilby zu erfahren, und wenn Sie mir das nicht bieten können, bin ich nicht interessiert. Wenn Sie mich jetzt entschuldigen würden, ich muss arbeiten.«

»Weigern Sie sich, mit mir zu arbeiten, Miss Walters? Sie verstehen nicht ... Ich habe nicht mehr viel Zeit und Sie müssen mich interviewen, bevor ich geschnappt werde. Ich will der Welt meine Seite der Geschichte erzählen. Warum ich getötet habe. Das sind Sie mir schuldig.«

Amys Blick fällt auf das lange Messer, das plötzlich in der Sonne aufblitzt. Es gibt zwei Möglichkeiten: Zustimmen und sich anhören, was die Irre zu erzählen hat und möglicherweise die Story bekommen, die sie schon immer haben wollte, oder in ihr Auto flüchten. Sie wägt diese Optionen ab – das Interview durchziehen oder fliehen. Die Frau vor ihr könnte sie umbringen, nachdem sie ihre Geschichte erzählt hat. Es gibt keine Garantie, dass sie danach weiterleben darf. Amy ist klug genug, um zu wissen, dass keine Story es wert ist, ihr eigenes Leben zu verlieren. Ihr Auto ist nicht weit entfernt und auch nicht verschlossen. Mit einem kleinen Vorsprung könnte sie es schaffen. Sie muss nur geschickt dabei vorgehen. Amy ist für ihre Geschicklichkeit bekannt. Sie blinzelt unschuldig und hebt ihre Hände in einer unterwürfigen Geste.

»Okay. Okay. Wir machen es auf Ihre Weise. Ich werde Sie interviewen und über Sie schreiben. Nehmen Sie das Messer runter. Sie werden es nicht brauchen. Ich bin mir sicher, dass die Story großartig ist. Tut mir leid, ich war nur etwas verärgert, weil ich eine Geschichte über Jones-Kilby erwartet habe. Das verstehen Sie sicher, oder? Würde es Ihnen etwas ausmachen, wenn ich das Interview aufnehme, um alles wahrheitsgetreu aufschreiben zu können?«

Für ein paar Sekunden schaut die Täterin weg, Zeit genug für Amy, herumzuwirbeln und zu ihrem Auto zu rennen.

Sie ist in Reichweite des Türgriffs, als sie geschubst wird und gegen ihren Wagen knallt. Sie hört ein genervtes Fauchen und das Aufblitzen des Metalls. Amy schließt ihre Augen, doch sie schreit nicht, als das Messer in ihrer Seite versinkt.

56

TAG ZEHN – MITTWOCH, 14. JUNI, NACHMITTAG

Robyn parkte ihren Wagen neben Nathaniels Mercedes, sprang heraus und rannte auf die Vordertür von Jordans Haus zu. Als sie an die Tür klopfte, fuhr Matt ebenfalls vor. Fast umgehend stand er neben ihr, nur eine Sekunde bevor die Tür geöffnet wurde.

Nathaniel war verblüfft, sie auf der Türschwelle vorzufinden.

»Was ist denn los?«

»Wir suchen nach Rebecca Tomlinson. Ist sie hier?«

»Nein, das ist sie nicht. Sie war vor etwa einer halben Stunde hier. Sie wollte die Haustürschlüssel vorbeibringen. Die hatte sie noch, genauso wie die Schlüssel zu Jordans Auto. Dafür gibt es keinen Ersatzschlüssel und, na ja, ich werde es verkaufen müssen.«

»Haben Sie mit ihr gesprochen?«

»Ja. Natürlich habe ich das.«

»Wie hat sie auf Sie gewirkt?«

»Noch etwas aufgelöst wegen Jordan. Das ist ja auch verständlich.« Er zuckte mit den Schultern.

»Woher hatten Sie ihre Telefonnummer? Sie sagte zu mir, das letzte Mal, als Sie sie angerufen haben, um ihr mitzuteilen, dass sie ausziehen muss, haben Sie auf das Haustelefon angerufen.«

Nathaniel fiel die Kinnlade herunter. »Dass sie ausziehen muss? Ich habe nichts dergleichen getan. So ein herzloses Schwein bin ich nicht. Warum erzählt sie so etwas? Sie hat *mich* angerufen, einen Tag nachdem Jordan gefunden wurde, um zu fragen, wie es mir ging. Ich fand sie sehr nett. Sie war sehr verständnisvoll und sagte, es wäre eine große Schande, dass Jordan und ich uns nie wieder nähergekommen sind, aber dass er mich ihr gegenüber oft erwähnte und dass es ihm leidtäte, dass wir unsere Differenzen nicht lösen konnten.«

»Sie wollen mir sagen, Sie haben nie gesagt, dass sie ausziehen muss?«

»Ganz bestimmt nicht. Das war ihre Entscheidung. Sie meinte, es wäre besser für sie und ihren kleinen Jungen, um darüber hinwegzukommen. In dem Haus gäbe es zu viele Erinnerungen. Ich verstand, was sie meinte, aber sagte ihr, dass sie sich Zeit lassen könne. Sie konnte gehen, wenn sie so weit war, aber sie hat fast sofort etwas Neues gefunden. Sie hat mir ihre Nummer gegeben und sagte, es wäre nett, in Kontakt zu bleiben, und bat mich darum, sie wissen zu lassen, wann Jordans Beerdigung wäre.

Vor ein paar Tagen war ich hier und bin Jordans Sachen durchgegangen, aber konnte seinen Autoschlüssel nicht finden. Deshalb habe ich sie angerufen. Bei dem ganzen Stress mit dem Umzug hat sie Jordans Schlüsselbund mit eingesteckt, sie waren in ihrer neuen Wohnung. Der Autoschlüssel war ebenfalls dabei.«

Robyn dachte daran zurück, als sie dieses Haus das erste Mal besucht hatte. Sie hatte Rebecca nach den Schlüsseln gefragt, die in der Küche hingen, und sie hatte gesagt, es wären Jordans. Er hatte sie vergessen. An dem Bund hingen nur drei Haustürschlüssel, aber keiner für sein Auto.

Eine andere Erinnerung ließ sie zusammenzucken. Das Bild eines Autos vor dem Haus. Sie stellte die Frage, obwohl sie die Antwort bereits kannte. »Was für ein Auto ist Jordan gefahren?«

»Einen dunkelblauen Ford Fiesta. Es steht in der Garage.«

Sie wandte sich an Matt. »Leiten Sie eine Fahndung nach Rebecca ein.«

»Was hat sie getan?«, fragte Nathaniel besorgt.

»Dazu kann ich noch nichts sagen. Es tut mir sehr leid, aber wahrscheinlich müssen wir das hier später noch einmal mit Ihnen durchgehen.« Sie begegnete dem Blick des Mannes. Sein hochmütiges Verhalten, das er noch vor wenigen Tagen zur Schau gestellt hatte, war Trauer gewichen. Sein Gesicht war dünner und sah ausgezehrter aus als an dem Tag, als sie ihn das erste Mal gesehen hatte. Neue Falten zogen sich über sein Gesicht. Der Verlust seines einzigen Sohnes hatte seinen Tribut von diesem Mann gefordert. Er mag nicht gut darin sein, seine Gefühle zu zeigen, aber jetzt konnte man seinen Schmerz in seinem Ausdruck und seiner Haltung erkennen. Er nickte ihr zu.

»Vielen Dank, Sir.« Robyn drehte sich um und ging zu Matt.

»Ein dunkelblaues Auto, genau wie das, das vor der Baustelle in Abbots Bromley geparkt hat. Denken Sie, sie ist dort mit Jordans Wagen hingefahren?«, fragte er.

»Das passt zusammen. Und Vanessa hat eine dunkelhaarige

Frau vor der Einfahrt gesehen. Wir müssen sie finden. Anna soll die Verkehrskameras nach ihrem Auto absuchen und sehen, ob sie ihr Handy noch mal orten kann.«

Sie stieg in ihren eigenen Wagen ein, ließ ihren Kopf gegen die Kopfstütze sinken und schloss die Augen. Wohin würde Rebecca jetzt gehen? Es traf sie wie ein Blitz. Der eine Ort, an den sie immer zurückkehrte – das Haus ihrer Tante Rose. Sie setzte zurück, während sie in das Funkgerät sprach. »Matt, ich glaube, sie fährt zum Haus ihrer Tante – Rose Griffith, sie wohnt in Water Orton.«

Es folgte eine kurze Stille und ein statisches Rauschen, bevor sie seine Stimme hörte.

»Soll ich dort hinfahren?«

»Auf jeden Fall. Ich werde im Revier anrufen, damit sie die Verkehrskameras auf dem Weg dorthin überprüfen.«

Robyn fuhr zurück auf die Hauptstraße, die sie auf die A38 und dann nach Birmingham bringen würde. Das Sonnenlicht blendete sie und sie kniff die Augen zusammen, als sie über die engen Straßen mit den dichten Hecken fuhr. Ihr Handy vibrierte und zeigte eine neue Nachricht an. Sie schaute nach unten und sah, dass sie wieder von Amy Walters war:

Meadow

Sofort rief sie das Revier an und erreichte Mitz. »Konnten Sie Amys Handy schon orten?«

»Vor etwa einer Minute. Sie ist irgendwo in der Nähe von Yoxall.«

»Gibt es dort eine Straße oder irgendetwas, das Meadow heißt?

»Es gibt die Meadow Lane.«

»Amy ist auf der Meadow Lane. Treffen Sie mich dort. Sie ist in Schwierigkeiten.«

Robyn drückte das Gaspedal durch. Amy hatte nicht den Notruf angerufen. Stattdessen wandte sie sich an Robyn. Dafür gab es einen wichtigen Grund. Amy war klug. Bei jedem anderen Fall würde sie Robyn nicht kontaktieren. Es musste etwas mit diesem Fall zu tun haben. Sie raste in Richtung Yoxall und betete, dass sie noch rechtzeitig ankommen würde.

57

TAG ZEHN – MITTWOCH, 14. JUNI,
NACHMITTAG

Die Meadow Lane führte um das Dorf Yoxall herum und endete an der Hauptstraße, die nach Barton-under-Needwood führte. Hauptsächlich wurde sie von Spaziergängern und ihren Hunden oder Wanderern genutzt und war gerade breit genug für ein Auto. Sowohl Amys BMW als auch ein roter Nissan Micra, den Robyn als Rebeccas Fahrzeug wiedererkannte, parkten gegenüber voneinander auf den Grünstreifen, jeweils in die entgegengesetzte Fahrtrichtung abgestellt. Robyn parkte ihr Auto vor dem von Rebecca, um eine schnelle Flucht ihrerseits zu verhindern. Auf dieser Straße wäre es nicht möglich, zu wenden und davonzufahren. Das war das Beste, was Robyn tun konnte, bis Mitz eintreffen würde.

Über Funk gab sie ihre Position durch. »Schickt sofort Verstärkung her, und einen Krankenwagen.«

Sie stieg aus ihrem Auto aus und war unsicher, in welche

Richtung sie gehen sollte. Sie spähte durch die Fensterscheiben von Amys Wagen, doch von der Journalistin fehlte jede Spur. Sie trat auf einen Zaun zu, von dem aus ein Weg in Richtung Wychnor Park abging, wo es Häuser und einen Country Club gab.

Robyn zögerte, bevor sie die Straße überquerte und auf Rebeccas Auto zuging. Wieder warf sie einen Blick durch die Fenster. Darin war niemand – weder Amy noch Dylan. War der Junge bei Rebecca und Amy? Der Nissan parkte neben einer Wiese mit Schafen, die sich vor dem Gatter versammelt hatten und Robyn aufmerksam beobachteten, während sie permanent kauten. Ihre Augen wanderten zu den Holzstufen, die auf die Wiese führten. Darauf waren hellrote Spritzer zu sehen, von denen sich Robyn sicher war, dass es Blut war.

Sie kletterte auf die Wiese, wo das Geräusch von Wasser, das aus einem kleinen Rohr unter der Bogenbrücke sprudelte, lauter wurde. Sie hatte das Gefühl, als würde sich der Kreis hier schließen. Die Ermittlungen hatten begonnen, als sie auf einem Feld neben einer ganz ähnlichen Brücke gestanden hatte.

Die Schafe blökten, ihre ernsten schwarzen Gesichter fixierten Robyn, als sie auf den Wasserlauf zuging, der nicht größer war als ein Bach. Sie schaute nach links und rechts, doch konnte weder Amy noch Rebecca entdecken.

Robyn lief ein paar Meter am Flussufer entlang und suchte nach einem Ort, an dem die Frauen sein könnten. Die Schafe hatten das Interesse an ihr verloren und wieder angefangen zu grasen. Kurz überlegte sie, ob sie nach Amy rufen sollte, aber sie wollte Rebecca nicht auf sich aufmerksam machen. Sie verlangsamte ihr Tempo, und nach ein paar weiteren Schritten sah sie ein kleines Steingebäude – ein Schutz für die Tiere.

Sie ging zügig darauf zu, war sich jedoch bewusst, dass sie Vorsicht walten lassen musste. Lautlos bewegte sie sich auf die offene Seite des Gebäudes zu, dessen Steine verwittert und grau waren, weiches Moos bedeckte viele der größeren Steine.

Sie näherte sich von der Seite und drückte sich mit dem Rücken gegen die Wand, bevor sie auf ein Lebenszeichen lauschte. Sie hörte Amys Stimme, doch ihre Worte klangen gequält, als hätte sie Probleme zu sprechen. Auch die zweite tiefere Stimme erkannte sie sofort wieder.

Rebecca sprach laut. »Stellen Sie sicher, dass alles gedruckt wird, was ich sage. Ich werde jetzt mit meinem Geständnis beginnen. Nehmen Sie es mit ihrem Handy auf?«

Amys Antwort war kaum hörbar. In Robyns Kopf rasten die Gedanken um ihre Optionen, während sie mit halbem Ohr dem Interview zuhörte, das gerade stattfand. Amy lallte ein wenig, als wäre sie betrunken oder unglaublich müde.

Dann sprach Rebecca. »Ich habe Jordan Kilby, Owen Falcon und Lucy Harding umgebracht.«

»Warum?«

»Sie mussten bestraft werden.«

»Jordan war Ihr Freund. Warum haben Sie ihn umgebracht?«

»Er war nie mein echter Freund. Ich habe ihn nicht geliebt. Er war mein Auserwählter. Er sollte unser Retter sein. Ich habe ihn online entdeckt. Er war der verstoßene, rebellische Sohn reicher Eltern; er hatte seine Mutter verloren. Ich war zuversichtlich, dass er sich in mich verlieben würde. Einsame Menschen lassen sich einfacher hinters Licht führen, und er war einsam und auf der Suche nach jemandem, der ihn verstand. Ich war diese Person. Mein Plan war, ihn davon zu überzeugen, einen Teil seines Vermögens dafür auszugeben, Dylan zu helfen. Es lief perfekt. Er ist auf mich und meine Masche hereingefallen. Ich bin bei ihm eingezogen und habe Dylan mitgebracht. Damit hatte Jordan nicht gerechnet, aber er hat es akzeptiert. Er hat mich nicht abgewiesen, wie es vorher schon passiert war. Da wusste ich, dass er *der Auserwählte* war. Er hat uns beide in sein Leben aufgenommen.

Dann ist mir klar geworden, dass Jordan ganz und gar nicht

wohlhabend war. Er war nur ein Schnorrer, der in einem Haus wohnte, das sein Vater gekauft hatte. Er war nicht *der Auserwählte*. Ich war außer mir. Ich hatte Zeit und Mühe damit verschwendet, ihn aufzuspüren, und wofür das alles? Er konnte keine Reise in die Staaten finanzieren, wo Dylan die Chance auf eine Behandlung gehabt hätte, um sein Leben zu retten. Das war sehr enttäuschend. Zusätzlich zu diesem Dämpfer musste ich feststellen, dass Jordan nicht der Mann war, für den ich ihn gehalten hatte. Er war ein Loser – die reinste Verschwendung von Sauerstoff – der den Großteil seiner Zeit damit verschwendete, Online-Spiele zu spielen, Filme über Superhelden zu gucken oder Fußball zu spielen. Superheld! Nur in seinen Träumen. Er war kein Held.

Ich musste mir einen anderen Plan einfallen lassen, und zwar schnell. Ich habe darüber nachgedacht, mich an Jordans Vater Nathaniel zu halten und dieselbe Masche bei ihm zu versuchen, aber Jordan hasste ihn so sehr, dass sie nie miteinander sprachen. Wie sollte ich es schaffen, dass er zusagte, ihn mit mir zu besuchen? Ich wollte schon aufgeben und nach einem anderen Retter suchen, als ich durch Zufall erfuhr, dass er in einen Medikamentenschmuggel verwickelt war. Er war Teil eines kleinen Teams, zusammen mit seinem Freund Owen Falcon, und sie stahlen teure Medikamente von Pharmacals Healthcare und verkauften sie an Dealer, die sie wiederum als Drogen auf der Straße verkauften. Miss Walters, hören Sie mir zu? Es ist wichtig, dass Sie das alles verstehen.«

»Es geht mir nicht sehr gut, Rebecca. Ich brauche einen Arzt. Bitte, rufen Sie einen Krankenwagen.«

Robyn konnte den Schmerz in Amys Stimme hören. Ihr Blick fiel auf einen roten Fleck auf dem Gras in der Nähe des Unterstandes. Amy blutete stark. Wer weiß, wie lange sie noch überleben würde? Robyn brauchte Hilfe, und zwar schnell, sonst müsste sie allein zur Tat schreiten.

Rebeccas Stimme klang scharf. »Nein. Noch nicht. Sie

müssen erfahren, wie ich herausgefunden habe, dass sie Medikamente stehlen. Ich arbeitete in der Verwaltung von Pharmacals und bin über einige Unstimmigkeiten im Bestand eines der Lagerhäuser gestolpert, in dem die teuren Sachen gelagert werden. Die Menge, die hereinkam, stimmte nicht mit der Menge überein, die hinausging. Es hätte auch ein Computerfehler gewesen sein und leicht übersehen werden können. Ich wollte es berichten, doch dann sah ich, dass Jordan der Fahrer war, der dafür unterschrieben und die Pakete aus dem Lagerhaus zur Praxis gebracht hatte. Das habe ich als ein Zeichen gesehen. Ich wurde aus einem anderen Grund als Geld zu diesem Mann geführt. Wahrscheinlich war er die einzige Person, die mir helfen konnte. An diesem Abend habe ich das Thema auf die fehlenden Medikamente gelenkt, und es dauerte nicht lange, bis er alles zugab. Er sagte, sie würden nur kleine Mengen abzwacken, die Clifford im System verschwinden lassen könnte. Er hat mich angefleht, es nicht zu melden, und ich sagte, dass ich das nicht würde, wenn er mir hilft. Ich entdeckte eine Lieferung von Medikamenten aus den USA, die kürzlich eingetroffen war, und wollte, dass er einige davon für mich stiehlt. Miss Walters! Fragen Sie mich, warum. Fragen Sie mich, warum ich die Medikamente haben wollte.«

Die einzige Antwort, die sie bekam, war ein langgezogenes Stöhnen. Robyn konnte nicht länger warten. Sie musste Amy helfen. Sie musste das Risiko eingehen und hoffen, dass der Überraschungseffekt ihr gegenüber Rebecca einen Vorteil verschaffte. Egal ob Dylan auch da war oder nicht, Robyn musste handeln. Wenn sie Glück hatte, saß Rebecca mit dem Rücken zum Eingang. Sie atmete tief durch, ihre Hände lagen auf den Steinen, und schob sich in Richtung des Eingangs. Die Mauer unter ihren Händen fühlte sich dick und kalt an. Sie erreichte das Ende und wartete. Rebecca redete immer noch und erzählte Amy, warum sie entschieden hatte, Owen umzubringen. Sie war völlig in ihre Geschichte vertieft. Robyn lehnte sich um die Ecke und streckte ihren Hals, um in den Unterstand blicken und die Position von Amy und Rebecca bestimmen zu können. Im Innern war es viel düsterer, als sie erwartet hatte. Sie korrigierte ihre Position und beugte sich noch weiter vor, um besser sehen zu können. Als sie ihre Augen zusammenkniff, damit sie sich an die Dunkelheit gewöhnten, vernahm sie eine schnelle Bewegung. Rebecca schoss aus dem Unterstand und traf Robyn völlig unvorbereitet. Selbst mit ihren schnellen Reflexen konnte sie es nicht mit Rebecca aufnehmen, die sie mit einem harten Schlag gegen die Schulter zu Boden warf. Robyn landete keuchend auf ihrem Rücken. Sie blinzelte die Sterne weg, die hinter ihren Augen explodiert waren, als ihr Kopf auf den Boden aufgeschlagen war, und kämpfte sich zurück auf die Knie. Die Schafe flüchteten auf die andere Seite der Wiese, als Rebecca über den Zaun kletterte und auf Amys Auto zulief. Robyn drückte sich hoch, um Rebecca zu verfolgen, als sie Amys Stimme hörte.

Hin- und hergerissen zwischen dem Drang, ihre Täterin zu verfolgen und Amy zu retten, schrie sie ein paar Befehle in ihr Funkgerät.

»Weißer BMW fährt Richtung A515 von Yoxall Richtung Lichfield. Sofort festnehmen. Die Fahrerin ist die Verdächtige Rebecca Tomlinson.« Sie gab ihnen das Nummernschild und ihre Position durch und eilte in den Unterstand. Sie wurde von Rebeccas Stimme begrüßt, diesmal sprach sie über Lucy Harding. Die Unterhaltung kam von einem Handy, das auf dem Boden lag, neben einer vertrauten Person.

»Amy«, sagte sie.

Amy saß zusammengesunken an der hinteren Wand.

»Robyn ... Sie sind gekommen«, keuchte sie.

»Nicht sprechen. Sparen Sie sich die Kraft. Ein Krankenwagen ist schon unterwegs.« Passend zu ihren Worten ertönte eine Sirene in der Ferne.

»Verrückte ... Schlampe«, flüsterte Amy. »Schreiben ... zu

schwer. Interview. Sie wollte es sich anhören. Wollte nicht gehen ... ehe sie es gehört hat.«

Das Display des Handys auf dem Boden zeigte die geöffnete Aufnahme-App. Amy hatte Rebeccas Geständnis aufgezeichnet. Rebeccas Stimme ertönte noch immer daraus. Robyn schaltete es aus.

Der Boden unter Amy war blutgetränkt. Sie hatte noch mehr verloren, als Robyn befürchtet hatte. Amys Augen schlossen sich und ihr Atem wurde flach. Sie entglitt ihr.

»Amy, um Himmels willen, geben Sie jetzt nicht auf.« Erst als Robyn neben der Journalistin auf die Knie sank, bemerkte sie das blutverschmierte Messer, das neben ihr lag. »Ich werde Ihnen helfen.«

Sie legte ihre Finger sanft auf Amys Rücken, doch als sie ihre Hand zurückzog, war sie vor Blut ganz rot. Sie zog hastig ihre Jacke aus und drückte sie gegen die Wunde auf Amys Rücken, um den Blutfluss zu stoppen. Dabei redete sie ununterbrochen auf Amy ein, deren Kopf zur Seite gefallen war.

»Das wird schon wieder. Sie sind zäh. Sie werden das schaffen, denken Sie nur an die Story, die Sie dann schreiben können. Das wird ein Knüller – Journalistin hilft, Mörderin zu schnappen.«

Sie war sich fast sicher, dass Amy lächelte, doch dann wurde ihr plötzlich bewusst, dass das nicht sein konnte. Amy hatte aufgehört zu atmen. »Amy!«, schrie sie. »Amy!« Ihre Rufe drangen zu den Sanitätern, die über die Wiese auf den Unterstand zueilten, zusammen mit Mitz und Anna. Sie alle stürmten gemeinsam durch den Eingang und sahen, wie Robyn Amy eine Mund-zu-Mund-Beatmung gab. Sie übergab an die Sanitäter und wich zurück.

»Sie war gerade noch bei Bewusstsein. Wir können sie noch retten.« Sie sprach die Worte aus, obwohl sie wusste, dass sie nicht stimmten. Amy hatte viel zu viel Blut verloren. Es war hoffnungslos. Sie wandte sich ab und verließ den Unterstand, weil sie es nicht ertragen konnte, den Sanitätern zuzusehen.

Draußen schien die Sonne hell, und die Schafe beobachteten das Spektakel vor ihnen mit kauenden Mäulern. Als sich neue Sirenen näherten, wurden einige Krähen in dem Wäldchen nebenan aufgeschreckt. Anna trat aus dem kleinen Gebäude, ihr Gesicht war ernst, dann schüttelte sie den Kopf.

Die Last der Verantwortung zerrte an ihr. Sie hatte Amy gewarnt, hatte gesagt, dass sie sich von den Ermittlungen fernhalten sollte, doch jetzt fragte sie sich, ob sie nicht bestimmter hätte handeln sollen. Tief in ihrem Innern hatte sie gewusst, dass Amy immer einer Spur folgen würde, egal, wie gefährlich es war. Was das anging, war sie Robyn sehr ähnlich. Sie war ehrgeizig und entschlossen. Die Ironie der Sache entging Robyn nicht. Amy war von Serienmördern besessen gewesen und hatte bereits zwei interviewt, die Robyn in der Vergangenheit verhaftet hatte. Und jetzt lag sie hier und war selbst zum Opfer geworden.

»Sie erlitt eine einzelne Stichwunde im Rücken, aber die hat sie nicht sofort getötet. Sie ist langsam verblutet. Vermutlich hat es eine ganze Weile gedauert.« Der Notfallsanitäter, der mit ihr sprach, konnte nicht älter als fünfundzwanzig sein.

Robyn nickte und schluckte schwer. Amy hätte nicht sterben dürfen. Robyn konnte es nicht ertragen, noch länger dort herumzustehen, und ging zum Ufer des kleinen Flusses. Die Schafe waren gewichen und standen auf der anderen Seite ihrer Wiese, ihr Blöken wurde vom Rauschen des Wassers geschluckt. Robyns Blick wanderte in die Ferne, sie blinzelte ihre Tränen weg.

»Alles okay?«, fragte Mitz, der sich zu ihr gesellt hatte.

»Es geht schon. Aber ich fühle mich wirklich schlecht deswegen. Wenn ich sofort eingegriffen hätte, wäre ich vielleicht in der Lage gewesen, sie zu retten.«

Mitz schüttelte seinen Kopf. »Es war zu spät. Sie konnte es nicht mehr schaffen. Sie hatte schon zu viel Blut verloren.«

Robyn wusste, dass er recht hatte, aber sie konnte das Gefühl nicht abschütteln, dass sie mehr hätte tun können.

»Irgendetwas Neues von Rebecca?«

»Wir halten noch nach Amys Auto Ausschau.«

Seine Worte hoben ihre Stimmung nicht gerade. Amy war tot und Rebecca war entkommen. Robyn hatte beides nicht verhindern können. Hier konnte sie nichts mehr tun. Sie musste ihre Fähigkeiten nutzen, um Rebecca ausfindig zu machen, und der einzige Ort, an den sie denken konnte, war Water Orten. Dort würde sie sich mit Matt treffen. Möglicherweise konnte Rose Griffith ihnen Informationen geben, die ihnen weiterhelfen könnten.

»Kümmern Sie und Anna sich um die Forensiker? Das Messer liegt da drin, und stellen Sie sicher, dass Amys Handy mit aufs Revier kommt. Sie hat ein Interview mit Rebecca damit aufgenommen.«

Sie verabschiedete sich von Mitz und machte sich auf den Weg zu ihrem Wagen, wobei sich ihre Beine anfühlten wie Blei. Als sie den Motor startete, warf sie einen letzten Blick zurück auf die Wiese. Von hier aus konnte sie nur noch das Dach des steinernen Unterstandes erkennen. Als sie von dem Grünstreifen losfuhr, sprach sie zu der Frau, die sich noch darin befand. »Es tut mir wirklich unendlich leid, Amy.«

58

TAG ZEHN – MITTWOCH, 14. JUNI, NACHMITTAG

Rose Griffith schüttelte ihren Kopf zum wahrscheinlich hundertsten Mal. »Ich weiß wirklich nicht, wo sie sein könnte. Ehrlich, wenn ich es wüsste, würde ich es Ihnen sagen.«

Robyn hatte keinen Grund, der Frau nicht zu glauben. Rose zeigte alle typischen Anzeichen einer besorgten Verwandten und gab ihr Bestes, ihnen zu helfen. Sie hatte vergeblich versucht, Rebecca anzurufen. Sie hatte mit den wenigen Freundinnen gesprochen, die Rebecca früher gehabt hatte, und hatte versucht, herauszufinden, ob sie etwas von ihr gehört hatten. Sogar ihre Kollegen bei Longer Life Health hatte sie angerufen. Sie rieb sich nervös über die Stirn, bevor sie fragte: »Könnte sie das Land verlassen haben?«

»Das wäre möglich.« Robyn hoffte, dass das nicht der Fall war. »Wussten Sie von Dylans Krankheit?«

»Krankheit? Was meinen Sie damit? Er hatte die üblichen

Kinder-Krankheiten und manchmal die Grippe, wenn Sie das meinen.«

»Wir glauben, dass er an einer seltenen Krankheit namens neuronale Ceroid-Lipofuszinose leidet.«

Rose schüttelte ihren Kopf. »Davon habe ich nie gehört. Was ist das?«

»Die Symptome beinhalten den Verlust der Sehkraft, Benommenheit und krampfartige Anfälle. Sie treten frühestens ab dem fünften Lebensjahr auf.«

»Ich erinnere mich, dass er Probleme mit den Augen hatte. Er schielte sehr stark, deshalb war Rebecca mit ihm ein paar Mal beim Optiker. Er sagte, mit dem Jungen wäre alles in Ordnung.« Sie nickte eine Weile. »Und Dylan ist oft hingefallen. Ich dachte, das wäre normal für ein Kind in seinem Alter. Sie sind manchmal etwas ungeschickt, oder nicht?«

»Rebecca hat ihnen gegenüber also nie irgendwelche Bedenken geäußert?«

»Ich wünschte, das hätte sie. Ich habe Ihnen schon gesagt, dass das Mädchen viele Geheimnisse hatte. Sie hat mit mir nie über irgendetwas gesprochen.«

»Sie sagten beim letzten Mal, das habe daran gelegen, dass sie ihre Familie verloren hat.«

»Das ist richtig. Sie stand sehr lange unter Schock. Zu der Zeit hat sie gar nicht mit mir gesprochen. Sie hat tagelang ihr Zimmer nicht mehr verlassen. Wollte nichts essen. Ich habe mir solche Sorgen um sie gemacht. Sie wollte nicht mal ihre Gräber besuchen.

Wir haben sie hier in Water Orten beigesetzt. Sie teilen sich ein Grab bei der Kirche. Ich bin regelmäßig dort, um die Blumen zu pflegen. Rebecca hat sie dort nie besucht. Es war, als könnte sie sich einreden, dass das alles nicht passiert war, wenn sie nur nicht dorthin ging. Mit dem Haus war es dasselbe. Sie ist nie wieder dorthin zurückgegangen, nicht, dass noch viel zu retten gewesen wäre.«

Robyn verarbeitete ihre Worte und dachte an das vernachlässigte Stück Land zurück, auf dem einmal das Familienhaus von Rebecca gestanden hatte, und an die schwarze Erde, die von Laub und Büschen überwuchert wurde, um sie vor den Augen der Außenwelt zu verstecken. Ihre Gedanken wurden von ihrem Handy unterbrochen, auf dem die Nachricht aufleuchtete, dass sie auf dem Revier anrufen sollte. Sie entschuldigte sich und tätigte den Anruf.

Mitz antwortete ihr. »Die Forensiker sind am Tatort und Amy wurde weggebracht. Harry meinte, dass sie sehr lange geblutet haben muss. Wahrscheinlich eine halbe Stunde. Höchstwahrscheinlich hätte sie es nicht mehr bis ins Krankenhaus geschafft, selbst wenn Sie sie sofort da rausgeholt hätten. Wir haben uns gerade die Aufnahme auf Amys Handy angehört. Rebecca hat alle drei Morde gestanden. Sie wollte, dass Amy ihr Geständnis aufschreibt, als wäre es ein Interview. Ich glaube nicht, dass ihr bewusst war, wie schwer sie Amy verletzt hatte.«

Der Druck auf Robyns Brust verzehnfachte sich. Amy hatte das Interview mit ihrem Serienkiller bekommen, aber es hatte sie ihr eigenes Leben gekostet.

»Ich höre es mir an, wenn ich wieder da bin. Danke, Mitz.« Sie drückte auf den roten Knopf und ging zu Rose ins Wohnzimmer zurück.

»Wenn Ihnen noch etwas einfällt, wo sie sich aufhalten könnte, dann lassen Sie es mich sofort wissen, in Ordnung, Miss Griffith? Ein Officer wird bei Ihnen bleiben, für den Fall, dass Rebecca hierher zurückkommt.«

»Sie steckt in großen Schwierigkeiten, nicht wahr?«

»Wir müssen sie verhören.«

Rose studierte Robyns Gesicht. »Versuchen Sie, nicht zu hart zu ihr zu sein. Sie ist kein böser Mensch.«

Robyn deutete Matt an, zu gehen. Draußen gab sie ihm ihre Anweisungen. »Wir werden es bei der Kirche und in der Vicarage Street probieren, dort, wo sie damals gewohnt hat. Ich habe das Gefühl, dass sie nicht sehr weit weg ist. Sie ist unvorsichtig geworden und weiß, dass sie bald gefasst werden wird.«

Sie fuhr voraus, durch das Dorf in Richtung der Vicarage Street, wo die Tomlinsons früher als Familie zusammengelebt hatten. Sie parkte auf der von Unkraut überwucherten Einfahrt vor dem schweren Holztor, das ihr die Sicht versperrte. Es gab keinen anderen Weg, der auf das Grundstück führte. Sie rüttelte am Tor, doch genau wie beim letzten Mal war es verschlossen. »Machen wir eine Räuberleiter«, sagte sie zu Matt und hob ihren Fuß, damit er ihr half, über das Tor zu blicken. Sie kletterte nach oben und überblickte das Grundstück, wobei sie einmal mehr die verkohlte Erde und die Sträucher sah, die sie umgaben. Dahinter lagen noch weitere Büsche. »Ich werde mich mal umsehen«, rief sie, bevor sie sich auf die andere Seite fallenließ und auf die Überreste zuging, die einmal ein kleines Haus gewesen waren. Etwas Weißes erregte ihre Aufmerksamkeit. Sie hastete darauf zu, entdeckte Amys BMW hinter einem der riesigen Lorbeerbüsche und rannte zum Tor zurück.

»Matt. Kommen Sie rüber. Amys Auto ist hier.«

Sie hörte ein Rütteln und kurz darauf erschien Matts Gesicht, als er sich über das Tor hievte und schwerfällig neben ihr landete. Er gab keine neckischen Kommentare von sich. Auf seinem Gesicht lag pure Sorge.

»Seien Sie vorsichtig, Boss. Sie könnte bewaffnet sein.«

»Seien Sie das auch.«

Seite an Seite schlichen sie an der verbrannten Fläche vorbei, wo einmal das Haus gestanden hatte, und arbeiteten sich durch die wuchernden Büsche in einen Bereich, der damals der Garten gewesen sein musste. Er streckte sich nach hinten bis zu den Eichenbäumen aus. Sofort setzten die Rufe der Krähen ein, als sie die beiden erspähten und über ihnen hinwegflogen, um die Eindringlinge in ihrem Garten zu beobachten. Robyn entdeckte das Gebäude zuerst. Es war von Efeu überwuchert und halb hinter einem Brombeerstrauch versteckt, doch es war als Gartenhütte erkennbar, auch wenn das Dach eingesunken und unförmig war.

Sie stupste Matt an und deutete darauf. Sie trennten sich und schlichen sich geräuschlos heran, einer näherte sich der Hütte von vorne und der andere von der Rückseite. Nachdem Matt die Hütte umrundet hatte, gesellte er sich an der Vordertür zu ihr. Das Gras vor der Tür war niedergetreten worden; ein Beweis dafür, dass kürzlich jemand hier gewesen war. »Keine Fenster«, flüsterte er ihr zu.

Sie nickte zur Tür. Matt streckte seine Hand aus, legte seine Schulter gegen die Tür und stemmte sich mit seinem ganzen Gewicht dagegen. Sie flog auf und sie stürmten blinzelnd in die Dunkelheit.

Matt stieß ein tiefes Stöhnen aus, als sie Rebecca mit zur Seite gesunkenem Kopf auf einem Holzstuhl sitzend vorfanden. Auf ihren Beinen, doch noch immer in den Armen seiner Mutter, lag ein lebloser Körper.

Robyn biss sich auf die Knöchel und wandte sich für eine Sekunde ab, bevor sie ihre Kontrolle zurückerlangte und sich Dylan näherte. Sie tastete am Handgelenk des Jungen nach einem Puls und schüttelte den Kopf. Sie wusste sofort, dass es hoffnungslos war. Der Junge war tot.

Dann versuchte sie es an Rebeccas Handgelenk. »Ich kann nichts fühlen.«

»Versuchen Sie es am Hals.«

Sie legte zwei Finger an die Stelle, wo sie die Halsschlagader vermutete. Sie übte leichten Druck aus und glaubte, etwas ganz Schwaches gespürt zu haben.

»Ich bin nicht sicher. Vielleicht bilde ich es mir ein. Versuchen Sie es, Matt.«

Er wiederholte ihr Vorgehen und stieß seinen Atem aus. »Ich glaube, sie ist noch am Leben. Ich werde einen Notarzt rufen.«

Er eilte aus der Hütte und zurück zum Tor. Robyn stand wie erstarrt da und starrte auf die Frau, die ihr wertvolles Kind hielt. Das Bild erinnerte sie an die *Pietà*, eine Skulptur der Jungfrau Maria, die den toten Jesus hielt. Während sie noch darüber nachdachte, erregte ein Stück Papier ihre Aufmerksamkeit, das auf dem Fußboden lag. In dem dämmrigen Licht hatte sie es übersehen.

Sie zog sich Handschuhe über, hob es auf und las: »Vater, ich verdiene es, bestraft zu werden.«

59

TAG ZEHN – MITTWOCH, 14. JUNI, ABEND

Amys Stimme war schwach. Robyns Fingernägel gruben sich in ihre Handflächen, als sie sich den Rest des Interviews zwischen ihr und Rebecca anhörte. Den Anfang hatte sie bereits gehört – als sie sich auf der Wiese von außen an die Wand des Unterstandes gedrückt hatte. Das zu hören, erinnerte sie an den Moment, als sie noch glaubte, Amy retten zu können, ohne zu merken, dass es schon zu spät war.

Rebecca: Fragen Sie mich, warum. Fragen Sie mich, warum ich die Medikamente haben wollte.

Amy: Warum wollten Sie diese Medikamente haben?

Rebecca: Sie waren für meinen kleinen Jungen, Dylan. Er ist erst sechs Jahre alt. Letztes Jahr wurde bei ihm neuronale Ceroid-Lipofuszinose diagnostiziert. Laut seinen Ärzten gibt es keine Behandlung dafür. Es ist eine tödliche, grausame neurologische Erkrankung, die ihn wahrscheinlich in den nächsten zwei Jahren umbringen wird, spätestens, wenn er ein Teenager ist. Seit seiner Diagnose habe ich jede wache Minute damit verbracht, herauszufinden, ob es nicht doch etwas gibt, das meinen Jungen heilen kann. Doch es gab nichts, was ihn retten konnte. Aber ich bin auf eine revolutionäre neue Behandlung aus den Vereinigten Staaten gestoßen, die Brineura heißt und NLC2 behandelt. Es war wie ein Wunder – ein Zeichen der Vergebung für meine Sünden in der Vergangenheit. Eine Klinik in London hatte kürzlich eine größere Menge von Brineura über Pharmacals Healthcare bestellt. Es lag in einem der Lagerhäuser und wartete auf seine Auslieferung. Das war es, was Jordan für mich stehlen sollte. Ich habe ihn gebeten, mit seinem Kontakt darüber zu reden, aber er hat sich einfach geweigert, sagte, das wäre viel zu riskant, weil es so teuer war, und er wollte nicht erwischt werden.

Es handelt sich um eine Injektion zur intraventrikulären Anwendung. Im Internet konnte ich nicht viele Informationen darüber finden, außer dass es erst kürzlich von der amerikanischen Bundesbehörde zur Überwachung von Nahrungs- und Arzneimitteln freigegeben wurde, und dass es extrem teuer ist. Ich musste es haben und an Dylan ausprobieren.

Amy: Sie können es nicht anwenden. Man muss ... geschult ... sein.

Rebecca: Sobald ich es in die Finger bekommen hätte, hätte ich sichergestellt, dass Dylan behandelt wird, koste es, was es wolle. Jordan hatte die Gelegenheit, Buße zu tun, aber er hat sie weggeschmissen.

Amy: Buße?

Rebecca: Er hat seinen Vater ausgesaugt, der von Schuldgefühlen über einen Tod geplagt war, an dem er keine Schuld
trug. Er nutzte diese Schuld, um alles zu bekommen, was er
wollte – ein Haus, ein Auto und Geld. Was glauben Sie, wie
er sonst in der Lage gewesen wäre, Comic Cons in den USA
und Europa zu besuchen, wertvolle Kunstwerke zu kaufen
oder ein so superteures Fahrrad zu fahren? Sein Vater hat ihn
finanziert, obwohl Jordan ihn hasste und verachtete. Er war
ein scheußlicher Sohn.

Amy: Warum haben Sie nicht die Behörden informiert? Das
wäre besser gewesen, als ihn zu töten. Können wir aufhören?
Bitte. Ich blute wirklich sehr stark.

Rebecca: Ich rufe Ihnen Hilfe, wenn das hier vorbei ist. Sie
werden wieder gesund. Jordan hat mir gesagt, dass er mich
liebt und alles für mich tun würde, aber er hat gelogen, und
Lügen müssen angemessen bestraft werden. Fragen Sie mich,
wie. Fragen Sie mich!

Amy: Wie haben Sie ... Ihren Plan durchgeführt?

Rebecca: Es war eigentlich ganz einfach. Wir hatten uns an
dem Tag gestritten – und zwar heftig. Unsere Beziehung war
angespannt, seit ich seine Verwicklung in den Medikamentendiebstahl aufgedeckt habe, und er ist mir gegenüber
immer misstrauischer geworden. Er dachte, ich würde es der
Polizei erzählen. Er hatte Angst vor mir und wollte, dass ich
verschwinde. An dem Sonntag, an dem er gestorben ist, sagte
er mir, dass er bei Owen bleiben würde, und wenn er am
nächsten Tag zurückkäme, sollte ich meine Koffer gepackt
haben und weg sein.

Ich wusste, wo Owen wohnt, also tat ich, was ich immer tat, und folgte Jordan. Ich gab Dylan Schlaftabletten, um ihn ruhig zu stellen, und fuhr nach Colton.

Amy: Sie sind Jordan gefolgt?

Rebecca: Ganz genau, das bin ich. Ich habe ihm nicht vertraut. Vielleicht hatte er neben mir noch eine andere Frau. Ich musste mich vergewissern, dass er treu war. Ich habe auch seine SMS und E-Mails gelesen, deshalb wusste ich, dass er sich an diesem Abend mit Clifford Harris treffen wollte. Ich habe auf einem Seitenstreifen an der Hauptstraße auf sein Fahrrad gewartet. Ich wusste, dass er nach Hause fahren würde. Nachdem er mich überholt hatte, folgte ich ihm und drängte ihn von der Straße.

Amy: Aber er hat Ihnen doch gesagt, er würde bei Owen übernachten.

Rebecca lacht leise.

Rebecca: Ich hatte ihm an diesem Abend noch eine Nachricht geschickt. Er sollte nach Hause kommen, sonst würde ich sein Haus in Brand setzen. Wenn er nicht bis ein Uhr auftauchen würde, dann würde ich das ganze Haus abfackeln. Ich wusste, dass er kommen würde.

Amy stöhnt leise schmerzerfüllt auf.

Rebecca: Sobald ich ihn von seinem Fahrrad geholt hatte, war er verwundbar. Es brauchte nicht viel Überredungskunst, damit er mit mir das Feld überquerte. Ich habe ihn mit dem Tranchiermesser aus seiner eigenen Küche bedroht. Er heulte und flehte mich an, dann versprach er mir die Medikamente zu besorgen, die ich wollte, aber ich wusste, dass er ein Lügner war. Ich stach ihm das Messer in den Bauch und drehte es.

Rebeccas Stimme wirkt, als wäre sie weit entfernt und verträumt.

Rebecca: Ich habe dir meine Welt anvertraut. Aber du hast mich im Stich gelassen. Und jetzt ist es an der Zeit, dafür zu bezahlen ...

Kurz herrscht Stille.

Rebecca: Das waren die letzten Worte, die ich zu ihm gesagt habe. Er musste verstehen, wie er mich dazu gebracht hatte, ihn zu töten. Er war mein Auserwählter, doch er hat sich von mir abgewandt. Ich habe sein Handy genommen und seinem Chef eine Nachricht geschickt, dass Jordan am nächsten Tag nicht zur Arbeit kommen könnte ... Dann habe ich ihn für sein Schicksal vorbereitet. Ich hing ihn auf dem Blutacker auf, wie der Judas, der er war. Das, was ich für diese Szene brauchte, hatte ich alles mitgebracht. Ich ließ ihn auf dem Feld zurück und lud die Krähen ein, sich an seinem Körper zu laben, so wie es die Dämonen bei Judas getan hatten.

Amy: Jordan war wie Judas?

Rebecca: Oh, ja. Wie ich schon sagte, habe ich alle seine Nachrichten gelesen und seine Anrufe überprüft. Er war an diesem Sonntag sehr verschlossen. Hat so getan, als würde er einen Freund anrufen, aber an seinem Gesichtsausdruck konnte ich erkennen, dass er log. Er hat jemand anderen angerufen, nicht wahr, Amy? Er hat jemanden angerufen, dem er von seiner verrückten Freundin erzählen wollte, die ihn dazu zwang, Medikamente zu stehlen, damit er sein Gesicht wahren und seine Freunde schützen konnte. Er wollte mich ausliefern. Ich überprüfte die Nummer, die er angerufen hat. Es war Ihre, Amy. Der verdammte Mistkerl wollte mich an die Presse verraten, um seinen eigenen Arsch zu retten. Und Sie ... Sie verdienen es ebenfalls, für Ihren Part zu leiden. Judas. Er hat es verdient, zu sterben.

Amy: Das hat er nicht.

Rebecca: Was auch immer. Es spielt jetzt keine Rolle mehr, weil Sie die Wahrheit kennen. Er hat seine Strafe bekommen. Ich habe grausame und sadistische Strafen für weit weniger schwere Verbrechen ertragen müssen.

Amy: Was für Bestrafungen?

Rebecca: Nein. Sie sind nicht relevant. Wichtig ist, dass Menschen für ihre Verbrechen bezahlen sollten. Und Jordan hat für seine bezahlt. Genauso wie die anderen.

Amy: Owen?

Rebecca: Jordan glaubte mir jedes Wort, bis Owen die Saat des Zweifels in seinen Kopf gepflanzt hat. Owen hat mich von Anfang an nicht leiden können und sein Bestes gegeben, um mich davon abzuhalten, Jordan zu nahe zu kommen. Jede Woche kam er vorbei, um sich zu vergewissern, dass ich meine Krallen nicht noch tiefer in ihm versenkt hatte, hat ihn eingeladen, nur um ihn von mir fernzuhalten. Er brachte Jordan gegen mich auf. Er hielt Jordan davon ab, seinem Herzen zu folgen. Und er leitete ihren kleinen Drogenhandel. Er sagte zu Jordan, dass sie die Medikamente nicht stehlen würden, die ich für Dylan brauchte. Jordan war ein erbärmlicher Hund, wenn Owen in der Nähe war. Er tat alles, was Owen verlangte. Es war ekelhaft, das mit ansehen zu müssen. Owen hätte einfach zustimmen können, die Medikamente zu stehlen, aber er wollte, dass ich leide. Er hatte die Möglichkeit, Mitgefühl zu zeigen, doch das tat er nicht. Es war ihm egal, dass Dylan sterben würde. Er wollte, dass wir aus Jordans Leben verschwinden. Er war grausam und herzlos. Er hat genau das bekommen, was er verdient hat.

Amy: Was ist mit ... Lucy Harding?

Rebecca: Dylan hatte angefangen, Krampfanfälle zu bekommen. Sie waren Teil seiner Krankheit. Unser eigentlicher Arzt, Trevago, hatte Dylan ein Blutdruckmedikament verschrieben, das die Anfälle unter Kontrolle bringen sollte, aber es wirkte nicht. An diesem Morgen bat ich um einen der Notfalltermine und besuchte Dr Harding anstelle von Dr Trevago. Ich wollte, dass Dylan ins Krankenhaus gebracht und dort behandelt wird, aber sie sagte mir, dass weder das Krankenhaus noch irgendein Chirurg etwas für uns tun könne. Ich fragte nach Brineura, doch alles, was sie sagte, war, dass es viel zu teuer sei, als dass der National Health Service es finanzieren könnte, und dass ich auf das Schlimmste gefasst sein müsse.

Amy: Aber warum ... Warum haben Sie sie getötet?

Rebecca: Ich weiß nicht. Ich habe mich ihrer Gnade unterworfen. Flehte sie an, mir zu helfen und Dylan zu retten. Ich fragte sie, ob sie Dylan das neue Wundermittel verabreichen könnte, wenn ich es in die Hände bekäme, und wieder sah sie mich an, als wäre ich völlig verrückt. Vielleicht war das der Grund, vielleicht lag es aber auch daran, dass auf ihrem Schreibtisch ein Foto ihres eigenen glücklichen, gesunden Sohnes stand, der uns unbekümmert entgegenstrahlte. Dylan lag im Sterben, und Doktor Harding wollte nichts tun, um ihm zu helfen. Sie erhöhte die Dosen seiner Medikamente, aber ich konnte in ihren Augen sehen, dass sie wusste, dass es sinnlos war. Dylan würde abbauen, blind werden, seine Gliedmaßen nicht mehr bewegen können und einen schrecklichen, langsamen Tod sterben, aber ihr Sohn nicht. Ihr Sohn würde zu einem gesunden Mann heranwachsen und eine eigene Familie gründen. Und dann war da noch der Blick, den sie mir zugeworfen hat. Dieser mitleidige Blick. Es war unerträglich. Ich wollte, dass sie begreift, wie sehr ich leide. Wie schrecklich es ist, zu wissen, dass man seinen eigenen Sohn nie aufwachsen sehen wird. Ich wollte, dass sie weiß, wie sich das anfühlt.

Stille.

Rebecca: Sie werden das doch an die Zeitung weiterleiten, oder? Ich will, dass jeder von diesen Zuständen erfährt. Ich will, dass die Menschen aufwachen und erkennen, was mit manchen Kindern geschieht. Ich muss jetzt gehen. Aber zuerst will ich mir das Interview anhören, um sicherzugehen, dass alles aufgezeichnet wurde, und dann werde ich gehen.

Amy: Wohin? Was werden Sie jetzt tun?

Rebecca: Ich habe gesündigt, Amy. Wir alle sind Sünder, jeder auf seine Art. Geben Sie mir das Telefon. Ich will es mir anhören.

Ein Rascheln und ein Klicken sind zu hören, bevor die Aufnahme beendet wird.

Robyn stand mit dem Rücken zur Wand, die Arme verschränkt, als Anna das letzte Interview, das Amy Walters aufgezeichnet hatte, ausschaltete – Rebecca Tomlinsons Geständnis.

Mitz war der Erste, der sprach. »Wird das vor Gericht Bestand haben?«

»Wenn Rebecca sich weigert, noch einmal zu gestehen, wird es ausreichen«, sagte Robyn. »Ist sie schon so weit?«

»Sie liegt immer noch auf der Intensivstation und ist angeschlagen, aber die Ärzte sagen, dass sie sich vollständig erholen wird. Sie waren noch rechtzeitig bei ihr, um alle Pillen, die sie geschluckt hatte, aus ihrem Magen zu pumpen. Zehn Minuten später und es wäre zu spät gewesen«, sagte Anna.

»Vielleicht wäre es besser gewesen, wenn sie es nicht geschafft hätte. Das alles wird sie ihr Leben lang verfolgen«, sagte Matt.

David zuckte mit den Schultern. »Sie hat vier Menschen und ihren Sohn ermordet. Dafür muss sie die Konsequenzen tragen.«

»Aber sie wird mit dem Wissen leben müssen, dass sie ihrem eigenen Kind das Leben genommen hat. Das ist eine grauenvolle Strafe«, sagte Anna. »Offensichtlich wollte sie mit ihm sterben.«

Robyn stieß einen Seufzer aus. »So ist das nun mal. Wir sind nicht hier, um zu urteilen oder über Schicksale zu entscheiden. Wir machen nur unsere Arbeit.«

DCI Flint klopfte an die Tür. »Besuch für Sie. In meinem Büro.«

Robyn verließ das Team und war noch immer in düsterer Stimmung, als sie Flint in sein Büro folgte. Dort wartete Nathaniel auf sie. Er hielt ihr seine Hand entgegen.

»Vielen Dank, DI Carter«, sagte er. »Ich muss mich wirklich bei Ihnen dafür bedanken, dass Sie den Mörder meines Sohnes gefunden haben.«

Sie schüttelte seine Hand. »Ich habe nur meinen Job gemacht, Sir.«

»Und den haben Sie sehr gut gemacht. Es tut mir leid, dass ich es Ihnen nicht leicht gemacht habe. Sie verstehen sicher, dass es kompliziert für mich war, Ihnen ein Alibi zu liefern. Es war, gelinde gesagt, peinlich.«

Sie nickte knapp.

»Wie auch immer, ich wollte Ihnen meinen Dank aussprechen und Ihnen alles Gute wünschen.«

»Vielen Dank, Sir. Und ich darf Ihnen sagen, dass mir Ihr Verlust wirklich aufrichtig leidtut.«

»Das weiß ich zu schätzen.« Er schluckte schwer, und die Verärgerung, die Robyn einst für den Mann empfunden hatte, verflog. Seine Welt hatte sich drastisch verändert, seit sie ihn zum ersten Mal getroffen hatte, und genau wie sie würde er lernen müssen, den Rest seines Lebens mit diesem Verlust zu leben. Sie war traurig, als sie erfuhr, dass Nathaniel Jordan all die Jahre finanziell unterstützt und dafür weder Dankbarkeit noch Liebe erhalten hatte.

Flint beglückwünschte sie ebenfalls noch einmal, und sie verabschiedete sich. Sie hatte nicht das Gefühl, Glückwünsche oder Dankbarkeit verdient zu haben. Flint hatte sie mit seinem Verhalten ihr gegenüber während dieser Ermittlung enttäuscht. Sie fühlte sich niedergeschlagen. Zusätzlich hatte Amys Tod sie hart getroffen. In ihren letzten Lebensstunden hatte Amy ihr geholfen, den Fall zu lösen, jedoch zu einem zu hohen Preis. Sie ging nach draußen und wählte die Nummer, die sie sich zuvor herausgesucht hatte. Eine Produzentin von BBC war sehr an ihrer Geschichte interessiert und fragte, ob sie weitere Details schicken könne. Robyn willigte ein. Sie würde auch mit der *Stafford Gazette* zusammenarbeiten und sie mit allen nötigen

Informationen über die Profi-Reporterin versorgen, die geholfen hatte, eine Serienmörderin aufzuspüren. Am Ende des Gesprächs versprach die Produzentin eine Sendung, die Amy gewidmet werden würde. Amy hatte sich immer gewünscht, dass ihr Name in die Welt hinausgetragen werden würde. Das Mindeste, was Robyn tun konnte, war, ihr diesen Wunsch zu erfüllen.

60

ZWEI TAGE SPÄTER – FREITAG, 16. JUNI, MORGEN

»Ah! Nimm ihn weg. Er blendet mich!«, rief David.

Anna gab ihm einen freundschaftlichen Klaps auf die Schulter. »Sei nicht albern«, sagte sie.

»Ja, sei nicht albern«, antwortete Sergeant Mitz Patel.

»Moment mal. Das ist nicht albern. Es ist nur natürlich, dass er dich blendet. Dieser Stein hat mich ein Jahresgehalt gekostet.«

»Nur ein Jahresgehalt?«, neckte Anna und grinste. Ich hätte gedacht, ich wäre mindestens zehn Jahresgehälter wert.«

Matt schaute von seinem Schreibtisch auf und schüttelte den Kopf. »Oje. Es hat bereits begonnen. Da kommst du nicht mehr raus, mein Freund.«

Auf Mitz' Gesicht breitete sich ein Grinsen aus. »Dann werde ich wohl bald zu dir kommen und deine Beziehungsratschläge in Anspruch nehmen, was?«

Matt blies seine Wangen auf. »Mein Rat ist teuer. Der muss in Gold aufgewogen werden.«

Anna strich leicht mit ihrem Finger über den Diamanten auf ihrem Verlobungsring.

Matt tat schockiert. »Hey! Pass auf, dass du nicht zu doll daran reibst. Sonst nutzt der Kunststein noch ab.«

»Lassen Sie es gut sein, Matt«, sagte Robyn und gab sich Mühe, ihr Lachen zu unterdrücken. »Anna, der Ring ist wunderschön. Glückwunsch an Sie beide. Und wir alle wissen, was Sie für ein fabelhaftes, wunderbares Ehepaar sein werden.« Sie hob ihren Pappbecher mit Kaffee und stieß mit ihnen an. »Diese gute Nachricht werden wir heute Abend im Pub gebührend feiern. Matt, rufen Sie schon mal an und reservieren einen Tisch? Gut, dann beruhigen wir uns jetzt wieder. Sollen wir mit der Abschlussbesprechung von heute Morgen weitermachen?«

Das Team machte sich an die Arbeit. Mitz ergriff als Erster das Wort. »Es gibt nicht viel mehr hinzuzufügen. Wie Sie wissen, wurden bei der Durchsuchung von Rebeccas Haus in Rangemore Jordans Handy und sein Fahrradhelm gefunden. Das Labor hat mikroskopisch kleine Blutstropfen auf dem Tranchiermesser gefunden, mit dem Rebecca Jordan laut ihrer Aussage erstochen hat, und es gab eine Übereinstimmung der DNA – das ist eindeutig unsere Mordwaffe.«

Er übergab an Anna. »Die Techniker haben ihren Laptop durchsucht. Rebecca hatte nicht nur ausgiebig nach wohlhabenden alleinstehenden Männern in ihrer Umgebung gesucht, sondern auch eine Auswahlliste erstellt, die sie in einem Dokument mit dem Titel *Die Auserwählten* zusammen mit Internetartikeln über jeden Mann gespeichert hatte. Das bestätigt unseren Verdacht, dass sie so viel wie möglich über jeden Mann in Erfahrung bringen wollte, um ihn zu umwerben und den Eindruck der perfekten Partnerin zu machen. Es gab eine große Anzahl von Recherchen über Gartenarbeit, Bienen, Umweltschutz und natürlich Marvel-Figuren, Comic Cons, das Marvel-Universum, Marvel-Kunstwerke, Superheldenfilme und Fußball. Zusammenfassend lässt sich sagen, dass sie sich über all diese Themen informierte, um sachkundiger und begeisterter zu erscheinen.«

Robyn übernahm das Wort und fasste alles zusammen. »Wie Sie wissen, wurde Rebecca Tomlinson in eine sichere Abteilung verlegt und angeklagt. Ich habe gestern mit ihr gesprochen und sie hat zugegeben, Jordan, Owen, Lucy, Amy und ihren eigenen Sohn Dylan ermordet zu haben. Außerdem hat sie Details zu jedem der Morde preisgegeben.« Robyn erinnerte sich an das Gespräch vom Vortag: Rebecca starrte mit hohlen Augen ins Leere und sprach ohne jegliche Betonung, als wäre sie innerlich bereits tot ...

———

»Ich hatte meinen Plan eine Woche zuvor gefasst. Nachdem ich Jordan zu Owens Haus gefolgt war, hielt ich neben dem Feld an und sah die Krähen.

Sie flogen um die Reste einer alten Vogelscheuche herum. Von ihr war fast nichts mehr übrig, aber mir war sofort klar, dass sie geschickt worden waren, um mir den Weg zu weisen. Plötzlich war es glasklar. Er war nicht mehr mein Auserwählter. Er war ein Judas und musste entsprechend behandelt werden. Die Krähen haben zu mir gesprochen. Sie sagten mir, was ich mit ihm tun soll. Sie versprachen, dass sie helfen würden. Sie würden ihm das Herz herausreißen und es fressen, so wie die Dämonen es bei Judas getan hatten.

Ich habe Jordan eine letzte Chance gegeben, um zu beweisen, dass er würdig war, und bat ihn noch einmal, das Brineura für mich zu stehlen. Wieder lehnte er ab und ging in den Pub. Ich habe die Zeit mit meinem kleinen Jungen verbracht, und als Schlafenszeit war, gab ich ihm ein paar Schlaftabletten.«

»Sie haben Jordan auf dem Feld an dem Pfahl aufgehängt, um das Bild von Judas auf dem Blutacker nachzustellen?«

»Das ist richtig«, sagt Rebecca.

»Rebecca, würden Sie sagen, dass Sie sehr religiös sind?«

Rebecca starrt Robyn an, ohne zu blinzeln. »Nein, das bin ich nicht. Nicht mehr. Vielleicht war ich es früher einmal.«

»Warum haben Sie dann grausame Tode aus der Bibel nachgestellt: Judas, Isebel, Sisera?«

»Jeder dieser Sünder musste für seine verdorbenen Taten bezahlen. Am Ende müssen wir alle bezahlen.«

Ein Gedanke hat Robyn in den letzten beiden Tagen besonders beschäftigt. Sie spürt, dass es an der Zeit ist, ihre Frage zu stellen. »Rebecca, Ihre Familie ... Ihre Mutter, Ihr Vater und Ihr Bruder sind alle bei einem Hausbrand ums Leben gekommen. Mussten auch sie für ihre Sünden büßen?«

Rebecca ließ ihre Schultern sinken.

»War es ein Unfall, Rebecca? War das Feuer ein Unfall?«

Rebecca antwortete nicht.

»Sie haben Jordan damit gedroht, sein Haus in Brand zu setzen, wenn er am Sonntagabend nicht nach Hause käme. Rebecca, haben Sie Ihr Elternhaus zur Bestrafung ihrer Sünden in Brand gesetzt?«

»Er hätte nicht dort sein dürfen.« Rebeccas Stimme ist kaum hörbar. »Er sollte bei einem Freund übernachten. Ich wollte uns beide befreien. Ich wollte ihn beschützen und vor noch mehr Elend bewahren.«

»Damit meinen Sie Isaac, Ihren Bruder?«

Rebecca stößt einen leisen Seufzer aus. »Er wurde mit ihnen mitgerissen. Er hätte nicht sterben sollen. Lange Zeit habe ich geglaubt, ich sei schuld an seinem Tod, aber dann wurde mir Erlösung zuteil. Mir wurde Dylan geschenkt. Er war mein Ersatz für Isaac. Nun sollte ich Dylan beschützen und lieben. Dylan war ein Geschenk, das bewies, dass es richtig war, meine Eltern in diesem Feuer sterben zu lassen. Aber Dylan war *gleichzeitig auch meine Strafe. Ich liebte ihn so sehr, und doch sollte er mir von einem stillen Mörder gestohlen werden, den ich nicht besiegen konnte. Ich sollte den Schmerz des Verlustes noch einmal durchleben. Ich habe so sehr versucht, ihn zu retten, aber ich habe versagt ... Ich will nicht mehr mit Ihnen reden. Lassen Sie mich in Ruhe. Vor mir liegt eine lebenslange Strafe. Sie, DI Carter, sind daran schuld. Ich sollte jetzt bei meinen Jungs sein – bei Isaac und Dylan – und nicht hier, für immer wegge-sperrt, um den Schmerz über ihren Verlust immer wieder durch-leben zu müssen. Sie sind dafür verantwortlich, DI Carter, und ich hoffe, Sie sind glücklich damit.«* Plötzlich blitzen Rebeccas Augen auf und sie springt auf ihre Füße. Zwei Beamte halten sie zurück, als sie mit geballten Fäusten auf das Schutzgitter einschlägt. »Das ist Ihre Schuld. Ich hoffe, Sie müssen genauso leiden«, schreit sie, während sie zur Tür gezerrt wird.

Robyn sieht Rebecca hinterher. Sie bewegt sich erst wieder, als sie von einem Officer gefragt wird, ob sie bereit sei aufzu-brechen.

———

Robyn fuhr mit der Dienstbesprechung fort. »Von ihrer Tante haben wir mittlerweile erfahren, dass Rebecca und ihr Bruder streng erzogen wurden. Wir wissen nichts Genaues darüber, aber anscheinend war ihre Mutter Bethany besonders religiös. Wir werden die wahren Gründe für Rebeccas Methoden, wie sie ihre Opfer zur Schau gestellt hat, wohl nie erfahren, aber wir können davon ausgehen, dass in ihrer Vergangenheit etwas passiert ist, das sie schwer beeinträchtigt hat. Es war kein leichter Fall, und wie Sie bin ich sehr froh, dass er vorbei ist. Sobald ich Ihre Berichte habe, können wir den Fall abschließen. Wie immer möchte ich mich für Ihre harte Arbeit bedanken.«

»Bedeutet das, dass ich diese Woche freinehmen kann?«, fragte Matt. Robyn nickte. »Klar.«

»Die Dame des Hauses ist bei ihrer Mutter. Ich werde den ganzen Tag im Bett verbringen und tief und fest schlafen – kein Lärm, keine Arbeit, keine Frau, keine Kinder – nur Frieden und vollkommene Ruhe.«

Eine vertraute Gestalt klopfte an die Tür.

»Entschuldigen Sie die Unterbrechung.« DCI Flint wedelte mit einem Blatt Papier herum. »Dies erfordert Ihre sofortige Aufmerksamkeit.«

»Natürlich. Wir sind hier fertig.«

»Auf ein Wort?«

Robyn nickte. Flint trat zurück in den Flur. Robyn hob eine Augenbraue in Richtung ihres Teams und folgte ihm hinaus.

»Sir?«

»Es geht um DI Shearer.«

»Tom?«

»Er hat Antrag auf Beförderung gestellt. In Nottingham ist eine Stelle frei geworden.«

»Nun, das freut mich zu hören. Er ist ein sehr guter Detective.«

»Ja, das ist er. Aber Sie ebenfalls. Robyn, ich würde Sie gerne für die Stelle vorschlagen. Was würden Sie davon halten?«

Aus dem Büro ertönte Gelächter. Robyn dachte nach. »Bis wann brauchen Sie eine Antwort?«

»Wie wäre es am Montagmorgen?«

Robyn stimmte zu. Flints Lippen verzogen sich zu einem Lächeln.

»Ausgezeichnet. Dann denken Sie am Wochenende mal gut darüber nach.«

Er schlenderte in Richtung der Rezeption, und Robyn überlegte kurz, was eine Beförderung bedeuten würde. Die karriere-besessene Amy Walters hätte ihr zugerufen, dass sie eine solche Chance mit beiden Händen ergreifen müsste. Als erneut lautes Gelächter aus dem Büro ertönte, ging Robyn darauf zu.

Wie aus dem Nichts erschien Shearer und warf ihr ein Lächeln zu. »Sind Glückwünsche angebracht?«, fragte er.

»Weswegen?« Robyn hielt sich bedeckt, für den Fall, dass er etwas von ihrem Gespräch mit Flint mitbekommen hatte.

»Dafür, dass Sie einen Mordfall aufgeklärt haben? Was denn sonst?«

Robyn reagierte schnell. »Ich dachte, die Verlobung von Anna und Mitz hätte sich vielleicht schon herumgesprochen.«

Shearer rollte dramatisch mit den Augen. »Das haben sie getan? Ich hoffe, sie schaffen das mit der Ehe besser als ich.«

»Ich glaube, das liegt noch in weiter Ferne. Sie werden es noch eine ganze Weile genießen, nur verlobt zu sein.«

Shearer grinste. »Sie wissen ja, was man über die Ehe sagt, nicht wahr? Sie ist kein Versprechen, sie ist ein Urteilsspruch ...«

»Sie sind so ein Miesmacher, Tom.«

»Das war nur ein Scherz. Eigentlich bin ich gerade gut drauf. Vielleicht habe ich bald gute Nachrichten zu verkünden. Ich nehme an, Sie haben später nicht zufällig Lust auf einen Drink, oder?«

»Wir ziehen los, um die Verlobung zu feiern. Kommen Sie doch mit.«

»Wirklich?«

»Warum nicht? Je mehr, desto besser. Aber benehmen Sie sich. Keine fiesen Sprüche mehr wie der gerade.«

»Ich liebe es, wenn Sie so herrisch sind«, sagte er und zwinkerte ihr zu. »Dann bis später.«

Sie schüttelte in gespielter Missbilligung den Kopf, als er ging, und realisierte, dass sie ihn möglicherweise sogar vermissen würde, wenn er befördert und nach Nottingham gehen würde. Sie straffte die Schultern und ging zurück ins Büro, das von einer Atmosphäre erfüllt war, die sie ebenfalls vermissen würde, falls sie gehen würde. Andererseits würde sie ohnehin nicht ewig mit diesem Team zusammenarbeiten. Jeder ihrer Officer hatte individuelle Ziele und Ambitionen. Mitz und Anna wollten Karriere machen, und irgendwann in naher Zukunft würde man ihnen die Möglichkeit bieten, neue Positionen zu übernehmen. Dann würde dieses Team aufgelöst werden. Sie sollte Flints Vorschlag noch einmal überdenken. Doch das konnte sie immer noch tun, wenn sie zu Hause war. In diesem Moment war sie hier und wollte nirgendwo anders sein.

EPILOG

Schrödinger saß am Fenster, drückte sein Gesicht an die Scheibe und wartete auf ihre Rückkehr. Als er sie entdeckte, lief er auf der Fensterbank auf und ab, freute sich auf die Streicheleinheiten und sein Futter.

Robyn bezahlte den Fahrer, kletterte aus dem Taxi und ging leicht schwankend auf die Tür zu. Es war ein schöner Abend gewesen, der viel länger gedauert hatte, als sie es geplant hatte. Es war gut, dass sie dem Team das Wochenende frei gegeben hatte.

Hinter ihr fuhr das Taxi wieder los und Robyn tastete nach ihren Schlüsseln. Schrödinger stand jetzt auf der anderen Seite der Haustür. Sie murmelte ihm eine Begrüßung zu, während sie versuchte, ihren Schlüssel ins Schloss zu stecken. Den Mann sah sie erst, als er aus dem Schatten trat. Überrascht wich sie einen Schritt zurück und starrte ihn an.

»Hallo Robyn«, sagte er.

Ihr fiel die Kinnlade herunter und die Schlüssel glitten ihr aus der Hand.

»Können wir reingehen? Ich will nicht, dass mich hier

jemand sieht. Ich kann es mir nicht leisten, entdeckt zu werden.« Er bückte sich, hob die Schlüssel auf und hielt sie ihr entgegen. Sie nickte stumm, fühlte sich plötzlich wieder ganz nüchtern, schob den Schlüssel ins Schloss und stieß die Tür auf. Schrödinger begrüßte sie beide, als wären sie lang verschollene Freunde. Er streichelte die Katze, während Robyn die Alarmanlage deaktivierte.

»Hallo, kleiner Kerl. Dich habe ich schon ein paar Mal durch das Fenster gesehen, nicht wahr? Du bist sehr freundlich. Ich habe dich vermisst«, sagte er dann zu Robyn. »Ich habe schon ein paar Mal versucht, mit dir zu reden.«

»*Du* hast mir das Foto zukommen lassen.«

»Das habe ich. Ich weiß, dass es nicht sehr deutlich war, aber ich wollte dir irgendwie eine Nachricht zukommen lassen, die mich nicht belasten kann, sollte es in die falschen Hände geraten, und Davies hat immer gesagt, im Lösen von Rätseln wärst du unschlagbar.« Der Mann mit dem schwarzen Haar und dem lädierten Gesicht betrachtete sie aufmerksam.

»Ist er am Leben?«, fragte sie. »Hassan, sag mir die Wahrheit.«

»Ich weiß es nicht. Als ich geflohen bin, war er es, aber ich kann es nicht mit Sicherheit sagen.«

»Bitte, setz dich und erzähl mir, was passiert ist. Möchtest du einen Kaffee?«

»Nein, danke. Ich habe nicht viel Zeit. Ich werde verfolgt und du weißt, was das bedeutet. Ich muss in Bewegung bleiben. Einen anderen Weg gibt es nicht. Ich muss ihnen immer einen Schritt voraus sein. Bald werden sie herausfinden, dass ich hier bin und wieder hinter mir her sein. Letzte Woche bin ich im Peak District untergetaucht. Ich möchte runter von dieser Insel und nach Marokko zurückkehren, aber das ist riskant. Ich habe Freunde, die mich wahrscheinlich nach Frankreich bringen können, und von dort aus werde ich versuchen, mich nach

Hause durchzuschlagen, wo ich endlich in Sicherheit sein werde. Aber ich konnte nicht gehen, ohne vorher mit dir gesprochen zu haben. Ich habe es Davies versprochen. Ich konnte ihn nicht im Stich lassen.«

»Was ist passiert? Das letzte Mal, als ich dich gesehen habe, bist du mit Davies zu einem Treffen nach Ouarzazate gefahren. Mir wurde gesagt, dass ihr beide in einem Hinterhalt getötet wurdet.«

Hassan blickte auf seine Turnschuhe hinunter. Robyn versuchte, nicht auf sein vernarbtes Gesicht zu starren. Die Haut auf der linken Seite glänzte rot und war ganz uneben, entweder von einer schweren Verbrennung oder einem Säureangriff.

»Das war nicht der Fall. Peter Cross hat dich angelogen.«

»Dann erklär mir, was passiert ist, Hassan, denn glaub mir, ich bin im Moment am Ende meiner Kräfte. Zwei lange Jahre habe ich diesen Scheiß geglaubt, und es hat mich verdammt noch mal fertiggemacht. Und *du*, Hassan, warst Teil dieser Täuschung. Also hoffe ich für dich, dass es eine verdammt gute Erklärung dafür gibt.«

Hassan hielt beschwichtigend die Hände in die Höhe. »Davies' Leben war in Gefahr. Er musste ›verschwinden‹, untertauchen und die Welt glauben lassen, dass er getötet worden ist. Und meine Pflicht war es, dir die Wahrheit zu sagen.«

»Er musste untertauchen? Für wie lange? Und was dachte er, was danach passieren würde? Sollten wir alle wieder zur Normalität zurückkehren und hoffen, dass niemandem auffällt, dass Davies von den verdammten Toten auferstanden ist?«, warf sie ihm wütend an den Kopf. »Verdammt ... Ist das wirklich euer Ernst?«

Sie schlug mit der Faust auf ein Kissen ein, während Tränen der Wut sich in ihren Augen sammelten. »Wie kann er es wagen! Wie kann er es verdammt noch mal wagen! Er hätte mich warnen müssen. Oder er hätte vorher mit mir Schluss machen und sich dann verpissen sollen, wenn er sich unbedingt tot stellen wollte.« Die Erinnerungen an den Schmerz, den sie durchlebt hatte, an das Baby, das sie verloren hatte, und ihre überwältigende Frustration ließen sie aufschreien. »Verschwinde! Ich will das nicht hören. Raus aus meinem Haus und komm nie wieder hierher!«

Hassans dunkle Augen funkelten besorgt. »Robyn, bitte, hör mir einen Moment zu. Davies hat dich geliebt. Er wollte, dass du die Wahrheit erfährst ...«

─────

Die Gebete hallen durch die rote Stadt Marrakesch, als sie vom Hauptplatz durch leere Straßen und über die breite Allee in Richtung der dunklen Gipfel des Atlasgebirges fahren. Die Sonne wandert langsam über den Himmel, ihre Strahlen erhellen den Horizont und färben ihn in tiefe Rosa- und Orangetöne.

Davies sagt nichts. Er lehnt sich gegen die Kopfstütze des Jeeps und schließt die Augen. Hassans Blick ist auf die Straße gerichtet, ständig sieht er in den Rückspiegel, um sicherzustellen, dass sie nicht verfolgt werden.

Der Jeep rattert und holpert über die Straßen, die immer flacher werden. Die Landschaft wird immer grüner, bis sie ein sandfarbenes Dorf erreichen, das in die Seite eines Berges gehauen und so vor dem braunen Hintergrund gut getarnt ist. Sie passieren einen Mann in einer grau-weißen Djellaba, der an den Zügeln eines Kamels zerrt. Er beobachtet, wie der Jeep an ihm vorbeifährt und Staubwolken aufwirbelt, während er auf die Ausläufer des Atlasgebirges zuläuft, das in beängstigendem Tempo an Größe zunimmt.

Als sie die Auffahrt in die Berge beginnen, bricht Davies, der seine Augen geschlossen hält, die Stille. »Wann werden wir Agadir erreichen?«

»Oh, um sieben Uhr dreißig. Eine halbe Stunde vor Abflug.« Davies grunzt.

Das Fahrzeug kämpft sich eine weitere halbe Stunde nach oben. Sie unterhalten sich nicht. Das Quietschen der Radaufhängung wird lauter, während sie über den unwegsamen Pfad fahren, der sich immer weiter nach oben windet. Zu beiden Seiten des Weges liegen steile Abhänge. Hin und wieder können sie ausgebrannte Fahrzeuge erkennen, die von den steinigen Wegen gestürzt sind. Davies öffnet die Augen und betrachtet die Landschaft. Das Gelände wird immer flacher, ihre Umgebung verändert sich allmählich von bewaldeten Flächen zu Ebenen mit brauner Erde, auf denen nur wenig wächst.

»Halt da vorne an«, sagt Davies. »Ich muss mal pinkeln.«

Hassan folgt seinem Wunsch und hält den Jeep an. Er stützt seine Hände auf das Lenkrad und wartet darauf, dass Davies aussteigt. Davies schnallt sich scheinbar entspannt ab und dreht sich auf seinem Sitz, um sich Hassan zuzuwenden. »Wie lautet der echte Plan, Hassan?«

Hassan atmet scharf ein und greift mit der rechten Hand in die Tasche seiner Jacke, aber er ist zu langsam. Davies reagiert schnell und schnappt sich die Waffe, die er dort versteckt hatte. Er drückt sie Hassan fest gegen die Schläfe und befiehlt ihm, den Motor auszuschalten.

»Wie lautet der echte Plan?«, fragt er noch einmal.

»Ich weiß nicht, was du meinst«, sagt Hassan, während sich eine Schweißperle auf seiner Oberlippe bildet.

»Versuch nicht, es zu verschleiern. Du bist Teil von Peter Cross' kleinem Plan, mich loszuwerden. Wie sollte das aussehen? Wolltest du mich erschießen und dann den Jeep zusammen mit mir den Abhang hinunterrollen? Es gibt keinen Heimflug von Agadir, nicht wahr? Cross weiß, dass ich hinter ihm her bin, *und er hat dich damit beauftragt, seine Drecksarbeit für ihn zu erledigen.«*

Hassan brodelte vor Wut. »Du bist ein mieser Verräter. Wegen deines Betrugs haben die anderen Agenten ihr Leben verloren.«

Davies' Lachen ist humorlos. »Oh, Hassan. Das hast du falsch verstanden. Ich bin kein Verräter. Man hat dich zum Narren gehalten. Es gibt einen Maulwurf. Jemand hat Informationen verkauft und steckt hinter dem Tod unserer drei wertvollsten Agenten, aber das bin nicht ich – sondern Peter Cross.

Hassan fletschte die Zähne. »Du lügst.«

»Ich schwöre dir, das tue ich nicht. Hör zu. Ich werde es beweisen, okay. Ich werde die Waffe herunternehmen und dir die Wahrheit sagen. Würde ich diese Waffe wieder aus der Hand legen, wenn ich lügen würde?«

Hassan starrt ihn finster an.

»Peter Cross ist korrupt, Hassan. Ich bin nur noch einen Hauch davon entfernt, die Informationen zu bekommen, die ich über ihn brauche. Ich sollte mich hier in Marokko mit jemandem treffen, der Beweise dafür hat, dass Cross Informationen über Operationen weitergegeben hat. Cross weiß, dass ich ihm auf den Fersen bin. Und das hier ist sein ausgeklügelter Plan, um mich loszuwerden. Es stimmt, dass mein Leben in Gefahr ist – er will mich aus dem Weg räumen. Ich werde die Waffe jetzt zur Seite legen. Ich brauche deine Hilfe, Hassan. Seinetwegen sind einige unserer besten Agenten gestorben, und du musst mir helfen, ihn in die Finger zu bekommen. Ich war mir zuerst nicht sicher, ob ich dir vertrauen kann, aber jetzt bleibt mir keine andere Wahl. Du glaubst mir doch, oder? Du und ich, wir kennen uns schon so lange, Hassan. Du warst auf vielen Missionen wie ein Bruder für mich. Sei auch jetzt mein Bruder.«

Hassan ist unsicher, aber Davies hat die Waffe auf seinen Schoß gelegt und die Hände von ihr genommen. Er ist zuver-

sichtlich, dass Hassan ihm glauben wird. Könnte das tatsächlich wahr sein?

Dann spricht Davies weiter. »Ich brauche noch mehr Zeit, um Peter zu entlarven. Ich muss meinen Kontaktmann finden und ihn einsperren lassen. Wenn ich das nicht tue, werden noch viele weitere Agenten ihr Leben verlieren – vielleicht sogar du. Ich bin nicht der Verräter, Hassan. Cross ist der Verräter. Was meinst du? Nimmst du die Waffe und erschießt mich, oder wirst du mir helfen?« Er blickt Hassan kühl entgegen.

Hassan denkt lange über seine Worte nach, bevor er antwortet. »Ich werde dir helfen.«

»Ich danke dir, mein Bruder. Zuerst musst du Robyn aus dem Land bringen. Ich weiß, Cross hat gesagt, er würde es tun, aber ich möchte, dass du noch vor ihm bei ihr bist und ihr die Wahrheit sagst. Ich will nicht, dass er ihr einen Haufen Lügen über mich erzählt. Du musst sie davon überzeugen, mit dir mitzugehen. Hier, gib ihr das.«

Er reicht Hassan einen Siegelring. »Den hat Robyn mir geschenkt. Sag ihr, dass ich ihn ihr anvertraue, bis ich zurückkomme, und sag ihr ›Anemonen‹. Sie wird es verstehen. Bring sie sicher zurück nach Großbritannien, für den Fall, dass Cross sie irgendwie gegen mich verwenden will. Ich werde mich mit meinem Informanten treffen und mir die Informationen holen, die ich brauche. Verstanden?«

Eine Bewegung außerhalb zieht Hassans Aufmerksamkeit auf sich. Ein Auto nähert sich mit hoher Geschwindigkeit und schlängelt sich den Hügel hinauf. »Wir bekommen Besuch«, sagt er.

Davies dreht sich um und sieht den dunklen Mercedes auf der Straße unter ihnen. Als das Beifahrerfenster heruntergelassen wird, sieht Davies den glänzenden Lauf einer Waffe, die auf den Jeep gerichtet wird. »Verdammt! Okay. Es geht los. Du wirst Robyn die Wahrheit sagen. Versprochen?«

»Versprochen.«

Davies lächelt ihn an und nimmt Hassans Waffe, bevor er über seinen Sitz auf die Rückbank des Fahrzeugs klettert und durch die hintere Tür auf der Beifahrerseite entkommt. Er hastet auf die gegenüberliegende Straßenseite zu, wo er den Berghang hinunterstolpert und aus Hassans Blickfeld verschwindet. Hassan wartet nicht, um zu sehen, was mit ihm passiert. Er legt einen Gang ein und tritt das Gaspedal durch. Der Mercedes hinter ihnen rast immer noch die Straße hinauf, doch seine Insassen wissen nicht, dass Davies nicht mehr da ist. Die Heckklappe wird von einer Kugel getroffen. Hassan gibt Gas, um mehr Abstand zwischen sich und die anderen zu bringen, aber ihr Wagen ist schneller als der Jeep. Er schafft es bis zum Gipfel des Berges – dem höchsten Punkt – und fährt dann mit hoher Geschwindigkeit wieder bergab. Doch dann kommt ihm ein Bus entgegen, der mit seiner Größe fast die gesamte Straße einnimmt. Obwohl Hassan scharf nach links zieht, stößt der Jeep mit dem Bus zusammen. Er wird über den Abgrund gedrängt. Hassan wird in alle Richtungen geschleudert, während der Jeep den Abhang hinunterstürzt und sich mehrfach überschlägt. Die Beifahrertür prallt gegen einen Felsen und wird herausgerissen, sodass ein klaffendes Loch entsteht. Schließlich kommt der Jeep zum Stehen. Hassan kämpft gegen die Bewusstlosigkeit an. Er nimmt noch den Dieselgeruch des geplatzten Tanks wahr, als er langsam ohnmächtig wird.

───────

»Die Männer aus dem Mercedes haben mich zum Sterben in dem brennenden Jeep zurückgelassen. Doch ich hatte großes Glück. Ein paar alte Berber aus den Bergen retteten mich und brachten mich in ihr Dorf, das gut versteckt in den Bergen lag. Sie versorgten meine Wunden und kümmerten sich um mich. Aber es dauerte eine ganze Weile, bis ich mich erholt hatte, und als ich wieder gesund war, konnte ich nicht einfach zurückkehren. Für Cross waren Davies und ich beide tot.«

Er begegnete ihrem Blick mit einem traurigen Lächeln und zog etwas aus seiner Tasche. »Hier«, sagte er. »Ich sollte dir eine Nachricht übergeben, das Wort lautet ›Anemonen‹, und den sollte ich dir geben, damit du darauf aufpasst, bis er zu dir zurückgekommen ist.«

Robyn kämpfte gegen die Tränen an, die ihre Verwirrung und ihre Wut in ihr auslösen wollten. Anemonen – die Blumen, die Davies ihr immer zum Valentinstag geschenkt hatte – deren Symbolik auf die griechische Mythologie zurückging. Ihre Botschaft lautete, dass man in die Zukunft blicken und niemals diejenigen verlassen sollte, die man liebt. Als er sie ihr das erste Mal geschenkt hatte, hatte er ihr deren Bedeutung erklärt. Es waren ihre ganz besonderen Blumen.

Sie blickte auf den Ring in ihrer Handfläche, ihr Blick verschwamm. »Das macht nichts von alledem wieder gut. Es tut mir leid, dass ihr ebenfalls leiden musstet, aber ihr wusstet, worauf ihr euch einlasst, als ihr zum Geheimdienst gegangen seid. Ich wusste es nicht. Ich habe mich einfach nur verliebt. Ich wollte nie ein Teil davon sein.«

»Ich weiß, ich weiß. Ich weiß nicht, was man dir über Davies erzählt hat, aber es waren ganz bestimmt Lügen.«

»Und das Foto?«, fragte sie.

»Es war eine Fälschung. Davies ist an diesem Tag nicht nach England zurückgekehrt. Ich wollte dir nur eine Nachricht zukommen lassen, damit dir klar wird, dass du belogen wurdest. Jetzt erkenne ich, dass es falsch war. Wahrscheinlich habe ich dir falsche Hoffnungen gemacht, obwohl ich eigentlich nur wollte, dass du die Informationen hinterfragst, die du von Cross bekommen hast.«

Robyn wischte sich die Tränen ab, die mittlerweile unaufhaltsam fielen. Schrödinger kletterte auf ihre Beine und setzte sich beschützend vor sie. Sie legte ihre zitternde Hand auf sein weiches Fell.

Nach einer kurzen Pause sprach Hassan weiter. »Ich war schon öfter hier bei deinem Haus, aber ich habe mich nie getraut, zu lange zu warten. Jetzt erkenne ich, dass ich es doch hätte tun sollen. Ich hätte dich schon früher einweihen sollen.«

Sie schniefte und begegnete seinem Blick. »Wo ist Davies?«

»Ehrlich gesagt, weiß ich das nicht. Er könnte irgendwo in Gefangenschaft sein, er könnte ermordet worden sein oder er versteckt sich immer noch irgendwo, bis er alles Nötige über Peter Cross herausgefunden hat. Er war nicht sicher, solange Cross immer noch das Sagen hatte.«

Robyn blinzelte, plötzlich wurden ihre Gedanken etwas klarer. »Wer verfolgt dich? Warum bist du auf der Flucht?«

Hassans Augen funkelten. »Ich habe Peter Cross getötet.«

Robyn schnappte nach Luft.

Hassan fuhr fort. »Ich habe meine eigenen Methoden, um die Wahrheit ans Licht zu bringen. Peter Cross hat Attentäter auf uns angesetzt. Er wollte uns beide ausschalten. Natürlich habe ich keine Beweise für seine Korruption. Ohne Davies' Informationen kann ich nichts beweisen. Deshalb musste ich vor den anderen Agenten untertauchen, die glauben, ich sei nichts weiter als ein Mörder – ein Verräter.« Er warf einen Blick auf seine Uhr.

»Ich muss jetzt gehen. Ich bin schon zu lange hier, und sie werden mir schon auf der Spur sein. Es tut mir wirklich leid, Robyn. Und ich weiß, dass es Davies genauso gehen würde.«

Sämtlicher Kampfgeist war aus Robyn gewichen. Der Champagner, den sie noch vor einer Stunde feierlich getrunken hatte, stieg sauer in ihr auf.

»Geh. Und komm nie wieder her«, flüsterte sie.

»Das werde ich nicht. Pass gut auf dich auf, Robyn.« Er nahm ihre Hand und küsste sie sanft auf die Finger. »Von

Davies«, sagte er, bevor er zur Tür eilte und in der Dunkelheit verschwand.

Sie sah ihm nicht nach. Ihre Finger ruhten auf Schrödingers Rücken und streichelten sein seidiges Fell. Für ein paar Minuten schien die Zeit stillzustehen, dann erschütterte ein gewaltiger Knall ihre Fenster. Der Himmel färbte sich weiß, gefolgt von einem kollektiven Aufheulen mehrere Autoalarmanlagen, während Flammen aus einem schwarzen Audi schlugen, der in ihrer Straße geparkt hatte.

EIN BRIEF VON CAROL

Ich kann gar nicht glauben, dass *Die Auserwählten* bereits der fünfte Teil der Robyn-Carter-Reihe und mein siebtes Buch insgesamt ist, das bei Bookouture veröffentlicht wird. Es scheint erst fünf Minuten her zu sein, dass ich mich mit Robyn und ihrem Team auf diese Schreibreise begeben habe, und jetzt habe ich das Gefühl, dass sie ein wichtiger Teil meines Lebens geworden sind.

Wenn euch das Buch gefallen hat und ihr gerne mehr über meine Veröffentlichungen und andere handverlesene Publikationen erfahren möchtet, die nur für euch zusammengestellt wurden, meldet euch über den untenstehenden Link für unseren Newsletter an. Eure E-Mail-Adresse wird nicht weitergegeben und ihr könnt euch jederzeit wieder abmelden.

www.bookouture.com/bookouture-deutschland-sign-up

Ich danke euch, dass ihr *Die Auserwählten* gekauft und gelesen habt. Ich hoffe, dass es euch nicht nur unterhalten, sondern euch auch einige Antworten auf die Frage gegeben hat, was mit Davies passiert ist. Natürlich ist bei meinen Geschichten nicht immer alles so, wie es scheint, also seid nicht überrascht, wenn ihr zu einem späteren Zeitpunkt über noch mehr Wendungen stolpert. Ein hypothetisches Gespräch brachte mich auf die Idee, dieses Buch zu schreiben. Wie weit würde eine Person gehen, um jemanden, den sie liebt, zu schützen? Liebe ist ein extrem starkes Gefühl und oft sind Beziehungen äußerst komplex. Sie können uns zu dem machen, was wir geworden sind, aber sie können auch ernsthaften Schaden anrichten. Auch wenn ich die Taten des Täters in diesem Buch nicht gutheiße, hoffe ich, dass ich ein klareres Bild davon vermitteln konnte, was einen Menschen dazu bringen kann, ein so abscheuliches Verbrechen wie Mord zu begehen.

Wenn euch *Die Auserwählten* gefallen hat, würde ich mich freuen, wenn ihr euch ein paar Minuten Zeit nehmt, um eine Rezension zu schreiben, egal wie kurz sie auch sein mag. Ich wäre euch wirklich sehr dankbar. Eure Empfehlungen sind unglaublich wichtig.

Vielen Dank

Carol

 facebook.com/AuthorCarolEWyer
twitter.com/carolewyer

DANKSAGUNGEN

Wem soll ich als Erstes danken? Als Autorin verlasse ich mich auf so viele Menschen, die mir durch den langwierigen Prozess des Schreibens und Veröffentlichens helfen, und auf niemanden könnte ich weniger verzichten als auf meine brillante Lektorin Lydia Vassar-Smith, die mich anleitet, ermutigt und anfeuert, jedes Mal, wenn ich zu sehr an mir zweifle. Durch ihre unerschütterliche Art bleibe ich konzentriert und auf dem Boden der Tatsachen.

Weiterer Dank geht an Natalie, die mich in die richtige Richtung gelenkt hat, als meine Gedanken abschweiften, an DeAndra Lupu für ihr mit Adleraugen durchgeführtes Lektorat, an Lauren, die uns alle mit ihrer virtuellen Peitsche im Zeitplan gehalten hat, und an alle bei Bookouture: Oliver, Claire, Kate, Leodora und den Rest des Teams.

Ein besonderer Dank geht an Andrew, der mir bei den Ungenauigkeiten bezüglich der Handlung geholfen hat und mir mit Begeisterung alles über die Figuren der Marvel-Comics erklärt hat. Vielen Dank, mein Sohn!

Ich habe das Glück, ein besonderes Team von Menschen zu haben, die mir den Rücken stärken: Blogger, Rezensenten und Freunde, die sich die Zeit nehmen, meine Bücher zu lesen und sie weiterzuempfehlen. Leider sind es zu viele, um sie alle namentlich zu nennen, aber sie sind als Ganzes als mein Smile-Street-Team bekannt, und ich schätze jeden Einzelnen von ihnen sehr. Hier möchte ich nur ein paar erwähnen: Sean Talbot, Diane Hogg, Rachel Broughton, Jo Hughes, Eva

Merckx, Jen Lucas, Inge Jacobs, Clair Boor, Steph Lawrence und Amanda Oughton. Vielen Dank an euch alle für die großartige Unterstützung.

Abschließend möchte ich mich bei einigen Personen bedanken, ohne die ich mir während des Schreibens von *Die Auserwählten* wahrscheinlich irgendwann die Haare gerauft hätte: Luisa Gottardo, du bist klasse! Kim Nash, du bist einfach die Beste.

Noch einmal ein herzliches Dankeschön an euch, meine Leserinnen und Leser, dafür, dass ihr meine Bücher gelesen habt und über die sozialen Medien in Kontakt mit mir bleibt. Ihr seid der Grund dafür, dass ich das Schreiben so sehr liebe.